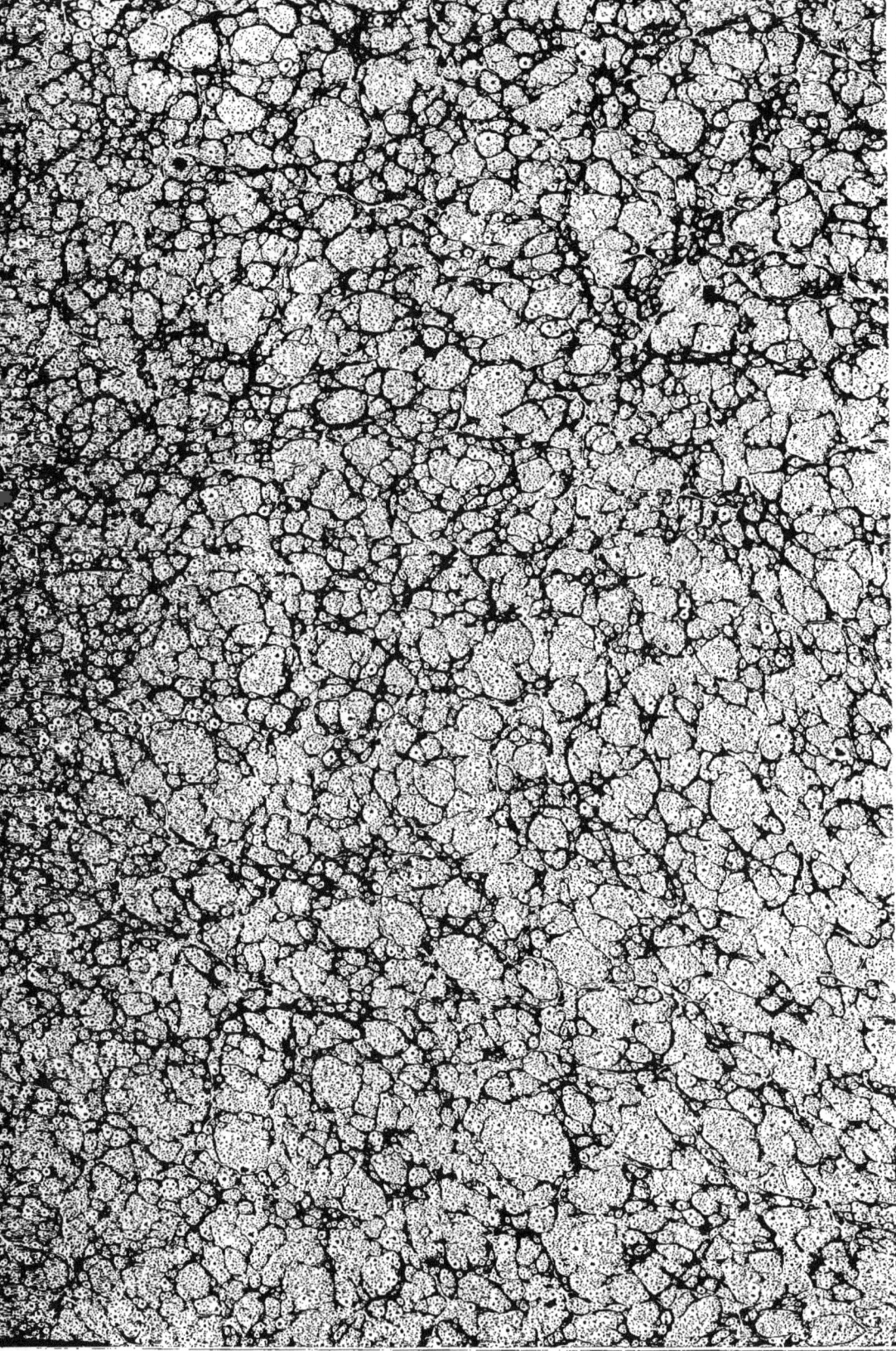

7770

DERNIERS MÉLANGES.

ROME

AU CABINET DE LECTURE IN VIA DELLE CONVERTITE

Se trouve encore

A LYON

A LA REVVE DU LYONNOIS

DERNIERS
MÉLANGES

DE

LITTÉRATVRE ET D'ARCHÉOLOGIE

SACRÉE

Par l'auteur des *Basiliques de Lyon* et du *Manuel général d'Archéologie sacrée*
Burgundo-Lyonnaise

LYON
LIBRAIRIE BVRGVNDO-LYONNOISE DE M. CHAMBET FILS
Membre de plusieurs sociétés savantes.

M DCCC XLVII

AV · CLERGE

A · L'ADMINISTRATION · MVNICIPALE

A · L'ECOLE · ROYALE

DE · SAINT · PIERRE

DE · LA · VILLE · DE · LYON

A · L'VNION · DE · LA · RELIGION

DE · LA · COMMVNE

ET · DES · BEAVX · ARTS

VN · ENFANT · ADOPTIF · DV

PEVPLE · LYONNOIS

IOSEPH · BARD

AVANT-PROPOS.

Je termine bien décidément par les *Derniers Mélanges* (1) le cours, jusqu'ici assez rapide, de mes travaux. En publiant les deux volumes du *Journal d'un Pèlerin*, j'avais annoncé qu'ils formaient mon testament littéraire. Les *Derniers Mélanges* en sont donc le codicille. Un seul *post-scriptum* sera ajouté à ce codicille, et il aura pour objet la cathédrale d'Amiens, ce temple d'Ephèse de l'architecture catholique. En effet, je compte bientôt faire pour cet admirable monument de la foi de nos pères et du génie de Robert de Luzarches, ce que j'ai fait dans ce livre pour les cathédrales de Metz et de Strasbourg, c'est-à-dire, en donner la description épique, et cet appendice supplémentaire sera adressé gratuitement à toutes les personnes qui ont eu l'indulgence de nous encourager et de nous soutenir.

Les *Derniers Mélanges* sont partagés en cinq livres :

Le premier se compose de VARIÉTÉS ;

Le second est consacré à l'ARCHÉOLOGIE LITURGIQUE ;

Le troisième, à l'ARCHÉOLOGIE MONUMENTALE ;

Le quatrième, à la BIOGRAPHIE ;

---

(1) Il ne faudra pas regarder comme une infraction à cet engagement de clore par cet ouvrage, vingt années d'art et d'enseignements, la publication des *Espérances et Consolations*, dont le manuscrit est depuis plus d'un an livré à l'éditeur, mais dont il n'a pu jusqu'ici faire usage, par suite de circonstances indépendantes et de sa volonté et de celle de l'auteur.

Enfin, ces quatre grandes divisions sont suivies d'une cinquième partie distincte, qui se produit dans l'ouvrage sous le nom d'*Appendice*. Ce n'est pas à dire, toutefois, que dans le premier livre il ne se trouve accidentellement aussi quelque peu d'archéologie sacrée; mais elle y est à l'état de tableau, à l'état de vue d'ensemble jetée d'inspiration sur les monuments, et n'y paraît pas dans les conditions purement techniques qui font sa spécialité. — Ici, c'est le dessin à l'effet, avec tout le prestige de l'ombre, de la lumière, de la perspective; là, c'est le simple trait dans toute sa précision et sa nudité.

L'unanimité des éloges que la presse provinciale a bien voulu donner au *Journal d'un Pèlerin*, nous a comme prescrit le devoir de publier ces *Derniers Mélanges*, qui, sous la forme d'un volume, contiennent la matière de quatre forts tômes de la librairie parisienne, par suite d'une combinaison calculée de pagination. De même que ses aînés, cet ouvrage est exclusivement consacré aux notabilités pastorales, littéraires, artistiques, agricoles, historiques, scientifiques et sociales de la province; il ne sera jamais, sous aucun prétexte que ce soit, livré au commerce de la librairie, et il demeure la propriété absolue de MM. les souscripteurs.

Cette dernière manifestation d'art provincial tend plus énergiquement encore que les précédentes au but constant de nos efforts, l'exaltation des choses et des hommes de la province, le réveil du sentiment religieux dans tous ces tabernacles intimes que Dieu a mis au fond de nous, et dans toutes les formes qui sont les auxiliaires et les symboles du culte public. La mère pourra permettre à sa fille la lecture de cet ouvrage; les chefs ecclésiastiques ou laïques d'institutions et de pensionnats pourront les confier sans crainte à leurs élèves; les bibliothèques catholiques des bons livres, à leurs lecteurs; car, fidèle à mes devoirs, à ma foi, à mes convictions, je n'ai rien mis dans ces pages qui puisse alarmer la modestie; on n'y trouvera rien que de chaste et de hautement moral. Nous avons gardé hardiment, vis-à-vis du monopole et de la centralisation des idées, la position hostile que, le premier en France, nous avons prise dès 1830, c'est-à-dire, avant même que le mot de décentralisation ne fût ni connu ni prononcé. Nous persistons à regarder Paris comme une tête menacée d'apoplexie, tant elle tire de sang à nos membres; comme le foyer du mauvais goût dans la liturgie, dans l'art, etc., et nous conjurons la province de se tenir en garde contre ses exemples, son despotisme, l'envahissement de ses opinions.

Que si la voix provinciale a daigné nous encourager, ses bien-veillants éloges ne nous ont inspiré aucun orgueil. Nous ne deman-dons d'autre prix pour nos travaux que l'approbation de notre conscience; nous n'avons jamais sollicité autre chose que de l'in-dulgence. Il nous est arrivé quelquefois de vivre momentanément en d'abrutissants milieux de médisance vulgaire, de prétentions, de jalousie, de petites et ignobles vanités, de passions tracassières et haineuses, de crétinisme intellectuel, de béotisme méchant et bru-tal; nous ne nous en sommes jamais plaint; on nous y désignait du nom d'*Original*, parce que nous n'avons pas les idées com-munes; cette épithète ne nous a jamais blessé; seulement, nous nous élancions plus loin par la pensée, et nous cherchions notre centre moral ailleurs. Il y a long-temps que nous échappons ainsi aux intrigues qui nous enveloppent. Voici comment, en 1836, il y a bientôt onze ans, M. E. Yvert s'exprimait sur notre compte dans la *Gazette de Picardie* du 13 juillet :

« Il existe, il court par la France un jeune homme au cœur gé-néreux, à l'imagination ardente; né poëte, ce bonheur ne lui a pas suffi, il a voulu encore être artiste et savant; et grâce à ses excur-sions, ses études, ses goûts, ses intimités, il est devenu l'un et l'autre. Vous croyez peut-être que là s'est bornée son ambition, et qu'après avoir composé plus d'une ode, que ne désavouerait pas M. Alphonse de Lamartine, ex-génie maintenant député, qu'a-près avoir lancé dans le public quelques opuscules archéologiques, il pouvait rester tranquille, vivre de ses rentes, et se contenter de la réputation honorable qu'il s'était faite? Eh bien, non; Joseph Bard, car c'est de lui que je parle, a convoité et convoite plus que jamais une gloire qui, parmi nous, n'est encore échue à personne; et cette gloire, qui n'est point celle d'un égoïste, puisque son plus vif éclat doit rejaillir sur notre patrie, cette gloire, ce sera d'avoir établi, d'avoir prouvé que les magnifiques cathédrales, que les beaux monuments élevés par la piété de nos pères, et restés, par la grâce de Dieu, encore debout sur notre sol, ne sont pas, comme on le dit, des œuvres *gothiques*, imitées d'une architecture étran-gère, mais sont, au contraire, de création toute *chrétienne* et toute *française;* c'est ainsi que Joseph Bard prétend à un grand honneur, en attribuant à la France l'honneur plus grand encore d'avoir élevé la première ces étonnantes basiliques, dont il admire le prototype dans Notre-Dame d'Amiens.

Ce n'est pas tout encore; non-seulement Joseph Bard revendi-que pour son pays l'illustration que doivent lui mériter ses grandes et sublimes constructions religieuses, mais, adversaire prononcé de la centralisation et de la tyrannie parisiennes, il vise avec ardeur et persévérance à faire échapper les provinces à la domination et à la corruption de la métropole ; en dépit des lignes départementales tirées par l'Assemblée constituante, Joseph Bard aspire à raviver dans nos localités l'esprit national qui leur est propre ; pour corriger, pour épurer notre vie actuelle, il nous rappelle nos anciennes mœurs, nos antiques croyances, les liens de la famille, les joies du foyer domestique. Si, par sa constitution politique et administrative, la France est forcée encore de conserver une physionomie platement uniforme, du moins chacune des grandes divisions qui la composent peut-elle, en évoquant ses souvenirs et ses traditions, conserver le type qui lui est particulier, et s'enorgueillir de ses chefs-d'œuvre et de ses grands hommes. Que nos magistrats, nos receveurs généraux, nos préfets continuent à nous venir de Paris, soit ; mais que nos illustrations, que nos richesses artistiques et littéraires nous restent, et que pour être mises au jour, que pour se voir élevées et honorées, elles ne soient pas dans la triste obligation d'aller au Palais-Royal ou dans la rue Montmartre, quêter le patronage d'une courtisannerie altière ou l'appui d'un journalisme vénal.

Telles sont les pensées de Joseph Bard, de cet infatigable observateur, qui, sans cesse explorant et décrivant ce que le vandalisme révolutionnaire et les ravages du temps nous ont laissé de monuments nationaux, ne s'arrête que pour voir et sentir, ne s'assied que pour travailler, ne dépose le bâton du pèlerin que pour prendre la lyre du poète ou la plume de l'archéologue. Afin de parvenir au but patriotique qu'il s'est proposé, il vient de promettre — et on peut compter sur sa parole — une active et efficace coopération à une nouvelle publication provinciale qui, à compter du 1er juillet courant, va paraître hebdomadairement à Auxonne, sous le titre de PROVINCES-UNIES (*Bourgogne, Comté et Bresse*). Cette feuille, qui va faire une guerre active à l'esprit de monopole et de centralisation, et qui a été fondée dans l'intérêt d'une vaste localité, peut et doit cependant se propager dans toute la France, où elle servira d'enseignement et de véhicule à tous les esprits généreux qui, relativement aux arts, aux sciences, à la littérature et aux mœurs, tendent à secouer le joug du despotisme parisien.

Dans les courts instants de loisir que lui ont laissé ses explorations d'artiste, Joseph Bard vient de publier, sous le titre de *Cent têtes sous un bonnet*, un volume composé de divers morceaux en prose et en vers, parmi lesquels nous avons retrouvé avec plaisir quelques-unes des pièces que nous avons insérées dans la *Gazette de Picardie*, et dont l'auteur a bien voulu nous gratifier lorsqu'elles étaient encore inédites; de ce nombre sont : *Joseph Lebon à la cathédrale d'Amiens, l'Aumône, la Prière*, l'ode contre *les Chemins de Fer, la Messe de Châtel.* — « Il y a dans ce groupe d'opuscules, comme le dit M. Joseph Bard lui-même, des résumés de romans, des impressions sociales et des notes d'observateur, de la critique d'art et de la critique de livres, de petites œuvres d'imagination, de sentiment ou de souvenirs, de la prière, de l'espérance et de l'amour, trois choses qui demandent culte et sympathies. »

Nous avons distingué deux pièces; l'une est intitulée : *Le Sous-Préfet par intérim*, et l'autre : *Séance publique d'une académie de province*.

Nous ne terminerons pas aujourd'hui, sans céder au plaisir d'une courte citation, que nous extrayons d'une pièce des *Cent têtes*, intitulée : *Un Souper avec Weiss* (1).

« Et quand je compare les savants consciencieux de la province, si accessibles à tous, si dévoués pour tous, à cette foule de médiocrités suffisantes de la capitale, qu'on ne peut aborder qu'après une humiliante station dans l'antichambre, qui se drapent à l'entre-sol et trônent sur un fauteuil emprunté, qui, couvrant d'un manteau de louage leur vie de prostitutions et d'intrigues, vous lancent leurs dédains amers et leur stupide persifflage sur les hommes et les choses que Paris ne produit pas; ah ! combien alors je me félicite de mes amitiés provincialistes ! avec quelle joie je me résigne à une obscurité dont je ne déchirerai pas le voile par des turpitudes ! — Grandement ils seraient surpris, tous ces autocrates de feuilletons, de trouver à cent lieues de la capitale un bibliothécaire qu'aucune demande n'embarrasse, qu'aucune parade ne séduit, qu'aucun éloge n'enivre, qu'aucun combat ne désarme, qu'aucune supériorité n'inquiète. Qu'ils viennent donc à Besançon, ils y verront Weiss, toujours sérieux et profond, même dans sa plus folle gaîté; toujours également éloigné et de la fausse modestie et de la jactance. »

_____

(1) M. Weiss est le bibliothécaire de la ville de Besançon.

Puis, pour donner un specimen complet du livre, nous lui em-
prunterons encore cette pièce de vers :

    « . . . .
    . . . .
    . . . .
    . . . . »

Voilà certainement d'excellents vers, et

> Hors qu'un commandement exprès *de Dieu* ne vienne
> De les trouver mauvais, je soutiendrai, morguienne !
> Qu'ils sont bons, et que Bard, chez nous, pouvait fort bien
> Être élu pour le moins académicien.

Est-ce à dire pourtant que Joseph Bard soit sans défauts ? Non,
certes ; tout homme a les siens, et Joseph Bard ne peut échapper
à l'infirmité générale ; en rendant justice à tout ce qu'il y a de
chaleureux et de noble dans son âme et son esprit, à tout ce qu'il
y a d'énergique dans sa pensée, de pittoresque dans son style, je
ne serai pas un des derniers à convenir que son imagination l'emporte quelquefois trop loin, et lui fait faire fausse route ; je laisserai
très-volontiers aux savants le soin d'approuver ou de réfuter ses
opinions, relativement à l'origine de nos monuments moyen-âge ;
enfin, j'avouerai que son penchant au néologisme, que sa manie de
devises et d'épigraphes gothiques peuvent aiguiser contre lui
les traits du ridicule, aux mains d'une critique mesquine et mal-
veillante ; mais nous, classique, qui pourtant ne faisons pas la
guerre aux mots, qui pardonnons volontiers à une expression bizarre ou hasardée, lorsqu'elle revêt une pensée large et ingénieuse,
qui concevons très-bien qu'une admiration profonde pour certaines
beautés monumentales, que l'extase produite par de prodigieux
chefs-d'œuvre empreints d'un caractère symbolique et religieux,
trouvent le langage usuel insuffisant, et cherchent à se traduire
par quelques expressions neuves, poétiques et hardies, nous nous
sentons disposé à l'excuse, et laissons à d'autres le triste plaisir
du sarcasme et les scrupules du bégueulisme.

                  E. YVERT. »

Nous le répétons, les sympathies du public lyonnais, les encouragements de la presse provinciale nous ont constamment dédommagé des ronces et des épines semées sur notre route. Autour de
Lyon, le *Journal de Saône-et-Loire* et le *Courrier de l'Ain*, qui

tiennent si incontestablement un des premiers rangs dans le journalisme départemental, ont particulièrement droit à l'expression de notre gratitude.

Et maintenant, que le gouvernement ne nous ait offert aucune de ces missions, si largement payées, qu'il confie à des archéologues; qu'il ne nous ait pas fait la moindre part à ces distributions de médailles d'or aux hommes qui ont le plus contribué à sauver ou glorifier nos monuments historiques, peu nous importe. Nous nous félicitons d'être oublié, puisque ces oublis constatent que nous vivons obscur et ignoré; le peu de bien que nous avons pu faire n'en existe pas moins. Oui, nous nous consolons, en sachant que les récompenses honorifiques, les gratifications données par la savanterie officielle s'adressent à des influences politiques. On sait que nous n'en exerçons aucune; mais, peut-être, pourrons-nous bien chercher tôt ou tard à en conquérir une contre les distributeurs officiels eux-mêmes des faveurs gouvernementales, contre les corrupteurs et les corrompus.

Nous avons besoin d'autorités pour nos opinions archéologiques et liturgiques. Aussi, avons-nous cru utile de donner ici les témoignages flatteurs d'estime et de sympathies qu'ont bien voulu nous adresser trois de NN. SS. les Évêques les plus éminents par la foi, le cœur et la doctrine.

Nous, Évêque de Langres,

Déclarons avoir lu avec une vraie satisfaction plusieurs ouvrages de M. le chevalier Joseph Bard, avoir trouvé que les matières d'archéologie catholique y étaient traitées, au point de vue de la foi, avec un talent remarquable ;

Sommes heureux, en conséquence, de rendre, à cette occasion, témoignage aux éminentes qualités de l'auteur, et à son dévouement pour tout ce qui peut intéresser la gloire de l'Église.

Langres, le 19 juillet 1846.

† P.-L., év. de Langres.

La liturgie est l'écriture sainte, l'expression, la parole du sentiment chrétien; l'archéologie sacrée en est le commentaire. Ici, comme partout ailleurs, la lettre tue et l'esprit vivifie. M. Joseph Bard a si bien compris et si clairement expliqué cette écriture liturgique dans tous ses dialectes, parce que la foi et la piété l'ont guidé dans ses recherches archéologiques.

Strasbourg, le 15 juin 1846.

† A., év. de Strasbourg.

Depuis long-temps, M. le chevalier Joseph Bard a mis au service de l'Église catholique une instruction solide et variée. Sa foi ardente, son zèle pour le triomphe de la sainte cause de la religion recommandent suffisamment les ouvrages et l'auteur.

Metz, le 6 juin 1846.

† Paul, év. de Metz.

PREMIÈRE PARTIE.

I.

LYON.

Le quai de Saône.

A MM. Blanc-Saint-Bonnet, E. Gautier, chevalier de l'ordre royal de la Légion-d'Honneur, et Pétrequin, chirurgien en chef du Grand-Hôtel-Dieu.

Nous avons saisi à tant de points de vue les gloires lyonnaises, avec le cœur du pèlerin, les prières du fidèle, la harpe du poète, les crayons du monumentaliste, le pinceau du peintre, que nous ne savons vraiment plus par quel côté nous remettre en rapports avec elles. — Et pourtant, nous éprouvons le besoin de déposer un nouvel hommage aux pieds de la Rome des Gaules, de l'auguste reine du midi de la France, et de payer encore un tribut d'amour filial à cette cité de Lyon, notre mère adoptive, centre moral de notre humble vie de catholique et d'artiste. On a dit cette nature lyonnaise, si riche en sève et en couleur; la majestueuse harmonie de ces horizons avec les contours de la ville de Plancus, la splendeur tranquille, la variété infinie de ces paysages qui, en s'épanouissant autour de notre seconde capitale, l'enveloppent de poésie et de fleurs. — Mais a-t-on suffisamment étudié notre radieux quai de Saône, comme effet de lignes et comme tableau, comme histoire, comme symbole, comme souvenirs de puissance antique et de foi chrétienne ? S'est-on inspiré assez de ce soleil qui échauffe sans brûler, de cette Saône qui gémit sans douleur, de l'aspect de ces collines qui n'ont pas la solennité et ne font point le fracas des grandes montagnes, mais aussi n'anéantissent pas l'homme à genoux à leur pied, et semblent l'inviter par un doux sourire à monter jusqu'à leur cime gracieusement ondulée, d'un accès facile, pour respirer un air plus libre, plus pur, plus céleste ? — Oui, Bourguignon de naissance, mais Lyonnais de cœur, comme avait naguère l'indulgence de le dire, dans la *Gazette de Lyon* (1), M. A. T., nous aimons à propager dans la mesure la plus largement populaire, notre vieille admiration pour les choses et les hommes de cette grave cité, à alimenter sans cesse le culte que lui vouent ses enfants, à les exalter dans tous leurs sublimes mouvements de foi, d'enthousiasme, de patriotisme et de charité. — Reposons-nous quelques instants, au déclin d'un de ces beaux jours que le ciel nous accorde avec moins de parcimonie que ne le pensent les hommes de l'extrême midi, tièdes et sereines journées qui font palpiter toutes les vies lyonnaises ; reposons-nous dans l'axe du coteau de Fourvières, vis-à-vis de ce pont suspendu que l'œil du peintre voudrait voir, plus élancé et plus svelte, couper la murmurante Saône de lignes moins froidement régulières.

O salut, salut à toi, chaste et fraîche colline du *Forum vetus !* couronne sainte de la cité, trône embaumé de la mystique et tutélaire pensée qui la protège ! comme l'ombre qui commence à descendre de ton front aimé de Dieu et si souvent baisé par les pèlerins, va se projeter, placide et calme, sur la ville ! comme la brise qui vient de toi est suave au cœur ! comme elle fait naître, sur cette pudique rivière qui te réfléchit dans ses flots, d'indécis et mélodieux soupirs ! — Du lieu où nous vous avons prié de vous asseoir à nos côtés, contemplez toute la magie du tableau qui se déroule devant vous. C'est d'abord cette pittoresque vallée de quais, tantôt s'élargissant ou se resserrant, s'épandant avec effusion au pied du mont de Fourvières, sur la rive droite, ou faisant retraite

(1) Nº des lundi et mardi 5 mai 1846 : « Il a acquis, ajoute M. A. T., dans notre ville, un droit de bourgeoisie que peu d'habitants acquittent avec tant de zèle. »

sur la rive gauche, pour mieux voir le célèbre coteau, se dévelop-
pant en lignes parallèles sur les deux flancs, ou s'arrondissant en
sinueux contours dans ses larges évolutions, pour suivre les angles
saillants et rentrants des collines environnantes; c'est tout d'abord
cette grande et double digue des maisons lyonnaises, opposée à la
Saône si rarement menaçante; c'est tout d'abord cet appareil d'é-
difices publics et privés qui vous donne un admirable premier
plan. Derrière et au-dessus de cette magnifique perspective, se
déploie un autre horizon plus poétique encore, et s'étagent sur la
montagne sainte et ses dépendances, les souvenirs antiques ou
chrétiens de la ville de Lyon, les monuments de sa foi et de sa
charité présentes, tous ces silencieux asyles où des âmes d'élite
prient et espèrent, en haut, pour ceux qui, en bas, travaillent et gé-
missent, pieux abris qui s'inspirent sans cesse de Notre-Dame-de-
Fourvières, et semblent comme les jalons de la route céleste,
comme le lien entre deux ordres d'idées, comme les touchants
intermédiaires entre les agitations du monde et la paix du sanctuaire. Oh! quel contraste entre ces deux zônes superposées des
aspects lyonnais, entre le tumulte de ce quai et la quiétude de cette
montagne! Ici, les flots de maisons, le mouvement, les voix d'un
peuple adonné aux affaires; là, les flots de verdure autour d'un
oratoire qui domine tout le paysage, le recueillement d'un autre
peuple uniquement préoccupé de sacrifices et de bonnes œuvres.
— Mais décomposons un peu ce splendide tableau.

Au nord, à la cime d'une croupe dont les habitations ont tellement envahi les pentes hardies, qu'à peine on y voit quelques
têtes d'arbres se mêler aux œuvres de l'architecture, s'élève vers
le ciel la solitaire coupole de Saint-Bruno, surmontée d'une croix
dorée qui met l'image du *Labarum* dans les airs. Qui de nous, en
admirant l'effet calme de cette coupole ainsi posée, se dessinant
dans une atmosphère chaudement colorée, n'a souvent pensé à
l'harmonieux caractère des horizons romains? qui de nous, en la
voyant continuer dans l'espace le temple qu'elle couronne, sous
cette voûte céleste dont elle résume la forme, ne s'est dit combien
la coupole s'adapte mieux aux horizons lyonnais, à nos paysages
de vignes et d'amandiers, à nos collines doucement mouvemen-
tées, à nos toitures faiblement inclinées, aux lignes horizontales
qui nous entourent, que la flèche empruntée à d'autres natures et
à d'autres mœurs? — La coupole, c'est le *ciborium* des basiliques constantiniennes, devenu, par son ascension, ostensible à l'extérieur. — Jugez, d'après la flèche de Saint-Nizier, vue du pos

Tilsitt, combien peu les paysages et l'architecture lyonnais, préparent le spectateur à comprendre ce genre d'amortissement. Ne paraît-elle pas comme une étrangère; ne la croirait-on pas *logée en garni* à Saint-Nizier ? — Qu'on me pardonne l'expression. — Une flexion des quais, qui toutefois n'a rien de heurté et de brusque, nous voile ici quelques pages pittoresques et sublimes des aspects lyonnais, les rochers abrupts de Pierre-Scize, le trône momentanément vide de l'Homme-de-la-Roche, tout un foyer de vieilles légendes, de vieux respects, de vieilles et saintes traditions, et l'emplacement où, hier encore, se dressait, si élégante, si souple et si frêle dans ses découpures, l'église des Cordeliers-Observantins, qu'un arrêt stupide, émané de Paris, a balayée du sol. — Hélas! le vandalisme qui s'est emparé par *surprise* de l'*Observance* avait bien dit sans rougir : « Soyez tranquilles, braves lyonnais, toutes les pierres profilées de votre église chérie seront numérotées et conservées; vous les retrouverez un jour dans un autre édifice élevé plus loin sous ma direction... » — Comme si nous pourrions comprendre l'*Observance* ailleurs qu'où elle était. — Oh! défions-nous, de ces ridicules promesses de numérotages de pierres des vieux monuments que l'on détruit, parce qu'ils sont littéralement impraticables; parce que, changées de place, ces pierres fussent-elles conservées intactes, ne peuvent plus reprendre celle qu'elles occupaient. Et puis, on en numérote une, deux, et on brise le reste. D'ailleurs, ces pierres qui n'eussent point faibli si on ne les avait pas violemment ébranlées, se délitent et tombent en poussière au plus léger coup de marteau. Si les quais ne s'infléchissaient ici, vous verriez en face de l'élégante église de Notre-Dame-Saint-Louis, sinon la basilique romano-byzantine de Saint-Paul, envahie par les maisons, du moins les pittoresques habitations qui la voilent, et une partie de ce quartier où revit encore, entouré d'hommages, le nom célèbre du chancelier Gerson. Voici les arceaux blanchissants du pont de Nemours, qui vient de remplacer ce pont de pierre et son arche des *merveilles*, muets témoins de tant d'histoire lyonnaise qui se passa sur eux et autour d'eux. — Mais regardons de préférence vis-à-vis de nous. Quelle majestueuse ordonnance de hautes et belles maisons particulières, coupées par des monuments publics, s'arrangeant dans les conditions les plus favorables à la peinture, sur les rives de la Saône! C'est à qui, parmi elles, s'élancera le plus librement dans l'espace, se parera du plus gracieux badigeon, étalera les plus heureux motifs de décoration et de profils. Comptez tous ces jolis belvédères qui surgissent des combles, toutes ces vertes persiennes qui frémissent aux croisées et forment, sur les balcons, des tentes constamment ventilées; observez cette coupe abaissée des toits qui semble témoigner de la rareté des neiges dans notre climat, et dites-moi si le sentiment florentin, si les motifs de l'architecture italique n'ont pas présidé à toutes ces dispositions. J'aime ce grand tout du Palais-de-Justice, malgré le peu d'air qui joue dans sa colonnade, rappelant l'art grec à côté de cet art chrétien dont la basilique primatiale de Saint-Jean-Baptiste est la solennelle manifestation. Il résulte de ce rapprochement de deux civilisations et de deux esprits publics, une situation forte pour l'âme enchaînée devant ce tableau. Voici la basilique civile, bâtie pour la justice des hommes, tout extérieure, toute de surface, froidement logique comme elle, et voilà la basilique élevée pour la justice de Dieu, sombre, profonde, mystérieuse, métaphysique, comme la puissance immuable qui la rend. Oh! quel majestueux et austère monument que ce temple, dont les parois, noircies par le temps, contrastent au milieu de ces blanches façades qui lui font cortège! Oui, le voilà bien, ce temple vénérable, dont l'ombre enveloppe et sanctifie tant de sacerdoce et de foi! dont l'auguste enceinte enferme tant de souvenirs ecclésiastiques! expression matérielle de cette apostolique et sainte église de Lyon, la première des églises par son antiquité, ses disciplines et ses gloires, après la sainte église romaine; la voilà, cette basilique reine, la première de l'univers catholique par l'illustration et le rang, par l'orthodoxie de sa doctrine, après la basilique romaine de Saint-Jean-de-Latran (ECCLESIARVM VRBIS ET ORBIS MATER ET CAPVT), abritant le premier siège pontifical du monde, après celui de Pierre. C'est dans son sein que revit cette sublime liturgie dogmatique de l'Eglise de Lyon, venue, avec son premier pontife, des plages radieuses de l'Asie; c'est dans son sein que fleurit dans toute son inspiration et sa verve ce culte splendide comme les choses de l'Orient, et grave comme les premiers mystères chrétiens des catacombes et des cryptes, tout altéré qu'il est par l'envahissement de ce schisme liturgique dit de Paris, de cette rhétorique ampoulée et suspectée de jansénisme, que des pontifes de la sainte Eglise lyonnaise osèrent greffer sur elle, malgré les résistances des comtes de Lyon, sénateurs ecclésiastiques de Saint-Jean, et gardiens nés de ses traditions et coutumes sacrées. — C'est dans cette vénérable basilique que siégea, en 1274, ce concile œcuménique qui prononça la réunion de l'Eglise grecque à l'Eglise latine, que retentissent encore, malgré les innovations fâcheuses qui ont troublé l'immobilité de ses rites, les plus dignes accents par lesquels la voix de l'homme puisse chanter les louanges du Seigneur. C'est par ce temple régulateur de l'Eglise de France, que Lyon est devenu le centre de toute vérité morale française, comme Rome est le centre de toute vérité morale universelle. Quant à l'art qui présida à sa structure, vous le voyez, il se partagea entre les byzantins d'Occident et les hommes de l'école ogivale : ces derniers lui donnèrent les quatre clochers qui surgissent à sa façade et s'élancent aux deux flancs de sa magnifique apside. L'architecture *gothique* elle-même, en bâtissant ces deux derniers, se conforma aux exigences des horizons et du climat; elle sembla vouloir respecter les précédents établis, et marier, en de justes proportions, à la fermeté des lignes romano-byzantines, les motifs délicats et compliqués de son ornementation. Ainsi, tout *gothiques* qu'ils sont par les profils, ils exhalent encore un parfum d'architecture basilicale, ils expriment encore le sentiment du campanile romain, et en rappellent l'image, par leur forme et l'amortissement presque horizontal de leurs combles. — La pression des idées latines, n'en doutez pas, s'est exercée sur l'architecture ogivale elle-même, dans toutes nos contrées voisines et amies de l'Italie, si intimement liées à Rome, par leur foi et leur histoire. Oh ! qu'ils sont insensés ceux qui voudraient à tout jamais ruiner l'aspect historique de notre basilique primatiale, ce caractère sous lequel elle se présenta aux premières émotions de notre enfance, avec lequel nous l'avons toujours connue, par l'importune et inutile addition de deux flèches ! Est-ce à Saint-Jean de Lyon à payer un tribut à une mode, à un caprice de l'art? Ah ! laissons la flèche trôner à Stockholm, dans le nord de l'Europe, en Allemagne; elle est à sa véritable place, dans ses véritables harmonies, au milieu des sapins pyramidaux, au milieu des rochers abrupts, des montagnes austères, des mœurs rêveuses, des horizons indécis et nébuleux; elle ne s'adapte point aux conditions morales et matérielles du pays de Lyon.

Et sous cette basilique, sous ce quai, toute une ville souterraine de débris; et derrière cette basilique, derrière ce quai, tout un peuple de manoirs florentins, une rue du Bœuf, une rue Juiverie, pleines de niches, de cartouches, de monogrammes et de châsses sculptés dans la pierre de Choin, chargées de touchants symboles et de pieuses mémoires; percées en tous sens de ces obscures et longues allées de traverse du vieux Lyon; voûtées, mystérieuses, que l'on croirait coupées dans le roc ou dans les entrailles de la terre, tant elles sont humides et froides, et qui, par leurs détours infinis, les petites cours au milieu desquelles elles cheminent, présentent l'image d'un labyrinthe sépulcral, et rappellent les catacombes romaines de Saint-Sébastien; tout un quartier à part, ayant sa physionomie distincte, sa population de gens d'église et de justice, encore courbée dans les vieux respects, où chaque pas réveille un souvenir saisissant, où l'art d'autrefois ne s'est pas lassé de produire, depuis le délicieux groupe des vertus théologales, sculpté sur une humble demeure de la rue Trois-Maries, jusqu'au merveilleux ensemble du palais *gothique* de la rue Saint-Jean. Et derrière tout cela, toujours, toujours ces coteaux hiératiques, où la foi sema ses premiers germes, et, avec eux, son premier culte et ses premiers monuments, d'où le sang des martyrs ruissela sur les Gaules; toujours cette montagne, cimetière de l'ancien monde romain, du *Lugdunum* de *Plancus*, berceau de la croyance et de la civilisation chrétiennes dans notre France; toujours cette montagne se dressant comme un véritable autel, s'épanouissant comme une corbeille de fleurs; toujours cette sainte montagne, avec ses couvents, ses basiliques enveloppées de solitude et de silence, ainsi que celles qui s'élèvent dans la campagne de Rome, sous les murs de la ville éternelle. De quelque côté qu'on envisage les horizons lyonnais, partout cette sainte montagne semble en occuper le centre; c'est la boussole qui guide la nef lyonnaise, c'est le grand baromètre qui annonce à la cité les révolutions de la température. Si les nuages s'amoncèlent sur son front, craignez la foudre et les orages; si au contraire l'azur le plus ferme y rayonne, si le soleil vient se coucher derrière lui en un lit de pourpre, espérez ces jours limpides qui font votre joie. Oh! les hauteurs de Fourvières, c'est tout un monde d'émotions choisies et de saintes idées : c'est par elles et à cause d'elles, en raison des martyrs, des premières cryptes, des premières et fraternelles agapes dans les souterrains, des premières assemblées chrétiennes qui fécondèrent ce sol, que Lyon aurait mérité d'être appelée la Rome des Gaules, la SECONDE VILLE ÉTERNELLE de l'univers, si elle ne justifiait d'ailleurs ce beau titre par la constance de sa charité et de sa foi, et les splendeurs inouïes de sa liturgie. Serait-il bien vrai que le génie militaire en voulût à ce mont sacré, à cet asyle de prière qui s'élève à son sommet, humble, pauvre de forme, mais riche de la prière et des offrandes des fidèles ? serait-il vrai qu'il pensât à balayer de cette colline et la chapelle, et la dévotion, et les pèlerins, comme il a balayé du Mont-Valérien les symboles de la consécration, pour mettre une citadelle à la place de l'oratoire, un fort toujours armé et menaçant, au lieu d'une église toujours hospitalière et protectrice?..... Oh! non, il ne se peut..... On ne saurait ainsi se jouer des saintes amours, des pieux respects, du culte, des souvenirs d'une population, et la percer si brutalement aux entrailles. — Mais notre cœur a l'indulgence de supposer que si le génie militaire venait à envelopper de ses travaux l'antique et illustre oratoire, il le laisserait subsister au milieu de cette ceinture de fortifications que ne réclame point sa sûreté. Ah! nous n'aimons pas l'alliance du culte avec l'appareil de la guerre; nous n'aimons pas à voir un corps-de-garde et une caserne à côté d'une église, à entendre autour d'elle les sifflements ou les jurons des soldats. — Malgré l'infini du panorama maritime et continental étendu à ses pieds, malgré sa situation si majestueusement exceptionnelle, à la cime d'un rocher qui pend sur les vagues d'azur de la Méditerranée, et que le libre soleil du midi teint des plus éblouissants reflets; malgré la somptuosité de son ornementation intérieure et de son mobilier, pourquoi la chapelle vénérable de Notre-Dame-de-la-Garde, à Marseille, n'a-t-elle point cet aspect populaire et touchant, n'est-elle point harmonieuse et douce au cœur des pèlerins, à l'égal de celle de Notre-Dame-de-Fourvières, à Lyon? — C'est précisément parce qu'emprisonnée dans un fort, elle n'est pas entourée de recueillement et de paix, et qu'ouverte seulement pendant quelques heures le matin, elle est presque toujours délaissée et muette. — Ces immenses bâtiments situés à mi-côte, coupant de leurs lignes horizontales et régulières les touffes d'arbres qui les rafraîchissent, et au flanc desquels s'élève un clocher terminé en coupole, c'est le noviciat des Frères de la Doctrine chrétienne, veillant sur le *Petit-Collège*, qui se dresse à leur pied; plus loin, c'est le dépôt de mendicité; plus loin encore, c'est la maison Jaricot, à la svelte tourelle, aux pieuses légendes, ce réservoir de charité et de bonnes œuvres, dont les ruisseaux coulent dans la cité, sur les pentes embaumées de la sainte montagne. Un peu plus à gauche, l'Antiquaille développe, sur les substructions antiques qui lui servent de base, ses grands corps-de-logis relevés de pavillons, qui donnent à cet hospice la figure et la solennité d'un château. C'est là que se trouve la crypte de Saint-Pothin. Suivez un peu l'horizon, si harmonieusement mouvementé, si varié d'accidents, d'ombre et de lumière, de verdure, de maisons et de rochers; suivez de l'œil les contours de ces collines, qui semblent comme les émanations de celle de Fourvières, vous verrez tour-à-tour surgir la sainte basilique des Machabées, pour laquelle j'invoque depuis si long-temps un clocher plus monumental, mais non pas une de ces flèches que repoussent les contours des collines environnantes. Vous verrez la basilique plus sainte encore des Martyrs, avec son calvaire qui regarde l'orient; le refuge Saint-Michel, les ombreuses villas de la montée Saint-Laurent, les délicieux jardins et les vignobles de Sainte-Foy-lès-Lyon. Un seul petit monument occupe le centre de ce grand paysage, c'est la chapelle de Fourvières, redevenue collégiale, dont le modeste clocher offre encore ce symbole tout romain de la croix combinée à la girouette, qui semble témoigner des indissolubles liens qui rattachent l'une à l'autre, la métropole du monde et la métropole des Gaules. Sur ces hauteurs, était le vieux *Lugdunum*, posé, comme la métropole romaine, sur une suite de collines, entouré de murs d'une énergie tout étrusque. Là-haut, étaient le *forum*, le marché public, les aqueducs, l'amphithéâtre, les temples, la basilique ou curie civile, les bains; là-haut, était tout le fracas de la vie militaire et sociale de la colonie latine. La civilisation et la politique de l'ancien monde ont pivoté sur ces montagnes. Aujourd'hui, le christianisme est paisiblement assis sur ces ruines. Ici, c'est le clos de la Sara, avec sa magnifique avenue de noyers plantés dans le gazon; là, c'est le cimetière de Loyasse; plus loin, ce sont de délicieux jardins, des pensionnats, des communautés, de pieux asyles du recueillement et de la prière : tout cela s'est mis à la place de l'histoire antique, que chaque coup de bêche donné dans la terre exhume et fait revivre.

Mais redescendons au bord de la Saône. Voici le palais archiépiscopal, rebâti sur celui qui datait de Karl-le-Grand, par le cardinal de Bourbon, au XVe siècle, puis modifié, ou plutôt défiguré par de nouveaux changements, qui ont altéré tout son caractère et l'ont réduit aux conditions mesquines de la demeure bourgeoise. C'est là que logèrent tant de princes et de souverains, là que le pape Pie VII et l'empereur Napoléon furent reçus. Voici ce pont de Tilsitt, chef-d'œuvre d'art et de solidité, sur lequel passèrent tant de pontifes et de personnages illustres par la foi, le cœur, le génie ou la puissance. Que de variété encore, quel caractère dans ce quai nouveau qui se dirige du côté des *Étroits;* ce sont les féeries mauresques de la maison Blanchon, c'est l'église de Saint-Georges, à laquelle une grave addition va donner un caractère monumental complet, c'est la commanderie aux murs noirs et fiers, et dans le lointain, vers ce pittoresque chemin qui mène à la jonction du Rhône et de la Saône, la maison florentine et la Quarantaine, avec ses pauvres maisons de pêcheurs! — Non, il n'existe point en France de ville ainsi découpée, ainsi mélangée de nature et d'art, d'arbres et de maisons, aussi magnifique dans ses masses. Il y a sur la Méditerranée française un port resplendissant de lumière, où l'Orient vient chaque jour apporter ses parfums et faire entendre les chants de ses matelots; mais, malgré le soleil qui l'inonde, la chaude couleur de ses horizons, la cité de Marseille n'offre point le ravissant aspect du quai de Saône; il y a plus de solennité, il y a moins de grandeur dans le tableau qu'elle déroule à nos yeux. — Oh! quel bel et majestueux ensemble que ce quai de Saône! Le mouvement et le tumulte d'une capitale, une douce rivière, les plus frais paysages, les monuments de la foi et les monuments de l'art, une brise qui descend de Fourvières et vous murmure quelques mots de prière et d'espérance autour du cœur; tout cela dans cette ville dont la gloire égale les infortunes, où l'âme et la foi occupent plus de place qu'ailleurs, où tant de généreuses poitrines palpitent pour la charité, où il se fait dans tous les genres de si grandes choses, où tant de nobles dévouements s'efforcent de reconduire à la vérité liturgique toutes les manifestations de l'art chrétien, où les caractères sont si fermes, et les natures si affectueuses et si choisies, où il y a tant d'hommes *intérieurs*, comme dit le plus savant et le plus éloquent de ses penseurs, M. Nolhac aîné, une si rare tendance à tous les sentiments sublimes, et dans le génie populaire, tant d'*humus* moral et de fertilité naturelle. Et regardez tout autour de vous : quelle activité, quel tumulte, quel mouvement et quelle vie! D'élégants équipages se croisant et s'entre-croisant, de nombreux omnibus faisant mugir le pavé du poids de leurs lourdes cargaisons populaires, les oisifs, les hommes d'affaires, la brouette du prolétaire, la hotte du colporteur, les chars pliant sous le faix des caisses et des ballots du commerce; un bruit confus de voix, d'instruments, de hennissements de chevaux, de roulement de voitures; une population mélangée et variée à l'infini, des prêtres, des moines, des religieuses de tout costume, comme dans les rues de Gênes; tout le fracas d'une capitale de premier ordre. Et si, dans ce moment, une procession lente et grave cheminait sur la rive droite de la Saône, à l'ombre de Saint-Jean, avec ce recueillement intime de nos processions lyonnaises, déployant toutes les majestés de ses rites, toute la gravité de sa marche, toute la pompe de nos costumes ecclésiastiques, le dais d'or, les bannières d'or, les chapes d'or, ses myriades d'enfants de chœur vêtus à la romaine, pendant que les cloches continuent vers le ciel la sainte mélopée de leurs chants: si pendant que tous les asyles de la prière, répandus sur les saints coteaux, unissent leurs voix et leurs mélodies de cloches à ce magnifique concert et à cette grande manifestation catholique, pendant que le carillon de Notre-Dame-de-Fourvières sème dans l'espace ses mélodieux accords, et fait croire qu'un chœur d'anges suspendu dans les airs est venu aussi s'associer à cette fête, oh! alors, comme le spectacle serait sublime et le tableau complet! — Et si, à défaut d'une procession, un simple enterrement ou un prêtre allant porter l'extrême-onction à un malade, flanqué de deux lanternes, d'un enfant de chœur et d'un pieux groupe de fidèles, viennent à passer parmi cette foule, comme elle s'entr'ouvre, comme elle se fend, ainsi que le flot devant un navire, comme elle se découvre unanime, agissant comme un seul homme! — Mais, absorbés dans nos émotions, enchaînés devant cet aspect dont Fourvières est l'âme, nous n'avons pas cheminé sur le quai qui lui fait face, quai sans égal dans le monde pour la largeur fabuleuse de son terre-plein, la majesté de ses lignes, à qui il ne manque que deux rangs d'arbres pour offrir une vue dix fois plus variée et plus imposante que celle des boulevards de Paris, car ces boulevards n'ont d'horizon que leurs propres horizons; le spectateur qui les parcourt est inhumé dans une vallée de maisons, tandis que le quai de Saône déborde et s'épanche dans une incroyable campagne, et voit de magnifiques, de verdoyants contours pendre sur sa tête et se combiner à ses perspectives. Nous n'avons point entrevu la place Louis-le-Grand, qui vient s'ouvrir vis-à-vis du pont de l'archevêché; nous n'avons point compté ces bazars où l'art lyonnais a épuisé toutes ses ressources, salué la librairie ecclésiastique du Port-du-Roi, la librairie essentiellement burgundo-lyonnaise de M. Chambet, admiré les somptueux dépôts de porcelaines et de glaces, les opulents magasins d'orfévrerie et de joaillerie du quai Villeroy, parmi lesquels il en est un dont le plus rare bijou, dont la plus précieuse pierrerie ne s'achète point et ne se trouve pas sur les écrins. — Oh! quel diamant a l'éclat de deux yeux noirs percés dans un front sublime de chasteté et d'expression, enchâssés dans une chevelure d'ébène, et si profonds, qu'ils vont jusqu'au cœur plein de foi, de poésie et d'onction, dont ils sont le symbole!

Oh! auguste cité de Lyon, en quelque mesure que les idées nouvelles entrent dans ton sein, quelque atteinte que chaque jour porte à la vieille écorce de tes aspects matériels, aux vieilles conditions locales de tes mœurs, tu seras toujours originale et forte, la ville catholique et laborieuse parmi toutes les cités des Gaules. Ni l'irruption toujours croissante du parisianisme, ni les efforts de la centralisation et du monopole, qui tendent à refouler vers un unique foyer toute la sève et le sang de nos provinces, ni l'agiotage des chemins de fer qui vient de troubler tant de paix domestiques, ni les relations nouvelles que te créera leur mise en activité, ne sauraient faire fléchir ta glorieuse nationalité, et rendre entièrement fruste le sceau qui te distingue; car tu as conservé plus qu'aucune ville l'esprit de foi, l'esprit de famille, l'esprit d'ordre, et cet esprit communal si énergique et si consciencieux, que les hommes venus de loin pour t'administrer ont été souvent surpris de sa cohésion et de ses résistances; tout cela continuera à former autour de toi un cordon sanitaire contre les idées de Paris. Oui, ton influence sur les destinées françaises s'exercera malgré tous les obstacles qu'on opposera à son extension; quand la démoralisation venue de Paris aura achevé son œuvre, tu seras là pour jeter de nouveau dans une société épuisée et aux abois, des idées de Christ et de charité, de régénération et de palingénésie; tu rétabliras l'ordre moral, tu feras la sérénité après la tempête; n'aie peur des menaces de tes ennemis, ne te préoccupe point des mépris que laissent tomber sur toi ces hommes qui ont faussé l'art, la morale, la littérature, le goût français, et insultent à tout ce qui n'est point corrompu comme eux. Laisse-toi, sans te plaindre, reprocher, par ceux qui ne te voient qu'en courant, les sombres profondeurs de tes entrailles, les mystères de tes ateliers, tes rues étroites et noires, les vêtements sordides de ces pieux prolétaires qui font ta grandeur industrielle; va, tu n'en auras pas moins les magnificences matérielles de tes édifices et de tes quais, les intimités et la poésie de ton cœur; tu n'en seras pas moins le centre d'une France à part, qui commence à Trévoux, autour de ces belles ruines du château princier, dont une tour carrée coupe encore l'horizon de ses lignes alternativement blanches et rouges, et se continue par les suaves paysages du Franc-Lyonnais, à travers l'histoire catholique et royale et la magnifique poésie de l'Ile-Barbe, jusqu'au Viennois. Dis-leur, au besoin, à ces étrangers qui te méconnaissent, dis-leur les pompes et les majestés de ton culte, les gloires de ton passé, la ferveur de tes souvenirs et de ta foi, les chants inspirés, populaires et unanimes de tes basiliques, l'amour de tes enfants pour leur mère; ouvre-leur le Panthéon de tes hommes illustres, lyonnais de fait ou de droit. Dis-leur avec une légitime fierté que nulle cité du monde n'a des masses taillées sur l'imposant et grandiose patron des tiennes, arrangées et contrastées comme les tiennes; nulle des maisons colossales comme tes maisons, en hauteur, en ampleur (1), en profondeur et en largeur, abritant une population équivalente à celle d'un bourg ou d'une petite ville; une histoire aussi complète de l'art par ses monuments, et de l'art de toutes les époques, mais de l'art dans ses expressions châtiées, nobles, énergiques, non dans ses phases de décadence, de formes ampoulées et corrompues; et console-toi comme tu l'as toujours fait en Dieu et avec Dieu. Ah! si depuis dix-sept ans que nous nous inspirons à son foyer, nous avons fait de la ville de Lyon notre résidence intellectuelle, ce n'était pas pour jeter sur ses gloires un stérile encens; c'était pour vivre de sa vie, de ses monuments, de son histoire; c'était pour nous associer, avec la piété d'un fils, à toutes ses prospérités et ses douleurs.

(1) La seule maison Tholozan ne peut-elle pas servir ici d'exemple?

PRIMA · SEDES · GALLIARVM

II.

CANTON DE NUITS.

Paysage.

A MM. le docteur Durel, Ernest Marey-Monge, et Mazeau, de Dijon.

La jolie ville de Nuits s'élève au cœur de presque tous les grands souvenirs religieux, militaires, chevaleresques et poétiques qui font la gloire de la Bourgogne, et au centre de tous ces renommés vignobles qui font sa prospérité et sa richesse. Soit du haut de la colline doucement mouvementée qui la protège, soit de la cime altière, nue, de ce *roi de Villars*, borne de sa vallée, les regards de ses pieux enfants planent sur Cîteaux ; ils embrassent, à l'horizon, les grisonnants contours de Fontaine-lès-Dijon, berceau de saint Bernard, la svelte aiguille de l'abbaye de Saint-Bénigne, à l'ombre de laquelle naquit Bossuet, la tour du palais des ducs, vieux et muet témoin des tournois et des fêtes de la cour de Bourgogne. Les restes chancelants du château de Vergy, couronnant une abrupte montagne, la maison-forte des de Vienne, à Gilly, regardant le castel des moines, le clos de Vougeot, Vosnes,

cette capitale viticole de notre illustre province, le vignoble princier de la Romanée-Conti et tant d'autres, dont les produits se montrent à la table des rois; le village ducal d'Argilly, ce vallon de
Notre-Dame-de-la-Serrée, où la brise soupire si harmonieuse et si
suave, où les effets de nature, de perspective et de lumière sont
si ravissants, qu'emplit tant de mystère et de poésie : tout cela a
sa place marquée dans le paysage déroulé autour de Nuits; car si
Vergy appartient géographiquement au canton de Gevrey-Cham-
bertin, il n'en est pas moins partie morale de celui de Nuits. —
Y a-t-il dans notre pays une cité aussi petite que celle-ci par sa population, dont le chiffre n'atteint pas quatre mille habitants, qui y joue
un tel rôle par son intelligence, par sa sociabilité et sa politesse,
qui offre à ses hôtes une vie aussi douce, qui ait une situation si
commode, si paisible et si salubre? Nous ne disserterons point sur
sa naissance qui remonterait, contrairement à une opinion long-
temps reçue, aux temps gallo-romains, si les débris d'antiquités
trouvés naguère aux portes de Nuits, pouvaient suffire comme
matériaux pour rebâtir toute une histoire, sur ses humbles commencements, qui se perdent dans l'obscurité des âges avec les
excursions aventureuses et les stations incertaines des *Nuitchons;*
nous ne rappellerons point qu'un simple *abergement* fut, au moyen-
âge, son origine la mieux constatée; nous la prenons telle qu'elle
est, expression et type de la plus belle fraction cantonnale du territoire de la Côte-d'Or.

Assise, dans les conditions les plus favorables à la vivifiante
insolation du matin, sur les bords d'un ruisseau qui sort de la
vallée pour la rafraîchir, et en une espèce de bassin faiblement
senti dans ses horizons, il semble qu'elle ait ainsi choisi sa place,
pour être en rapport immédiat avec l'aurore et pour puiser vers
l'orient la sève, la lumière et la couleur. Une foule de grands et
nobles villages lui font cortège et s'identifient avec ses fêtes et
ses douleurs. Tout le sol fertile qui l'environne est cultivé avec
amour, et se varie à l'infini sous la double influence de la nature et de l'art. Du côté de la plaine qui mène à la Saône, ce
sont des masses d'arbres touffus, s'arrangeant sans confusion
autour des demeures rustiques, de longues et hautes avenues de
peupliers mêlant leur pâle verdure à la verdure ferme et foncée
des noyers, de molles et odorantes prairies encadrées dans leurs
haies d'aubépine, des châteaux semés çà et là sur cette plage animée, les uns jeunes et parés selon le goût et la mode de nos
jours, les autres noircis par les révolutions ou le temps; de soli-

2

taires bosquets et d'immenses zônes de forêts dont l'œil aime à sonder les mystérieuses profondeurs; de faciles et gracieux accidents de terreins, sans lesquels toute riche et toute différenciée qu'elle est par les cultures, cette plaine finirait par devenir monotone dans ses aspects; des fermes isolées, des hameaux qui se tendent les bras, tout un peuple de clochers d'une rare élégance; et tout cela groupé de la manière la plus harmonieuse, soit pour l'ordonnance générale des lignes, soit pour l'effet particulier des profils. — Au couchant, c'est cette montagne épanouie et colorée à l'instar des monts de la douce Italie, chargée de vignobles jusqu'à la région plus austère où commence la robe grise de ses rocailles, entrecoupée de tertres et de cerisaies, de sinueux sentiers, de blanchissants abris tapissés de treilles, où le laborieux citadin vient respirer un air plus libre, plus vif, dans ses moments d'effusion et de loisirs. Un peu plus loin s'ouvre, entre deux collines qui s'arrondissent pour lui donner passage, ce vallon où le murmure d'un ruisseau, la quiétude de l'atmosphère, la voix d'une cascade, le souvenir d'une touchante piété locale, une inouïe variété d'accidents et de sites, des traditions mystiques que le temps n'a pas effacées du cœur des Nuitons, un rare concert d'oiseaux, d'arbres et de grottes, ont mis toute cette sereine poésie que nous avons cherché à faire revivre ailleurs. Et ce vallon chemine tout d'abord entre deux montagnes qui s'infléchissent mollement pour le laisser s'unir à la plaine : l'une venant du nord, sur le penchant de laquelle serpente ce sentier si populairement connu sous le nom de *Grépissot* de Concœur (1); l'autre venant du midi, ombragée de noyers à sa base, ayant à mi-côte une zône abrupte que coupent les larges portes d'une caverne, taillées dans le roc comme deux grands yeux de la nature constamment ouverts sur toute la vallée, et portant à sa tête un ermitage abandonné de la prière, mais non point du culte non moins intime des paysagistes. — Tout cet appareil de collines, à la profilation près, rappelle un peu un horizon lyonnais. La montagne de l'ermitage correspond ici à celle de Fourvières, et le *roi* de Villars, qui se rattache à celle de droite, représente les hauteurs de la Croix-Rousse.

Une austère basilique dont la teinte grise se confond avec celle des sommets de montagnes qui l'abritent, œuvre mixte des byzantins d'occident et des hommes de l'école ogivale qui les continuèrent en

---

(1) Ce mot vient de l'italien *Greppo*, qui veut dire butte.

s'élançant davantage vers le ciel, bâtie avec la solidité des monuments étrusques, à la naissance de cette vallée, dans le site le plus magnifiquement pittoresque, et ayant la plus grave sonnerie en ton mineur de notre contrée; une autre église plus jeune, malheureusement faite acéphale par l'ignorance ou la cupidité d'un architecte qui, en lui enlevant son clocher, l'a rendue muette, et lui a ravi ce délicieux carillon de notre enfance, que la brise promenait de nuages en nuages, qu'elle balançait mollement dans les airs, qu'elle emportait et rapportait, tour-à-tour, et que notre cœur et nos oreilles demandent toujours aux échos de la ville de Nuits; une maison-de-ville tout nouvellement disposée pour une destination qu'originairement elle n'était pas appelée à remplir; un hospice d'une élégance peu commune, forment les monuments publics de la gentille et courtoise cité. — Mais que dirons-nous de toutes ces demeures privées qui se dressent si propres, si nettes, si largement et si commodément distribuées? On croirait à Nuits que la bourgeoisie a pu, comme à la campagne, se tailler ses habitations en plein drap, les entourer d'air, de lumière, d'arbres et d'espace, à volonté. Nous ne connaissons pas de ville où la demeure particulière ait atteint ce degré, non de solennité et de grandeur, mais d'importance relative, et où elle offre ce *confortable* parfait, cette allure aisée et libre, ce luxe raisonné des maisons nuitonnes. La population de cette ville est peut-être la mieux logée du monde. Et partout, autour de ces maisons, dans ces maisons, des naturels indulgents et faciles, une vie douce, amie du bien-être et du calme, une société distinguée dans ses goûts, sa manière de vivre et de penser, d'une exquise politesse et d'une constante aménité; un peuple sans sédiment populacier, d'un esprit vif et fin, d'une loyauté exemplaire, d'une rare activité, d'une plus rare pénétration, habile au-delà de toute parole dans les œuvres matérielles qui sortent de ses mains; des mœurs locales pleines d'enthousiasme, de sève et de verve, d'originalité dans l'expression et de spontanéité dans la pensée, merveilleusement perméables à tous les sentiments hospitaliers et généreux, et rétives à toutes les mauvaises passions. — Ah! c'est que Nuits est une des villes où se concentre la nationalité bourguignonne qui, ramenée à ses éléments anciens, est si excellente et si pure. Nous aimons à le répéter ici, il existe peu de pays plus chaleureusement chéris de leurs enfants que celui-ci, peu de mères qui trouvent un tel culte dans leur famille; et cela est consolant à dire, car il y a tant de fils ingrats! — Il faudrait que toujours, pour chacun, sa petite ville, son bourg, son hameau même fussent le centre du monde : l'homme s'attacherait à la famille, au sol, à l'air qu'il a respiré dès sa naissance, aux paysages qui ont souri à ses premiers regards, à cette histoire qu'il a trouvée toute faite autour de lui. — Il y a bien peu de lieux encore où la charité soit aussi vigilante qu'à Nuits ; qu'il nous suffise de rappeler que le type de la garde-malade mercenaire n'est point connu dans cette petite cité, et que les affectueuses réciprocités de soins et d'égards de famille à famille y rendent sa présence inutile. — Mais sortons de la ville et effleurons, à la hâte, ce beau canton dont elle est la capitale.

Les mœurs doucement civilisées de la cité ont réagi sur le peuple des campagnes qui l'enveloppent. On sait assez combien le paysan des environs de Nuits l'emporte sur celui des autres cantons de la Côte-d'Or, par la convenance de son langage et de ses relations. Le canton de Nuits semble vouloir rappeler, par sa figure actuelle, les limites de l'ancien bailliage nuiton, le plus vaste de la Bourgogne, et qui, s'étendant jusqu'à la Saône, comprenait dans son ressort le pittoresque village de Bragny, dont l'ombre se projette sur le delta, au centre duquel est Verdun-sur-le-Doubs. Si les liens de Bragny avec Nuits ont été violemment rompus, notre canton, toutefois, a encore gardé ses avant-postes fort loin de ce côté, et Villy-le-Moûtier forme sa limite dans le pays-bas. Qui de nous ne s'est promené dans les riches vergers d'Argilly? qui n'a admiré cette magnifique commune rurale, couchée dans les splendeurs d'une énergique et verte nature? qui n'a senti son cœur s'épanouir et s'embaumer comme les fleurs de ses prairies? qui de nous, en un beau jour de printemps ou d'automne, n'a bondi de joie comme les troupeaux de ses gras pâturages? qui n'a savouré ses fruits et rêvé à l'ombre de ses frémissants peupliers? qui de nous n'a rebâti par la pensée ses châteaux détruits, parcouru son immense parc ducal? qui de nous, enfin, ne s'est vivement épris de la majesté de ses lignes, et n'a reconnu le ciseau antique dans l'apside et le clocher de l'église de ce village, roi de la plaine nuitonne? Ce campanile offre une analogie frappante avec celui qui couronne la belle église de Notre-Dame, à Trèves (Prusse rhénane). — Ah! non, je ne sais vraiment quels poétiques enfants de l'Hellénie vinrent jadis déplier leurs tentes sur ce radieux territoire du canton de Nuits. Est-ce une colonie d'artistes grecs, égarés sur le sol français, qui se fixèrent en cette hospitalière région des alentours nuitons, y trouvant un climat sans âpreté, des mœurs expansives, une verve de nature conforme à celle de leur patrie?

Est-ce l'influence et l'inspiration de Cîteaux qui nous donnèrent ces suaves manifestations d'art chrétien; ce clocher de Gerland, jaune comme l'argile, d'un goût si correct et si châtié; ce clocher d'Argilly, d'une élégance toute classique, d'un si harmonieux motif; ces portions si merveilleusement profilées des églises de Prissey, de Villy-le-Moûtier, de Corgoloin, d'Agencourt, etc., etc.,... ou bien, sont-ce les rayons de notre beau ciel de Bourgogne ?..... L'architecture romano-byzantine des XIIᵉ et XIIIᵉ siècles est représentée ici avec un éclat sobre, une fermeté, une noblesse, une pureté, qui ne sont plus du reste de la province; ils offrent cette couleur chaude, moelleuse et dorée, qu'on ne trouve que dans l'extrême midi de la France, à Arles et à Saint-Gilles. Presque toutes nos églises rurales sont, en tout ou en partie, l'œuvre de cet art, de ce temps, de ce goût exquis de style et d'exécution. Toutefois, le temple de Gilly et sa flèche si osée et si légère, nous initient aux secrets d'une autre architecture, et semblent nous prouver que l'école ogivale voulut faire participer aussi le canton de Nuits à sa gloire.

Si le canton de Nuits s'épand d'une part dans la plus magnifique plaine, les plus belles portions de la côte et de l'arrière-côte nui-tonnes sont encore de son domaine. Sans parler de la combe d'Or-vaux, au fabuleux et incroyable aspect, de Premeaux, aux carriè-res de marbre, et de Vosnes, qui règnent sur la première, n'ou-blions pas les mystérieux horizons de la seconde : Villars-Fontaine avec ses eaux limpides et ses grottes tapissées de vignes et de rocailles, comme celle de Calypso; Corboin aux frais bocages, où tant de sources murmurent, où s'exhalent tant de parfums de la-vande et de serpolet; le solitaire et pittoresque manoir de La Ber-chère, sur le territoire ombragé de Boncourt, La Berchère, dont le nom rappelle une des plus dignes familles parlementaires de notre province. Ne passons pas sous le silence Quincey, son château moderne, jadis habité par les Cortois, son beau parc largement dessiné et percé à la française; Villebichot caché derrière les bois, comme un monument druidique; Flagey, dont le finage s'étend jusqu'à la côte, pour y revendiquer le délicieux vignoble des Eché-zeaux ; Gilly à l'imposante figure, dont l'église, le vaste et austère château, la solitaire maison-forte produisent un si noble effet à l'ho-rizon. Nommons, oui nommons encore Meuilley, aux sites variés et découpés avec tant de grâce, aux gracieux réseaux d'ombrages; Arcenant, aux crêtes pierreuses, aux retentissants échos: Villers-la-Faye, surtout, berceau d'une famille illustre dans la noblesse de

Bourgogne, par la loyauté et les armes, recueilli dans les plus
saintes et les plus vieilles traditions qui vivent encore au village.

Ce n'est pas parce qu'une vénérable aïeule vient de nous laisser, en quittant cette terre où sa mémoire est bénie, un humble
asyle dans le coin le plus ignoré de ce hameau de Villers-la-Faye, de
nous y donner de nouveaux frères, et quelques arbres héréditaires
pour nous abriter, que nous nous inspirons sans préparation et sans
motif à son encontre. Qu'y a-t-il de plus reposé, de plus chaste et
de plus tranquille que cette nature, de plus agréablement paysagé
que ce bassin, de plus mélancolique, de plus placide, de plus solitaire que ce mont isolé de toutes parts, comme une poype, et
dont la forme rappelle celui de la sainte colline lyonnaise de Fourvières? Là, au sommet de ce mont, est une vénérable église enveloppée d'un cimetière, malheureusement tronquée, de style romano-byzantin, comme presque toutes celles du canton de Nuits, et
un chêne séculaire, dont la mâle ramure frémit à côté d'elle.—
Tout autour de ce double monument de la nature et de la foi, sont
des débris historiques qui annoncent une enceinte militaire druidique et romaine, formée à la cime de la montagne, et d'autres débris
qui prouvent ici l'existence d'un antique polyandre. Oh! ce mont
de Villers, posé là comme un autel, plus encore que celui de Fourvières en face de la ville de Lyon, qu'il est poétique et touchant avec
son saint diadème, avec sa vieille chapelle, but d'une antique dévotion populaire à saint Abdon (1), avec ses agrestes sentiers tracés pour les pèlerins, avec son damier de cultures diverses, coupant en tous sens, et avec toutes les variétés de formes et de couleurs, ses pentes accidentées et rapides. Comme il plane avec une
fierté calme sur tout le pays-bas de Bourgogne, dont le culte le
distingue et le salue à l'horizon, comme un mont sacré, objet d'une
pieuse consécration! Quel grand tableau il domine, quel immense
panorama est étendu à ses pieds! De son faîte, on voit Saint-Vivant
et Vergy, Chalon, la Saône coulant entre ses deux rives, des myriades de villages, plusieurs villes; on lit à la fois en deux grands

---

(1) Depuis la construction d'une église neuve dans le village, saint Abdon a
été descendu dans ce temple. On ne saurait trop s'élever contre ce déplacement.
La piété populaire, l'histoire, la majesté du mont, si favorable au développement du sentiment religieux, tout devait concourir à laisser le saint dans le vieux
sanctuaire de la montagne. Il faut espérer qu'on ne tardera pas à comprendre le
besoin de revenir sur une décision, qu'aucune considération ne saurait faire légitimement prévaloir.

livres ouverts devant ses yeux : celui des montagnes, austère, sérieux, et le livre plus espacé et plus orné du plat pays. On est entre deux courants de civilisation et d'air : l'un prédisposant à d'énergiques et vierges pensées, l'autre inspirant une molle rêverie. Au pied de ce mont sont les restes du château de Villers-la-Faye, auxquels une vieille tour, décapitée en 1793, d'une robuste et ferme structure, imprime un caractère digne de ce paysage. Autour du salubre hameau, il y a de ravissantes promenades pour le poète et l'artiste, de petits bois où les oiseaux chantent sans cesse, le *Lieu-Dieu*, qu'on ne peut se lasser de visiter dans la paix et la sérénité de sa pittoresque situation. Et puis, dans le village, des mœurs et des figures encore rurales, une dernière lueur de l'esprit patriarcal, qui fuit à grands pas la plaine; des aspects rustiques, qui, sous l'influence de notre excessive civilisation, deviennent si rares autour des hameaux, que bientôt les ombrages et la nature se retrouveront mieux parmi les jardins publics des villes qu'à la campagne. Oh! combien nous aimons ce bon et tutélaire pays, sa piété encore vive, ses habitudes sobres et laborieuses, la solitude, les harmonies et le silence de ses alentours, les intimes initiations qu'il développe!

Voilà des choses que peu de personnes comprennent. Hélas! qui comprend les choses de sentiment et de cœur aujourd'hui?..... Les hommes qui pensent ainsi, ceux pour qui les intérêts moraux sont supérieurs aux intérêts matériels, n'auront bientôt plus rien à voir en ce monde de chemins de fer, de corruption et d'agiotage; il ne leur restera qu'à plier bagage et se murer en eux-mêmes.

Terminons, en disant que le canton de Nuits a une nationalité, une cohésion morale et matérielle, une vie qui lui sont propres; que nul n'est doué plus que lui d'un esprit de modération et d'ordre, de prudence et de sagesse; que nul plus que lui n'a le droit d'être fier de ses souvenirs et de son présent; qu'il est bien évidemment celui où il y a le plus de sève dans ce patriotisme local que le voltairianisme politique aura beau flétrir du nom d'amour de clocher, mais qui n'en sera pas moins l'élément de tout patriotisme national solide, le principe et la sauve-garde de toutes vertus citoyennes et domestiques. Ajoutons que le canton de Nuits est peut-être le seul de notre contrée s'intéressant sincèrement à ses choses et à ses hommes, tendant à les grandir et non point à les déprimer, et voulant, sur tous les points où s'exerce son influence par des mandataires, être représenté exclusivement par ses enfants, par ceux qui ont sucé le même lait que lui, ou qui ont contracté avec lui de vieux et indissolubles liens ; enfin, qu'il est surtout celui de la Côte-d'Or où s'entendent les derniers battements du cœur bourguignon. — Ah! si jamais nous réunissions en un seul cadre nos pages éparses sur la ville et le canton de Nuits, nous voudrions en elles topographie, paysages, poésie, critique, statistique, archéologie, faits historiques et coloris ; car, qu'est-ce que de l'histoire qui n'est qu'une collection de dates et un enregistrement mécanique d'évènements ?

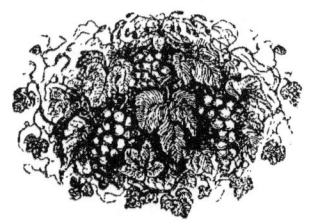

III.

CIMETIÈRE VILLAGEOIS.

A MM. Bonjour, Joseph Feuillet, Mulsant et Morin, continuateur de l'Histoire de Lyon.

Au point de vue des principes chrétiens, qui sont la consécration et la sauve-garde de toutes les idées de haute moralité publique et particulière, la place naturelle du champ des morts est à l'ombre de l'église, centre de la commune spirituelle. Il convient que le fidèle n'arrive pas sans préparation et sans transition au temple où il vient prier; il convient qu'avant d'en aborder le seuil, il puisse se recueillir sur une terre à part qui l'isole de la foule, du bruit, du limon des intérêts matériels; il faut, en un mot, que l'église, *domus orationis*, lieu exceptionnel, tout-à-fait en dehors des choses vulgaires du monde, soit enveloppée de culte, de souvenirs, de silence et de paix. Le cimetière forme autour d'elle cette espèce de cloître à ciel ouvert, ce pénitentiaire touchant, cette harmonieuse ceinture de solitude qui ranime la foi; il étend à ses pieds ce linceul de tristesse qui prédispose le

cœur aux plus saintes initiations, et provoquant dans l'homme
un retour sérieux sur la mort, le prépare à sanctifier ses jours,
rétablit dans son âme cette prédominance de la pensée religieuse sur la pensée terrestre, qui le livre moins indigne aux re-
doutables mystères de l'éternité. A-t-on dit assez tout ce que doit
inspirer de respect, tout ce que présente de solennel et de grave
le *campo santo*, placé dans ces conditions, sous l'aile de sa mère ?
— Le ministre des autels du Dieu de paix parlera, dans l'arche
sacrée, de fraternité, d'égalité, d'abnégation des intérêts tempo-
rels, de l'instabilité de cette vie; le champ funèbre sera là pour
justifier la voix apostolique du pasteur; et puis, quel fidèle, préoccupé du devoir qu'il va remplir à l'église, ne pensera pas aux parents, aux amis qu'il a perdus, et ne réfléchira point, à la vue de
leurs tombes, au grand livre qu'ouvre la mort devant l'humanité ?
Oh! oui, avec le cimetière formant l'enceinte du temple, autour de
l'assemblée vivante qui prie et chante les louanges du Seigneur,
vous avez l'assemblée muette des morts, couchés dans leur
bière, le cortège des fidèles défunts qui ont prié et chanté les mêmes louanges dans le même lieu, en telle sorte que tout le peuple
chrétien du pays est toujours réuni là, par les descendants et les
ancêtres. L'entourage entre pour beaucoup dans l'impression que
produisent les choses, et chacune a son milieu propre et son point
de vue. Au pourtour d'une église rurale surtout, il faut une zône
morne et triste, comme autour de la Rome ecclésiastique il fallait
l'*Agro romano*, pauvre, nu, délaissé; l'*Agro romano*, cimetière
de la civilisation antique et de l'ancien monde. — Trop souvent
les idées modernes, éprises d'une véritable passion pour tous les
genres de nivellement moral et matériel, et préoccupées de craintes
philosophiques sur l'insalubrité du cimetière, presque toujours peu
fondées quand elles s'appliquent à d'humbles nécropoles de villages, balaient sans motifs sérieux le passé, à l'ombre des édifices religieux, troublent la cendre des trépassés dans la paix de
leur dernier asyle terrestre, et relèguent entre quatre murs isolés
des vivants, ces sépulcres dont la seule vue faisait naître dans le
cœur des fidèles de graves et saintes méditations. Quelquefois l'orgueil de quelques gens qui n'aiment pas voir la mort sous leurs
yeux, et dont les maisons avoisinent le cimetière rural, provoque
ces sortes de profanations légales, tout comme l'orgueil entre pour
beaucoup aussi, et dans les mesures qui prescrivent le corbillard,
et dans celles qui interdisent la mendicité. — Toutes ces idées de
translations de cimetières, de corbillards, de suppression de la men-

dicité, sont sœurs, filles de la même philosophie protestante et négative, de la même aridité de cœur, de la même vanité, des mêmes petitesses. Le riche, le parvenu surtout rougissent qu'un pauvre leur tende sa main maigre et décharnée, sur la voie publique ou le seuil de leur demeure. — La charité légale, la charité qui vient de la loi et n'émane ni du cœur ni des instincts catholiques, cette charité froide, nommée philanthropie, est l'effet de l'esprit philosophique, si différent de l'esprit chrétien. Nous ne nous étendrons pas davantage sur les considérations morales qui militent en faveur de la présence du cimetière autour de l'église champêtre, partout où elle est sans inconvénients bien sérieusement constatés : ces considérations sont d'un ordre élevé, et elles n'échappent point au bon sens populaire qui devine, par la seule énergie des sentiments natifs qui l'enveloppent, tant de grandes et saintes vérités. Oh ! il ne faut faire fléchir le moindre intérêt moral qu'en présence d'un besoin extrême de sauver un intérêt matériel de la plus haute importance. — Nous comprenons toutefois que la philosophie ait été sage, lorsque, sous l'influence d'une préoccupation de salubrité, elle proscrivit les cimetières autour des temples, dans les grands centres de population; mais quand le champ funèbre ceint de ses touchantes leçons une humble église de village, posée au milieu d'une verte nature, en pleine et rase campagne, pourquoi, sans nécessité, frapper le hameau dans ses derniers respects, sa dernière moralité, ses dernières harmonies ? — Hélas ! quelle a été presque partout la conséquence des brusques translations de cimetières ruraux ? quel en a été le but ostensible ou secret ?.....

Sous le prétexte de salubrité, on a mis la vieille église du village en point de contact immédiat avec les cabarets, qui se sont promptement bâtis à son pourtour; on a le plus souvent déterminé la ruine du monument, en déchaussant violemment et par un nivellement arbitraire les bases de ses murs, que contre-butaient les terrains exhaussés du cimetière; on a jeté le deuil dans toute une population, et foulé aux pieds un principe moral qu'il serait sage de faire prévaloir dans la plénitude de sa puissance. — Et tout cela, pour agrandir ou créer un champ de foire, pour faire place aux colporteurs, aux étalagistes, aux marchands, aux banquistes, aux vaches et aux porcs; pour vivifier l'intérêt matériel au préjudice de l'intérêt moral, quand, presque toujours, sans cette mesure, l'un et l'autre se trouvaient dans les meilleures conditions possibles d'équilibre et d'harmonie. Des tavernes qui environnent l'église, on peut narguer et montrer au doigt les gens qui prient, nuire, par l'ironie, à la liberté de culte, à l'explosion du cœur et de la prière populaires; de l'église, on peut aujourd'hui entendre les refrains déshonnêtes des ivrognes; les bœufs et les pourceaux du champ de foire peuvent se ruer sur l'ancien emplacement du cimetière, et le temple, privé de la pieuse enceinte qui l'isolait du tumulte, des parades, des marchés, voit les bêtes de somme et les vendeurs hurler et arriver jusqu'à ses portes.—Jésus-Christ chassa les marchands du temple : il a plu à un conseil municipal de village de rapporter ici la loi du divin maître. Mais ces scandaleuses mesures, ces déplorables outrages à la morale publique, ne portent pas tous leurs fruits : le cœur des populations proteste et proclame, dans le sanctuaire de sa foi intime, QU'UN PRINCIPE VAUT MIEUX QU'UNE DÉLIBÉRATION DE CONSEIL MUNICIPAL. —Oui, c'est par le cœur, bien plus que par la tête, qu'il faut juger ces choses-là. — Oh ! grand Dieu, est-il convenable d'accoutumer les populations rurales, chez lesquelles le sentiment exerce encore un reste d'empire, à ne voir dans un cimetière qu'un meuble qui peut changer de destination et de place, au gré d'un conseil municipal; qu'un lieu sans signification, sans consécration immuable, qui peut devenir à volonté marché public, abattoir ou halle ? et dans les ossements de nos pères, que de vils débris que l'on peut impunément jeter au vent d'un siècle de corruption et de scandales, ou livrer pour matière aux fabriques de noir animal et d'engrais artificiel ?

IV.

MONT-VALÉRIEN.

A Mgr Parisis, évêque de Langres, et MM. Brocard et Pistollet de Saint-Ferjeux.

Je fus le chantre du Mont-Valérien, alors que la piété populaire d'une grande capitale l'enveloppait de ses élans, alors que frappé déjà par la tempête, blessé rudement et pour la troisième fois dans ses touchantes consécrations, il avait pourtant encore conservé du calme, du silence, un sublime et saint langage. Pouvoir reparler de ce phare catholique de Paris, tel qu'il n'existe plus que dans nos souvenirs, c'est chose heureuse, c'est chose utile. — Ainsi d'une foule d'églises de la province ecclésiastique de Lyon, aujourd'hui détruites, qui ne revivent que parce qu'avant leur ruine nous en avions dressé la monographie. Nous ne devons donc rien changer à ces pages qui datent de 1837. A présent, le Mont-Valérien est devenu le fort détaché le plus culminant des environs de

Paris. Le cliquetis des armes, le bruit des tambours, des clairons et des cornets, les clameurs des soldats, la poésie de la baïonnette et du sabre ont remplacé la sereine et douce poésie que la religion versait sur son faîte. Oh! parmi toutes les vicissitudes dont le Mont-Valérien a été le théâtre, parmi tous les coups qui l'ont frappé, l'évènement le plus fatal qu'il ait à déplorer, c'est celui de sa conversion en forteresse. — On peut prier au milieu des ruines; elles sont solitaires, tristes et muettes; on ne peut pas prier autour d'un corps-de-garde et d'une caserne. — On a voulu que la même montagne qui disait au peuple de la capitale : *Prie, console-toi, espère*, fît planer incessamment sur lui la terreur et la menace des bombardements — *Sic fata voluerunt*....... — Dors d'un plus profond sommeil dans ton tombeau, vierge sainte de Nanterre; courbez-vous plus avant dans vos pieux souvenirs, catholiques de la capitale, en attendant que la bannière de la croix vienne encore une fois vaincre, sans tumulte et sans combat, l'étendard politique des gouvernants!

Ce n'est ni en géologue ni en annaliste que je viens consacrer ces pages au Mont-Valérien, d'abord parce que l'histoire de la colline sacrée est écrite, ensuite parce que j'aime encore mieux la poésie que les faits. — Douce est ma tâche, plus douces sont les harmonies qu'elle rappelle à mon âme; je veux rendre compte d'une impression tout intime, toute vivifiante, et je n'ai besoin ici que de cette harpe qui vibre au cœur de tous les catholiques.

J'étais allé serrer la main d'un indulgent et pieux ami, celui-là même qui, dans un petit volume, a recueilli les actes de religion ou de vandalisme dont le Mont-Valérien a été le théâtre, tout ce que la tradition, la mémoire des choses contemporaines, les relations écrites peuvent apprendre de ce lieu si célèbre dans les annales de la foi. Cet ami, il est venu là planter sa tente, sans doute, pour être plus près des petits anges du paradis; sans doute, pour que nul bruit de ville ne le trouble quand ses lèvres murmurent la prière du soir; sans doute, pour que tout soit silence, paix et parfums autour de lui.

Je ne sais si quelque influence providentielle motive ce rapprochement; mais la plupart des cités qui ont un nom dans le monde sont voisines de toutes ces grandes œuvres de la nature, qui versent des idées d'infini sur les agglomérations humaines. Presque toujours, c'est une montagne qui se dresse noble et fière, et qu'une chapelle de pèlerin, un oratoire, une croix, un calvaire sanctifient. Pour ne choisir que dans le royaume très-chrétien, notre belle

patrie; Lyon a son coteau de Fourvières qui se penche sur la glorieuse cité des saints Irénée et Pothin, pour que l'aile mystique de
Marie protège tout le peuple à genoux à ses pieds. Ainsi, Marseille
voit surgir au flanc méridional de sa rade constellée, ce mont de
Notre-Dame-de-la-Garde, que couronne une chapelle assise sur de
tièdes rochers; ainsi, près de Paris, se trouve le Mont-Valérien et
Montmartre; près de Dijon, sont la montagne de Fontaine, où
Dieu fit naître le dernier père de l'Eglise, dans un château dont les
substructions existent encore, mariées à une chapelle érigée par
Louis XIII, en l'honneur du grand saint, puis celle de Talant, pittoresque et délicieuse colline qui a son antique église pour diadème;
ainsi, la vieille capitale de la Franche-Comté de Bourgogne, Dole,
est dominée par Mont-Roland et les ruines d'un monastère groupées
à sa cime, à l'ombre desquelles plusieurs âmes catholiques viennent encore s'assoupir et prier; ainsi, Autun, cette Rome de la magnifique aînée des provinces ducales de France, Autun est
abritée par le gigantesque rempart du mont Saint-Claude, qui mêle
les souvenirs druidiques à l'auréole chrétienne sur son faîte, et
qui dépasse de cent coudées toutes les montagnes étendues à
ses côtés. — Ces montagnes, qui toutes offrent dans leur aspect
un caractère distinctif nettement dessiné, et presque toujours servent de trône à Dieu, à la mère du Christ, ou d'autel à quelque
saint martyr, sont comme d'immenses phares annonçant que l'é-
ternité veille sur les hommes; de loin, elles indiquent à l'étranger
la place de la ville qu'il désire atteindre; elles donnent à cette ville
un type, une figure qui monte au ciel, coupe l'horizon de ses lignes vaporeuses, forme un point de ralliement pour les voyageurs
qui n'ont pas encore vu poindre les tours jumelles de l'église
métropolitaine, lorsque déjà, depuis long-temps, ils aperçoivent
cette masse se colorant au déclin du soleil, et semblant leur dire :
« A mes pieds est le port. » — Mais revenons au Mont-Valérien.

Cette sainte montagne, ce n'est point le mont abrupt, riche en
accidents sublimes, en brusques mouvements de terrain, aux pré-
cipices béants, aux crêtes heurtées, aux étincelantes cascades, aux
larges et sinueux ravins où l'aquilon siffle, où les arbres se tor-
dent, où les torrents grondent, écument, bondissent; ce n'est point
le mont à la tête hérissée de cavernes, de rochers, où les aigles
ont jeté leur aire, de chênes druidiques et de pins altiers, aux
voix graves et terribles du Dieu fort, du Dieu puissant, du Dieu
inflexible. — Non; mais c'est la douce et odorante colline, caressée
par la brise du crépuscule et par les nimbes radieux de l'aurore;

c'est la colline arrondie, où la colombe roucoule, où les fauvettes du ciel incessamment envoient leurs mélodieux concerts, où les fleurs naissent et s'effeuillent sous les pas du pèlerin; c'est la colline reposée, où tout est harmonieux, dans l'air, dans les plantes, dans ces ondulations du sol paré de gazon, parmi les ramures de ces bosquets, où tout vous parle du Dieu indulgent, du Dieu miséricordieux, du Dieu clément. Oh! s'il y avait plus de fraîcheur dans les sentiers qui serpentent sur son front, plus de fermeté et de sève dans la végétation qui le voile, plus de plantes balsamiques et suaves dans sa couronne, le Mont-Valérien serait, sans doute, le plus beau de tous les coteaux sacrés du pays de France. Mais tel que Dieu et la main laborieuse de pieux cénobites l'ont fait, voyez comme il est digne encore de porter un calvaire sur ses épaules!

Orienté ainsi que presque toutes les basiliques du moyen-âge, c'est-à-dire ayant sa croupe tournée vers les ineffables splendeurs du matin, et sa face la plus pittoresque dirigée du côté de l'occident, le Mont-Valérien, d'une part, peut se mirer tout à son aise dans la Seine, qui semble devenir plus limpide, plus pacifique, plus douce à ses gondoliers et à ses hôtes, en coulant devant la sainte montagne; d'autre part, il projette son ombre sur tous ces champs fertiles de Nanterre, que la vierge-bergère, que Geneviève, la patronne de Paris, a bénis de sa houlette et sanctifiés de ses prières. — Oui, tout exempte qu'elle est de grands effets naturels, avec ces vignes qui l'enveloppent comme une ceinture, avec ces terres en saillie, ces pentes raides qui ne sont plus la mollesse et ne sont pas encore l'escarpement, avec ces contrastes de verdure et d'aridité, avec cette pose noble et calme qui la fait s'élever comme la souveraine de la contrée, du sein des monticules adjacents; oui, la montagne que nous chantons est admirable pour le chrétien et pour l'artiste. — Que le spectateur, debout sur ces hauteurs, lise à ses pieds, qu'il laisse ses regards nager dans l'espace, quel incroyable panorama va l'enchanter et l'émouvoir! — Ce sera d'abord le petit village de Suresnes, dont les humbles maisons grises se pressent autour d'une église presque aussi humble qu'elles, Suresnes, où l'on couronne encore une rosière; Suresnes, qui, grâce à l'élément vignicole de sa population, a plus qu'aucun autre village de la banlieue de Paris, résisté à la propagande infernale des mauvais exemples; Suresnes, qui a conservé quelques restes de l'esprit de famille, quelque chose de rural, et partant, de pieux, d'hospitalier, de cordial dans ses mœurs. — Ce

sera ensuite la Seine aux amoureuses rives, avec ses ilots qui se
bercent sur ses vagues; puis, l'antique manoir abbatial de Long-
champs, dont les débris s'épandent sur la prairie; puis encore le bois
de Boulogne, qui ressemble à une immense nappe de verdure, à un
tapis de gazon, dont nul arbre plus haut que ses voisins ne rompt
la constante uniformité. Oh! que le bois de Boulogne est bien placé
dans ces lieux! Il est là, couché tout exprès entre le Mont-Valérien
et Paris, pour épurer l'air qui arrive d'une capitale toute pleine de
misères et de mauvaises passions; lac immobile et doux à l'œil, il
est là pour séparer deux zônes, pour isoler deux mondes, le monde
des existences fardées et celui des existences vraies; le monde
citadin et le monde champêtre. Puis, au-delà du bois de Boulogne,
vous verrez cette ville qui inspire tant de vénération et tant de
mépris, tant de haine et tant d'amour; cette ville si courtoise et si
féroce, qui danse sur la place publique ou sonne le tocsin, qui prie
ou blasphème; cette ville d'émeutes et de paix, de boue et d'encens; ce Paris, enfin, centre de toutes les apostasies, de toutes les
hontes, de tous les scandales : Paris, siège de toutes les gloires
nationales, asyle des plus sublimes vertus, abri des plus éprouvées
fidélités. — Selon les impressions diverses qui passeront dans
votre âme, vous l'appellerez, cette capitale, reine ou esclave; vous
la verrez rampante, accroupie la face contre terre, agenouillée aux
pieds du Mont-Valérien, comme pour demander à Dieu pardon de
ses iniquités : ou bien vous la contemplerez splendide et rayonnante; vous la verrez, s'exaltant dans l'espérance et les joies célestes, tressaillir et s'illuminer; vous entendrez son éclatante voix
s'unir aux lentes et solennelles volées du bourdon de Name-Dame,
pour rendre hommage à la pensée suprême qui verse sur la terre
les triomphes et les félicités. — Ainsi, tour-à-tour, nous apparaissant
humiliée ou insolente, ivre du présent ou recueillie dans son passé,
haletante ou assoupie, hautaine ou prosternée, menaçante telle
qu'un géant, implorant sa grâce telle qu'un enfant; la voyez-vous
comme elle fuit, comme elle déborde, comme elle se dilate,
comme elle se serre, comme elle embrasse les deux rivages de
son fleuve, comme elle se voile, comme elle se découvre? N'est-
ce pas là, je vous le demande, un grand livre ouvert sous vos
yeux, que cette ville si significative qui, aperçue des sommets de
la sainte montagne, se fait vague, indécise, mélancolique, et vous
montre toute son histoire traduite en monuments caractéristiques
de tous les âges chrétiens?

Mais déroulez, déroulez la toile : c'est quelque chose de presque

infini que ce tableau. Voici la butte Montmartre qui semble rentrer
en terre pour honorer le Mont-Valérien; voici un point blanchissant à l'horizon, c'est le donjon de Vincennes; tout à l'orient, le château de Saint-Ouen; voici la flèche romane de la royale abbaye de Saint-Denis; voici la plaine des Vertus, la vallée de Montmorency; voici des villages, des villes, des bourgs, des résidences princières, des palais de rois, semés avec profusion dans toute cette contrée; les tourelles rougeâtres de Saint-Germain-en-Laye, le fameux aqueduc de Marly, ouvrage romain exécuté par Louis XIV; Sèvres, Saint-Cloud, penchés sur leur pont; Bellevue, Meudon, Neuilly. Du côté du nord surtout, l'horizon n'a pas de limites, l'œil du spectateur devine le sol picard, et il envahit les délicieuses résidences de Chantilly et de Compiègne. — Il y a au monde des panoramas plus imposants, plus beaux, plus vastes encore que celui-là; mais je ne crois pas qu'il en existe un seul qui résume tant de nationalité et de souvenirs, qui renferme tant d'histoire, dans un cadre de vingt lieues de diamètre. Et puis, rien de plus changeant et de plus divers que les aspects qui se développent au pied de la colline sacrée. Du côté de Versailles, au sud-ouest, il y a une vallée profonde, vêtue de pampres et de guérets, au fond de laquelle dort un château : aucune grande masse d'arbres, nulle agglomération de maisons rurales n'accidentent ce bas-fond, morne et muet; c'est une sorte de désert où tous les bruits du monde viennent expirer, et c'est précisément en face de cette solitude que s'élevait le calvaire dont nous parlerons tout-à-l'heure. Ici, une campagne paysagée et riante tout autour de ces monticules qui fuient vers Clamart et Châtillon; plus loin, la sévérité sans rudesse, vers Saint-Germain et Poissy; plus loin encore, vers la plaine de Saint-Denis, la grâce combinée à l'infini. Comptez tous ces clochers si trapus ou si sveltes, tous ces donjons ruinés, tous ces châteaux habillés à la moderne; il n'y en a pas un qui n'ait ou une pieuse légende à soupirer, ou une histoire toute flagrante à vous rappeler. Ruel vous parle du cardinal de Richelieu, Nanterre vous reporte au temps où sainte Geneviève sauvait par ses prières la Lutèce des premiers rois francs; Saint-Denis vous montre tout l'ossuaire de la vieille royauté.

Oui, il faut qu'il surgisse près des grandes capitales de ces monts sacrés qui continuent le Carmel et le Sinaï, et qui gardent quelques fleurs célestes sur leur cime. Il faut que les hommes réunis dans les vastes foyers de corruption n'aient besoin que de lever les yeux pour penser à Dieu. Sans ces promontoires, toujours élancés vers les régions saintes, les mortels accroupis dans leurs terrestres voluptés n'oublieraient-ils pas qu'il est une autre existence, et le chemin de cette ineffable vie ne leur paraît-il pas plus facile quand ils voient là un sublime fanal pour l'éclairer?

Mais laissons le panorama et le paysage, laissons ce Paris qui, du haut du Mont-Valérien, semble un gouffre toujours béant pour engloutir toutes les vertus et toutes les innocences de la province, et entrons dans la partie intime de notre sujet.

Nous allons cesser d'être artiste, et nous jetons la palette pour ne prendre que le bâton blanc du pèlerin.

II.

Le Mont-Valérien, situé à un myriamètre de Paris, s'élève majestueux et noble du sein d'une campagne tapissée de roses et de vignes; plusieurs chemins venant aboutir à la petite place de Suresnes, donnent accès sur son faite. Sa hauteur géométrique n'est guère que de 150 mètres au-dessus du niveau de la Seine. Il est vraisemblable que cette montagne doit son nom à quelque Romain fixé dans les Gaules, du nom de *Valerius* ou *Valerianus*, qui s'y fit une *villa*. L'histoire des premiers âges de la monarchie franque se tait absolument sur ce lieu, et il n'est cité d'une manière authentique que dans le Cartulaire du chapitre de Saint-Cloud, de l'année 1209, et dans les lettres d'Odon de Sully, évêque de Paris, de 1204. Sans doute, dès les premiers siècles de l'église, de pieux solitaires vinrent chercher une retraite au sommet du Mont-Valérien; mais la tradition, toujours confuse, n'est précise sur la question des ermitages que pour l'année 1056.

Sous le règne de Charles VI, vers l'an 1400, le Mont-Valérien servait de retraite à un solitaire qui succédait à une longue suite d'ermites dont la légende ne nous a pas transmis les noms. Il avait posé sa tente sur le revers oriental de la montagne, du côté de Suresnes. A cette époque, la contrée s'appelait déjà le *Canton-de-la-Croix*, car, depuis plus de trois cents ans, un petit calvaire s'était élevé en ce lieu, et c'est bien certainement à cette pieuse fondation que la contrée devait sa désignation de *Champ-de-la-Croix*. Ce premier et humble calvaire est donc le berceau du grand calvaire dont nous allons brièvement rappeler l'origine. Ainsi, des croix, des cénobites recueillis dans la prière et la méditation, devinrent le germe de la solennelle institution chrétienne qui ne tarda pas à se développer sur le Mont-Valérien, et à faire affluer les fidèles à son sommet. Hubert Charpentier, né à Coulommiers en

1563, eut la gloire de la créer, cette belle et touchante institution. Malgré l'appui qu'il trouva à la cour et dans l'homme le plus puissant du temps, le cardinal de Richelieu, ce ne fut qu'au milieu d'inouïs obstacles que Charpentier parvint à transporter sur la montagne sainte tous les mystères sensibles de la passion de Notre-Seigneur. Sa foi profonde, ses énergiques résolutions, sa courageuse fermeté, triomphèrent des difficultés qui entravaient l'exécution de son projet, et bientôt, au cœur de la France, à la porte de sa capitale, sur la terre la plus historique de notre patrie, on vit surgir la croix du Fils de l'Homme, dominant de toute son humilité la splendeur du séjour des rois. L'antique calvaire, placé sur le rocher de Bétharam, dans les gorges des Pyrénées, vint revivre plus majestueux, plus sublime, au centre de la civilisation et des passions sociales, comme pour jeter sur Paris ces grandes idées de catholicisme et d'infini, qui sont la sauve-garde des populations.

Rapprocher ainsi les terribles mais consolateurs enseignements de la croix des foyers de perversité, est l'œuvre la plus large que l'on puisse concevoir. Sans doute, de pieux pèlerins de la Navarre, de la Biscaye et du Béarn, allaient visiter Bétharam; mais l'influence de ce calvaire pouvait-elle se comparer à celle de la nouvelle croix, brillant comme le soleil de midi au milieu de l'horizon? — D'ailleurs, les guerres de religion avaient ruiné le culte de la croix à Bétharam, dont le calvaire servit de modèle et de père à celui du Mont-Valérien; et si ce culte y refleurit, ce fut encore aux soins de Charpentier que la religion dut cet hommage. — Et tout cela, qui le fit? — Un pauvre prêtre, sans fortune, sans crédit, sans appui du côté du monde, n'ayant d'autre soutien que sa confiance en Dieu, et son zèle ardent pour son service.

Je ne puis point suivre ici, pas à pas, les destinées du Mont-Valérien; il me suffira de dire qu'une demeure spacieuse, une église, et enfin la congrégation des prêtres du calvaire, furent l'œuvre de Charpentier. Cette congrégation se composait d'*incorporés* ou permanents, qui habitaient dans la maison, et parmi lesquels était choisi le supérieur; et d'*agrégés*, qui n'avaient que voix consultative dans les élections. La chapelle de la congrégation du Mont-Valérien, qui compte une foule de prélats illustres dans son sein, ne fut consacrée que cinquante ans après la mort du pieux fondateur (1), c'est-à-dire en 1700, par Hervé Basan de Flaminville,

_____

(1) Mort à Paris, le 16 décembre 1650, âgé de 89 ans, dans la maison curiale de Saint-Jean-en-Grève.

évêque d'Elne. Trois autels y furent élevés : l'un sous le titre de la *Croix*, l'autre sous celui de la *Sainte-Vierge*, et le troisième, enfin, sous celui de *saint Joseph*. Indépendamment de ce grand établissement qui, occupant le plateau de la montagne, dépendit de la paroisse de Nanterre, il y avait toujours sur le revers oriental un ermitage célèbre par ses anachorètes, placé dans la circonscription paroissiale de Suresnes.

Tel était l'état du calvaire au moment de la révolution de 1789. Il ne put échapper au sort qui dévasta, un peu plus tard, tous les monuments nationaux du culte et tous les établissements religieux. M. Merlin de Thionville, qui en devint propriétaire, conçut, par une amère et déplorable ironie, le dessein d'élever à la place des croix un *temple à Vénus*. Cependant, dès que des jours plus sereins eurent relui pour la religion, le clergé de Paris s'honora par ses constants efforts pour rendre la sainte montagne à sa primitive destination. En 1807, M. Faucachon, nouvel acquéreur, livra la colline sacrée à des trappistes ; et ils s'y dévouaient aux austérités de la vie ascétique, lorsque Napoléon, imaginant qu'il se tramait quelque complot dans cet asyle de prières, chassa brusquement les religieux de leur maison, fit détruire les ouvrages pieux, à l'exception de deux chapelles construites par M. Faucachon, et fit commencer le vaste bâtiment que nous voyons aujourd'hui, destiné aux orphelins de la Légion-d'Honneur.

Dès les premiers temps de la Restauration, un nouveau Charpentier, M. l'abbé de Forbin-Janson, depuis évêque de Nancy, voulut fermer les plaies du Mont-Valérien, et releva le calvaire. Le roi Louis XVIII ayant, par une ordonnance du 13 septembre 1822, concédé le calvaire aux missionnaires de France, à la charge par eux d'y achever les constructions entreprises, d'y recevoir les pèlerinages et d'y continuer le culte de la croix, M. de Forbin, qui, avec M. l'abbé de Rauzan, venait de fonder cette congrégation, redonna à la sainte montagne une illustration égale, sinon supérieure, à celle qu'elle avait obtenue avant 1791. Les trois croix reparurent, les chapelles des stations s'élevèrent, le grand corps-de-logis se termina, une vaste église se commença, et la splendeur du nouvel établissement semblait assurée, lorsqu'une nouvelle révolution, celle de 1830, vint encore jeter aux vents les symboles sacrés, et miner l'œuvre de la religion.

III.

Les événements de 1830 trouvèrent le monument inachevé ; la

grande chapelle, malgré le zèle de l'Évêque de Nancy, qui, en l'es
pace de douze ans, fit tant de merveilles sur le Mont-Valérien, et changea presque en un lieu fertile une croupe sèche et aride, la grande
chapelle n'avait que son péristyle placé au centre du bâtiment, sa
crypte et son chevet qui présentassent des lignes arrêtées. Il serait
difficile de se former une idée des dévastations impies et des ravages dont le calvaire fut encore une fois l'objet, si l'on n'allait pas,
comme je l'ai fait moi-même, gémir, prier et rêver au point culminant de la colline sacrée. — Nous tous, catholiques, humilions-
nous et résignons-nous; car notre foi nous apprend l'humilité et la
résignation. La réhabilitation des lieux saints, aussi bien que leur
pillage, sont la volonté de Dieu qui se manifeste. Disons comme
monseigneur l'Archevêque de Paris, à propos de sa bibliothèque
détruite de l'archevêché : « Dieu me l'avait donnée, Dieu me la
ôtée; il a été fait comme il a voulu; que son saint nom soit béni! (1) »

Il y a là sur le Mont-Valérien un spectacle bien triste : c'est une
église béante, c'est cette architecture ruinée avant que d'avoir formulé sa pensée. Les chants sacrés ne retentissent plus parmi ces
murailles déchiquetées, moribondes, quoique neuves et pleines
de force. Tout est muet, tout est désert; on croirait que les Huns
et les Vandales viennent de passer par là. — Oh! que d'enseignements, que de poésie dramatique et forte dans ce silence,
dans ce désert et dans ces ruines!.... Les trois croix du calvaire
ont été brisées, les chapelles des stations dévastées ou détruites ;
les grilles, les symboles pieux, tout a été violé, disséminé et mis
en pièces. Aujourd'hui le Mont-Valérien, redevenu propriété nationale, est loué par le gouvernement, qui ne sait encore ce qu'il en
fera. Est-il écrit dans le grand livre de Dieu que cette montagne
sera pour toujours veuve de ses splendeurs chrétiennes?....

En 1830, on ne se borna pas à joncher de débris le sol du Mont-
Valérien, on voulut encore outrager ce qui reste de ses murs sacrés.
— Heureusement qu'après ces saturnales, des âmes catholiques
sont venues pleurer sur ces hauteurs, et y ont laissé de touchantes
inscriptions. A côté de lignes infernales, on lit dans la petite cha-

(1) Lettre de monseigneur l'Archevêque de Paris, à l'auteur de ces pages.
(*Quotidienne* du 23 juillet 1837.) Feu Mgr de Quélen était alors archevêque de la
capitale. Qu'on veuille bien, pour l'intelligence de ce chapitre, se rappeler qu'il
fut écrit en 1837, et que je n'y ai rien changé, bien que tout ait changé au Mont-
Valérien.

pelle de la Vierge, située au milieu du bois, en face de Nanterre, ce passage du psaume : *Illic sedimvs et flevimvs*. Plus loin, ces douces paroles de Jésus-Christ : « Pardonnez-leur, ô mon Père, car ils ne savent ce qu'ils font. »

Et plus loin encore, cet acte d'humilité chrétienne : « Vous nous avez éprouvés, ô mon Dieu! notre tiédeur nous rendait indignes de vos grâces; que votre volonté soit bénie! »

Une inscription se reproduit souvent au-dessus des écrits charbonnés sur les tronçons de colonnes et de pilastres, par les vandales du XIX siècle, c'est celle-ci :

Gloire à Dieu.

Un seul grand et pacifique fait religieux a été respecté sur le Mont-Valérien, c'est le cimetière où dorment tant de noms illustres. Pendant les deux périodes de gloire pour le calvaire, de fervents chrétiens sollicitaient la grâce de reposer en paix dans cette terre sanctifiée par la croix; et parmi tant de tombes, on remarque surtout celle de monseigneur Etienne-Antoine de Boulogne, archevêque-évêque de Troyes, mort le 13 mai 1825; celle de monseigneur l'évêque de Rhodez, Charles-André-Toussaint-Bruno Raymond de Lalande, mort archevêque nommé de Sens; et enfin, celle de monseigneur de la Chastre, évêque d'Imersa, frère du duc de la Chastre, qui fut premier gentilhomme de la chambre du roi, sous la Restauration. Les noms les plus vénérés abondent dans cette nécropole du Mont-Valérien; il me suffira de citer ceux de Hohenlohe, de Carignan, de Bruce, de La Rochefoucaud, de Rivière, de La Rochejaquelin, d'Agoult, de Raigecourt et de Causans; frère Arsenne, dernier ermite de la sainte montagne; Hubert Charpentier, fondateur du premier calvaire; et enfin, madame Etiennette-Félicité Ducrest, comtesse de Genlis, morte à Paris en 1831, sont inhumés dans ce cimetière. Vous savez l'histoire du Mont-Valérien depuis que le génie militaire s'en est emparé. Toutefois, ce que les fortifications et les soldats n'ont pu bannir de la montagne sainte, ce sont les souvenirs qui la vivifient.

Bien qu'une nouvelle révolution soit venue chasser le culte des hauteurs du Mont-Valérien, néanmoins, le spectacle que cette montagne présente encore, sa position, sa solitude, ses traditions, ses ombrages, continueront long-temps à y appeler les pèlerins, les poètes et les artistes. Oh! oui, sur le Mont-Valérien, il y a pour l'âme du catholique de ces instants où elle s'exalte, se divinise;

elle passe des larmes à la joie, et de la prière aux ravissements; car le Dieu de la douleur est aussi le Dieu de l'espérance.

Peuple, malgré la citadelle qui le couronne, malgré la distraction que te causera la présence de ses soldats, viens donc au Mont-Valérien, prier à l'ombre des nouveaux abris qu'on lui a faits, et contre lesquels tous ses échos et tous ses paysages protestent. Tu y verras ce que j'y ai vu moi-même : un champ où sainte Geneviève avait coutume de conduire son troupeau, des bois pleins de fraîcheur, dont la verdure a été conquise par le travail des ermites, des missionnaires, sur un sol naturellement ingrat, et peut-être encore cette *villa* héréditaire de monseigneur l'Evêque de Nancy, posée en face du vallon presque inhabité, qui se penche au sud-ouest du mont. J'ai visité cette belle propriété, où feu M. de Forbin, dont la vertu triompha enfin de toutes les calomnies qui l'ont assiégée, venait se reposer de ses travaux apostoliques. Là se trouvent un jardin délicieux, quelques sépultures de famille, une chapelle d'un style simple et convenable. Et puis, tu verras peut-être encore ce cimetière qui occupe le revers oriental du coteau, et tu entendras s'échapper de ses profondeurs, de ces voix mystiques qui parlent de pénitence et d'éternité. Oui, venez ici, âmes neuves et limpides, venez vous épanouir en d'ineffables contemplations. Sur la cime du Mont-Valérien, vous aurez Dieu à votre tête, et à vos pieds, cette royauté de la terre dont les demeures somptueuses tiennent si peu de place dans l'univers.

Pieuse et sainte retraite de la montagne sainte, retrouveras-tu ton calvaire, tes anachorètes et tes cénobites? Redeviendras-tu, comme le calvaire de Saint-Irénée de Lyon, ce lieu sublime où toute une population d'immense cité vient songer à son salut? — Je ne sais; mais quoi qu'il advienne, les mauvaises mœurs, les existences passagères de Paris passeront, et tu demeureras comme un avant-poste de l'éternité.

Paix au Mont-Valérien, paix aux débris qui le jonchent, paix aux cendres qui l'habitent, paix aux souvenirs qui le sanctifient!

V.

TREILLES MONUMENTALES.

A M⁹ʳ Morlot, archevêque de Tours, et MM. le comte de Champfeu, de Moulins, et Goguel, de Strasbourg.

Aujourd'hui qu'on se préoccupe, avec un zèle digne d'éloges, du soin de faire redescendre dans nos églises trop éclairées ce demi-jour serein, harmonieux et calme, si favorable au recueillement, à la méditation, à la prière, n'est-ce pas chose utile et opportune que de songer aux moyens d'obtenir ce résultat aux moindres frais possibles, dans les églises rurales, dont les ressources financières sont généralement si bornées ?

Les verrières peintes sont la plus haute magnificence réalisable dans le temple catholique, le triomphe de l'art religieux ; elles sont véritablement l'*illustration* appliquée à l'église. Mais si les dépenses qu'entraîne ce luxe sublime peuvent être supportées par les basiliques des cités, sont-elles jamais accessibles à nos pauvres et humbles églises de villages, auxquelles il est tout au plus permis de faire une légère place à la verrière-mosaïque, qui, tout inférieure qu'elle est à la verrière figurée, offre toujours l'avantage de tempérer l'intensité de la lumière, et vaut mille fois mieux que la verrière incolore ?

Eh ! bien, j'ai trouvé un moyen très-simple et essentiellement naturel d'obtenir ce désirable effet de jour mystérieux, et je me hâte de le proposer. Des treilles seraient, à la campagne, disposées autour du chevet des églises, de manière à ce que leurs souples rameaux vinssent s'épanouir devant les baies apsidaires, sans toutefois empêcher la clôture fine des verrières incolores, et sans voiler les profils de l'architecture. Ainsi tapissées d'une verdure calme et riche, les fenêtres répandraient dans le temple un jour vraiment religieux. La vigne croît presque partout à l'état de treille; en hiver, où elle est dépouillée de ses feuilles, où le ciel, devenant plus habituellement obscur, fait sentir davantage le besoin d'avoir beaucoup de jour dans les églises, elle en laisserait pénétrer assez pour les exigences de la prière lue et du culte; dans les mois où les rayons du soleil inondent l'horizon, elle en adoucirait l'énergie, elle produirait pour l'œil des fidèles un harmonieux et pittoresque effet. Ainsi, la *vigne du Seigneur* se trouverait en réalité mêlée à son culte, entrerait en corps et en esprit dans son église; ainsi, les fruits et les feuilles dont on pare ses autels feraient partie du saint monument qui les abrite. Peut-on placer au pourtour d'une église une plante plus symbolique, plus liturgique, plus vivace et plus belle que la vigne? — Il est bien reconnu qu'elle est de tous les végétaux celui qui engendre le moins d'humidité, et que ses flexibles rameaux palissés sur des treillis ne nuisent jamais à la solidité des murailles. Autre coïncidence favorable : sur cent églises, il y en a quatre-vingt-dix qui présentent l'orientation liturgique, c'est-à-dire dont le chœur est tourné vers l'orient; or, quelle exposition plus convenable pour le développement de la vigne? Car ici, remarquez-le-bien, il s'agit surtout des baies apsidaires et d'augmenter l'aspect mystérieux du sanctuaire. Ces treilles monumentales seraient d'un entretien facile, peu coûteux; leurs produits appartiendraient ou à l'église, et dans ce cas, le vin qu'elles fourniraient pourrait servir aux besoins du culte, ou à la commune, ou au pasteur. A l'extérieur, mariées aux lignes architectoniques, elles seraient d'un poétique et touchant effet; à l'intérieur, elles feraient descendre dans le temple ces teintes si éminemment amies de l'œil, pour lesquelles l'art n'a pas encore remplacé la nature. Cet emploi de la treille n'exclurait pas, bien entendu, celui de quelques médaillons de verrière peinte ou teinte, qui pourraient être encastrés dans les verrières incolores des baies, selon les ressources financières des églises rurales. Le concours de ces doubles effets de polychrômie et de verdure naturelle produirait le plus intéressant aspect. J'ai toujours pensé que les feuillages, appliqués aux ouvertures, avaient fait naître l'idée de ces clôtures de marbres diaphanes qui conduisirent à la découverte de la verrière de couleur.

VI.

POÉTIQUE DE LA NOEL.

A MM. Coste, conseiller honoraire à la Cour royale de Lyon, Laurent, de Montpellier, et le comte de Quatrebarbes, d'Angers.

I.

A chacun sa tâche et ses devoirs ici-bas. — Moi, j'obéis à mes inspirations, je continue à marcher dans la voie que Dieu m'a tracée, car j'ai trouvé, toute écrite dans mon cœur, une calme et douce mission, celle de faire revivre la sainte poésie du passé, soit par la description des monuments chrétiens du moyen-âge, soit par le récit des touchantes coutumes qu'ils abritaient. — Aussi, avec quelle ferveur et quel amour je viens recueillir tout le parfum des pieux usages et des chastes joies de nos pères ; avec quelles suaves émotions je viens évoquer les tendres souvenirs de prière et de foi, tous les cultes de l'Eglise et de la famille, les consola- tions, les espérances, les pensées mystiques, qui animaient l'ancienne société, et lire en ces âmes limpides et pures d'autrefois toutes les épopées et les mythes domestiques qui les vivifiaient ! — Bientôt, hélas ! bientôt, jusqu'à la chancelante tradition de nos vieilles mœurs nationales disparaîtra dans le choc des idées nouvelles, dans l'incessant pêle-mêle des populations, dans la fusion de toutes les individualités, dans le tumulte des chemins de fer; bientôt seront tout-à-fait muets les échos, déjà si affaiblis, qui nous rappellent l'existence privée et publique de nos aïeux : toute cette histoire sera broyée par les wagons, emportée, je ne sais où, avec la rapidité de l'éclair, et de tout notre passé, il ne nous restera pas même cette ombre qui vient encore quelquefois rafraîchir nos cœurs et embaumer nos harpes.

N'est-ce pas une chose merveilleuse, parmi toutes les merveilles du christianisme, que cette assimilation de toutes ses fêtes avec les fêtes de la famille, que cette divinisation de tous les sentiments les plus parfaits et les plus tendres, et de tous les devoirs qu'une société bien disciplinée et sagement constituée ne peut manquer de prescrire à ses membres? Toutes les vertus qui font le père, le fils, l'époux, le citoyen, ont leur culte et leur autel, et correspondent à un céleste mystère, objet de notre vénération et de notre foi. — Ah! quelle belle et heureuse société que cette société chrétienne, dont l'esprit de famille était l'élément, le lien, le mobile! unie par une seule et immense pensée d'amour qui, de proche en proche, de devoirs en devoirs, d'affections en affections, rattachait la terre aux cieux et l'homme à Dieu! — Pour aimer notre sublime religion, pour la comprendre et l'observer, il n'y a pas besoin d'écouter les raisonnements de l'esprit; non, il faut tout uniment suivre les élans de son cœur, obéir aux voix qui parlent en lui, satisfaire ses besoins, car c'est dans le cœur de l'homme que Dieu l'a mise, car c'est là qu'il lui a fait son premier sanctuaire.

Parmi toutes les fêtes dont le catholicisme avait fait des fêtes sociales, il n'en est pas de plus touchante et de plus intime que celle de la Noël : en elle se résument toutes les affections, elle les exalte et les épure toutes, elle les concentre autour du foyer domestique. Pour bien sentir toutes les harmonieuses amours qu'elle éveille, cette fête de la Noël, pour en bien comprendre la vierge poésie, il faut être époux et père; car c'est une mère, c'est une épouse, c'est un enfant né dans une crèche, c'est un berceau, qui se voient sur la scène où la nativité nous transporte. Aussi la Noël est-elle par excellence la fête des familles qu'elle console de leurs terrestres afflictions, qu'elle étreint, qu'elle resserre, qu'elle parfume de ses ineffables senteurs. Tout concourt pour la rendre telle, pour qu'elle exalte les affections domestiques, pour qu'elle développe cet esprit de parenté qui est le germe de l'esprit public:

elle va au cœur par ses symboles; elle veut des cantiques chantés en commun et de communes allégresses; elle arrive dans la saison où les familles sont le plus réunies, et où la vie, d'extérieure qu'elle était durant les beaux jours, se replie dans l'intérieur des maisons et dans les douces sympathies de l'amitié et du sang.

II.

Il y avait un temps où, depuis le premier dimanche de l'Avent jusqu'à l'Epiphanie inclusivement, tous les genres de consécrations descendaient du ciel sur les familles chrétiennes, venaient les bénir à leur foyer, se mêler à toutes leurs joies. Et autour de ce foyer domestique, qui voyait toute la famille assemblée sous la présidence de l'aïeul en cheveux blancs, à la tremblante et sainte parole, des poésies, naïves comme les cœurs qui les avaient soupirées, simples, à la portée de tous et des petits enfants surtout, exposant les vérités de la foi, les mystères de la naissance et de l'enfance de N. S. J.-C., mettaient la fervente prière dans les chastes harmonies de la harpe sainte. A la faveur d'airs populaires et connus, ces cantiques se gravaient aisément dans la mémoire, et se répétaient toujours avec plaisir. Je veux parler des noëls qui se chantaient fort dévotieusement, avec une pieuse effusion, et qui formaient les premières leçons de musique données à l'enfance. Dans ma glorieuse province de Bourgogne, où l'esprit chrétien avait poussé, durant le moyen-âge, de si profondes racines, que le siècle de désordre où nous vivons ne parviendra jamais à les extirper; à Beaune, autre Rome de la contrée, notamment, à Dijon, à Autun, ce n'était pas seulement dans les familles pauvres et humbles que les longues veillées de l'Avent s'écoulaient dans le chant des noëls, en chœur, mais dans toutes les classes de la société, dans l'hôtel du noble et du magistrat, dans la maison du bourgeois. A Beaune, aujourd'hui encore, à Beaune, où le catholicisme est si plein de présent et d'avenir, je connais un très-grand nombre de familles chrétiennes qui ont conservé ce pieux et touchant usage. Toute la famille s'épand autour de l'âtre, où pétille une énorme bûche que l'on nomme CHUCHE DE NOEL, et qui occupe à elle seule plus de la moitié de ce foyer; la veille de la Nativité, elle est plus recueillie que jamais dans les méditations et la prière : sur un des meubles de la chambre où la compagnie est rassemblée, on voit une crèche, c'est-à-dire un paysage en relief, représentant la ville de Bethléem, une campagne, des bergers, les rois mages venus d'Orient, Marie, Joseph, l'étable enfin où naquit Jésus-Christ, et

le Sauveur du monde lui-même couché sur ce lit de paille, qui
est l'éternelle leçon d'humilité qui soit donnée aux hommes; des
moutons, des bœufs, des ânes, etc. Sur la cheminée brillent deux
chandelles de Noël, bariolées de rouge et de vert, que nos épiciers
continuent à fabriquer. Un des membres de la famille entonne le
saint cantique, et tous le répètent en chœur. Cet exercice dure trois
heures environ, entre-coupé d'explications données aux enfants,
de réflexions sur les circonstances qui marquèrent la naissance
de Notre-Seigneur, sur l'histoire des temps antiques. — Heureux,
heureux les temps où les coutumes encore pratiquées à Beaune,
dans un grand nombre de familles, étaient généralement observées,
où l'esprit de famille se resserrait sous l'aile de la religion, où les
petits enfants apprenaient leur histoire sainte en chantant et en
entendant chanter, où le christianisme s'asseyait au foyer domestique et conviait lui-même les hommes à de chastes plaisirs, où
les âmes, par ces exercices de piété, se maintenaient souples,
vierges et pures! Ces hommes, qui étaient là réunis pour chanter
des noëls, autour de cette chuche, près de cette crèche, à la lueur
de ces chandelles, apprenaient, en de saints concerts, l'humilité,
la charité; ils apprenaient à être bons fils, bons pères, bons époux;
ils n'étaient point, ils ne pouvaient pas être de mauvais citoyens;
ils ne songeaient ni à ces réunions bruyantes des *casino* et des
cafés, qui font oublier le devoir, le foyer domestique, les affections
privées, ni aux lectures dangereuses de journaux et de romans;
ils s'occupaient de leurs devoirs vis-à-vis de Dieu, vis-à-vis de leur
famille, vis-à-vis de leur prochain, vis-à-vis d'eux-mêmes, et non
point de leurs droits. — Hélas! si depuis ces temps, qui ne sont pas
éloignés de nous, l'esprit public a changé sous la triste influence
des idées révolutionnaires, si l'incrédulité, propagée par la stérile
philosophie des hommes négatifs, a fait tomber le sarcasme et le
blasphème sur les anciens objets de nos respects, ne croyez pas
que la dernière heure de la foi ait sonné, et que toutes les familles
se soient mises au même unisson de scepticisme et d'orgueil.

III.

Je viens de dire que le temps où l'on chantait encore généralement
des noëls dans les familles, où la plupart d'entr'elles faisaient
une crèche et s'éclairaient, à l'époque de la Nativité, avec des
chandelles teintes, n'était pas éloigné de nous, et c'est avec
raison. Sous l'Empire, après que Napoléon eut relevé les autels du
Dieu vivant, les pratiques, les fêtes de famille, les fêtes chrétiennes,

qui leur sont intimement unies, reprirent une place immense dans la vie sociale et privée : on sentait le besoin de se réunir après la tempête, de remettre un Dieu dans ce tabernacle que nous portons tous en nous-mêmes, d'expier les folies de plusieurs années, de revivifier une terre devenue stérile et déserte. L'esprit chrétien et l'esprit de famille rentrèrent dans leur antique alliance, dans une ère de vigueur et de force. Ah ! ces deux esprits, ils sont solidaires et identiques ; partout où les familles se chérissent, la religion est triomphante, et notre sublime métropole de Lyon seule justifierait cette assertion, si elle n'était suffisamment prouvée.

Enfant de l'Empire, mes souvenirs se rattachent à cette époque si grande dans notre histoire nationale. J'ai eu le bonheur de naître dans une famille essentiellement chrétienne ; j'avais une vieille tante aveugle qui m'a appris ma religion sur ses genoux, une autre tante paternelle, morte il y a peu, plus qu'octogénaire, qui avait vu Mandrin et Louis XV, une mère d'une rare piété, que Dieu laisse encore à mes côtés, une aïeule dont chaque parole était une bénédiction. Je me souviens de ces fêtes d'enfance, au milieu de cette douce famille, du saint temps de l'Avent et des longues veillées où nous chantions des noëls. Rien ne manquait à nos solennités : nous avions la *chuche* et la *chandelle de Noël*, la crèche ; et le jour de la Nativité, nous ne manquions jamais de voir paraître sur notre table la *foisse*, sorte de pain mélangé d'anis verts, qui se fait en Bourgogne, et particulièrement à Beaune, encore aujourd'hui, le jour de la Noël. — J'ai dit que mon enfance avait été nourrie de joies catholiques, que mon éducation avait été surtout chrétienne ; l'on s'étonnera donc peu, que de tous ces précédents, il reste un grand fonds de poésie dans mon cœur. La nuit de Noël, les pieux cantiques se chantaient jusqu'aux premiers coups de la messe de minuit ; alors, la famille partait pour l'église, et après la messe, on venait se réunir autour de la chuche, dans un joyeux festin qui se prolongeait quelquefois jusqu'à la seconde messe, dite de l'Aurore. Les éditions de noëls, connus sous le nom de la *Grande Bible de Noël,* partaient toutes de Troyes, et se réimprimaient à Beaune. La bonne ville de Troyes était le centre producteur de cette librairie populaire, épuisée aujourd'hui ; elle en était la métropole, et Beaune la succursale. Maintenant, ces brochures ne s'impriment plus, ceux qui les possèdent les gardent avec respect ; mais il est devenu impossible de se les procurer à prix d'argent. On aura beau rire de la naïve poésie de ces cantiques, consacrés à la Nativité, ils n'en seront pas moins touchants et purs. C'est la

poésie de l'enfance, celle qui vient de l'âme et va à l'âme, celle
que toute mère comprend, aime, retient; c'est la véritable philosophie du cœur, car le cœur ne raisonne pas, il ne fait pas de phrases;
il chante, il prie, il croit, il adore; c'est la poésie de l'intimité et
des familles, bien plus efficace que le chant patriotique, bien plus
propre que lui à former les âmes à la vertu, à faire naître en elles
les saintes harmonies et les pieuses vénérations. Ces noëls parlaient
toujours à l'imagination de l'enfance, à son cœur, et lui rendaient
sensibles les plus ineffables mystères de notre foi, par des allusions
prises dans la vie commune, dans l'existence journalière; ils apprenaient aux enfants à aimer Dieu et leurs parents, ils exaltaient
le sentiment de la piété filiale, de la maternité, ils développaient
les plus heureuses et les plus fraternelles sympathies. — On sent
bien que je ne veux point parler ici des *Noeï tô novea*, en patois
bourguignon. La Monnoye, leur auteur, peut-être en les composant
n'eût-il pas un plan bien arrêté de persifflage; il voulait rire, dans
un siècle où l'on riait facilement et de tout. — Quoi qu'il en soit, ces
poésies manquent le véritable but, qui est le développement du
sentiment chrétien; elles prêtent au sarcasme, à l'ironie, et comme
telles seront toujours bannies du sein des familles pieuses.

— Je n'aime pas ces noëls, parlant en termes ridicules de choses
saintes : l'expression naïve est bien loin de ressembler à l'expression ironique et burlesque :

> « Ce jor lé Diale àt ai cu :
> Randons-an graice ai Jésu :
> Au son de cès instruman,
> Turelurelu, patapatapan ;
> Au son de cès instruman,
> Fezon lai nique ai Satan. »

> « Veci lé sain tam
> Lé tam de l'Aivan :
> Caimairaide, coron
> Devé lé popon,
> Qui por sai bontai
> E velu dévaulai,
> Du céleste palai
> Po no réchetai. »

Des noëls vraiment saints et intimes sont ceux qui nous venaient
de Troyes en Champagne, comme je l'ai dit plus haut, où la langue
est toujours simple et naïve, comme les chœurs qui les chantaient,

comme les temps pour lesquels ils étaient faits. — En voici quelques exemples :

> « Joseph revenant un jour
> Peu satisfait,
> D'un long et pénible tour
> Qu'il avait fait,
> Pour rendre certain ouvrage
> En souci,
> A peu près dans son langage,
> Parle ainsi. »

Celui où Joseph et Marie, étant en route, cherchent un logis, n'est-il pas puisé dans les mœurs réelles, ne peint-il pas les aubergistes tels qu'ils sont, dédaigneux du pauvre, durs au pauvre ? — Joseph demande :

> « Mon cher Monsieur, de grâce,
> N'avez-vous point chez vous
> Quelque petite place,
> Quelque chambre pour nous ? »

L'aubergiste répond :

> « Pour des gens de mérite
> J'ai des appartements,
> Point de chambre petite
> Pour vous, mes bonnes gens. »

Un aubergiste répond encore à l'humble demande d'un pauvre époux qui ne sait où s'abriter, avec sa femme prête à accoucher :

> « Les gens de votre sorte
> Ne logent point céans ;
> Allez à l'autre porte,
> C'est pour les pauvres gens. »

Comme ce noël apprend aux enfants la compassion et l'humanité ! comme il leur fait voir que nos deux grands vices sont l'orgueil et la cupidité ! De pareilles poésies ne sont-elles pas vraiment faites pour le peuple, amies du peuple, à qui elles disent que toute vraie grandeur gît dans l'humilité ? — Il ne faut pas juger, avec les idées de notre époque, ces poésies, faites pour des mœurs meilleures que les nôtres, ni juger avec l'esprit ce qui doit et ne veut être jugé qu'avec le cœur.

4

Je ne me souviens jamais sans plaisir du joyeux noël des bourgeois de Chartres... —

> « Les bourgeois de Châtres
> Et ceux de Monthléri,
> Menez tous grande joie
> Cette journée ici,
> Que naquit Jésus-Christ
> De la Vierge Marie,
> Où le bœuf et l'ânon, don, don,
> Entre lesquels coucha, la, la,
> Jésus, le fruit de vie. »

Je ne connais rien de plus touchant que le voyage de Marie et
de Joseph, qui se trouve raconté tout au long par une suite de noëls
composant la première partie de la *Grande Bible*, réimprimée à
Beaune. En entendant ces airs langoureux et plaintifs, ces paroles
simples, naïves, riches de poésie domestique, populaire, usuelle,
on croit encore vivre dans un autre siècle, on se croit transporté
au temps où les cœurs, où les mœurs étaient aussi ingénus, aussi
vrais, aussi intimes que ces cantiques admirables de bonne foi.
Il faut bien distinguer la trivialité de l'allure franche, pittoresque
de ces chants : ils sont écrits dans la langue parlée par le peuple,
cela est vrai, telle qu'elle était alors; mais pourtant ils n'offrent
rien de trivial, et la vulgarité des idées, des images qui s'y rencontrent n'a rien qui offense le goût, puisqu'elles sont dans les
convenances populaires, et renfermées dans les limites de l'intelligence des masses. Ces noëls ne se chantaient pas à la cour, mais
dans les campagnes, dans les familles bourgeoises, parmi les
artisans, dans les confréries : c'est au point de vue de l'état des
mœurs du peuple, dans le commencement du XVIIIe siècle et
dans le XVIIe, qu'il faut se placer pour juger ces douces poésies.

La tiède et pieuse Provence a aussi ses noëls nationaux, par
Nicolas Saboly. — Une nouvelle édition en a été publiée chez
L. Aubanel, à Avignon, en 1839. — J'aime beaucoup le noël :

> « Viven huroux et counten,
> Brégade,
> Viven huroux et counten;
> Puisqu'aqueste vesprénade
> Nous méne lou bon tousten.
> Viven huroux et counten,
> Brégade,
> Viven huroux et counten. »

Et ces strophes du noël IX :

> « Hélas ! moun Diéou ! lou bel enfan !
> Coumé pren la pousséte,
> Dirias avis qué mort dé fan,
> Régarda coume téte.
>   Canten Noué, etc.

> « Ay d'ioou, dé farine et dé lach,
> Émay une cassette,
> S'avian de fio, l'iouriéou léou fach,
> Une bone poupéta.
>   Canten Noué, etc. »

Il y a une certaine analogie entre ce noël et l'un de ceux de La Monnoye. Le noël provençal dit :

> « Per noun langui lon doou camin,
> Counten quaouque sournéte,
> Su lou fifre, lou tambourin,
> Jouguen la cansounéte,
> Canten Noué, Noué, Noué, Noué su la muséte. »

Le 3ᵉ *noeï* bourguignon de Gui Barôzai, déjà cité, débute ainsi :

> « Guillô, pran ton tamborin ;
> Toi, pran tai fleûte, Robin :
> Au son de cès instruman,
> Turelurelu, patapatapan ;
> Au son de cès instruman,
> Je diron Noeï gaiman. »

Dans notre magnifique plaine de Bourgogne, arrosée par la Saône, bornée à l'est par le Jura et les Alpes, à l'ouest par nos coteaux, dans toute notre Bresse, l'on chantait des noëls en patois différent de celui de Dijon et du pays de la montagne. Mais ces chants sont pensés et écrits de bonne foi ; la pensée d'ironie ne vient jamais leur enlever, comme dans ceux de La Monnoye, ce parfum de virginité qui les caractérise : — Je citerai quelques couplets d'un de ces noëls qui se chantent encore dans toute la Bresse chalonnaise et la Bresse lyonnaise, et dont feu M. Bottier, imprimeur-libraire à Bourg, a donné, en 1814, une nouvelle édition :

> « Sote vos bin compore Teyno
> La novaïa de sty paï,

Eye lo curo de Fossi
Que dezi diominno,
Que trai grands monsus sont venus
Per adoro lo bon Jesus. »

« Tui bin savants commant de prêtres,
I suront lire u firmamant,
Que lo bon Di s'e fet éfant
Entremi deuve bétes.
I n'on po fota d'almana
Per sava qué temps é farà. »

« Tot à setou que l'arreviront,
U faubor de licœu flan,
Lou vicœu, le fenes è lous éfants,
Tot s'en ébaïront :
Quottion que n'y veze po bin,
Crezan qu'é ière de boammiens. »

Voilà, je le répète, des noëls que mon enfant comprendra, qui le
toucheront, le disposeront à de vertueuses inclinations, au respect
envers ceux qui lui ont donné le jour.

La chuche de Noël est la tradition bien ancienne, en Bourgogne,
et le symbole des présents faits à la crèche de l'enfant Jésus par les
bergers et les rois mages. L'on persuade à nos enfants que cette
chuche leur produira, le jour de Noël, lendemain de celui où on la
met au feu, pour qu'elle brûle pendant la sainte nuit, force bonbons,
et cette promesse n'est jamais vaine.

En voilà assez, beaucoup moins pourtant que n'en voudrait dire
mon cœur, sur ce sujet. — L'on aura beau me crier que notre
siècle a bien d'autres intérêts à démêler, bien d'autres questions à
débattre que de chanter des noëls ; toujours je répondrai que le noël
fait de bons citoyens, tandis que la chanson patriotique produit
trop souvent des hommes de place publique, de cafés, de cabarets,
des dissipateurs et des amis du désordre.

VII.

SAINT ENNEMOND.

Légende Lyonnaise.

A MM. le comte d'Herculais, Margerand, et A. Terret, de Lyon.

I.

Au sixième siècle, alors que l'église militante avait déjà conquis un glorieux passé, et que, cimentée par le sang de ses martyrs, elle marchait d'un pas ferme dans l'avenir; au sixième siècle vécut, à Lyon, un saint et digne prélat.—Ce fut Ennemond, 36e évêque de cette auguste cité, Ennemond, que de tant de noms on a appelé, que les uns nomment Annemond, les autres Delphin, Offin, Sigobar. —Il naquit à Lyon, dans ce même sixième siècle, de l'illustre famille des Delphin, seigneurs de la Tour-du-Pin, de Bourgoin et lieux voisins, qui ont donné leur nom à la province du Dauphiné, aux dauphins de Viennois, et enfin aux fils aînés de nos rois, jusqu'à la dynastie qui règne aujourd'hui sur nous.

Cette famille des Delphins était, disent les commentateurs, les

légendistes et les chroniqueurs, appelée *romaine*, non parce
qu'elle tirait son origine de Rome ou d'Italie, mais parce que, ne
descendant ni des Goths, ni des Burgundes, ni des Franks, elle
voulait que l'ont sût qu'elle émanait de pur sang gallois, qu'elle
se trouvait fixée, comme race, sous la domination latine, long-
temps avant l'irruption des peuples barbares dans l'Allobrogie.

II.

Sigonius Delphin, nommé gouverneur de Lyon par le roi Dagobert, fut père de saint Ennemond, évêque, et de Delphin qui succéda à son père dans le gouvernement de la cité. La noblesse et la
richesse de ces deux frères, autant que leur sagesse et leur piété,
les rendirent chers à Clovis II. Ce prince ordonna que Clotaire son
fils fût tenu sur les fonts Baptismaux par le saint prélat Ennemond. Cette haute faveur, qui avait environné les deux frères sous
le règne de Clovis II, fut la source des tourments qu'ils endurè-
rent sous Clotaire, de la part du cruel Ebroin, maire du palais.
L'amour de la justice, qui caractérisait Delphin, devint un crime
capital aux yeux d'Ebroin. Il le fit condamner, dans une assemblée convoquée à Orléans, comme coupable d'avoir conspiré contre son souverain. Delphin eut la tête tranchée, et son corps fut
apporté à Lyon. Le peuple qui, à tous les évènements mystérieux
et dramatiques, prête la poésie dont son cœur regorge, le peuple
le regarda comme un martyr de la justice et de l'honneur qu'il
avait préférés à la vie, et l'inhuma avec vénération dans la basilique de Saint-Nizier.

Le meurtre de Delphin fut pour saint Ennemond un avertisse-
ment de se préparer à la mort. Les deux frères se ressemblaient
trop bien pour ne pas avoir le même sort. Il s'agissait d'arracher
le vertueux prélat à ses ouailles, qui ne l'eussent pas laissé
massacrer impunément. Ebroin, à qui les moyens d'exécuter le
mal ne manquaient pas plus que la volonté de l'entreprendre, envoya à saint Ennemond un ordre du roi qui le mandait à la cour.
— L'évêque obéit, et il partit avec ceux qui lui avaient apporté le
message; mais ces lâches compagnons assassinèrent Ennemond
dans les environs de Chalon-sur-Saône (1). Wilfrid, jeune seigneur

(1) J'ai battu la campagne des environs de Chalon, aux lieux que la légende
désigne vaguement. Je n'ai trouvé aucune tradition ou dénomination qui rap-
pelât ce meurtre.

angle, qui avait voulu faire partie de sa suite, fut épargné, parce qu'il était étranger. — C'est ce même Wilfrid qui préféra à l'alliance illustre des Delphin, la gloire de convertir au christianisme les Saxons méridionaux de sa patrie, dont il fut l'apôtre. — Les deux frères Delphin et Ennemond avaient offert à Wilfrid la main de cette fille fameuse dans l'histoire ecclésiastique de la Grande-Bretagne, qui vécut comme une sainte, et qui fut inhumée dans l'abbaye de Saint-Pierre de Lyon, auprès de son aïeul, de son aïeule et de son oncle, saint Ennemond.

III.

Mais voici ce que la légende et le *populaire* racontent encore, et c'est ici la portion de ce fragment la plus riche en naïve poésie.

Le corps d'Ennemond fut placé, par ses féroces bourreaux, dans un bateau privé de rames et de rameurs, et ainsi exposé sur le cours paisible de la Saône.

Mais la douce rivière sut qu'elle portait un saint, et fut caressante pour son fardeau; mais la légère gondole chemina comme si le plus expérimenté patron l'eût dirigée; mais nul aquilon violent ne rendit houleuse la murmurante et limpide surface; mais nulle dent de pont, nulle pointe de rivage, nul tronc d'arbre, ne vint heurter la frêle embarcation. La nacelle arriva toute seule jusqu'à Lyon, faisant sonner toutes les cloches des églises qui se trouvaient sur son passage.

Quand les habitants de Lyon virent sur leur belle rivière de Saône un bateau chargé du corps mutilé de leur évêque, autour duquel scintillaient deux nimbes lumineux, ils se prosternèrent sur la rive, aux mélancoliques volées des cloches des monastères et des églises semés sur les deux bords de l'eau; le peuple, le clergé vinrent processionnellement supplier le saint de s'arrêter.

Et toujours la barque descendait, et toujours le saint cadavre se laissait conduire par sa nacelle, et toujours le premier miracle continuait; mais un autre prodige va se passer sous les yeux du peuple.

Deux pieuses cénobites quittent leur monastère des religieuses de Saint-Pierre, un long voile enveloppe leur tête virginale; elles s'avancent, en soupirant de tendres prières, vers ce verdoyant bandeau de prairie qui, alors, remplaçait sur la rive gauche de la Saône le quai des jours modernes, et dès qu'elles aperçoivent la sainte gondole, elles se mettent à se prosterner aussi parmi les

flots de peuple, de moines, de prêtres. — Elles appellent le saint
de leur voix timide; elles le supplient de céder à leurs instances,
d'amarrer sa gondole au rivage et de sanctifier la ville de Lyon
de sa sépulture. — La barque s'arrêta, et le peuple se hâta de
transporter le miraculeux cadavre dans la chapelle du monastère
de Saint-Pierre.

— Ces deux vierges, dont les prières furent si efficaces, c'étaient
les deux sœurs d'Ennemond, Petronilla et Lucia, toutes les deux
aux cheveux longs et noirs, toutes les deux belles à ravir, toutes
les deux célestes par la candeur, les regards, les murmures de
lèvres, le son de voix; toutes les deux anges incarnés qu'une
harpe de barde ne saurait traduire.

Saint Ennemond avait comblé de tant de biens l'antique et célèbre abbaye de Saint-Pierre de Lyon, qu'il en fut regardé comme
le second fondateur. Il fut inhumé dans ce lieu de recueillement et
d'ineffables harmonies. — Mais il paraîtrait que quelque abbesse
du noble manoir aurait, par la suite, donné à l'église de Saint-Nizier (1) une relique du saint prélat, car cette église a prétendu
long-temps posséder seule sa vénérable sépulture, justifiant sa
prétention par l'usage où l'on était d'inhumer les évêques dans leur
cathédrale (2). — Il est facile de supposer qu'en faveur d'Ennemond, qui avait fait tant de largesses à l'abbaye de Saint-Pierre,
il aurait été dérogé à cette coutume.

Quoi qu'il en soit de ce fait, peu de saints tiennent une place
aussi poétique dans le martyrologe de Lyon, qu'Ennemond, 36e
évêque de cette antique et première métropole des Gaules.

(1) Peut-être le tombeau d'Ennemond, après le pillage du monastère par les
Barbares, fut-il *transféré* à Saint-Nizier.
(2) Saint-Nizier était alors cathédrale de Lyon. — A cette belle église, la sépulture de Delphin, frère de saint Ennemond, n'a jamais été disputée.

VIII.

CATHÉDRALE DE METZ.

*A Mgr Dupont-des-Loges, évêque de Metz, et MM. le comte Charles du
Coëtlosquet, et Maréchal, peintre-verrier.*

Il ne faut chercher à la cathédrale de Metz, ni la flèche inouïe
du Münster de Strasbourg et les clochers de Chartres, ni la façade
et le peuple de statues de Notre-Dame de Rheims. Elle n'a pas la
nef d'Amiens, son inimitable harmonie, sa majestueuse ampleur,
sa hauteur effective qui tient du prodige. Elle n'a pas l'énergique
appareil et le rond-point ascensionnel de Notre-Dame de Rouen,
la féerique splendeur de Saint-Ouen de la même ville, l'unité, les
cinq nefs, l'aspect liturgique, la structure théologique et savante
de Saint-Etienne de Bourges; et cependant elle est au-dessus
de tous ces monuments-rois, par l'effet qu'elle produit. — Nous
avons vu les plus grands et les plus beaux temples du monde
catholique, depuis Notre-Dame d'Anvers, le chœur géant de
Beauvais, le chœur plus humble de Moulins, le chœur-châsse de
Saint-Thibauld, et cet autre chœur qui, sous la forme d'un reliquaire
du XIIIᵉ siècle, constitue la Sainte-Chapelle de Paris, jusqu'au
Dôme de Milan, aux coupoles d'or de Saint-Marc de Venise, aux

basiliques constantiniennes de Rome, et à la basilique grecque de
Saint-Vital de Ravenne : aucun de ces édifices chrétiens n'a fait
naître en nous une impression pareille à celle que nous avons
éprouvée dans la cathédrale de Metz. — C'est ici, surtout, le cas de
dire que cette auguste basilique nous a paru comme une merveilleuse vision de la Jérusalem céleste. Dieu seul sait combien
nous avons admiré et compris Notre-Dame d'Amiens, cet archétype de l'art national chrétien; eh bien! nous plaçons Saint-Etienne
de Metz plus haut encore dans l'échelle des monuments religieux
du moyen-âge, non pas comme œuvre aussi homogène, aussi
ferme, aussi harmonique et aussi complète, comme offrant une
valeur spécifique rigoureusement égale, comme témoignant d'un
goût aussi pur, comme produit d'un travail aussi châtié, mais
comme celle qui exalte le plus vivement le sentiment religieux,
qui fait le plus hardiment tressaillir l'observateur, qui l'émeut le
plus profondément jusqu'aux entrailles, qui exerce le plus directement sur lui une sorte d'irrésistible et puissante fascination.

A ce point de vue de l'effet moral et idéal de l'expression résultant des manifestations matérielles de l'art, la cathédrale de Metz,
vue à l'intérieur, est au-dessus de toutes les basiliques anciennes
et modernes; elle prime sur toutes : nous ne connaissons rien qui
lui soit comparable. Aucune n'enveloppe ainsi le spectateur de
majestés et d'infini, n'entr'ouvre pour son cœur épanoui un tel
monde de divines révélations, ne fait descendre sous ses yeux une
si resplendissante image du troisième ciel. C'est toute une muette,
mais sublime fanfare de la victoire chrétienne, tout un ineffable
concert de mélodies architectoniques; c'est véritablement le symbole le plus caractérisé de l'Église triomphante, abritant les autels
du Dieu vivant de ses étendards et de ses trophées.

Et ce temple magnifique, cette arche incroyable, sous les voûtes
colossales de laquelle nous avons épuisé tout l'enthousiasme dont
une âme ardente dispose, oserons-nous dire que nous l'avons
presque *découverte* ? — Sans doute, cet édifice jouit en Lorraine et
dans le reste de la France d'une certaine célébrité; mais a-t-il la
renommée qu'il mérite, et n'est-ce pas blesser une opinion reçue
que de le représenter comme occupant, à son point de vue particulier dont la portée est immense, presque la première place parmi
les monuments religieux? Telle est pourtant notre ferme conviction, et nous avons hâte de la propager.

Quel vaste et imposant vaisseau, quelle architecture inspirée et
vraiment épique, quelles hardies et sages combinaisons d'ombre

et de lumière, de perspectives et de lointains, quelle ineffable projection de lignes, quelle sublime traduction d'une sublime et sainte
pensée! Œuvre complète, où le faire du XIVe siècle prédomine,
où celui du XVe se montre, mais chaste, sobre, sans ce style ampoulé, sans ces formes emphatiques et boursoufflées qu'il affecta
dans sa dernière phase, la cathédrale de Metz présente un plan
régulier et le plus somptueux appareil de verrières peintes connu
dans ses croisillons. En ce genre, en cette région du temple, son
luxe est inouï : elle ne s'est pas contentée du triforium transparent,
où la lumière arrive plus sereine, plus mystique et plus recueillie,
elle a voulu être à jour des pieds à la tête, et faire étinceler avec
une profusion sans exemple, depuis les dalles de l'aire jusqu'aux
arceaux de la voûte, les fabuleuses splendeurs de la verrière peinte :
elle a voulu être parée et toute vêtue des plus fines pierreries,
comme une reine de l'Orient. Nulle part la verrière peinte n'a été
poussée à ce degré d'éclat et mesurée sur ce pied dans la région du
transsept. Il n'existe pas dans le monde, nous croyons pouvoir le dire,
une seule cathédrale conçue dans un tel esprit, ainsi évidée, ainsi
transparente, ainsi fermée aux vents et ouverte à la lumière, où les
portions concrètes tiennent si peu de place; aussi énergique et aussi
forte dans sa rare fragilité. Ce vaisseau ne paraît pas bâti, il semble
soufflé au filigrane; ce serait la lanterne de Dieu, si Dieu voulait
un instant se promener dans les nuits et l'espace avec les yeux
de sa créature. On croirait qu'elle va trembler au vent; et quand
elle vibre, comme les arbres de nos forêts, elle est si légère, si
légère, si fuselée, qu'on craint presque que les anges ne l'emportent dans le ciel. Il n'y a pas lieu d'en douter, dans la pensée de la
nationalité messine qui rêva et réalisa, par les mains du maître
de l'œuvre, cette insolite combinaison architectonique, l'appareil des
grandes peintures diaphanes, presque limité au sanctuaire, aux
croisillons, au revers de la façade, dut s'étendre systématiquement
et non pas accidentellement à ces amples et majestueuses fenêtres
qui forment le *clerestory* de la nef majeure. Si telle n'eût pas été
la fin de l'œuvre, on ne se serait jamais décidé à admettre tant de
jour dans le temple. Les hommes du moyen-âge aimaient à introduire la lumière à flots dans leurs églises; mais ils avaient soin
d'en tempérer la hardiesse et de lui imprimer le sceau du mystère
par les magiques effets de la verrière peinte.

L'iconographie chrétienne n'a presque rien à voir dans les sculptures purement ornementales de Saint-Etienne de Metz. L'inspiration de foi et d'art qui créa ce temple, trouva les images de pierre

trop matérielles et trop opaques; elle conçut dans ses élans une forme plus spiritualisée et moins terrestre, plus idéale encore; elle eut le bonheur de la produire. Elle voulut que, dans ce monument d'un genre unique, la verve des ouvrages à jour, les plus osées découpures, les plus fines ramifications remplaçassent la statuaire, qui eût introduit trop de portions solides dans un édifice dont la transparence est l'âme. Elle voulut préparer aux peintres-verriers le plus vaste canevas qu'on ait jamais offert à leur art. De là, ces deux croisillons dont le mur de clôture n'est, de haut en bas, en long et en large, qu'une immense fenêtre; de là, ces jets de colonnettes si fuselées, cette absence absolue de masses pleines au-dedans, ces contre-forts si légers à l'extérieur. Et au milieu de cette délicate profilation, de tous ces souples réseaux, quel problème résolu par la combinaison de la ténuité de la forme à la solidité du fond, solidité telle que près de six siècles ont passé sur ces voûtes sans les faire le moins du monde fléchir, et que le monument chrétien de la France, le plus frêle en apparence, en est effectivement le plus robuste et le plus ferme!

Voyez l'église messine de Saint-Simon : toute basse, toute lourde, toute neuve qu'elle est, elle offre déjà un écartement sensible dans sa voûte; et celle de la cathédrale, soutenue dans les airs par les plus frêles étais, toute portée sur des lamelles de verre, à une hauteur prodigieuse, ne présente point la moindre solution de continuité.

Et puis, pour se rendre bien compte des impressions morales produites par la cathédrale de Metz, il faut la voir à différentes heures : au milieu du jour, avec ses gerbes de lumière; enveloppée des rayons du soleil couchant; sous les étreintes de l'aurore, qui fait étinceler ses vitraux; caressée par le crépuscule, qui la teint d'un indicible clair-obscur. Dans ces phases du temps que Dieu mesure quotidiennement à l'homme, elle change de couleur, de physionomie et d'aspect; sa grande figure varie et se transforme : elle est flamboyante et radieuse; elle est indécise, mélancolique, mystérieuse et intime; elle est douce, elle est calme comme l'espérance ; elle est majestueuse, infinie, sublime comme le firmament; elle est quelquefois aussi dramatique et terrible comme l'éternité.

Alternativement assis sur un humble siège de l'auguste basilique, vers la grande porte d'entrée principale ou près des revers du transsept, nous avons passé là bien des journées entières en contemplation, les plus pleines, les plus saintes journées de notre

vie, assez riche en émotions causées par la vue des monuments
religieux. Tout pathétique et prodigieux qu'est l'effet ressenti dans
cet édifice, il s'exerce pourtant d'une manière calme, tranquille et
grave; il a toute la quiétude, la grandeur et la verve de la nature
messine; il vous illumine sans vous éblouir, vous retient sans vous
enchaîner; l'admiration qu'il fait couler en vous, murmure comme
le limpide ruisseau de la vallée, et ne mugit point comme le torrent
des Alpes. Il ne donne aucune de ces sensations violentes et fé-
briles, produites par l'aspect étourdissant des beautés compliquées,
parce qu'ici toute chose est à sa place; parce qu'il y a à Saint-
Étienne de Metz une pompe toujours sage, toujours raisonnée,
toujours sobre, une parfaite eurythmie; parce que la profusion de
petits détails accessoires ne vient point y harceler et y rompre le
culte intime et muet dont les lignes mères et l'ordonnance générale reçoivent le tribut.

La cathédrale de Metz est un fait monumental pleinement isolé :
il semble que toute la nationalité messine se soit livrée à un immense effort d'inspiration pour la créer, et en soit restée là, satisfaite
de cette sublime explosion de son génie, de son art, de ses mœurs
et de sa foi. Cet édifice, effectivement, ne rentre par aucun point
dans l'unité si marquée des grandes églises lorraines, dont la
cathédrale de Toul fut le type générateur, et d'un caractère si ef-
florescent et si chevaleresque. Dans ses portions constitutives les
plus jeunes, il est plus vieux qu'elles de beaucoup, de goût ou
d'âge. C'est un fruit de la sève messine tombé de l'arbre au jour
même de sa pleine maturité; c'est une pensée à part, qui n'a pu
prendre forme que sous la direction d'une de ces écoles épiscopales
d'architecture religieuse, qui étaient fréquentes au moyen-âge,
d'une école ecclésiastique proprement locale. — Les architectes
constatent un style, mais ne l'inventent pas. Or, ce style de la cathédrale qui nous enchaîne à ses pieds, c'est le pays messin qui
l'a trouvé. Une conception de géant chrétien est venue à éclater,
spontanée et subite, dans Metz, sous l'influence de la nationalité
messine : l'esprit sublime de Karl-le-Grand s'est réveillé au cœur
de la terre d'Austrasie, et la cathédrale que nous admirons a été
l'œuvre de cet énergique réveil. Rien ici ne précède et ne prédit
cette architecture ecclésiastique, glorieuse paladine et
couronnée de Notre-Dame et de Saint-Gengoux de Toul, de l'église
de Saint-Nicolas-de-Port, de Saint-Martin de Pont-à-Mousson. —
Partis de Rheims, de Paris ou d'Amiens, pour arriver à Metz,
vous ne trouverez sur votre route aucuns jalons qui rattachent,

par des liens historiques, ce temple aux temples typiques de l'é-
cole française, rien qui y conduise par degrés insensibles, rien
qui vous prépare à le comprendre, qui, grandissant progressivement, vous fasse, par des transitions successives, passer à cette
chose si colossale et si hardie. Metz ne reçut l'influence directe
d'aucun grand courant architectonique : sa cathédrale est sortie de
ses entrailles, comme Minerve, tout armée, du cerveau de Jupiter.
— C'est un chef de race qui n'a ni ancêtres, ni proches, ni enfants
de sa taille.

Oh! de grâce, n'attendez pas de nous une description savante
de ce grand tout, de cette fabuleuse magnificence, immense châsse
de pierre au-dedans comme au-dehors; ne nous demandez pas une
lueur affaiblie de ce jour idéal, qui n'entre dans une partie de la
basilique qu'après avoir dépouillé son éclat mondain, son rire terrestre; ne nous demandez point un reflet affaibli de ces flots d'or,
de pourpre et d'azur qui ruissellent dans le sanctuaire et le transsept. Pour avoir l'intelligence de toute la magie, de tout le caractère céleste de cette arche du Seigneur, il faut une initiation qu'elle
seule peut donner. — Oh! il est une haute et forte poésie qu'on
refroidirait par l'analyse; il est des fibres mystérieuses où il ne
convient pas de porter le scalpel, et des corps qui ne se mesurent
point au compas! Ce monument serait-il de ceux que l'on peut
impunément réduire aux conditions bornées d'une monographie,
sortir du domaine de l'âme, du domaine de tous, pour en faire une
chose spéciale pour le peuple restreint des monumentalistes et des
savants? — Non, laissons-lui l'universalité et l'infini de sa raison
morale et populaire. Il en est de ce monument séculaire comme de
toutes les œuvres d'art d'une haute portée, dont la beauté n'est
pas purement conventionnelle; ils sont compris par tous, par les
humbles et les grands, par les ignorants et par les doctes. Une
jeune personne de la campagne, entrant pour la première fois dans
la cathédrale de Metz, fut si profondément saisie, qu'elle se mit à
pleurer. Tout art qui n'a pas ensemble le sens populaire et scientifique, est un art sans influence sociale. La religion catholique,
mère de toute inspiration artistique, ne s'adresse-t-elle pas à la
fois et au cœur du peuple et à l'esprit des savants?

La cathédrale de Metz est géométriquement moins vaste que
les Notre-Dame d'Amiens et de Rheims; elle semble notablement
plus grande que cette dernière surtout, tant ses perspectives et
son effet sont justes; et les dimensions, en apparence inouïes de
l'édifice, n'anéantissent pas le fidèle qui le contemple; elles l'élè-

vent vers Dieu, et le grandissent de toutes les puissances unies de
l'adoration et de la foi. Nul édifice ne prouve mieux que celui-ci
que la beauté c'est l'ordre, vérité que constata si éloquemment
aussi à Amiens, Robert de Luzarches, ce Bramante de l'architecture ogivale. — Ah! combien un pareil temple entretient
et développe le double goût de la religion et de l'art dans la cité
qui le possède! Il est impossible que la vue de cette harmonieuse
et splendide manifestation architectonique n'exalte pas le sentiment
chrétien dans le spectateur qui la visite, s'il a un cœur et des vis-
cères. — Nous comprenons de telle manière l'influence réciproque
de la foi sur l'art et de l'art sur la foi, que nous ne concevrions
pas que l'une ou l'autre vinssent à fléchir dans une des villes où
s'élèvent ces cathédrales de Metz et d'Amiens, avec lesquelles
tant de rois et de reines ont comparé leur immortalité d'un jour et
leur éphémère majesté. Aussi, est-ce à Metz, sous l'inspiration de
la basilique de Saint-Étienne, cette épopée française de la transparence monumentale, que s'est formé cet atelier de MM. Maréchal
et Gugnon, qui livre à nos églises, dépouillées par le mauvais goût
et les révolutions, des produits si légitimement renommés, des
œuvres si remarquées de moderne peinture sur verre. M. Maréchal, qui a déposé dans notre vénérable basilique primatiale de
Saint-Jean-Baptiste de Lyon, tant de gages de son talent si éminemment supérieur à celui de ses confrères, est le souverain de
l'art contemporain du peintre-verrier, et je doute qu'à Munich,
même, on lui disputât son sceptre.

Pour revenir à la cathédrale de Metz, notre juste enthousiasme
pour elle ne nous empêchera pas d'y trouver un défaut, qui échap-
pera à tous les yeux moins scrutateurs et moins *éplucheurs* que les
nôtres, heureusement pour leurs joies. L'arc ogival des entre-colonnements apsidaires qui délimitent la nef déambulatoire particulièrement, est trop raide et trop cru, il commence trop brusquement
par rapport à la hauteur de la base; le triangle formé à partir de
l'imposte, qui, dans les règles de l'eurythmie et selon le goût des
beaux jours de l'ère ogivale, ne doit occuper que le tiers du vide
de la baie, en comprend ici près de la moitié. Au reste, cette observation peut s'appliquer à presque tous les arcs du monument,
à la voûte, aux entre-colonnements du triforium. C'est là peut-être
la manifestation d'une influence germanique qui s'exerça en dehors des combinaisons du génie français, mais trouve sa raison
logique et locale dans la nationalité messine, où l'élément germanique tend à se marier à l'élément français. — Oh! malgré notre

respect et notre amour de frère pour toutes les nationalités, malgré le soin que nous avons de faire à chacune sa part de gloire dans la gloire de l'humanité, nul ne peut se refuser à voir l'explosion du génie français dans celle du type ogival.... La France a donné au monde l'architecture sacrée des temps virils du moyen-âge, et nos voisins l'ont imitée dans les limites de leur esprit public et de leurs instincts propres, au branle de leurs idées nationales. — Il est fâcheux aussi qu'à la cathédrale de Metz, les croisillons du grandiose monument se terminent extérieurement en croupe, au lieu de s'amortir en galbe ou pignon. La façade qui, même dans les conditions primitives de l'édifice, n'étant pas destinée à jouer ici un rôle monumental bien solennel (1), semble en quelque sorte amputée, à l'observateur doué de l'esprit de comparaison ; la façade a reçu des temps modernes un ouvrage mesquin et vulgaire, à la date de MDCCLXIII ; mais ce portail s'est borné à ramper au pied de la belle fenêtre-rose du moyen-âge ; il n'a pas osé monter plus haut, et heureusement n'a fait que voiler en partie, sans les détruire, et les souples évolutions de ses meneaux, et le livre somptueux de sa verrière peinte (2). Rien, dans l'architecture primitive de cette région, n'est préparé pour recevoir un de ces grands ouvrages en avant-corps, qui font de sa façade la portion capitale d'une église comme effet extérieur. Le luxe ici devait se borner à la fenêtre-rose, et tout ce qui eût pu gêner son libre développement a été soigneusement écarté. Ainsi, les quatre portes (3) principales percées latéralement, les deux clochers ont été rejetés un peu en arrière d'elle, sur les flancs, dans un but direct, et on ne lui a juxtaposé qu'une seule tourelle servant à l'horloge, laquelle tourelle devait probablement avoir une sœur dans le projet originel.

(1) Cette façade correspondait jadis à l'ancien palais épiscopal détruit, et n'était percée que d'une très-petite porte qui donnait accès au pontife. Les grandes et principales entrées étaient pratiquées sur les flancs du vaisseau. Celle du levant s'ouvrait au milieu de ce peuple de saints asyles (Saint-Georges, Saint-Pierre-aux-Images, la chapelle des Lorrains, Saint-Pierre-le-Vieux, Saint-Paul, le cloître), que le maréchal de Belle-Isle — si nous ne nous trompons — fit raser pour créer le vide et la froide régularité des bâtiments de la place Napoléon.

(2) Il faut rendre la même justice aux prétentieuses échoppes qui enveloppent le croisillon oriental ; elles n'ont porté aucun dommage à ses belles verrières peintes ; les vitraux sont demeurés intacts. — Ainsi, le mauvais goût a été intelligent.

(3) L'une de ces portes, voisine du chœur de l'ancienne église de Notre-Dame-la-Ronde, est aujourd'hui encastrée dans une maison particulière.

Cette façade a été bien évidemment faite pour la rose, la rose n'a pas été faite pour elle. La grande baie fenestrée remplace ici tout le luxe que les hommes de l'ère ogivale mettaient dans l'entourage et les voussures des portes trinitaires. Contrairement aux façades des églises lorraines de *pur sang*, qui sont toujours la chose majeure, comme ordonnance externe, celle de Saint-Étienne n'a qu'une signification restreinte; elle n'est qu'une occasion de continuer le système de transparence générale qui s'étend à l'édifice. On croirait qu'elle a voulu rappeler sur ce sol antique les traditions de l'ère basilicale primitive, qui n'a pas attaché aux façades l'importance qu'y mirent les *gothiques*. — Nous avons cru reconnaître l'influence germanique dans l'orthographe du nom de Sainte-Catherine, sur la légende mise au bas d'une représentation de cette vierge, par la verrière peinte, au croisillon à droite du spectateur ; on lit :

S. KATHERINE.

Nous permettra-t-on de dire ici une de nos illusions messines, qui s'expliquera par ce limpide soleil que nous avons eu le bonheur d'y trouver dans nos deux visites à la glorieuse cité de Metz ? Quand nous tournions autour de cette cathédrale dont nous ne pouvions nous détacher, sur cette place Napoléon qui se développe au levant de l'édifice, nous nous croyions dans la radieuse capitale de la Lombardie, à l'ombre du *Dôme*. L'arrangement des rues qui y aboutissent, cet espace qui ressemble un peu à celui où s'élève à Milan le palais du vice-roi, la forme du clocher oriental de Saint-Étienne, presque semblable à celle du *campanile* de la métropole milanaise, et surmonté, comme lui, d'une haute tourelle évidée à jour, dont les frêles contre-forts s'éloignent de la ligne verticale au fur et à mesure qu'ils s'élancent vers le ciel, tout concourait, à la vue du marbre près, à nous faire oublier que nous étions aux portes de Trèves, et non point à quelques lieues du lac Majeur ; et l'allemand dont nous entendions les accents, étranges pour nous, frapper nos oreilles accoutumées aux désinences méridionales, ne pouvait rien sur cette illusion, car il se parle exceptionnellement, dans la même mesure, en l'une et l'autre cité.

Et oublierons-nous l'effet extérieur produit par cette cathédrale de Metz, sinon à sa façade qui joue un rôle si secondaire dans les horizons de la ville, du moins à sa région apsidale et sur ses flancs ? Ah ! cette façade, elle ne correspond à rien, elle n'a rien à voir dans les horizons messins. Les majestés de la basilique se sont mises en rapport avec la cité, dont la plus grande aggloméra-

tion se développe parallèlement à sa cathédrale. Son apside avait
à regarder la Moselle, son flanc occidental avait à regarder le
mont Saint-Quentin, son autre flanc, les portes constellées de l'o-
rient. Si elle n'eût pas été dirigée ainsi dans le sens de la ville,
l'aurore et le soleil couchant n'auraient pu la traverser et l'illuminer de leurs feux. Ne dirons-nous rien de cette magique couleur
qui la distingue, couleur tout orientale et toute romaine, couleur
de safran, s'il en fut, tranquille, moelleuse et ferme tout à la fois,
résultant du ton durable de ce grès monumental qui a servi à sa
construction, et que je ne peux mieux comparer qu'au fameux
travertino des façades de Sainte-Marie-Majeure et de Saint-Jean-
de-Latran? On croirait que toutes les chapes de drap d'or de ses
pontifes sont étendues sur les murailles de la basilique. Oh! comme
la petite tourelle octogone que nous avons indiquée plus haut, qui
attend encore une compagne à l'angle oriental de la façade, file
délicate et gracieuse! comme les deux autres tourelles, également
octogones, qui flanquent l'apside, l'une nommée de la *Boule-d'Or*,
parce qu'un ornement de ce genre repose sur la petite flèche évidée
à jour qui lui sert de diadème, l'autre appelée de *Charlemagne* ou
de la *Table-de-Marbre*, à cause d'une table posée au milieu de la
plate-forme qui la termine dans les airs, se dressent légères, élégantes, souples, nettement et purement profilées! Comme les deux
gros clochers, l'un fraîchement et provisoirement achevé, l'autre
contemporain du temple, et qu'on regrette de voir armé à son
faîte d'une monstrueuse girouette tricolore, s'élancent avec une
fierté calme, à une hauteur qui peut-être n'est relativement pas
en harmonie avec celle de la basilique! — Oui, c'est latéralement
qu'il faut juger l'effet extérieur de ce vaisseau, soit en débouchant
de la rue Fournirue sur la place Napoléon, soit surtout du quai
qui limite du côté de la ville le quartier d'Outre-Moselle. De ce
point du territoire messin, oh! qu'il fait bon voir ces hardis contre-
forts rangés autour de la basilique, et vibrant comme les harpes
des séraphins autour de Dieu, les fabuleuses évolutions, l'incroyable tissu de son *fenestrage,* ses croisillons tout à jour, ses
flancs tout à jour, tout le vaisseau, littéralement diaphane, traversé
d'outre en outre, dans une mesure inouïe, par la lumière flamboyante et dorée du soleil couchant! Mais c'est dans la poétique
barque du gondolier qu'il convient de choisir sa place, pour bien
comprendre la sublime perspective du chevet de Saint-Étienne. On
se fera conduire à trois ou quatre kilomètres de Metz, en descendant la douce rivière, c'est-à-dire au nord de la ville; arrivé à

cette distance, on amarrera la frêle nacelle dans quelque coin solitaire de la rive, et pendant que le batelier fredonnera quelque chanson populaire, pendant que les amoureuses vagues de l'eau accompagneront sa voix de leur harmonieux murmure; soi, on regardera cette apside de la cathédrale, si peu orgueilleuse et si fière, d'une complexion si robuste et si frêle, d'un aspect si saisissant et si pathétique. C'est là, sur la Moselle, qu'est son véritable point de vue : vous n'aurez, vous tous, pèlerins de la cathédrale de Metz, une idée complète de sa majesté apsidaire, qu'en la contemplant ainsi, dans cette sorte d'auréole qui adoucit les contours des grandes réalisations de l'art, sans les effacer, et qui résulte de l'éloignement moyen dont on est d'elles. Comme elle domine tout l'horizon du haut du capitole messin, comme elle règne sur la ville à genoux à ses pieds, comme elle se détache aérienne et grande, comme elle absorbe tout le paysage qui l'enveloppe!

Une grande surprise nous était réservée à Metz. Les cloches, ces voix des églises catholiques, sèment leurs chants dans les airs. Nous écoutons, nous écoutons bien, nous écoutons encore, et nous retrouvons, sinon à la cathédrale, qui a des cloches d'un trop grand volume pour la permettre, du moins dans les sept paroisses, à peu près notre sonnerie liturgique et d'origine orientale de la ville de Lyon, nos carillons lyonnais, avec leurs rhythmes indécis, leur grosse note dominante, leur ton mineur et leurs vieilles psalmodies. Nous montons dans un clocher (celui de Notre-Dame), nous interrogeons le sonneur, et nous apprenons qu'il obéit, en matière de sonnerie, à certaines règles qui, à son insu, sont presque la règle lyonnaise légèrement modifiée. Il y a, toutefois, une différence marquée dans le mécanisme. Les cloches messines se sonnent au pied, et les cloches lyonnaises à la corde. Nous revoyons des cloches décrivant le cercle, en deux temps, dans leurs graves évolutions, exactement comme les nôtres. Grande, inexprimable fut notre joie, car nous aimons passionnément les cloches, et nous nous sommes préoccupé de sonnerie comme de chose rentrant dans le domaine de la liturgie. Nous pensâmes d'abord que ce mode avait été importé par feu Mgr Besson, décédé évêque de Metz, ancien curé de Saint-Nizier de Lyon, et ordonnateur des somptueux travaux de restauration historique dont ce premier sanctuaire, consacré à Marie, dans les Gaules, fut l'objet sous un pastorat vénéré. Mais nous sûmes ensuite que bien avant lui, et de temps immémorial, on avait sonné ainsi dans cette ville. Alors, nous songeâmes à Karl-le-Grand, au voisinage de Trèves et d'Aix-la-Chapelle, aux rites primitifs que le grand empereur fit fleurir dans ses basiliques romano-byzantines des rives de la Moselle et du Rhin; et le lien historique qui unit, par ce point, Metz au midi de la France, fut ressaisi. Cette sonnerie primitive, dogmatique, seule pratiquée dans la ville et le diocèse de Lyon, une partie de celui de Belley, les portions méridionales de celui d'Autun, qui comprennent le Mâconnais, dans toute la France du sud, se retrouve en Lombardie, parmi les traditions d'Orient, les édifices directement issus de Constantinople, dans cette vieille cité de Ravenne qui pleure sans cesse sa royauté perdue, sur le plus solitaire et le plus morne rivage de l'Adriatique. Cette sonnerie fut jadis commune à tout le monde catholique, et tomba en désuétude dans les contrées les moins fidèles aux antiques coutumes. L'entendre si loin de Lyon, quand, depuis Chalon-sur-Saône jusqu'à Metz, nuls accents de cloches citadines ne l'ont rappelée, c'était bonheur, c'était encore plus sujet d'étude. Ainsi, c'est par le nord que les idées du midi ont pénétré à Metz. — On le voit, l'histoire dort souvent dans une enveloppe bien peu importante en apparence, et peu de personnes auraient pu deviner toute une pensée, tout un monde de primitifs souvenirs du culte oriental dans le mécanisme et le jeu d'une cloche. Que si la sonnerie byzantine, qui à Trèves même n'est plus en usage, a survécu à Metz, pourquoi donc la liturgie de la sainte chapelle de Charlemagne et de son église a-t-elle fléchi? pourquoi n'avons-nous point retrouvé ici ou la majesté des rites romains, ou quelques-unes de ces austères et symboliques coutumes conservées dans l'apostolique et sainte église de Lyon? — Hélas! sur cette terre, toute joie a son expiation.

Dans ces quelques lignes sur Saint-Etienne de Metz, nous avons évité—nous le répétons—toute phraséologie technique, tout ce qui eût pu sentir la monographie et la science : nous avons voilé pudiquement le squelette. C'est une esquisse de tableau, à laquelle les propres couleurs, la propre poésie du monument ont donné le peu de vie et de lumière qui l'animent. Nous avons chanté plutôt que nous n'avons décrit la cathédrale de Metz; nous avons essayé de faire comprendre son génie dans l'ensemble, sans l'interroger dans les détails de l'exécution, et nous nous en félicitons. L'idée de ce travail rapide et négligé sur la basilique messine, ou plutôt de cet hommage à ses gloires, s'est manifestée clairement; nous n'avons pas besoin d'expliquer pourquoi nous n'avons point compté les seize entre-colonnements de la nef majeure, constaté l'achèvement provisoire du clocher occidental, si historique dans sa neuve profilation, signalé enfin cette antique cuve de porphyre, qui nous rappelle le passé de la reine de l'Austrasie.

Qu'il nous soit donné d'émettre encore une pensée peut-être hardie, mais consciencieuse. La cathédrale de Metz est le fait monumentaire le plus indépendant et le plus logique tout ensemble que nous connaissions : c'est un magnifique symbole et comme l'arche de cette vieille alliance du christianisme et de la liberté, mais de la liberté possible, pratique, sociale et vraie. Toutefois, pour ne pas encourir les anathèmes d'un enfant de Metz, très-fort sur la terminologie archéologique qu'il a, à coup sûr, apprise par cœur dans les ouvrages de M. de Caumont et de ses disciples, et qui sembla croire que si nous comprenions quelque peu l'inspiration de l'art, nous n'avions pas au même degré l'intelligence de sa théorie, ignorant le vocabulaire archéologique complet, les cent et quelques monographies que nous avons produites, tout aussi géométriques, mais peut-être moins arides que beaucoup d'autres, nous consentirons à décomposer en peu de mots, comme monumentaliste, la prodigieuse cathédrale de Metz. Nous avions mis dans nos premières pages quelques rayons du soleil de notre tiède patrie, nous avions jugé avec notre cœur presque seul, jugeons maintenant avec notre esprit. Sans l'un, point de moralité, point d'idéalisme, point de sentiment; sans l'autre, point de science et point de faits positifs dans l'archéologie. La plus belle cathédrale du monde n'est qu'une momie, si le culte et le cœur du catholique ne lui donnent la chaleur et la voix. — Oh! il en a été et en est des grandes cathédrales du moyen-âge comme des œuvres d'Homère et de Dante; elles furent bâties dans les temps héroïques de la foi et de l'art, méprisées dans les jours de doute, décrites, analysées froidement dans une époque d'impuissance et de *savanterie*. Assez! assez les commentateurs les ont disséquées; il est temps que la poésie les fasse rentrer dans son domaine, et qu'elle leur rende, par le souffle épique, une nouvelle consécration et un nouveau baptême, dignes de notre civilisation et de nos progrès matériels.

L'orientation de la basilique cathédrale de Metz n'est ni liturgique ni absolue, par rapport aux quatre points cardinaux. Ces conditions fortuites de position, et qui ne sont pourtant pas arbitraires, elle les doit à la forme des lieux, à la configuration de la cité, espèce de pyramide renversée dont la base est au nord, bien plus qu'à un parti pris de la part de ses constructeurs. Toutefois, sa façade se dirige plus particulièrement vers le midi.

Tout porte à croire que ce temple, dont la nef majeure se développe entre les majestueuses limites des seize entre-colonnements que j'ai effleurés tout-à-l'heure, n'a pas dû être augmenté par un tardif après-coup. Il est probable, cependant, qu'en le bâtissant on avait voulu, dans le projet primitif, s'arrêter à l'église de Notre-Dame-la-Ronde, dont la nef n'est pas de beaucoup plus vieille, dont l'apside est presque aussi jeune que celle de Saint-Etienne, et qui faisait obstacle à l'extension de la basilique dont elle traverse l'axe crucialement. Mais, pendant même l'exécution des travaux, on aura modifié le premier plan, on aura renoncé à l'idée de s'arrêter à cette borne, et on aura conçu la pensée d'incorporer au grand vaisseau en construction, le sanctuaire vénéré de Notre-Dame-la-Ronde. Ce qui milite en faveur de cette présomption, c'est que la façade de la cathédrale, sa grande fenêtre-rose, la tourelle de l'horloge, les croisées latérales qui s'ouvrent dans son voisinage, ne sont pas plus neuves de style que le reste de la nef; c'est qu'il n'y a aucune différence bien notable de motifs architectoniques à l'intérieur comme à l'extérieur, entre la région qui sépare la nef envahie de Notre-Dame-la-Ronde, de la façade de la cathédrale, et celle qui s'étend de la même nef aux branches du transsept ou croisillons. — On sait trop combien chaque phase de l'art, dans un temps où l'on se préoccupait peu des raccords, aimait à mettre dans ses œuvres l'orthographe de son temps, pour admettre légèrement ici qu'il y ait eu dans les travaux une solution de continuité qui ne se manifeste pas dans la forme. Les seize entre-colonnements de la nef majeure de Saint-Etienne, seuls, ne suffisent pas pour faire triompher l'opinion qui regarderait comme secondaire son extension au-delà de Notre-Dame-la-Ronde; elle ne peut se justifier que par les deux portes principales percées latéralement, et les deux clochers posés sur les flancs, dont l'un au point d'intersection du chœur de cette église avec le vaisseau de Saint-Etienne. — Et ces portes, ces clochers, marqués du même sceau d'âge que ce qui les suit ou les précède, ne témoigneraient-ils pas encore de la simultanéité de la construction en-deçà et au-delà de Notre-Dame-la-Ronde? — Quoi qu'il en soit, qu'on ait résolu promptement ou tardivement de comprendre cette dernière église dans la basilique, il n'en résulte pas moins, de cette incorporation et de l'addition qu'elle a nécessitée, un défaut saillant de proportion entre l'étendue de l'apside et celle de la nef de Saint-Etienne, qui est démesurément vaste pour un sanctuaire si peu développé. Si l'adjonction, ou mieux l'absorption de Notre-Dame-la-Ronde et le prolongement de nef qu'elle a déterminé sont l'œuvre de soudures postérieures, l'assimilation s'est effectuée avec un rare bonheur, et les légères différences d'expression qui pourraient ressortir d'un examen systématique, n'exercent qu'une influence inappréciable sur l'harmonie des lignes du grand vaisseau et l'unité générale de son caractère.

Cet immense édifice à trois nefs, dont les mineures s'étendent au pourtour du chœur, n'a reçu dans le XVe siècle, véritable époque de fertilité pour les chapelles collatérales, aucune addition de ce genre, par suite d'un plan raisonné, devant régulièrement s'étendre aux deux contre-nefs. Une seule chapelle, fille de ce riche XVe siècle, est venue s'ouvrir sous la nef mineure orientale, sous la forme d'une apside, et comme pour servir de pendant à celle de Notre-Dame-la-Ronde. — Elle est consacrée au Sacré-Cœur. Le système général de soutènement se compose d'un gros pilier cylindrique, cantonné de quatre colonnes et de quatre colonnettes. Les seize grandes percées ogivales d'entre-colonnement de la nef de Saint-Étienne ne fléchissent, ou plutôt ne se démentent accidentellement, mais logiquement dans leur harmonie, qu'à leur point de rencontre avec la nef de Notre-Dame-la-Ronde. Cette jonction suspend brusquement le triforium, et l'arrête dans sa marche. L'interruption de la tribune s'explique par la hauteur exceptionnelle des deux arcs : l'un de la contre-nef orientale, l'autre de la contre-nef occidentale, faisant face au chevet de l'église incorporée, dont ils ont dû gagner le niveau. C'est là la variété la plus sensible de forme, et non pas de style, qui puisse se constater dans la nef de la cathédrale. C'est par ces deux immenses entre-colonnements que se dessine, d'une manière précise, la nef de Notre-Dame-la-Ronde, malgré l'invasion de la cathédrale dans son sein ; mais, malgré leur immense développement par rapport aux percées voisines, ces arceaux n'en offrent pas moins une profilation qui met leur âge en rapport avec celui de la nef. C'est par le volume, non par le style, qu'ils diffèrent des autres entre-colonnements. L'église de Notre-Dame-la-Ronde n'a conservé d'indépendance absolue et de figure complètement distincte que dans son chœur, qui est devenu la chapelle du Mont-Carmel. A en juger d'après les quatre piliers de soutènement des hautes arcades dont je viens de parler, la nef elle-même de Notre-Dame-la-Ronde n'aurait pas été de beaucoup plus vieille que la cathédrale, et ne remonterait guère qu'à l'extrême limite de la transition qui sépare l'école roman̄o-byzantine de l'ère ogivale; car leur chapiteau est feuillé dans un goût qui appartient plus à ce dernier type qu'au premier. Cantonnez ce pilier circulaire des colonnes et colonnettes qui embrassent ceux du reste de la nef, et vous aurez le même faire dans toute son étendue. — Ainsi, on l'a vu, l'humble église de Notre-Dame-la-Ronde s'unit à la basilique de Saint-Etienne, sans se confondre avec elle, tout comme ma douce rivière de Saône qui, en mêlant ses vagues limpides aux flots torrentueux du Rhône, chemine quelque temps avec eux, sans perdre sa couleur propre et son murmure.

Aucune grande scène iconographique ne se développe dans ce temple absolument dénué de sculptures figurées, comme j'ai déjà eu occasion de le faire remarquer; mais, en revanche et par compensation, ses frises végétales sont d'une grande richesse. — Chaque nationalité a ses prédilections; celles du pays messin ne furent bien évidemment pas pour la statuaire. Dans la nef, au-dessous du beau triforium transparent, règne une bordure de trilobes. L'espace s'étendant entre l'extrados des arcs de la tribune et la naissance du *clerestory* ou étage des fenêtres, est ornementé d'abord par une large frise végétale, vigoureusement fouillée, fort saillante; ensuite, par une série de draperies de pierre, conformes à celles dont les exemples n'existent, à ma connaissance, qu'à Rheims, Chaalons-sur-Marne et Metz, et qui se trouve directement sous les baies. J'ai, du reste, une sympathie médiocre pour ces draperies, bien que je croie y voir la tradition et le symbole de ces portières ou rideaux de lin qui, dans l'ère de la basilique latine, voilaient pudiquement les vierges réunies dans le triforium. Il y a sous les deux contre-nefs une circonstance fâcheuse : l'unité et la régularité de leurs lignes sont violemment brisées par un massif renfort de maçonnerie, servant à contre-buter les clochers et à renfermer la montée d'escalier par laquelle on y accède. Cette condition produit un malheureux effet. — Malgré quelques traces d'antiquité à leurs bases, les croisillons me paraissent d'une structure plus récente que celle de la nef : deux triforium superposés existent au revers de leur façade seulement; la tribune supérieure de la branche occidentale est demeurée à subdivisions carrées. L'apside et les chapelles rayonnantes de la nef déambulatoire, si délaissées et si nues, surtout, annoncent une période de l'art plus rapprochée du XVIe siècle que le reste de la nef. Le système vasculaire de son triforium est plus compliqué : au-dessous de lui rampe une double frise de la plus grande richesse, splendidement épanouie; au-dessus, une seconde double frise non moins large de profilation et de style. Les draperies de pierre observées dans la nef n'existent pas ici. Toute cette région semble douée d'un autre sentiment, d'une autre expression, infiniment plus ornée que la nef, aux yeux du monumentaliste qui décompose zône par zône l'immense vaisseau, et y cherche des nuances d'âge et de style qui s'effacent dans l'effet général. Un transsept et un renfoncement apsidaire de l'ère romano-byzantine de transition préexistèrent, sans doute, à ce que nous voyons; en bâtissant la cathédrale par la partie supérieure de la nef, on les aura d'abord respectés; mais plus tard on les aura détruits, pour mettre, à peu près dans les mêmes limites, cette tête et ces bras en harmonie avec le corps.

La *mensa sacra* est ici à sa véritable place; elle s'élève au fond de l'apside, mais sans adhérer à ses entre-colonnements. J'ai indiqué la cuve antique en porphyre rouge que conserve encore la cathédrale de Metz. Ajoutons qu'elle contient aussi une chaire épiscopale de marbre blanc, de la période romano-byzantine transitionnelle, qui aurait sans doute appartenu à l'apside de ce temple dont je soupçonne la préexistence, et occupe encore dans le nouvel édifice la place réservée jadis à ces sièges, c'est-à-dire le fond de la tribune, derrière l'autel, au lieu où s'asseyait le juge dans la basilique civile. Les stations du chemin de croix sont marquées ici par des croix peintes sur les piliers, ce qui n'est pas très-monumental, mais est infiniment plus convenable et plus digne que ces misérables petits cadres qui produisent un si déplorable effet dans la plupart de nos églises. N'oublions pas le trésor de Saint-Etienne, renfermant une précieuse chape byzantine, dite de Charlemagne, probablement parce qu'elle est un monument de la libéralité de ce prince envers l'église de Metz; deux riches calices de vermeil, de la renaissance allemande; deux crosses épiscopales en ivoire, l'une byzantine, l'autre aussi de la renaissance allemande. Cette chape fournit le patron et le souple tissu des anciennes chapes liturgiques dont je provoque depuis si long-temps le retour. Pourquoi persister dans l'ignoble forme actuelle? pourquoi ces chapes raides, emprisonnant le prêtre dans un étui dur comme l'enveloppe des scarabées, troublant la prière par leur continuel *frou frou*, et souvent incisant l'oreille des enfants de chœur qu'elles effleurent? Ces deux petits calices, ces deux petites crosses m'ont, comme les petits chandeliers de M. le préfet Germeau, donné belle occasion de répéter ce que j'ai dit tant de fois, qu'on avait depuis les deux derniers siècles agrandi d'une manière monstrueuse l'échelle des vases et des attributs ecclésiastiques.

C'est dans une des sacristies de l'église cathédrale de Saint-

Etienne qu'on peut voir encore le *graulli*. C'est une figure grotesque, hideuse, une espèce de crocodile ailé, que le peuple appelait de ce nom, ou dragon de Saint-Clément. Rabelais en parle ainsi qu'il suit : « Effigie monstrueuse, ridicule et terrible, ayant les yeux plus grands que le ventre, et la tête plus grosse que le corps, avec amples, larges et horrificques mâchoires bien endentées, tant en dessus comme au dessous, les quelles avec l'engin d'une petite corde cachée dans le bâton doré qui supportoit la bête, on faisoit cliqueter terrificquement l'un contre l'autre. » On portait le *graulli* aux processions de Saint-Marc et des Rogations. Immédiatement avant le clergé, après les corps de métiers, s'avançait gravement le maire de Woippy, qui portait le monstre ou le faisait porter par ses gens. C'était l'emblème du paganisme dont avait triomphé saint Clément, apôtre des Messins. Il s'agissait de serpents qui avaient leur repaire dans l'amphithéâtre, et menaçaient d'envahir bientôt toute la cité. Leur blessure était mortelle, leur souffle extrêmement venimeux. Le proconsul ayant entendu parler des merveilles opérées par saint Clément, alla conjurer l'humble ermite de Gorze de venir secourir ses malheureux concitoyens. Le saint arrive effectivement, accompagné des diacres Céleste et Félix ; il offre le saint sacrifice ; les serpents se dressent, s'élancent, sifflent ; mais d'un signe de croix l'apôtre les soumet à sa puissance, et saisissant le plus terrible d'entr'eux, il le lie avec son étole, le conduit au bord de la Seille, et lui ordonne de passer la rivière, lui et ses compagnons, ce qu'ils firent immédiatement. La gratitude fit tomber les Messins aux genoux de saint Clément. Alors, le pieux apôtre put remplir sans obstacle sa sainte mission, et bientôt toute la cité fut catéchisée et chrétienne. — Telle est la tradition populaire qui enveloppe le *graulli*. Cette singulière cérémonie a duré jusqu'à l'année 1774. Elle fut supprimée par arrêt du parlement. On le voit, c'est absolument ici l'histoire et la figure de la *tarasque*. Les mœurs du nord et celles du midi, Metz et Tarascon se ressemblent en ce point, se touchent et se confondent à cet endroit. Les riches instincts de la piété populaire sont à peu près les mêmes dans tous les climats. Cette double tradition tarasconaise et messine, malgré l'étrangeté de son symbole, n'en est pas moins touchante au fond ; elle émane incontestablement des sources abondantes de la foi et du cœur ; elle annonce toute la naïveté et les croyances ardentes du moyen-âge, sa passion pour l'histoire parlant aux yeux.

Quelques tombeaux et quelques belles peintures murales ornent encore la cathédrale de Metz, dont aucun badigeon ne souille les parois. La liturgie en vigueur dans cette basilique, exclusivement épiscopale, et où aucun service paroissial ne s'exerce, est un mélange assez harmonieux de rites messins et de Paris. Les chants liturgiques s'exécutent gravement dans ce temple, sans le concours de la musique prétendue religieuse. La dignité du cérémonial y est en rapport avec celle du chant. J'ai eu le bonheur de n'entendre que des accents purement liturgiques dans cette auguste enceinte, même dans la messe pontificale de la Pentecôte, à laquelle assistaient les membres du congrès archéologique de Metz, en 1846. Sans doute, l'unité romaine serait préférable à ce mélange; elle est bien certainement dans les vœux du pieux pasteur placé à la tête de l'église de Metz; mais en matière de liturgie, NN. SS. les évêques peuvent-ils faire tout ce qu'ils désirent? — Le chapitre de Saint-Etienne de Metz a parmi ses dignitaires un *grand coutre* dont le titre est inconnu ailleurs. Les cryptes de ce temple, dans la région apsidaire, sont très-précieuses.

La conservation matérielle de Saint-Etienne de Metz est à peu près parfaite. Il faut attribuer en partie l'intégrité presque absolue des voûtes, au choix des matériaux qu'employa l'art intelligent du moyen-âge pour les édifier, et qui consistèrent dans une espèce de tuf très-poreux, tiré des environs de Trèves. — Deux mots encore sur ce qu'il y aurait à faire pour augmenter les majestés du monument, et nous aurons mis fin à cette rapide esquisse. — Ce qui presse le moins à la cathédrale, c'est la destruction de l'œuvre accidentelle du XVIIIe siècle, qui rampe à la façade, au pied de la grande fenêtre-rose, principal ornement de cette région. On ne peut toucher légèrement à cette addition, d'abord, parce qu'après tout elle ne voile rien d'important; ensuite, parce qu'il faut réfléchir long-temps et mûrement au moyen de racheter le défaut d'équerre qui existe dans cette partie de l'édifice. Mais ce qu'il importe de balayer, et de balayer au plus vite, ce sont ces boutiques, ces cafés, qui enveloppent les bases du temple; c'est d'étendre à toutes ces échoppes qui les bigarrent, le système d'acquisition appliqué déjà à quelques-unes. N'était-ce pas chose burlesque de voir des cheminées adhérer aux murs si hardiment profilés de la cathédrale? n'est-ce pas déplorable de sentir la maison de la prière et l'estaminet séparés par un mur mitoyen? Cette suppression urgente s'opérera lentement; mais de quelle ignoble dépendance elle affranchira la basilique! Par elle, on verra refleurir la fine ornementation d'une porte, aujourd'hui inhumée dans une cour et une maison. Ce qu'il faut se hâter de remplacer par un symbole chrétien, c'est l'énorme girouette du clocher oriental. Ne serait-il pas convenable aussi, dans un avenir éloigné, d'élever à l'angle occidental de la façade un tourillon pareil à celui qui contient l'horloge publique ? — Voilà pour l'extérieur.

Au-dedans, je voudrais que le *sacrificatorium*, que l'autel majeur eût une forme plus liturgique, et qu'à la place de celui qui existe, on en mît un à coffre carré, à riches parements de soie, changeant de couleur selon le propre du temps et la fête, selon l'usage à peu près exclusif, quoi qu'en puissent dire certains savants, aux XIIe, XIIIe et XIVe siècles. On a aujourd'hui la folie d'épuiser toutes ses ressources financières pour faire de prétendus autels *gothiques*, en marbre blanc, qui sont un anachronisme flagrant. Dans les siècles que je viens de nommer, de deux choses l'une : on persista dans l'autel romano-byzantin, de forme carrée, ou simple table supportée par quatre colonnettes; ou bien on revêtit un coffre d'un appareil simple, souvent de bois, de parements qui faisaient toute sa richesse extérieure. A Saint-Vincent de Metz, on a, comme bien d'autres églises, pris au sérieux l'autel *gothique* du XIIIe siècle. Je voudrais encore que les deux petites chapelles grecques, en placage, des croisillons disparussent sous l'influence d'un art plus conforme au caractère du temple. Détruire cette plate-forme en rotonde, circonscrite par des balustres, qui s'élève au point d'intersection des croisillons, de la grande nef et de la région apsidaire, et en blessant la vue, fait obstacle à la libre circulation des fidèles dans la région la plus majestueuse de la basilique; suppléer aux stalles, d'un goût stérile et pauvre, qui se rangent au pourtour du chœur, par des sièges d'un aspect plus historique, seraient mesures d'une exécution facile, et que sollicite la grave voix du monument.—Je n'aime point non plus ces grilles de fer qui ferment le *deambulatorium*. Pourquoi restreindre encore ici la liberté de la circulation des fidèles dans le lieu de la terre où tout obstacle franchissable, à qui demande ou paie un bedeau, constate un privilège, où tout doit être éminemment accessible et populaire? pourquoi imiter de Paris, dont les exemples sont, en toutes choses, funestes à la province, des mesures d'exception, sans motifs sérieux qui les justifient? Il n'y a qu'un pas de cette condition à celle dont les églises de la capitale nous offrent le scandale, à la clôture, par des barrières qui ne s'ouvrent que devant l'aristocratie, de la nef majeure, domaine de tous, des prolétaires comme des patriciens.

Je n'insiste ici que sur les suppressions et restaurations rigoureusement praticables. Il y aurait à entreprendre ici une œuvre
bien autrement solennelle et magnifique que celles indiquées dans
cet essai. Elle consisterait à compléter la pensée suprême qui a
dominé toute la structure de la cathédrale de Metz, qui a voulu
offrir à la verrière peinte le plus immense cadre qu'elle ait jamais
eu à remplir, le plus vaste tissu qui ait jamais été mis à sa disposition. Oh! oui, il faudrait que ces grandes fenêtres, ce triforium
de la nef, eussent la sublime parure qu'ils attendent, et pour laquelle ils sont nervés et transparents ainsi. Que si le projet paraît gigantesque, il n'en est pas moins réalisable. Les travaux les
plus extraordinaires ont eu de faibles principes : on pose une première pierre, un premier jalon ; on marque sa voie à l'avenir, et le
temps achève ce qu'une génération a commencé. La ville de Metz
ne renferme-t-elle pas dans son sein cet enfant de ses entrailles,
dont elle est fière, l'homme le plus capable de donner un nouveau
chant à cette épopée de la verrière peinte, dont le chœur et les transsepts de Saint-Étienne forment les deux premiers? Il a tout l'enthousiasme et la verve de la jeunesse; il aime passionnément son
art : nul peintre-verrier n'entend le coloris, le mouvement, l'expression, les armatures du tableau diaphane, comme lui.

Quelques esprits arides ou jaloux m'ont presque accusé d'avoir
posé la cathédrale de Metz sur un trône, dans une sorte d'optique, pour en exalter la magnificence. Eh! mon Dieu, elle était au
point de vue de la renommée un monument tout-à-fait *inédit*,
bien que M. Bégin ait écrit assez longuement sur elle : fallait-il
l'annoncer sur la flûte, qui n'eût pas franchi ses échos, ou sur le
clairon, qui fait palpiter les populations?

Paix et gloire à la cathédrale de Metz!

IX.

CATHÉDRALE DE STRASBOURG.

*A Mgr Rass, évêque de Strasbourg, et MM. Friederich, statuaire,
Reiner et Perrin, architecte.*

Les cathédrales de Metz et de Strasbourg sont les deux grandes majestés monumentales du nord-est de la France, les deux gloires de la province ecclésiastique de Besançon, les diadèmes des deux métropoles de nos frontières, dont le sceptre s'étend sur les plus belles terres que se soit assimilées la nationalité française. — Heureuses basiliques, sœurs d'âge, sœurs de magnificence, qu'entoure un même culte de patriotisme provincial, de souvenirs et de respects populaires, et qui voient en ce moment, à leur tête, des pasteurs si distingués par le cœur et par l'esprit! — L'un, d'une intelligence unique pour ces populations de la fertile Alsace, à moitié allemande par les mœurs et la langue, si pleinement française par les entrailles ; l'autre, si convenablement choisi pour ce peuple messin dont quelques imaginations remuantes cherchent à troubler la vieille sérénité. — Saint-Étienne de Metz, Notre-Dame de Strasbourg, quelles manifestations également éloquentes de l'art catholique, bien qu'elles sollicitent en sens

contraire notre admiration et nos hommages! Ici, tous les prodiges se sont réalisés dans le corps même de la basilique; là, l'explosion du génie chrétien s'est opérée à la façade qui semble acca-
bler le vaisseau de sa puissance et de ses pompes. — Non, je ne
puis, de la voix que Dieu m'a donnée, vous faire comprendre le
rôle que joue cette façade dans les horizons alsaciens, dans la
grave et noble cité de Strasbourg. La coupole de la basilique vaticane que Michel-Ange posa dans les limpides reflets du ciel romain, n'a point cette attitude autocratique de la flèche de Strasbourg; elle ne monte pas dans les airs avec cette hardiesse; elle ne
règne point ainsi sur les plages éteintes, muettes et sacrées de *l'a-
gro romano;* elle ne s'élance pas avec cette énergie comme le symbole et l'immense bannière d'une nationalité. Et quelle couleur d'or
des monuments messins pourrait offrir la chaleur et l'éclat de ce
ton rouge de la cathédrale de Strasbourg, qui la fait ressembler à
un immense brasier toujours prêt pour les parfums du Dieu vivant?

Trois parties indépendantes, coupées net, constituent le Münster,
c'est-à-dire, le corps entier de la cathédrale de Strasbourg. La façade dont Erwin von Steinbach conçut la première pensée, à laquelle
il travailla peu, et dont Hültz fit jaillir le clocher jusqu'à la fabuleuse hauteur que nous lui voyons atteindre, en modifiant le projet primitif de son prédécesseur; les trois nefs, d'une ineffable
unité; la région du transsept et de l'apside, qui représentent l'é-
cole romano-byzantine transitionnelle. Je ne décrirai point cette façade que la gravure et la lithographie ont rendue si populaire
qu'elle est connue de tous, pour ainsi dire : je me bornerai à vous
introduire dans la nef majeure du Münster, qui sans cesse proteste
contre l'injuste oubli qui l'enveloppe.

L'orientation de Notre-Dame de Strasbourg est à peu près liturgique, sa façade regarde le sud-ouest. Huit travées de voûte abritent cette grande nef qui paraît moins sublime qu'elle ne l'est réellement, en raison du colosse qui veille sur elle et au pied de qui
elle semble dormir d'un placide et poétique sommeil. Quatorze
entre-colonnements (sept pour chaque flanc) offrent la plus parfaite harmonie de figure, de caractère, de proportions, et représentent l'architecture du XIVe siècle commençant, formulée de la
manière la plus pittoresque et la plus noble; deux autres percées
(une pour chaque côté), comprises sous la façade bâtie en avant-
corps, sont plus grêles, plus étroites que les autres. Ici, les deux
grandes baies sont forcément aveugles; le triforium est plus

élancé, plus pyramidal, plus compliqué: la profilation générale
est moins sévère : tout annonce assez que cette huitième subdivi-
sion de la nef majeure est l'œuvre d'une phase infiniment plus
avancée du même XIVᵉ siècle.

La grande nef du 𝔐ünster se développe majestueuse et vaste.
Son triforium continu, mais non transparent, chemine avec une ornementation sobre, mais d'un goût admirable; son *clerestory*, largement ouvert et richement fenestré, n'a pas à déplorer la perte
du plus petit lambeau de ses magnifiques verrières peintes, éclatantes de couleur. Un seul reproche pourrait être adressé à ce vaisseau, c'est qu'il n'est pas assez élevé par rapport à sa prodigieuse
largeur. Ce défaut de proportions eut sa logique et sa raison dans
l'esprit des constructeurs. Destinée à s'unir à une apside romano-
byzantine, cette nef, augmentée d'ailleurs, par après coup, d'une
travée, ne devait pas monter trop haut dans le ciel, sans encourir
la nécessité de racheter par un arc triomphal démesurément et
monstrueusement développé, l'inégalité de niveau entre sa voûte
ascensionnelle et la voûte surbaissée du sanctuaire. La rose occupant le centre du revers de la façade est une des plus merveilleuses qu'ait produites l'école ogivale. Aucun ornement postiche,
nulle tribune d'orgue ne nuit à la plénitude de ses effets. On remarque dans cette nef, toujours vêtue des mystiques reflets de la
verrière peinte, que sanctifie un demi-jour plein de quiétude et de
calme, sa chaire à prêcher, d'une opulence sans exemple, dont le
marbre combiné à l'or forme la matière, sculptée avec une verve
vraiment inimaginable, monument du XVᵉ siècle, tendant les bras
à la renaissance. On remarque encore, ajusté dans une des fenêtres du *clerestory*, qu'il rend aveugle, le somptueux buffet d'orgues, œuvre du même temps que la chaire, à quelques années
près, fouillé et refouillé comme une crédence, et rehaussé de splendides dorures. Un léger badigeon, qui n'empâte aucun profil, et
d'un ton harmonieux, couvre les murailles de cette nef.

Les deux contre-nefs, décorées d'arcatures, présentent une largeur telle, qu'elles suffiraient elles-mêmes pour former deux cathédrales d'une importance moyenne. Leurs verrières peintes ne
le cèdent ni en intégrité ni en magnificence à celles de la nef majeure. Comme à celle de Metz, les stations du chemin de la croix
sont indiquées à la cathédrale de Strasbourg par des croix en relief, qu'il ne faut pas confondre avec des croix de consécration.

Deux vastes chapelles du XVᵉ siècle, symétriquement disposées, d'un type à peu près pareil et parfaitement régulier, somp-

 meusement pourvues d'ornements fixes et meubles, excédant à
l'extérieur le parallélogramme des bas-côtés, et correspondant au-
dedans à deux de leurs travées, s'ouvrent à l'extrémité des nefs
mineures, limitrophes des croisillons.

Le transsept, la coupole qui s'élève à son centre et l'apside appartiennent à la période transitionnelle de l'architecture romano-
byzantine. Ces régions, profilées d'une manière énergique, mais
lourde et rude, représentent bien complètement l'école romane des
bords du Rhin. — Le Rhin fut, je le dirai plus loin dans cet ouvrage, durant les XIᵉ et XIIᵉ siècles, un immense courant de civilisation, d'architecture et d'idées, aboutissant à Cologne, et de ce
grand foyer, se répandant dans les contrées environnantes. Strasbourg se trouva sur son passage. L'impulsion et le mouvement
venaient par Basle, de la fertile Lombardie, qui elle-même les
reçut, par Venise, des rivages embaumés de l'Orient; mais plus
l'art s'éloignait de sa source, de l'inspiration et du ciel embrasé du
midi, plus aussi il perdait cette suavité de forme et cette correction
de dessin que nous lui retrouvons dans sa première patrie, moins il
combattait victorieusement les miasmes de mauvais goût qu'un
vieux levain de barbarie septentrionale exhalait autour de lui, et
qui se dissipèrent si complètement, toutefois, autour de l'église de
Rosheim. — La même remarque peut s'appliquer au *gothique*. L'é-
légance de ses profils diminue à mesure qu'on s'éloigne de la nationalité qui découvrit ce type. Le *gothique* de la Belgique et de
l'Allemagne a-t-il la finesse, la pureté, les délicats et harmonieux
motifs, le caractère relativement classique de celui d'Amiens, de
Rheims, etc.?.... Les Allemands et les contrées françaises voisines
de l'Allemagne n'ont jamais compris l'arc ogival comme la Picardie et la Champagne; ils l'ont dessiné plus raide et plus aigu.

Les deux branches du transsept sont divisées en deux nefs par
un gros pilier circulaire. Dans le croisillon correspondant à la rue
du *Dôme*, ce pilier est sans ornements; dans le croisillon tourné
vers l'évêché, il a été plus tard cantonné de colonnettes, et richement enveloppé de statuettes : on le nomme le pilier des anges. Le
premier est occupé dans l'axe de la contre-nef qui y débouche,
par une apside secondaire carrée, formant une chapelle romano-
byzantine, et par un baptistère en saillie, où l'art du XVᵉ siècle a
mis toute sa verve et son éclat : le second, par cette célèbre horloge astronomique du XVIᵉ siècle, la plus merveilleuse de toutes
celles du même genre qui soient connues, dont la patience intelligente, vraiment inspirée, de M. Schwilgué, a retrouvé les secrets, et

à qui elle a rendu naguère le mouvement et la vie. La coupole n'offre aucune architectonisation bien remarquable. Elle est séparée de la voûte de la grande nef par un arc triomphal prodigieusement saillant, et qui l'eût été bien davantage si on avait voulu donner à cette nef toute la hauteur que semble solliciter le sentiment ogival. Mais les hommes de cette ère brillante regardèrent le vieux sanctuaire roman du Münster, comme un respectable et saint passé qu'il ne fallait point détruire, comme un monument inviolable de la foi ardente de leurs pères, comme une sorte d'auguste relique devant laquelle il fallait se borner à poser une immense châsse. — Je n'ai pas à décrire ici l'apside majeure de Notre-Dame de Strasbourg ; elle est aujourd'hui en pleine reconstruction ; et pour que le culte ne souffre pas de ces travaux, l'architecte a eu l'excellente idée d'élever entre le maître-autel et l'ancienne limite du sanctuaire une clôture provisoire, donnant d'avance le profil de la voûte fixé projetée. Cette voûte aura la forme du cul-de-four ogival, pour être en harmonie complète avec l'âge et le caractère du type roman de transition, formulé dans cette région.

En 1842, époque où le congrès scientifique de France se réunit à Strasbourg, la section des beaux-arts, à laquelle j'avais l'honneur d'appartenir, voulut bien me désigner comme rapporteur de la commission chargée, conformément à une des dispositions de son programme, de se prononcer sur la restauration monumentale qu'il conviendrait de faire subir à l'ancien chœur du Münster. Ce rapport, signé de confiance par mes honorables collègues, est donc exclusivement ma pensée et mon œuvre, et je crois utile de le reproduire ici, car il donnera l'intelligence de l'état où se trouvait l'apside de Notre-Dame avant les travaux qui y ont été commencés. Nous avons eu en 1842 la satisfaction de voir notre rapport approuvé par le congrès, par Mgr Raß, évêque, par le conseil municipal, par le corps des architectes de la ville de Strasbourg. Nous avons la joie plus grande encore de voir, en 1846, que notre sorte d'avant-projet, sanctionné par le conseil des bâtiments civils, et, ce qui vaut mieux encore, par l'opinion publique, sert de base et de règle à la restauration si bien comprise qui s'opère. Ainsi, notre obscur et humble nom va se trouver mêlé à l'une des plus graves réhabilitations monumentales dont notre siècle soit le témoin. Nous pouvons donc donner un solennel démenti à une forfanterie de journalisme, dont nous sommes loin de vouloir faire peser la responsabilité sur la sérieuse et savante Allemagne. — Non, il n'a pas été vrai de dire : Que ce Münster de Strasbourg que l'Allema-

gne avait eu la gloire de commencer, l'Allemagne aurait celle de
le restaurer et de le finir. La grave Germanie a bien assez de mérites, sans chercher à nous ravir ce dernier, qui appartient en propre à la France. Les honorables MM. Schnaaſé, Mosler et Wiegmann,
de Dusseldorf, membres prussiens de la commission, sont encore
vivants pour la vérité et la science qu'ils honorent. C'est moi qui
ai jalonné à cette restauration la voie qu'elle devait suivre, comme
organe d'une commission qui a eu la bienveillance de ne rien changer aux idées que je lui ai soumises. La pensée de rendre au chœur
du Münster l'éclat historique qu'il comporte est toute française,
puisqu'elle émane de la ville de Strasbourg. Soumise à la session
du congrès scientifique de France, elle a été discutée et formulée
dans son sein, sous l'inspiration d'un évêque français. Elle a reçu
la sanction du conseil des bâtiments civils de France, et c'est sous
la direction d'un architecte français, d'un enfant de Strasbourg,
M. Klotz, c'est par des mains françaises que s'exécutent en ce moment les travaux. — A chaque nationalité sa part de blâme ou d'é-
loge. Ce qu'il est vrai de dire pour la cathédrale de Cologne n'est
pas complètement vrai pour celle de Strasbourg.

Notre opinion, basée sur un sentiment d'inflexible respect, et pour
les vieux sanctuaires, frappés d'un sceau apostolique plus profondément empreint, et pour le sens éminemment dogmatique et liturgique des monuments de l'ère basilicale primitive, secondaire,
transitionnelle même, ne prévalut pas sans trouver quelques objections. Il y avait à Strasbourg des hommes intelligents, zélés et
graves, qui émettaient avec chaleur un projet peu favorable à la
vénérable apside romano-byzantine. Ils la regardaient, à un point
de vue qui a aussi sa raison et sa portée, comme un inconvénient,
comme un obstacle à l'extension de la belle nef qu'elle continue
par une évidente contradiction monumentale. A leur tête, était l'honorable M. Friederich, statuaire distingué, celui-là même qui vient
d'élever à ses propres frais, dans le grand-duché de Bade, dans
la patrie d'Erwin von Steinbach, une statue à ce premier architecte de
la façade de Notre-Dame de Strasbourg. Il aurait voulu qu'on rem-
plaçât l'œuvre romane par une région apsidaire et un transsept
du même style que la nef. Mais il ne réfléchissait pas que plus on
eût allongé le vaisseau, plus aussi sa hauteur eût été relativement trop restreinte; il oubliait que la destruction du chœur en-
traînait celle des croisillons; qu'alors il ne se fût plus agi d'une
simple restauration, mais d'ajouter une nouvelle cathédrale à l'ancienne, d'une dépense énorme qui peut-être n'eût pas été autorisée.

— Voici mon rapport sur la restauration du chœur de Notre-Dame :

« La commission nommée par vous, Messieurs, et chargée de répondre à la vingt-deuxième question du programme de la section des beaux-arts, vient vous rendre compte de ses opérations, et vous soumettre le travail qu'elles ont amené.

Mgr l'Évêque de Strasbourg ayant daigné accepter la présidence de votre commission, MM. Schnaasé, Mosler, Wiegmann, Bégin, de Caumont, Commarmont et moi, nous nous sommes rendus auprès de sa grandeur, qui a bien voulu nous accompagner dans son église cathédrale.

Un premier examen attentif de l'apside de cette basilique, visitée tant au-dedans qu'au-dehors, a jeté quelque trouble dans nos idées, et ne nous a fait reconnaître qu'incomplètement l'élément architectonique primitif de cette portion du vaisseau, altéré et modifié par diverses reconstructions, et par une ornementation du plus mauvais goût, adoptée pour l'intérieur. La vue de la *confession* souterraine et celle des substructions de l'apside nous firent toutefois préjuger que l'authenticité du caractère originel n'avait pas dû fléchir aux bases, c'est-à-dire au rez-de-chaussée, et que les lambris du chœur devaient voiler des régions architectonisées, dont l'étude consciencieuse offrirait l'orthographe du style qu'il s'agit de continuer. Mgr l'Évêque eut l'indulgence de donner des ordres pour que deux panneaux de la boiserie fussent temporairement enlevés. Votre commission s'est donc de nouveau transportée le lendemain de sa première visite, c'est-à-dire le mardi 4 octobre, dans l'église cathédrale, et a reconnu que les boiseries cachaient réellement un système d'arcature à trois subdivisions.

Après cette seconde visite à la cathédrale, votre commission s'est rendue chez Mgr l'Évêque, et sous la présidence de sa grandeur, elle a procédé à une discussion dont vous avez hâte de connaître le résultat.

Votre commission, Messieurs, a été unanimement d'accord pour conserver à l'apside les proportions existantes, et elle a formulé ainsi son opinion sur le style qu'il convient d'adopter pour la restauration :

Le caractère du type romano-byzantin de transition, accusé dans les croisillons, sera exclusivement maintenu et reproduit, et l'on continuera avec fidélité le style des portions inférieures dont on retrouve la trace, dans les limites des convenances et des proportions relatives, qui ne peuvent pas être identiquement les mêmes au premier étage qu'au rez-de-chaussée. Les motifs de la petite arcature supérieure, qui pourra peut-être être disposée en triforium (1), les détails des chapiteaux seront puisés dans les édifices congénères ou dans la basilique elle-même. Les colonnettes de cette arcature auront pour matière le marbre ou le granit. Les baies seraient réduites à des dimensions beaucoup moins grandes, et appropriées aux exigences de l'école romano-byzantine transitionnelle. — Et que la liturgie ne s'effraie pas trop de la sainte et grave obscurité qui naîtra de cette réduction; la lumière ne doit pas entrer trop abondante dans le sanctuaire; il faut que avant d'y pénétrer elle se dépouille de son rire folâtre; il faut que le demi-jour produit par les verrières peintes ajoute à la splendeur de cette portion, la plus idéale du temple; qu'il fasse trembler d'indécis et mystiques reflets sur la tête vénérable des ministres du Dieu vivant; qu'il fasse naître dans le cœur des fidèles, plus sereines, plus intimes, plus profondes, les calmes exaltations du recueillement et de la prière. La liturgie romaine, disons-le, n'aura pas à souffrir de ces dispositions; l'école romano-byzantine transitionnelle avait déjà de beaucoup agrandi les baies, et nous nous conformons en tous points à ses lois; nos croisées laisseront pénétrer assez de lumière pour les besoins du culte; et pour rendre cette lumière plus moelleuse et plus suave, nous la ferons arriver à l'autel majeur, à travers les verrières peintes, imitées des mosaïques diaphanes dont l'usage commença vers l'époque dont nous reproduirons l'architecture; par ce moyen, nous rachèterons l'inconvénient d'avoir des baies trop grandes.

Nous savons très-bien que les verrières à peintures polychrômiques sont rarement employées concurremment avec les mosaïques à fond d'or; qu'à l'époque des voûtes dorées, les verrières ne présentaient que des mosaïques en grisaille; mais la peinture vitrifiée est la plus grande beauté possible dans l'église, et nous ne saurions nous priver de ses ressources par respect pour la chronologie. — En architecture monumentale, le beau n'est pas toujours l'orthographe.

On profitera de cette restauration pour remplacer l'autel majeur actuel par un autel puisé dans l'école romano-byzantine orientale

---

(1) Cette disposition, nécessaire peut-être dans une ville où l'introduction de la musique instrumentale dans les églises, dans certaines solennités, est tolérée, serait d'autant plus réalisable, qu'entre le mur polygonal de l'apside intérieure et le mur carré qui la ferme, à l'extérieur, il y a un espace vide.

primaire, c'est-à-dire, par la table de marbre blanc, soutenue par quatre colonnettes. L'autel, Messieurs, c'est le tombeau du saint ; l'officiant doit se livrer à plusieurs génuflexions devant le tombeau, et l'encenser. L'autel plein et carré, substitué, aux XIIe et XIIIe siècles, à l'autel vide, fut abandonné plus tard par le clergé, parce qu'il se trouvait gêné pour l'exercice de pieuses commémorations. On inventa des formes ignobles que le bon goût proscrit maintenant. Pourquoi ne pas revenir à l'autel primitif, pour remettre dans l'harmonie qu'ils eurent aux premiers temps de l'église, la forme et l'usage, la commémoration et le tombeau? On profitera encore de ces travaux pour donner au chœur des stalles d'un style moins burlesque, une chaire pontificale copiée sur celles des basiliques d'Italie, pour couvrir toute cette région de la voûte apsidaire, que les italiens nomment *il concavo*, d'une mosaïque à fond d'or, avec monogrammes, légendes à lettres superposées, et représentations imitées de celles dont l'époque de l'art à reproduire offre les modèles.

On complètera cette restauration par l'ornementation peinte de la coupole et l'emploi de la fresque, ou mieux encore, si on le peut, de la mosaïque à fond d'or, avec représentation des évangélistes, symbolisés par leurs attributs respectifs, aux quatre naissances de sa voûte. On s'efforcera, enfin, par la pompe du sanctuaire, l'éclat insolite de son ornementation, de rendre cette portion du temple digne de la belle nef qui la précède. Les sanctuaires sont, dans les églises catholiques, Messieurs, la fin suprême de l'œuvre, la portion du temple où l'authenticité apostolique est le plus solennellement exprimée.—Ainsi, la restauration définitive invoquée par les amis de l'architecture sacrée, deviendra magnifique et grande; ainsi, l'on se montrera fidèle à l'exemple de la ville éternelle, qui, dans la reconstruction de ses basiliques, sous l'influence de la renaissance, a presque toujours respecté le vieux sanctuaire, la vieille apside latine ou romane. — Ce que Rome a fait, Messieurs, Rome, notre auguste mère, imitons-le; dans les arts comme dans la foi, en marchant avec Rome on ne fait jamais fausse voie! Telles sont les conclusions de votre commission.

Votre commission n'a pas cru devoir donner un avant-projet; elle n'était appelée qu'à statuer sur le caractère général à imprimer à l'œuvre future, et elle s'est acquittée de sa mission. Elle a trop de confiance, d'ailleurs, dans les lumières de MM. les architectes de la ville de Strasbourg, pour ne pas croire qu'on pourra leur livrer les destinées architectoniques de l'église cathédrale, après leur avoir toutefois indiqué la route à suivre. Votre commission ne trace pas de devoirs aux artistes; elle exprime son sentiment, elle offre des conseils, elle fixe un âge, elle prépare un projet, mais ne le formule point; elle n'avait pas non plus à se prononcer sur la question de construction, mais seulement sur la question historique.

Votre commission, Messieurs, ne peut terminer son travail, sans rendre un nouvel hommage à cette cathédrale de Strasbourg, phare sublime de l'Alsace, qui, en projetant son ombre gigantesque sur les deux rives du Rhin, semble proclamer toujours que la *grande unité catholique* (1) qui édifia une telle chose, réalisa un tel symbole, n'a pas cessé d'être assez intelligente et assez forte pour éclairer et protéger toutes les nationalités et toutes les gloires. »

Les destinées du Münster de Strasbourg sont en bonnes mains. M. Klotz a étudié depuis long-temps ce monument avec l'amour d'un enfant né à son ombre; il entend à merveille la restauration dont l'apside du Münster est l'objet. On se borne à détruire l'œuvre du XVIIIᵉ siècle, qui avait inscrit le chœur roman dans un chœur sans caractère, à sauver ce qu'on pourra, ou à reproduire les fresques byzantines dont on retrouve la trace; à rendre la vie à ce qui existait à la crypte comme au chœur supérieur, et à rallier par d'intelligents raccords l'ancienne construction aux constructions nouvelles, qu'une œuvre de cette nature nécessitera. Je sais d'avance que les mosaïques figurées, à fond d'or, seront demandées à Rome, où le caractère liturgique et traditionnel s'est mieux maintenu qu'ailleurs, dans l'iconographie sacrée. — Ajoutons que la mosaïque monumentale devra s'étendre à l'arc triomphal, qu'il sera indispensable de l'orner, et d'y mettre une suite de saints apôtres et pontifes de l'église de Strasbourg, inscrits dans des médaillons, avec le Sauveur au centre : SAL · MVD. Toutefois, ici, on pourrait peut-être se rattacher à un autre ordre d'idées. Qui empêcherait que ces médaillons fussent autant d'*oculus* munis de verrières peintes? L'effet serait magnifique, supérieur à celui produit par la mosaïque, et il a ses

(1) Ce seul dernier paragraphe de mon rapport ne fut pas approuvé, à la demande de MM. *Schnaazé* et *Wiegmann* (de *Dusseldorf*), qui, en leur qualité de protestants, crurent devoir protester contre une pensée catholique. Comme cette reproduction n'a plus rien d'officiel, je crois donc devoir rétablir ici ce qu'un sentiment de tolérance pour toutes les convictions religieuses me fit supprimer, avec l'assentiment de Mᵍʳ l'Évêque et de mes autres collègues, dans le rapport lu en séance générale du congrès scientifique.

précédents établis. Le chœur de Saint-Jean de Lyon est du même
âge que celui de Strasbourg. Il se rallie à la grande nef du XIV°
siècle par un arc triomphal très-saillant, qui est percé à son centre d'une rose d'une ineffable beauté, et de deux petites baies ogivales sur les flancs, vitrées et peintes au XIII° siècle.

La basilique de Notre-Dame de Strasbourg fait un sage et noble
usage de ses vastes revenus. C'est évidemment la cathédrale la
plus richement dotée et la mieux entretenue du royaume de France.
Pas une niche ne manque à ses saints, pas un saint ne manque à
ses niches et à ses dais. Elle est tenue avec un soin, une propreté,
un zèle que je ne puis peindre ; une magnificence que je ne saurais décrire éclate dans tous ses ornements fixes et meubles. Elle
n'a pas la plus petite ruine à déplorer tant au-dedans qu'au-dehors,
pas une tache, pas un trou de pierre à voiler. Les nervures de ses
voûtes, à leur point de jonction avec les clefs richement alvéolées,
sont peintes d'azur, de cinabre et d'or, comme dans le moyen-
âge. Tout en elle respire la splendeur et la prospérité, tout en elle
fait bénir le zèle des consciencieux ordonnateurs de ses dépenses,
témoigne de l'active sollicitude qui l'administre, et régit ses destins
matériels. — Deux mots de sa forme extérieure.

Toute bâtie de ces admirables matériaux que fournit si abondamment le sol privilégié de l'Alsace, en grès de Wasselone, Grunthal,
Saverne et Molsheim, analogue à celui de Trèves, elle se drape dans
un manteau de pourpre, comme firent les cardinaux-évêques qui
gouvernèrent l'église de Strasbourg ; elle résiste énergiquement
aux causes de destruction qui l'entourent, et qui résultent exclusivement du climat pluvieux et froid de cette grande cité. — Cette
pierre n'est point gelisse. — D'ailleurs, les yeux les plus vigilants
sont constamment ouverts, — je viens de le dire — sur chacune
de ses plus légères fissures, sur le plus humble lichen qui vien-
drait à végéter sur ces énergiques murailles. Pour bien comprendre la cathédrale de Strasbourg, il faut y voir simultanément la
double explosion de son architecture et de ses chants.

La façade du Münster est le plus majestueux hors-d'œuvre monumental qu'on ait jamais eu l'idée de dresser devant un temple
chrétien. On ne peut, en contemplant cette masse imposante, cette
fabuleuse pyramide, percée et brodée comme une dentelle, qui surgit à son flanc gauche, et plane à la fois sur l'Alsace et le grand-
duché de Bade, on ne peut résister aux plus sublimes élans de la
foi et du cœur. D'abord, elle vous confond à ses pieds et vous fait
rentrer en terre ; puis, on ose la regarder encore, et elle vous re-

lève, elle vous exalte, elle vous fait lever dignement la tête vers les cieux, elle vous fait monter comme elle jusqu'à ces régions où l'infini commence; elle vous emporte dans un monde où ne vont que les anges et les poètes. On croirait, à la voir ainsi élancée et sublime, qu'elle a voulu se poser comme un intermédiaire digne d'elle entre les montagnes des Vosges et celles de la Forêt-Noire, qui limitent à l'orient et au couchant le merveilleux bassin du Rhin; on croirait que, chef de lignée, sûre que sa postérité s'inspirera de ses exemples, elle a voulu que tous ses enfants pussent l'apercevoir, quelqu'éloignés qu'ils soient du siège paternel. L'influence exercée sur les contrées voisines par cette manifestation unique de l'art chrétien fut immense, et on ne saurait se figurer combien elle contribue encore à maintenir la nationalité alsacienne dont elle est le régulateur et la boussole. Les vieilles races strasbourgeoises, dont l'esprit guelphe et communal n'a pas fléchi depuis la conquête, voient dans ce clocher le beffroi de l'ancienne ville libre et impériale, l'emblème de ses antiques franchises; les catholiques y contemplent le triomphe de l'église; les protestants, les juifs même le chérissent, l'admirent, sont fiers de sa fierté, et veulent briller de son éclat. Chacun en a chez soi l'image sur une petite ou une grande échelle; il en est de lui comme de la madone en Italie, comme du campanile penché, à Pise et dans tout son territoire. L'idée nationale est complètement attachée à ce clocher. C'est lui qui a inspiré ce clocher de Freyburg in Brisgau, ce clocher de Thann, et tant d'autres issus de ce sang, émanations de cette gloire, rayons de ce soleil. — Le clocher de Strasbourg est, architectoniquement parlant, le premier clocher du monde; celui de Notre-Dame d'Anvers n'en est que le second, tout comme au point de vue liturgique, apostolique et hiérarchique, Saint-Jean-de-Latran de Rome est le premier, et Saint-Jean-Baptiste de Lyon le second temple catholique de l'univers. Après la plus élevée des pyramides d'Egypte, la flèche de Strasbourg est la chose bâtie la plus élevée qu'on connaisse. C'est évidemment le plus populaire et le plus célèbre des clochers qui existent. A l'instar des princes de la terre, il a diverses parures, et comme la cathédrale de Metz, il change d'aspect selon le jour, l'heure et la saison. Pour le bien comprendre, pour vous rendre un compte exact de toutes ses expressions, voyez-le, s'éclairant à sa tête des premiers feux du printemps, se lancer à l'horizon comme un immense cierge pascal: en été, tressaillir dans le firmament, monter, monter presque jusqu'au soleil, et, comme une colossale aiguille, marquer l'heure humaine sur le

vaste cadran du ciel; voyez l'azur de la voûte céleste à travers sa
masse toute percée à jour, jouer sans cesse, passer et repasser
dans ce cône si solide et si évidé, qu'on le croirait fait du métal le
plus malléable et le plus ductile. Voyez les torrents de lumière et
de feux ruisselant sur cette frêle et inouïe charpente de pierre,
éclairer toute l'Alsace et le grand-duché de Bade d'une lueur fabuleuse, dans une nuit de grande fête publique. Mais voyez-le encore,
de la belle avenue principale de la Robertsau, ou de la Krautnau,
avec son blanc linceul de neige, pâle comme un tombeau, ou,
avec son manteau de givre, étinceler sous les étreintes d'un rayon
de soleil hivernal, comme les stalactites d'une grotte immense, ou
comme un prodigieux ouvrage d'argent. Voyez-le, en ces jours de
plomb où les nuages enveloppent son front, paraître et disparaître,
se voiler et se dévoiler à demi, selon que la brume et les brouillards le pressent, l'embrassent ou l'abandonnent, devenir indécis
et vaporeux, offrir mille formes fantastiques comme les mystérieuses
et tristes atmosphères du nord. Et puis, entendez la brise soupirer
comme dans les tubes d'un orgue, à travers ses tuyaux, ses colonnettes et ses pinacles, et avec elle tous les petits oiseaux du
paradis, à qui l'art a préparé tant de nids dans les découpures et
l'orfèvrerie de pierre de l'édifice, reproduire, par une imitation libre, les concerts des anges qui chantent plus haut encore; ou bien
l'aquilon mugir dans ses entrailles, et avec lui les oiseaux de proie
dont la voix ne retentit que dans ces moments solennels où Dieu
montre sa puissance suprême. Ah! ne croirait-on pas que le sol fleuri
de l'Alsace a poussé pour créer le monument, que cette grande province a voulu déployer en elle toute son énergie et sa sève? ou
bien ne verra-t-on pas là un autel et son *repositorium*, sous la
forme la plus miraculeuse qu'il ait jamais été donné aux hommes
de contempler? — Ah! quelle différence de caractère et d'expression entre les plus immenses blocs de granit que les druides aient
fait dresser par un peuple esclave, sous le nom de men-hir, entre
les pyramides d'Egypte et ce clocher! Ici, la force qui ne pense pas,
le labeur mécanique de populations abruties par le despotisme, la
cohésion fortuite de la matière et du rocher; là, l'essor hardi d'une
libre pensée d'art, l'œuvre d'hommes relevés par le Christ; un pic
où chaque pierre a été mise par une main intelligente, cette forme
svelte, aérienne, spiritualisée, dégagée de la terre, qu'inventa et
développa le christianisme. — Quand Galeazzo Visconti voulut élever le dôme de Milan, il demanda un architecte au magistrat de
Strasbourg.

Toutefois, en analysant un peu cet ensemble, on ne peut se dissimuler qu'il est trop gigantesque pour l'édifice dont il dépend, que la partie ici l'emporte dans une trop grande mesure sur le tout. Ses proportions relatives manquent rigoureusement de justesse. — Tout ce qui dans une façade de basilique n'est pas clocher, est destiné à annoncer et clore les nefs, et doit rester à leur niveau. Ici, la base colossale de la flèche jaillit avec une indépendance sans exemple, et, dégagée dans la moitié de son trajet de toute adhérence avec la cathédrale, ne se soutient que par l'aplomb et l'énergie de sa structure. Cette condition résulte des progrès du monument. La façade s'arrêtait d'abord à l'extrados des combles de l'église, mais alors le clocher s'arrêtait aussi au niveau des quatre délicieux tourillons qui s'élèvent à ses angles. Quand il eut reçu le couronnement pyramidal que nous lui voyons aujourd'hui, il monta trop haut par rapport à la base; et si un clocher identique eût surgi au flanc droit, conformément au projet du constructeur, il y aurait eu trop de vide entre la plate-forme intermédiaire et le ciel. Il fallut donc surélever cette plate-forme, et ce travail, bien que représenté par une construction un peu opaque, n'en fut pas moins dirigé avec habileté. Telle que nous l'a laissée le moyen-âge, cette grande base qui soutient une flèche peut en soutenir deux. Mais, hélas! quand la flèche du côté droit se dressera-t-elle dans les airs? laisserons-nous s'achever la cathédrale de Cologne, sur laquelle les architectes de Strasbourg voulaient renchérir? — Le grand Erwin de Steinbach ne s'était élevé que jusqu'à cette plateforme primitive, de niveau avec les combles, qui fut ensuite poussée plus haut. Hültz fit plus beau que le projet de son illustre prédécesseur. Il en fut de son rôle au Münster de Strasbourg, comme de celui de *Brunellesco* à *Santa Maria-del-Fiore* de Florence, par rapport à l'œuvre préexistante d'*Arnolfo di Lapo*. Oh! et puis, si cette seconde flèche de Strasbourg ne doit jamais venir fraterniser avec la première, consolons-nous de cette lacune. L'homme aime à avoir toujours quelque chose à désirer; il se lasse vite de ce qui est fini, il a horreur de la symétrie, quoi qu'en disent nos niveleurs et nos géomètres. Deux flèches parfaitement identiques offriraient peut-être un aspect monotone. Pour nous, la façade de Notre-Dame de Strasbourg, telle que nous la connaissons, telle que nous l'avons toujours vue et admirée, c'est le monument actuel avec le charme de ses clochers disparates. Tous les grands clochers du monde sont solitaires : celui de Notre-Dame d'Anvers, celui de Saint-Étienne de Vienne, etc. Nous sommes accoutumés à dire, la flèche de Strasbourg : elle ne divise point notre attention avec une autre... Le culte populaire n'aime pas les nombres composés. D'ailleurs, a-t-on jamais vu deux chefs dans une famille, deux souverains sur un même trône ? Les royautés ne se partagent pas. La coupole, si peu architectonisée au-dedans du vaisseau, est à l'extérieur enveloppée à sa base d'un triforium ou plutôt d'une arcature. Son sommet tronqué, orné d'une balustrade, est armé d'un télégraphe qui blesse la vue, et dont la disparution, depuis long-temps invoquée, est à peu près promise. Cette disparution entraînera la restauration de la coupole extérieure qui a dû exister là, et dont la présence ressort de la dénomination même donnée à la rue voisine, appelée du Dôme (**Dom**). La façade du croisillon situé vers la rue du *Dôme* a perdu en partie son caractère romano-byzantin, par suite d'un portail que le XVe siècle a appliqué à sa base, et qui est orné, avec un inconcevable luxe, de statues d'un goût parfait et de sculptures. Aucun ouvrage avancé ne voile les deux portes romanes, les deux *oculus* romans, les belles statues romanes, dont deux nouvellement sculptées avec un goût antique, du croisillon en regard de l'évêché. Les deux chapelles du XVe siècle qui s'ouvrent sous les nefs mineures, aux baies fenestrées avec tant de souplesse, produisent au-dehors le somptueux effet que nous avons accusé dans leur aspect intérieur. Elles sont chargées de pinacles, de niches, de dais, de saints du plus riche travail. Une ceinture de constructions hétérogènes enveloppe sur ses flancs les baies du **Münster**. Ces constructions, indépendantes de la basilique, étaient naguère encore occupées par des boutiques ; mais ces boutiques sont vides aujourd'hui ; les marchands ont été bannis du pourtour du temple, et, sous l'influence d'une sage pensée, elles vont rentrer dans son domaine. Comme celles qui ceignent notre basilique de Saint-Nizier de Lyon, elles sont d'un type régulier, en suffisante harmonie avec celui de l'édifice, bâties de beaux matériaux, couronnées par une plateforme à la svelte balustrade, aux élégants flambeaux, et comme à la cathédrale de Metz, elles adhèrent sans obstruer, et ne rendent aveugles aucunes fenêtres. — Et c'est en plein XVIIIe siècle qu'on avait eu le bon esprit de les bâtir ainsi en harmonie avec le monument ! — C'est vraiment à en tressaillir de gratitude et de joie, à en secouer violemment tous les préjugés devenus si fort à la mode contre ce siècle. Tous les combles sont vêtus d'une robe métallique d'une mâle énergie. La cathédrale de Strasbourg est, à mon sens, posée dans les meilleures conditions de site. Isolée à sa façade et sur ses flancs, qui se développent sans qu'aucune adhérence étrangère nuise à leur majesté, elle tient par son chevet au grand séminaire, et par l'extrémité de son croisillon méridional au collège royal. Je n'aime pas une basilique isolée de toute part, quoi qu'en dise la rhétorique pédante de nos modernes utopistes archéologiques. L'archéologisme à la mode a découvert que c'était une belle chose, et je le nie. Il ne faut pas qu'une cathédrale soit obstruée et enclavée, mais il ne faut pas qu'elle se montre dans un état parfait d'isolement, et dans cette nudité ignoble à laquelle les orgies révolutionnaires ont, par le sac de l'archevêché, réduit Notre-Dame de Paris. Le moyen-âge avait admirablement compris qu'il faut qu'une église tienne à quelque chose. J'aime l'église se rattachant à un édifice, comme j'aime un patriarche donnant la main à ses petits enfants, et une mère à sa fille.

Comme je l'ai annoncé dans ma préface, je compléterai bientôt par une description épique et une vue d'ensemble, la trinité des trois grandes cathédrales du nord de la France, celles d'Amiens, de Metz et de Strasbourg.

Au milieu des restaurations partielles dont Notre-Dame de Strasbourg est constamment le théâtre, je suis étonné qu'on n'ait pas encore pensé à munir de verrières peintes le peu de baies secondaires qui ont perdu les leurs, et le triforium qui n'est transparent qu'au revers de la grande façade, et ne paraît pas en avoir jamais eu.

Les revenus en rentes inscrites ou domaniales du Münster de Strasbourg sont considérables; la cathédrale de Toulouse, si je ne me trompe, est la seule qui, au point de vue financier, rivalise avec elle. Le tribun révolutionnaire et protestant qui voulut sauver les immenses revenus du temple luthérien de Saint-Thomas, fut forcé, peut-être à contre-cœur, de leur faire faire cause commune avec ceux de Notre-Dame, qu'il espérait pouvoir bientôt offrir à ses co-religionnaires. Ces revenus, la cathédrale, par suite de l'admirable liberté de nos institutions, ne peut les dépenser qu'avec l'assentiment du conseil municipal de Strasbourg, qui contrôle son budget. Peu importe, ils existent et ils suffisent pour l'œuvre de Notre-Dame.

Une maison d'un caractère historique curieux (Frauenhaus) et ses dépendances, situées dans le voisinage du Münster, représentent ce qu'on appelle l'Œuvre-de-Notre-Dame, et qui correspond à l'*Opera* (OPA) des basiliques florentines; c'est une admirable fondation. Là, s'administrent et s'exécutent tous les travaux de restauration et d'entretien dont la cathédrale est l'objet, sous la direction de

l'architecte du monument. Une compagnie, une sorte de confrérie
d'ouvriers sculpteurs, appareilleurs, maçons, tailleurs de pierre,
dont cet architecte est pour ainsi dire le bâtonnier, continue à
Strasbourg les pieuses associations de maçons du moyen-âge,
commandées par le maître de l'Œuvre, ou *cœmentarius*. Ces ouvriers obéissent à un règlement particulier; ils ne trouvent qu'à la
cathédrale leur pain et l'emploi de leurs bras, ils ne servent qu'elle,
ils veillent sans cesse sur elle, ils travaillent en permanence pour
elle; leurs ateliers ne chôment jamais. On comprend combien
ces hommes, sans cesse occupés sur le même monument, doivent s'identifier avec lui, comme ils doivent l'aimer, et comprendre, en pratique, ce style du moyen-âge qu'ils sont tous
les jours appelés à exécuter. — De là vient que l'intelligence de
ce style ne s'est jamais perdue à Strasbourg, et que même sous
l'Empire français et la Restauration, il s'y continuait avec le sentiment d'autrefois. — En général, toutes les restaurations faites au
Münster sont bien entendues, bien conduites et bien exécutées; le
sens de l'architecture ogivale n'a rien perdu de son énergie à
Strasbourg.

La cathédrale de Strasbourg ne fut achevée qu'au XVe siècle,
par sa façade, commencée et si largement continuée au XIVe.
Toute la verve de ce temple célèbre est là. Ce monument est en
tous points l'inverse de la cathédrale de Metz. A Metz, la façade
n'est rien; à Strasbourg, elle est presque tout. A Metz, la sculpture est tout ornementale et végétale; elle ne paraît pas à l'état
figuré; à Strasbourg, l'iconographie chrétienne a de grandes et
complètes manifestations. Les nefs de Strasbourg n'ont aucune
baies sans verrières peintes; c'est précisément à celles de Metz
que manquent les grands tableaux diaphanes du moyen-âge. La
nef messine est trop élevée par rapport à ses clochers; le clocher
de Strasbourg s'élance trop haut relativement à la nef qui rampe
à son ombre. A Saint-Etienne de Metz, c'est à la façade que l'architecture du XVIIIe siècle vint signer son nom; à Notre-Dame de
Strasbourg, ce fut le chœur qu'elle enveloppa. Ces deux magnifiques monuments, toutefois, se ressemblent par un point : l'art du
XVe siècle paraît accidentellement dans l'un et l'autre; mais il s'y
montre dans son ère de puissance, et non pas dans cette phase
d'énervement et de corruption qui souilla tant d'édifices sacrés.
A Metz, l'infiltration des idées allemandes s'est opérée dans la
forme des arcs; à Strasbourg, les idées françaises y ont constamment prévalu.

La liturgie latine se développe dans le **Münster** de Strasbourg avec une pompe toute romaine. Avec quelle joie j'ai retrouvé ici ce cérémonial et ces chants de Rome qui frappèrent mon enfance, dans le lieu natal, sur la terre de Bourgogne! Peut-être serait-il à désirer qu'on y fît une part moins large à la musique instrumentale, au préjudice des chants liturgiques qu'aucune considération de goût ne doit faire fléchir (1). L'orgue, accompagnant sans cesse le plain-chant à l'unisson, produit ici un magnifique effet. Il serait bien à désirer que partout où il existe on l'utilisât exclusivement ainsi. Quel élan inspiré, quel volume il donne aux voix; comme il est alors digne de Dieu et de ses autels! Le service divin s'exerce à Strasbourg avec une solennité, une noblesse, un éclat tout particuliers. La piété et la prière publiques ont sur cette terre privilégiée de l'Alsace un caractère d'effusion et de popularité qui n'est point de toutes les provinces septentrionales de la France.

C'est aujourd'hui plus que jamais qu'il faut s'armer contre le paganisme de la Renaissance, et le poursuivre dans toutes ses manifestations. Retour sincère à la liturgie romaine et au plain-chant liturgique à l'unisson, voilà ce que nous ne cessons de demander à celles des églises de France qui ont accepté les rites parisiens et toutes les funestes conséquences qu'ils traînent à leur suite. Je l'ai dit déjà et le dirai plus loin, dans cet ouvrage, les études purement relatives à l'archéologie chrétienne ont fait leur temps, les études liturgiques vont commencer le leur. Assez on a commenté la basilique vide et muette; il faut la voir et la comprendre maintenant, animée par le culte, alors que l'exclamation unanime de l'assemblée catholique fait retentir ses voûtes du chant du *Credo*, et que toutes les colonnettes, les verrières peintes, les arcades du temple semblent s'associer à cette sublime explosion des cœurs et des voix.

Les ornements et vases ecclésiastiques, tous les objets mobiliers servant au culte sont à Strasbourg, comme dans toute l'Alsace, d'une somptuosité qui n'a d'exemples que dans nos plus riches

---

(1) Les journaux m'apprennent à l'instant que Mᵍʳ Ræss vient de fermer à la musique dite religieuse les portes du sanctuaire de sa cathédrale, et de ne les ouvrir qu'au plain-chant à l'unisson, c'est-à-dire, au chant purement ecclésiastique. Il retirera de grands fruits pour la foi et le culte de cette mesure, qu'il a fait marcher parallèlement avec une autre. Quelques églises de son vaste diocèse suivaient encore des rites particuliers; il a voulu que ces rites s'effaçassent dans l'unité absolue de la liturgie romaine.

basiliques de Lyon. J'ai été témoin d'une des processions *intra-
muros ecclesiæ*, de la Fête-Dieu, dans la cathédrale de Strasbourg.
Quel immense déploiement et quelle quantité de bannières d'une
incroyable beauté par le tissu et les broderies ; de niches, de saintes,
de vierges, de brancards dorés, de vases d'or, de croix de vermeil! Quelle profusion de pots de fleurs et de ramures d'arbres
dans le sanctuaire !

Il en est, je le répète, de la cathédrale de Strasbourg comme de
celle de Metz. Nulle part le crétinisme, le dévergondage de la fin
du XV⁰ siècle ne s'y montre ; nulle part on n'y trouve les manifestations de cette phase maladive, dont la façade de la cathédrale de
Troyes est le type, quoi qu'en disent les ignorantes admirations
des fanatiques et des idiots.

Encore quelques lignes sur les autres églises de Strasbourg et
sur quelques-unes des plus belles de la belle Alsace. — Indépendamment de sa cathédrale, et y compris l'église de la citadelle, il
y a à Strasbourg six temples, formant paroisse, dans l'intérieur de
la ville, et deux hors de son enceinte, mais dépendant de sa commune. Deux de ces paroisses sont indivises entre les catholiques
et les protestants ; ces derniers se sont approprié les nefs, et n'ont
laissé aux seconds que des apsides insignifiantes comme vaisseau,
pour contenir tous les fidèles de la circonscription paroissiale. Je
n'aime point ces églises mixtes ; et les protestants de bonne foi doivent comprendre, comme moi, combien il est fâcheux que deux cultes
dissidents ne soient séparés que par un mur mitoyen, sous la même
toiture. Cette juxta-position est gênante pour les deux communions.
Je n'ai pas de parti pris vis-à-vis des luthériens ; je les regarde
comme des frères qui, tôt ou tard, reviendront à nous ; ainsi, c'est
contre le fait matériel et non contre les hommes que je proteste.
— Et puis, s'il existait à Strasbourg des protestants qui, esprit de
communion à part, ne reconnussent pas que le principe catholique, c'est le principe français, il faudrait leur montrer le chemin
de la Prusse, qui leur tend les bras.

Je ne dirai rien de l'église paroissiale de Saint-Louis, qui n'a
aucun caractère monumental. Saint-Pierre-le-Jeune, église mixte,
située près de la majestueuse rue de la *Nuée-Bleue*, offre à sa façade un vieux clocher romano-byzantin de transition, indépendant
du petit clocher métallique peint en rouge que les catholiques ont
élevé sur leur chœur. Ce monument représente l'art du XIV⁰ siècle,
sobrement formulé : une jolie chapelle du XV y est annexée. L'é-
glise de Saint-Pierre-le-Vieux, également mixte, s'élevant à l'ex-

trémité de la Grand'Rue, est surmontée d'une délicieuse petite
flèche à jour. Sa belle apside, ses vitraux peints, ses admirables
tableaux peints sur bois, datent du XIVᵉ siècle. Le temple uni-nef,
consacré à Sainte-Magdeleine, est une œuvre absolue du XVᵉ siècle, d'une grande suavité, bien que les profils sagement distribués
ne jouent pas un rôle très-imposant dans sa décoration monumentale. Elle est à plafond, et peut être considérée comme une image
de ces basiliques *gothiques* d'Italie, où la forme horizontale du
soffitto a résisté à la courbe aiguë des ogives, et n'a pas cessé de
recevoir la pression des traditions classiques. La Magdeleine de
Strasbourg offre presque, sur une toute petite échelle, la figure de
la basilique de Sainte-Croix de Florence, panthéon des gloires
italiennes. Les verrières apsidales de cette église, du même âge,
sont d'une rare magnificence. Deux contre-retables, ornant les autels des apsides mineures, m'ont paru d'un *gothique* moderne,
fort heureusement imité du *gothique* historique. L'église également
uni-nef de Saint-Jean appartient au même siècle, mais ses fenêtres ont été refaites à l'intérieur. Les églises de Saint-Louis, de
Saint-Jean, de la Magdeleine, règnent sans partage dans la population catholique.

Une autre église vient accroître le nombre des temples ortho-
doxes de Strasbourg, c'est la vénérable basilique de Saint-Etienne,
le plus ancien monument religieux de la cité, où se manifestent
concurremment les deux dernières phases du type romano-byzantin : l'une tout antique, l'autre déjà soumise à l'influence ogivale.
Grâce à la double ferveur de Mgʳ Ræss, pour la foi et pour l'art,
cet édifice a cessé de dépendre de la manufacture des tabacs, et il
va revivre au culte catholique qui l'édifia.

Parmi les temples protestants de Strasbourg, Saint-Thomas tient
le premier rang. C'est de la belle et austère architecture du XIIIᵉ
siècle, avec réminiscences romanes, surtout à la zône que surmonte
le clocher et qui forme un avant-corps distinct. Le Temple-Neuf
vient ensuite comme importance architectonique. La communion
protestante est ici forcée de partager la jouissance de cet édifice,
non pas avec les chants catholiques, mais avec les voix muettes
des liturgistes et des poëtes, avec le dépôt formant la bibliothèque
publique de Strasbourg, qui occupe l'apside de l'église. Le Temple-Neuf, bâti de briques, et le pittoresque cloître qui en dépend,
représentent l'architecture sévère du XIIIᵉ siècle à son déclin. Le
temple également protestant de Saint-Guillaume a des fenêtres
nervées avec goût.

7

L'église de Rosheim, si merveilleusement comprise et dessinée par M. Perrin, architecte strasbourgeois, est, à mon sens, le plus pur modèle alsacien de l'école romano-byzantine de la phase progressive qui se rattache aux XIᵉ et XIIᵉ siècles. Je ne sais quel souffle étranger l'a fait naître si loin de la Lombardie, si pure de composition et d'exécution. Un monument aussi ancien peut-être que celui-ci, mais d'un faire plus grossier, c'est la basilique de Sainte-Foy de Schlestadt, petite ville de France où personne à peu près ne parle usuellement le français. Sa voûte est à plein cintre; l'arc ogival ne s'y montre que dans les entre-colonnements. Elle présente deux clochers romano-byzantins du XIIᵉ siècle, et un troisième, situé dans la région du chœur et offrant exactement la forme d'une thiare. Indépendamment de sa façade d'orientation, elle en a deux, dont une inachevée et l'autre trop achevée. Toute défigurée qu'elle est par des altérations maladroites et d'ignorantes additions, cette église m'a paru extrêmement intéressante. L'architecture des XIᵉ, XIIᵉ et XIIIᵉ siècles a contribué à sa structure.

Sur une église abandonnée du culte, il existe dans la même ville une de ces petites flèches évidées, à jour, que nous avons retrouvées à Colmar, et dont celle de Strasbourg fut bien certainement la mère.

A Schlestadt, comme à Colmar et à Strasbourg, l'arc ogival est infiniment plus juste, infiniment moins allemand qu'à Metz. A quoi tient cette singulière condition? Le pays messin reçut-il pour cette forme plus directement l'influence germanique, et l'Alsace, qui était tout allemande et riveraine du Rhin, obéit-elle sur ce terrain de l'ogive à une impulsion exclusivement française? Je ne sais. — Je me borne à constater le fait.

Schlestadt renferme une autre église, proche voisine de Sainte-Foy, celle placée sous le vocable de Saint-Georges. Son plan offre une disposition des plus curieuses et des plus rares en France; il est à double transsept, l'un vers la façade, l'autre vers le chœur. Le corps du vaisseau fut formulé par l'art du XIIIᵉ siècle, et le chœur fermé carrément par celui du XIVᵉ siècle. La chaire à prêcher est une des œuvres les plus somptueuses que j'aie vues de l'architecture de la renaissance, dans sa période avancée. Des verrières peintes de différents âges concourent à la décoration de l'édifice, bâti, comme la cathédrale et Saint-Thomas de Strasbourg, de grès rouge. Le triforium ici est indiqué par des trous carrés, ce qui ne se voit pas communément, que je sache. Le gros clocher couronnant la façade est un monument du XIVᵉ siècle. Un portail latéral de cette église représente l'architecture romano-byzantine, de la phase progressive.

Notre-Dame de Colmar joue dans le Haut-Rhin, qui dans la grande nationalité alsacienne conserve une sous-individualité distincte, un rôle presqu'aussi important que celui du Münster de Strasbourg dans le Bas-Rhin. On retrouve dans son culte, dans son mobilier, dans ses vases et ornements sacrés, dans ses ostensoires, ses bannières, ses vierges processionnelles et ses croix, cette richesse toute lyonnaise, ce luxe tout italien que nous avons signalé à Notre-Dame de Strasbourg. — A ce propos, constatons une circonstance particulière qui ne s'est encore présentée à notre observation qu'en Alsace, c'est la présence et l'usage de bannières noires, aussi somptueuses que les autres, dans les processions et les manifestations populaires de notre religion. Elles annoncent que le culte des morts occupe une grande place dans la piété alsacienne, se mêle à toutes ses solennités et ses fêtes, a fait naître, parmi ses calmes populations, des confréries qui se consacrent spécialement à prier pour les trépassés, et à les honorer.

Six travées de voûte ogivale, y comprise celle qui abrite l'orgue, forment la nef majeure de l'église Notre-Dame de Colmar, dont la façade est orientée dans les conditions liturgiques. Cette nef n'a pas de triforium. Le transsept offre un développement en harmonie avec l'échelle de ce vaisseau, dont les bas-côtés s'arrêtant dans leur marche aux croisillons, ne s'étendent pas au pourtour du chœur, pour lui donner un *deambulatorium*. A l'apside et au revers de la façade se déploie l'éclat des verrières peintes. L'architecture de cette église est grave et ferme; c'est l'expression du XIVe siècle commençant. Elle a pour symbole extérieur un de ces clochers-donjons qui, comme un de ceux de Saint-Georges de Schlestadt, comme celui de Notre-Dame de Dole (Jura), tiennent à la fois du campanile chrétien et du beffroi municipal. Son couronnement est d'une profilation compliquée de flambeaux, de petits contre-forts, de petits arcs-boutants et de girouettes, et ressemble un peu aux beffrois de Beaune et de Douai, à la différence des matériaux près qui, ici, se composent exclusivement du beau grès rouge d'Alsace. Entre ce clocher et la base de celui qui devait l'accompagner, s'élève le pignon de l'église qui, beaucoup plus aigu que ses combles, ne se soutient que par l'aplomb, comme celui de Saint-Jean-Baptiste de Lyon. J'ai gémi en voyant un magasin de pompes enclavé dans les murs extérieurs du temple, sur son flanc méridional. Je n'aurais jamais pu prévoir que le déplorable exemple de cette nature, donné par une commune rurale de ma Bourgogne chérie, celle de Gergy (Saône-et-Loire), aurait retenti si loin. — Les cigognes, qui aiment l'Alsace et ses monuments, ont une prédilection marquée pour Notre-Dame de Colmar. Au rond-point des combles du chevet, précisément sur la base de plomb qui dut jadis supporter une croix, des cigognes ont fait élection de domicile, et leur nid, leurs évolutions produisent un pittoresque effet. — Si ce chapitre n'était pas déjà beaucoup trop long, j'aurais encore effleuré la belle église de Ruffach, celle d'Altkirch, et le clocher de Thann; mais il faut clore ces pages. Il se trouvera peut-être à Strasbourg, comme à Metz, quelque savanterie pédante, des archéologues furieux, ayant épelé mot à mot le dictionnaire, hélas! si incomplet de M. Ad. Berty, des artistes mathématiciens, qui auraient voulu du Münster une description plus rigoureusement exacte, dans le sens géométrique du mot, et qui me reprocheront de l'avoir entouré de verres grossissants, d'en avoir parlé dans un style trop coloré. Je suppose que tout cela fût vrai — ce que je nie formellement — il me resterait à leur demander si le dessin a disparu sous la couleur et le tissu sous la broderie, et si j'ai puisé ailleurs que dans le monument lui-même et cette couleur et cette broderie.

Et voilà ce que j'avais à vous dire du Münster de Strasbourg et de quelques autres temples de cette magnifique Alsace, qui a un règne provincial à part dans notre France, qui est, au point de vue monumental, la Normandie de son nord-est, qu'on ne peut visiter sans l'aimer, qu'on n'oublie point, aux destinées de laquelle on s'associe intérieurement quand une fois on a reçu la douce hospitalité de ses mœurs, et entendu les sages et fraternels accents de son patriotisme.

X.

TAILLEUR DE NAPOLÉON.

*A MM. le général Marey–Monge, Gouvenot, curé d'Auxonne, Pichard, maire,
et Phal-Blando, architecte de la ville et des hospices.*

Tout ce qui se rattache à l'Empereur, tout ce qui touche à son
enfance, à sa jeunesse, aux moindres détails et aux plus minces
évènements de sa vie, intéresse vivement et pique au plus haut
degré la curiosité non-seulement du peuple qu'il a si glorieuse-
ment gouverné, mais encore des étrangers qu'il a tant de fois
vaincus.

L'amitié de M. Pichard, maire d'Auxonne, vient de me rendre
propriétaire d'un singulier et précieux document : c'est une feuille
huileuse et sale, extraite du livre de compte du sieur Biaute, tailleur d'habits à Auxonne, à l'époque où Napoléon habitait cette
place de guerre. Tout le monde sait que l'Empereur se trouva en
garnison à Auxonne pendant les années 1785, 1786, 1787, 1788,
1789 et 1790. Le père Biaute avait alors la confiance de MM. les
officiers en station à Auxonne, et paraît l'avoir constamment jus-
tifiée. Voici ce qu'on lit sur la feuille qui provient de son livre de
compte, et que je conserve religieusement :

Doit M. Bonaparté

  Fait *culote* . . . . 2 liv.

  Fait 2 *canesont* . . . . 1 liv.

Ceci prouve que Napoléon ne payait pas comptant; mais deux

traits en croix, couchés sur cette note, prouvent aussi qu'il acquitta plus tard le prix de ses façons de culotte et de caleçons.

Sur le même feuillet figurent d'autres noms dont plusieurs sont devenus assez connus : je citerai M. de Ville-sur-Arce, qui fut baron, et dont la veuve habite encore Nuits (Côte-d'Or); M. Dutheil, qui fut aussi baron de l'empire. Le nom de Napoléon se trouve placé au bas de la feuille, et au-dessous de celui d'un M. Oudot. On trouve encore le nom de l'abbé Robert, à qui Biaute prit une livre et 5 sols, pour avoir *mis manche et racomode soutane*. Pour M. de Ville-sur-Arce, dont le nom est écrit *Vilsurace*, le bon tailleur lui prit 10 sols, pour avoir *restraisi* (rétréci) *culote blanche*.

Il est à remarquer que sur la dernière lettre du nom de Bonaparte se trouve un accent, ce qui prouve qu'à Auxonne on prononçait ce mot avec l'accent ouvert à l'e. Ici l'orthographe indique suffisamment la prononciation, et il fallait qu'elle fût bien populaire, puisque Biaute, qui n'était pas fort sur l'orthographe, n'a pas oublié d'accentuer l'é.

Il existe trois feuillets détachés du livre de Biaute. L'un appartient à M. Pichard, l'autre à mon ami, M. Jacquinot, percepteur à Auxonne, et le troisième à l'auteur de cette note.

La famille du tailleur de *M. Bonaparté* n'est pas éteinte; son fils et son petit-fils sont encore aujourd'hui tailleurs d'habits à Auxonne, rue du Bourg.

Bonaparte, en partant pour Marengo, étant alors premier consul, s'arrêta à Auxonne. Les autorités allèrent lui rendre visite à la direction de l'arsenal. Le sieur Biaute demanda à entrer auprès de lui, pour lui réclamer un peu d'argent qui lui restait dû.

Il est peu de villes en France où l'on puisse recueillir plus de documents inédits sur Napoléon qu'à Auxonne, qu'il habita près de six ans, et où il a laissé de profonds souvenirs. C'est à Auxonne qu'il adressait cette lettre dont l'autographe appartient à mon ami, Armand Marquiset, ancien sous-préfet de Dole (Jura), et où l'on remarque ce post-scriptum : « Le sang méridional coule dans mes veines avec la rapidité du Rhône, pardonnez donc si vous éprouvez de la peine à lire mon griffonnage. — Valence, le 27 juillet. »

XI.

PIETRO PERVGINO.

A Mlle Jane Dubuisson, M. Terme, maire de Lyon, et MM. les docteurs Mermet et Montfalcon.

Mon culte pour l'inimitable et prodigieux Raphaël, qui résume tous les types de peinture de l'école italienne, qui fut à la fois grand dessinateur et grand coloriste, qui fut immense par la forme et immense par le fond, qui fut tout ensemble spiritualiste et positif, idéal et sensualiste; mon culte pour le céleste Sanzio n'est pas exclusif. Je crois que cet homme surpassa les Grecs, et ne sera jamais égalé; je crois que, quand une fois on s'est initié à son faire si large, si inspiré, et pourtant si populaire, on ne peut plus guère admirer sans réserve Rubens, dont les femmes sont par trop ignobles; mais j'aime à retrouver dans chaque peintre habile l'une des qualités dont Raphaël offrit la réunion.

Parmi tous les peintres italiens qui précédèrent ce prince glorieux de l'art, il en est un hors ligne, qui semble être le dernier et le plus noble soupir de l'école de peinture du moyen-âge, dont Cimabüe et Giotto furent les maîtres. Ce peintre, c'est Pierre Pérugin, qui se place entre deux époques, et allie déjà les beautés d'une correction remarquable à ce sentiment si infini, si mystique de l'art des temps moyens; c'est le divin maître d'un divin élève.

Je ne pourrais vous dire combien j'aime le Pérugin, avec quelle passion j'ai recherché ses œuvres. Si son entente de la perspective laisse beaucoup à désirer, il a des qualités que Raphaël n'a pas surpassées, quand il s'est attaché à formuler surtout la pensée mystique. Raphaël, dans sa première manière, avait continué son maître en aveugle; dans sa seconde et dans sa troisième méthode, il s'est individualisé, il a perfectionné, mais sans cesser de rester fidèle à la pensée qu'il avait cueillie dans l'âme du Pérugin, et qu'il a appropriée aux exigences des temps et de son génie.

Pierre Pérugin avait beaucoup de naturel dans le coloris; son cœur, plein de véritable et fervente piété, soupirait dans toutes ses figures. Il imprime à ses têtes de madones, de saints, de saintes, un caractère si mystique, si intime, si chaste, si spiritualisé, une pose si recueillie; il met tant de candeur, d'onction, de quiétude sur leur front, tant d'innocence et de virginité dans leur regard; il leur donne une expression si sereine, si pure, si timide, si doucement inspirée, si placide et si religieuse; il met tant de conviction chrétienne, de calme, d'harmonie sur ces visages si extatiques et en même temps si reposés, que l'on ne peut s'empêcher de se clouer devant ses œuvres. Ses anges, ses ailes, ses arbres, son ciel, ses petits saint Jean-Baptiste, tout, jusqu'à ses animaux, respirent l'adoration et le mystère. Cette ardente piété, ce sentiment si profond de l'art religieux, vous les retrouvez partout où Pierre Pérugin a mis la main. Il avait un art incroyable; il donnait à ses personnages une pose unique, et à leurs lèvres une sorte de pincement que l'on n'a jamais imité depuis lui, et qui imprimait à ses têtes, je ne sais quelle tendresse tout-à-fait céleste, je ne sais quelle touchante modestie, quelle béatitude, quelle ingénuité, quelle sainteté. Comme les genoux qu'il fléchit pour la prière sont obéissants et souples; comme les lèvres qu'il ouvre à l'espérance sont suaves, limpides et parfumées; comme les têtes qu'il dresse vers Dieu sont suppliantes ou contemplatives, comme il sait les entourer de célestes émanations, comme il les exalte, les idéalise, les rend sublimes et dignes de l'éternité; comme il arrondit avec grâce ces ondoyantes chevelures d'or; comme il a deviné les chœurs d'anges et les figures séraphiques; comme toutes ses figures ont le calme de la force!

On a fait, avec quelque fondement, le reproche au Pérugin d'abuser de son secret, de se répéter quelquefois, et de ne pas assez varier son expression mystique; mais croit-on qu'il soit facile d'innover, quand une fois on s'est fait une galerie, bornée peut-être, de types aussi délicieux, aussi exquis, aussi vrais que les siens?

J'ai vu une grande quantité de tableaux du Pérugin, et tous avec un amour que je ne puis exprimer, à Rome, à Florence, à Venise, à Pérouse.

Nous possédons au musée de Lyon une des plus belles choses et peut-être la plus belle qu'il ait faite, et avec cette peinture on peut connaître parfaitement le sublime artiste. Il existe dans l'église de l'Annonciade de Florence une copie de notre trésor, faite par le Pérugin lui-même, mais avec cette différence que ce tableau est une Assomption, tandis que le nôtre est une Ascension. Dans le *quadro* florentin, changez la Vierge en Christ, et vous aurez l'Ascension lyonnaise. Le Pérugin s'attacha à réaliser le *beau* dans l'expression *abstraite*, la seule que doivent rechercher la poésie, la peinture, la musique, l'architecture, *le arti sorelle*, comme disent les italiens.

L'un des plus beaux tableaux de ce grand maître existe à Venise. Il y a dans cette œuvre une foi infinie; elle rêve, elle soupire, elle murmure, elle est initiée à tous les mystères célestes.

. Où Pietro Perugino a-t-il pris ses types?....si ce n'est dans l'âme la plus chaude et la plus pieuse, dans le cœur le plus mélodieux, le plus extatique et le plus ravi. Ce tableau, l'un des écrits les plus achevés de Pierre Pérugin, c'est *il Sepolcro di Cristo, le Tombeau de Jésus-Christ;* il appartient au comte Corniani, qui se plaît à ouvrir sa galerie aux amateurs. S'il faut en croire (et je suis fort disposé à regarder cette opinion comme soutenable), un article de *la Gazette privilégiée de Venise* (n° 169), cette peinture serait le chef-d'œuvre du maître de Sanzio. « Rarissima è questa tavola e ci consoliamo col sig, conte che la guardò con molta venerazione, avendola noi trovata in ogni parte salva dall'ingordigia del tempo roditore. I colti forestieri, amanti del bello, che visiteranno l'alma città di Venezia si recheranno anche in casa Corniani, e diranno di averci veduto la più bella opera del Perugino. » Ce tableau est très-précieux, et nous nous félicitons avec M. le comte, qui le conserva avec grand respect, car nous l'avons trouvé entièrement exempt des injures du temps, qui ronge toutes choses. Les étrangers instruits et amis du beau, qui visiteront la noble cité de Venise, se rendront aussi à la demeure de M. Corniani, et diront y avoir contemplé l'œuvre la plus remarquable du Pérugin.

XII.

CAV. FELICE ROMANI.

A MM. Jouve, Thiaffait père, et Guimet, chevaliers de l'ordre royal de la Légion-d'Honneur, et Domenico Silo, fabricant.

L'Italie, à la chaude piété, aux mœurs essentiellement artistiques, au splendide soleil, à la riante nature, aux gracieuses coupoles, l'Italie est à notre porte; et de nos riches plaines de Bourgogne, des rives embaumées de notre Saône, ou du lit de pampres de nos radieux coteaux, nous apercevons ce colossal rempart qui nous sépare d'elle. — Pourquoi n'irions-nous pas tendre la main à des amis, à des voisins, et choisir quelques types littéraires ou artistes dans la galerie des contemporains célèbres qui honorent cette douce péninsule, mère de tout savoir et de toute civilisation d'Europe?

Le chevalier Félix Romani est, sans contredit, le premier poète lyrique de la suave Italie. C'est lui qui a fait les *libretti* pour les principaux opéras de Bellini, de Donizetti et de Mercadante, entr'autres la sublime *Norma*. C'est à lui que Bellini doit une partie de sa gloire, car ce fut à Milan que commencèrent, entre les deux auteurs, cette association et cette amitié qui tournèrent merveilleusement au profit de l'art, et ne furent rompues que par le coup qui frappa Bellini. Romani avait deviné Bellini, alors pauvre et oublié; Bellini avait vu dans Romani le seul poète qui pût parler dans le *libretto* la même langue que le *maestro* parlerait dans la partition. L'un voulut continuer dans la composition musicale la révolution que Rossini y avait opérée, l'autre opérer dans la poésie scénique une réforme devenue nécessaire.

Il Romani sut changer le canevas et les broderies des *libretti* italiens qui, avant lui, n'étaient souvent qu'un jeu, qu'un tissu de puérilités et de facéties, sans manquer aux exigences des habitudes et de l'esprit de sa nation. Il mit de beaux et bons vers, des pensées suivies et dramatiques, il fit de la littérature et de l'art, là où l'on n'avait auparavant formulé que des prétextes à musique. Ces deux hommes, qui s'aidaient réciproquement, ne furent pas compris tout d'abord. La réforme qui épurait le goût des Italiens fut lente, mais enfin elle a triomphé; et depuis plusieurs années la toile *(il sipario)*, dans les grands théâtres comme *San Carlo, alla Scala, il Teatro Regio* de Turin, *la Fenice, la Pergola*, n'est tombée qu'aux applaudissements les plus flatteurs pour les deux réformistes. Nul ne connaît mieux le génie de son pays, nul n'est plus maître de sa langue maternelle que Romani; il a produit des pièces de théâtre châtiées, correctes, sans cesser un instant de se conformer aux besoins italiens, sans cesser d'être national. — L'œuvre était difficile.

Romani n'est pas seulement le réformateur de la scène italienne, le poète scénique le plus célèbre, et l'un des premiers poètes lyriques de la péninsule; ses recueils d'odes, de sonnets et de ballades sont lus avec avidité; les rhythmes en sont délicieux, l'harmonie en est parfaite, le sentiment exalté, la puissance vraiment populaire. Il peut encore passer pour un des plus habiles prosateurs d'Italie; sa phrase est courte, élégante, incisive, coupée à la grecque, variée par d'heureux motifs : elle n'a point la prolixité de la phrase milanaise, qui semble déjà se rapprocher des langues du nord, si verbeuses, si chargées de périodes incidentes dans leurs interminables tours. — Je ne sache rien de vif et d'agréable comme le style de Romani. C'est avec toutes ces qualités qu'il se montre dans ses volumes de *Mélanges*, dont la lecture m'a fait tant de plaisir. On voit que cet écrivain est passionné pour son idiome, tout comme Alfieri qui, après avoir long-temps parlé français et écrit dans cette langue, finit par la trouver sourde, et ne voulut plus entendre et adopter que le langage toscan , *la favella toscana*.

Romani gagnait à Milan de la gloire, mais peu d'argent. Il vint, il y a quinze ans, à Turin, pour avoir l'une et l'autre, en prenant la direction de la *Gazzetta piemontese*. C'est là qu'il révéla cet art parfait de critique que l'on se plaît à lui reconnaître. Les feuilletons *(appendici)* de Romani, écrits avec conscience, gravité, justice, ne ressemblent point à ce feuilleton inique, insultant, débauché, que nous donnent certains journaux de Paris: c'est le feuilleton du *Journal de l'Empire*, la haute et saine critique de Geoffroy et de Dussault. — N'oublions pas de dire que notre auteur tourne merveilleusement la *nouvelle historique*, ce qui fait regretter qu'il ne se soit pas encore livré à la composition d'un roman conçu sur un plan un peu vaste, digne de son intelligence et de sa portée d'esprit. Toutes les pages *du* Romani respirent le patriotisme le plus ardent, l'amour filial le plus dévoué et le plus tendre pour son pays. — S. M. le roi Charles-Albert, essentiellement ami et protecteur des sciences, des lettres et des arts, consacré au bien-être de ses peuples, le roi Charles-Albert a décoré Romani de son ordre du Mérite civil de Savoie.

Félix Romani a une réputation immense en Italie aussi bien qu'à Turin, sa nouvelle résidence, où il fait entendre les harmonieux accents de la langue italienne dans un pays où l'idiome expire et se convertit, je ne sais en quel dialecte bâtard, qui n'est pas encore du français, et n'est certainement plus de l'italien.

Rien de plus essentiellement italien, c'est-à-dire vif, fécond, poétique, instantané, que l'esprit *du* Romani, né à Gênes, cette vieille reine de la Ligurie, où les imaginations sont si chaudes, si abondantes, si mobiles, où la vie est si sensuelle. — Nonobstant ce caractère, il y a beaucoup du cœur de notre inimitable La Fontaine dans l'âme et les mœurs de Romani. Il est à Turin comme le roi et le centre littéraire, et jamais il n'abuse de son autorité, à moins que Brofferio, rédacteur *(compilatore) del Messagiere*, feuille non politique, adversaire connu de Romani, ne le force, par une attaque, à sortir de ses habitudes de politesse et de réserve. Affable, généreux, excellent, il vit au milieu des savants, des littérateurs et des artistes, très-lié avec le chevalier Cibrario, Rebizzo, le comte d'Arache, etc. Sa table est ouverte à tout ce qui vient chez lui avec une harpe à la main, et l'on y trouve la plus délicate et la plus cordiale hospitalité.

Il Romani est âgé d'environ 52 ans. C'est un des hommes que j'ai fréquentés avec le plus de plaisir pendant mon séjour à Turin, et qui ma témoigné le plus d'honorables et bienveillantes sympathies. — Je n'oublierai jamais l'accueil qu'il voulut bien me faire. J'ai déjà traduit dans notre langue, et publié dans nos journaux de Lyon, deux de ses nouvelles historiques, et mon intention est d'étendre le même travail à plusieurs autres de ses charmantes compositions (1).

Romani eût gagné une fortune immense à Paris, avec l'activité et la puissance de ses moyens littéraires; car on ne peut s'empêcher de dire que, si c'est toujours en Italie que l'on continue à faire de l'art, c'est à Paris seulement que l'on sait payer les artistes.

(1) 1° Pont des Fiancés (il *Ponte dei Fidanzali*); 2° Un Mystère (*Episodio di una storia fiorentina.*)

XIII.

CORPS SAINTS.

*A MM. A. de Terrebasse, Bossan, architecte, et L. Perrin, imprimeur,
à Lyon.*

Les solennités du culte catholique, seules, offrent ce caractère
de fêtes populaires que n'obtiendront jamais les cérémonies et les
joies politiques. C'est que le catholicisme, voyez-vous, s'adresse
au cœur des masses; c'est qu'il est tout ensemble poésie et vérité.
Durant qu'à Paris la voie publique était interdite aux processions
de la Fête-Dieu, j'allai passer tout le temps de l'Octave dans la
petite ville d'Étampes, chez un vieux et fidèle ami. Là, si je ne
retrouvai pas les processions éclatantes du Lyonnais, avec les
populations à genoux sur leur passage, du moins je vis le Saint-
Sacrement traverser paisiblement les rues, et semer ses bénédictions parmi les fidèles. Étampes est trop voisin de Paris pour que
l'irréligion, hélas! qui trône si fièrement dans la capitale, n'y ait
pas porté de graves atteintes à la ferveur populaire. Mais, je le
répète, je retrouvai une procession, et mon âme s'épanouit, se par-
fuma, renaquit à un autre monde.

C'est dans la vénérable église d'Étampes, fondée par le roi Robert, que sont religieusement conservés les précieux restes des saints martyrs Can, Cantien et Cantienne. On pense que ces reliques furent offertes par le pape Benoît VII au roi Robert, lors de son voyage à Rome, et que ce prince s'empressa de confier le pieux dépôt à la sainte maison qu'il avait élevée en l'honneur de la glorieuse Vierge Marie. La ville d'Étampes reconnut, de ce moment, ces martyrs pour ses patrons, et elle n'a pas cessé de les honorer d'un culte particulier.

Can, Cantien et Cantienne, patriciens romains, étaient issus de l'illustre famille d'Anicius, d'où naquirent plusieurs consuls ou empereurs, et qui donna le jour au célèbre Boëce. Élevés dans la foi chrétienne, ils se livraient avec ardeur à toutes les pratiques touchantes et sublimes qui la vivifient; mais arriva la cruelle persécution de Dioclétien et de Maximien, et ces jeunes seigneurs, après avoir vendu leurs biens, qui étaient immenses, après en avoir mis le prix dans la main des pauvres, quittèrent en toute hâte leur patrie, et vinrent planter leur tente à Aquilée. En vain ils voulurent envelopper leur vie dans une profonde obscurité; leur nom, le bruit de leurs vertus déchirèrent le voile : dénoncés comme chrétiens, forcés de comparaître devant le préfet Dulcidius, les nobles jeunes gens furent jetés dans une noire prison, après avoir vivement irrité le sanguinaire ministre d'un sanguinaire empereur, par la hardiesse de leurs réponses et l'inflexibilité de leur dévouement au christianisme. Voici donc ce que la légende rapporte au sujet de ces illustres Romains. Parvenus à briser leurs fers, ils s'évadèrent; ils étaient déjà arrivés, dans leur fuite, à trois mille pas de la ville, lorsque l'un des coursiers qui traînaient leur char s'étant abattu, ils tombèrent captifs entre les mains des farouches soldats envoyés à leur poursuite. Alors, une idole leur fut présentée, c'était une statuette représentant Jupiter, et on leur promit la vie s'ils l'adoraient; mais les généreux seigneurs, la repoussant avec horreur, persistèrent dans leur refus d'apostasie. Les soldats tirèrent leurs glaives, et la sentence de l'empereur fut exécutée. Sur le terrain témoin du supplice de ces trois martyrs, tout près de la mer, se trouve maintenant, dit-on, un petit village nommé *San Cantiano*.

Tels sont les héros de la foi dont la ville d'Étampes possède les reliques. Ces restes, avant la révolution de 1792, reposaient dans une magnifique châsse d'or et d'argent, enrichie de pierres précieuses. Cette châsse n'existe plus; mais les reliques des glorieux patrons de la Cité n'en parcourent pas moins, aujourd'hui encore,

les rues et les places, deux fois l'année, recueillies dans un vaisseau moins somptueux. Ces deux processions, nommées *processions des corps saints*, sont de véritables fêtes triomphales qui se
célèbrent le mardi de Pâques et le mardi de la Pentecôte. Alors,
la foule est immense, fervente, recueillie encore, comme dans le
moyen-âge; alors accourent, pour se ranger dans le saint cortège,
les populations des villes voisines, des villages et des hameaux en-
vironnants. Il semble que toute la piété des habitants d'Étampes
se soit résumée dans ces fêtes des *corps saints*, si chères aux
mères, aux petits enfants, et où la religion ne manque jamais de
recevoir un éclatant hommage, et de déployer avec splendeur ses
pompes sacrées.

Mais ce n'est point en ces jours solennels, seulement, que les
patrons d'Étampes sont les objets de la vénération populaire; de
tout temps, lorsque la maladie ou l'adversité pèsent sur le peuple,
il s'est empressé de recourir aux saints martys, comme le peuple
de Lyon à sa Notre-Dame-de-Fourvières, comme le peuple de Marseille à sa Notre-Dame-de-la-Garde. Plus d'une fois, disent les
chroniqueurs et les légendistes, de merveilleuses interventions
sont venues prouver aux habitants d'Étampes que leur confiance
était sagement placée. Aussi est-ce toujours aux saints Can, Cantien et Cantienne, que l'on s'adresse, au sein des grandes calamités publiques. Naguère, quand le choléra-morbus entassait ses
victimes à Paris, et étendait ses ravages sur la douce et ombreuse
vallée d'Étampes, on vit encore le peuple désolé, mais renaissant
à l'espérance, se rassembler autour du modeste reliquaire qui renferme les restes des martyrs, et réclamer leur appui dans le ciel.

XIV.

DEUX SOLENNITÉS A SAINT-JEAN DE LYON.

A MM. Boué, curé de Saint-Martin d'Ainai, D......, curé de Notre-Dame-Saint-Louis, et Callet, curé de Saint-Paul de Lyon, chanoines d'honneur de la basilique primatiale.

1838.

Il y a à peine sept mois, la belle église de Notre-Dame de Bourg retentissait de chants augustes, et présentait un des plus imposants spectacles du culte catholique : plusieurs évêques, choisis parmi les gloires de l'épiscopat français, comme Mgr de Besançon, Mgr d'Autun, etc., se pressaient autour d'un vieux prélat consécrateur, et M. Delacroix, vicaire général du diocèse de Belley, cet homme si éminent en vertus évangéliques, y recevait l'investiture pontificale, au milieu d'un peuple attendri jusqu'aux larmes. — Et aujourd'hui dimanche de la Quasimodo, 22 avril 1838, le même Mgr Delacroix, évêque de Gap (1), venait assister un vénérable archevêque, pour la consécration de M. Jean-Marie

(1) Aujourd'hui archevêque d'Auch.

8

Mioland, vicaire général. — Ainsi, tout se ressemble dans ces deux solennités de Bourg et de Lyon : les vertus des deux apôtres élevés à la dignité épiscopale, à quelques mois de distance, la grandeur de l'œuvre, il n'y a rien à changer ici que le nom d'un temple et le nom d'un prêtre. — C'est que tout est anneau et lien dans l'église catholique; c'est que tout y est filiation, depuis les apôtres jusqu'aux prêtres de nos jours.

C'est une source inépuisable et pure que le clergé de Lyon, si uni dans sa doctrine, si austère dans ses mœurs, si ferme dans sa voie. Félicitons-nous donc de voir ses respectables membres appelés aux plus hautes fonctions du sacerdoce, à semer à Bordeaux, à Amiens, à Metz (1), dans toutes les provinces des Gaules, les trésors de leurs vertus, de leurs lumières, de leurs exemples. — Le gouvernement qui nous régit est heureux dans ses choix d'évêques; que peut-on imaginer de plus apostolique et de plus saint que la plupart de nos pontifes ? — La haute réputation de M. l'abbé Mioland, supérieur des missions diocésaines de Lyon, la faveur populaire et générale qui s'attache à ce nom de prêtre, avaient attiré une foule immense à l'église primatiale de Saint-Jean. C'était le suffrage des masses qui voulait s'unir à la consécration pontificale. Les évêques-assistants étaient Mgr Delacroix, évêque de Gap, Mgr Loras, évêque de Dubucque (Amérique), et le prélat consécrateur, Mgr de Pins, archevêque d'Amasie, administrateur apostolique du diocèse de Lyon et Vienne. On attendait Mgr de Bonald, évêque du Puy, et Mgr l'évêque de Grenoble, qui ne sont pas venus; mais NN. SS. les évêques de Belley et de Nancy étaient accourus à la cérémonie. — Je ne vous dirai pas les usages observés dans cette circonstance, durant cette messe si solennelle, si lente, si noble, au milieu de toutes les graves et antiques splendeurs de la liturgie lyonnaise. — Mais que l'on se figure notre vieille basilique dans un de ses jours de fête les plus augustes; que l'on pose dans son sanctuaire byzantin cinq cents prêtres environ, cinq prélats, quarante officiants, cent vingt enfants de chœur; que l'on y mette tout l'éclat du rituel de Lyon, si inflexible dans ses majestés et dans ses traditions, les voix ineffables, les génuflexions harmonieuses, les dramatiques concerts de cloches au rhythme lombard, les mille pompes de costumes, les chapes, les chasubles, les dalmatiques d'or, les mitres d'or, les croix d'or, les vases et

(1) Mgr Besson vivait alors.

les candélabres d'or; la communion des diacres, sous-diacres et clergeons, sous les deux espèces (1), comme à Antioche; un *Te Deum* chanté par plusieurs milliers de voix; toutes les merveilles du culte qu'on ne rencontre qu'à Lyon, dans cette église primatiale des Gaules, d'origine apostolique, que saint Bernard trouvait déjà sublime au XIIᵉ siècle.

Que l'on enferme toute cette histoire, toute cette poésie, tout cet art dans un temple peuplé d'imposants souvenirs, assombri par les verrières peintes, riche d'architecture et vaste d'ordonnance monumentaire; — et que l'on me dise ensuite si tout cela vaut bien les orgies et la grange de Châtel, avec son auditoire d'ivrognes et de prostituées; que l'on me dise si Saint-Jean de Lyon n'était pas encore, au sein de ce XIXᵉ siècle, le temple des deux conciles œcuméniques, et le premier sanctuaire de l'Occident, après celui de Rome ! — PRIMA · SEDES · GALLIARVM — Et tout autour de ces cérémonies, tout autour de ce culte, des flots de fidèles pleins d'extase, d'admiration, de recueillement et de foi; — car si Lyon est la cité du culte par-dessus toutes les cités, c'est aussi la ville où la semence catholique a germé avec le plus de vigueur dans les âmes du peuple.

M. Mioland avait le front calme, digne et saint, pendant toute la cérémonie de son sacre. — C'est une bien belle et bien sereine tête d'évêque que celle de ce prêtre ! — Malgré l'affluence incroyable de curieux et de fidèles, malgré le développement immense donné au cortège sacerdotal, l'ordre le plus parfait a constamment régné dans la cérémonie, grâce à l'active et intelligente sollicitude de M. l'abbé Chapot, chapelain et maître des cérémonies de l'église primatiale. — M. le préfet du Rhône et la plupart des principales autorités de la ville de Lyon et du département assistaient à cette solennité.

Félicitons, félicitons la ville d'Amiens, qui a le bonheur de remplacer un vénérable prélat, brisé par l'âge et l'épiscopat, par un autre respectable jeune évêque. — Mgr Mioland retrouvera un autre Lyon dans Amiens, où la piété publique s'est maintenue, sinon aussi populaire et aussi large, du moins satisfaisante et sincère encore; où le culte, étriqué par la froide et maigre liturgie de Paris, ne manque encore ni de noblesse, ni de majesté. — Ah! sans doute, il s'empressera de rappeler dans sa cathédrale quelques-

(1) Le vin n'est point consacré.

uns des plus beaux usages du rituel lyonnais. Que ce serait chose
auguste que la liturgie de l'église primatiale de Saint-Jean de Lyon
introduite et acclimatée dans la basilique de Notre-Dame d'Amiens,
qui est sans contredit la plus vaste et la plus magnifique église de
France, et que l'on peut nommer le *Parthénon* de l'art religieux
du moyen-âge! Ces vœux seront écoutés par le pieux prélat, nourri
du culte lyonnais; et si leur réalisation peut se concilier avec ses
austères devoirs, nous devons espérer un progrès dont le culte
national se réjouira.

1840.

Je m'estime heureux que ma présence dans l'auguste cité de
Lyon coïncide si souvent avec ces grandes solennités du culte
catholique, qui seront toujours les fêtes populaires et nationales
par excellence, parce qu'elles sont l'expression de la foi du pays,
foi que les révolutions ont fait chanceler, mais qu'elles n'ont jamais éteinte. Ainsi, j'ai vu, dans Saint-Jean, le sacre de M. Mioland; j'ai vu se déployer dans nos rues, radieuses et pavoisées,
sur nos places, ces processions de la Fête-Dieu, nobles et touchantes manifestations, au pied desquelles sont venues mourir
les dernières irrévérences du voltairianisme; ainsi, il m'a été
donné de voir prendre possession de son siège, dans la basilique
la plus illustre et la plus vénérable de la cité, un prélat qui vient
régir la sainte église de Lyon, environné d'une si haute, d'une si
belle renommée d'apostolat et de vertu. Au milieu de cette cérémonie si calme, si imposante, si bien faite pour parler au cœur des
masses et à l'esprit des fidèles, on pouvait lire sur le front de
Mgr l'archevêque de Lyon tout ce qui se passait dans son âme.
Oui, le saint prélat était profondément ému de cette liturgie lyonnaise qui rappelle l'église d'Asie, de la majesté du temple, de la
piété du peuple, de la dignité de son clergé; il évoquait dans sa
mémoire tous ces grands évènements qui se sont passés dans
Saint-Jean, les deux conciles généraux, le couronnement de plusieurs rois bourguignons, le sacre de tant de prélats qui sont allés
porter sur tant de terres les traditions et les pompes de cette église
de Lyon, qui, presque seule, fournit ses gloires à l'épiscopat français.

Mgr de Bonald sait que Lyon est la deuxième Rome de l'univers,
la Rome de France en particulier, le centre du catholicisme dans
notre beau pays; il sait ce qu'il doit à un siège si antique et si véné-

rable, le premier des Gaules; il sait les malheurs qui ont affligé son diocèse, car depuis long-temps il a compté ses larmes; il sait ce qu'il doit attendre d'un clergé modèle, d'une église si unie, si austère, si ferme, si invariable dans son respect pour Rome et sa discipline, si forte par la doctrine, la science et les vertus; il sait combien de plaies il y a à fermer, combien de joies il y a à faire renaître, combien de plantes attendent le souffle d'un archevêque pour refleurir, après cet interrègne apostolique si long, si douloureux, qui a fait gémir cette portion si importante de la grande famille catholique. L'église de Lyon va recommencer avec lui une ère de gloire et de prospérité; elle va rentrer pleinement dans les voies de ce sublime avenir que Dieu a visiblement écrit sur sa tête. Nous voici donc enfin débarrassés de ce provisoire affligeant que le premier diocèse de France a subi sans murmurer, mais en pleurant son malheur : ce siège illustre des saints Pothin et Irénée, qui depuis si long-temps n'était ni occupé, ni vacant, a donc retrouvé un pasteur digne de lui; et les *neuf Barons de Catalogne* de Mgr de Pins, vont faire place dans les légendes archiépiscopales à l'antique et sainte devise du chapitre.

L'installation de Mgr de Bonald, archevêque de Lyon et Vienne, primat des Gaules, a eu lieu avec une immense solennité. Dès les sept heures du matin, les trois nefs de l'église primatiale, la place et les abords de Saint-Jean étaient occupés par des troupes de toutes armes de la garnison de Lyon. Vers neuf heures, une procession du clergé de la primatiale et des diverses paroisses de Lyon s'est mise en marche pour aller chercher le prélat au palais de l'archevêché. A son entrée dans l'auguste temple, le pontife a été reçu par MM. les généraux commandant la division et le département, M. le premier président, M. le préfet, M. le maire de Lyon et ses adjoints. De là, le prélat s'est avancé vers son prie-Dieu, d'où il est monté en chaire pour lire à haute et intelligible voix la lettre pastorale qu'il adresse au clergé de son diocèse, à propos de son installation sur le siège de Lyon. Bien que l'émotion du prélat fût visible pendant cette lecture, néanmoins son ton de voix a toujours été ferme et calme. L'auditoire n'a pu entendre sans de vives sympathies l'éloge de cette église de Lyon qui, neuf cents ans auparavant, était tombé des lèvres de saint Bernard. On a vivement applaudi aussi à la promesse solennelle d'un service en l'honneur de S. E. feu Joseph Fesch, cardinal, archevêque de Lyon, restaurateur de son église, et prédécesseur immédiat de Mgr de Bonald.

A la suite de cette lecture, le prélat a dit une messe basse, a fait baiser son anneau pastoral à tous les membres du clergé, et s'est retiré processionnellement à l'archevêché.

On ne pourrait se faire une idée du nombre de prêtres qui assistaient à cette solennité, de la quantité de fonctionnaires civils et militaires qui, par leur présence, ont témoigné de leur estime pour le nouvel archevêque, et de l'ordre parfait qui a régné durant toute la cérémonie. Une musique militaire habilement conduite a empli, de concert avec les chants du chœur, pendant tout le temps de la solennité, les voûtes de la basilique primatiale de Saint-Jean.

Mgr de Bonald, âgé d'environ quarante-huit ans, paraît jeune encore; la bonté, la sérénité de l'âme, la pureté d'une vie exemplaire, le zèle apostolique le plus fervent et le plus tolérant, la plus sincère modestie, la plus admirable candeur se peignent dans ses traits. Fils d'un publiciste dont les hommes sages ne prononcent le nom qu'avec respect, il paraît avoir hérité des hautes et sérieuses pensées de son père. Quant à sa portée comme homme politique, il a solennellement annoncé qu'il demeurerait étranger à toutes les misérables et froides questions qui nous divisent, qu'il était prêt à un apostolat, non pas à une lutte; qu'il serait constamment et exclusivement pasteur.

Cette solennité laissera des traces profondes dans l'esprit de la population de Lyon. Rien ne lui a manqué, ni l'élan de tous les cœurs, ni les prières, ni la pompe que donnent les gouvernements de la terre.

XV.

AUXERRE.

Aux Sociétés archéologiques de Sens, de Chalon-sur-Saône, d'Amiens et de Langres.

I.

Quand on a quitté les rayonnants vignobles de la Côte-d'Or et de Saône-et-Loire, et qu'on s'est engagé dans cette espèce de Sibérie qui commence au-delà d'Arnay-le-Duc, et finit à une lieue en-deçà d'Avallon, on se prend à regretter toute cette délicieuse Bourgogne, si splendide et si riche, si amoureusement bercée par la brise matinale, si chérie des premiers rayons de l'aurore, si mollement couchée dans son lit. — Eh! oui, elle n'est plus là, cette grande Bourgogne du cœur de la province ducale : plus de Saône qui murmure et vous invite à descendre à Lyon, penché sur la barquette du gondolier; plus de Mont-Blanc qui, assis sur le Jura, vous jette, du haut de son trône, d'énergiques et incroyables regards; plus de douces collines qui vous tendent leurs mamelles et se couronnent d'amandiers; plus de ces villes où se concentre le type burgunde; plus de ces suaves abris que l'art a faits plus beaux que la nature; plus de ces pieuses légendes en patois, qui viennent soupirer sous vos pas ou bercer le voyageur endormi sur le gazon.

Mais vers la banlieue de l'ancien *Aballo*, on retrouve de riants aspects et des sites attachants : le *Haut-Bourguignon*, de passage en ces contrées, renaît avec la campagne avallonnaise, car il a revu le pampre de ses coteaux, le cerisier de ses *combes*, les chaumines de sa plaine, les eaux vives de ses vallées. — Hélas ! ce plaisir qui le caresse, point il ne durera pour lui ; à peine aura-t-il franchi cette montagne qui flanque Lucy-le-Bois au nord, et porte un bois ombreux, une route panachée sur ses épaules, qu'une nouvelle Sibérie morne, abrutissante, va refouler sa joie, et faire reculer ce patriotisme large, expansif, qui ne demandait pas mieux que d'agrandir son horizon. — Non, dira-t-il, cette terre n'est pas Bourgogne; ce sol sans couleur, sans type, sans nom, la Haute-Bourgogne le renie, la Basse-Bourgogne le méprise, le Nivernais le rejette : c'est un pays neutre dont la pensée topographique est un malheur ou un embarras, qui ne semble mis là que pour rompre brusquement une vaste unité provinciale, que pour séparer deux sœurs qui s'aiment et s'estiment; l'aînée, la belle aînée aux cheveux noirs, que l'on nomme Haute-Bourgogne; la cadette, blonde, éprise de tous les troubadours qui la chantent, de tous les nobles pèlerins qui prennent un baiser sur son front, la cadette que jadis on appelait la Comté d'Auxerre. — Ah! sœurs, nourries du même lait, nées dans le même berceau, pourquoi faut-il qu'un guet-apens soit entre vous deux; pourquoi faut-il qu'une main décharnée, qu'aucun corps ne réclame, empêche à vos bras de s'élancer, et relâche, sans le briser, le lien de parenté qui vous unit? — Vous, si diverses de caractère et si identiques de sentiments : toi, Haute-Bourgogne, toujours agenouillée dans tes chevaleresques souvenirs, toujours grave dans tes joies, toujours musicale dans ta langue, toujours indolente dans tes labeurs, vivant de parfums et d'harmonies, et jetant ta vieille, ton inflexible individualité à la face de toutes les apostasies qui l'assiègent; — toi, Basse-Bourgogne, moins vaine de ta personne, mais plus docile aux idées nouvelles! toi sémillante, légère, folâtre, songeant moins à ton histoire qu'à ta parure, te livrant à qui t'embrasse, et laissant volontiers la mode parisienne t'habiller à sa manière : — toutes les deux sincères, généreuses, hospitalières, riches en tradition et en piété.

Mais voici venir Vermenton, avec sa ceinture de montagnes et son église semi-byzantine; Vermenton, où le *populaire* semble si familiarisé avec la route; Vermenton, qui récolte du vin médiocre, mais renferme dans son sein de fort jolies personnes; Vermenton, qui passe, injustement peut-être, pour être peu courtois envers l'étranger, mais qui se montre pour le Bourguignon d'une incontestable aménité.

Voici venir cette rampe qui désolait l'administration des ponts-et-chaussées; cette petite cité de Cravant, qui cache son ancienne gloire dans un vallon, et ne souffre pas qu'un grand chemin la traverse; cette zône bizarre, accidentée, aventureuse, qui ne vous donne jamais un instant de repos entre une ascension et une descente. Puis, vous voilà à Saint-Bris *(Sanctus Priscus)*, vieille page du moyen-âge, que le XIXᵉ siècle n'a pas dénaturée.

Quelle est cette ville qui se penche sur un coteau, coupe l'horizon de ses lignes verticales, porte haut sa tête, et semble la reine de toute la contrée? — C'est Auxerre, l'antique AVTISSIO-DORVM, la seconde capitale de la province de Bourgogne. — Au sol ferrugineux, rouge et ferme de la Haute-Bourgogne a succédé une terre blanche, mobile, marneuse : ce ne sont plus nos vignes du Chalonnais, du Beaunois, du Mâconnais, disposées d'une manière si pittoresque, si nonchalante, si parfumée, jouant avec les pêchers, les amandiers, les abricotiers et les figuiers semés parmi elles; non, — mais ce sont toujours des vignes dont aucun arbre ne rompt la monotone uniformité; des vignes léchées, alignées, tourmentées par l'art, avides d'air et de soleil. Ainsi, la Basse-Bourgogne participe du caractère général de la province : ses lettres de noblesse sont écrites sur son front; maintenant, si sa couleur particulière est différente de la nôtre, c'est pour offrir ce qu'il y a de plus désirable et de plus beau, la variété dans l'unité. — Que les MARCHES de Bourgogne, donc, fraternisent avec le CŒUR de la Duché, et qu'un immense patriotisme les encadre.

En approchant d'Auxerre, le *Haut-Bourguignon* croirait presque avoir retrouvé son berceau. C'est une rivière qui ressemble à la Saône; c'est cette vallée de Vaux, si paysagée et si fraîche; ce sont des vignes qui viennent vous sourire sur la grande route; et puis la grande cité d'Auxerre, il la voit adossée, tout comme Nuits, tout comme Beaune, tout comme Mâcon, à des collines qui regardent l'Orient. — C'est que la terre de Bourgogne, avant de venir expirer entre Appoigny et Bassou, a voulu se recueillir en

elle-même, et résumer toutes ses splendeurs dans un dernier défi
porté aux provinces qui l'avoisinent. — Quand il a subi plus de
trente mortelles lieues de Sibérie française, quand l'ignoble
contrée où se trouve la *Poste-aux-Alouettes* semble avoir mis un
hémisphère entre la Haute-Bourgogne et lui, l'habitant du cœur
ne peut résister à la plus vive émotion, dès qu'il foule le sol
auxerrois. Le nom de Bourgogne est venu, de nouveau, frapper
ses oreilles : il a reconquis des frères, des parents, des amis, des
hommes qui revendiquent la même nationalité que lui; il est rentré dans sa gloire.

Le vigneron de la Comté d'Auxerre et le vigneron de la Haute-
Bourgogne sont des êtres différents, comme l'aspect matériel des
villes de l'une et l'autre portion de la province. Le vigneron de
l'Auxerrois cultive la vigne; mais il parle français, et a perdu son
costume national : il est bourgeois d'Auxerre. — Chez nous, le
vigneron est un homme à part qui n'habite jamais les cités; il a
son langage, son *sagum gallicum*, son bonnet de laine, ses
chansons locales, ses mœurs paresseuses, essentiellement routi-
nières.

Entre nos villes des marches et du centre, nulle analogie monumentale. La Comté d'Auxerre, c'est le nord dans les monuments,
c'est le nord dans l'aspect général du pays. Ici paraît avec sa
splendeur commençante le grand type harmonique d'architecture du
nord, dans les édifices religieux du moyen-âge, les demeures
publiques et privées. — Ce sont des maisons de bois avec pignons
aigus comme un fer de lance, avec combles figurant de véritables
pyramides égyptiennes, dont l'habitation proprement dite ne serait que la base. Ces pittoresques maisons sont de deux genres :
les unes, — et c'est le plus grand nombre, — n'ont d'autre façade
que le pignon; les autres, tournées en sens inverse, sont bâties de
telle sorte que chaque étage laisse en retraite celui qui le précède.
Dans les idées monumentales du nord, les toits qu'oublie le midi,
qu'il regarde comme un insignifiant accessoire, constituent une
des parties les plus importantes d'un édifice. — Et puis, dans cette
portion du département de l'Yonne qui comprenait l'Auxerrois,
vous verrez de vastes églises où aucune influence climatérique
n'est venue contrarier et modifier, comme dans la Haute-Bourgogne et à Lyon, le développement d'un large système architec-
toral. — Vous verrez de ces basiliques pleines de lointain, d'infini,
de mystère, filles des mœurs intimes, vigilantes, mélancoliques
du nord. Ici, l'art des XIIIe, XIVe et XVe siècles, offre tous les

caractères qui font son essence et son génie : c'est l'art français homogène, unitaire, ayant son invariable orthographe, sa langue fixée, ses inflexibles motifs. L'arc en tiers-point, les pinacles, les ornements en saillie, les pignons, les lignes verticales, les flèches, les flambeaux, les clochetons, les immenses proportions basilicales; tout, jusqu'aux ailes effilées et si aiguës des Anges; tout cela, ce sont les conditions, les éléments organiques d'un type qui a l'élancement pour pensée génératrice; tout cela, c'est dans les besoins moraux et matériels du nord; tout cela s'assimile, s'enchaîne, s'harmonise, se demande comme ces pierres diverses dont la juxta-position doit former une mosaïque. Dans l'architectonique méridionale, au contraire, les arcs en plein-cintre ou en anse de panier, les façades en demi-relief, les frontons, les attiques, les lignes horizontales, les toits plats ou à inclinaison insensible, l'échelle basilicale exiguë, les coupoles, le peu de hauteur des voûtes, sont autant de conséquences immédiates, naturelles, d'une architecture plus positive dans sa pensée, née de mœurs sensuelles, extérieures, sous l'incessante influence d'un ciel étincelant.

II.

Saint Pélerin, vous le savez, vint dans le milieu du IIIᵉ siècle planter l'étendard du Christ dans les murs de l'AVTISSIODORVM païen. La vieille cité n'occupait pas alors la place sur laquelle elle est assise aujourd'hui; elle se groupait aérée, salubre, sur cette colline que saint Amatre vint sanctifier plus tard. Le rôle d'Auxerre, dans les deux grandes époques du moyen-âge, fut important quelquefois, toujours noble. De tout son organisme monumental, si majestueux et si complexe, image et abri des institutions féodales, de la théocratie belliqueuse, de vastes éléments ont survécu aux révolutions des hommes et aux tempêtes du ciel. Dans ce nombre, surtout, sont les églises, ces grands symboles de la vie sociale de nos pères, qui, toujours augustes, toujours assises dans les siècles, se dressent sur la terre comme les immuables emblèmes de l'éternité.

Il fait bon voir Auxerre, debout sur ce pont de l'Yonne, qui jette avec tant d'amour ses arches sur une vivifiante et douce rivière, sur la Saône de la Basse-Bourgogne. — Oh! comme la cité des évêques et des comtes se dessine majestueuse et fière! quel rideau de monuments! Ici, c'est la tour solitaire de Saint-Germain; plus loin, la haute basilique de Saint-Étienne; plus loin encore, l'église de Saint-Pierre, etc. Puis, au-dessous de cette ligne austère, il y a un quai frais, gracieux, ombragé, presque aussi beau que celui de ma chérie cité de Mâcon; un quai où les maisons neuves se pressent les unes contre les autres, où les carrioleurs de Rouvray vocifèrent, où le fameux coche d'Auxerre dort sur le rivage ou emmagasine ses nourrices.

Toute l'histoire de l'art basilical est dans la seconde capitale de la province de Bourgogne, mais franche, large, grave et permanente. Ce qu'il y a d'attachant dans cette ville, ce sont ses contrastes; c'est ce XIXᵉ siècle qui coudoie l'âge viril de MCCCC et se trouve tout heureux de ramasser quelques-unes de ses dépouilles, pour les ajuster à sa taille si mesquine et si lilliputienne; c'est le manoir abbatial qui abrite de son ombre l'art estropié et bâtard de notre temps. On peut dire d'Auxerre qu'il renferme trois mondes : l'un de grande route, d'aubergistes, de cafetiers, c'est le quai; l'autre de grands souvenirs et de grandes choses, c'est la cité; le troisième, de mœurs exceptionnelles, c'est celui des vignerons logés dans deux quartiers fort distincts.

L'église cathédrale de Saint-Étienne est conçue sur une échelle imposante; ses nombreuses verrières peintes entretiennent dans le vaisseau ce demi-jour mystique, sans lequel la prière n'est possible que pour les cœurs infinis qui n'ont pas besoin d'autre sanctuaire qu'eux-mêmes. Cet édifice est l'œuvre du XIIIᵉ et du XIVᵉ siècle. Pour la grande façade inachevée, elle appartient à la phase riche de l'art, c'est-à-dire au XVᵉ siècle. L'orientation de la basilique est normale, c'est-à-dire qu'elle offre son chevet tourné vers l'est, et sa façade dirigée vers le couchant. En examinant sérieusement son portail occidental, on s'aperçoit aisément qu'une influence topographique est déjà venue atténuer le système monumental du nord. Les profils sont durs, ils tendent au demi-relief bien plus qu'à la saillie pleine. Les symboles pris dans le règne végétal sont plus nombreux que les statuettes : il y a là un type particulier qui a irradié dans la contrée, et que l'on retrouve à Appoigny. La tour unique, qui flanque la façade à sa partie septentrionale, présente une richesse prodigue, et le goût qui a présidé à sa structure, à son motif d'ornementation, est peut-être équivoque : on y remarque une prodigieuse quantité de flambeaux, de nervures en chou frisé, qui ôtent de la précision aux lignes, sans donner du caractère aux profils. Les voussures des trois portes trinitaires sont grêles et sèches; mais, avec ses proportions, la régularité et l'unité de son plan, la magnificence de ses verrières coloriées, cette église, je n'hésite pas à le dire, doit passer pour la plus belle de toute la province de Bourgogne, en tant que fille de l'art aigu ou ogival.

Je ne puis faire une monographie du vaisseau; je me borne à transcrire une impression. J'ai assisté, le jour de la Pentecôte, à la grand'messe dans cette église : le culte y est noblement compris, dignement formulé; mais je voudrais, dans la vieille cathédrale d'Auxerre, voir conservés tous les touchants usages de l'antique liturgie. Le rit sec et prosaïque de Paris est venu là me désenchanter; moi, accoutumé aux rubriques de l'église romaine; moi qui, dans l'église primatiale des Gaules, à Saint-Jean de Lyon, vois chaque dimanche, gardées avec un si religieux respect, les traditions grecques, le calice vêtu du voile blanc, le maître-autel nu, sans tabernacle, l'autel double surmonté des trois croix, les cent cinquante enfants de chœur vêtus à la romaine, le clergé de vingt-quatre chanoines et de douze chapelains, toutes les merveilles du culte lyonnais; cette messe sans bénédiction et finissant à l'*Ite missa est*, ce chant sans orgue et sans instruments de cuivre, ces intonations magnifiques de la préface, ces génuflexions, cette démarche lente, graduée, etc.

J'ai visité aussi l'église de Saint-Pierre, nommée par le *populaire* Saint-Père. Elle n'a qu'une seule chose supportable, sa tour élancée, posée à son flanc méridional. Le portail de Saint-Pierre est la caricature ou mieux la charge de la renaissance : la nef est uniligne, dénuée du plus faible titre à l'indulgence artistique. Cependant, tout inique et tout pauvre qu'il est, cet édifice mérite d'être conservé; il faut à une grande cité des monuments de tous les âges; c'est avec cela que l'on fait l'histoire, c'est avec cela qu'on entretient le patriotisme local. Deux cents francs accordés naguère au portail de Saint-Pierre ne paieront pas l'échafaudage.

Mais toi, vieille abbaye de Saint-Germain, quels vandales donc t'ont assassinée de la sorte? Pourquoi cette flèche qui pleure sa sœur? pourquoi une cour à la place d'une nef? Ce qui reste de Saint-Germain est fort curieux, mais d'un type généralement dur. Le chœur était l'œuvre mixte des XIIIe et XIVe siècles; pour la nef supprimée, si j'en crois à mes inductions, elle appartenait exclusivement à la période byzantine, tout comme le campanile qu'on a laissé là, parce qu'on le croyait mort.

Rebâtissez, mes amis, rebâtissez Saint-Germain par la pensée, et vous aurez encore la véritable basilique du XIe siècle, contemporaine de la crypte. — De bon compte, nous avions en Bourgogne les quatre églises les plus vastes et les plus belles de l'ère romano-byzantine : Cluny, que l'on a éventrée aussi; Vézelay, qui existe encore; Tournus, qui n'est pas détruit, et Saint-Germain d'Auxerre, que l'on a réduit à une croisée et à une apside.

L'aspect de la crypte souterraine de Saint-Germain est éminemment chrétien; c'est l'époque byzantine dans toute sa portée. Je ne puis vous parler de tous les saints prélats qui ont là leur tombeau; le temps et l'espace me manqueraient.

Si j'ai gémi, à Saint-Germain, d'une bouffonnerie ou d'un acte de pandour, le palais épiscopal, aujourd'hui la préfecture, m'a remis quelque calme dans l'âme. Une restauration bien orthographiée a eu lieu ici; seulement, il faut avoir soin de remplacer au plus tôt les grands verres blancs, par des verres à petites alvéoles de plomb, par des verres de couleur même, si cela est possible.

L'antique manoir abbatial de Saint-Germain est devenu l'Hôtel-Dieu d'Auxerre. La religion n'a pas été chassée d'un abri qu'elle avait élevé pour la demeure épiscopale, sa destination a prodigieusement changé; — mais les évêques d'Auxerre étaient aussi des hommes politiques, bien autrement puissants que des préfets, et tout calculé, les choses sont bien comme elles se trouvent.

Il existe près de Saint-Germain des restes d'un grand intérêt, c'est un fragment du mur d'enceinte crénelé qui environnait la célèbre et illustre abbaye. Je ne dois pas oublier de dire aussi que je me suis assis, à Saint-Etienne, dans la stalle des Chastellux, numéro 18, du côté de l'épître.

A la place du vieux beffroi d'Auxerre, qu'une gravure et mes souvenirs m'ont rendu; à la place de cette flèche accentuée, riche en caractère, brûlée en 1825, je n'ai trouvé qu'un mauvais squelette de fer, trop maniéré pour être simple, et trop pauvre pour paraître ouvragé; le clocher n'est d'aucun type; c'est la fantaisie d'un architecte qui ne sait comment employer l'argent d'une cité. — Il fallait, à l'aide des plans anciens, rétablir la structure du primitif beffroi; il fallait faire de l'histoire, et je n'aurais que des éloges à donner. — Feu mon ami, Achille Allier, mes autres amis de Lyon, d'Amiens, de Normandie, de Metz et Paris, ont eu beau porter dans nos provinces l'inflexible sévérité de leurs jugements, gronder, puis, au retour à Paris, signaler aux ministres, dont leurs explorations dépendent, la barbarie des architectes, une bonne loi, si souvent demandée, si bien comprise par les hommes intelligents, ne vient toujours pas nous débarrasser du Conseil des bâtiments civils, qui n'autorise que des souillures, et n'a jamais permis une réhabilitation.

Et maintenant, croyez-vous que j'en veuille aux architectes eux-mêmes? — Non, non, pas le moins du monde. — Isolément, même celui qui a bâti la nouvelle cage du beffroi, ils sont souvent des hommes fort recommandables, capables, instruits. — Mais que voulez-vous, on leur apprend du galimathias, du pathos; on leur impose la loi de torturer l'art catholique, l'art national; ils obéissent. — Aussi, est-ce l'école que nous condamnons, bien plus que l'élève. — Tant que mes amis et moi, par notre incessante propagande, par la presse, dans l'intimité des ministres du roi, qui ont daigné nous appeler dans leurs conseils, pour tout ce qui touche à l'histoire et aux monuments indigènes, tant que nous n'aurons pas tué l'Académie et le Conseil des bâtiments civils, tous les architectes, moins dix ou douze êtres exceptionnels qui se font un monde à eux, comme les Benoît, les Dalgabio, les Desjardin, les Bossan de Lyon, et quelques parisiens, les architectes se ressembleront tous en vandalisme et en iniquité.

Salut à la vieille église de Saint-Eusèbe : nef byzantine, tour byzantine, chapelle d'une renaissance tourmentée, plan apsidaire d'un bizarre dessin, verrières d'un ton si ferme et si plein, petite place ombragée, déserte, véritable *atrium* d'une basilique italienne; laissez-moi penser près de vous.

Je ne parlerai plus des anciennes maisons, des anciennes tours, des anciens restes de monuments d'architecture civile ou militaire d'Auxerre, d'une chapelle du XVIIIᵉ siècle, etc. Je me bornerai à dire que cette ville résumait Rouen pour l'importance et la profusion de ses édifices publics. Un grand nombre a péri; il en reste encore assez debout pour que l'artiste intelligent ne traverse jamais la Basse-Bourgogne, sans s'arrêter huit jours à Auxerre. — Oui, Auxerre est encore l'une des quatre ou cinq cités de France les plus riches en histoire monumentale.

La bibliothèque publique m'a paru fort bien tenue; grâce aux bontés de notre ami, M. Quantin, archiviste du département, nous l'avons parcourue avec rapidité et intelligence, car il nous fit, de suite, toucher du doigt les pièces curieuses de la maison. A la collection de livres se joint un abrégé de musée, une réunion d'objets d'art romain du moyen-âge, et quelques échantillons minéralogiques. Le gardien du dépôt, qui nous reçut, est zélé pour sa bibliothèque; M. Quantin ne lui ayant pas permis d'être mon *cicerone*, je ne puis rien pour sa biographie.

Et voilà de mon séjour à Auxerre, au centre de cette Bourgogne que nous croyons bâtarde et un peu *tirée par les cheveux*, mais où n'en palpite pas moins le sang burgunde.

Adieu! mes bons et dignes amis des MARCHES de Bourgogne, qui avez fraternisé avec le cœur, adieu! mes sympathies vous demeureront toujours; mais ne m'oubliez pas.

XVI.

CHATILLON-D'AZERGUES.

A MM. Hepp, doyen de la Faculté de droit, Klotz, architecte du Münster, Piton et Edouard Rist, à Strasbourg.

1.

Avoir vu à quatre lieues de Lyon le ciel et les paysages italiques, des rives aussi caressantes que celles de l'Arno, aussi douces que celles du Tessin; avoir respiré des parfums aussi suaves que ceux des vallées de la Ligurie; avoir retrouvé la voix du moyen-âge dans un château en ruines, jeté comme une couronne de siècles au faîte d'un rocher; et tout au pied de ce rocher, de ce manoir qui semble continuer la roche, de ce débris le plus austère, le plus pittoresque, le plus significatif, le plus noble, un village aux rues tortueuses, à genoux et comme en prière devant le géant désarmé, un village à la vieille langue, aux vieilles maisons, à la vieille foi, aux vieux usages..... tout cela ne semble-t-il pas un songe? — C'est pourtant une bonne fortune et une réalité dont les bienveillants hôtes du château de Civrieux et moi avons joui naguère avec extase, avec volupté, avec effusion.

9

Non, je ne puis vous peindre cette harmonie parfaite du ciel, des ruines, des alentours, du village qui, par tradition et par suite de ses anciennes habitudes de crainte, tremble encore et n'ose lever la tête devant le colosse de pierres, bien que ce château ne soit plus qu'une ombre de puissance : je ne puis vous dire cette brise jouant avec les arbres du vallon, ce manoir murmurant ses traditions, cette rivière de l'Azergues soupirant ses mélodieux accords. Tout était Italie, tout nous rappelait cette terre dont on ne peut se détacher, cette pensée, ce poème, ce rêve, ce lit de souvenirs et d'amours. Oui, tout était bien Italie; cet azur ruisselant à travers les déchirures de la demeure féodale, cette splendeur de lumière inondant les arceaux, la robe dorée et rayonnante de l'édifice, cette vue d'une population accroupie qui suit de l'œil chaque étranger, la présence d'un *cicerone* guidant les pèlerins..... — Il faut avoir bien du bonheur pour être venu à Châtillon-d'Azergues, pour l'avoir trouvée, cette douce péninsule italique, dans nos contrées qui ne sont plus le nord, certes, mais qui ne sont pas encore le midi. — Vous tous qui daignerez me lire, vous la verrez comme nous, vous en jouirez comme nous, si Dieu vous donne un ciel aussi limpide et aussi pur, parmi les jours qui nous séparent de l'hiver.

II.

Le château de Châtillon-d'Azergues, cette noble ruine dont M. César de Chaponay est aujourd'hui propriétaire, et sur laquelle il doit veiller avec une religieuse sollicitude, le château de Châtillon est la synthèse des deux puissances du moyen-âge, l'église et le manoir, la croix et l'épée. — Je ne vous parlerai pas de son histoire glorieuse, parce que celles de tous les manoirs féodaux, de toutes les *maisons fortes* se ressemblent, et ne diffèrent presque que par le nom des possesseurs. Je préfère m'en tenir au point de vue poétique et artistique d'un tel tableau. Ce haut manoir remonte à une époque fort reculée, et ses racines ou substructions byzantines l'annoncent suffisamment. Mais au XVᵉ siècle, les seigneurs hauts-justiciers ne se contentaient plus d'une demeure qui n'eût d'autre beauté que la force; ils voulurent mettre le manoir à la mode, et l'art opulent qui édifia Saint-Nizier de Lyon, l'art catholique et national du moyen-âge, dans sa période de luxe et de somptuosité, vint conspirer contre les lignes concrètes et les profils trapus du château de Châtillon. — L'élément byzantin ne subsista plus que comme base aux nouvelles constructions. La chapelle est une des choses les plus curieuses que je connaisse; c'est une église contemporaine d'Ainay, avec le chœur en hémicycle, le plan basilical, le campanile amorti en tombeau antique, les cordons réguliers de brique rouge dans l'appareil; c'est un bijou d'architecture néo-grecque, dont le XVe siècle a bâti la façade avec la grâce, la *disinvoltura* (si l'on me passe ce mot ainsi appliqué), la verve qui caractérisent ses œuvres.

Ainsi, deux dates sont écrites sur le monument, et elles correspondent à deux âges si éloignés, si différents par leur esprit public et leur pensée d'art, que la vue de ce rapprochement est on ne peut plus attachante pour qui sait voir, lire, comprendre et réfléchir. Pour la grande masse du château, ce sont toujours les fenêtres avec meneaux en croix, comme à Larochepot, à Antigny et à Châteauneuf, les hauts donjons circulaires, les grandes cheminées avec têtes de choux frisés; mais l'ordonnance monumentale de celui-ci est si imposante, qu'elle rappelle le château papal d'Avignon. Cette ruine féodale est une des plus belles, sans contredit, qui existent en France.

Les hôtes du château de Civrieux et moi, nous avions notre Italie toute fraîche dans la mémoire; nous pouvions donc juger de la ressemblance de ce ciel, de ces débris, de cette campagne, avec ce que nous avait offert la riante péninsule. L'illusion était si frappante, que nous avions besoin d'un effort pour songer que nous foulions le sol de France, et que nous fîmes répéter deux fois son interrogation au cocher qui nous attendait au bas de la montagne, quand il nous demanda si nous voulions retourner à Civrieux. Si l'aspect des ruines du manoir est un tableau de l'intérêt le plus attachant, le plus dramatique, celui du village n'en présente pas un moins curieux.

Dans la Dombes, au pied de ce donjon du Montellier, du haut duquel M. Greppo, roi des étangs, étend son sceptre sur une importante portion du sol inondé, j'ai vu des cabanes, des arbres, des bouleaux fiévreux comme le colon de la Bresse impaludée; au pied du château de Châtillon, des maisons moyen-âge comme le manoir, ses contemporaines, mais non pas ses égales. — Et puis, une chose nous a paru bien belle, c'est une maison de ce genre, précédée d'une petite cour bien sale, bien noire, obscurcie par des arcs-boutants dressés comme des ponts. Au fond de cette cour, un escalier tortueux, et sur les marches de cet escalier, une femme vieille d'un siècle, ridée comme les murailles de la demeure, noire comme elles, vêtue comme l'on s'habillait dans nos

campagnes il y a cent ans, tenant un fuseau à la main. — Ah !
quelle merveilleuse harmonie dans toutes ces choses! — Je le répète, l'azur du ciel, la brise, les mœurs, le panorama, ce ton jaune
du château, semblable à celui des monuments du midi, que la
pluie ne noircit pas, ces toits presque plats, usités dans le Lyonnais comme dans la Romagne, vêtus de pittoresques tuiles creuses, ce patois même italianisé, dont les consonnes et les barbares
diphthongues sont bannies : tout était bien Italie.

Châtillon touche à Lyon, au Beaujolais et à la Bourgogne, et je
signale ce but de pèlerinage à tous les amis de l'histoire, des souvenirs, de la haute et forte poésie de lieux et de choses.

III.

J'ajouterais bien qu'à peine arrivés au village de Châtillon, et
incertains encore sur la route à prendre pour gravir jusqu'aux
ruines féodales, nous rencontrâmes une belle villageoise, qui non-
seulement voulut bien nous donner les indications demandées,
mais encore nous apprendre son histoire, que ses yeux nous avaient
fait deviner. Elle avait de grands cheveux noirs, une physionomie
à la fois douce et animée; elle s'était prise, elle aussi, à s'intéresser à ces ruines, à cette campagne, et à l'un des artistes visiteurs
qui viennent y retremper ou y colorer leur imagination. — Simple
paysanne, n'ayant pour elle que sa vertu et ses charmes, elle s'é-
tait élevée, d'instinct, aux plus hautes initiations de la poésie, et
elle avait osé suivre son artiste; et puis elle l'avait vu mourir
presque dans ses bras, et elle avait juré de n'en jamais aimer un
autre; et enfin, elle était revenue à Châtillon pour y retrouver son
vieux père, sa vieille mère, et partager leurs modestes, mais utiles labeurs, ne mettant plus sa félicité dans le présent, et ne demandant à Dieu que son pardon, sa clémence et sa bonté.

XVII.

DIJON.

A MM. Ernest Grasset, conseiller à la Cour royale, l'abbé Louvot, Paul Petit, architecte, et Langeron.

Dijon est l'une des cités françaises où la prédominance des sentiments individuels, qui s'établit chez nous dans le XVIe siècle, est le mieux représentée par l'architecture privée. — Avant la renaissance, l'Eglise était la maison commune, la maison sociale; un autre monument était bien venu, il est vrai, timide et jeune, après l'érection des communes, se poser à son ombre, c'est la Maison-de-Ville, dont l'existence indépendante n'est constatée que dans le XIVe siècle; mais ce ne fut qu'au XVIe que les individualités citoyennes se dessinèrent dans les demeures particulières. Tout, au moyen-âge, fut fédéral, et je ne peux m'empêcher de déplorer la présomption des humanitaires contemporains, quand j'entends proclamer comme un progrès et une découverte de notre époque, l'énergique et vivifiant principe de l'association.

Dijon est la cité qui répond le plus fidèlement à l'idée qu'on se fait d'une ville habitée par des hommes de loisirs, mais sans qu'il en résulte pour elle stagnation dans les mœurs, tristesse et monotonie dans l'aspect général. Elle fut capitale des États souverains de Bourgogne; elle eut dans le monde une grande et noble existence, elle y fit une imposante figure; mais de tous ses souvenirs, de toutes ses institutions d'abord ducales, puis provinciales, de toutes ses splendeurs passées, il ne lui reste que des monuments de pierre et des monuments d'histoire. Cette cité eut un caractère et une physionomie fortement marqués, dans le XVIIIe siècle même. Ce n'était plus la ville princière avec sa cour pompeuse et chevaleresque, ses palais, ses grands dignitaires de la couronne; mais c'était encore le siège du gouvernement général d'une vaste province qui, au midi, se confondait avec le Beaujolais et le Lyonnais, au nord, touchait aux marches de la Champagne; c'était encore le siège d'une cour de parlement savante et fière, où la magistrature conservait toute sa dignité et son indépendance; c'était encore une ville d'États, d'université (1), de monastères et d'études; elle accusait bien l'œuvre générale de Richelieu et de Louis XIV, qui réduisit à des honneurs et à des titres les grandes positions féodales et provinciales de la vieille France. Le mouvement scientifique, philosophique et littéraire de la seconde moitié du dernier siècle y fut vivement senti dans la société, dans l'académie, dans les cloîtres; Dijon eut une littérature locale. Il se trouva en ce pays un peuple de salons élégants, où l'on faisait du bel-esprit; il sortit de sa célèbre abbaye de bénédictins, de graves et solides travaux; un homme résuma tout ce mouvement d'idées dont sa patrie était le centre, ce fut le président de Brosses. Une des premières expériences aérostatiques fut faite, à Dijon, par Guyton-Morveau, qui, jeune encore, débutait dans la carrière des sciences physiques et chimiques, qu'il a illustrée : la médecine et la chirurgie y étaient pratiquées avec une rare habileté. L'Académie des sciences, arts et belles-lettres était alors un fait entouré d'une immense considération, bien que sa création ne remontât pas au-delà de ce XVIIIe siècle; elle répondait à un besoin de littérature et de préoccupations scientifiques; elle avait de nombreux échos dans la société, même avant l'illustration accidentelle et fortuite que lui donna le concours où J.-J. Rousseau prit part. Mais ce qu'on entendait, ce que l'on faisait, ce que l'on comprenait encore le mieux à Dijon, c'était la conversation, la causerie, l'art d'être aimable en société.

(1) Cette université, toutefois, n'était pas au grand complet.

La révolution de 1793 a enlevé à cette cité jusqu'aux situations honorifiques qu'elle avait gardées. Dépouillée jadis par la réunion de la province au royaume, et la chute du trône de la belle Marie de Bourgogne, ruinée par les évènements politiques qui ont changé les mœurs et les institutions du pays, cette ville n'a plus de vie aujourd'hui que par sa continuelle attention à suppléer aux choses qui lui manquent, par les prétentions de tous les êtres déchus, et à s'ouvrir de nouvelles voies de prospérité. — Quelques hommes opulents et titrés, quelques existences à grand fracas de gens, de chevaux et de chiens, qui consentent à y passer trois mois d'hiver, quelques chanoines d'une église cathédrale pauvre et nouvelle, une cour royale, un général divisionnaire, un recteur d'académie, un préfet, des chefs d'administration, ne remplacent pas des grands seigneurs, des abbés commendataires, un parlement de Bourgogne, un prince-gouverneur, pour ne parler que du Dijon du XVIIIe siècle.

Il n'existe pas de ville en France dont la perspective générale, embrassée des verdoyantes hauteurs de Talant, de Fontaine-Saint-Bernard, de Saint-Apollinaire, offre une plus pittoresque ordonnance. La gracieuse cité est couchée sur une plaine agréablement accidentée, coupée de cultures variées et riches, aux pieds de coteaux vitifères parsemés de délicieux villages et de charmantes maisons de campagne. La montagne de Talant, couronnée d'une ville du moyen-âge réduite à l'état de village, et rappelant, comme Pérouges (Perugia) qui domine Meximieux (Ain), toutes ces anciennes petites villes aériennes des États du pape, la montagne de Talant, quoique plus éloignée de Dijon que celle de Fourvières ne l'est de Lyon, et placée hors de son enceinte, n'en joue pas moins ici le rôle que la sainte colline joue dans l'horizon lyonnais. Je me trouvais naguère avec mon ami, M. P. Petit, alors architecte du département de la Côte-d'Or, sur le coteau voisin de celui de Talant, qui, comme lui, fait ceinture autour de Dijon : nous étions allés visiter la chapelle que Louis XIII fit élever sur les substructions du château où naquit saint Bernard, gloire impérissable de la Bourgogne dijonnaise. Le temps était calme, l'atmosphère limpide ; un ton ferme, une couleur tranquille et chaude animaient les monuments et la nature : le cœur de la Bourgogne se montrait à nous dans toute sa parure et son éclat, nous l'entendions et le voyions palpiter. Je ne puis vous dire quel imposant spectacle présentait la ville de Dijon, découpant le ciel le plus harmonieux de sa flèche si svelte et si hardie de Saint-Bénigne, de ses aiguilles de pierre ou de charpente, de ses tours, de ses coupoles, de ses monuments en saillie : tout cela se détachait à merveille sur un fond d'azur ; on distinguait la façade horizontale de Notre-Dame, où l'école *gothique* sembla vouloir combiner la profilation ogivale à la pureté de l'architecture hellénique, les belles toitures à tuiles vernissées de couleur des édifices publics, le portail qu'Hugues Sambin éleva devant l'église de Saint-Michel, sous l'inspiration de la renaissance ; chaque colonnette, chaque détail se dessinait nettement dans l'ensemble, quoique nous fussions distants de la ville d'environ cinq kilomètres ; mais l'heure, le jour étaient si bien choisis, et nous avions un si magnifique soleil couchant ! Le peu de hauteur des maisons de Dijon donne une saillie prodigieuse à ses monuments, et puis la ville, ramassée dans une plaine, présente une unité remarquable qui permet au spectateur d'en embrasser toute l'étendue. Notre auguste métropole de Lyon, placée dans des conditions infiniment plus pittoresques, suivant les contours des fleuves et des collines qui font partie d'elle-même, ne présente pourtant pas à l'œil cette attachante perspective, précisément parce qu'elle manque de l'unité dijonnaise et de tous ces édifices culminants qui coupent et varient un horizon. — Ah ! que Dijon, vu ainsi, avec tous ces beaux villages qui lui font escorte, avec cet entourage de nature bourguignonne qui le caractérise, au milieu de cette plaine qui n'est limitée au levant que par les montagnes de la Franche-Comté, au-dessus desquelles s'élève le rideau gigantesque des Alpes helvétiques ; ah ! que Dijon était ravissant ! Je ne crois pas qu'il y ait en France, je le répète, une ville qui offre un tel appareil de clochers, tous d'un type différent. Quand on pense que Dijon ne contient guère que vingt-quatre mille âmes, on ne peut, sans stupeur, compter les vingt clochers qui surgissent de son enceinte. Et puis tous ces monuments, toutes ces tours, tous ces campaniles se trouvent posés dans les conditions les plus favorables au pittoresque. Avant la Révolution, qui y a détruit trois flèches d'une incroyable hardiesse, je ne sais plus combien de tours et de monuments, un cheval de bronze, cet aspect de Dijon était plus étourdissant encore. Dijon, tout dépouillé qu'il est d'un grand nombre de ses anciens édifices, n'en offre pas moins encore la réunion complète de toutes les formes de clochers. Vous y trouverez la flèche suédoise, picarde, belge et normande, à Saint-Bénigne, les clochers du XIVe siècle dans les tours de la façade, au même temple, la flèche romano-byzantine à Saint-Philibert, les coupoles italiques à Saint-Michel et à Sainte-Anne, le clocher du XIIIe siècle à Notre-Dame,

celui de la renaissance à Saint-Nicolas, celui du XVe siècle à
Saint-Jean, l'épreuve du clocher-arcade de la renaissance méridionale à l'Hôpital général, celui du XVIIIe à l'École de droit,
le clocher-cage en charpente de fer à l'horloge de Notre-Dame,
que la famille Jacquemart rend si populaire. Il existe une foule
de vues du Dijon antérieur à 1793; on est frappé d'étonnement en considérant ce peuple, cette forêt d'édifices ou d'édicules élancés qui signalent l'illustre capitale du duché de Bourgogne. Eh bien! pénétrez dans l'intérieur de la cité, exami-
nez avec soin et mesurez l'échelle de tous ces monuments, rai-
sonnez leur importance relative, comparez-les surtout à d'autres
monuments connus, comme les églises de Metz, de Troyes, de
Rouen, d'Amiens, de Lyon, et dites-moi si les apparences ici ne
l'emportent pas sur la réalité, si la forme n'emporte pas le fond.
Notre-Dame de Dijon, Saint-Michel ne seraient que des chapelles
dans l'une des villes que je viens de nommer, et ici elles font l'effet d'immenses basiliques. Le Palais-des-États, nommé le Logis-
du-Roi, n'est qu'une assez vaste caserne, où l'architecture n'a fait
de frais que pour deux frontons, soutenus par de maigres et pauvres colonnades; cependant ce palais paraît monumental et grandiose; c'est qu'il s'élève parallèlement à une place semi-circulaire,
qui n'aurait ailleurs qu'une importance secondaire, et ne semble-
rait sur notre place Bellecour qu'un renfoncement à peine visible.
Tant il est vrai que les choses comme les hommes ont une apparence relative au lieu qu'elles occupent, à tout ce qui les entoure,
au point de vue particulier sous lequel on les envisage. — Et nous
nous disions tout cela, Paul Petit et moi, tout en demandant un
peintre pour reproduire le splendide panorama que nous avions
sous les yeux, du haut du jardin de M. l'abbé Renaud, qui s'est
fait l'acquéreur et l'ermite de la chapelle élevée à saint Bernard, et
de l'humble, mais salubre et propre maison bâtie dans les ruines
du château où naquit le dernier père de l'Église. Il en est peut-être
un peu des mœurs, de l'esprit, de la littérature, de l'art, de la société
de Dijon, comme de ses monuments. Une prodigieuse apparence et
une médiocre réalité, moins de substance et de fond que de forme.
Dijon est presque une petite ville dans toute l'étendue du mot; et
Dijon a la prétention d'être une grande ville. Dijon joue la capitale;
ses édifices publics sont de véritables monuments de poche et de
fantaisie, comme les créneaux posés par feu Jean Pollet à la façade
de la basilique de Saint-Martin-d'Ainay, à Lyon, et ils produisent
un immense effet. Dijon est donc la ville de France qui fait la plus

grande montre et la plus grande figure avec le moins de frais; elle
ressemble à la grisette de Paris, qui, avec un fichu, un colifichet,
paraît en grande toilette; mais Dijon a, comme cette dernière, l'art
de mettre chaque chose à la place qui lui convient. Voyez la place
Royale de Dijon, c'est un simple élargissement semi-circulaire; eh
bien! son aspect est grandiose. Toutefois, cette démangeaison de paraître a quelquefois menacé de perdre la capitale de la Bourgogne :
elle ne voit pas où la mènent ses mœurs, elle ne préjuge point
qu'elle marche à sa déchéance comme ville et position provinciales.
Au lieu de se poser comme Lyon, comme Besançon, comme
Rouen, comme Amiens, comme Autun même, si fières de leur
nationalité, si désireuses de ne la mettre jamais en péril, Dijon
s'attache à imiter Paris; il aime mieux être une copie médiocre
qu'un excellent original; il est à la piste de toutes les nou-
veautés qui arrivent du monopole et de la centralisation, et tend
de toutes ses forces à devenir faubourg de la capitale, comme
Mâcon est faubourg de notre métropole lyonnaise. Dijon a une
grande réputation au point de vue de la littérature et de l'art;
eh bien! décomposons un peu cette renommée; que trouverons-
nous? Beaucoup d'esprit en société, beaucoup de finesse d'observation, une grande urbanité, beaucoup de gens qui lisent et surtout qui causent, une société un peu guindée, dont les allures sont
encore celles du siècle de Louis XV, un rôle littéraire et artistique plus fictif que réel. — Dijon est sans contredit la cité où,
après Paris, on cause le mieux en France. La littérature dijonnaise se réduit à quelques fleurs de rhétorique, échangées dans
les salons, à quelques travaux sérieux dans le sein de l'Académie et de la Commission départementale d'antiquités. Et ici,
pleine et solennelle justice : depuis quelque temps, l'Académie
frappe aux portes d'une nouvelle gloire, et se réveille avec éclat
de son assoupissement impérial. Un irrésistible élan est imprimé à
son zèle, à ses travaux; un noble avenir se prépare pour elle;
elle entre dans une voie où l'opinion publique, les applaudissements de la province la suivront, et bientôt ses brillants concours
justifieront sa belle devise :

CERTAT · TERGEMINIS · TOLLERE · HONORIBVS

La Commission d'antiquités, elle aussi, dégagée des entraves qui
enchaînaient ses premiers pas, annonce maintenant une sève et une
chaleur peu communes : elle communique à tout notre pays un
mouvement d'archéologie et d'art qui déjà porte ses fruits, et rem-

plit sa mission avec une conscience et un talent qui méritent toute
notre gratitude. Par elle se féconde le champ de l'histoire monumentale de la Bourgogne, et revivent nos plus précieux comme
nos plus antiques souvenirs. A l'exception de M. de Saint-Mesmin,
qui, sans avoir beaucoup écrit sur l'art, le comprend à merveille ;
de M. Frantin, qui a fait un ouvrage savant; de M. Bressier, que
Dijon n'a point vu naître, et qui écrit des fables estimées; de
Mⁱˡᵉ Antoinette Quarré, qui a publié un recueil de vers ; de
M. G. Peignot, qui sait beaucoup de choses, mais de ces choses
qui ne répandent pas leur poids spécifique d'idées; de M. Rossignol, le grave penseur, et de cinq ou six autres écrivains de
cœur et d'âme, je ne vois pas à Dijon d'hommes vraiment
littéraires. — Inutile de dire que je ne parle point ici des membres du clergé dijonnais, le plus sérieux et le plus instruit du
diocèse; des jurisconsultes, des orateurs, des médecins, des
savants professeurs de la Faculté des sciences, des journalistes
même : je me renferme dans les vies exclusives de littérature
et d'art. Ce qu'il y a essentiellement dans cette ville, c'est de
l'esprit et du goût, c'est un jargon d'art et de littérature qui en
impose aux étrangers. Il existe en ce pays, où l'on se targue de
l'amour des arts, une société des Amis-des-Arts qui n'a pu
vivre, faute d'encouragements et d'argent; il existe des journaux ;
mais ces journaux révèlent le talent de critiques éclairés, de spectateurs judicieux de la révolution poétique, de conteurs aimables....;
ce n'est pas là une littérature. Le théâtre de Dijon est de dernier
ordre : cette ville ne participe qu'en paroles à ce mouvement d'idées
décentralisatrices, qui se fait en ce moment de par nos grands
foyers provinciaux. Croirait-on que Dijon, qui a une si grande renommée littéraire, n'a jamais vu naître dans son sein une statistique du département dont elle est le chef-lieu, et qu'un annuaire du
département, commencé sous la Restauration, n'a pu s'y soutenir ?
C'est donc, sous le rapport de la production, un centre presque
absolument nul. Un art, pourtant, y a acquis un large développement, qui n'est en harmonie avec aucun autre progrès local, je
veux parler de l'écriture sur pierre et des illustrations lithogra-
phiques. A Lyon, on fait des livres, on bâtit ou on restaure des monuments; à Dijon, on fait des lithographies. — Toute la différence
qui existe entre l'esprit public et le caractère de ces deux villes,
est dans ce rapprochement.

L'ancien proverbe : *Que fait-on à Dijon ?* — R. *On y sonne et
on y médit*, fut juste, et est encore applicable. On y sonne beaucoup

moins que jadis, sans doute; mais on y sonne beaucoup, et on continue à y causer plus qu'ailleurs et mieux qu'ailleurs, avec une malicieuse finesse. L'ironie joue un grand rôle dans les mœurs dijonnaises.

Les rues de Dijon sont belles, larges, aérées, salubres. Tout en elles annonce une ville de riches désœuvrés, habitée par des mœurs élégantes, faciles, polies, amies de la représentation et de la mode, un peu théâtrales, aimant les loisirs plutôt que le négoce, avides de plaisirs, de jouissances individuelles, vaniteuses, voulant avoir de l'espace, de beaux et vastes abris. Vous y voyez un nombre immense d'hôtels, dont plusieurs enfants estimés de la renaissance et de la fin du XVe siècle, des XVIIe et XVIIIe siècles; mais l'hôtel à la façon du siècle de Louis XIV et l'hôtel à la Louis XV y prédominent. — A Dijon, les sentiments de personnes, l'individualisme prirent un prodigieux essor dans les deux derniers siècles, et toutes ces demeures l'annoncent. L'aristocratie coule ici à pleins bords. Tous ces manoirs faits pour des hommes de parlement, pour des intendants ou des trésoriers de Bourgogne, pour des gens d'église, ne sont plus occupés que par des hommes riches, dont plusieurs déplorent la hauteur de leurs appartements, la largeur de leurs fenêtres, l'incommodité de leurs cheminées. A Lyon, l'entassement des ménages dans des maisons communes, l'absence complète d'individualisme dans le citoyen, ne tient pas seulement à des raisons d'espace et d'industrie : croyez-le bien, il y a là tradition du moyen-âge, vieil esprit communal, vieille habitude de faire disparaître l'individu dans la communauté; c'est cet esprit qui a sauvé la nationalité lyonnaise, en ces jours où s'effacent toutes les nationalités particulières de villes et de provinces. — Il y a toutefois, encore, à Dijon de ces gens de la vieille roche, qui laissent le siècle expirer à leur perron; mais de jour en jour ils deviennent plus rares. Les grands hôtels entre cour et jardin, ces significations si réelles de l'existence large, commode, développée, sont vendus, divisés, convertis en boutiques, qui se prosternent aux genoux des passants. Du reste, Dijon est le pays des bâtisses. Il y a peu de villes en France où, depuis vingt ans, il se soit construit et se construise autant de remarquables maisons. Le bon goût, le choix des matériaux que les environs de Dijon fournissent si abondants et si beaux, président à presque toutes ces constructions. L'église autrefois abbatiale et aujourd'hui cathédrale de Saint-Bénigne est un vaisseau exigu, d'une apparence remarquable, qui promet infiniment plus qu'il ne tient, et est couronnée d'une flèche hardie, assez misérable comme ouvrage, vantée par tous ceux qui prennent la hauteur pour la beauté (1). Ses proportions, cependant, sont d'une rare harmonie, et elle file, supportée sur un léger et élégant réchaud, avec une précision bien rare dans ces sortes d'édicules, et une excentricité dont je n'ai trouvé d'exemple que dans cette broche qui forme la flèche de l'église de Saint-Jean de Luxembourg. Cette flèche m'explique, sans les justifier, les mœurs dijonnaises, un peu portées vers l'orgueil. Les hommes qui la voient chaque jour deviennent, sans le savoir, superbes comme elle, et aspirent à dominer la province, comme elle domine ses horizons. Nulle n'imite plus pleinement qu'elle les flèches du nord, et ne semble plus directement inspirée par les sapins de la Suède. Ce monument ne date que du commencement du dernier siècle; mais il a succédé à d'autres flèches accidentellement ruinées, et son âge réel disparaît dans sa forme, qui semble plutôt représenter l'art du XVIe siècle, d'une manière un peu aride, il est vrai, que celui du XVIIIe. L'église de Saint-Michel est l'œuvre du XVe siècle; mais elle ne mérite d'attention sérieuse qu'à cause de sa façade noblement formulée par la renaissance, et pleine de riches et fins détails de sculpture. Pour Notre-Dame, c'est un véritable bijou du XIIIe siècle, échappé par hasard aux riches écrins des architectes religieux du nord de la France, qui vinrent le poser fortuitement dans une contrée où le *gothique* s'acclimata difficilement. L'aspect général de Dijon, au matériel, est celui du faubourg Saint-Germain de Paris. Un vieux Palais-de-Justice où la renaissance déploie son art avec éclat, le Logis-du-Roi, le vieux reste du palais ducal qui s'y rattache et que couronne l'observatoire, une salle de spectacle de l'école Percier, remplaçant la vénérable Sainte-Chapelle des ducs, d'admirables hospices, une bibliothèque opulente placée dans les bâtiments de l'Ecole de droit, le nouveau palais de l'Académie universitaire, l'Asyle départemental des aliénés, cet établissement modèle, où tant de reliques de l'art des statuaires, des ornemanistes et des architectes du XIVe siècle, ont été abritées, utilisées, ajustées avec tant de goût, de raison, de patience; la riche collection des archives départementales et les collections historiques qu'y a déposées la Commission des antiquités de la Côte-

---

(1) Cette hauteur n'est que relative au monument : elle n'est pas comparable à celle des flèches importantes de la France septentrionale.

d'Or, un Jardin-des-Plantes fort bien tenu, des promenades princières, des quartiers neufs bâtis avec recherche, le Musée de
sculpture, avec la cheminée historique et les tombeaux des ducs
de Bourgogne : voilà ce que les voyageurs intelligents visiteront
à Dijon avec le plus vif intérêt. Quant au Musée de peinture, il
est très-nombreux; mais les toiles médiocres l'emportent en nombre sur les chefs-d'œuvres, bien plus qu'au musée de Lyon.

Au moral, on ne peut se refuser à le dire, Dijon est une cité fashion-
nable et douce; mais la fanfaronnade, la jactance populaire, l'esprit
de coterie, l'oisiveté un peu arrogante, les prétentions à paraître ce
qu'on n'est pas, ces marques de l'impuissance, occupent ici une
place relativement trop grande, et diminuent les avantages qu'offre
au choix des hommes disposés à vivre de loisirs et de penchants
élevés, dans un centre harmonieux et tranquille, une ville si noblement habitée, si jolie, si illustrée par son passé, si pleine d'air et
de lumière. Les Dijonnais sont, en particulier, ce qu'est la cité en
masse : ils posent toujours, ils se drapent, ils sont sans cesse en
représentation; peu leur importe la réalité, s'ils donnent l'apparence : de là, des mœurs un peu affectées et *collet monté*;
de là, plus de politesse, peut-être, que de véritable cordialité; de
là, cette absence trop générale d'habitudes hospitalières qui caractérisent tous les autres centres de population de la vieille Bourgogne. On voit qu'en tout et pour tout, Dijon est la contre-partie
de notre sainte et grave métropole de Lyon. Toutefois, qu'on le
sache bien, quand je caractérise ainsi, je constate un type assez
ostensiblement marqué; mais que d'exceptions font à la règle, le
cœur, l'éducation, le bon goût, le savoir d'un grand nombre?.....
Et malgré l'échelle restreinte de ses monuments, malgré le type
que l'absence des grandes institutions, pour lesquelles tout était
prêt, a imprimé à ses mœurs sociales, on ne peut s'empêcher
d'aimer Dijon. Cette ville, plus qu'aucune autre, fait battre le cœur
bourguignon. Oh! si les provinces de France étaient encore quelque chose, si la centralisation et le monopole parisien ne tendaient
pas à les abrutir de plus en plus, quel beau rôle Dijon jouerait encore à présent par l'intelligence, les arts, les sciences, la société!

En ce moment, au milieu de l'engouement pour les chemins de
fer, dont s'est éprise une partie notable de la population dijonnaise,
au milieu de tous ces rêves d'une ville où rien n'est préparé pour
l'industrie, et qui veut absolument devenir industrielle et marchande, il se fait, en dehors de l'esprit mesquin et bourgeois, représenté par le conseil municipal, un noble mouvement d'idées;

on songe à consacrer un monument à la mémoire de saint Bernard. Cette idée appartient au frère du P. Lacordaire, jeune architecte d'avenir et de talent, qui a conçu tous les projets, et propagé cette grande et digne pensée, qui sera entendue et comprise à Lyon, nous ne le mettons pas en doute; à Lyon, ville de foi, où l'on considère l'illustre saint, non-seulement comme une gloire dijonnaise, mais comme une gloire de toute l'Eglise de France. C'est M. Lacordaire qui a bâti à ses frais, hors des murs de Dijon, un nouveau quartier consacré à saint Bernard. Le conseil municipal ne voulait point que la porte nouvellement percée pour communiquer avec ce quartier reçût le nom du saint; mais le peuple l'a baptisée de vive force, et si elle porte officiellement le nom de porte des Godrans, elle a la dénomination populaire de porte Saint-Bernard. — Et ainsi de cette ville de Dijon, à la si grande renommée, ancien siège du parlement de Bourgogne, dont le ressort s'étendait jusqu'aux portes de Lyon, c'est-à-dire jusqu'à Miribel et au château de la Pape. Dijon est une cité avec laquelle celle de Lyon a des liens étroits : la plupart des gloires du barreau lyonnais appartiennent à l'École de droit de Dijon, à laquelle le professeur Proudhon donna une si légitime célébrité. — Pourquoi donc la capitale de la Bourgogne met-elle autant d'audace à dépouiller son type, que d'autres déploient de zèle et de sollicitude pour le conserver? — Plus une ville se rapproche de Paris, moins je l'aime : ainsi je suis fait, je l'avoue net. Il me semble que dans le voisinage de la centralisation personnifiée, toute couleur locale, toute physionomie propre s'effacent; et je crois ne pas me tromper de beaucoup en jugeant ainsi. — Je ne fais nulle difficulté d'allonger la Bourgogne, ma patrie, du côté de Lyon; je comprendrais presque — si je l'osais — la seconde capitale dans notre territoire, pour en faire l'âme et le centre de la contrée; mais, au nord, je m'arrête à Dijon et à sa banlieue, et je suis bien plus disposé à donner le nom de Bourgogne à l'ancienne Bresse, qui n'est française que depuis Henri IV, mais qui, aussitôt sa réunion, fut placée dans le gouvernement général et dans le ressort du parlement de Bourgogne, qu'aux villes de Semur et de Châtillon, jetées sur ces zônes neutres qui forment les marches du pays bourguignon. A plus forte et plus équitable raison, je rejetterais loin de notre nationalité ce comté d'Auxerre, qu'un faible et obscur lien de parenté lui rattache, que nos ducs, notre ancienne administration provinciale, après eux, pressurèrent, et qui ressortissait au parlement de Paris, si je n'avais entendu battre son cœur, vibrer sa poitrine et chanter ses échos. Le duché de Bourgogne traitait cette comté d'Auxerre de parente, quand il en avait besoin, comme font beaucoup de gens dans la société. Saône-et-Loire, la région méridionale de la Côte-d'Or, l'Ain, voilà ma Bourgogne, à moi; ces trois départements sont frères, et bien que l'Assemblée constituante se soit prise à rompre leur cohésion, ils ne forment qu'une famille, ayant des mœurs communes, une histoire commune, des sympathies communes, des souvenirs et des intérêts communs.

Le XIVe siècle fut pour la Bourgogne l'âge d'or de l'architecture et de la sculpture monumentale : à Lyon, ce fut le XVe siècle et la renaissance.

Dijon, par le mouvement de son port sur le canal de Bourgogne, par son élan industriel, a conquis, depuis quinze ou vingt années, une vie pour laquelle ses mœurs ne l'avaient point disposée. J'ai tout lieu d'espérer que les beaux-arts marcheront bientôt parallèlement avec l'industrie dans son sein.

La statue de saint Bernard va s'élever à une extrémité de Dijon. Quand donc, en ce siècle d'apothéoses, celle de Bossuet surgira-t-elle, au milieu de la place royale à Dijon, en face ce palais qui rappelle les Condé, gouverneurs de la Bourgogne : Bossuet tenant à la main le Discours sur l'Histoire universelle et l'Oraison funèbre du grand Condé!

XVIII.

VIE SÉDENTAIRE.

A NN. SS. les Évêques de Marseille et d'Alger, et à MM. Seringe, l'abbé Noirot et A. Terret.

Dût-on m'appeler mille fois esprit rétrograde ou tout au moins stationnaire, je l'avoue avec toute la sincérité dont mon âme est capable, j'aime la vie sédentaire et locale. — A nul homme épris de goûts artistiques, les voyages n'ont pesé comme à moi.—Et pourtant, si on a voulu poursuivre une douce mission dont on s'est prescrit les devoirs volontaires, si l'on a senti le besoin de visiter toute cette série de monuments qui, sur la terre de France, ont formulé le type national, d'étudier les phases successives de son développement, entre le germe et la maturité, de les comparer entr'elles, de s'identifier avec cette grave et sainte école indigène qui a si puissamment influé sur l'Europe, de connaître tous les chants de ses poèmes, tous les dialectes de sa langue, tous les motifs de son génie, de chercher de par le sol étranger ses reflets ou ses fils, de recueillir sur une harpe, parmi les édifices de l'architecture religieuse, civile et militaire du moyen-âge, toute la poésie intime qui s'en exhale, d'entendre une voix sous les arceaux, et de lire un ineffable secret dans chaque niche de docteur et de martyr; si l'on

10

a voulu obéir à tous ces instincts de l'âme, à tous ces ordres inflexibles de la pensée, il faut bien que l'on se soit résigné à quitter sa paix domestique. — Et puis, pour vivifier en soi toute l'énergie d'une force d'intelligence et de savoir, n'est-il pas nécessaire d'effleurer quelquefois les hommes et les faits du siècle, dans l'immense cité qu'il a choisie pour trône; n'est-il pas nécessaire de demander aux différents peuples, aux différentes mœurs, aux différentes traditions, ou des parfums pour son cœur, ou des impressions sociales et littéraires pour son esprit? — Aussi, je les ai souvent, bien souvent abandonnés, ce foyer qui toujours m'ouvre ses bras d'airain, usés par le pied de mon aïeul, ces tendresses de la famille qui, sans cesse, me bercent, ces suaves ombrages du sol héréditaire qui volontiers m'abritent. — Toutes ces courses, je les ai subies plutôt que je ne les ai acceptées; et, n'était la lyre du pèlerin qui venait, de temps en temps, consoler le voyageur, je n'eusse jamais fait dix lieues au-delà des limites naturelles de nos contrées, je n'aurais jamais senti l'air natal manquer à mes poumons, sans souffrir d'incroyables souffrances.

A celui qui, tous les soirs, ne peut se passer de ses pantoufles et de son fauteuil de tous les soirs, du service connu de son monde, de tous ses petits riens habituels d'existence intérieure et privée; à celui qui, par-dessus toutes choses, déteste les auberges, les tables d'hôte, les carrosses publics et tout le personnel qu'ils nourrissent, les grandes routes et leurs fiscales industries; à celui pour qui les apparences ne sont rien, qui ne se livre pas, qui aime peu les étrangers et les figures nouvelles, jugez ce qu'un long voyage doit offrir de revers de médaille. — Vos pas ont retenti sous la nef rampante, sous les arcs concrets d'une église romane, ou sous les pinacles élancés d'une basilique de Philippe-Auguste, assombrie par les verrières peintes, pleine d'infinis lointains et de sublimes mélancolies. — Vous avez touché de l'œil et du doigt toutes ces merveilles de marbre du XVᵉ siècle ou de la renaissance. — Vous avez jeté au vent quelques feuilles de lierre ravies aux nervures du féodal manoir qui couronne un rocher de ses ruines, qui garde en ses flancs meurtris d'amoureuses légendes et de poétiques histoires. — Vous avez dormi dans une gondole mollement caressée par la vague d'une mer scintillante; vous avez, avec la brise du large, aspiré cette voluptueuse et lascive haleine des atmosphères méridionales, qui exalte si invinciblement en nous la sensualité extérieure. — Puis, d'une extrémité à l'autre, vous avez parcouru la ville monumentale; vous avez vu toutes ces boutiques de marchands, si vaniteuses et si pimpantes, qui mendient sur la rue les regards du passant, et jettent aux yeux ébahis de la foule leur charlatanisme et leurs séductions, tout à côté des solides manoirs de l'aristocratie, qui eux se cachent entre une cour et un jardin, parce qu'ils n'ont nul besoin de se mettre en montre, parce qu'ils n'ont rien à démêler avec le public des rues. — Peut-être, vous avez un instant fumé la cigarrette en compagnie de quelques flâneurs de bord ; peut-être, avez-vous suivi jusqu'à un vénérable oratoire, assis dans le silence de la vallée, une troupe de pèlerins ; — mais, le soir, il vous reste des heures..... qu'en ferez-vous ?

Rien de plus faux, pour moi, que les plaisirs du théâtre ; ce n'est pas au théâtre que j'irai finir ma journée. Hélas ! il me faudra regagner mon auberge. Là, un gendarme viendra me demander mes passe-ports ; là, un domestique à tous m'appellera du numéro de ma chambre ; là, je ne verrai d'autres visages que des visages inconnus. — Si, seul et pensif, je me décide à m'asseoir à une table de salle à manger, je serai distrait jusque dans mes rêveries par les sottes clameurs de ces hommes qui, n'ayant ni racines dans un petit coin du territoire national, ni ménage, ni famille, ne comprennent qu'une seule vie, la vie d'auberge. — Et si je rentre dans cette chambre à tous, de six pieds carrés, devenue pour quelques jours mon abri, ah ! quel vide affreux j'y trouverai autour de moi !

Esclave des souvenirs de mon enfance, voué au culte de tout ce qui verse du passé dans mon cœur, organisé comme je le suis, enfin, je devais être malheureux et maussade en voyage. J'ai dû mettre en doute si, entre le plaisir de s'instruire loin de sa maison et le regret de l'avoir quittée, il y avait compensation.

Oui, je suis comme le pampre de ma Bourgogne, il me faut l'air de mon pays pour respirer à l'aise, il me faut, pour vivre, la terre où serpenta ma première racine. — Pressez, pressez toutes les félicités, toutes les joies, toutes les émotions du monde, vous n'aurez bientôt à la main qu'une pulpe insipide et sèche ; mais le bonheur domestique, c'est un fruit toujours suave et parfumé. — Et croyez-vous qu'ils soient monotones, ces jours qui s'écoulent paisibles au courant des affections privées ? — Oh ! non, il est des voluptés qui jamais ne nous lassent. C'est la même église de village qui chaque dimanche reçoit notre pieuse visite ; c'est la même cloche qui, chaque matin et chaque soir, nous invite à la prière ; ce sont les mêmes fêtes patronales qui, chaque année, nous réunissent à un banquet que des cheveux blancs sanctifient : ce sont nos

vieux amis qui nous aiment, notre vieux grand-père qui nous bénit, notre vieux saint tutélaire qui nous protège, nos vieux servi-
teurs qui nous servent. — Nous sommes connus de tous et nous
nous connaissons presque tous ; le vieillard qui nous salue en murmurant notre nom, a jadis salué de même notre aïeule trépassée;
nous avons notre place à nous dans la chapelle et dans le cimetière ; il n'est pas un de nos voisins qui ne sache nos héritages,
notre généalogie, aussi bien et souvent mieux que nous-même. Il
n'y a pas un écho dans la vallée qui ne réponde à notre voix, pas
un brin d'herbe dans la prairie que notre pied n'ait foulé, pas un
chien de fermier qui ne vienne nous lécher, pas une veillée d'hiver où notre siège ne nous attende, pas un coin de notre manoir
qui ne nous reçoive comme un maître de céans. Et puis, sans
cesse se recueillir dans les mêmes tendresses, sans cesse se re-
plier dans ces souvenirs qui peuplent une maison que vos pères
habitèrent avant vous, meublée de meubles qui furent à leur usage, toute remplie de l'histoire et du passé de votre famille; pleurer
avec les siens, se réjouir avec les siens, prier, espérer avec les
siens, aimer avec les siens, trouver toujours les siens quand on
rentre chez soi, et toujours ces sentinelles vigilantes du ménage
qui viennent tressaillir dans vos jambes; être au sein d'une population qui parle un patois que vous parlez ou tout au moins comprenez, qui a un accent pareil au vôtre, qui, dans son enfance, fut
bercée des mêmes traditions locales que l'on vous conta à vous-
même, qui a pour horizon votre horizon, pour nationalité particulière votre nationalité, pour intérêt de commune les mêmes intérêts que vous, qui conserve des coutumes, des *dictum* avec lesquels vous êtes, de temps immémorial, familier : — tout cela, je
vous le demande, n'est-ce pas vivre?

Au sein des faciles jouissances, de l'indicible bien-être de la vie
sédentaire et locale, il n'y a jamais de ces heures pesantes qui vous
accablent, car vos loisirs même sont occupés. L'homme adonné à
ces paisibles jouissances ne sera pas tourmenté par l'ambition;
tous ses vœux se borneront à exercer parmi ses compatriotes l'influence que son instruction lui promet; une foule de petits honneurs, de préséances obscures, de charges gratuites suffiront à
son ambition de citoyen.

Le culte des lettres, le culte de l'art, le culte des études historiques sont, plus qu'on ne le pense, compatibles avec les habitudes
sédentaires d'une existence toute provinciale. — Mais pour vivre
de cette vie intime et délicieuse, pour rassembler en un coin de

son cœur tout ce que l'on sent en soi de poésie et d'infini, il faut
habiter ou une ville toute petite, tout exiguë, cachée dans une province de France, comme Autun, Auxerre, Bourg, Dole, loin du
souffle empoisonné de Paris, ou bien, par-dessus tout, un hameau.
Le village est loin des bibliothèques qui instruisent et des salons
qui policent, je le sais; mais vous avez chez vous la famille qui
rafraîchit et les livres héréditaires. Je ne crois pas qu'il y ait de
condition meilleure pour la poésie, qu'une vie qui s'écoule, comme
un ruisseau, parmi les fleurs, sur les champs, auprès des siens.
— Feu Achille Allier, ravi naguère, le jour de Pâques, à son
brillant avenir, A. Allier, de Bourbon-l'Archambault, pensait ainsi.
— S'il importe que des voyages viennent de temps en temps varier votre existence, allez crayonner vos notes loin du foyer chéri,
et vous les étudierez en rentrant IN PROPRIA, comme dit l'Évangile,
dans ce calme qui n'est pas de la mort, et dans ces jours domestiques qui ne sont pas de l'obscurité. De l'existence terrienne et intime aux fructueux pèlerinages, des pèlerinages au banc de l'aïeul
et aux ombrages paternels, oh! quelle volupté de revoir les siens
et sa maison patrimoniale, quand on a subi les étrangers et les
auberges!

Hommes de sol et d'affections indigènes, qu'aurions-nous besoin
de nous faire colons de ces grandes cités où ne fut point notre berceau? Vivons chez nous, comme vécurent nos pères; si nous aimons l'art, tâchons d'étendre nos relations amicales et notre influence sociale à toute notre province, à toutes les contrées satelli-
taires qui s'y rattachent; tous les enfants d'une même province
sont frères, et entr'eux, le mot d'étranger ne saurait avoir cours.

Et quand nous aurons franchi, amis, le seuil du manoir patrimonial, remercions Dieu de nous avoir, encore une fois, rendu aux
affections de la famille, au bien-être de la vie sédentaire.

XIX.

ESQUISSE MONUMENTALE

DE LA VILLE DE METZ.

A l'Administration municipale et à l'Académie royale de Metz, à M. Victor Janez, maire de Montluel et conseiller d'arrondissement de Trévoux.

Le pays messin et la ville de Metz, qui en est l'expression et le cœur, forment dans la nationalité lorraine une individualité tellement distincte, que nous avons cru devoir distraire tout ce qui les concerne, comme nous l'avons déjà fait pour la merveilleuse cathédrale, du chapitre spécial qu'on aura l'indulgence de lire dans cet ouvrage, sous le titre de : *Champagne et Lorraine.*

Malgré l'élégance des mœurs et la politesse nancéiennes, malgré la douceur du climat qui favorise la ville de Léopold et de Stanislas, malgré la régularité de ses rues et le luxe de ses places, si j'avais à choisir ma tente à Metz ou à Nancy, il y a cent à parier contre un que je préférerais cette première cité, n'étaient ses inconvénients de ville fermée, de place forte et de centre militaire. — Il me semble qu'on respire moins à l'aise dans les villes de guerre que dans les villes exclusivement citoyennes, et qu'on se sent moins indépendant et moins· libre là où un factionnaire, perché sur la crête d'un rempart, peut, à chaque pas de votre promenade, vous lancer une menace ou un *veto*. — Mais aussi, au lieu de la beauté généralement un peu froide des rues et de la grâce un peu maniérée des places de Nancy, quel intérêt soutenu, varié, offrent ces rues pittoresques d'une vieille cité, qui toutes ont leur histoire, leur sens particulier, leur couleur et leur expression propres; qui, comme les œuvres de la nature, se courbent, s'élargissent, se resserrent, tour-à-tour, et changent à chaque instant d'aspect; qui vous ménagent mille surprises par la présence de monuments que vous n'y soupçonniez pas; qui vous déroulent tout un passé, vous l'expliquent, et forment les jalons à l'aide desquels vous comprenez les accroissements successifs d'une ville, en vous annonçant qu'elle ne date pas d'un siècle ou deux, soit pour le fond, soit pour la forme. C'est précisément là le genre de physionomie citadine qui m'attendait à Metz, et m'a fait trouver tant de plaisir à le visiter. Voici bien ces rues concentriques, fléchissantes, souvent étroites, du moyen-âge; mais quelle diversité, quelle couleur, quelle activité, quelle animation dans ces voies ouvertes à la circulation du peuple messin. — Pour apprécier Metz, il faut quitter Nancy; et sans doute pour bien comprendre la beauté improvisée et froidement philosophique de Nancy, il conviendrait d'y arriver en venant directement de Metz.

Oui, Metz est une ville vraiment curieuse, pleine de vieilles choses, de vieilles significations et de caractère, une de ces villes comme on n'en construit plus aujourd'hui. — J'aime l'allure libre et franche de Metz; elle n'a rien de théâtral et d'un peu courtisanesque comme Nancy. — Ah! quand une nouvelle civilisation viendra s'asseoir sur les ruines de la nôtre, que dira-t-elle des monuments qui la représentent? Quelle pensée religieuse, sociale et politique surgira pour elle de ces maisons blanches, symétriques, sans profilation symbolique, sans type moral, sans sens populaire, sèchement et mécaniquement alignées? — Et puis, le type lorrain ne dégénère pas à Metz: c'est toujours le même naturel, libre, bienveillant et guerrier, fier sans être hautain et altier: ce sont toujours ces caractères malléables et ductiles dont on fait tout ce qu'on veut pour le bien. — Mais jetons un rapide coup-d'œil sur les divers monuments, principalement ecclésiastiques, de la capitale du pays messin.

La sublime église cathédrale de Metz n'est pas une planète sans

satellites, une impératrice debout au milieu de son peuple, sans
grands dignitaires de sa couronne autour d'elle. Dans un premier
et rapide voyage à Metz, je n'avais rien su des autres monuments
religieux de cette vaste cité. Toute mon attention s'était concentrée
sur la cathédrale. Je n'avais vu qu'elle, je n'avais respiré que
par elle, avec elle et en elle, ce parfum de foi et d'art qu'exhalent
les temples chrétiens; le reste, je n'avais fait que l'entrevoir. J'ai
bien l'honneur d'être associé, depuis longues années, de l'Académie royale de Metz, et de compter dans cette ville d'indulgents et
doctes collègues : la cathédrale les avait effacés de mon temps,
mais non point de mon estime; je n'en avais visité qu'un seul, et
encore l'avais-je traîné dans la basilique, gloire de sa patrie.
Cette cathédrale, cet immense ouvrage d'orfévrerie de pierre, je
me disais en la contemplant, si magnifique de couleur et d'éclat,
ah! que ne puis-je, pour une heure seulement, la voir sous le ciel embrasé du Midi ! — Je serais curieux de savoir, par elle, jusqu'à quel
point il est vrai que l'architecture *gothique* serait inintelligible sous
les étreintes du soleil de l'Italie et de la Grèce.— Oui, j'ai eu le bonheur de revenir à Metz et d'y séjourner — pierre inutile d'un édifice, membre obscur et oublié d'une réunion de savants assemblés au cœur de l'antique Austrasie — et des enseignements qu'ils
m'ont si indulgemment offerts, j'ai passé sans cesse à l'étude sérieuse des monuments de la cité; j'ai voulu que chacun d'eux me
parlât sa langue et se classât avec précision dans mes souvenirs.

Metz fut la Rome de la province ecclésiastique de Besançon.
Les choses de foi et de culte, les édifices et les établissements
religieux y occupèrent une place immense, moralement et matériellement parlant. Que de temples détruits, que de temples encore
debout dans cette belle et grave cité messine! Metz, sans y comprendre sa basilique de Saint-Étienne, exclusivement consacrée
au service épiscopal et canonial, ne compte pas moins de sept
églises curiales ou succursales. — Commençons par prier à Saint-
Vincent.

Voyez-vous surgir, au-delà de la rivière, presqu'à l'extrémité
septentrionale de cette grande île qui forme une partie considérable de la ville de Metz, ces deux clochers jumeaux, dont l'attitude est si ferme, la physionomie si nettement profilée, dont la
couleur dorée et chaude rappelle le ton des monuments d'Italie? C'est à l'ombre de ces clochers et dans le vaisseau qu'ils
couronnent que je veux vous conduire. — C'est l'église paroissiale
placée sous l'invocation de saint Vincent, patron des vignerons,

qui ne pouvait manquer d'obtenir un culte particulier au pied du pittoresque mont Saint-Quentin, dont les produits vignicoles sont justement renommés dans la contrée messine. Cette église, qui mérite le nom de basilique par son importance monumentaire et son étendue, est comme la souveraine de ce quartier, auquel elle imprime je ne sais quel caractère de noblesse et de majesté. De la rive droite de la Moselle, faites abstraction par la pensée de la principale portion de l'aggrégation citadine de Metz, que domine l'auguste front de Saint-Étienne, ne croirez-vous pas voir dans le quartier de Saint-Vincent une ville de grandeur moyenne, avec sa cathédrale pour expression ? La situation de cette église est admirable; son apside regarde la rivière qui murmure presque à ses pieds, et elle fait face aux flancs merveilleusement évidés de Saint-Étienne de Metz, dont elle donne l'échelle de proportion; sa façade correspond à une place solitaire, ombragée d'arbres; elle est là, posée vis-à-vis de la basilique épiscopale comme sa fille aînée et majeure, maîtresse d'un grand domaine qu'elle administre sous les yeux de sa suzeraine et mère. Tout accablante que soit la cathédrale, pour tout ce qui l'entoure, son auguste aspect ne saurait nuire à l'effet plus tempéré que produit la vue de Saint-Vincent. Le type des deux édifices est différent : aucune concurrence, aucune rivalité, aucune comparaison ne sont possibles entr'eux. L'inspiration qui créa ce dernier, visa surtout à l'austérité des formes et à l'invariable unité de la structure; celle qui réalisa le premier, voulut publier un poème architectonique dont chaque fenêtre fût une strophe et chaque rose un sublime épisode. — Toutefois, pour bien juger l'église paroissiale de Saint-Vincent, il faut, je le répète, oublier la cathédrale, comme on oublie une magnificence orientale en présence d'une pompe européenne, et se croire dans une autre ville.

Oh! que d'importantes cités se glorifieraient d'avoir un temple épiscopal de cette nature; combien de chefs-lieux d'antiques et vastes diocèses se trouveraient largement défrayés avec lui! — Mais recueillons nos souvenirs sur ce monument. Sa façade, surajoutée en placage, par suite de la destruction de la primitive qui fut incendiée il y a environ un siècle, malgré son jeune âge, sa flagrante inopportunité de caractère, son désaccord complet avec l'architecture générale de l'édifice, est une des plus belles et des plus grandioses épreuves de façades du XVIIIe siècle que je connaisse. Tout m'y semble irréprochable comme œuvre de goût et comme exécution : c'est de l'importance et de la force de la façade

de Saint-Gervais de Paris, comme ordonnance: c'est infiniment
plus châtié et plus pur comme profils. Oh! quand l'art du XVIIIe
siècle, qu'il est devenu de mode de mépriser systématiquement,
venait à se formuler sous l'influence du génie de quelques hommes,
comme il savait échapper à la corruption des temps, comme il savait, lui aussi, réclamer sa part de gloire dans les fastes de l'architecture, et concilier à la correction des détails classiques, la dignité des lignes chrétiennes. — Il ne faut pas toujours médire du
XVIIIe siècle; quand il a conçu et exécuté des églises telles que
Saint-Wast d'Arras, Saint-Maximin de Thionville, la Madeleine et
Saint-Pierre de Besançon, peut-on loyalement se refuser à dire
qu'il n'a pas eu quelquefois de sublimes mouvements d'inspiration
et d'art? — La façade de Saint-Vincent est complètement digne des
bénédictins qui en furent les ordonnateurs. Il y a, je le parierais,
une foule de bons Messins, initiés depuis peu à la connaissance et
à l'amour de l'archéologie sacrée, qui donneraient de bon cœur et
de bonne foi le doigt auriculaire de leur main gauche pour que
cette admirable façade de Saint-Vincent n'existât pas, ou plutôt fût
remplacée par un appareil *gothique*. Eh bien! ce serait, à mon
sens, un fort grand malheur que leur sacrifice fût ainsi récom-
pensé. La façade de Saint-Vincent est d'abord une beauté de premier ordre, c'est de plus une date qu'il faut religieusement respecter; elle indique que le dernier siècle voulut concourir à l'embellissement du temple; elle forme, avec l'aspect du vaisseau, un
contraste des plus attachants, qui exprime deux histoires, deux
civilisations, deux esprits publics; elle contribue puissamment à
faire mieux comprendre la grave pensée du moyen-âge qui l'a précédée, et reçoit d'elle à son tour une sorte de consécration. Gardez
votre petit doigt pour la suppression d'un de ces hors-d'œuvre modernes qui hurlent sur un grand et solennel fond *gothique*, qui
ne sont qu'une absurdité et une mesquinerie, qu'une tache ou une
prétentieuse facétie, comme cela existe à Saint-Etienne; mais ne
calomniez pas le portail de Saint-Vincent. — Et puis, votre *gothique* contemporain aurait-il bien le génie de celui du moyen-âge?
et la date de ce XIXe siècle qui nous enveloppe, n'apparaîtrait-elle
pas toujours irrécusable et ostensible sur la froide imitation d'un art
propre à des âges plus virils que le nôtre? — Cette façade, d'un luxe
si sage et si sobre, où l'ornementation s'ajuste avec tant de bon
heur sur la masse, dont il faut juger l'harmonieux motif à son point
de vue particulier, se compose de trois ordres superposés : le do-
rique à la base, le toscan à la partie moyenne, le composite à la

partie supérieure. Cette progression logique est d'un excellent effet. Il faudrait se hâter de remplacer la croix détruite au faîte du fronton qui couronne tout cet ensemble. Privé de ce symbole, il est acéphale, il se termine sans raison, tout comme le diadème du roi des Français, Louis-Philippe Ier, avec sa boule.

L'église jadis abbatiale et aujourd'hui paroissiale de Saint-Vincent, ne rentre guère plus que les autres temples de la ville de Metz, dans les conditions de l'orientation liturgique ; son chevet regarde le sud-est. En entrant dans l'intérieur du vaisseau, on est frappé de l'unité parfaite de son plan, de la justesse de ses proportions, de l'harmonie de ses lignes. —Tout dans cet édifice annonce le calme de la force ; il est d'une merveilleuse régularité, il est en tous points complet. Comme à la cathédrale, comme dans toutes les églises du pays messin et de sa métropole, l'iconographie chrétienne n'a fait aucun frais pour l'ornementation de Saint-Vincent. Toute sa beauté est purement architectonique. Une nef majeure, deux contre-nefs, deux apsides mineures terminées carrément et servant de base aux clochers, deux croisillons et une apside majeure polygonale sans *deambulatorium*, constituent le temple, coulé d'un seul jet dans le moule du XIVe siècle commençant. Rien de ferme et de grave comme ce monument de la plus nerveuse période de l'école ogivale, de celle où elle concilie encore l'austérité du XIIIe siècle à la chaste ornementation du XIVe. Malheureusement, ou la magnificence des verrières peintes ne s'est jamais produite à Saint-Vincent, ou elle en a été bannie. Deux chapelles pentagones s'ouvrent sous les deux croisillons à côté et dans le parallèle des deux apsides mineures. J'ai remarqué quelques traces d'architecture romano-byzantine dans cette ample et remarquable région du transsept. On vient de poser dans le sanctuaire de Saint-Vincent un autel majeur qui pourrait, jusqu'à un certain point, justifier ce que je disais plus haut de la difficulté qu'on éprouve aujourd'hui à se pénétrer convenablement du 'génie *gothique*. L'intention évidente de l'artiste qui a dessiné cette *mensa sacra* a été de mettre ses profils en rapport avec ceux de l'église ; il n'a oublié qu'une chose, c'est que dans tout le cours du XIIIe siècle et même du XIVe siècle, on conserva le *sacrificatorium* romano-byzantin, ou qu'on se servit tout simplement de l'autel de bois vêtu de riches parements aux couleurs liturgiques. Il n'exista d'autels ogivaux, à date certaine, que dans le XVe siècle, et encore ils sont rares.

Les deux clochers parfaitement similaires qui flanquent le sanctuaire sont d'un goût excellent : leur forme est quadrilatère ; ils se terminent par une toiture conique à quatre eaux, vêtue d'ardoises, œuvre vraisemblablement provisoire qui dure encore, en attendant les flèches que semblent solliciter les bases. Les deux croisillons, comme ceux de Saint-Étienne, s'amortissent en croupe. Rien n'y annonce, même à l'état rudimentaire, le germe d'idée de ces façades latérales de Rheims et d'Amiens, dont les pignons sont chargés de sculptures, dont la porte est ornée d'imageries, dont le centre est occupé par une rose.—Telle est l'impression qu'a produite en moi l'église insulaire de Saint-Vincent; elle est solennelle sans être altière; elle développe singulièrement le sentiment religieux dans l'esprit du spectateur qui la contemple; sa conservation matérielle est parfaite : c'est la vice-reine de l'architecture ecclésiastique messine.

Puisque nous avons franchi le premier bras de la rivière, traversons-la de nouveau elle-même dans son cours principal, pour visiter la jeune église de Saint-Simon, dans le quartier d'Outre-Moselle ou du Fort. Ce petit monument moderne est loin d'offrir les conditions artistiques de la façade de Saint-Vincent. Il est absolument dénué d'expression à l'intérieur. A propos de la cathédrale de Metz, j'ai déjà eu occasion de dire deux mots de Saint-Simon, et de faire remarquer que toute basse, toute neuve, toute lourde dans sa structure qu'est cette église, elle offre déjà un écartement sensible dans sa voûte, tandis que celle de la basilique, portée dans les airs à une si grande hauteur, sur de si frêles soutiens, semble, malgré sa légèreté et sa hardiesse, défier les orages, et étonne les regards par sa miraculeuse intégrité. Toutefois, la façade de Saint-Simon ne manque pas d'intérêt. J'aime beaucoup le clocher qui la couronne, il est d'un goût tout italique; carré à sa base, il devient octogone à sa région supérieure, et s'amortit en plate-forme ornée d'une balustrade; seulement il s'ajuste mal à la façade, et semble écourté.

Mais il y a, à Metz, deux églises, doyennes de la cathédrale et de Saint-Vincent, auxquelles il me tarde d'offrir mon culte et mes hommages : j'ai nommé celles de Saint-Martin et de Saint-Maximin. Je regarde la basilique de Saint-Martin comme la plus ancienne de la cité messine, et l'une de celles qu'on doit étudier avec le plus de fruits. Le monumentaliste le moins exercé s'apercevra facilement, en la visitant, qu'elle représente l'histoire presque complète de l'architecture sacrée. La part prise à sa structure par l'école romano-byzantine, dans sa phase commençante de fusion avec l'ère ogivale, est évidente à la façade, que des exigen-

ces de position dirigèrent latéralement, et au narthex, imitation libre de celui de notre vénérable basilique burgunde de Saint-Philibert de Tournus. Le XIIIe siècle seul édifia les nefs et y imprima
le sceau de son mâle génie. Le transsept, malheureusement tronqué dans son croisillon à droite du spectateur, mais tronqué avec
une intelligence de vandalisme qui prédispose à l'indulgence envers l'acte lui-même (1), le transsept est l'œuvre du riche XIVe
siècle, et l'apside celle de l'opulent XVe. On remarque au portail-
façade un lion et un sphinx, vivement sculptés, servant de gargouilles. Bien que ce lion ne soit pas placé dans les conditions purement basilicales, je n'en persiste pas moins à y voir une tradition de la basilique latine et un symbole affaibli du *Judicium inter
leones*. Le pénitentiaire ou narthex de Saint-Martin est très-curieux;
il se compose de deux petites églises superposées, d'un caractère
romano-byzantin transitionnel nettement marqué. Il est à croire qu'il
était préparé ainsi pour une vaste basilique qui n'a point été édifiée. L'œuvre du XIIIe siècle est donc venue continuer sans transition cette construction de l'âge précédent; et conformément à la
pensée tout ascensionnelle de l'architecture ogivale, elle a monté
plus haut dans les airs que la construction concrète de l'ère précédente. Ornée de belles verrières peintes, historiques, des XIVe et
XVe siècles, et de cinq grandes verrières apsidales de M. Maréchal, dont quatre relatives à la vie de saint Martin, dessinées avec
cette fermeté et cette largeur de style, coloriées avec cet éclat et
cette harmonie, ajustées et armées avec cette précision qui caractérise tous les ouvrages du premier peintre-verrier des temps actuels; fournie d'ornements d'une suffisante richesse, tenue avec un
soin très-remarquable, aimée, chérie de tous ses paroissiens, qui
voient en elle le centre de la famille, l'église de Saint-Martin de
Metz est, comme expression d'art et comme expression de culte,
une de celles qui font le plus vivement tressaillir le cœur du catholique. J'ai eu le bonheur d'assister dans cette pieuse enceinte, où
tout inspire le recueillement et la paix de l'âme, à la première
messe solennelle d'un jeune prêtre nouvellement ordonné; comme
toute l'assemblée s'associait religieusement à son sacrifice et à ses
espérances! Oui, on respire à Saint-Martin je ne sais quel parfum
de foi qui fait naître la prière sur les lèvres, et j'ai tout lieu de

---

(1) Cette opération se fit sous l'Empire, pour transformer en rue ouverte une
voûte étroite sur laquelle reposait l'extrémité de cette partie de l'édifice.

croire que cette paroisse est une de celles de la ville de Metz où le
pasteur trouve le plus de consolations et de joies. Les offices liturgiques s'y célèbrent avec une rare dignité, sans le concours d'aucune musique étrangère à la voix sublime de l'église, et le chant
grégorien s'y développe avec toute la majesté de ses rhythmes
et les intonations de son antique mélopée. En entendant s'unir à
ceux des enfants de chœur les accents pleins d'effusion et de verve
des jeunes élèves des écoles chrétiennes de la paroisse, bien que
l'explosion des voix du peuple n'en augmentât pas, comme il arrive chez nous, le volume et la majesté, je me croyais presque
transporté à Saint-Nizier de Lyon. J'ai remarqué la châsse servant
à l'exposition du Saint-Sacrement, et dont deux anges soutiennent
le couronnement. Le même modèle existe à Notre-Dame de Beaune,
mais d'un goût plus riche et plus pur, ainsi qu'à Savigny-sous-
Beaune et à Demigny. Je ne l'ai vu que là. — Malheureusement,
cette basilique a peu de saillie au-dehors, et elle ne rachète pas
même par un clocher dominateur les inconvénients de sa situation.

La quatrième de mes prédilections ecclésiastiques messines est
pour le temple consacré à Saint-Maximin, dont le culte est populaire dans le pays de Metz comme dans la radieuse Provence.
J'aime cet art du XVe siècle, essayant ses motifs et semant ses
fines broderies sur le tissu essentiellement romano-byzantin de
cet édifice sacré. Dans la nef majeure, ce fond roman existe jusqu'à la voûte qu'une autre architecture a édifiée; mais dans l'apside, il règne exclusivement; rien ne manque à son déploiement,
ni la ligne, ni le profil; il a même conservé l'arc triomphal dans
toute sa sévère et dogmatique structure. A ce point de vue, l'é-
glise de Saint-Maximin est la plus pleinement hiératique dans ses
dispositions architectoniques de toute la ville de Metz. La nef mineure, à droite du spectateur, est une construction récente; mais
le raccord a été parfaitement bien compris, et l'œuvre nouvelle
s'ajuste on ne peut mieux à la chapelle dans le goût du XVe siècle,
qu'elle voulut continuer, sans doute pour faire plus de place aux
fidèles, dans une paroisse où la population et la piété s'accroissent
de jour en jour. Plusieurs fenêtres de ce temple représentent le
même âge. Son clocher, romano-byzantin de transition, manque
d'accentuation.

L'église de Notre-Dame n'appartient pas à la galerie des monuments religieux historiques de la cité messine, elle a le dernier
siècle pour berceau. Je l'ai toutefois toujours visitée avec effusion:
d'abord, parce qu'elle renferme trois admirables verrières peintes,

de M. Maréchal, aux intelligentes armatures, et une précieuse Assomption de Molckner; parce qu'elle semblait dire à mon cœur,
comme celle de Saint-Martin, qu'une piété sincère l'enveloppe et
la féconde; ensuite, parce qu'elle est précisément celle qui, à mon
premier voyage à Metz, me révéla, par son invisible clocher dont
je trouvai pourtant les degrés, cette imitation libre de notre liturgique sonnerie lyonnaise, que je fus si heureux de retrouver à
cent lieues de mes horizons lyonnais. — C'était le dernier dimanche du mois d'août 1845. — De plus, j'y revoyais encore une coutume propre à trois basiliques pontificales de la ville de Lyon, les
deux croix processionnelles disposées derrière le maître-autel, à
une différence près, il est vrai, c'est qu'à Lyon, elles adhèrent au
sacrificatorium, ajustées qu'elles sont derrière lui, de manière à représenter le calvaire par leur voisinage de la croix centrale, tandis qu'à Notre-Dame de Metz, elles sont accolées aux parois de
l'apside. Du reste, elles ont chez nous un sens symbolique et liturgique, et représentent dans trois de nos basiliques majeures,
celles de Saint-Jean-Baptiste, des Machabées (Saint-Just) et de
Saint-Nizier, la réunion de l'église grecque à l'église latine, prononcée dans le premier temple par le concile œcuménique de
1274. — On vient de rafraîchir l'église de Notre-Dame par un léger badigeon, d'une teinte douce, qui n'a rien que de très-logique
dans les monuments de cet âge et de ce style.

La ville de Metz est, comme celles de Lyon, de Rouen, de Rheims
et d'Amiens, un des milieux les plus féconds où l'artiste chrétien
puisse déployer l'activité de ses recherches et de ses études. Avec
quel charme il visitera les temples placés sous le vocable de Saint-
Eucaire et de Sainte-Ségolène? — Entrons tout d'abord dans le
premier; comme son aspect est religieux, comme il nous fait revivre dans les âges sérieux qui l'érigèrent, comme cet ensemble
est calme et intéressant! Ici, encore, une vieille histoire enveloppée
d'une plus moderne histoire, des bases et un clocher romano-byzantins du XIIe siècle. Mais, excepté à ce clocher pour lequel elle
n'a rien fait, l'élégante architecture du XVe siècle est venue se
combiner, dans les plus harmonieuses et les plus larges conditions,
à l'architecture primitive, et se greffer avec amour sur les vieilles
substructions romanes.

La délicieuse église de Sainte-Ségolène est située près du capitole messin, dans le quartier le plus historique et le plus populeux
de la ville de Metz, à deux pas du siège de la monarchie des rois
d'Austrasie, au milieu de tous les souvenirs gallo-romains et

francks de cette antique cité. C'est un tout complet : l'architecture du XIIIe siècle y est portée sur des piliers romans : toutefois, les chapiteaux du chœur, proprement dit, et de l'apside majeure semblent y indiquer, par une légère esquisse, l'invasion primitive des idées et des motifs du XIVe. Posé sur une crypte, ce temple dut marquer un des points du sol accidenté de la ville où la religion catholique eut un de ses premiers oratoires, un de ses premiers cultes, un de ses premiers autels. Rien de suave comme la porte ornée fermant sur la rue, la cour qui précède cette église ; c'est — si je ne m'abuse — une des plus pures et des plus chastes épreuves messines de l'art du XVe siècle.

L'église de Sainte-Ségolène offre le plan basilical ; elle est à trois nefs terminées apsidairement, les deux contre-nefs par un renfoncement pentagone, la nef centrale par un chevet à sept pans. Un travail d'élargissement, opéré par après coup à la nef mineure du côté de l'évangile, y a amené un conflit architectonique d'un assez disgracieux aspect. Les baies apsidales de cette région présentent des vitraux légendaires du XIIIe siècle, d'un puissant intérêt ; l'apside de la contre-nef du côté de l'épître est ornée de vitraux peints du XVe. La façade, percée d'une porte monumentale qu'accompagnent deux fenêtres, m'a semblé rappeler plutôt la phase ornée que la phase sévère du type ogival. — Je ne puis dire combien ce petit temple m'a plu avec son demi-jour mystérieux, avec cette cour qui le précède, comme un *atrium* placé devant le pronaos d'une basilique, et fait silence à son seuil, l'isole de la foule et des choses mondaines.

Je signalerai l'existence commune à presque toutes les églises de la ville et du diocèse de Metz, excepté à la cathédrale qui n'est point paroisse (1), d'un petit meuble posé au point de jonction du chœur avec la nef, dans l'axe de l'autel majeur, et connu sous le nom de chaire pastorale. C'est de ce siège que se fait la lecture du prône et que l'on catéchise les enfants ; c'est aussi là que se tient le pasteur pendant toute la durée des offices dont il n'est pas le célébrant à l'autel. Cette petite chaire, de forme carrée, rappelle un peu l'ambon des basiliques latines.

---

(1) Pour que les fidèles puissent mieux voir le prêtre à l'autel, la chaire pastorale a été, depuis peu d'années, supprimée dans plusieurs paroisses de Metz, et notamment à Saint-Martin, Notre-Dame et Saint-Vincent. Je regrette singulièrement cette suppression. Tout ce qui est ancien, traditionnel, touchant, doit toujours être religieusement maintenu.

Dans toute la cité de Metz comme dans tout le pays messin, dont la nationalité, bien que mariée à celle de la province de Lorraine, est si distincte, il n'y a ni grandes scènes iconographiques dans les églises, ni exemples de cette architecture chevaleresque, exaltée, glorieuse et paladine, proprement lorraine, dont la cathédrale de Toul est la plus complète expression. Le génie monumental des Messins fut plus mâle; il planta des forêts, il ne s'amusa pas à tresser des couronnes de fleurs et à dessiner des parterres.

Mais avant de quitter les monuments religieux de Metz, saluons, d'un regard ami, l'ancienne église conventuelle de Saint-Clément, devenue un entrepôt de lits militaires, et sa riche façade du XVIIIᵉ siècle; la jolie chapelle de Sainte-Glossinde, élégant édifice de l'architecture royale du XVIIᵉ, décorée de quelques restes de vitraux peints, provenant sans doute d'églises détruites. Elle forme présentement la chapelle de l'évêché, et est destinée à devenir plus tard celle du petit-séminaire. — A deux pas de l'église de Sainte-Glossinde est celle de Sainte-Chrétienne, en construction pour une communauté. D'après ce que j'en ai vu, je crains bien que le *gothique* moderne qui s'y fait ne soit pas irréprochable, et que la critique s'arme un jour contre ce style peu orthodoxe et maniéré qui semble présider à la composition générale (1).

Arrivons enfin à un véritable bijou, qui semble tombé à Metz du riche bandeau d'une couronne orientale, et y avoir été porté par un vent venu des plages étincelantes de l'aurore. Je veux parler de l'église dite des Templiers. C'est ici, sur une petite échelle, la

(1) Cette église sera peut-être construite dans le genre de Notre-Dame-des-Champs, à Paris: mais le modèle est-il bien choisi et l'imitera-t-on servilement?.... Au reste, pour porter un jugement définitif, il faut attendre que l'œuvre soit achevée. — Quoi qu'il en soit, on ne saurait trop s'élever contre cette déplorable manie de nos architectes, de vouloir toujours puiser aux sources impures de l'art dévergondé de la fin du XVᵉ siècle, au lieu de s'inspirer des phases vraiment sérieuses et fermes de l'architecture ogivale. Probablement on trouve plus facile de faire du *pathos* que de formuler un style simple et noble dans les limites que le bon goût des hommes des XIIIᵉ et XIVᵉ siècles avaient posées à la profilation. Le type ogival, quelle que soit la période qu'il représente. ne signifie rien quand il se développe sur une petite échelle. Aussi bien, il lui faut pour entourage les horizons nébuleux du Nord. J'avoue qu'à Metz toutes les conditions climatériques se réunissent pour le justifier; mais il faut l'y produire imposant et grave. A Marseille, n'a-t-on pas osé élever aussi une église *gothique* sous l'influence d'un ciel ennemi de cette architecture, et qui ne prédispose point les populations à le comprendre?

11

forme de la basilique grecque de Saint-Vital de Ravenne, issue directement de Sainte-Sophie de Constantinople; même figure de rotonde, même plan, même harmonie, même apside semi-circulaire voûtée en cul-de-four, même sentiment du faire hellénique et byzantin. Oh! puisque la ville de Metz est assez heureuse pour posséder une si fidèle image de la basilique grecque, qu'elle la conserve donc avec un religieux respect pour pouvoir résumer, dans deux édifices complets, les deux grands âges de l'architecture chrétienne par cette chapelle et par la cathédrale. Ce monument, si primitif et si ancien par sa figure, est plus nouveau par son âge; la voûte ogivale de son apside annonce la fin du XIIe siècle, l'époque où le type roman expirait dans les bras de l'architecture aiguë. Quelques peintures romano-byzantines existent encore dans ce temple. Rien de plus simple, de plus facile, de moins dispendieux que sa restauration, et si jamais elle s'opérait — ce que personne ne désire plus vivement que moi — la ville de Metz montrerait avec un juste orgueil, dans son sein, une petite basilique toute pareille à celles écloses sous le beau ciel de l'Orient. Mais il faudrait profiter de cette restauration, invoquée par tous les amis de l'art, pour rendre la vie liturgique à l'édifice; il faudrait y rappeler en tous points le mobilier des basiliques qu'il représente (1). — Je profiterai de la porte que m'ouvre ce vœu manifesté, pour en formuler un autre qui, par oubli, ne s'est point produit dans le chapitre consacré à la cathédrale de Metz. Il est urgent que les autels de pitoyable *gothique* moderne, placés sous la nef mineure orientale, disparaissent promptement de ce temple qu'ils souillent.

Près des *Templiers* sont encore trois choses historiques curieuses : la grande salle de l'ancienne citadelle, dont M. de Saulcy a étudié si consciencieusement les fresques, l'église délaissée ou plutôt prostituée à des usages vulgaires, de Saint-Pierre, avec son mélange d'architecture purement romaine et d'art romano-byzantin; enfin, la porte par laquelle Henri IV entra dans Metz, et que la consécration de ce seul souvenir recommande à l'attention.

Pour moi, enfant de la Bourgogne, Metz était comme une portion de la patrie, car on sait que l'histoire et les souvenirs du

(1) Le génie militaire, qui a si impitoyablement abattu la belle église de Saint-Arnould, sera-t-il moins vandale pour la chapelle des Templiers? Nous n'osons l'espérer.

royaume burgunde se confondirent pendant long-temps avec ceux du royaume d'Austrasie, sous Childebert II, sous Thierry surtout, qui ayant défait Théodebert dans les champs de Tolbiac, fit conduire ce prince chargé de fers à Chalon-sur-Saône, capitale du royaume de Burgundie, et sous la trop fameuse Brunehaut. — Thierry mourut à Metz. — C'est, me direz-vous, aller chercher un peu loin dans les âges un lien de parenté entre deux provinces; mais ce lien existe, et je me plais à le ressaisir.

Oh! je ne puis exprimer toutes les joies que j'ai éprouvées à Metz. Tout autour d'elle, les monuments de la nature; dans son sein, les monuments de la foi et de l'art. Quelle magnifique et précieuse cité, comme elle est majestueusement assise sur les rives de la Moselle, au milieu des plus riches paysages! Allez, de grâce, allez vous poser au soleil levant, sur la terrasse s'avançant comme un balcon sur la campagne, sur la terrasse de cette promenade enchantée de l'Esplanade, et regardez ce vert tapis de prairie étendu à ses pieds, ces frais ombrages enveloppant des hameaux parsemés de maisons de plaisance et de jardins, parmi lesquels le moins poétique n'est certainement pas le *Ban Saint-Martin;* regardez cette montagne si énergiquement profilée, appelée le mont Saint-Quentin, dominant tout l'horizon comme le phare de la nationalité messine, paraissant l'immense piédestal du trône que Dieu lui avait préparé. C'est de la butte du mont Saint-Quentin que Charles-Quint battit en brèche la ville de Metz. C'est aussi sur les plans inclinés de cette montagne, se détachant fière et hardie du rideau de collines qu'elle ombrage, que se trouvent ces vignobles si chers aux Messins, à qui il ne manque pour produire un vin constamment généreux, que la constance exceptionnelle du soleil que j'y ai laissé. Quel dommage qu'une chapelle de pèlerins ou tout autre monument religieux ne couronne pas cette cime gigantesque!

Ah! ne me parlez point, ne me demandez rien des fortifications; je vous le répète, des arsenaux, des casernes et autres établissements militaires de la ville de Metz : je n'ai rien vu de tout cela. Ce n'est pas à ces choses que je suis allé porter mes sympathies et mon culte; mais avec quelle effusion d'artiste chrétien j'ai franchi le seuil des églises plus ou moins anciennes qui peuplent la cité, et que nous venons de parcourir; mais je suis allé dans des caves et des greniers évoquer les souvenirs sicambres, chercher les restes quasi-romains des palais des rois d'Austrasie; j'ai visité la belle tourelle romane qui l'avoisine, les maisons curieuses de la rue des Clercs (1) et de la rue Fournirue, les admirables collections archéologiques et le musée de peinture de M. le préfet Germeau, collections que je n'hésite pas à regarder comme tout-à-fait princières, renfermant entr'autres choses du plus grand prix, la chapelle la plus complète que j'aie vue, et devant laquelle disparaît celle du musée du Sommerard. Qu'il me suffise de nommer les évangéliaires de M. Germeau et sa colombe de vermeil, provenant peut-être d'une des plus riches basiliques bâties par Constantin ou Charlemagne. — On sait que dans l'ère basilicale primitive, les saintes espèces étaient conservées dans un petit tabernacle en forme de colombe, suspendu sous ce *ciborium* intérieur, qui bien certainement donna l'idée de la coupole s'élevant entre le chœur et la nef du temple chrétien. Ces collections m'ont fourni l'occasion de constater, en présence d'un grand nombre de personnes choisies, un fait que j'ai souvent annoncé dans mes écrits, c'est le peu de développement qu'on donnait jadis aux vases ecclésiastiques et aux candélabres des autels. — N'oublions pas, puisque nous sommes à l'hôtel de la Préfecture, de dire que la place qui le précède est incontestablement le point le plus favorable pour contempler la cathédrale de Metz. De ce point, on voit tout le développement de l'apside; l'unité, la continuité des lignes monumentales n'est point rompue, comme sur l'autre flanc, par des échoppes et les deux apsides de Notre-Dame-la-Ronde et de la chapelle du Sacré-Cœur.

J'aime le Palais-de-Justice de Metz; c'est de l'architecture toute moderne, mais pleine de verve et de goût. Et puis, quelle belle couleur a ce monument. On se croirait en le voyant, à Rome, en présence des édifices bâtis avec le *travertino*. Combien de fois j'ai parcouru ces grandes rues, ces quais, ces places, ces vieux quartiers de la porte des Allemands, trouvant à chaque pas un sujet de méditation ou d'étude! Sur les quais, surtout, il y a des moments où l'on se croirait à Naples, en regardant ces maisons sans corniches, dont la toiture en tuiles courbes disparaît derrière une maigre plate-bande. Ce n'est point que j'approuve ce caractère, c'est une forme mauvaise; elle sied aux terrasses aériennes des demeures napolitaines, à l'ordonnance toute horizontale de leur architecture, au ciel qui les inonde de ses feux; dans le nord, à Metz,

(1) La maison n° 17 de cette rue, qui renferme de si larges portions enfouies de substructions romaines.

elle n'est que disgracieuse, et fait croire qu'on a sous les yeux une suite de maisons brûlées.

Adieu, bonne et hospitalière cité de Metz; je dois à mon séjour dans tes murs des émotions durables, qui désormais m'associent à tes destins, m'identifient avec tes gloires. Que de choses lyonnaises j'ai retrouvées en toi, l'activité et l'intelligence de notre peuple, son ardent amour pour sa patrie, quelque chose de son accent même et la sonnerie liturgique de Lyon!

J'ai reconnu dans ton sein le goût et le sentiment de l'art, du beau moral et idéal, à un degré que ne me faisait pas supposer ton climat; j'y ai vu, en nombre et en force, de doctes citoyens, des savants aussi consciencieux que modestes, des mœurs faciles et douces. C'est à Metz, dans le cabinet de M. Michel, président de l'Académie et conseiller à la Cour royale, que j'ai retrouvé encore une copie de ce *Jugement de Notre-Seigneur*, dont le grand Hôtel-Dieu de Beaune possède très-vraisemblablement l'original. Cette copie, à peu près de même dimension que celle de Saint-Roch de Paris, diffère de cette dernière et de l'immense tableau de Beaune par ce seul point, que les légendes ou sentences des juges sont écrites en allemand. Il existe encore une troisième copie de la même peinture, dans un village du pays messin. Et pourrais-je clore ce petit travail sans parler de la situation si florissante, si prospère, unique même de ton enseignement primaire, digne d'être proposé partout comme exemple et comme type? Quelle admirable et complète organisation sur la plus grande échelle possible, quels immenses résultats obtenus et quels immenses progrès en action ou en germe; comme la vigilance de ton administration municipale a ici le droit d'être fière de son œuvre et de sa manière de comprendre la paternité et le devoir!

Pourtant, malgré l'affection que je te voue, j'aurais été désolé de mourir dans ton enceinte. La religion catholique est dans tes goûts, dans tes mœurs, dans tes familles, et elle n'ose pas se montrer dans tes rues. Qu'est-ce que ce corbillard qui mène tes morts à leur dernière demeure, sans qu'une sainte mélopée funèbre retentisse autour de leur cercueil, sans qu'un prêtre vêtu de l'étole noire murmure sur lui ses dernières prières et ses dernières bénédictions? — Nous sommes plus heureux à Lyon, les convois funèbres n'y ont point dépouillé leur caractère touchant et moral, leur antique et pieux appareil; ce sont les frères vivants qui portent sur leurs épaules les frères morts; ce ne sont point des bêtes de somme qui les traînent au cimetière. Nous n'avons,

Dieu en soit loué, ni catafalque ambulant à la forme théâtrale, ni ignoble cortège de *croque-morts,* avec leur deuil factice et mercenaire, ni suppression brutale de la mendicité et des tours. — Le ministre de nos autels porte ostensiblement parmi nous les saintes espèces, le viatique aux malades. Oh! vieille et renommée cité de Metz, pourquoi donc as-tu renoncé aux pompes extérieures du catholicisme, à ses fêtes en pleine rue, en plein air; ne sont-elles pas les seules vraies, les seules inspirées, les seules sociales, les seules touchantes, les seules qui provoquent spontanément l'effusion et les joies populaires? — Ah! il existe des cultes dissidents dans ton sein!... — Soit. Mais les mêmes éléments se retrouvent à Besançon, ville militaire comme toi, à Dijon, à Lyon même, et cependant les processions catholiques parcourent leurs rues, au milieu du recueillement des fidèles, avec un éclat digne de tes basiliques.—Ah! renais, renais; hâte-toi de renaître à ces saintes magnificences de notre religion, dont le culte est essentiellement public; tu n'en seras ni moins forte, ni moins honorée, ni moins puissante.

XX.

DE METZ A TRÈVES

EN INEXPLOSIBLE.

*A MM. Sido, Hippolyte Mennessier, Robert, colonel de Parnajon,
lieutenant-colonel Fabert.*

Vers six heures et demie du matin, le lundi 8 juin, les membres
du congrès archéologique de Metz, jaloux de répondre aux cordiales invitations des savants de Trèves, et de ne pas manquer
une telle occasion de visiter, sous leurs auspices, au milieu de
l'effusion et des élans d'une pacifique fraternisation, en si excellente et si docte compagnie, une des cités de la Prusse rhénane les
plus curieuses au double point de vue de l'art antique et de l'art
chrétien ; les membres du congrès, dis-je, se trouvent réunis sur
l'*Inexplosible*. Après les échanges de civilités et de poignées de
main, chacun cherche à se caser dans l'étroit espace dont quelques
regards mesurent avec une sorte d'anxiété les limites. Les uns se
préoccupent exclusivement du rangement de leurs bagages, les

autres manifestent quelques craintes en voyant si peu d'eau dans la Moselle et de si nombreux passagers sur la frêle embarcation ; mais le brave vicomte de Rességuier est là, il assure que tout a été calculé pour une heureuse et prompte navigation, et les plus timides ne songent plus qu'au bonheur d'une délicieuse et intéressante excursion. Deux bannières flottent sur le bateau ; l'une, de couleur bleue, porte la légende de la Société française, l'autre est le drapeau national. — Le signal du départ est donné, une lente manœuvre s'exécute, et nous marchons enfin du côté de Trèves. Arrivés en vue du pont suspendu, nous le voyons occupé par un chœur de musique militaire donnant la sérénade des adieux à la docte assemblée, qui quitte la ville de Metz pour aller trouver d'autres sympathies et d'autres amis sur la terre étrangère. — C'était l'effet d'une attention délicate du colonel, qui avait voulu que la musique de son régiment, elle aussi, payât sa dette aux sciences de la paix. Mais au moment même où les accents d'une brillante harmonie militaire frappent les oreilles épanouies des membres du congrès, emportés par la nef rapide vers d'autres mœurs et un autre langage, une voix plus mâle, plus solennelle et plus retentissante — la voix du canon — se mêle à ce concert d'instruments.

Les membres du congrès qui se préoccupent plus particulièrement des monuments de l'architecture chrétienne, se prennent à admirer le magnifique aspect de l'église cathédrale vue au nord et à quelque distance de la cité. Comme sa grande masse se détache majestueuse, idéale et sublime à l'horizon, comme elle domine de toute la hauteur de la foi qui l'édifia et des souvenirs qui l'enveloppent, toute la ville à genoux qui semble prier à ses pieds ! Quelle merveilleuse couleur dorée teint ses murailles gigantesques, ses hardis contre-forts, les souples et fabuleux réseaux de ses grandes baies ! C'est à qui, de notre bord, saluera de la voix, du geste et du regard cette cathédrale et cette cité, et tous ces autres monuments religieux, civils ou militaires, dont la silhouette devient de plus en plus indécise pour nos yeux à mesure qu'ils s'en éloignent, mais qui n'en ont pas moins leur caractère propre, leur beauté et leur histoire.

Le ciel, d'abord assez serein, commence à s'obscurcir ; quelques gouttes de pluie annoncent l'approche d'un orage. L'eau ne tarde pas à tomber d'une manière assez large, pour forcer à peu près tous les passagers de l'*Inexplosible* à la retraite dans les compartiments intérieurs du bateau. Cette circonstance fâcheuse nous attriste peu, car jusqu'en vue de Thionville, à peu près, l'aspect des rives de la Moselle est assez monotone. Aucun évènement, aucun paysage dignes d'être mentionnés dans ce rapport ne sollicitent l'attention du congrès. Nous voici en regard de Thionville, que nous laissons sur notre gauche, à quelque distance de la douce rivière, et dont nous voyons blanchir les maisons et surgir les deux clochers jumeaux, rangés devant cette église de Saint-Maximin, que je n'hésite pas à signaler comme l'une des plus nobles épreuves nationales de l'art monumental du XVIII° siècle, et dont le jet a presque la fabuleuse hardiesse de Saint-Pierre de Besançon. Rien à noter, ici, que les hauts remparts et le pont couvert de Thionville, rappelant celui d'Alexandrie (Sardaigne). Au-delà de Thionville, ce dernier boulevard de la France du côté de la Prusse, le paysage change de caractère et devient de plus en plus intéressant; des collines d'abord, puis de véritables montagnes, à la verte et riche nature, commencent à abriter les deux rives de la Moselle. A l'approche de Sierck, nous admirons sur la gauche de la rivière le site le plus pittoresque, les plus calmes et les plus harmonieux effets de perspective. Bientôt les ruines déchiquetées et chancelantes du château de Sierck se dressent imposantes encore sur la montagne au pied de laquelle se déploie la ville de ce nom, dernier chef-lieu de canton du département de la Moselle, et où expirent la langue et la nationalité françaises. C'est à Sierck que se trouvent les douanes françaises et prussiennes ; l'une et l'autre rivalisent de courtoisie envers le congrès, et nous sommes poliment dispensés et de la visite de sortie et des perquisitions de l'entrée. Toutefois, le bateau s'arrête quelques instants, et à notre bord nous recrutons, dans M. Ch. Roget, juge de paix du canton de Sierck, un nouveau collègue de la plus franche gaîté, de l'esprit le plus cultivé et le plus aimable, jaloux de venir en si bonne compagnie prendre sa part des fêtes que nous préparait l'hospitalité tréviroise. A la suite de cette halte, l'évènement le plus important de notre bord est le déjeuner. A un ciel devenu, quelques instants après notre sortie de Metz, pluvieux et voilé, avait succédé un temps sinon complètement serein, du moins riche en brûlantes ondées de soleil. Une double tente est disposée sur le pont du bateau, et les savants se mettent à table, tous animés de l'esprit le plus cordial et de l'appétit le plus distingué. C'eût été vraiment plaisir pour un observateur de nous voir fonctionner. Les braves paysans prussiens, qui de leurs champs ou du seuil de leurs maisons furent témoins de notre banquet, durent prendre au sérieux l'estomac des membres du congrès au même degré que leur caractère archéologique, et s'étonner de la ressemblance parfaite qu'ils avaient avec eux-mêmes au point de vue du viscère abdominal.— Mais le champagne pétille, l'effusion commence, les toats ne tardent pas à faire retentir tous les échos d'alentour. Ils s'adressent premièrement aux dames, puis à notre honorable président, M. de Caumont, au colonel Parnajon, qui à tant de science unit tant de loyauté, d'indépendance et d'affabilité ; enfin, à l'auteur de ce rapport qui, prié de la manière la plus bienveillante et la plus empressée par M. Parnajon d'improviser quelques paroles relatives à la circonstance, répond : « La bouche peut-elle parler quand le cœur chante ?... »

Après le repas, tous les convives sont plus que jamais frères. Les petits groupes se forment : les uns contemplent cette belle nature qu'ils ont sous les yeux, et dont les progrès et l'intelligence agricoles doublent la richesse naturelle, ces villages si propres, si nets, où tout annonce la prospérité et l'aisance ; les uns se livrent à une molle somnolence, les autres encore s'amusent à fumer le noble cigarre ou la pipe plébéienne, et à boire de la bière. On nous signale Remig. Mais tout-à-coup la gondole s'arrête en face d'un village disposé en amphithéâtre sur le penchant d'une montagne, dans les conditions les plus pittoresques. Au seul nom d'Igel, tout le monde dresse la tête, les plus endormis se réveillent, et nous voyons surtout tressaillir notre excellent et docte collègue M. Denys, ancien maire de Commercy, qui fait des monuments antiques son étude de prédilection. Tous les passagers mettent pied à terre, non sans courir le risque d'une chute, sans inconvénients graves et sans danger, dans l'eau qu'il fallait franchir, avant de toucher terre, sur une planche très-étroite, très-flexible, assez mal assujétie. La cohorte scientifique s'avance dans le village, au grand ébahissement de la population rurale attroupée autour de nous et qui nous regarde avec des yeux de la plus curieuse expression. Nous sommes au pied du beau monument antique d'Igel. Chacun de nous le commente et le juge à sa manière ; mais M. Denys demande et obtient la parole ; il n'avait jamais vu ce reste imposant de l'art romain ; mais il le connaissait à merveille, il le savait par cœur, il l'avait depuis longtemps étudié dans les dissertations et les dessins : il était sa chose, *res sua*. Son opinion, formulée avec précision, concorde avec celle des savants qui se sont occupés du monument. C'est bien évidemment un tombeau. On s'accorde à croire qu'il fut celui des SECVNDINI. Ce monument sépulcral est de forme quadrilatère ; il est construit en blocs de granit et orné, sur ses quatre faces, de sculptures en bas-relief. M. Kregler, d'accord avec l'illustre Goëthe — dit la *Notice sur les principaux monuments à Trèves et dans son voisinage*, mise à la disposition des membres du congrès — attribue ce tombeau au règne d'Antonin ou de Marc-Aurèle; d'autres auteurs le rapportent à une époque postérieure. Dans la chaleur de son improvisation et de ses évolutions autour du monument, l'orateur qui nous éclaire et nous instruit, glisse sur un sol détrempé par la pluie du matin, et nous sommes obligés de le relever couvert de boue, victime de son zèle pour la science. Chacun de nous s'empresse autour de M. Denys, qui heureusement ne ressent aucun mal de sa chute. Après cette visite, les membres regagnent le bord, non sans se soumettre aux mêmes périls qu'en le quittant. Le pied toutefois ne manque à personne d'une manière sérieuse, et les ailes du bateau se mettent de nouveau en mouvement pour nous porter à Trèves, dont dix kilomètres environ nous séparent encore.

D'Igel à Trèves, le paysage est vraiment enchanté: les montagnes qui l'encadrent prennent un caractère plus ferme : les cultures offrent la plus agréable variété. Les Romains, qui eurent tant de prédilection pour ce site, se connaissaient en effets de nature et en horizons. Bientôt l'illustre et antique cité à laquelle nous allons porter le tribut de notre culte, s'élève au fond du plus ravissant tableau; tout le monde est dans la joie. Mais voici surgir les clochers de l'église suburbaine de Saint-Mathias, auxquels le siècle de Louis XV a donné pour couronnements les épreuves les plus largement ambitieuses que nous ayons vues de l'art *rococo;* nous approchons des clochers plus graves de la basilique des Saints-Pierre-et-Paul, de Saint-Gengoulf, de Notre-Dame. Nous sommes à deux pas du pont, et le débarquement va s'opérer. Une salve d'artillerie salue notre heureuse arrivée au débarcadère : des détachements militaires sont sous les armes, toute la population se presse sur le quai; M. le baron de Roisin vient nous haranguer et nous recevoir; il s'empare du drapeau de la Société française pour la conservation des monuments historiques, et, bannière en tête, nous entrons dans la ville où des voitures nous attendaient pour nous conduire aux logements qui nous étaient assignés.

XXI.

TRÈVES.

À Mgr Müller, suffragant de Mgr l'évéque de Trèves, et à MM. de Haw, Endrès, le baron F. de Roisin, Schmidt et Reichensperger.

Trèves (𝕿rier) qui, de sa haute capitalité antique, n'a gardé que les monuments, qui après avoir traversé avec éclat le moyen-âge électoral, après avoir revécu puissante et forte de la vie ecclésiastique, après avoir vu, sans grand profit pour elle, depuis la révolution française, se reconstituer sur une partie du territoire germanique l'empire de Karl-le-Grand, a subi tant de destinées diverses, Trèves n'est plus, dans la nouvelle monarchie prussienne, que le simple chef-lieu politique de la régence de son nom. — Toutefois, hâtons-nous de le dire, de toutes les cités dont le rôle fut imposant, soit sous la période romaine, soit dans les temps moyens, elle est peut-être la moins solitaire et la moins délaissée avec celle de Nîmes; elle règne encore par son génie, par l'intelligente activité de ses enfants, par son agriculture, par les riants horizons et la fertilité de ses alentours, par le culte qu'elle a voué à ses glorieux souvenirs, et aux édifices qui les constatent et les conservent. Ah! il n'en est pas d'elle comme de Ravenne, que nulle espérance et nulle joie ne consolent de son veuvage : comme d'Autun, qui languit à l'ombre de ses austères et silencieuses montagnes; comme d'Arles, dont quelques rêves sublimes ne sauraient rompre le sommeil : tout le mouvement de la civilisation et de la vie modernes anime la Trèves actuelle ; elle n'a jamais moins pensé à mourir aux arts de la paix, que depuis qu'elle est morte aux grands évènements politiques et militaires qui illustrent son histoire.

En aucun lieu des terres que j'ai parcourues en chantant et en priant, je n'ai trouvé un peuple aussi pleinement hospitalier que le peuple trévirois, des mœurs aussi cordiales que les siennes; cette grave nationalité nous a révélé des prodiges de fraternels élans et d'effusion. — On respire à Trèves un suave parfum d'esprit de famille, que la foi catholique, si vivace dans la contrée, y maintiendra ; qui y embrasse l'étranger; qui le mène à tout ce qu'il y a de grand et de beau dans la cité et ses riches environs; qui le fait doucement asseoir, comme un vieil ami, à la table de ses citoyens, et le convie à leurs fêtes intimes et domestiques aussi bien qu'à leurs fêtes publiques. La présomptueuse civilisation de notre âge, en accomplissant son œuvre ici, a baissé pavillon devant ces éloquentes palpitations et cette verve du cœur des anciens jours. —Nous autres Français, nous avons la folle témérité de nous croire, en toutes choses, supérieurs aux autres peuples : on nous prêche cette doctrine, on met ce vaniteux préjugé dans notre éducation et dans notre littérature; on nous fausse systématiquement les idées en religion, en morale, en politique, en charité, en matière de comparaison de notre société avec celles qui nous tendent les bras..... Ah! quel solennel démenti viennent chaque jour donner à notre orgueil national les vieilles mœurs germaniques si noblement représentées à Trèves! Oui, dans ces mœurs, dans cette ville particulièrement, le cœur tient dans la vie une place qu'il n'occupe plus chez nous ; nous ne portons plus dans nos relations la confiance, la bonne foi, le dévouement et l'abandon de ces races sérieuses ; nous n'avons plus la même rigidité et la même inflexibilité de principes; nous n'étudions plus rien fortement et consciencieusement comme elles ; nous n'aimons plus aussi tendrement qu'elles ; nous n'avons plus ni leur vigilance, ni leur calme, ni leur persévérance; nous ne comprenons plus aussi bien qu'elles ni la famille, ni le foyer; nous leur sommes bien inférieurs en désintéressement et en humanité pratiques, malgré nos fanfaron-

nades humanitaires et la phraséologie dont nous couvrons notre
égoïsme.

Ayant pour les langues méridionales si harmonieuses et si musicales, et au milieu desquelles je vis le plus qu'il m'est possible
d'y vivre en réalité et en pensée, une aptitude manifeste, et dans
la bouche, peut-être, quelque chose de l'*ore rotundo* des Grecs,
j'éprouvais pour l'idiôme germanique, enfant du nord, une injuste
répugnance, je ne lui pardonnais pas ses rudes terminaisons en
ſchwartʒ, en rechꜩ et en ſchrift, et autres noms que la lèvre de
mes frères d'Italie ne parviendrait jamais à prononcer. Je ne l'avais
ouï qu'en courant dans les rues de quelques villes allemandes; mais
j'avais souvent entendu à Strasbourg, pendant mes courtes études médicales faites dans cette ville, ses sons rauques, sourds
et durs frapper mes oreilles à coups de marteau, que j'arrivais
à Trèves avec un parti formellement pris contre sa langue. Oh!
comme elle a changé pour moi de caractère et d'expression, cette
grâve et savante langue mère de l'Allemagne; en passant par les
cœurs trévirois, comme elle est devenue paisible et affectueuse,
j'ai presque dit douce, harmonieuse et suave comme eux! — Mais
promenons-nous dans cette belle et pieuse cité.

Trèves est une des villes du monde les plus célèbres par ses
monuments et les moins connues par ses mœurs. On a vu de gros
en gros sa *porta nigra* et sa basilique, soit en images dans le *Magasin pittoresque*, soit en réalité en traversant rapidement son enceinte; mais on n'a rien demandé, rien interrogé au-delà, rien
étudié plus avant.

La *Porte-Noire (porta nigra)* ou de Mars, est évidemment le
monument antique le plus imposant et le plus intact que possède
la ville de Trèves. Rome elle-même n'a pas conservé d'arc triomphal d'une ordonnance aussi solennelle et aussi vaste, d'un ensemble aussi complet. Autun possède, dans l'arc romain de Saint-
André, un édifice qui se rapproche de celui-ci par la pensée de sa
structure, et dut être originairement flanqué, comme la *porta nigra*, de deux tours hémisphériques. Il y a encore ce lien d'analogie
et de commune destinée entre les deux monuments, c'est que l'un
et l'autre reçurent du moyen-âge, sur leur flanc septentrional, la
pieuse consécration du catholicisme, à cette différence près, toutefois, qu'à Trèves l'espace vide laissé entre les deux grandes façades de l'arc triomphal, et qui dut servir ou à un prétoire, ou à
un *œrarium*, ou de lieu de dépôt pour les trophées de la victoire,
forma le corps principal, la nef de la basilique à laquelle on n'eut

qu'à ajouter une apside semi-circulaire du XIIe siècle : tandis qu'à Autun, la tour antique elle-même servit de chevet à une petite basilique que les chrétiens construisirent dans son axe, et dont la nef forma un angle droit avec une des façades de l'édifice.

Quelle belle masse que cette porte trévirienne, avec ses arcatures superposées, ses murs de grand appareil, bâtis en gros blocs de grès, liés par des crampons de fer ! Tout le modèle des grandes façades d'églises romano-byzantines du XIIe siècle, tout le caractère de ces graves façades d'églises ogivales du XIIIe qui les remplacèrent, a été donné et deviné par les hommes de l'antiquité romaine. Je vous le demande, tout l'effet que produisent ces façades si admirées et si admirables, n'existe-t-il pas dans ce monument, devenu plus majestueux encore par l'inimitable couleur que les siècles ont déposée sur lui ? Toutefois, la correction des profils, ici, n'est pas en harmonie avec la grandeur des lignes ; les détails sont d'une exécution grossière, les chapiteaux ne sont qu'ébauchés : ou ce magnifique ouvrage n'est pas achevé, ou il aura payé son tribut aux conditions septentrionales de l'art antique. J'ai déjà eu plusieurs fois occasion de l'observer, plus on s'éloigne de Rome, grand foyer de l'impulsion artistique, et des provinces méridionales qui reçurent plus immédiatement son influence, plus la profilation monumentale antique perd sa finesse, sa pureté de goût, sa suavité de formes, sans que l'énergie et la solennité de la masse fléchissent devant ce symptôme de barbarie. — Comparez l'ornementation de Nîmes et d'Autun à celle de Langres et de Rheims de l'ère gallo-romaine, et voyez combien mon observation est juste et pratique. Les arcatures d'un style tout byzantin qui décorent la *porta nigra*, ses deux tours dont la forme est celle du campanile, je ne sais quel génie particulier que m'exprime son architecture, tout concourt à me faire croire que ce monument date d'une époque avancée du bas-empire, et qui pourrait se rapporter au IVe ou Ve siècle. L'apside de l'église de Saint-Simon qui s'y rattache à l'est, ornée d'un triforium extérieur, révèle l'art du XIIe siècle.

La reine impériale de notre glorieuse franche comté de Bourgogne, Besançon, partage avec Trèves l'honneur d'avoir un arc de triomphe baptisé du même nom, une Porte-Noire *(porta nigra)*. Oh ! si les anciens avaient eu des monumentalistes, s'ils avaient écrit, dans un but direct, sur leurs édifices publics, nous ne serions pas incertains sur la destination de tant de muets témoins de leur grandeur et de leur histoire !

A moitié engagée dans le palais des archevêques-électeurs, élevée

dans les beaux jours de l'architecture Louis XV, dans un style
qui n'est pas sans dignité, surgit l'imposante masse d'un édifice
romain construit en briques. Ses murs étaient lambrissés de marbres et de porphyres; un hypocauste y faisait circuler la chaleur.
Il suffit de savoir ce qu'était la basilique civile ou judiciaire, la
CVRIA chez les anciens, pour ne pas concevoir le moindre doute
sur la destination de ce monument si précieux comme histoire. Il
ne peut être que la basilique bâtie sous Constantin, dont le rhé-
teur Eumène fait mention dans son panégyrique prononcé à Trèves
en 310. Je suis, sur ce point, complètement d'accord avec la
notice que la Société d'encouragement de cette ville a eu l'obligeance de faire rédiger pour MM. les membres du congrès archéologique de Metz, afin de faciliter leurs excursions dans cette antique cité. Le palais des Électeurs a singulièrement changé de destination : comme le palais pontifical d'Avignon, il est devenu une
caserne. Son escalier principal a du grandiose; ses dispositions
sont larges et bien entendues; son architecture n'a rien de trop
tourmenté, elle est sérieuse. Pourquoi n'a-t-on pas songé à en faire
une résidence royale pour S. M. prussienne, dans sa régence de
Trèves? Le mot de caserne nous mène à celui de soldats. Les
troupes prussiennes sont proprement vêtues. Je ne leur reproche-
rai point cette démarche empesée, ces manœuvres automatiques
que leur prescrit l'obéissance passive à une discipline peut-être violente; mais leur casque ne trouvera pas grâce devant ma constante attention à ne jamais blesser, même dans les points les moins
significatifs, les nationalités étrangères qui daignent m'accueillir.
Le casque sied mal à l'infanterie. Mais c'est surtout cette pointe,
cette pique de cuivre, servant d'amortissement au casque prus-
sien, que je n'aime pas, et qui me semble incontestablement
l'image d'une tradition des Huns. On croirait que les soldats coif-
fés de ce casque sont faits pour se battre à coups de tête, comme
les bêtes à cornes.

La logique de l'archéologie ne laisse guère plus de place à un
doute raisonnable sur l'emploi du monument connu sous le nom
de *Bains romains,* et dont les grandes ruines coupent l'horizon
d'une si pittoresque manière. Toutes les fois qu'on rencontre dans
un édifice antique, de ces conditions, de ces objets qui servent aux
usages journaliers et permanents de la vie, on doit en conclure
qu'il se rapportait à une destination également usuelle et fixe, non
à une destination extraordinaire et accidentelle, comme dit l'honorable et savant M. Robert, de Metz. Décrire toutes ces dispositions

serait chose longue, ce serait d'ailleurs s'imposer une tâche déjà remplie. Cet édifice était de petit appareil, avec des cordons de briques. Des caves à fourneaux, d'une structure particulière, faisaient l'office de nos calorifères; des fresques et des marbres décoraient les parois intérieures de ses murailles. Qui ne verra dans cet immense monument, avec le judicieux et modeste M. Schmidt, architecte trévirois, le palais du souverain, la demeure impériale de Constantin? Quoi de plus naturel que de reconnaître dans ces débris le palais du prince en face de la basilique où l'on rendait la justice en son nom?

Ce qu'il reste des arènes tréviroises ne donne guère que le plan de l'édifice. Le *podium* est encore en partie visible. Son enceinte était très-vaste; on a calculé que 8,000 spectateurs au moins pouvaient prendre place sur ses gradins. La construction était de petit appareil, à parements de pierres calcaires cubiques, sans assises de briques. Les voûtes des entrées seules offraient le grand appareil dans leur structure.

Je me borne à indiquer, en les effleurant du bout de la plume, les piles romaines du pont de la Moselle, construites en grand appareil de blocs de lave basaltique, liés par des crampons, à l'exception de deux d'une origine plus récente, et les ruines d'un grand édifice antique, situé au bord de la rivière, près du faubourg Sainte-Barbe, dont les ruines viennent d'être mises en partie à nu. C'est au milieu de ces ruines, trop peu significatives pour permettre à la pensée de l'archéologue de rebâtir le monument dont elles constatent la présence, qu'a été trouvé ce beau torse d'amazone en marbre grec, déposé au musée de Trèves, et que la Société des recherches utiles de cette ville fait exécuter des fouilles qui probablement ne seront ni infructueuses ni stériles. — Passons aux temples chrétiens : nous y retrouverons quelquefois encore l'art antique en corps ou en esprit.

Et tout d'abord, l'élément romain est encore combiné à la basilique cathédrale consacrée aux saints Pierre et Paul; nous verrons tout-à-l'heure en quelles notables proportions. —Trèves se trouva, pour formuler l'architecture chrétienne, dans des conditions toutes particulières. Assise au milieu des monuments antiques, au passage de deux courants architectoniques, dont Cologne fut le centre, tous les deux pleins d'inspiration et d'énergie, celui des bords du Rhin, qui commence à Bâle, et par cette ville reçut l'influence romano-byzantine de la Lombardie, influence qui développa dans ces contrées le goût et la science pratique de cette école, et le cou-

rant français des idées ogivales qui lui arrivèrent par Metz et la
Belgique; ces trois faces de sa position durent être représentées
dans ses monuments. Toutefois, plus spécialement préparée par
les édifices romains qu'elle avait sous les yeux, qu'elle aimait et
admirait comme œuvres de sa puissance et choses de son histoire,
elle se livra avec une prédilection et un enthousiasme marqués à
l'architecture que lui apportait le courant du Rhin, parce qu'elle
était plus conforme à l'antique. Quand elle voulut obéir aussi à
l'impulsion des idées françaises, elle les modifia par ses tendances,
elle demeura antique par le plan et la masse, et ne se fit *gothique*
que par des profils. Tout le génie architectonique de la ville de
Trèves se concentre dans les deux églises des Saints-Pierre-et-
Paul et de Notre-Dame, et elles vont justifier ce que j'ai avancé.

Les uns ont pensé que l'édifice romain dont la cathédrale actuelle enveloppa les ruines fut un *forum nundinarium* ou halle;
d'autres, et c'est l'opinion du savant M. Schmidt, à laquelle je me
range, que c'était une des primitives basiliques chrétiennes bâties
par Constantin. L'existence de quatre grandes colonnes de granit
aurait-elle sa raison dans un marché couvert? Ce monument est le
double produit des influences romaines et romanes. La basilique
est fermée, comme la plupart de celles des bords du Rhin et comme
Saint-Jean-Baptiste de Besançon, par deux apsides en regard,
l'une presque toute romaine d'esprit, quoiqu'en corps, bâtie à une
époque reculée du moyen-âge, à l'ouest; l'autre, du côté de l'orient,
représentant l'architecture du XIIe siècle, avec un pressentiment
ogival. L'apside occidentale et la première travée à plein-cintre,
ayant son *triforium* à trois arcs bien déterminé, sont évidemment
la portion chrétienne la plus ancienne de l'édifice, celle par où sa
construction commença. Les parties purement antiques du monument romain sur lequel s'est greffée la basilique, consistent dans
une construction de petit appareil avec chaînes de briques, des
restes d'arcs intérieurs, des archivoltes de fenêtres entièrement
faits de briques, et trois grandes colonnes de granit, occupant
l'espace moyen du vaisseau actuel, enveloppées dans des piliers de
maçonnerie, et dont les chapiteaux sont parfaitement visibles à
l'intérieur. On sent que l'unité ne peut pas exister dans un temple de cette nature; mais, aussi, combien il est précieux pour
l'histoire de l'art! Plusieurs tombeaux, plusieurs chapelles posées
en placage contre les piliers d'entre-colonnements qui séparent la
nef majeure des contre-nefs, sont de compliqués travaux d'ornementation, se rapportant à la période de la renaissance avancée.

Tout cela est d'un luxe un peu surchargé, d'un goût peut-être équivoque, et rappelle la décoration bariolée et souvent baroque des églises belges, de Saint-Bavon de Gand, de Saint-Rombault de Malines, etc. On admire l'immense et magnifique buffet d'orgues placé dans l'apside occidentale, la marquetterie des stalles du chœur, tout œuvre de mauvais goût qu'elle est. Une vaste et haute tribune, à laquelle on accède par deux rampes monumentales, d'un style XVIII° siècle nettement accusé, s'élève derrière l'autel majeur; c'est là que se fait l'exposition de la *Sainte-Robe*. J'ai remarqué que le maître-autel de la basilique, par l'absence de gradin posé sur son coffre seulement, se rapproche de la forme primitive. Parmi les graduels et antiphonaires placés sur les pupitres des stalles canoniales, il en est plusieurs où le plain-chant est noté sur cinq portées. La liturgie romaine seule est en vigueur dans cette église; malheureusement, la grave mélopée chrétienne, le plain-chant, y est trop souvent, comme en Italie, sacrifiée à la musique. Je me réjouissais d'entendre, le jour de la Fête-Dieu, dans cette église, la sublime prose *Lauda, Sion, Salvatorem;* j'ai été bien déçu; je l'ai ouïe, il est vrai, mais méconnaissable, défigurée par des mélodies étrangères qui ne retentissent pas dans le cœur du fidèle. L'aspect extérieur de la cathédrale de Trèves est d'une austère ordonnance; j'aime sa mâle énergie, ce tronçon babylonien d'une colonne de granit qui gît à sa porte, ses variétés de style, ses cinq clochers qui se groupent d'une manière si pittoresque autour et au-dessus d'elle, son apside orientale si vivement colorée, ornée d'un *triforium* extérieur. A côté de cet édifice sacré est le cloître, restauré avec soin, complet dans toutes ses parties, représentant l'art du XIII° siècle expirant, mais avec un sentiment de force qui nuit à l'élégance des profils; c'est par lui que la basilique épiscopale est en relation immédiate avec l'église de Notre-Dame, qui lui est juxta-posée.

Cette petite basilique, bâtie d'un seul jet, avec une régularité parfaite, offre un intérêt de premier ordre. Elle est, comme la cathédrale, à deux apsides en regard, et présente la figure et le plan d'une croix grecque. Ses contre-nefs, à l'intérieur, s'étendent aux croisillons, disposition parfaitement exceptionnelle. C'est en tous points de l'architecture à date certaine du XIII° siècle, d'un merveilleux caractère et d'une noble exécution. — On le voit, le germe antique a fructifié dans cette manifestation architectonique : c'est avec l'emploi exclusif des formes ogivales que la nationalité tréviroise, toujours dominée par son sentiment romain, a produit un édifice essentiellement grec par son génie. Il est bien constant pour moi que l'arc ogival ne constitue pas plus le *gothique* que l'arc à plein-cintre ne constitue le style classique. Il y a dans les architectoniques une âme plus puissante que les membres de leur corps. On peut et on a pu faire du grec avec l'ogive, témoin la façade carrée et horizontale de Notre-Dame de Dijon, comme on peut et on a pu formuler le *gothique* avec le plein-cintre, témoin Saint-Eustache de Paris. La basilique de Sainte-Croix de Florence n'est autre chose qu'une basilique latine, par le plan et la pensée, érigée avec l'emploi de la profilation ogivale. Le clocher de Notre-Dame de Trèves est d'un suave motif : l'art ogival y est faiblement senti : son expression est toute byzantine. — Nous avons, dans un des plus beaux villages de la province ecclésiastique de Lyon, à Argilly, un type exactement conforme à celui-ci. (*Voyez* planche II, n° 3.) L'église de Notre-Dame de Trèves, bâtie en grès rouge, fort analogue à cette pierre si magiquement monumentale de Wasselone et de Granthal dont on s'est servi pour la construction des édifices sacrés de l'Alsace, est d'une admirable couleur.

Près de là, est l'église de Saint-Gengoux ou Gangolf, dont le pittoresque clocher ressemble littéralement au beffroi d'une maison-de-ville du Nord. Dans l'ancienne église des Jésuites, remarquable par son beau portail de la fin du XIVᵉ siècle, les réminiscences classiques et romano-byzantines n'offrent aucun signe appréciable. L'église suburbaine de Saint-Paulin, œuvre du dernier siècle, se recommande à l'attention par les peintures murales à fresque qui décorent sa voûte. Dans son enceinte, en voyant son maître-autel posé sur une *confession* renfermant les corps des héros chrétiens martyrisés à Trèves, les uns sénateurs, les autres membres de la légion thébaine de la ville, le luxe brillant de sa décoration, on se croirait en une église d'Italie. L'autre église suburbaine de Saint-Matthias est un mélange d'architecture romano-byzantine de transition et du XVIᵉ siècle ; elle est imposante comme masse et comme dimension. Le style de Louis XV est venu se hanter sur ses trois clochers avec une prétention et une complication vraiment fabuleuses. Nulle part, en France, le *rococo*, le baroque ne se sont développés dans cette mesure et n'ont abusé ainsi de la permission qu'on leur donnait de trôner sur un grave édifice. Heureusement, ce style s'est borné ici à couronner les clochers et à surcharger les régions supérieures de la façade. Près d'une chapelle voisine, est une crypte d'une haute antiquité. La ville des Maximin, des Agrice et des Nicet, ne pouvait man-

quer d'avoir un temple consacré à plusieurs de ses saints évêques.
Saint Maximin, né à Poitiers, comme chacun sait, objet d'un culte
si populaire en Provence et sur les rives de la Moselle, avait son
église à Trèves; ce monument est actuellement réduit, comme le
palais électoral, au rôle de caserne. L'édifice situé dans la Die-
trichstrasse, auquel on a donné le nom de *Propugnaculum*, est
d'une structure si essentiellement romaine, que je ne saurais presque partager l'opinion qui le fait remonter au X° ou au XI° siècle.
— Il y a encore, à Trèves, une foule d'anciennes demeures monumentales du plus grave caractère, avec ces hauts pignons contournés, sculptés ou à assises, qui caractérisent les cités du Nord.
La maison à l'enseigne des *Trois-Rois*, l'ancien hôtel-de-ville,
faisant maintenant partie de l'auberge *la Maison-Rouge* (Rothen
Haus), sont les plus significatives en ce genre. *La Maison-Rouge*
est l'auberge la plus achalandée de Trèves, plus peut-être à cause
de son caractère monumental, de sa position centrale, que par
tous autres motifs tirés de sa bonne administration intérieure.
Dans la partie de cette auberge qui formait l'ancienne maison-de-
ville, on déchiffre, sur une pierre armoriée de MDLIX, la vieille
formule :

PORTA · PATENS · ESTO · NVLLI · CLAVDARIS · HONESTO

C'est encore dans ce bâtiment, formant un angle droit avec le
donjon crénelé qui fait face à la place, que se lit cette prétentieuse
inscription :

ANTE · ROMAM · TREVIRIS · STETIT · ANNIS · MILLE
TRECENTIS · PERSTET · ET · AETERNA · PACE · FRVA-
TVR · AMEN

Il n'est aucun des modernes Trévires qui croie à cette fabuleuse
antiquité de Trèves et à ses treize cents ans de priorité sur Rome;
mais il est probable que l'inscription que nous venons de citer fut
long-temps prise au sérieux, et qu'elle l'est encore aujourd'hui par
maints touristes anglais et barons russes, qui ne sont généralement pas de première force en histoire. Au-dessus de ce distique,
qu'une faute de prosodie ne rend pas supportable, est une image
de la Vierge que couronne une plus vraie et plus touchante
légende :

AVXILIVM · SVIS · CONFIDENTIBVS

Il existe aussi à Trèves plusieurs fontaines publiques d'une
grande richesse de sculptures, comme celles des villes helvétiques.

Avec quelle curiosité et quel intérêt nous avons parcouru ces belles et larges rues, ces places de Trèves, où il y a tant d'air et de propreté, tant d'espace et de paix, où l'on rencontre tant de sereines et calmes figures, et visité la bibliothèque publique, contenant 94,000 volumes, parmi lesquels 4,000 manuscrits, dont plusieurs sans prix vénal, et renfermant un véritable musée de tableaux historiques et d'archéologie antique et chrétienne. Nous avons successivement vu la magnifique collection d'évangéliaires de la cathédrale chez Mgr Müller, qui nous entoura d'une si rare bienveillance; le grand hospice des malades; le musée d'objets antiques et numismatiques, formé, au Gymnase, par la Société des recherches utiles, celui dont la porte Noire et l'apside de Saint-Siméon y attenant sont le siège, celui enfin qui se commence dans une des halles du cloître de la cathédrale, et les vastes salles, le jardin délicieux du *Casino.* — C'est dans ce dernier lieu qu'il nous a été donné de comprendre tout ce que peut la patience du génie allemand. Ah! la grave et docte Allemagne, comme elle a le droit d'être fière de ses enfants! Nous avons vu exposés dans une salle du *Casino* les plan, coupe, élévation, projet d'achèvement de la cathédrale de Cologne, immense travail d'art et de conscience, sur une immense échelle, ayant l'architecte trévirois M. Schmidt pour auteur. Oh! qu'on me trouve en France, à Paris, des hommes qui étudient, dessinent et persévèrent ainsi, sans bruit, sans chercher à occuper le public de leur nom....

Mais c'est du haut des collines, si harmonieusement profilées, qui encadrent les horizons trévirois, notamment de la délicieuse villa de M. de ḟaw, où nous avons reçu une si large et si généreuse hospitalité (la *petite maison blanche* Weishæuschen), qu'il faut juger toute la quiétude de cette nature, si bien en harmonie avec la quiétude de ces mœurs. Comme tous ces paysages sont variés et frais, vivement colorés, agrestes sans sauvagerie, calmes sans tristesse; comme ils s'épanchent, invitent et sourient à la manière des cœurs trévirois, dont ils ont la sève et la verve; comme ils font ressortir l'austère physionomie de la métropole, qui en occupe le centre, et dont les toiture saiguës, les clochers romans et *gothiques* produisent un effet si profondément moral, ont un sens et des significations si saisissants! Et puis, que d'aspects imprévus, cachés dans les arbres, d'un motif purement helvétique, viennent accidenter cette vallée, au sol rougeâtre, à la ferme couleur, à la merveilleuse végétation! Admirable bassin, où la fertilité naturelle du sol est décuplée par l'agriculture, où l'art

est si intelligent et sait compléter l'œuvre de la nature sans nuire
à sa magnificence! Tout concourt à la majesté du tableau : une
vieille cité, un vieux réservoir des mœurs patriarchales antiques,
enveloppés de jeunes horizons et de jeunes villages, où tout respire l'aisance, où le paysan a une allure libre, mais honnête, qui
révèle assez la paix de son âme et la philosophie instinctive de son
esprit, toutes les consécrations réunies, celle des gloires romaines,
celle de la foi chrétienne, la plus précieuse et la plus douce de
toutes, celle de la moderne civilisation. J'ai éprouvé peu d'émotions aussi durables, aussi complètes, aussi profondes que celles
dont la ville de Trèves me satura pendant mon trop court séjour dans son sein.

S. M. le roi de Prusse s'intéresse vivement à toutes les gloires
monumentales de sa ville de Trèves, l'un des plus beaux fleurons
de sa couronne. Du fond de la vieille Prusse royale, il étend avec
amour sa sollicitude paternelle et ses regards sur cette antique
métropole, Rome de ses états. Souverain protestant, il ne cessera
jamais, nous en avons la confiance, de protéger ses fidèles sujets
catholiques; il s'opposera à toute propagande luthérienne dans ces
belles régions du Rhin qui ont gardé une foi si vierge, si sincère,
si fervente; car il sait qu'on peut détruire une doctrine, mais qu'on
ne détruit pas un sentiment; qu'on peut changer une conviction de
la tête et de l'esprit, mais non pas imposer silence à une voix intime du cœur.

J'ai été témoin, à Trèves, d'une des processions de la fête du
Saint-Sacrement. Comme manifestation catholique, comme solennelle et touchante profession de foi d'un peuple entier, cette cérémonie fut, ainsi que celle de Liège, véritablement magnifique;
mais, à l'égal de cette dernière, elle sembla pécher un peu, par ce
qu'on me permettra d'appeler ici la *mise en scène*. Une procession
à laquelle plusieurs milliers de fidèles prennent part, devient iné-
vitablement triste et monotone quand elle manque de variété. Il
faut, pour lui imprimer le mouvement et la vie, pour la rendre
pittoresque et magnifique, la présence des confréries, aux costumes différents, et non pas en habits bourgeois, n'ayant d'autre
marque ostensible que leur bannière; il faut le concours des ordres religieux, des autorités civiles et militaires, des corporations
distinguées par leur uniforme, des compagnies de pénitents, les accents d'une musique sonore alternant avec la gravité des chants
liturgiques, comme dans nos sublimes processions de Lyon, mais
non pas des cantiques en langue vulgaire. En un mot, le recueil-

lement de toute l'assemblée catholique, recueillement si admirable
à Trèves, ne suffit pas à une procession : elle exige encore d'autres conditions que je viens d'indiquer. A Trèves, comme dans
tout le Nord, au lieu de ces tentures en tapisserie que nous étendons
sur nos maisons, on applique de grandes ramures d'arbres contre
les murailles. La grave cité de Palmatius et de Thyrsus, des Léan-
dre et des Crescence, où la foi au Christ fut si courageusement et si
unanimement avouée, professée, la Trèves prussienne n'a pas failli
et ne faillira pas aux nobles souvenirs de la Trèves des premiers
siècles et des premiers martyrs. Les modernes Trévires ont conservé les austères convictions et l'ardente prière de leurs pères ;
ils ne démentiront point leur vieille renommée chrétienne. Le
clergé de Trèves m'a paru éminemment digne dans sa tenue et
ses mœurs ; mais j'ai vu avec peine en lui l'absence du *tricorne*
et de la *soutane*. On ne saurait croire l'influence que la robe exerce
sur la discipline ecclésiastique. S'il est des infiltrations d'idées
françaises contre lesquelles on doive se tenir en garde, à l'étranger, ce n'est certainement pas celles relatives à la soutane.

Ah ! tous les gouvernements devraient bien de tous leurs efforts
provoquer et encourager le retour des grandes manifestations publiques du culte catholique, les seules dignes de la majesté des
peuples. Les fêtes politiques ne disent rien à leur cœur, elles ne
servent qu'à leur faire mieux comprendre leur faiblesse vis-à-vis
de la puissance ; les fêtes religieuses, au contraire, les exaltent, les
relèvent, les grandissent, les prédisposent aux saintes joies de la
famille, qui font l'obéissance et la fidélité du citoyen. Je termine
en exprimant le vœu que le plain-chant romain cède moins de place
à la musique religieuse dans les églises de Trèves. — Avec le plain-
chant, l'étranger se retrouve partout au sein de ses frères, au centre
de sa nationalité, au milieu de tous les climats et de toutes les langues. — Répétons-le encore un coup. — Je ne quitterai point Trèves
sans saluer, sur la terre néerlandaise, la situation si merveilleusement pittoresque de Luxembourg, la plus forte citadelle du
monde, peut-être. Mais ce n'est point son fabuleux appareil de défense militaire qui m'intéresse, c'est son église quasi-cathédrale
de Notre-Dame. Je n'ai jamais rien vu, dans le Nord, d'aussi pleinement mauresque dans l'ornementation que ce monument. Je ne
sache rien qui rappelle plus fidèlement Cordoue, que les délicates
et fantastiques sculptures ruisselant sur le fût de ses colonnes.
Bien évidemment, l'inspiration orientale a présidé à cette structure,
a donné tous ces motifs. La flèche de l'église de Saint-Jean est

d'une hardiesse qui n'a que peu d'exemples. A Luxembourg, j'ai retrouvé avec effusion mes chéris carillons mécaniques des Flandres belge et française, du Brabant et de l'Artois ! On croirait entendre constamment les anges chanter dans les airs.

J'aurais encore bien des choses à dire; mais cet ouvrage n'est appelé, ni par l'autorité de ses études, ni par le volume (moles) des matières, à continuer les livres gigantesques des bénédictins; et il est temps de clore ce chapitre.

XXII.

CHALON-SUR-SAONE.

Histoire et Tableau.

A l'Administration municipale et à la Société d'Agriculture de Chalon-sur-Saône.

Origine. — Chalon-sur-Saône est agréablement assis au bord de sa tiède rivière, sur un sol merveilleusement fertile, au milieu de la plus verte et de la plus riante nature. Il s'élève, vieux foyer de civilisation et d'industrie de notre riche province, entre Tournus, cette petite ville de grands monuments et de grands souvenirs, cette antique et significative cité où commence en France l'aspect italique, avec les combles aplatis à la lyonnaise, le belvédère sur les maisons, la persienne aux croisées, la *villa* sur les coteaux de ses alentours; et Beaune, la cité vignicole par excellence. Participant du caractère de l'une et de l'autre, il doit être considéré comme le véritable noyau de la nationalité bourguignonne.

Chalon est la Tyr du pays de Bourgogne, à la pourpre et à bien d'autres conditions près; — mais tout est relatif. — Cette Tyr a son passé, mêlé de bonne et de mauvaise fortune, de prospérité et de revers, presque toujours de gloire. L'origine de cette cité ne fut pas obscure, comme celle d'une foule de villes plus infatuées qu'elle de leur antiquité et de leur splendeur présente. Dès le temps où elle devient historiquement connue, elle nous apparaît, au fond des âges, jetant une lueur presque égale à celle de la métropole sur l'austère horizon de la république éduenne. Sans admettre ni contester la fabuleuse importance que lui donnent ses anciens annalistes, sans rechercher dans la nuit des temps écoulés si nous devons voir en elle la fille de cette *Orbandale* des romanciers et des poètes, nous dirons que Jules César, Strabon et Ptolémée placent la ville de Chalon au même rang que celles d'Autun, de Bourges, de Langres et de Sens, et que ses citoyens furent traités de frères et d'alliés par le sénat romain, qui n'aimait pas à déroger dans ses alliances et à tendre la main aux infimes. — Chalon faisait donc déjà une figure politique imposante dans le vieux monde gaulois, quand les Romains le soumirent à leurs aigles alors invincibles. Dès cette époque reculée, la vocation commerciale de notre aimable cité se manifeste dans son histoire. Une foule de marchands étrangers viennent s'y fixer. Jules César y établit des magasins de blé et des entrepôts à l'usage des légions romaines; il en fait un *castrum frumentarium*, le centre d'une foule d'opérations proconsulaires qui se continuent sous ses successeurs. Le port sur la Saône s'agrandit, une espèce de petite flotte y est entretenue; Chalon est comme le quartier-général d'un officier supérieur romain. Plusieurs empereurs y séjournent, et parmi eux, Auguste, l'an XXVII avant J.-C.; Probus, à qui la Bourgogne, cette terre promise de la vigne, doit un solennel tribut de gratitude, puisqu'il rendit à nos coteaux le pampre que le stupide Domitien en avait fait arracher deux siècles auparavant; Constantin, en CCCXII et en CCCXIII. — C'est à Lux, joli village du Chalonnais, riverain de la Saône, que ce prince, allant combattre le tyran Maxence, aperçut dans le ciel, en plein jour, cette croix lumineuse dont il fit reproduire l'image sur le *labarum*, et au bas de laquelle étaient tracés dans la nuée flamboyante, ces mots providentiels si connus : IN · HOC · SIGNO · VINCES. Ainsi, notre terre privilégiée de Bourgogne fut témoin de cette vision impériale qui exerça une si vaste influence sur les destinées religieuses et politiques de l'empire, et ce fut un pontife de Bourgogne, Rhétice, évêque d'Autun, qui enseigna au César les dogmes de la foi chrétienne. Constantin, dans son second voyage à Chalon, fit promulguer la loi en vertu de laquelle il fut défendu de marquer les criminels au front.

On sait que les *Héduois*, — comme les appelle notre inimitable Saint-Julien de Balleure, — les Lingons et les Séquaniens occupaient, avant la conquête des Gaules par les armes latines, tout le territoire sur lequel vint plus tard greffer ses rameaux la neuve et vierge nationalité burgunde. Vers l'an CCCCVII, des peuples originaires de la Germanie septentrionale, premiers éléments de cette nationalité qui s'accrut par des agrégations successives, et en s'incorporant les indigènes, firent irruption dans l'empire gallo-romain sous la conduite de Gondicaire. Ils s'installèrent après une suite de haltes et de stations dans nos riantes contrées, attirés par la fécondité du sol, les sourires du ciel et la douceur du climat. Loin de leur opposer de vives résistances, les Romains, déchus comme pouvoir politique et comme force militaire, réduits aux abois par les incessantes attaques des barbares qui commençaient à démembrer l'empire, reçurent les Burgundes comme des libérateurs et des confédérés. Bientôt s'éleva à Genève, d'abord, le trône de Gondicaire qui donna naissance à une monarchie plus ambulante que sédentaire, sans capitale fixe, enveloppée de ténèbres, dont les précaires destinées offrent aujourd'hui peu d'intérêt, et dont la législation barbare n'a laissé de trace que dans la loi *Gombette.* — Résumons en peu de mots les annales chalonnaises.

Place importante de la république des Eduens, sous la période gauloise; point de station et siège d'une sorte de gouvernement militaires, d'abord, puis colonie romaine d'une certaine valeur, sous la domination latine, Chalon eut des rois bourguignons de la lignée franque, dont il faut considérer Gontran comme le chef de race. De DXXIV à DXLVIII, Théodebert résida souvent dans cette cité; on connaît la monnaie qu'il y fit frapper. Ce fut dans l'enceinte de cette ville (1) que se négocia, en CCCCLXXXXIII, l'union de Clovis avec Clotilde, fille de Chilpéric, et nièce de Gondebaud, rois des Bourguignons de la tige burgunde. La mort de Clotaire fit tomber en DLXI la Burgundie dans l'héritage de ce prince, roi d'Orléans, qui fit de Chalon la capitale de ses états. Gontran ou

---

(1) Quelques historiens disent que ce fut à Cavaillon. Du reste, qu'on le sache bien, la similitude des noms latins de ces deux villes les a fait souvent confondre.

Gunt-Chramm dota splendidement les églises, et fonda le monastère de Saint-Marcel. L'ère vraiment royale de Chalon-sur-Saône est celle du règne de ce souverain, qui habita presque constamment sa capitale, et mourut regretté de ses peuples, dit-on, plus encore peut-être du clergé burgunde, envers lequel il s'était montré si magnifique dans ses libéralités. Childebert II, à la mort de Gontran, son oncle, réunit sur sa tête les deux nobles couronnes de Bourgogne et d'Austrasie, mais il ne résida point à Chalon. La cour de Thierry II redevint sédentaire dans cette capitale, où il passa la majeure partie de son existence aventureuse et débauchée, et s'associa ouvertement aux cruelles vengeances de la trop fameuse Brunehaut, qui, chassée de Metz par Théodebert, vint chercher à Chalon un abri dans le palais de son petit-fils. Les ministres de Thierry firent battre monnaie à son coin dans cette cité, et c'est à cette circonstance qu'il faut rapporter l'origine de ce monétaire chalonnais, l'un des plus riches et des plus beaux que puissent offrir nos cités provinciales. La victoire que Thierry remporta contre le roi d'Austrasie dans les champs de Tolbiac, déjà illustrés par celle de Clovis, ne saurait désarmer les rigueurs de l'histoire envers un prince fratricide et parjure. Thierry fit raser son frère Théodebert, le dépouilla indignement des insignes de la royauté, et le fit conduire garrotté à Chalon, où il fut assassiné. Quant au roi de Burgundie, il mourut à Metz. — Depuis Thierry, la monarchie burgunde, tantôt détachée, tantôt rapprochée du trône royal français, tantôt confondue avec lui, tantôt encore mêlée à celle de Neustrie sous Clovis II, qui ouvre la triste galerie des rois fainéants, Clotaire III, et Thierry III qui parvint à absorber dans sa couronne tous les sceptres particuliers ; la monarchie burgunde n'eut plus de vie indépendante et propre, plus de franche nationalité, se résumant dans un centre local d'impulsion et de vie, plus d'unité territoriale et politique. Chalon n'eut plus de cour permanente, et ne conserva qu'une capitalité moins réelle que nominative ; de ce jour, elle courba sa tête sous le joug de la centralisation, et obéit à un mouvement d'idées qu'elle n'imprimait pas. Les souverains investis de la couronne de Bourgogne firent administrer leurs états par des maires du palais. Nous voyons cependant Dagobert Ier, fils de Clotaire II, y venir en personne pour réprimer les vexations que les seigneurs faisaient subir à ses peuples ; en l'année DCXLIX, Clovis II choisir Chalon pour y tenir, le 1er mai, une assemblée des états-généraux, comme pour rappeler à cette antique cité les pompes royales dont elle avait été jadis le théâtre ; Charles-le-Chauve, enfin, la comprendre parmi les huit villes où se frappait monnaie. Ce ne fut que sous Pépin-le-Bref qu'il fut question de la dignité d'abord bénéficiaire et amovible des comtes de Chalon. L'histoire de cette reine burgunde, sous ses comtes, sous les deux races ducales de Bourgogne, sous le sceptre des rois de France, n'est plus que celle de toutes les villes, c'est-à-dire une histoire féconde en pestes, en incendies, en déprédations, en oppression des petits, en abus de pouvoir des grands, où il n'est fait nulle mention du peuple que comme d'un vil auxiliaire de la puissance, et dont l'ambition, les intrigues, les luttes sanglantes de privilèges contre privilèges, constituent les tristes éléments. Il est à croire que la ville de Chalon, toutefois, ne traversa pas le moyen-âge, sans que le travail lent mais continu de son esprit public ne la préparât à cette autre royauté que la civilisation lui a donnée, celle du commerce, pour lequel ses enfants ont depuis bien des siècles des dispositions innées. A quelque époque des temps moyens qu'on observe le peuple chalonnais, on retrouve toujours en lui les instincts, la vocation et les mœurs d'un peuple de pêcheurs, de grainetiers et de bateliers.

ÉGLISE. — L'église de Chalon est presque aussi ancienne que celle d'Autun à la sainte légende : (AEDVA · $\overline{\text{XPI}}$ · CIVITAS) — La foi chrétienne fut prêchée à Chalon dans le IIe siècle par saint Marcel, disciple de saint Pothin, évêque de Lyon. Le premier pontife de cette ville, dont le nom ait été conservé, est Donatien, qui assista au concile de Cologne en CCCXLVI. Elle fut la patrie des saints Arige et Césaire; elle compta beaucoup de saints évêques, parmi lesquels les Agricol et les Loup; elle eut treize conciles, dont plusieurs furent mémorables. Les évêques de Chalon occupèrent, jusqu'à la suppression révolutionnaire du siège, un rang élevé parmi les hauts dignitaires du clergé de Bourgogne. Ils n'étaient point comme ceux de Dijon, dont le siège ne fut créé qu'en 1731, le dernier échelon de la hiérarchie. Seconds suffragants de Lyon, comtes de Chalon, barons de La Sale, ils siégeaient immédiatement après ceux d'Autun aux états de la province, ils bénissaient l'abbé de Citeaux, qui était tenu de leur prêter serment, et avaient droit de visite à l'abbaye de Tournus. Dans les premières années de la restauration, l'antique siège de Chalon-sur-Saône fut relevé. M. de Villefrancon, mort archevêque de Besançon, fut investi de cet évêché; mais il ne prit point possession du siège. L'évêque d'Autun était alors un homme de cour, M. de Vichy; il réclama contre cette mesure qui restreignait sa juridiction et son diocèse, et l'ordonnance qui rétablissait le diocèse de Chalon, demeura inexécutée.

ÉTAT ANCIEN. — Le règne politique de Chalon fut de courte durée, nous l'avons vu. De Thierry à la révolution française, les destinées matérielles de cette ville furent bien variables; les incendies, les Sarrasins, les Hungres, les guerres, changèrent souvent sa figure et sa forme. Comprise sous Honorius dans la première lyonnaise, et regardée comme la seconde place de cette province romaine dans les Gaules, capitale de la monarchie burgunde issue de la tige franque, ville épiscopale, elle n'eut plus, à la réunion de la province, que le titre honorifique de capitale du Chalonnais. Elle fut alors placée dans le ressort du parlement de Bourgogne et dans la généralité de Dijon; elle n'était que la quatrième qui députait aux états-généraux de Bourgogne, et la cinquième qui nommait l'élu du tiers-état. Malgré le plaidoyer de Bernard Durand contre la ville de Nuits, qu'il traite de bicoque et d'abergement, dont les antiquités, dit-il, sont plus obscures que la nuit même, qui porte un vrai nom de calamité, et contre celle de Saint-Jean-de-Losne; ces deux petites cités conservèrent à cet égard leur préséance sur Chalon, basée sur l'ancienneté plus grande de l'érection de leur commune. Aujourd'hui, Chalon est compris dans le triumvirat des villes privilégiées du département de Saône-et-Loire, le plus généralement beau et le plus vaste incontestablement de ceux formés du démembrement de l'ancien duché. Il est le chef-lieu judiciaire de ce département, l'un de ses chefs-lieux d'arrondissement communal, et le siège de deux justices de paix.

Peu de cités ont conservé aussi peu de restes que celle-ci de leur ancienne splendeur et de leur ancien caractère. Son enceinte a été si souvent modifiée et agrandie, qu'il serait difficile de dire au juste quelle elle fut sous les Gaulois, quelle sous les Romains, quelle sous les rois de Burgundie, les comtes et les ducs, avant la ceinture actuelle qui date de François Ier. — Il y a tout lieu de croire que le *castrum* latin occupait l'éminence où se développa plus tard la somptueuse abbaye de Saint-Pierre, qui, redevenue l'emplacement d'une citadelle après la destruction de cette abbaye, est définitivement entrée maintenant dans le domaine public, et forme le quartier le plus aéré et le plus salubre de la cité actuelle. Quatre grandes voies romaines traversaient le Chalon antique. Beaucoup de débris, bas-reliefs et figures antiques trouvés aux alentours de ce capitole, militent en faveur de l'opinion que je viens de formuler, entr'autres cette inscription faisant partie d'un bas-relief représentant un chevalier romain :

ALBANVS · EXCINC · F · EQVES
ALA · ASTVRVM · NATIONE · VBIVS
STIP · X̄II · ANN · XXXV · H · S · IS · FRVFVS
FRATER · ET · ALBA (1)

Et cette autre que les caractères typographiques ne me permettent que de reproduire imparfaitement :

SAMORIX · LI   · MARIE
REMVS · EQVES . A   A · LONGINI
ANA · AN · XXIV · STIPEN · X̄III
H · S
ET · SINGV
ER   (2)

Quant au palais des rois burgundes, il couronnait cette autre éminence qui domine la Saône et forme l'emplacement de la place actuelle du Châtelet, emplacement où s'élevait le Châtelet, détruit il y a trente et quelques années, et où se trouvent encore l'hôtel de la sous-préfecture et l'ancienne prison. Les dépendances du palais des rois s'étendaient jusqu'à l'ancienne porte du Change, qui formait sa principale entrée, et à la rue Saint-Georges. Le palais ducal occupa à peu près le même emplacement, et plus particulièrement celui où se trouve aujourd'hui l'hôtel monumental de MM. Coste et Thesmar. Mais esquissons à grands traits la physionomie actuelle de notre chérie cité chalonnaise.

ÉTAT ACTUEL. — Si Chalon est une des villes qui a le plus de ruines à déplorer : ruines gauloises, ruines romaines, ruines du

---

(1) M. Letronne a traduit ainsi cette inscription : « Ici est déposé Albanus, âgé de 35 ans, fils d'Excincius, Ubien de naissance, chevalier dans la cavalerie des Astures, où il servit douze ans, Julius Frufus son frère, et Albana sa sœur. » (V. Fouque.)

(2) Voici comment j'ai rétabli cette inscription :

SAMORIX · LIberto · MARIae
REMVS · EQves · AlbanA · LONGINIANA ·
ANnis · XXIV · STIPENdiarii . XIII · (*)
Hoc · Sepvlcrvm · cvm · planctv ·
ET · SINGVliv .
posvERvnt.

(*) *Stipendarii*, soldats qui faisaient leur temps de service.

moyen-âge, une foule de tours historiques, un peuple de monastères et d'églises ; si elle a plus qu'aucune autre peut-être constamment varié dans sa figure, elle n'en est pas moins une des plus élégantes et des plus douces du royaume. Délaissée par ses rois, plus appauvrie que fécondée par ses comtes, dédaignée par les ducs de Bourgogne, elle n'a eu, comme Dijon, ni privilèges extraordinaires, ni grandes institutions ducales, d'abord, puis provinciales, pour centraliser en elle un territoire, ses populations, une fortune publique, pour aider à sa prospérité ; à l'exception de quelques immunités et prérogatives qui lui furent concédées pour ses foires, je ne vois pas qu'elle ait eu une part bien large aux faveurs des souverains. Ce qu'elle est aujourd'hui, elle le doit exclusivement au travail opiniâtre, au génie guelfe et fortement communal, à la prodigieuse activité, à l'esprit d'ordre, à la rare aptitude de ses enfants. On peut dire de cette charmante cité, que les *affaires* y ont presque remplacé l'histoire, et que la perte du plus grand nombre de leurs monuments semblait naguère encore peut-être moins regrettable aux Chalonnais qu'à toute autre population, dévoués qu'ils sont, avec une exaltation peu commune, aux opérations commerciales. Mais depuis quelque temps ils sont bien revenus de cette indifférence. Chalon n'est politiquement parlant que le chef-lieu judiciaire de Saône-et-Loire ; mais il en est le centre géographique et moral : il est le foyer, le point de départ de tout le mouvement d'idées qui s'opère dans cette magnifique portion du territoire national ; on n'y peut rien sans son assentiment et son concours, on n'y fait rien sans sa volonté et son impulsion ; il ne s'y tirera jamais un coup de canon sans qu'il soit en corps ou en esprit à côté de la mèche. Ce n'est pas que la gracieuse cité mâconnaise soit moins intelligente que celle de Chalon ; mais malgré la gloire dont elle pousse le culte jusqu'à l'enthousiasme le plus exalté, et le fabuleux soleil d'éloquence et de poésie qui embrase son horizon, elle est moins pressée d'arriver que Chalon, elle prend moins aisément l'initiative, elle aime davantage à s'assoupir dans ses rêves de quiétude et d'amour. Chalon a cela de commun avec Mâcon, que sa cathédrale est consacrée à saint Vincent, que sa seconde paroisse est placée sous l'invocation de saint Pierre ; qu'elle eut une antique abbaye de ce nom, deux fois détruite ; qu'elle a un bourg de Saint-Laurent, séparé d'elle par la Saône, représentant une autre nationalité (1) et

____

(1) La nationalité du Saint-Laurent chalonnais (Bresse chalonnaise), est au-

tendant les mains à la Bresse ; enfin, des armes pareilles, à la différence près que les *trois annelets* de Chalon sont d'or, et que ceux
de Mâcon sont d'argent. Quant à l'addition récente faite à celles de
Chalon, de la croix de l'ordre moderne de la Légion-d'Honneur,
elle ne change rien à cette conformité historique. Les chapitres de
Saint-Vincent de Chalon et de Mâcon avaient presque les mêmes
armoiries ; ils portaient d'azur, semé de France. Celles du chapitre de Chalon étaient au bâton de gueule, péry en pal.

Au double point de vue moral et matériel, il y a deux villes
bien distinctes dans la moderne cité chalonnaise. L'observateur
le moins sérieux parviendra aisément, avec un peu d'attention, à
démêler quel fut le siège de la population fixe du pays, quels
sont les quartiers les plus anciennement habités. Ici, au sud et au
sud-ouest, à l'ouest-nord-ouest, de blanches maisons, éparses, disséminées, tendant à se rapprocher et à s'unir, parce que l'union,
c'est la force, étalant leur neuve et élégante architecture ; là, les
vieilles et noires demeures, serrées les unes contre les autres,
homogènes, compactes, enchevêtrées. Dans ces quartiers qui enveloppent Chalon du côté du canal du Centre, et au nord de la
place de Beaune, des rues larges et salubres, des places où l'air
et la lumière jouent avec toute la liberté des mœurs chalonnaises ;
dans ces autres, qui viennent aboutir à Saint-Vincent, des rues
étroites, populeuses, où le soleil étincelant de Bourgogne porte
avec peine la chaleur et la vie. La différence notable qui existe
dans l'aspect de l'une et l'autre ville, se retrouve dans leurs habitudes et leurs allures. Dans la ville excentrique et extérieure qui
regarde la Saône et les collines enchantées de la côte chalonnaise,
sur les quais de la rivière et du canal, au port Villers, dans la
rue basse de l'Obélisque, dans la rue haute du même nom, à la
citadelle ; la cité remuante, pantelante, agitée, mobile, changeant
chaque jour de physionomie et de couleur ; les bateaux à vapeur
versant par torrents leurs cargaisons d'hommes et de denrées ;
l'incroyable mouvement de deux ports, le tumulte du commerce,
les chants, le langage accentué et rude des mariniers, le bruit des
voitures publiques se croisant en tous sens et faisant hurler les pavés, les allées et venues des étrangers, des porte-faix, des facteurs,

jourd'hui confondue avec celle de la ville à laquelle ce bourg est incorporé ;
mais celle du Saint-Laurent mâconnais (Bresse lyonnaise) fait encore aujourd'hui partie du département de l'Ain.

des garçons d'auberge harcelant l'étranger de leurs offres de services ; le peuple des hôtelleries et des cafés, les entrepôts, les maisons de commission, les bureaux de diligence, les industries vivant surtout avec les voyageurs qui affluent à Chalon et sillonnent à toute heure ses rues ; la population indigène tellement confondue avec la population nomade, qu'on la discernerait difficilement sans une grande habitude pratique de la localité. Le port Villers est l'expression et le centre de ce Chalon, et l'église Saint-Pierre est sa paroisse ; c'est au port Villers que se résume toute l'activité du pays ; c'est autour du port Villers, entre le port marchand et le pont Saint-Laurent, que se trouvent tous ces brillants cafés chalonnais, où règne la franche et antique gaîté bourguignonne, comme le café Lafayette, le café Parisien, le café de Foy, le café du Perron, le café Moreau, tous d'une si élégante décoration. Dans la ville intérieure et concentrique, aboutissant à la place Saint-Vincent, et dont l'antique cathédrale est le temple, la population sédentaire, toujours occupée, toujours marchande, mais calme et recueillie, travaillant avec elle-même et pour elle-même, et s'inquiétant peu des voyageurs avec lesquels elle n'a rien à démêler ; un peuple qui se connaît et s'aime peut-être davantage. La rue Saint-Vincent est le cœur du vieux Chalon. On y remarque encore le caractère des trois premières maisons qui concourent à la former, à droite en entrant du côté de la Grande-Rue.

MONUMENTS. — Les projets de construction du port et du quai sur la Saône, aux dépens de cette belle promenade du bastion de Saint-Jean-de-Maisel (1), qui faisait les délices de nos pères, remontent au milieu du dernier siècle, et sont l'œuvre de Thomas Demorey. L'exécution des travaux marcha lentement, et malgré l'intelligente sollicitude des édiles, ils ne furent mis à peu près en l'état où nous les voyons maintenant, que sous l'empire, époque de la plus haute prospérité chalonnaise que seconda si bien le blocus continental. On remarque sur le quai, en aval du pont, la jolie maison Ramus, qui a tout le luxe et le bon goût d'un petit palais italien. L'administration municipale actuelle ne néglige rien pour l'embellissement de ce quartier ; elle vient d'y faire établir une large banquette pour les promeneurs, séparée de la voie publique par des bancs et des socles supportant des candélabres

_____

(1) Ce nom vient d'une léproserie dont les malades étaient appelés *maiseaux* ou *meseaux*.

d'une forme agréable. M. Blanc, ancien maire de Chalon, possède deux tableaux historiques devenus précieux, représentant cette ville telle qu'elle était avant la construction du quai sur la Saône. — Chalon, pour le paysagiste, c'est l'horizon de ses quais, comme notre Lyon, c'est le Lyon du quai de Saône; c'est ce pont sur la rivière, d'une décoration si ferme, d'une pose si fière, ombragé par cette rangée régulière d'obélisques couronnant ses piles, et semblant jeté là comme le plus fidèle symbole de la nationalité chalonnaise. Ce pont de Saint-Laurent est ancien; mais son élargissement, les parements richement sculptés et les obélisques qui en furent la conséquence ne datent que du dernier siècle (1780). Je ne puis dire combien j'aime les obélisques du pont Saint-Laurent; tout mon Chalon se résume, pour ainsi dire, dans ce pont ainsi fait. Je me souviens qu'arrivant à Paris pour la première fois, je trouvais les plus beaux ponts de la capitale, plats, rampants, d'un aspect froid, car je n'y voyais pas nos obélisques chalonnais. Ce genre de décoration n'est pas unique, toutefois; je me souviens d'avoir vu l'original ou la copie des obélisques de Chalon, au pont de Nevers ou à celui de Moulins-sur-Allier; je ne sais plus dans laquelle de ces deux villes : tout ce que je puis affirmer, c'est que l'une d'elles en offre l'appareil; mais noirs, enfumés, trop distants les uns des autres, ils sont loin d'avoir l'harmonie, l'éclat, la couleur arlésienne du pont chalonnais. — Il y a trois points admirables pour embrasser la perspective de la cité chalonnaise. Il faut ou se placer à l'extrémité du pont, près de l'hôpital, sur le trottoir, ou arriver à Chalon par la Saône, dans la barque du gondolier, ou enfin cheminer sous la longue et pittoresque avenue de peupliers de cette chaussée, œuvre des Romains et de l'évêque Henri-Félix, qui sépare le silencieux bourg de Saint-Marcel du faubourg des *Échavannes*, dont le nom vient ou de la famille bressanne des Chavannes ou de Chevannes, tisons ardents, ou enfin représente la corruption du mot cabannes. — Que d'histoire entre le pont Saint-Laurent et la basilique de Saint-Marcel! A ce dernier point de vue, tout restreint qu'il est, l'aspect est merveilleux, car la ville se présente en amphithéâtre dominé par la basilique de Saint-Vincent. Sur le pont, la ligne blanchissante des quais se développe d'une manière plus complète et plus harmonieuse aux yeux de l'observateur; il entend à la fois, et le murmure de la rivière, et la voix enrhumée des moulins qu'elle fait mouvoir, et les bruits de la rive opposée; il voit à gauche la tour octogone du beffroi communal et la coupole ovoïde de Saint-Pierre, modelée sur les coupoles florentines, surgir au-dessus des masses horizontales et carrées des toitures plates du quai d'aval (les quais des Messageries et Napoléon), avec lesquelles elle s'harmonise si bien; à droite, l'imposante figure de la cathédrale du moyen-âge, aux formes aiguës, montant hardiment vers Dieu, et se dressant de toute l'énergie de sa structure au-dessus des toits aigus du quai inachevé d'amont (les quais de la Poterne et de Sainte-Marie). Mais, du pont, le paysagiste n'aura point la vue de l'hôpital général et de la gracieuse coupole qui mêle un sens tout italique au sens belge de son architecture historique. Envisagé de la Saône, à quelque distance au-dessous de la ville, l'aspect de Chalon est ravissant; c'est celui de la ville méridionale dans toute son élégance et sa parure, inondée de lumière, et rayonnant de toutes parts sous les étreintes du beau ciel de la *chaude* Bourgogne, comme dit le proverbe. — Ici, point de flèches d'un aspect toujours un peu sauvage, point de ces formes hérissées et austères propres aux cités septentrionales, ébouriffées comme les plumets des officiers russes; mais des dômes dont la forme semi-sphérique se marie doucement aux horizons du pays et rappelle les pins à parasol de la campagne de Rome, dont ils sont l'image. On aura beau vanter la flèche, elle ne convient point à notre nature. — Et puis, y a-t-il une forme plus harmonieuse, plus géométriquement belle que la coupole?

L'origine de la basilique cathédrale de Saint-Vincent remonte au IV⁰ siècle. Ce ne fut d'abord qu'une simple chapelle fondée sur les ruines d'un temple païen. Agrandie plus tard, elle prit le titre de Saint-Étienne, qu'elle conserva jusqu'à l'époque où Childebert lui laissa, à son retour d'Espagne, une partie des reliques de saint Vincent de Saragosse. Alors, elle se plaça sous l'invocation de ce saint. Aujourd'hui, c'est un édifice indivis entre l'architecture romano-byzantine du XI⁰ siècle et de transition, et l'architecture dite *gothique*, représentant les XIII⁰ et XIV⁰ siècles, et sans contredit l'un des plus majestueux et des plus vastes monuments ecclésiastiques de la Bourgogne. Au-dessus du banc-d'œuvre, il y a un tableau sur bois, du plus grand prix. On regrette que l'apside soit un peu aride dans sa zône supérieure au-dedans et au-dehors, que ses baies n'y aient pas de profondeur et semblent taillées dans le parpaing.— Du reste, rien de plus facile à orner que cette région. Bien inférieur à la cathédrale d'Autun, comme ordonnance extérieure, ce temple est, à mon avis, de beaucoup au-dessus d'elle comme caractère et comme structure intérieure. Au-dehors, son aspect est un peu confus: la révolution ayant détruit ses anciens clochers et défiguré sa façade, un provisoire fâcheux pesa long-temps sur cette partie de l'édifice. Enfin, M. Chenavard, de Lyon, fut chargé de donner un projet de restauration, projet malheureux s'il en fut, et que vint ensuite corriger et amender à sa manière, qui n'est pas de beaucoup préférable à celle du premier, M. Lebas, de Paris, architecte actuel de ce temple vénérable. Les deux clochers dont le couronnement s'achève en ce moment sous nos yeux, semblent avoir été inspirés par la vue de ceux de l'église Saint-Martin de Pont-à-Mousson (Meurthe); très-ornés à leur sommet, ils sont très-grêles et d'une excessive pauvreté à leur partie moyenne et à leur base; mais quelle différence d'entente et de sentiment *go-thiques* entre les modèles historiques de Pont-à-Mousson et les tristes, les infidèles copies de Chalon-sur-Saône, images de deux immenses cheminées ou des piliers du pont suspendu de Verdun-sur-le-Doubs! — L'orientation de Saint-Vincent n'est point liturgique; sa façade regarde le sud-ouest. — Je ne puis m'étendre davantage sur Saint-Vincent, dont j'ai dressé la monographie complète dans le premier volume du *Journal d'un Pèlerin*. Cette église est la première paroisse de la cité. — Le portail de la basilique correspond à une place où s'élève une colonne de granit, beau débris du Chalon antique, analogue à celles qui décorent plusieurs places de Lyon. Au flanc gauche du temple, est l'ancien palais épiscopal, converti en logements particuliers, bâti sur l'enceinte et sur les substructions de l'enceinte romaine. N'oublions pas de signaler les restes du cloître de Saint-Vincent, œuvre du XIVe siècle, et la tour décanale, d'un si suave et si souple motif, située dans les dépendances de la basilique.

L'église jadis conventuelle de Saint-Pierre (aux bénédictins de la congrégation de Saint-Maur), seconde paroisse de la ville, me semble tout ce que l'art du XVIIIe siècle a produit de plus orné au-dedans et de plus aride au-dehors. C'est une copie affaiblie et sur le plus petit patron possible, de Saint-Pierre du Vatican. Ce temple, décoré avec un luxe qui n'exclut point le goût, annonce assez qu'il sert d'abri religieux au *fashion* chalonnais et à l'aristocratie de la cité. On y remarque des verrières peintes modernes, assez médiocres d'exécution, quatre grandes statues de pierre, représentant les quatre grands docteurs de l'Église, les SS. Augustin, Ambroise, Jérôme et Grégoire; des stalles provenant de l'abbaye de Maizières, et une petite épreuve de cette Vierge, si justement admirée dans l'église rurale de Santenay (Côte-d'Or), dont J. Bésuillier fut l'auteur. Elle se trouvait autrefois à l'angle d'une rue, et fut recueillie à Saint-Pierre après l'orage révolutionnaire. Il se pratique dans les églises de Chalon un noble et touchant usage : chaque année, le jour du vendredi-saint, une immense croix de bois noir pend à la voûte des deux temples paroissiaux, et cette croix est rendue lumineuse, le soir, pendant la prédication de la passion ; c'est la tradition figurée de la croix lumineuse apparue à Constantin dans les environs de Chalon. — La nuit de la Noël, on suspend à la voûte une étoile lumineuse. — L'hôpital général des malades, dans l'île de Saint-Laurent, peut être considéré, avec ceux de Beaune, de Nuits et de Tonnerre (Yonne), comme un des plus remarquables de France par sa bonne tenue et la propreté toute flamande qui y règne. Les principales familles de la ville de Chalon et du Chalonnais se plurent à combler cet établissement de leurs largesses, et à le prendre sous leur patronage. Au nombre de ses bienfaiteurs, nous trouvons une Gasparine de Grammont et un Claude Thiard de Bissy. La renaissance encore enveloppée dans la pensée *gothique*, la renaissance libre et dégagée de toute tradition précédente, les XVIIe et XVIIIe siècles ont concouru en inégale proportion à la construction de ce monument, dont j'ai également publié la monographie. La grande salle-chapelle est extrêmement curieuse par sa voûte ogivale en bardeaux, ses verrières peintes, ses tombes et épitaphes historiques, ses meubles richement sculptés, du XVIIe siècle. La pharmacie de cet hospice le dispute en recherche et en propreté aux plus élégants salons de la cité. — La petite église de l'hospice de la Charité, près du rempart Sainte-Marie, mérite d'être visitée à cause de quelques précieux tableaux qui la décorent.

L'échevinage s'établit à Chalon en MCCLVI, les maires n'y datent que de MDLVI. La mairie, dès son origine, occupa ces bâtiments de la rue Saint-Georges, que nous venons seulement de lui voir quitter, qui, agrandis et refaits successivement, ne présentent aucun caractère historique digne d'intérêt. Il est vivement à désirer, et je m'associe formellement au vœu déjà émis par le *Patriote de Saône-et-Loire*, que la maison-de-ville, devenue inutile, voie bientôt se grouper dans son sein tous les établissements aujourd'hui isolés, d'instruction primaire, que fait fleurir dans la cité la sollicitude éclairée de ses magistrats. — Je sais qu'en ce moment même le conseil municipal de Chalon est saisi de cette importante question, et il est très-probable qu'il se montrera favorable aux désirs du *Patriote* et aux miens. — A côté de ces constructions, est un jalon historique de la primitive maison-commune chalonnaise :

je veux parler du vieux beffroi. — Tous les monuments du passé
chalonnais n'ont pas disparu sous la double influence des révolutions politiques et des idées de notre siècle qui veulent qu'on leur
fasse place partout, dans le gouvernement du pays, comme
dans les rues de nos cités — Les édifices civils du moyen-âge
ont sur les édifices religieux du même temps cet avantage, c'est
que, bâtis par des citoyens et pour des citoyens, ils ont dû échapper à l'action des démolisseurs qui s'en sont si aveuglément pris
aux pierres, des abus qu'ils voulaient réformer, des régimes politiques qu'ils voulaient détruire, dans les époques de guerres civiles
et de crises nationales. Le monument religieux a excité plus particulièrement les passions du moment, et on s'est presque toujours
rué sur lui avec violence, parce qu'on croyait y voir l'expression
et l'emblème de principes contre lesquels on était en pleine insur-
rection. C'est donc à cette neutralité de l'édifice civil ou plutôt à
son origine communale, bourgeoise et populaire, que l'on doit la
conservation parfaite d'une foule de maisons-de-villes et de beffrois dans nos cités, et notamment dans celles des départements
du Nord, où l'esprit démocratique est ancien, où la puissance plébéienne transigea de bonne heure avec le pouvoir spirituel et le
pouvoir royal. C'est à cette même condition que la tour de l'horloge publique de Chalon est redevable d'avoir vécu jusqu'à nous
sans avoir une seule attaque un peu vive à déplorer. Les clochers
de la grave basilique de Saint-Vincent — comme je l'ai dit plus
haut — ont été rasés ; la *Vincente*, cette cloche dont les accents
austères planaient sur les pacifiques plaines de la Bresse et
retentissaient jusque dans les ombreux vallons de la côte chalonnaise, la *Vincente* a été fondue ; on n'a jamais pensé à faire
des sous et du canon, du gros timbre abrité dans le beffroi de
Chalon, qui jadis convoquait les magistrats à l'audience, les
échevins au conseil, les habitants aux élections des magistrats,
aux assemblées de deuil ou de réjouissances publiques; qui sonnait
pour l'ouverture et la fermeture des portes, le *couvre-feu*, et n'a
pas cessé d'annoncer à nos concitoyens que l'heure passe toujours
immuable, impassible, rapide comme l'éclair, dans les jours de
bonheur comme dans les jours de calamité. — Ce beffroi est,
comme tous ceux de la Bourgogne, un monument d'origine flamande, dont l'idée fut importée dans nos contrées par les ducs héréditaires de la branche des Valois. C'est un édifice de la fin du
XIV⁰ siècle, architecturé d'une manière sobre mais intéressante,
toutefois. Il fut bâti dans un but direct, pour renfermer un timbre

d'horloge publique qui pût servir de signal pour les habitants. Sa voix est donc celle de l'heure, du tocsin, de la fête politique et communale. Il y a peu d'années encore, elle annonçait le balayage public des rues ; aujourd'hui, je crois qu'elle se borne à donner l'heure, et à appeler au feu quand il en est besoin. Je ne décrirai point cette tour octogone, bâtie de briques, du fond rougeâtre de laquelle se détachent de si jolis motifs de profilation, ayant déjà eu occasion d'en parler longuement dans le n° du *Patriote de Saône-et-Loire*, du 3 août 1845. Je viens redemander avec instance aux magistrats chalonnais, que la translation de la maison-commune n'entraîne pas la perte de ce beffroi situé au cœur de la cité, respectable comme souvenir, comme histoire, comme architecture, comme témoin propre à indiquer à nos neveux le point occupé par le primitif hôtel-de-ville de Chalon. — Au reste, il a été décidé dès 1831, par le conseil municipal, que ce monument serait conservé, et je me borne à solliciter que les délibérations à cet égard soient constamment maintenues. Le son du gros timbre du beffroi chalonnais est imposant et offre un volume grave ; il a toutefois quelque chose de lugubre.

On lit à son pourtour l'inscription suivante :

MCCCC · ET · XXIX · OV · MOIS · DE · IVILLET · FV · FET
S · BATISTA · ORA · PRO · NOBIS · + XHS · REX
VENIT · IN · PACE
DEVS · HOMO · FACTVS · EST

Ainsi, cette cloche, dont le bienveillant et docte M. Rossignol, conservateur des archives générales de l'ancienne Bourgogne, à Dijon, a bien voulu m'aider à déchiffrer l'inscription relevée par tamponnage, par les soins de M. Fondet, voyer de Chalon ; cette cloche est de quelques années la cadette de celle du beffroi de Beaune, laquelle date de *MCCCC et puis sept, au mois de juin, avant juillet.*

Les deux petites cloches qui font cortège au timbre principal, portent aussi chacune leur légende ; sur l'une on lit :

IN · TIMPANO · CHORO · CORDIS · ET · ORGANO
LAVDATE · DOMINVM
HENRICO · REGE · ANNO · DOMINI · MDL

Et sur l'autre ;

IN · CIMBALIS · BENE · SONANTIBVS · LAVDATE
DOMINVM
HENRICO · REGE · ANNO · DOMINI · MDL

TABLEAU. — C'est du haut du beffroi de Chalon, qu'il fait bon promener à vol d'oiseau ses regards sur la cité et sur les riants paysages qui l'entourent. Vous verrez à vos pieds le vieux noyau de la cité et les quartiers fraîchement bâtis qui l'ont augmenté, ces délicieuses promenades de Sainte-Marie et de Saint-Laurent, ces remparts ombragés, cette Saône, ce canal, ces molles et tranquilles prairies où bondissent les troupeaux, tous ces bourgs issus du tronc chalonnais, et appelés à y rentrer tôt ou tard, toutes ces portions suburbaines de la ville, dont une seule lui est incorporée, comme Saint-Cosme; Saint-Martin-des-Champs, aux fertiles jardins, Saint-Jean-des-Vignes, Saint-Laurent. Au-delà de cette seconde enceinte de faubourgs et de villages citadins, vous verrez toute la Bresse chalonnaise avec ses grandes masses de bois et d'étangs, et sa vigoureuse végétation; les plages mélancoliques et muettes de Saint-Martin-en-Bresse et de Mervans, Epervans et ses bruissants peupliers, le pont des Échavannes, la basilique, aujourd'hui silencieuse, de Saint-Marcel, et ne chantant plus la psalmodie perpétuelle *(Laus perennis)*, imitée des acémètes d'Orient (1); Châtenoy-en-Bresse, couché dans la prairie, sous un dais de feuillage, où le général Brunet-Denon réfléchit à l'inconstance des votes politiques, qui font en un jour d'un député un simple bourgeois; toute cette nature au souffle halitueux, au milieu de laquelle pleurent les bouleaux à la blanche écorce; l'île Chaumette, où l'on va, comme à l'Ile-Barbe, improviser de champêtres banquets sous l'ombrage; Allériot et Bey, avec leurs antiques églises romanes; Damerey, posé sur la grande route comme un preux sur son destrier. Au couchant, ce seront les moulins à vapeur, et Taisé au château percé de fenêtres comme une lanterne; les amoureuses collines de Buxy et de Givry, couronnées de moulins à vent; Givry, dont la flèche et la neuve église blanchissent à l'horizon; le village ducal de Germolles, la touffue forêt de Marloux, l'aristocratique village de Dracy-le-Fort, Cortiambles, le solitaire clocher byzantin de la Maison-Dieu, Etroyes, ce bassin du Bourg-Neuf où Mercurey produit ses vins si estimés; cette grande vallée que dominent la tête druidique de Montabon, roi des *Vaux*, et la montagne tourmentée dont Aluze, aux renommés vignobles, occupe la cime; la ferme-modèle

---

(1) La basilique actuelle de Saint-Marcel est loin de représenter celle bâtie par Gontran. Plusieurs fois incendiée et rebâtie sur l'emplacement primitif, elle est aujourd'hui un monument de l'architecture romano-byzantine de transition.

de la Société agricole de Chalon (Château-Mouton), la sucrerie des Allouettes, Châtenoy-le-Royal. Au nord, vous aurez l'immense forêt de Beauregard, semblant attrister l'horizon du souvenir des crimes dont elle fut le théâtre, et voilant ma chérie commune de Demigny ; la flèche en spirale de Crissey ; le campanile romain de l'église de Virey-le-Grand, image de celui de la basilique libérienne ; Sassenay et ses touffus ombrages ; le château de Rully, posé sur une sorte d'acropole ; Lessard-le-Royal, si recueilli, si paisible ; Champforgeuil et La Loyère, Fontaines - sur - Chalon et la montagne Saint-Hilaire ; tout cet incroyable bassin de Chagny, où l'agriculture et la nature sont également florissantes, où règnent la fraternité, l'émulation et la paix, l'un des plus beaux, sans aucun doute, du département. Au midi enfin, du côté de Lyon, apparaîtront la Saône aux nombreux détours, les riches alentours de Sennecey, dont la vieille église de Saint-Julien, sur la montagne, semble consacrer le nouveau temple à l'orgueilleuse inscription (DEO EREXIMVS) ; l'abbaye de La Ferté ; Varennes-le-Grand ; Sevrey, qui a toujours quelques soitures de prés à vendre aux électeurs, domiciliés ailleurs, qui veulent voter à Chalon ; le hameau constantinien de Lux ; tout le fertile canton de Saint-Germain-du-Plain ; la montée de Pimont, borne séparative de la France du nord et de celle du midi ; et au fond du tableau, de bleuâtres contours qui indiquent la radieuse Bresse mâconnaise. Tout ce panorama est celui d'une plaine, oui, sans doute ; il n'y a là nuls grands effets de montagnes et de nature, nuls contrastes imprévus ; mais quelle plaine accidentée et riche, quelle variété de broderie et de couleur dans ce tapis arrosé par la Saône ! — Et puis, la côte chalonnaise n'est-elle pas distante de deux lieues seulement, et ne joue-t-elle pas son rôle dans l'horizon ?

La nouvelle maison - de - ville de Chalon vient d'être établie dans l'ancien couvent des Carmes, sur la place de ce nom, où elle a détrôné le palais-de-justice transféré ailleurs. L'ordonnance monumentale de cet édifice, en partie rebâti sur les projets de l'architecte Piot, de Mâcon, est d'une aride et froide régularité. Sous aucun rapport elle n'est, pour l'extérieur, en harmonie avec la situation de l'art à Chalon, et ne représente la magnificence de la cité. Toutefois, ce monument, dont l'administration municipale a modifié, corrigé et amendé les projets en tout ce qui concerne l'intérieur, est admirablement distribué au-dedans, et de la plus ample et commode disposition. Les salles en sont vastes et convenable-

ment desservies; tout, dans l'intérieur de cet hôtel, représente une
mairie de grande ville, et correspond au rang de premier ordre
qu'occupe moralement dans l'opinion la cité chalonnaise, bien que,
matériellement parlant, elle ne soit que de troisième. La ville de
Chalon, qui s'est toujours distinguée par sa pompe, a voulu que la
somptuosité de sa maison-commune fût en rapport avec l'élévation
des goûts du peuple chalonnais : ce luxe est logique, la maison-de-ville est la maison des habitants, et il convient que les
citoyens de Chalon soient splendidement logés; car ils sont
généreux, riches, hospitaliers, amis des fêtes et des banquets.
Le salon d'honneur de la mairie, avec ses fonds noirs, dont le
vernis imite on ne peut mieux la laque, relevés de dorures qui
encadreront bientôt des tableaux de tapisserie aux plus vives
couleurs; la salle du conseil municipal, celle de la chambre de
commerce du département de Saône-et-Loire, siégeant à Chalon,
le cabinet du maire, sont décorés avec une rare intelligence; les
bureaux sont spacieux, salubres, d'un accès facile pour le bourgeois chalonnais comme pour l'étranger. — C'est sous l'administration paternelle de M. Ferdinand Coste que ce bel établissement a reçu ces brillantes dispositions intérieures. Dans tous ses
plans d'embellissements pour la ville, ce magistrat a été noblement secondé par un des conseils municipaux les plus éclairés
du royaume. Des travaux moins éclatants, mais d'une haute utilité, se sont opérés et s'opèrent sous la même administration ; je
veux parler de ceux des ports et du forage des puits artésiens.
N'oublions pas de dire qu'on va incessamment décorer à l'hôtel-
de-ville l'immense salle destinée aux fêtes et concerts, et dont les
riches projets dressés par l'ingénieux architecte-voyer et son gen-
dre M. Lewal, font le plus grand honneur à ces artistes distingués, dont je ne saurais trop engager la ville à utiliser le plus possible la verve et le talent. La bibliothèque publique ne tardera pas
à être transférée du collège à la nouvelle maison-commune, dans
le local le plus convenablement approprié à ses besoins.—Combien
Chalon, par sa maison-de-ville, ses progrès incessants, ses institutions et établissements communaux, est supérieur à toutes les cités
qui l'entourent, au chef-lieu administratif du département même !
Quelque petite que soit la place qu'il tient sur le sol, combien vaste
est celle qu'il occupe dans l'opinion ! Les villes qui l'avoisinent, il
est vrai, n'ont ni ses ressources matérielles, ni son esprit avancé.
M. Eugène Milliard a fait un travail curieux sur les armoiries de
Chalon. Ce fut l'empereur Napoléon qui accorda à cette ville, ainsi

qu'à celle de Tournus et de Saint-Jean-de-Losne, le droit de placer
la croix de la Légion-d'Honneur dans leur écu. Le décret, daté du
22 mai 1815, est contre-signé par le duc de Bassano. L'empereur
Napoléon accorda ce privilège à l'écu communal de Chalon, en
récompense de l'héroïsme que cette cité déploya en 1814, et du
courage avec lequel elle défendit le territoire national contre les
prétendus alliés. Les armes de Chalon ancien sont d'azur à trois
annelets d'or; celles de Chalon moderne, également d'azur à trois
annelets d'or, soutenus d'une champagne cousue de gueule,
chargée de la décoration de la Légion-d'Honneur, couleurs naturelles. Celles de Mâcon n'ont pas varié; elles sont de gueules aux
annelets d'argent. Les armes d'Autun ancien avaient quelque
analogie avec celles-ci; elles présentaient trois serpents enlacés,
et contournés en forme d'anneaux. On a fait beaucoup de conjectures sur le symbolisme des trois annelets chalonnais et mâconnais; ils doivent avoir un sens allégorique et moral; mais qui pourrait
être rigoureusement sûr de l'avoir découvert? La ville de Chalon
a eu le bon esprit de garder son sceau historique, emblème de sa
nationalité. Dijon, capitale de la Bourgogne ducale, Beaune n'ont
pas compris cette idée; ces villes se sont empressées depuis 1830
de rejeter leurs armes pour adopter le sceau commun à tous les
villages; comme pour aider elles-mêmes à l'œuvre de la centralisation, elles lui ont sacrifié le signe de leur nationalité.

Dirigeons-nous vers cette porte de Beaune, qui s'ouvre
sur Saint-Jean-des-Vignes et les restes de l'ancien bourg de
Saint-Alexandre, comme un sanctuaire vers les pompes du soleil
couchant; cette porte d'un si grave et si pittoresque aspect, dont
je réclamerai sans cesse la conservation, parce qu'elle est encore
un monument de l'ancien Chalon militaire, parce que, malgré les

mutilations qu'elle a subies, et l'addition ignorante qu'elle a reçue dans sa toiture, elle est ici un tribut de l'architecture florentine acclimatée dans notre douce Bourgogne. — On remarque à l'avant-porte, précisément celle qu'une ignoble toiture est venue défigurer, deux mascarons qui rappellent par leur bouche ouverte ce masque antique d'oracle, posé sous le pronaos de la basilique romaine de Sainte-Marie-*in-Cosmedim*, et qui lui a fait donner le nom de *Bocca della verità*. Il existait de semblables mascarons au château de Sennecey-le-Grand, que rebâtit en ce moment, par ses sérieuses études, M. Léopold Niepce. Ces bouches ouvertes étaient probablement destinées à recevoir le canon des arquebuses.

Tout homme un peu épris du sens des choses d'art, tout homme qui sent au fond de lui une voix qui lui crie que les chiffres ne sont qu'une question secondaire dans les destinées de l'humanité, ne passera pas sur ce pont, sous cette avant-porte, sous cette porte assombrie, sans avoir une idée grave, une de ces idées qui ne courent point les rues. — Traversez donc tout d'abord ce porche étroit et qui semble l'avenue d'une geôle, comme si vous alliez à Saint-Martin-des-Champs respirer le parfum de ses jardins ou admirer la belle croix rogatoire de Saint-Jean-des-Vignes, ou pleurer au cimetière chalonnais (AGER · SOMNI MDCCLXXVII) sur la tombe d'un être qui vous fut cher, ou chercher enfin dans une de ces tavernes situées hors des murs, les délassements du bon Horace; puis revenez brusquement sur vos pas; à l'instant même où vous arriverez aux limites de la place de Beaune, inclinez un peu à droite vers la maison Granger, de manière à mettre, comme un saint dans sa niche, la statue de Neptune précisément au milieu du dais d'arbres qui s'élèvent plus loin; ensuite, arrêtez-vous de grâce, et levez les yeux : plantez-vous là comme une borne vivante, mais comme une borne qui ne se pose pas en obstacle au progrès des libertés publiques, et n'évitez qu'une seule chose, c'est de coudoyer le factionnaire qui veille ou plutôt qui rôde autour de cette porte. Et regardez, regardez, et regardez encore... Que pensez-vous de l'aspect déroulé sous vos yeux !...—Moi, je déclare très-sincèrement qu'il n'y a pas au monde vingt effets d'optique citadins, vingt effets de ville plus variés, plus attachants. Ce tableau n'a pas la solennité d'une place de Rome, mais il en offre presque l'étendue, les dispositions monumentales, les contrastes, le mélange d'arbres et d'édifices publics. C'est d'une somptuosité, d'un éclat,

d'un arrangement, d'une magie tout exceptionnels ; c'est en vérité étourdissant. Au premier plan, de grandes habitations régulièrement posées sur deux lignes parallèles ; en face de vous, la belle,
la gracieuse fontaine et la statue de Neptune qui la surmonte ; au
second plan, la façade du palais-de-justice, qui vue de ce point,
rachète ses impardonnables défauts, et paraît faire oublier qu'elle
est un monument stérile de la stérile verve de M. Piot ; près d'elle,
l'obélisque élancé, bâti par l'ingénieur Gauthey, à quelque distance du lieu où il est aujourd'hui, dressant sa tête comme les mo-
nolithes de la Ville-Éternelle ; au troisième plan, la promenade, hélas !
réduite à quelques arbres restés en avant, de la promenade de
Gloriette ; sur l'arrière-plan enfin, à une vaste distance qui est
presque de l'infini, le quai pimpant et frais de Saint-Cosme, le
long du canal, semblant faire partie de l'enceinte de cette place
digne d'une capitale, et une bleuâtre colline se rattachant à la côte
chalonnaise. Tout est là, en fait de variété monumentale : palais
grec, à l'état de pastiche, il est vrai ; statue, obélisque. Cet horizon
est immense ; c'est un véritable effet de lanterne magique, tels qu'on
les voit en Italie, où les monuments se touchent, se heurtent, se
coudoient et ne se confondent pas ; où toujours les arbres, les édifices
de la nature, disent qu'à côté de l'art des hommes il y a aussi un
art dont Dieu seul a le secret. — Et puis, encore, tenez compte de
la lumière qui ruisselle sur cet espace, qui joue avec les profils
des monuments, de cet air qui circule au milieu de l'horizon ;
semez sur tout ce peuple qui travaille ou folâtre sur cette place,
les reflets de l'aurore ou les teintes vermeilles du soleil couchant ;
choisissez pour aller vous initier à ce ravissant aspect, les jours où
notre limpide soleil semble vouloir rivaliser avec celui de l'extrême
Midi, où la population chalonnaise s'épand, pleine d'effusion, d'a-
nimation et de vie, et dites-moi si beaucoup de grandes cités ne
seraient point fières de posséder une place de ce caractère, de cette
étendue, de cette noble ordonnance, de cette merveilleuse variété,
de ces admirables contrastes. — Je ne sais plus quelles vont être
les destinées de cette place, appelée à devenir le débarcadère central de la voie de fer de Paris à Lyon et de celle d'Alsace. Déjà,
l'ancien bassin du canal et le plus grand nombre des arbres si
magnifiques et si regrettables de la promenade de *Gloriette* ont
cédé leur place aux nouveaux maîtres du terrein ; ces beaux troncs,
ces riches ombrages sous lesquels se tenait la foire renommée de la
Saint-Jean, on les a impitoyablement estropiés, assommés, dissi-
pés. On ne peut pas prévoir quel rôle est maintenant destinée à

jouer la place de Beaune, et quel sera dans un avenir peu éloigné de nous, son caractère et sa figure. Oui, sans doute, l'obélisque, la fontaine de Neptune, le nouveau palais-de-justice et la prison cellulaire qui lui est adhérente, resteront debout; mais les quarante-cinq arbres, petits et grands, de la promenade *Gloriette*, qui ne sont point tombés jusqu'ici sous la hache vandale de besoins plus factices que réels, et la porte de Beaune, que deviendront-ils?... Ah! notre bienfaisante Saône, cette limpide vierge de la Bourgogne, qui depuis si long-temps nous favorise, porte dans les veines chalonnaises la sève, l'émulation et l'abondance, sera-t-elle déshéritée de ses droits et de son trône séculaire? Si les chemins de fer, à leur début si menaçants pour Chalon, doivent perdre la rivière, si les wagons doivent ruiner sans retour les gondoles et les bateaux, le centre d'activité et d'industrie chalonnais se déplacera infailliblement, et le port Villers sera effacé et absorbé par la place de Beaune. Mais j'aime à croire à de meilleures destinées, à une pondération plus juste entre les intérêts chalonnais, à un équilibre plus harmonieux entre ses divers centres de mouvement. — Chalon était jadis posé dans une île; un bras de la Saône formait le cintre de l'arc sur cette place de Beaune dont l'avenir est un mystère. Ainsi, les voies ferrées vont rendre une sorte de navigation à ce quartier, et à la cité une sorte de situation insulaire; elle sera placée entre trois ports, trois courants de civilisation, de commerce et d'idées, ceux de la Saône, du canal et des chemins de fer. La providence semble toujours se plaire dans les compensations pour les individus comme pour les cités. Ainsi, le chemin de fer vient de bannir de la promenade vandalisée de *Gloriette* la célèbre foire annuelle de la Saint-Jean; mais en revanche, cette foire transportée sur le rempart Sainte-Marie, revivifie ses ombrages, porte le mouvement dans un quartier autrefois solitaire et délaissé. Quant à l'obélisque, l'un des principaux monuments de la place de Beaune, je désirerais vivement qu'on songeât à le restaurer et à l'embellir. Je voudrais voir un aigle de bronze doré à son faîte; quatre inscriptions résumant l'histoire de Chalon, depuis les temps les plus reculés jusqu'à l'inauguration du canal du Centre, placées sur les quatre faces de sa base, surmontées des armes de Chalon ancien et Chalon moderne; enfin, les bornes monumentales qui l'entourent, unies entr'elles par des chaînes de fer ou de bronze.

Combien de monuments démolis à Chalon depuis cinquante ans : l'église de Saint-Laurent, l'église de Saint-Jean-de-Maisel, détruite en 1839 par un incendie; celle de Saint-Georges, celle de Saint-André, celle de Sainte-Marie, celle de Sainte-Croix, celle des Cordeliers (à Saint-Laurent), dont le XVe siècle avait profilé si gracieusement la façade, dont l'emplacement est encore chaud des coups de marteau qui viennent de la renverser, et sur laquelle notre ami Émile Perrusson avait écrit de si belles pages; les admirables tours qui flanquaient la porte du Change, la chancellerie, sur laquelle le même écrivain a fait de curieuses recherches, la tour *chancelière*, qui dépendait de cet édifice, ou *Rolin*, du nom du constructeur de la chancellerie, laquelle tour pourrait bien n'être autre chose que celle qu'on appela de Verdun! etc. Que de monastères, que d'anciennes demeures, que de palais pulvérisés! Mais l'église du Temple est encore debout, avec son appareil vraiment romain et sa mâle architecture militaire, et avec elle l'hôtel de Rully, devenu la propriété de M. le baron Antoine de Montcoy; la curieuse maison gothique, n° 39, de la Grande-Rue; la tour, aux substructions bien certainement romaines, du palais épiscopal; les trois vieilles maisons placées toutes les trois à la suite l'une de l'autre, de la rue Saint-Vincent; la maison à baies ogivales, rue du Blé, n° 35; la charmante porte de la chapelle des Antonins, rue Saint-Georges, de la deuxième période de la renaissance, ornée d'une frise des plus riches; une foule de maisons de pierre ou de bois, d'un intéressant caractère; mais la basilique de Saint-Marcel, rivale de la cathédrale, n'a pas cessé de régner dans les horizons chalonnais : bien que séparée de la ville par quelques kilomètres, elle lui appartient, elle est essentiellement sa chose. — Oh! oui, la royale basilique de Saint-Marcel-lès-Chalon est bien à nous. Si la monarchie burgunde venait à se réveiller dans son antique capitale, elle aurait tout prêt, dans ce temple, son Saint-Denis ou son Hautecombe. La basilique de Saint-Marcel, dont j'ai publié une monographie dans la *Statistique générale des Basiliques lyonnaises*, et sur laquelle a écrit depuis lors, avec conscience et talent, M. l'abbé Cazet, membre de la Société archéologique de Chalon, la basilique de Saint-Marcel est orientée dans les conditions pleinement liturgiques. Saint-Laurent, dont un monastère, bâti par saint Gratus et détruit par les Hungres, en DCCCCXXXVII, fut l'origine; Saint-Laurent, ancienne ville insulaire de la Bresse chalonnaise, ancien siège d'une châtellenie royale d'où ressortissaient la ville de Seurre et cent vingt-un villages, qui ne fut supprimée qu'en 1749 et réunie au bailliage de Chalon, et d'un parlement qui, établi par le roi Jean, en 1362, comprenait la comté

14

d'Auxonne dans son ressort, et fut réuni à celui de Bourgogne en 1480; Saint-Laurent a bien perdu son individualité, ses monuments, sa nationalité et ses privilèges, son hôtel des monnaies, ses foires, son échevin perpétuel et son droit de député aux états-généraux de la province. — Chalon peut se consoler.

Cette ville, où tout marche dans les faits et les idées, dont les juges consulaires ont toujours, avec tant de sollicitude, protégé le commerce, toujours administrée d'une manière si paternelle; cette ville qui a, dans sa rue Saint-Georges, comme la capitale, son faubourg Saint-Germain, sa rue de Varennes-Saint-Germain, la plus noble de tout Paris, et sa rue Vivienne, dans celle du Châtelet; cette ville, où tout est préparé pour un immense négoce, et qui a fait tant de frais, tant de sacrifices pour son existence actuelle; cette ville sera-t-elle ruinée, dans son commerce de commission et d'entrepôt, par les chemins de fer?... — Oh! non, croyons que non; espérons qu'elle trouvera dans son intelligence, dans son génie, de nouveaux moyens de prospérité, si on lui ferme les anciennes voies où elle florissait. Elle sera toujours le grand et principal marché de la Bourgogne.

Toujours en tête de tous les progrès, Chalon fut la première ville du département éclairée au gaz. Elle avait depuis long-temps adopté cet éclairage, que Mâcon, chef-lieu administratif, en était encore aux vieux réverbères à quinquets, qu'on avait grand soin de ne pas allumer, même dans les nuageux hivers, les nuits *de lune officielle*. Chalon a un collège communal (RE-LIGIONI · ET · BONIS · ARTIBVS) plein d'émulation, une bibliothèque déjà nombreuse et choisie, quoiqu'elle ne date que de 1824; des salles d'asyle qu'abrite un bâtiment neuf, construit naguère dans les idées de la renaissance; un joli musée, une école communale de dessin qu'annonce, sur la place des Carmes et sur l'emplacement des Ursulines, une colonnade grecque; un théâtre devenu récemment l'objet d'une heureuse rénovation intérieure. Elle a une prison cellulaire, enfin, pour ne rien omettre, attenant à son nouveau palais-de-justice de la place de Beaune. L'instruction populaire y est établie sur le pied le plus large, et que semble avoir mesuré la cité de Metz, la plus riche du royaume au point de vue de l'instruction populaire. Chalon, dont Charlemagne fonda les premières écoles publiques, a depuis long-temps conquis une renommée, justement méritée par ses institutions particulières et ses pensionnats de demoiselles, religieux ou séculiers. Trois sociétés versent dans son sein le goût des arts utiles, de l'histoire et des arts d'agrément : la Société philharmonique, dont les concerts sont si retentissants ; la Société d'agriculture et d'horticulture, si laborieuse et si zélée, dont les expositions annuelles florales et fruitières obtiennent un succès si mérité ; la Société d'histoire et d'archéologie, fondée naguère par des hommes, chaleureux amis de la science, des études sérieuses, des choses et des monuments du pays. Cette dernière société a pris la belle devise : SERVARE NARRARE. Le sentiment des beaux-arts est ancien à Chalon : le Christ portant sa croix, dans la maison à l'angle des rues du Pont et du Châtelet ; la Sainte-Vierge-Mère, à deux pas plus loin, dans cette dernière rue ; les bustes, en bas-relief, représentant le Christ et la Vierge, dans la maison Coste-Colasson (rue au Change), sculptés par feu Colasson, auteur des stalles de Saint-Marcel ; la Vierge de la maison Pugeault (emplacement de la chancellerie) ; le Bon-Dieu-de-Pitié de l'hôpital général ; le Saint-Vincent de la place de ce nom, etc., etc., attestent assez ce culte pour l'iconographie chrétienne, inné chez les Chalonnais, malgré leurs préoccupations commerciales. Mais, depuis quelques années, il se fait dans cette ville un mouvement vraiment admirable d'idées artistiques ; de là, cet amour si général pour les collections et cabinets archéologiques ; de là, toutes ces maisons modernes qui s'élèvent à l'envi, monuments d'un goût exquis et d'une suave élégance, comme la maison Rogues, véritable villa italienne ; les deux maisons Potheret, l'une rue basse de l'Obélisque, l'autre place des Carmes.

Peu de cités s'intéressent aussi vivement que celle-ci à ses gloires propres, à son arrondissement, à ses hommes célèbres. Elle a voulu naguère que les noms de ses rues devinssent autant d'hommages aux grands citoyens qui lui ont apporté du lustre, et aux hommes de cœur qui se sont associés à ses intérêts. — Chalon a une librairie des plus florissantes ; il n'y a pas de ville en Bourgogne où il se vende et se lise autant de livres, surtout de ceux relatifs à l'histoire de la province et à l'archéologie. J'ai à cet égard un régulateur certain. Un seul libraire de Chalon, M. Victor Fouque, a déjà recueilli à Chalon près de quatre-vingts souscriptions spontanées pour la deuxième édition de la description de Bourgogne, par Courtépée, que va donner M. Lagier, de Dijon, et il y a tout lieu de croire que ce chiffre sera bientôt singulièrement dépassé. Les cercles clos et cabinets de lecture, parmi lesquels se distingue celui de M. Musy, y sont nombreux. Bien que l'établissement d'un premier imprimeur à Chalon ne

date que de 1650, la typographie y est dans une situation prospère. Cette ville compte trois imprimeurs et trois journaux : le *Patriote de Saône-et-Loire*, le *Courrier de Saône-et-Loire*, feuilles
politiques, et les *Annales Chalonnaises*, journal mensuel de la
Société d'agriculture et d'horticulture. Le monétaire mérovingien
de Chalon est peut-être l'un des plus riches qui existent; cette
ville possède une magnifique série de monnaies anciennes, la plupart frappées sous les rois de la première et de la deuxième race.
— Chalon est la patrie de saint Arige, de saint Césaire, évêque
d'Arles, l'Augustin de l'église gallicane; du sculpteur Guillaume
Boichoz, de l'avocat Bernard Durand, si connu par son curieux
mémoire en faveur de Chalon, contre les villes de Nuits et de
Saint-Jean-de-Losne; des profonds jurisconsultes Hugues Doneau
et Hugues Descousu, de l'ingénieur Gauthey, du Père Perry, de
Saint-Julien de Balleure. Cette ville fut en outre illustrée par des
hommes qui, sans l'avoir eue pour berceau, vécurent de sa vie,
comme Pontus et Cyrus de Thiard, Nicolas du Blé, marquis
d'Uxelles, etc. — Résumons notre essai sur la cité chalonnaise.

A toutes les époques de son histoire, la ville de Chalon s'est armée
contre les abus; elle a voulu le progrès, elle a fait preuve d'un
patriotisme ferme, d'indépendance, de dignité, de modération,
et en 1793, notamment, elle s'est signalée à ce dernier point de
vue. — Dès 1788, les cahiers de tous les ordres, dressés à l'hôtel-
de-ville, annonçaient les idées sagement avancées du peuple chalonnais, à cette époque. Toujours, même dans la nuit du moyen-
âge, sous nos ducs, sous l'empire français, nous retrouvons en
lui les mêmes instincts, les mêmes goûts patriotiques, le même
amour pour sa nationalité. — C'est là son esprit. — Soit que cette
ville tâche de résister aux Sarrasins, aux Hungres, aux grandes
compagnies, au duc d'Aquitaine, soit que plus tard elle s'efforce
de combattre les plus récentes invasions ennemies, elle a toujours
les mêmes tendances. Elle fut à Marie de Bourgogne d'une fidélité
opiniâtre, parce que Marie de Bourgogne, pour elle, c'était le symbole de la patrie; elle fut déterminée ligueur, parce qu'elle avait alors
pour l'étranger l'horreur qu'elle manifesta en 1814 et en 1815. — La
ligue, à la regarder, préjugés de partis, rancunes religieuses,
haines à part, fut en principe le plus beau mouvement de la nationalité française luttant contre l'étranger. — Les scènes sanglantes que les troubles de la fronde amenèrent dans Chalon,
témoignent encore de cet esprit belliqueux et toujours en insur-
rection contre le despotisme.

Chalon-sur-Saône partage avec Nuits l'honneur d'être, dans toute la plénitude du mot, la moelle de notre nationalité, le siège du cœur bourguignon. — Je n'invente pas le mot. — Il y a long-temps que Bernard Durand, dont j'ai cité plus haut le mémoire, appela Chalon le *Cœur des deux Bourgognes*. Il ajoutait même — ce qui est beaucoup moins clair — que Chalon signifie *paix*, dans toutes les langues orientales. — S'il est vrai de dire que le cœur a plus d'esprit que l'esprit lui-même, je vous laisse le soin de conclure de la situation morale d'une cité où les sentiments pratiques précèdent les théories. Chalon est l'expression des plaines de la Bourgogne, comme Nuits celle de ses coteaux : l'une et l'autre de ces cités règnent sur notre territoire. — Grande ville par ses relations, sa renommée, son commerce, son mouvement, ses allures, avec le chiffre restreint d'une population fixe d'environ 15,000 âmes, grande ville sur ses quais et dans ses rues, toute petite ville par ses idées de fraternité et de famille, toute petite ville dans la maison et au foyer domestique, Chalon-sur-Saône n'est pas seulement le type le plus complet de l'aménité proverbiale, des mœurs hospitalières, du franc-parler poli, de l'activité raisonnée, de la loyauté à toute épreuve du pays de Bourgogne; c'est la cité française, moralement plus encore que géographiquement placée aux avant-postes du Midi. Oui, Chalon, en rapports immédiats, journaliers et permanents, par son harmonieuse, par sa caressante rivière, avec la tiède Provence et la poétique Italie, Chalon est le point de partage sensible et le lien naturel entre la France cisligérine et la France transligérine, entre les nébuleux domaines de la langue d'Oïl, sifflée par les rêveurs trouvères et le riant patrimoine de la langue d'Oc, chantée par les gais troubadours. — Chalon-sur-Saône, c'est le port avancé de la Méditerranée et des mers étincelantes de l'Orient; c'est le point de mire des blonds enfants du Nord et des hommes de Paris qui veulent descendre dans les régions méridionales, et s'initier à une vie nouvelle pour eux. C'est là qu'après une marche longue et pénible, ils trouvent une douce station, une température calme, ces paysages épanouis, cette nature civilisée et ferme qui leur fait pressentir et deviner le ciel limpide, les aspects enchanteurs, les cordiales et vives populations qu'ils vont visiter. C'est là qu'ils s'endorment au murmure de cette Saône, qui est le grand chemin direct d'Avignon, de Florence, de Rome et d'Athènes. Arrivés à Chalon-sur-Saône, ils n'ont plus qu'à se reposer parmi nous, et à choisir l'un de ces élégants *steamers* à vapeur qui leur tendent les bras. La ville de Chalon est si avenante, qu'ils seraient tentés d'y séjourner; mais de ce quai qui la résume, ils s'élancent par la pensée vers la patrie des poètes et des artistes; leur cœur bat d'espérance et de joie; ils tressaillent en songeant au soleil et au firmament qu'ils verront briller sur des horizons inconnus à leurs yeux, car le Sud a commencé pour ces voyageurs, car ils sont déjà dans un autre monde de sensations et d'idées, car déjà s'ouvre devant eux le grand spectacle des choses méridionales. Chalon-sur-Saône est comme un point d'observation et d'optique, d'où l'imagination franchit les distances et entrevoit sans obstacles les plages fortunées du Midi. D'un bond ils se jettent sur le tillac du bateau, trop lent, à leur gré, à battre de ses ailes l'amoureuse et liquide surface. — Mais le signal du départ est donné, le paquebot vole, et tous les cœurs des pèlerins d'Italie et de Grèce volent avec lui.

La ville de Chalon s'est toujours distinguée par sa générosité, sa grandeur, sa munificence, ses banquets, sa courtoisie envers les étrangers. Et à ce propos, disons que les récents souvenirs des fêtes retentissantes offertes à tant de villes par la Société philharmonique chalonnaise, sont encore présents à tous les esprits.

Nulle cité en France ne convie avec plus de grâce et d'élan, ne retient avec plus de cordialité ses visiteurs, n'est d'un commerce plus facile que Chalon-sur-Saône, n'est plus policée et moins altière, plus florissante et moins infatuée, plus digne et moins superbe. Nulle n'a plus d'ardeur dans la guerre et de modération dans la victoire, nulle n'a plus de tact pour comprendre et d'instinct pour juger, un goût plus exquis et plus juste en toutes choses; nulle n'a un enjouement plus aimable et plus éloigné de la vulgarité, l'esprit plus finement observateur et plus malin sans médisance, un amour aussi populaire, aussi énergique et aussi sage pour la liberté, à l'exclusion de la licence qui est la parodie de la liberté, un patriotisme plus généreux et plus juste; nulle n'a plus d'émulation dans ses travaux et plus d'effusion dans ses fraternelles agapes; nulle ne grimace et ne se drape moins qu'elle, n'a moins de jactance et d'apprêt, n'est moins étudiée et moins raide, n'a plus de laisser-aller et de franche bonhomie. Elle est comme les vrais riches, elle ne fait pas parade de son avoir. Comme la petite cité de Nuits, encore, elle est aimée passionnément de ses enfants. — Terminons, en disant que les deux plus grands empereurs d'Occident, Charlemagne et Napoléon, lui avaient voué une tendre affection, et que tous deux lui portèrent le plus ardent intérêt.

Nous avons voulu, par cet essai, suivre l'exemple donné par M. Guerrier de Dumast, dans *Nancy, histoire et tableau*...... — Avons-nous réussi comme lui?... — Nous n'osons l'espérer (1).

(1) Ouvrages à consulter sur l'Histoire de Chalon :

Histoire du P. Perry ; — Saint-Julien de Balleure ; — Mémoire de l'avocat Bernard Durand (Ier vol. de l'illustre Orbandale) ; — Histoire de M. Victor Fouque ; — Légendaire d'Autun, par M. Pequegnot : — Courtépée ; — Annuaire de Saône-et-Loire de 1843 ; — Statistique de Saône-et-Loire, par M. Ragut ; — Statistique d'*id.*, par M. J. Hacquin neveu (ouvrage non terminé) ; — *Itinéraire de Chalon à Saint-Marcel*, par É. Perrusson ; — *Notice sur la Chancellerie*, par le même ; — Notices de M. Joseph Bard, dans l'Annuaire de Saône-et-Loire de 1811, dans la *Statistique des basiliques Lyonnaises*, et le Ier vol. du *Journal d'un Pèlerin*, du même ; — De *Claris scriptoribus cab.*, par le père Jacob ; — L'illustre Orbandale, par le père Berthaud, minime : — Abrégé chronologique de l'Histoire de Bourgogne, par Mille ; — Le volume et l'Atlas parus des Mémoires de la Société d'histoire et d'archéologie de Chalon-sur-Saône (années 1844-45-46).

XXIII.

VENISE.

A MM. André Imberdis, auteur des guerres religieuses en Auvergne, Charles Roget, juge de paix, Trimolet, peintre, et Guimet, de Lyon.

Venise ne ressemble qu'à Venise : c'est un rêve de marbre et d'or; c'est un songe oriental qui est venu à prendre une forme sensible au milieu des flots; c'est une nymphe endormie aux chants des gondoliers et au murmure des lagunes, entre les choses les plus poétiques du monde, la Grèce, la Judée et l'Italie. Il faut être doué d'un sens particulier pour comprendre cette ville, ces palais, ce peuple, ce paysage sans arbres, où tout est mer; ces rues sans voitures, dont tous les fiacres et les carrosses sont des nacelles; ce tout bizarre qui n'a pas d'analogue; ces souvenirs républicains, terribles, glorieux, aristocratiques, empreints sur tous les monuments, et cette merveilleuse harmonie des choses, des hommes et du climat *(poichè a voi italiani, cielo è terra è armonia* (1). Palladio, Bramante et Sansovino ont bâti ces

_____

(1) *Miscellanee del cav. F. Romani.*

églises; Le Tintoret, Paul Véronèse et le Titien les ont décorées;
la renaissance et le XV° siècle, l'école byzantine et le goût arabe,
l'austérité monumentale unie à la pompe, et le luxe d'un peuple
marchand qui jette l'or par les fenêtres, marié aux habitudes de
majesté sévère d'un peuple qui a de grands seigneurs jaloux de
leur puissance, pour magistrats; tout cela se trouve à Venise. Les
petits canaux aux ondes sales et fétides., les petites rues où à peine
un homme peut passer, expriment le peuple courbé sous le joug de
fer de son ancien droit public, de sa législation pleine de crainte,
de sa soupçonneuse et vindicative administration d'autrefois; le
grand canal *(canal grande)*, celui de la Giudecca, les palais qui
le bordent aux approches du *Rialto*, la place Saint-Marc et la
Piazzetta, expriment le gouvernement et les fortunes nobiliaires
de la Venise républicaine; Ce pouvoir des doges et du sénat fit
de grandes choses, il faut le dire : les eût-il toujours opérées, s'il
n'avait été maître du terrain, s'il n'avait eu lui, gouvernement,
un vouloir supérieur à toutes les volontés ?... — Le seul tort de
cette oligarchie fut peut-être d'avoir voulu conserver la terreur,
les odieux mystères de sa justice expéditive, dans un temps où
ils n'étaient plus compatibles avec l'esprit public et plus nécessaires pour le salut ou la grandeur du corps politique. — Mais revenons à nos amours.

La voilà donc cette Venise, que toutes les chaudes imaginations
de l'Europe ont rêvée, qui était aussi, depuis quinze ans, mon
songe de toutes les nuits, dont je balbutiais le nom avec transport,
quand à peine je pouvais tenir une harpe sur mes genoux d'enfant!
— Je l'ai vue toute fière encore de la visite de son empereur, toute
rayonnante et toute pleine d'animation; j'ai compté les mille îlots
qui la composent; j'ai vu un soleil douteux de novembre baiser
les murs rouges de ses maisons; j'ai vu les mille barquettes noires
de ses canaux glisser légèrement sous la rame des gondoliers. —
Ah! une ville comme Venise, accoutumée à jouer son avenir et sa
vie avec les eaux, sans cesse occupée à se mirer ou à se laver
comme une odalisque, une pareille ville devait ou inventer ou
perfectionner les glaces.

Ici tout respire je ne sais quel délicieux parfum d'orientalisme
qui vous enchante : ce sont les coupoles de Constantinople, les
nattes de la Grèce et les tapis de l'Inde; ce sont les mœurs faciles,
communicatives, indolentes de l'Asie mineure; ce n'est plus le
sensualisme brûlant et volcanique de Naples et de Palerme, mais
c'est un laisser-aller délicieux qui vous porte sur les rives du

Bosphore. A Venise, les cafés regorgent de femmes, souvent belles, toujours aimables; et toutes ces figures de Turcs, d'Arméniens, d'Égyptiens, armés de longues pipes, vous annoncent qu'un autre ordre de société et de civilisation a commencé. Un café modèle, c'est le café Florian, situé sous les portiques de la place Saint-Marc, côté du campanile. Figurez-vous trois ou quatre charmants petits salons, et puis derrière ces boudoirs, une grande salle, tout entourée d'ottomanes, servant de cabinet de lecture. Rien de plus animé, le soir, que cette dernière salle, où l'on se réunit comme dans un cercle, et dont les dames du meilleur ton et de la mise la plus soignée viennent partager les causeries d'excellente compagnie. — Ah! les Vénitiennes, elles sont bien suaves et bien harmonieuses, avec leur mantille si gracieusement jetée sur le front, avec leurs pieds si délicats, avec leurs regards si limpides, leur voix si musicale et si tendre! — Je ne sais vraiment où M. Gueroult a observé la cité de Venise, quand il vient gravement en faire une *ville morte, qui se noie à deux pas du rivage.* Ces marchands d'impressions, commis-voyageurs de la presse parisienne, qui visitent l'Italie et nos provinces de France, font vraiment pitié; ils se campent pendant deux jours dans une auberge, et prétendent juger l'histoire, le passé, les monuments, les souvenirs, le type d'un pays, sans le connaître, sans même en parler la langue. Ainsi M. J. J., qui a écrit sur Milan, avant d'avoir jamais mis le pied dans cette capitale; ainsi le même J. J., jugeant Lyon dans un dîner de traiteur, et prenant la maison-de-ville de Bruxelles pour une église; ainsi une femme de lettres, célèbre par le dévergondage plus que par la puissance de son génie, insultant à Mâcon, en voyant la cité, du bateau à vapeur; ainsi M. Bayle (Stendhal), injuriant à son tour notre auguste cité de Lyon, sans raison, sans motifs, sans esprit même, après l'avoir étudiée du vasistas d'une diligence; ainsi encore un autre littérateur parisien ne trouvant, à son dire, rien de mieux à Bourg-en-Bresse que la servante d'une auberge, pour lui parler de la merveilleuse église tumulaire de Brou. Voilà le feuilleton, à Paris, tel que l'ont fait les banquistes et charlatans de la ville-monopole. Mais pourquoi une partie notable du public continue-t-elle à être leur dupe et à subir de telles renommées, faites à coups de réclames? — Qu'arrive-t-il de tous ces jeux iniques? C'est qu'à l'étranger ces gens-là nuisent à la considération littéraire de la France; c'est qu'ils se font moquer d'eux, et jettent sur notre nation un vernis de ridicule contre lequel nous sommes obligés plus tard de protester, parce que les opinions de la France ne sont point dans la plume des feuilletonnistes parisiens et de tous les jongleurs qui exploitent la crédulité publique. — Non, Venise n'est pas morte; la reine de l'Adriatique vit encore et vivra long-temps : chaque jour ses monuments se restaurent ou s'achèvent, chaque jour s'accroît sa prospérité commerciale; et si les Vénitiens ont perdu le trafic du monde, ils ne sont pas plus prêts à mourir que la plupart de nos grandes villes de France qui ont perdu leur parlement et leur université, Aix, Dijon, Douai, Toulouse; ils ont agi comme ces villes. Ils se sont fait une trouée dans les habitudes et les choses nouvelles, et leur destinée est belle encore.

Je ne puis peindre Saint-Marc, la place de ce nom et la *Piaz-zetta*, où se trouve le palais ducal. Il y a dans ces choses un aspect si attachant, si original, qu'il faut être sur place pour le juger. L'église de Saint-Marc est la plus étonnante basilique que j'aie vue : figurez-vous un temple tout d'or au dedans, tout de marbre au dehors, entièrement revêtu de mosaïques et coiffé de cinq coupoles, unissant dans sa splendeur monumentale les traditions mystiques de l'école byzantine aux *fioritures* de la fabrique arabe. A Saint-Marc, vous êtes à Constantinople; vous avez la crypte souterraine et l'église rayonnante, l'art et le symbole, la foi des siècles et le martyre, la bible et la légende. Cet édifice se trouve précisément placé entre la sculpture du XIIe siècle et les mosaïques orientales du VIe; il tient des deux périodes de l'art, il rappelle Sainte-Sophie de Constantinople et Saint-Trophime d'Arles. La mosaïque était la sculpture des premiers siècles de l'Eglise; c'était la peinture, c'était l'ornementation. J'ai vu sous le crypto-portique qui précède le temple, de ces figures obscènes qui prouvent toute l'ingénuité de nos aïeux et toute la bonne foi de leur cœur.

Le campanile me paraît beaucoup trop vanté. C'est une tour carrée dont la base est de briques, et qui n'a de marbre qu'à son front; mais il faut pénétrer dans le riche trésor de Saint-Marc, et admirer ses magnificences, la rose d'or, le globe et le sceptre des rois de Lombardie, un peuple de reliquaires, de vases, de bas-reliefs, de missels, d'évangéliaires, de manuscrits, etc. Rien au monde d'opulent comme ce trésor où don Valentio Giacchetti voulut bien être mon guide, et dont il connaît si bien l'histoire. — Une chose m'a beaucoup peiné au trésor de Saint-Marc, ce fut d'apprendre qu'une foule d'inappréciables chefs-d'œuvres historiques de l'art byzantin et du Ier siècle de l'Eglise, qu'il montrait avec orgueil aux yeux du savant et du fidèle, ont été broyés par les Français, brisés sur la place publique avec une rage féroce, sans qu'une seule bourse, un seul cabinet d'amateur en profitassent.

La façade de Saint-Marc paraît basse, si on la compare à nos grandes églises du Nord; mais ayez la bonté de remarquer ces quatre chevaux de bronze doré, fils des artistes les plus distingués de la vieille Grèce, et dites-moi s'ils ne perdraient pas à être placés sur une plus grande échelle monumentale. Vous parlerai-je encore des quatre-vingts ou quatre-vingt-dix églises de Venise, toutes incroyables de peintures, de marbres, d'architecture, d'ornementation? — Non, le temps et les pinceaux me manquent, et je me bornerai à demander à nos amis de me suivre en ce beau et rayonnant pays.

J'avais été, pendant quelques jours, maussade à Venise. — La pluie, le froid venaient voiler ce beau ciel d'Italie que j'aime tant; je me disais : Oh! que cette cité doit être séduisante, vue sous l'influence d'un soleil sans nuages; comme elle doit se dessiner harmonieuse et svelte dans les tons chauds et foncés de l'atmosphère méridionale! Et puis, tout-à-coup le firmament s'est fait serein, et le monde de féeries a commencé pour moi dans Venise, et j'ai retrouvé mon soleil, et j'ai vu, le soir, étinceler les coupoles de Saint-Marc et la rame du gondelier, à la clarté de la lune, et j'ai compris la passion de Léopold Robert pour Venise, et je me suis remis en gondole, et j'ai navigué pendant une demi-journée.

Tragique, cruelle, dramatique dans son histoire politique, Venise est la plus douce des cités dans son histoire de poésie et d'art; il n'y a qu'un pas du *Lido* aux prisons et du cachot à la piscine. Sans décrire le palais des doges, que tout le monde a vu en réalité ou en dessin, la salle des *Dix*, celle du grand-conseil où l'on remarque, parmi la série des doges, une place vide avec un écriteau noir, au lieu que devait occuper le portrait de Marino Faliero, traître à la patrie; je veux vous dire quel mal j'ai ressenti en voyant dans un affreux cachot, au niveau de l'eau, les traces du sang des malheureux que le tribunal secret de l'inquisition dévouaient au supplice. — Jamais impression plus poignante et plus triste n'est venue m'assiéger. J'ai voulu aussi me faire ouvrir le lieu où fut renfermé Sylvio Pellico. Sa chambre, dont le mur extérieur est rouge et percé de deux fenêtres, dépend d'un corps de bâtiment situé entre Saint-Marc et le palais, et ne faisant point partie des prisons; elle occupe le dernier étage de ce bâtiment. J'ai beaucoup joui en voyant cette chambre; elle me rappelait une douleur si amère, une âme si résignée... Et puis, le *livre des prisons*, je l'avais lu pour la première fois en italien, dans ma douce retraite de Chorey en Bourgogne, en commun avec un tendre père, qui fut mon premier maître dans la langue de Pétrarque; un double parfum d'amour pour Pellico et de souvenir du foyer domestique, de la famille, me retint long-temps dans cet appartement.

Le théâtre de la *Fenice* est un des plus beaux d'Italie; il vient immédiatement après ceux de San-Carlo de Naples et *alla Scala* de Milan, et balance celui de *Carlo-Felice* de Gênes.

Une chose vous frappe à Venise, c'est l'absence absolue de voitures, la forme toujours semblable des gondoles vêtues de drap noir comme des cercueils, et symbolisant les mœurs de cette république, où tout le monde aimait l'incognito. Je m'attendais à trouver des nacelles blasonnées, brillantes... Non, la gondole du grand seigneur est comme celle du pauvre; c'est toujours le coffret couvert de drap noir, et la nef légère, aiguë, démesurément longue proportionnellement à sa largeur.

Venise m'a donné un autre spectacle que le sien, c'est la vue du prince héréditaire de toutes les Russies et de toute sa cour, que j'ai rencontré à l'église cathédrale du rit grec. Ces officiers généraux moscovites sont généralement richement vêtus, hérissés de décorations et de brocheries d'ordres; mais ils ne peuvent échapper aux formes cosaques sous leur harnais; et le pandoure, malgré son luxe ébouriffé et son ostentation de baron allemand, me fait toujours l'effet d'un barbare.

Peuple de Venise, poétique et harmonieuse population, qui passes ta vie à te laver, à te mirer, à aimer, à prier et à chanter, pourquoi donc cette omnipotence du rouge sanguin dans tous tes édifices publics ou privés? pourquoi ces palais tout rouges, ces places, ces rues toutes rouges? pourquoi ces mantilles rouges sur la belle tête de tes femmes? pourquoi cet arsenal, le plus vaste et le plus curieux du monde, sans contredit, rouge comme s'il eût été teint du sang de tes pères? — Mais cette couleur est belle, après tout, et de la robe des doges elle avait passé à la robe des monuments, jusqu'à ces socles de bronze où l'on suspendait, en place de Saint-Marc, les bannières de la république, et où flotte maintenant le triste étendard autrichien, sous les yeux vigilants et pleins de défiance des caporaux allemands, armés de la *chelaque*, dont le joug, la langue, les mœurs ne conviennent guère plus à ton caractère, à ton ciel, à tes eaux murmurantes, à ta vie de gondoles et de chansons, que la domination moscovite.

Oh! que je suis heureux de t'avoir vue, fabuleuse Venise, quand tu étais encore la ville unique au monde par sa position et sa figure. Hélas! un chemin de fer vient de t'unir au rivage; c'en est fait de toute cette poésie qu'il fallait traverser avant d'arriver à toi; tu as perdu en partie ce sens idéal et mystérieux qui te donnait un inestimable prix; tu n'es plus qu'une magnifique ville de palais, semée de lagunes et d'îlots; mais tu tiens à la terre, à cette prose continentale que tes fondateurs avaient pris tant de soin d'éloigner de toi. Tu es toujours l'ange des cités; tu n'es plus l'ange libre et fier, dégagé de tout lien terrestre, planant entre deux firmaments également immenses et également constellés; tu n'es plus que l'ange enchaîné par le bout de l'aile à la matière, mais toujours penché sur l'infini.

XXIV.

HOPITAL DE BOURG.

A MM. Huet, curé de Bourg, l'abbé Mallat, l'abbé de Boissieu et Alexandre de Boissieu, de Lyon.

L'hôpital est une idée du moyen-âge, et cette idée a réalisé tout ce qu'il y a de plus pur, de plus efficace, de plus généreux, de plus saint dans la charité : c'est le cœur du Christ qui s'est ouvert jusqu'aux entrailles, sur la voie publique, pour abriter toutes les souffrances et sécher tous les pleurs. Que la philosophie se complaise dans son mot de *philanthropie*, inintelligible pour les masses, froid comme la science, vide et plat comme la phraséologie des économistes, je persisterai, moi, dans l'expression de charité, *caritas*, le mot le plus vrai et le plus suave de toutes les langues; j'y persisterai avec tous les catholiques qui aiment saint Vincent de Paul. J'ai visité beaucoup d'hospices, dans ma vie agitée de pèlerin et d'observateur; mais je ne crois pas en avoir jamais rencontré un qui exaltât à un si haut degré mes sympathies de voyageur et mes tendresses de poète. Ah! de la poésie, il y en a une bien touchante dans tous ces asiles pieux, semés par la religion; partout où une larme est recueillie, où une soif est étanchée, où une blessure est guérie, où une douleur est calmée, il y a je ne sais quels saints parfums qui neutralisent vite les miasmes exhalés par les infirmités humaines.

Je ne passe jamais à Bourg sans éprouver le besoin, je dirai presque la passion de revoir l'hôpital de cette cité; et quand j'ai pénétré dans ces salles si propres, si vastes, si salubres, je ne sais quel charme infini me retient, je voudrais ne plus m'arracher à ce lieu de commisération, j'en suis presque réduit à envier le sort des malheureux étendus sur leur lit de souffrance; car ils vivent temporairement du moins dans cet hospice, admirablement régi, merveilleusement situé. — Et puis, ce sont ces sœurs si pures et si vierges, si douces, avec un accent qu'on ne trouve nulle part, une urbanité parfaite, une suavité incroyable de résignation et de piété; et puis, ce sont ces longs cloîtres dont le silence n'est interrompu que par les lamentations de quelques mourants; et puis, ce sont ces galeries extérieures du haut desquelles l'observateur jouit d'une vue délicieuse; et puis, c'est cette cour qui s'épand si verte, si ombragée, si pacifique. Allez comparer cette maison avec les hospices de Paris, où pas une sœur ne vous tend la main, où vous voyez partout de ces manœuvres nommés infirmiers, dont la vie, le costume vulgaire, les brusqueries, la sécheresse, ne rappellent rien de l'œuvre chrétienne, ne disent rien au cœur, rien à l'âme, rien à la fraternité, rien à l'amour. L'hospice, ce chef-d'œuvre social de la religion catholique, cette chose que lui seul a inventée, comprise, propagée; l'hospice, dis-je, ne peut remplir les conditions chrétiennes inhérentes à son institution, s'il n'est desservi par des religieuses.

Et voilà pourquoi j'aime tant l'hôpital de Bourg; c'est que nulle part je n'ai vu la sœur plus compatissante et plus pieuse; nulle part je n'ai vu une sollicitude aussi infatigable, aussi attentive, aussi délicate, aussi ingénieuse; jamais une hospitalité si cordiale et si franche envers les étrangers et les visiteurs.

Matériellement parlant, l'hôpital civil de Bourg n'offre pas une signification monumentaire bien importante; c'est une bâtisse toute moderne, fille du dernier siècle, mais ayant le mérite particulier d'avoir évité le mauvais goût et conservé le caractère chrétien, dans un temps où toutes choses se faisaient sceptiques, pour ne pas dire athées. Sa distribution intérieure est admirable, et les observateurs les plus difficiles ne verront pas sans surprise le grand escalier de cet établissement, digne en tous points d'un palais. Deux croix superposées, c'est-à-dire deux étages distribués en croix, et formant huit salles spacieuses, composent la maison : la chapelle, qui s'ouvre à l'extérieur sur la voie publique, porte son extrait de baptême écrit sur son front; mais malgré la forme trop écrasée de sa coupole, on ne pourrait raisonnablement lui reprocher ces vices de construction, cette confusion prétentieuse, cette incorrection fanfaronne qui caractérisaient l'art au XVIIIᵉ siècle.

La ville de Bourg doit se féliciter de ses destins, car elle est une des plus riches de France en établissements de charité. C'est que cette ville est du voisinage de notre grande cité de Lyon, où tous les jours il se fait des prodiges en matière de commisération et de piété ; c'est que la religion de nos pères y est encore forte, sincère, active, et toujours disposée à réagir contre les éléments d'indifférence qui lui arrivent du Nord, contre les tentatives de l'hérésie qui lui arrivent de Genève.

Ah! mes bonnes sœurs de l'hôpital de Bourg, si un jour on amène à votre porte, sur un brancard, un pauvre pèlerin tombé malade en route, recueillez-le, recueillez-le; car quelques mots de prière n'ont jamais cessé de murmurer dans son cœur, car il vous aimera et vous remerciera de vos soins, car il bénira en vous Dieu le fils et Marie, centre suprême de toute chasteté et de toute tendresse. Ce pauvre pèlerin malade, qui peut répondre qu'un jour ce ne sera pas moi?

XXV.

IMPRESSIONS BRESSANNES.

A MM. A. de Parseval, de Pont-de-Veyle, Sirand, juge à Bourg,
et M. le comte Léon de La Ferrière.

D'un coin de notre terre chérie de Bourgogne, dans cette paix que font autour de nous la famille, les choses intimes, l'ombrage héréditaire, les amitiés du berceau et l'histoire domestique, qu'il nous soit permis de résumer toutes nos impressions sur le pays de Bresse qui, en échange de nos fidèles sympathies, veut bien nous offrir souvent la plus large et la plus noble hospitalité.

Le département de l'Ain est peut-être celui de tous les départements de la France qui présente le plus de variété morale et topographique dans son unité. Il est à la fois lyonnais par le Franc-Lyonnais et la Valbonne, bourguignon par les cantons de Pont-de-Vaux, de Bâgé, de Saint-Trivier-de-Courtes et de Pont-de-Veyle, aussi riches par le sol et la culture que le département du Nord; suisse par le pays de Gex, et savoyard par le Bugey. Il a dans la Bresse propre, au cœur de l'antique Sébusie, sa capitale, posée au centre comme pour rallier à elle tous les éléments divers de la nationalité commune, et grouper en un seul faisceau tous ses caractères ; il a sa zône italique dans le Valromey, son peuple pasteur dans les montagnes, son peuple industrieux au pied des roches asphaltiques, et ses intrépides contrebandiers sur la frontière ; il offre sa Sologne dans cette Dombes où l'eau tient plus de place que l'argile, où tout est encore à genoux devant les châteaux du moyen-âge, la nature et les populations. Eh bien ! tous ces sous-types particuliers viennent se fondre dans une expression unitaire dont aucune influence de voisinage n'a pu faire fléchir la vigoureuse individualité ; et de tous les points du département de l'Ain (1), de la contrée située au-delà des monts Jura, des rives de la Saône, des étangs de la Dombes, des riantes vallées qui parfument Montluel, des gorges sauvages du Bugey, s'élance un esprit public, toujours ferme, toujours uni, toujours serré vers sa bannière.

Oui, ce qui mérite de fixer l'attention sérieuse des observateurs, c'est la situation de l'esprit public dans ce pays, c'est son état de conservation et de vie, alors que toutes les individualités locales s'effacent, que tous les sceaux particuliers deviennent frustes, que toutes les physionomies s'altèrent, que toutes les royautés s'abdiquent ; — n'est-ce pas, je le demande, une idée toute despotique, que cette prétendue œuvre de liberté commencée par l'assemblée constituante et continuée par tous les gouvernements ? Quoi ! vous voulez qu'un vaste état, qui offre plusieurs climats, qui compte autant d'histoires nationales que de groupes naturels, vienne se suicider dans une expression unique dont le type est Paris ? Donnez-nous, puisque vous le jugez utile, l'uniformité matérielle, donnez à toutes nos provinces le même poids et la même mesure, les mêmes lois, mais respectez au moins nos entités morales ; augmentez l'importance de nos centres administratifs ; faites que l'administration départementale puisse prononcer sur nos intérêts locaux sans sortir de chez elle ; n'allez pas tuer nos souvenirs en traçant des grandes routes sur nos cimetières, et en imposant à toutes nos municipalités, à toutes nos mairies de villages et de villes, un sceau pareil, au lieu du sceau patronal ou historique. C'est à force de tordre le sens naturel, les besoins, les

(1) J'ai dit ailleurs que la circonscription territoriale du département de l'Ain représente exactement l'ancienne province, et qu'il n'y a eu dans ce pays qu'un nom de changé, nom préférable même à l'ancien, puisque la province de Bresse se composait d'une foule de petits pays, et n'avait de nom général que par extension.

goûts des populations, que l'on est parvenu à introduire cette désolante uniformité, qui serait très-supportable si du physique elle ne
s'étendait pas au moral. Quelques esprits publics fortement consti-
tués ont résisté à cet aplatissement, et celui de la Bresse en première ligne. L'habitant du département de l'Ain est français, sans
doute; mais pour lui, France est synonyme de Bresse, et la terre
natale est l'élément de son patriotisme. — Ah! ne me parlez pas
des grands états qui veulent se régir par la centralisation et le monopole, et mortifier les membres pour vivifier la tête! Les Cé-
vennes n'ont pas des besoins analogues à ceux de la Picardie et
de l'Artois; Marseille, assise sous un ciel incroyable, ne doit
pas être traitée comme Lille en Flandre. L'Allemagne, l'Italie ne
se composent-elles pas d'une foule de petites sous-nationalités,
qui ont chacune leur cachet propre; la Suisse cantonnale n'est-elle
pas variée comme le territoire helvétique? L'Écosse, l'Irlande
sont-elles gouvernées de la même manière que l'Angleterre?...
Mais revenons à la Bresse.

Oh! le délicieux et pacifique pays que cette Bresse! Transition
du nord au midi, il allie les mœurs calmes, douces et bienveillantes
des provinces septentrionales, à je ne sais quelle chaleur et quelle
vivacité qui se traduisent surtout dans le dévouement. Déjà commencent en Bresse ces organisations de femmes plus poétiques et
plus expressives, cet amour de l'art, de la musique, du culte, qui
progresse jusqu'à la Méditerranée. Elle a tout justement assez de
monuments et de souvenirs pour se faire une histoire particulière
intéressante et belle; elle a un patois romanisé qui tient de l'accentuation montagnarde et de l'euphonie italique, une architectonique qui rappelle la Savoie, la Bourgogne et la Provence; elle a
un costume conservé, de vieilles villes, de vieux châteaux, et tout
autour de ces choses, des hommes modestes, épris de poésie et
d'affections artistiques; elle est agricole et commerçante; elle réunit tous les avantages de l'esprit public lyonnais, sans en avoir les
inconvénients. — J'ai dormi, j'ai rêvé, un jour, dans un bois du
pays de Bresse; une brise légère berçait mollement les petits oiseaux du ciel assoupis sous le feuillage; jamais rêve, si suave et si
harmonieux fût-il, ne m'apporta plus saintes pensées, plus agréa-
bles images et plus abondantes consolations.

Et puis, toutes choses s'harmonisent admirablement dans ce
grand tout de l'entité bressanne. Les vieilles maisons ont sauvé
les vieilles mœurs, les vieilles églises et les vieilles mœurs ont
sauvé la vieille piété, les vieilles croyances ont sauvé le vieil es-

prit communal, le vieil esprit municipal ; tous ces éléments ont réagi contre les idées d'innovation qui assiègent la contrée.

. L'administration diocésaine, bien que l'évêque de Belley soit suffragant du siège métropolitain de Besançon, a adopté en Bresse une liturgie faite pour l'esprit public de ce pays, celle de Lyon, la plus propre de toutes les liturgies à entretenir la ferveur religieuse dans les masses, la charité, la décence, la dignité dans le clergé, la majesté dans le service divin. Ainsi tout concourt à protéger la nationalité bressanne, à la corroborer. — Oh ! quand on quitte Paris, où tout est enseignes dans les rues, où le luxe des affiches annihile et souille l'architecture, où les cris féroces du peuple des colporteurs et des marchands ambulants vous assourdissent, comme il fait bon venir se recueillir dans la Bresse, parmi ces hommes austères qui s'y livrent à l'étude de l'histoire, parmi ces hommes poétiques qui y vivent de rêves et de parfums, parmi ces paysages si frais qui l'embellissent, parmi ces mœurs si franches qui la caractérisent ! — Je ne puis dire combien j'aime la cité de Bourg, ville conservée, ville de culte, de foi par excellence ; elle résume tout ce département de l'Ain, le plus littéraire, le plus intellectuel de tous ceux formés de l'ancienne Burgundie. La science, les lettres, l'histoire, y sont dans une situation remarquable de prospérité : ses enfants ont un amour filial exalté, explorent avec zèle son passé, recherchent avec avidité sa part dans la gloire d'autrefois et sa part dans la gloire d'aujourd'hui, extollent leurs concitoyens qui honorent la commune patrie, et ne ternissent aucun service par l'envie ou la médisance. Bourg n'est-elle pas cette ville de repos et de loisirs que nous rêvons tous pour les voluptés de l'âme et l'étude ? Là, sont ces choses qui font le cœur plus limpide : des communautés, une foule d'établissements de charité, d'inflexibles vertus, d'inflexibles probités, une religion bien entendue, populaire, c'est-à-dire à tous et avec tous. Là, règnent sans partage les fêtes patronales dans la famille, la vie intime et le foyer ; là, il y a de ces sœurs religieuses qui sont riches en bonnes œuvres, des hôpitaux abondamment pourvus pour venir en aide à toutes les infortunes ; là, une immense charité chez les grands et une immense gratitude chez les petits. Je ne puis me rappeler nos bonnes sœurs de l'hôpital de Bourg, si pleines d'aménité, de candeur, de bienveillance, de tact ; ces salles du même hospice, si propres, si nettes, si flamandes, sans envier presque le sort de ceux qui sont servis par de si pieuses et si douces mains, sous de tels abris. Oh ! oui, tant que tous ces faits de religion, de morale, seront à Bourg, tant qu'il y aura culte pour *Dieu*, la *famille* et le *pays*, tant que le patriotisme, au lieu de se jeter à l'improviste dans les questions générales, concluera de la Bresse à la France, cette terre sera toujours belle et marquée d'une physionomie personnelle à part. Ici, encore, le journalisme est honorable et indépendant, et mérite qu'on le respecte : il est fait par des hommes qui ont leur propriété dans leur tribune, et non point par ces industriels étrangers aux habitudes, à la nationalité, aux souvenirs, à l'histoire de nos provinces, envoyés de Paris dans les départements pour y façonner un esprit politique selon le bon vouloir d'un ministre, d'un préfet, d'un comité-directeur révolutionnaire, légitimiste ou dynastique. Bourg, tel qu'il est, avec ses églises où le culte catholique reflète celui de Lyon, avec ses monuments, son histoire, ses promenades, ses alentours, sa presse locale, sa littérature locale, sa société d'émulation, son monde social, ses habitudes lettrées et polies, doit suffire à tout poète, à tout observateur, à tout philosophe ; et j'avoue que je le préfère infiniment à toutes les capitales, parce qu'avant de penser, on y vit, parce qu'avant de chanter, on y nage dans une atmosphère tout imprégnée de poésie et de virginité.— Ah ! que ce pays, avec sa mantille bressanne, son accent, sa figure, est différent de Dijon, qui prend à tâche de se suicider pour se faire faubourg de Paris, et ne sera jamais qu'une mauvaise copie de l'original; comme ce département de l'Ain est différent de tant d'autres, où le vent du siècle claque contre les édifices et les manoirs! Dans le cataclysme des faits et des hommes de l'ancienne France, quelle contrée a encore moins de larmes à verser que la Bresse, sur des ruines et sur des tombeaux violés, malgré la destruction générale de ses clochers, ordonnée par un farouche représentant, malgré le sac tout actuel de la *Tour-des-Champs* de Bourg ?

Oui, la Bourgogne, Lyon et la Bresse sont et seront toujours ma chose, car les mêmes grandes affinités provinciales ont uni ces trois pays, et en ont fait des frères qui s'aiment et s'estiment. Croyez-vous qu'avec eux une littérature forte, neuve, spéciale, non grimacée, artificielle et fausse comme celle qui nous arrive chaque jour de Paris dans un peuple de feuilletons écrits sous la fumée des lustres, croyez-vous qu'une littérature ne soit pas possible.

Que si tel est l'état moral du département de l'Ain, que si telle est sa topographie, qu'il continue à offrir la vérité et la variété dans l'unité, combien doit-il nous être cher ! — Et voilà pourquoi je tremble de voir les grandes lignes de communication s'établir, les chemins vicinaux de grande et petite communication, devenus

nécessaires par une loi démocratique essentiellement hostile à la
propriété, se tracer; voilà pourquoi je tremble de voir se bâtir de
ces hautes cheminées à vapeur, images vraies de l'obélisque de
Luxor, se créer de ces industries manufacturières qui engendrent
et font les prolétaires en tout ce qui est contrée conservée. La
Bresse est tout un sanctuaire, comprenant le progrès, mais le ré-
gularisant; acceptant ce qui est bien-être, rejetant ce qui est décep-
tion, innovant avec mesure et sagesse, changeant la forme avec
réserve sans toucher au fond; qu'on nous la conserve donc, encore
un coup! Hélas! il en coûte de le dire; mais quand l'œuvre de notre
siècle sera achevée, quand toutes nos provinces seront *parisiani-
sées*, c'est qu'alors toute poésie sera morte, c'est qu'alors tout ce
qui parfume un peu la vie sera perdu sans retour, c'est qu'alors
Paris vomira incessamment sur nous ses histrions et ses banquistes, c'est qu'il n'y aura plus ni accent, ni ton, ni couleur, ni
individualité, ni costume, ni histoire, ni esprit public, propres à
chacune des sous-individualités particulières dont se forme l'unité
française.

Adieu, adieu encore au doux pays de Bresse, que je reverrai
bientôt avec effusion en prenant la route de l'Italie! Tout ce qui
fait la vie pleine de félicités, une piété riche, une paix profonde,
une intelligence vive, des imaginations sages, il le possède. —
Puis-je oublier de dire, en fermant cette page, que j'y ai vu dans
des têtes de femmes de ces profils grecs, de ces souples et brunes
chevelures, de ces regards infinis qui, sans cesse, viennent me
caresser de leur image à quinze lieues de Bourg?

XXVI.

DOME DE MILAN.

A MM. Desroziers, curé de Saint-Pierre de Lyon, l'abbé Denavit et M. de Chaponay.

L'église métropolitaine de Milan est la plus grande œuvre de marbre qui existe dans le monde, et l'église d'Italie la plus propre à développer le sentiment religieux dans l'esprit du spectateur et du fidèle. Il faut être familier avec ces prodigieuses idées de marbre et de granit, qui ne naissent qu'en Grèce et en Italie, pour bien comprendre et bien juger cette œuvre, œuvre immense, œuvre incroyable, qui prouve quel parti l'art du moyen-âge pouvait tirer de la richesse des matériaux, quand il était maître de son choix. — On aura beau dire, jamais la pierre des basiliques d'Anvers, de Cologne, de Rheims et d'Amiens, n'aura la transparence du marbre, et il ne faut pas croire que la gravité du type aigu, ses lignes austères en repoussent l'emploi. L'or, les mosaïques, la polychrômie, toute commentation vitale et forte peuvent se concilier avec lui; les cathédrales de Sienne, d'Orviette, de Pise, de Gênes, et Saint-Janvier de Naples, serviraient au besoin de texte et de commentaires à mon assertion. — Mais occupons-nous de Milan.

L'église métropolitaine de Milan est la seule basilique du moyen-âge, en Italie, dont les collatéraux se prolongent en *deambulatorium* au pourtour du chœur. Ce monument, œuvre mixte des XIIIe, XIVe, XVe et XVIe siècles, achevé de nos jours seulement, grâce aux soins du chevalier Amati, se compose d'une nef, d'un chœur, de deux transsepts terminés en apsides, et de quatre bas-côtés. Neuf travées constituent la maîtresse nef, et la voûte est à nervures croisées réunies par une clef. Voici le monument à l'état de cadavre ou mieux à l'état de squelette, voilà les grandes divisions de sa charpente architectonique. A propos d'une chose si vaste, si majestueuse, si complexe, n'attendez pas de moi une monographie ou une description dans la forme régulière, méthodique et habituelle de ces sortes d'ouvrages. Ce sont des impressions, à propos de cette église, que demandent mes lecteurs, et ce sont mes impressions de pèlerin que je leur donnerai.

MARIÆ
NASCENTI.

A Marie naissante est consacrée cette église où prêcha saint Charles Borromée, cette église dont je n'ai pu entendre la sonnerie sans songer à Lyon, dont je n'ai pu voir l'antique et sévère liturgie de saint Ambroise, son saint et illustre pontife, sans reporter mes regards tendres et religieux sur cette seconde Rome que nous avons à notre porte, dans le plus beau coin de la France. Tout l'art religieux du moyen-âge est dans l'église métropolitaine de Milan : la sculpture, la peinture sur verre, l'architecture, l'ornementation, le mystère, et l'on oublie le mauvais goût de cette masse monumentale quand on se sent accablé par son étendue. Rappelez-vous qu'au dehors, qu'au dedans tout est marbre ; que les colonnes qui soutiennent la nef ont au-dessous de leur chapiteau d'appui, un premier chapiteau cantonné de statuettes ; que chaque fenêtre est divisée à l'infini par d'incroyables évolutions de meneaux et par les plus fines ramures de marbre; qu'il n'y a presque pas un objet de détail dans cet immense ensemble qui ne soit un chef-d'œuvre. Il n'y a dans le dôme de Milan ni fresques, ni mosaïques, ni marquetteries de pierres de couleur comme dans les églises de Florence ; mais il semble que le maître de l'œuvre ait voulu s'attacher à traduire toutes ses pensées par la sculpture.

Quand vous aurez admiré au dedans cet aspect sombre et mystique du monument ; quand vous aurez admiré la chapelle

souterraine de Saint-Charles, où tout est or, argent et lumières ; la
vie de ce saint, vie si pleine et si digne, traduite en une suite de
tableaux appendus aux parois de la nef; quand vous aurez vu, de
la porte principale, ce sanctuaire si grave, si orné et pourtant si
simple dans sa décoration, et puis, au fond de ce sanctuaire, les trois
grandes verrières peintes, les plus vastes et les plus compliquées
du genre : allez vite au dehors pour juger cette grande chose basilicale, car l'on peut dire que l'architecte fut sobre de richesses au
dedans, comparativement à l'opulence de la fabrique extérieure.

Le soir, au clair d'une lune d'Italie, il faut se placer à l'angle
du palais impérial pour voir ce grand corps de marbre, blanc
comme un suaire, indécis et vague dans ses contours comme un
nuage hérissé de mille pointes, couvert de mille végétations
comme une roche de stalactites, brillant comme une montagne de
glace, ou pâle comme le Mont-Blanc après le coucher du soleil.

La façade, malgré la quantité énorme de clochetons, de flambeaux, de statuettes qui la composent, paraîtra généralement mesquine. Les Italiens ont compris le gothique, que du reste ils faisaient, sans grand amour, d'une manière tout-à-fait opposée à celle
des hommes du Nord. Leurs façades étaient nulles, et dans les
temples types de l'école du moyen-âge, la façade est toujours la
portion principale, celle où se révèle tout l'art. Ceci tient à l'habitude italienne de vouloir toujours qu'une façade accuse nettement
les profils de l'édifice. Ils ont dû alors se priver des porches en
avant-corps, marquant le triangle du comble et donnant naissance à deux tours infiniment plus hautes que le monument, ral-
liées entr'elles par une galerie à jour. Dans le Nord, encore, les
flancs des basiliques sont généralement nus ; ici, ils sont comme
la façade, chargés d'une innombrable quantité de détails qui fati-
guent l'attention quand on veut les analyser.

Figurez-vous donc tout l'édifice coiffé de statues, soutenu par
des arcs-boutants et des contre-forts hérissés de clochetons et de
statuettes, et couronnés par un campanile tout à jour, découpé
comme une dentelle, portant à sa cime la statue de la Sainte-
Vierge en bronze doré. Toujours des statuettes, jamais de statues ;
toujours des profils, jamais de lignes : de là, caprices, prétention,
désordre et confusion. Pour bien juger de toute l'étendue du tour
de force, il faut monter sur les combles dallés en marbre, chargés
d'escaliers de marbre plus commodes que ceux de nos palais de
Paris. Là-haut, en présence de cette forêt de choses sculptées, de
ce labyrinthe de statuettes, de trèfles, de balustrades, de flam-

beaux, d'aiguilles, il est impossible de ne pas prendre une fièvre
de cheval. Et puis, voir cette fantasmagorie jouer sur le fond azuré d'un ciel qui, sans avoir la transparence de celui de Palerme
et de Naples, est pourtant d'un ton ferme et bleu encore; voir les
détails assiéger chaque partie, se glisser dans tous les joints, à
tous les amortissements, entrer dans le creux de toutes les voussures, grimper sur le fût de toutes les colonnes ou colonnettes,
c'est vraiment la chose la plus stupéfiante du monde. L'architecte
n'avait pas compris *l'imagerie* réunie sur un point, comme les
hommes du Nord la réalisaient; il a voulu semer ses saints, ses
patriarches, ses madones partout, en faire un peuple mort; il en
résulte une sorte de lèpre et d'excroissance charnue qui finit par
fatiguer l'attention la plus dévouée.

Mais ce qui m'a le plus étonné, c'est que toutes ces portions de
l'édifice, destinées à n'être pas vues, ses replis les plus cachés,
sont ouvragés et travaillés comme les lignes les plus évidentes;
et dans cette armée de dix ou douze mille statuettes, croiriez-vous
qu'il n'y en a pas une seule d'imparfaite, de grossière, de mauvaise, pas une seule qui ne soit bonne à exposer dans une niche
à tous les regards. Il n'y a pas d'effet plus bizarre, plus étourdissant que cet ensemble : il vous jette au milieu d'un rêve d'albâtre ;
et quand, en descendant des combles du dôme de Milan, vous revenez sur la place vous mêler à vos amis, à la population des
rues, vous croyez sortir d'une autre vie. Je crois ma comparaison
juste, quand j'ai parlé d'excroissances et de lèpres; elle sera plus
juste encore en parlant de lichen : l'ornementation au dôme de
Milan, la sculpture est un lichen qui dévore l'arbre. Et au sein de
cette profusion, nulle richesse bien à sa place, nul travail oppor-
tun; c'est toujours le luxe du baron allemand qui met des bagues
à tous ses doigts. — Ainsi vous ne trouverez pas un seul bas-relief, pas une histoire suivie, pas un commentaire de la Bible : toujours des statuettes perchées au haut des aiguilles, nichées dans les
fenêtres, sans motif, sans raison, sans harmonie.

En résumant ses impressions sur le dôme de Milan, on trouvera toujours au bout une immense pensée de surprise et d'étonnement; mais toujours on dira : Avec de tels matériaux, avec de tels
bras, avec tant d'or, le maître de l'œuvre pouvait faire beaucoup
mieux que cela. C'est la chose la plus étourdissante et la plus
merveilleuse du monde, c'est loin d'en être la plus belle. Il y a
beaucoup de faits qui vous annoncent sa majesté; et puis, tout-à-
coup vous êtes arrêté par une idée mesquine et alambiquée. —

Somme totale, l'intérieur est grave, l'extérieur est un art à l'état d'ivresse.

Quand Napoléon se fit couronner roi d'Italie, le dôme n'avait qu'une façade inachevée. Ce prince consacra des sommes énormes aux travaux ; et enfin, un autre empereur, un autre roi d'Italie les a terminés. — Jeux singuliers et tristes de la fortune : Napoléon a mis la main à tout ce qu'il y a de grand à Milan, et n'y a rien achevé. L'arc de la Paix, commencé par lui, porte à sa tête une inscription fastueuse en l'honneur du prince de la maison d'Autriche, et on lit dans l'intérieur de la cathédrale de Milan, au-dessus de la principale porte de la façade, cette inscription assez belle et assez antique :

ARAM · MAXVMAM · MARTINVS · PP · V
TEMPLVM · D · CAROLVS · CONSECRARVNT
FRANCISCVS · I · CAES · AVG
ORNAVIT · ADAVXIT

Il n'est pas question de Napoléon. — Ainsi sont les destinées !... Gloire aux décrets de Dieu !

XXVII.

NOEL A LYON.

1837.

A NN. SS. les archevêques d'Auch et de Besançon, les évêques d'Annecy et d'Amiens.

I.

Au milieu d'un siècle tel que celui où nous vivons, quand toutes les croyances croulent, quand tous les principes qui garantissent la conservation sociale chancèlent, il est consolant de rencontrer une grande cité qui a su maintenir son vertueux caractère. — Malgré la réunion de toutes les causes possibles de démoralisation, malgré les deux fleuves qui la traversent et y amènent sans cesse ou la débauche réfléchie du Nord ou les passions incandescentes du Midi, malgré son chemin de fer, son exubérante population d'ouvriers, la stagnation de son industrie, malgré les scandales inouïs de ses carrefours et de ses rues, la glorieuse cité de Lyon ne s'est pas suicidée comme tant d'autres pays, sans retour, gangrenés par le souffle impur de Paris. — Ce n'est pas qu'à Lyon, aussi, le siècle, à force de tentations, ne soit parvenu à percer sur quelques points l'écorce des vieilles mœurs lyonnaises; mais, partie plus tard que les autres villes, arrêtée dans sa marche par les idées religieuses, cette cité, plus tard aussi, arrivera au terme du voyage, qui est la ruine de toute couleur locale et de toute poétique individualité. — Ici, l'éclat ineffable du culte catholique répond à des besoins véritablement populaires, à des mœurs générales essentiellement pieuses. Aussi l'art, cette grande chose qui règne partout où il y a culte extérieur, foi dans les masses, esprit national, l'art se développe-t-il large et magnifique en la seconde capitale du royaume, autour de tous ces monuments religieux des deux époques du moyen-âge, qu'érigea la piété des aïeux, que protège encore la piété des petits-fils. — Lyon semble destiné à se montrer, en tous points, la contre-partie de Paris. Ici, les apparences sans réalité; là, les réalités sans apparence; ici, les magasins d'or sur la rue et les banques vides; là, les boutiques noires, misérables d'aspect, et la caisse opulente.

II.

Dès la veille de la Noël, cette fête si touchante, cette fête des familles et de l'amitié, tout comme l'Épiphanie, la population travailleuse, qui habite les rues ou l'atelier, paraissait plus recueillie que d'ordinaire en de saintes et consolantes réflexions, au son de ces cloches des églises, parlant incessamment de Dieu et des anges. — Je l'ai déjà souvent imprimé, rien de grave et de saisissant comme la sonnerie de Lyon, qui elle aussi s'est maintenue vierge d'innovations, et est demeurée telle qu'elle fut fixée dans les conciles œcuméniques de la vieille catholicité.

Quand j'arrivai, vers dix heures et demie du soir, dans la belle et vaste église paroissiale de Saint-Nizier, déjà le temple regorgeait de fidèles de tout sexe, de tout âge et de toute condition. A grand'peine, je pus trouver un petit coin libre dans cette partie de l'avant-chœur plus particulièrement affectée aux hommes. — La grand'messe commença au milieu des sympathies chrétiennes de tous les assistants. En vain quelques sergents de ville avaient été envoyés dans l'église par l'autorité municipale pour maintenir l'ordre, — l'ordre régna partout, et les satellites de la police n'eurent d'autre soin à prendre que celui de se croiser les bras ou de faire comme le peuple, de prier. — La grand'messe, oui, elle fut célébrée avec cette pompe, cette richesse de liturgie, cette dignité de cérémonial, inconnues partout ailleurs qu'à Lyon; et quand vint l'instant des communions, plus de cinq mille personnes arrivèrent tour-à-tour au saint banquet, pendant que le célébrant, pendant que les diacres et sous-diacres, pendant que cinq ou six prêtres suffisaient à peine, enchaînés à la table de la communion, pour administrer le pain du ciel à tant d'âmes affamées de leur Dieu[1], d'autres prêtres, animés du même zèle, voyaient dans les chapelles latérales consacrées au culte, d'autres flots de croyants se presser vers le ciboire et se prosterner sur les marches de l'autel. — Ici encore, l'intervention des sergents de ville fut inutile. — Malgré toute cette foule, malgré ces continuelles allées et venues de fervents catholiques, tous conviés à la même table, tous réjouis des mêmes allégresses, tous exaltés par les mêmes espérances, chacun arriva à son tour, sans que le pieux silence fût un instant troublé, sans qu'il y eût confusion et malaise. — C'est que la religion est plus habile à discipliner ses enfants que tous les règlements qui régissent nos assemblées délibérantes et nos corps armés. — Je ne crois pas avoir eu bien souvent dans ma vie, sous les yeux, un spectacle aussi touchant que celui-là.

III.

Et le lendemain, saint jour de la Noël, tous ces flots de population qui avaient assisté à la messe de minuit, qui avaient entendu la messe de l'aurore, s'apprêtaient à venir s'identifier avec le troisième sacrifice du prêtre. — Toutes les boutiques de marchands, tous les magasins de négociants sont fermés : il n'y a plus d'*affaires* dans Lyon, l'Église y est redevenue ce qu'elle fut dans le moyen-âge, la commune spirituelle, le centre social, le rendez-vous de chacun.

Dès l'aube du jour, les cloches des églises, des monastères, des hospices, commençaient sur la terre ce concert ineffable que les anges continuent dans le ciel. Un vent halitueux et tiède, d'un règne inconstant en hiver, en effleurant les mille clochers de la ROME DES GAULES, emportait toutes ces phrases pleines de nombre, d'harmonie chrétienne, toutes ces phrases si antiques de rhythme, si graves, si accentuées de la sonnerie lyonnaise, aux pieds du Roi des rois. — Le chemin de la bourse était désert; le parvis des temples était sans cesse occupé.

Et ne croyez pas que le souvenir des prédications de M. l'abbé Combalot, en 1836, à Saint-Nizier, et la voix de M. l'abbé de Ravignan qui retentit si énergique, si convaincue, en 1837, sous les voûtes de Saint-Jean, aient motivé les admirables manifestations de la piété lyonnaise. — Sans doute, ces hommes d'apostolat ont concouru à propager les doctrines du Christ; mais la première impulsion vient du cœur des habitants de Lyon.

Je voulus, le jour de la Noël, entendre la grand'messe à l'église primatiale, dans cette vénérable basilique de Saint-Jean, que la sainteté de tant d'histoires, le premier siège archiépiscopal des Gaules dont elle est dépositaire, son antiquité qui se perd dans la nuit des temps, la voix de deux conciles généraux qui a parlé dans son sein, la majesté des rois qu'elle a vu sacrer dans son enceinte, le recueillement de son clergé actuel, l'illustration de son ancien chapitre noble, dont le roi de France était premier chanoine, recommandent si puissamment à l'attention et aux respects. — Mgr l'archevêque d'Amasie, administrateur apostolique du diocèse de Lyon, dont toutes les vertus ne sauraient suppléer à l'absence du dignitaire réel de cette église, officiait pontificalement. — Rien n'était changé dans l'immuable liturgie de Saint-Jean, dans ce rituel qui n'est pas écrit dans les livres, mais qui s'est transmis par tradition, et que le nouveau clergé a recueilli de la bouche de quelques vieux chanoines-comtes échappés aux tourmentes révolutionnaires. — Je ne dirai point quelles vives et profondes émotions j'éprouvai en présence de tant de choses sublimes, dans ce temple assombri par les verrières peintes et par cette teinte que les siècles déposent, en passant, sur nos grands édifices.

Anéanti, confondu par des impressions si saisissantes, accablé par la majesté du Dieu que l'église primatiale m'avait rendu sensible, je voulus, à vêpres, reposer mon âme dans les parfums, et mettre le plus touchant des symboles entre la puissance éternelle et mon cœur d'homme. Je me rendis donc dans cette chapelle de Notre-Dame-de-Fourvières, qui a groupé tant de saints asyles autour d'elle, et qui, penchée sur Lyon, semble semer sur la cité d'incessantes consolations. — Là encore, des fidèles de toutes professions, de tout âge, des femmes, des filles, des enfants, des vieillards, des jeunes gens, de vieux prêtres cassés par le sacerdoce; là encore, la piété lyonnaise, si intime, si populaire, si instinctive, si inflexible dans ses amours et ses tendresses.

Le soir, sermon de M. de Ravignan à l'église primatiale, et *Te Deum* solennel chanté par six mille assistants....

O sainte et auguste cité de Lyon! patrie des martyrs et des confesseurs, foyer des grandes vertus de notre époque, centre actif de presque toutes les grandes œuvres de foi, de culte, de charité, de compassion, de résignation! ô ma chère ville de Lyon, où la croix est partout, sur la place publique, sur le front des églises, sur le penchant des collines, deviens donc enfin au physique ce que tu es au moral, la Rome du pays de France! Que le gouvernement te choisisse pour point de départ de l'action catholique, en ce pays, et comme satellite de la Ville-Éternelle, afin que tu puisses réagir sur les autres contrées où la foi s'est perdue. — Partout ailleurs que dans ton sein, l'irréligion fait d'alarmants progrès; toi qui as résisté à l'invasion du mal venu de Paris, toi qui t'es raidie contre un siècle impudique et athée, sois donc de nouveau la cité des apôtres!

Oui, Lyon, où l'on sent d'une si puissante manière tout ce que peut l'énergie de l'homme unie à celle de la nature, où l'histoire locale se continue dans les mœurs locales, Lyon régénérera la France. A Lyon et par Lyon, la palingénésie catholique commencera, la rédemption spirituelle de notre patrie s'opérera. Venues de là, elles inonderont le vieux royaume des Franks, comme autrefois la foi prêchée par les Pothin et les Irénée, la foi popularisée sur le sol lyonnais par le sang des martyrs, ruissela de ce sol auguste sur toutes les provinces des Gaules. La mission de Lyon en ce temps est clairement définie. — Lyon, que la France ne comprend pas, que Paris couvre de ses dédains, Lyon, la plus belle et la plus pure vierge parmi toutes nos cités éloignées du rayonnement de la Babylone moderne, Lyon, fille aînée de Rome, a reçu du ciel des pouvoirs que le siècle ne saurait lui contester, et des devoirs austères auxquels elle ne faillira point.

16

XXVIII.

ÉTAMPES.

A MM. le comte de Tristan, d'Orléans, de Saulcy, de l'Institut, Fériel, procureur du roi à Langres, Migneret, sous-préfet de Château-Chinon.

I.

Nous nous plaignons quelquefois amèrement de l'état d'abandon dans lequel se trouvent la plupart des monuments historiques élevés par la piété de nos aïeux ; les révolutions pourtant se sont fait un jeu barbare d'en diminuer le nombre, et si faibles sont aujourd'hui nos ressources matérielles, qu'à peine pouvons-nous conjurer la ruine totale du peu qui nous reste.

Mais, tandis que l'esprit de destruction balayait la terre de France, épargnant en aveugle, frappant au hasard, une pensée toute providentielle veillait sur les grands types de l'art national, les NN.-DD. de Rheims, d'Amiens, de Rouen, de Chartres, de Paris, de Strasbourg, et l'église abbatiale de Saint-Denis. — Comment avec nos institutions actuelles se concilierait, je le demande, ce peuple de basiliques qui étendait sur le pays ses puissantes et nobles significations ! Hélas ! toutes ces pages monumentales du moyen-âge catholique et féodal, tous ces édifices que nous pleurons à chaudes larmes, ils représentaient des mœurs, un esprit public qui ont disparu; fils de la foi sociale, des confréries, des apostolats, des propagandes et des associations, ils vivaient avec eux, et dans les incroyables sympathies des masses étaient leurs conditions de permanence. Aujourd'hui, tous les trésors de l'état, appliqués au même objet, seraient impuissants pour raffermir la moitié seulement des merveilleux débris qui chancellent sur le sol de la vieille France, et rendent notre patrie si riche encore malgré son appauvrissement. — Eh bien! donc, unissons-nous pour conjurer, par tous les moyens dont nous pouvons disposer, la ruine générale que notre constitution politique prépare; mais que le gouvernement se charge de sauver les créations sublimes qui ont formulé l'école indigène d'architecture dans les XIIIe XIVe et XVe siècles.

II.

J'étais venu passer quelques jours dans la cité d'Étampes, chez un de mes plus vieux camarades, le docteur Camille Martin. Avec bien du plaisir je revoyais un compatriote, un ami, que le hasard avait placé dans ce lieu historique, et qui avait quitté le ciel radieux de la Bourgogne pour venir planter sa tente dans la banlieue de Paris. Mais si douces que soient les émotions de l'amitié, je ne pus oublier mes penchants pour l'archéologie, et je voulus visiter les monuments religieux de la ville. Avec Camille Martin, l'accès des hommes et des choses me devint facile.

L'importance basilicale du *Pagus stampensis* a dû être grande avant les souillures révolutionnaires. De ses églises abbatiales, collégiales, conventuelles, paroissiales, quatre ont survécu: Notre-Dame-du-Fort, Saint-Basile, Saint-Martin, Saint-Gilles. — Que de vastes cités sont réduites à envier ces quatre temples à une ville de huit mille âmes, déroulée comme un long ruban sur la grande route de Paris à Orléans! — Étampes n'est pourtant, comme on le dit en riant dans le pays chartrain et dans la Beauce, qu'une ville de meuniers et de marchands de farine, qu'un commerce lucratif enrichit promptement. Mais vous souvenez-vous du noble duché d'Étampes, de cette duchesse dont François Ier ne pouvait regarder les profils sans tomber dans une incroyable ivresse d'amour, et dont le musée du Luxembourg nous offre l'image?

Étampes, assise mollement dans une des plus douces vallées que l'on puisse concevoir, sur une terre paysagée et fraîche, renferme donc des édifices d'une haute importance. — L'église Saint-Martin est un vaisseau d'une assez grande portée monumentale, comme œuvre de la transition architectonique du XII° au XIII° siècle. Son apside offre la forme semi-circulaire, et trois chapelles apsidales terminées en hémicycle viennent s'ouvrir sous le bas-côté du pourtour du chœur. Ce prolongement des collatéraux vers le sanctuaire est un fait monumentaire qui ne se trouve, à Étampes, que dans la seule église consacrée au glorieux évêque de Tours. Entre les fenêtres et les arcs en tiers-point qui constituent la nef, il existe un triforium d'un motif ferme, s'interrompant brusquement à la seconde travée. La voûte est à nervures croisées de bois, remplies par du plâtre. Le campanile peut être considéré comme un hors-d'œuvre du XVI° siècle, fidèlement copié sur le clocher de Saint-Gilles. Au reste, ce galbe de clochers terminés par quatre pinacles semble avoir pris naissance dans la Beauce, qui en garde les types les plus anciens, et d'où il a irradié sur les Bries, les Gâtinais et l'Ile-de-France. Pour peu que l'on ait comparé entr'eux les monuments religieux du moyen-âge, on verra qu'ils obéissent, comme l'humanité, aux lois de la famille. — Le clocher de Saint-Martin a sensiblement perdu de son aplomb, et ne touche que par un lien presque invisible au portail nu de cette église. La place qui l'avoisine est herbeuse et déserte ; la vue de ce campanile, qui se penche comme la tour de Pise, sa séparation du corps de la basilique, n'était la forme aiguë des combles vêtus de tuiles plates ou d'ardoises, feraient croire volontiers au spectateur qu'il est en Italie, à deux pas des *campi-santi* et des *duomi* des rives de l'Arno.

Du reste, rien d'efflanqué et de maussade comme la ville d'Étampes, se résumant presque tout entière dans une immense rue, longue de plus d'une lieue, autour de laquelle viennent se rallier quelques autres rues, la plupart rurales, mal pavées et mal éclairées. En ce pays, on ne voit presque aucun magasin de luxe, et tout le commerce de détail nécessaire dans une ville si proche voisine de Paris, se fait dans de misérables échoppes, indignes de la civilisation parisienne, dont Étampes reçoit les inconvénients sans partager ses avantages. Mais revenons aux églises.

Saint-Gilles et Saint-Basile présentent quelques intentions dignes d'intérêt, alliées à une incontestable dureté de lignes, à une prodigieuse sécheresse de profils, à une notable pauvreté d'ornementation. A Saint-Gilles, le XV° siècle abâtardi se révèle, et je ne puis guère y signaler de curieux qu'un objet de mobilier, consistant en un tableau sur bois sculpté qui appartient à l'école de la renaissance.

Saint-Basile, la paroisse noble, le Saint-Thomas d'Aquin d'Etampes, est une sorte de macédoine basilicale; le type romano-byzantin, le type aigu, le XVᵉ siècle et la renaissance s'y montrent à la fois cousus sans art, juxta-posés sans méthode. Pourtant, cette confusion orthographique est plus apparente à l'extérieur qu'au dedans, et le temple, orienté selon l'usage chrétien, se développe sur une ligne assez régulière à l'intérieur. Son plan est basilical, et le monument est fermé par trois apsides carrées. La grande fenêtre ogivale qui éclaire le sanctuaire est heureusement nervée, et offre une verrière peinte que le conseil de fabrique doit s'appliquer à conserver religieusement.

L'église de Notre-Dame-du-Fort est aujourd'hui la paroisse mère de la ville. Le type byzantin se montre là dans toute sa pensée, si profonde, si solide, si concrète. Le monument, orienté d'après la règle du moyen-âge, est l'œuvre mixte des XIIᵉ et XIIIᵉ siècles. Rien de plus confus que lui, à l'extérieur comme à l'intérieur, mais rien aussi de plus attachant. Deux travées constituent la nef; les piliers sont cylindriques et couronnés de chapiteaux fort historiés, dans le goût de l'école grecque du bas-empire. L'arc en tierspoint se rencontre, mais doué d'un sentiment indécis, timide, raide; une analyse détaillée du temple nous mènerait beaucoup trop loin. Je me borne donc à dire qu'il est fermé par quatre apsides carrées pour les collatéraux, et par une cinquième apside également carrée pour le sanctuaire de la nef. Un accident bien curieux, c'est qu'une prodigieuse déviation à gauche se fait remarquer dans l'axe des bas-côtés, tandis que la nef elle-même ne subit aucune flexion. Le transsept ou croisée est légèrement esquissé dans la déviation brusque et barbare des sous-ailes. Comme accessoires, il faut observer la porte du XVᵉ siècle qui donne accès au sépulcre, où se trouve une peinture oubliée, du plus grand prix, un bénitier du XIIᵉ siècle, formé d'un chapiteau de colonne de granit, des restes de vieilles verrières peintes dans un état presque complet de mutilation, un œil-de-bœuf écaillé vers la chapelle du *Sépulcre*. Les grands piliers de la nef courent d'un seul jet aux amortissements de la maîtresse voûte; ils sont engagés, et d'un motif fort intéressant.

Tout l'édifice à l'extérieur est emprisonné dans un mur d'enceinte crénelé, faisant corps avec la basilique. Je ne puis croire que ce mur soit contemporain des portions byzantines du temple,

ce qui mettrait en défaut la doctrine de M. Didron. Cette sou-
dure-là, bien que greffée sur la masse, me semble dater du XVI° siècle et de nos dernières guerres de religion.

La flèche qui couronne la grande façade d'orientation est fière
et noble; elle se compose d'un cône cantonné de tourillons aigus;
c'est de l'école byzantine, dans le genre de Saint-Denis et de Saint-
Germain d'Auxerre. Le portail latéral dirigé vers le midi est l'œuvre de la transition; ce morceau est d'une fabrique très-curieuse
et mérite la plus sérieuse attention. Si j'étais moins pressé de terminer cette esquisse, je m'étendrais sur une foule de faits archéo-
graphiques, qui feraient comprendre aux habitants d'Étampes de
quelle importance est aux yeux des artistes leur noire et chancelante église de Notre-Dame-du-Fort, soit à cause des sculptures
du portail méridional, soit à cause de son type byzantin si accentué, si vigoureux.

Les quatre églises de la ville d'Étampes, dont je viens d'ébau-
cher la monographie, sont paroissiales.

III.

Quand on quitte Paris, où le culte extérieur de la plus touchante,
de la plus symbolique des religions s'en va mourant, on est tout
aise de retrouver ces fêtes populaires de l'enfance à la porte de
Babylone. Ce plaisir, je l'ai goûté en l'an de grâce 1837, à Étampes, en revoyant la procession du Saint-Sacrement. Mais, grand
Dieu! quelle procession! nulle sympathie autour de cette procession, nul concours de fidèles, pas un homme pour tenir les glands
du dais! Mon cœur, au lieu de s'épanouir, se resserra. Et que l'on
n'aille pas croire que je sois hostile à une idée de progrès, quand
elle n'exclut pas une idée d'ordre; mais je ne veux renier ni le
catholicisme qui a murmuré d'ineffables paroles sur mon berceau,
ni le catholicisme qui a fermé les yeux de mes grands parents.
Croyez-vous, habitants d'Étampes, que le patriotisme dont vous
faites parade ne se concilie pas merveilleusement avec la foi? —
Voyez nos départements formés de l'ancien duché de Bourgogne,
l'Ain, Saône-et-Loire et la Côte-d'Or, si renommés par leur inflexible dévouement à la liberté publique; voyez la glorieuse franche-
comté de Bourgogne, si riche en nationalité, si fertile en illustrations militaires, si célèbre par l'énergie de ses braves et le courage
civique de ses enfants; eh bien! la splendeur du culte, l'éclat social de la religion s'y unissent à toute cette philosophie politique
qui chez vous a tué la pensée catholique. Seine-et-Oise, hélas!

est trop voisin de la ville des désordres et des apostasies, et la propagande athée ou sceptique y a fait ses prosélytes. Laissez donc, habitants d'Étampes, aux incorrigibles commis-voyageurs, aux crétins de la civilisation, leurs ignobles dédains, et imitez nos Bourguignons et nos Lyonnais; ils ne se cachent pas pour aller à la messe, et s'honorent d'accompagner le Saint-Sacrement. Quand l'ère du spiritualisme, qui revient parmi nous à pas de géant, aura complété son œuvre, il y a bien des gens qui seront fort étonnés d'apprendre que leur prétendue science ne fut que de l'ignorance, et leur prétendue force d'esprit, que de la pusillanimité.

Je n'ai pas quitté Étampes sans avoir salué la vieille et illustre abbaye de Morigny (à une demi-lieue nord d'Étampes), le parc enchanté de Brunehault, appartenant à M. de Viard, et la fameuse tour *Guinette*, reste de l'architecture militaire du XIIe siècle, de forme quadrilobée, qui domine la ville à l'ouest.

Il y a encore à Étampes une chose que l'on ne peut se dispenser de connaître, c'est la maison de Mme de Bourraine, située vers Saint-Basile. Ce manoir est admirablement bien conservé; il date du XIVe siècle, et fut habité par Diane de Poitiers.

XXIX.

MONTÉE DE PIMONT.

A MM. Bonnassieux, statuaire, Dariot, juge de paix de Buxy, Bréghot du Lut, Péricaud, de Lyon, et Bouillod, de Chalon.

L'étymologie de Pimont est, sans doute, la même que celle de Piémont, *Pes Montis.* — Au sud-est de ce village remarquable par la richesse des abris, la fertilité du sol, la variété des cultures, est une rampe nommée la montée de Pimont. On a bien admiré, du haut de ce point culminant, le magnifique et immense panorama étendu de toutes parts sous les yeux; mais a-t-on bien compris que cette montée est une véritable borne posée entre deux zônes, entre deux peuples différents de mœurs, de langage, de physionomie, entre deux individualités, entre deux architectoniques distinctes? Entre Pimont et Tournus, qu'y a-t-il autre chose qu'une montagne d'un accès facile, d'une médiocre élévation, que l'on franchit en 35 minutes?... et cependant, tout change en-deçà et au-delà de cette éminence. Je conçois que les Alpes interrompent une nationalité et limitent un type; je conçois qu'il suffise du Mont-Blanc jeté entre Chamonix et Aoste, pour scinder l'esprit public et le climat; mais une simple colline, sans caractère et sans autorité, venir brusquement, dans un département bourguignon jusqu'à la moelle, rompre l'unité bourguignonne dans tous ses aspects physiques, c'est un fait bizarre et pourtant vrai, qu'expliquent une foule de conditions géologiques et topographiques qu'il serait trop long d'énumérer.

L'ancienne province de Bourgogne résumait presque tous les climats de la France : du côté de Paris par la vieille comté d'Auxerre, au centre par l'Autunois et le Morvan, au sud-est par cette zône fertile et tiède qui forme l'extrémité méridionale du département de la Côte-d'Or (l'arrondissement de Beaune) et l'arrondissement de Chalon-sur-Saône; près de Lyon, enfin, par le fortuné Mâconnais.

De Dijon à Pimont, on rencontre la couleur mixte, neutre, indécise dans les monuments et le climat; pour les mœurs de ce pays, elles sont nettement tranchées, elles ont la franchise d'un peuple vignicole. — Vous ne trouverez là, ni les brouillards humides du Nord, ni la chaleur sèche du Midi, ni les toitures en fer de lance, ni les combles plats, mais les pignons offrant le triangle équilatéral simplement. Vous êtes dans l'empire de la transition : quelques maisons se montrent à Chalon-sur-Saône, à Beaune, vêtues de tuiles courbes à leur faîte, à côté d'autres maisons à combles aigus. La langue d'*Oïl*, la langue des rêveurs trouvères, est morte, et la langue d'*Oc*, la langue du Midi, la langue des gais troubadours, ne vit pas encore. L'E muet dont Paris ne tient nul compte, qu'il méprise ou qu'il oublie, se fait légèrement sentir dans l'accent de cette partie du sol bourguignon, mais non pas d'une manière sonore et pleine, prosodiaque et scandée, comme à quelques lieues seulement au-dessous de Chalon-sur-Saône. — J'en dis assez pour indiquer combien sont infinies les variétés de tons qui différencient les divers groupes qui se meuvent sur un territoire national.

La montée de Pimont joue précisément entre le Mâconnais et le Chalonnais, le même rôle que celle de Donzère entre le comtat Venaissin et le Dauphiné; elle est la fin d'un monde et le commencement d'un autre monde. Tout ce qui est en amont, c'est-à-dire au versant septentrional de cette montée, reçoit l'influence du Nord dans les mœurs, l'architectonique et le langage; tout ce qui est en aval, c'est-à-dire au versant méridional de la montagne, obéit aux influences morales et physiques du Midi.

A Tournus donc, par-delà cette montée de Pimont qui, de son

ombre séculaire, protège les tours chancelantes de la vieille abbaye fondée sur le tombeau de Saint-Valérien, la banlieue de Lyon
commence. L'ancien Mâconnais avait réellement une individualité
marquée dans notre province, et cette individualité a survécu dans
les délimitations actuelles de l'arrondissement de Mâcon. Avec
Tournus, nous avons la ville du Midi, la ville italique (1). Abritée
au nord et à l'ouest par ses montagnes, elle se mire gaîment dans
la Saône, elle semble sourire à l'aurore et se coucher au soleil.
Déjà les organisations du peuple sont plus poétiques et plus vives,
les femmes plus belles, plus brunes, plus riches en poitrine. Le
peuple aussi a gardé un costume tout particulier, moins gracieux
que celui de la Bresse, mais toujours joli : ce sont les petits cha-
peaux posés obliquement sur la tête, ce sont les flots de rubans,
c'est la mantille, c'est la jupe, ce sont la croix et le cœur d'or, tous
ces naïfs oripeaux du pays, que l'on ne rejetterait pas sans compromettre tous les autres éléments de la nationalité locale. Et puis
vous entendez déjà dans la bouche de tous, cette phrase pleine de
nombre et d'euphonie, ce langage musical qui divise comme la
poésie les mots en syllabes, et prononce toutes les lettres du dictionnaire. Ici règnent sans partage les belvédères du Midi, les
persiennes vertes aux fenêtres, les tourillons en nid d'aronde, les
combles presque plats, couverts de tuiles creuses, avec leurs avant-
toits saillants, les badigeons à fresque ; et l'architectonique traduit
complètement le climat et les mœurs. A Tournus, la vie est déjà
plus extérieure qu'à Chalon-sur-Saône ; le foyer domestique a
moins de charmes que le forum. Ce qui achève de différencier les
deux pays, ce sont les bastides méridionales, éparses sur les coteaux des environs de Tournus, enveloppées de figuiers, la prédominance des monuments byzantins et le règne presque absolu
des lignes horizontales dans l'architectonique générale ; les rues
de ville étroites et tortueuses, la diminution sensible des soins de
propreté publique et privée, l'élévation des maisons, l'affaiblisse-
ment de l'individualisme social, qui dans le Nord veut sa demeure

(1) Les quartiers nord de Tournus offrent encore quelques toitures pointues ;
mais on n'en trouve à peu près pas une seule dans les quartiers du midi, à l'exception de la grande fabrique du Faubourg. J'ai fait remarquer dans ma *Monographie de la Basilique abbatiale de Tournus*, que ce temple, qui est situé au nord
de la ville, a la sonnerie insignifiante d'Autun, Dijon, etc., tandis que dans l'é-
glise de la Madeleine, qui s'élève au midi de la cité, la sonnerie liturgique de
Lyon est en vigueur.

à lui seul entre cour et jardin, et dans le Midi se borne à demander un étage et le droit de passage dans une allée et sur un escalier communs; ce sont les chaumières et les bâtiments d'exploitations rurales construits en pisé, et le battage du grain s'opérant en plein air.

A mesure que l'on descend dans le Midi, à partir de Tournus, où le type méridional a commencé, on s'aperçoit que les populations et le sol sont plus intimement pénétrés par un reste d'élément romain; c'est là cette condition première qui explique toutes les différences que nous avons rapidement signalées, et que beaucoup d'observateurs avaient déjà comprises. — Certainement le ciel ne change pas visiblement d'aspect au-delà de la montée de Tournus; mais cependant la végétation varie, le mode de culture n'est plus le même que dans le Chalonnais, les montagnes elles-mêmes se dessinent plus sphériques, plus paysagées, plus harmonieuses; on dirait qu'on est sur la route de Rome et de Florence, et que l'influence et la nature italiques sont venues jusque là.

Par rapport au Nord et à Paris, la première zône méridionale française commence à Dijon, et s'étend jusqu'au revers lyonnais de la montée de Pimont; la seconde se développe entre ce point du territoire burgonde et Vienne en Dauphiné; la troisième va de cette ville à Donzère. Au-delà de ce dernier lieu, on est dans l'extrême Midi, on n'a plus rien à démêler avec les influences septentrionales et les blonds enfants du Nord. Cette progression est facilement appréciable.

Et voilà de cette montée de Pimont que l'on voit poindre bleuâtre à l'horizon, comme un dernier produit de la haute et large montagne qui l'avoisine, soit depuis le rempart Saint-Laurent à Chalon-sur-Saône, soit du faîte du clocher de Bâgé-le-Châtel (Ain). — N'est-elle pas, en France, la véritable limite du Nord et du Midi? — La route royale qui franchissait avec quelque peine la montée de Pimont, vient de l'abandonner pour tourner cette montagne; on passera désormais sans transition d'une zône à l'autre.

XXX.

NOUVELLES EXCURSIONS EN DOMBES.

*A Mgr l'évêque de Belley, à la Société royale d'émulation de l'Ain, à la
Société d'agriculture de Trévoux, et à MM. Jolibois, curé de
la même ville, et Milliet-Bottier, de Bourg.*

I.

Je n'entre pas pour une seule carpe dans la propriété du plus
humble étang de la Dombes, je ne possède pas un mètre du sol
argileux de cette contrée; pourtant la Dombes m'attire et m'intéresse... J'aime le calme de ses mœurs, le silence et la solitude de
ses chaussées, le mirage de ses flaques aqueuses, le bruissement
mélancolique de ses bouleaux, l'aspect morne de ses horizons,
ses savanes et ses steppes, ses mystérieuses harmonies qui
rappellent un peu le vaste cimetière de l'*Agro romano*. Je me
suis épris de cette nature, de cet étrange paysage, de cette molle
et maladive population; j'ai désiré être le peintre de ces tableaux
et le poète de cette nationalité.

Après tant d'esquisses précédemment crayonnées sur place, je
pensais avoir épuisé la matière, je croyais avoir relevé tout ce que
le paysagiste et l'observateur peuvent voir dans la Basse-Bresse;
et cependant, à chaque nouvelle course à travers ces plages, où

les mœurs traditionnelles luttent encore contre les innovations, j'entends une voix mystérieuse m'apporter des accents inconnus, je me sens ému comme au début de mes pacifiques relations avec la Dombes. Je l'ai vue et revue par les sereines et limpides matinées du printemps, par les chaleurs accablantes de la canicule; je l'ai parcourue même en hiver, alors que la neige étendait sur son argile ce blanc linceul qui la rend plus funèbre encore; et jamais je ne me suis rassasié de ce spectacle. Que d'autres trouvent leur poésie dans les opulentes vallées, parmi les riantes collines du vignoble, dans le tumulte, la civilisation et la joie du rivage; moi je la mets dans le deuil et la solitude, dans tout ce qui rappelle les jours où les populations vivaient par le cœur bien plus que par l'esprit. Mais plus que jamais il faut se hâter de recueillir le dernier souffle d'une vie qui s'éteint ou plutôt se transforme ; car les idées nouvelles commencent à planer sur la Basse-Bresse.—C'était pourtant bien quelque chose pour le poëte, que ce désert situé à la porte de la ville de Lyon, entre trois immenses courants de la civilisation moderne, que cette terre si délaissée, si muette, si éteinte et si pâle, avec ses artères sans pulsations, son harmonie de couleur, ses rares et pauvres populations étiolées par la fièvre, dont la veille était un assoupissement et dont le sommeil était une mort; mais quand la belle Venise, la cité la plus exceptionnelle du monde, vient se suicider dans la position continentale que va lui créer un chemin de fer, pourrait-on ne pas se résigner à voir la Dombes disparaître comme type?

... Nous voici à Sainte-Croix, ce village de transition posé aux avant-postes, entre la joyeuse partie de la Valbonne et les plages que nous voulons saluer de nouveau. La solitaire église de Sainte-Croix rappelle la basilique latine par son vaste pronaos; sa porte du XIVe siècle est d'une ferme et noble profilation. — Deux pas encore, et nous sommes dans cette contrée où les bouleaux à la blanche écorce frissonnent avec plus d'émotion qu'ailleurs, où le chêne lui-même, malgré la verdure de son feuillage, l'austérité de sa forme et l'énergie de ses rameaux, semble aussi fléchir et verser des larmes.

J'ai décrit ailleurs le Montellier *(mons telluris)*, ce château enveloppé de brume comme ceux de l'Écosse, et conforme à l'idée que nous nous faisons de celui de l'*innominato* dans les *promessi sposi*. Mais ai-je dit assez toute la signification de ce grave manoir, dont la silhouette se réfléchit dans les lagunes du pays d'étangs, dont le donjon dominateur est vraiment l'expression monumentale et souveraine de la Bresse inondée, et que les enfants de la Dombes voient de tous les coins de leur pays, comme un géant debout, comme le vieux phare de sa nationalité? Oh! combien cette demeure va bien à l'homme austère qui l'habite, et combien le châtelain est bien à la taille du château! quelle parfaite harmonie entre M. Greppo et le Montellier! comme les échos du manoir répondent merveilleusement à sa voix puissante ou au bruit de ses pas énergiques et pesants! comme tout y est préparé pour ses formes abruptes et carrées! Quelle solidarité, quel équilibre, quelle conformité, quelle fusion entre l'homme et la chose! Sans M. Greppo, le Montellier perd de son caractère. Ce n'est plus qu'une grande masure, une ruine imposante, un fait presque vulgaire, un temple sans culte, c'est-à-dire sans vie et sans voix; sans le Montellier, M. Greppo ne serait plus qu'un homme comme il y en a tant d'autres, de mœurs rigides et franches, cherchant sans les trouver, son soleil, son espace, son centre. La nationalité dombiste se résume dans ce châtelain et dans ce château...

L'influence personnelle de M. Greppo a été heureuse dans ce pays d'étangs : il a donné le signal du progrès agricole; il a pesé du poids de sa personne et de l'autorité de son caractère dans la balance des intérêts matériels du pays; on doit surtout à ses persévérants et généreux efforts la route royale qui traverse la contrée et le chemin du Montellier à Montluel.

L'humble village du Montellier, situé à l'ombre et à quelque distance du château, possède une église dont l'aspect romano-byzantin ne manque pas d'un certain caractère, et qui est couronnée d'un clocher moderne assez remarquable comme structure.

J'avais entendu à Villars le premier coup de fouet du postillon qui le traversa, au grand ébahissement des habitants. Depuis lors, de grands changements se sont opérés dans ce petit foyer de population si cher à la Bresse lyonnaise, qui vit jadis en lui sa capitale. Villars est le seul village de la Dombes qui soit situé presque parfaitement en plaine (1). Villars occupe le centre géométrique du plateau. Son paysage est le plus riche en étangs, et c'est de son entourage surtout que s'élèvent ces nuages, ces fumées humides que le brave docteur Chardon de Chasselay (Rhône) aperçoit, à l'œil nu, des hauteurs de Poleymieux, le roi du Mont-d'Or

(1) Il est à remarquer que la plupart des villages de la Dombes sont posés sur des monticules artificiels ou naturels.

lyonnais, tous ces miasmes qu'il voit, les regards pleins de larmes, planer sur le plateau de la Dombes. A peine vingt postillons eurent-ils suivi l'exemple du premier, que Villars se crut sérieusement appelé à un grand développement. Les maisons se badigeonnèrent; on se rappela qu'on avait été ville, on voulut le redevenir; les demeures furent toutes numérotées; on inscrivit des noms au bout des rues, des ruelles, des impasses; on se fit des faubourgs, on leur donna également un nom; le flanc nord de la même maison reçut une plaque indiquant : *Faubourg de Bourg;* son flanc au sud-ouest, une autre plaque indiquant : *Faubourg de Trévoux,* etc. Cette plaisanterie municipale ne connut pas de bornes. A chaque angle saillant ou rentrant de la rue unique de Villars, on changea le nom, et on produisit ainsi l'appareil nominatif d'une véritable ville. — Tout, en un mot, se prépara en ce pays pour un avenir immense. Mais ne voilà-t-il pas, quand toutes les maisons ont un numéro et sont blanchies, quand de somptueux cafés se sont élevés, quand les auberges (à l'exception de celle de Mme Baconnier) se sont érigées en hôtels, quand on a à Villars une cité et ses faubourgs, des billards de palissandre, etc., qu'il prend fantaisie à la route royale de se rectifier et d'oublier le tribut qu'elle doit à la nouvelle cité! Pauvre Villars, que de soins et de dépenses inutiles! Malgré toutes les belles espérances que le pays fondait sur sa route, j'ai encore retrouvé l'excellent notaire du lieu, les bras croisés, selon sa vieille habitude, et attendant toujours ce mouvement de transactions et d'affaires que je lui avais fait pressentir à l'ouverture de la grande voie, et que personne ne désire plus que moi pour Villars. — Du reste, que Villars se console, les progrès de l'agriculture dans le pays d'étangs pourront seuls influer sur sa prospérité, et l'impulsion à ces progrès donnée depuis long-temps commence à se faire sentir. Les chemins de fer feraient délaisser la route royale, quand bien même elle n'aurait pas subi cette rectification que je regrette dans l'intérêt de la population.

Je pourrais placer ici la monographie de l'église de Villars, monographie qu'esquissa seulement dans feu l'*Album de l'Ain,* feu Leymarie : ce travail entrera comme matière dans la portion de cet ouvrage plus particulièrement consacrée à l'archéologie didactique.

Versailleux est vraiment une oasis dans le pays d'étangs. Quelle position agréablement accidentée, quel ombreux et frais paysage, quelle nature somptueuse et variée! Nous avons visité le château et l'église : le château si beau par ses alentours, l'église si remarquable par les détails de son architecture. On doit signaler religieusement dans cet édifice, d'abord sa porte romano-byzantine, d'une noble structure, ensuite son apside du même âge, élégamment profilée par une ouverture; puis deux chapelles du XVe siècle, dont l'une surtout a tout l'art et toute la grâce que les hommes de cette époque d'entraînement et de verve mettaient dans leurs œuvres.

II.

Chalamont change de peau; à peine lui reste-t-il une douzaine de ces vieilles maisons de bois, accroupies sur le sol, dont j'admirai si vivement autrefois les pittoresques dispositions. Toutefois, une remarque m'avait échappé. Je veux parler de ces nombreux chapiteaux qui servent de chasse-roues, et qui se voient au coin de plusieurs rues. Ces chapiteaux proviennent de l'ancienne basilique abbatiale de Chassagne, de l'ordre de Cîteaux, fondée en 1145, à trois kilomètres de Chalamont, et détruite à l'époque de la révolution. Cet édifice était un type imposant d'architecture romano-byzantine. Malheureusement, il était un autre type de la vie monastique à l'époque où l'heure de la destruction a sonné pour lui. — A peine retrouve-t-on, même aux jours de foire, à Chalamont, le type du bressan de Saint-Nizier-le-Désert, avec ses gros sabots blancs de bouleau, à la tête trapue; à peine l'entend-on encore fredonner quelques couplets de la chanson jadis si populaire du docteur Merle.

L'église de Meximieux a été refaite, avec assez de bonheur, à la manière *gothique*, soit en utilisant les matériaux de l'édifice préexistant, soit en ajoutant de nouveaux. Malgré ces frais et délicieux visages de jeunes filles et de femmes qui retiennent l'observateur à Meximieux, il y a un instant où il faut le quitter; mais Pérouges l'attend, et il doit une visite à cette antique cité, si souvent obligée de se défendre au moyen-âge contre les incursions des Dauphinois. Voulez-vous avoir une idée parfaitement juste d'une petite ville des États-Romains, comme *Otricoli*, par exemple (terre de Sabine), ou *Montefiascone*, rendez-vous à Pérouges *(Perugia)*. Même position à la cime d'une montagne, comme les anciennes villes étrusques, mêmes contours de ruelles étroites, même clôture de murailles, mêmes mœurs populaires, même aspect de loin et de près. Le moyen-âge vit à Pérouges de tout son éclat par la forme, du moins; on serait tenté de croire que cette petite ville a été fondée par une colonie de Pérugiens qui lui don-

nèrent le nom de la mère-patrie. L'église de Pérouges est sur une
petite échelle la basilique de Saint-Nizier de Lyon ; elle a le
même âge qu'elle, présente la même somptuosité de lignes et de
profils, et semble bâtie par le même architecte.

III.

Dans cette région lyonnaise de la pieuse terre de Bresse, qui a
reçu le nom poétique de Valbonne *(vallis bona)*, s'élève une toute
petite cité. — Les étrangers qui la traversent, aux soupirs de ses
échos, au timbre de sa voix, devinent combien doux doit être son
séjour, et l'aiment, tout en ne faisant que l'entrevoir; ils éprou-
vent, en respirant momentanément l'air qui lui donne la vie, un
charme indéfinissable qui les invite à s'y reposer. Ceux qui ont été
assez heureux pour y trouver un seul cœur ouvert à leur amitié,
pour y entendre une fois de sympathiques et fraternels accents, ne
tarderont pas à y compter dix amis, pour peu qu'ils en soient dignes, tant les mœurs y sont expansives et faciles, tant les âmes
y sont merveilleusement perméables à tous les sentiments affec-
tueux. Les personnes qui ont avec elle des relations fréquentes,
intimes, établies depuis long-temps, voudraient, pour s'envelopper d'une manière permanente en elles, briser les liens qui les
retiennent ailleurs, et sourient sans cesse à la consolante espérance de pouvoir un jour déplier leur tente dans ce délicieux endroit, et prendre définitivement racine au sein de cette harmonieuse population. Les hommes même qui ne savent de l'humble
cité que son nom, préjugent, à la suave euphonie de ce nom,
qu'elle doit offrir tous les éléments de paix, d'effusion et de poésie,
d'intelligence et de paysages, qui alimentent la triple vie du cœur,
de l'esprit et des yeux. — Je n'ai besoin ni de décrire ce pays, ni
de l'effleurer du bout de ma plume, ni de le désigner catégorique-
ment, pour que tout ce qui, de Lyon, s'élance un peu par la pensée,
les souvenirs ou l'amitié, parmi tous ces petits centres d'action,
qui, rangés dans son vaste périmètre, forment les avant-postes
de la grande métropole, devine sans effort quel est celui d'entr'eux dont je veux parler ici : toute réserve serait désormais inutile; c'est de Montluel qu'il s'agit. — Oui bien, de Montluel *(mons
lupelli)*, dont la voix chaleureuse et tendre nous convie si souvent aux plus splendides couchers du soleil, aux plus radieuses
aurores, aux plus fraîches promenades, aux plus pacifiques abris,
aux plus hospitaliers festins, aux plus joyeuses pêches des alentours de Lyon.

17

De grâce, fidèles, peintres et artistes, admirez un peu l'œuvre de Dieu sur cette charmante petite ville, autour d'elle et en elle. — Mollement couchée, comme en un lit de parade, sur une nappe de prairies émaillées de fleurs odorantes; entourée de limpides ruisseaux qui murmurent pour l'endormir, et caressée par une brise mélodieuse qui soupire pour la réveiller; protégée contre les vents froids du nord-ouest par un rideau de collines, paysagées d'une manière gracieusement énergique, entrecoupées de verdoyants et frais vallons d'où s'échappent sans cesse des accents indécis de mystère ou d'amour, et où l'agriculture, cette nourrice de l'humanité, a porté une douce civilisation, sans énerver et sans troubler l'œuvre plus solennelle et plus vierge de la nature; assise au pied de cette Bresse inondée, dont les bouleaux pleureurs, à la blanche écorce, secouent jusque sur elle leurs larmes épurées; inclinée vers l'Orient, dont la vue retrempe chaque matin sa foi et illumine ses horizons; entièrement découverte du côté du midi, d'où lui viennent la poésie et l'écho des harpes italiques; en rapport avec l'austère Savoie et la Suisse enchantée par ces hautes montagnes du Bugey, qui continuent l'une et l'autre dans son panorama, pour le plaisir de ses yeux; enveloppée d'une ceinture de beaux, de vastes villages où l'intelligente et laborieuse activité de l'homme rural décuple la fertilité naturelle du sol, où d'opulents citadins viennent oublier, en d'ombreuses *villas*, les affaires et le tumulte de la grande ville: dites-moi si elle a autre chose à faire pour être heureuse que de se laisser vivre au sein d'une nature si épanouie, si inspirée et si salubre; dites-moi si elle n'est pas vraiment privilégiée ici-bas. — Elle n'a besoin que d'étendre les bras jusqu'à ses coteaux, pour y trouver la vigne et les arbres qui se nourrissent en communauté avec elle; que de se pencher nonchalamment sur ses touffus vergers, pour cueillir tous les fruits sur sa plaine parfumée, toute brodée d'ellébores, de narcisses, de jonquilles et d'amaranthes, pour récolter tous les genres de production; que de se confier à la gondole hospitalière de son moderne *Neptune* (1), pour puiser dans la Losne les poissons les plus exquis. Une vieille église, bâtie à l'instar des monuments étrusques, au faîte de l'une de ces grandes poypes naturelles qui délimitent la Dombes, et d'où tout pèlerin voit distinctement l'ora-

(1) On désigne de ce nom le père Colombet, fermier des pêches de M. le baron Bertholon de Pollet, dans la Losne.

toire de Notre-Dame-de-Fourvières, bénissant aussi, du haut de son trône séculaire, l'auguste cité de Lyon à genoux à ses pieds; une vieille église, sainte et vénérable couronne de la montagne, assise au milieu du silence et du mystère des tombeaux, planant sur les mélancoliques lagunes et le morne paysage de la Basse-Bresse, enveloppée de solitude, de ruines, d'infini, comme les basiliques suburbaines de Rome; une vieille église dont le clocher a presque la teinte dorée des monuments d'Italie, une vieille église veille sur elle, et montre leur première station aux prières qui, d'en bas, montent vers le ciel. — Ah! j'aime qu'un cimetière monte ainsi au ciel, et pende sur les peuples. L'image de la mort planant sans cesse sur la vie, est un grave enseignement pour eux.

L'histoire chrétienne de la ville, descendue plus tard dans le plat pays, commence avec ce touchant édifice et les débris qui l'environnent. L'ère triomphante des Byzantins d'Occident fit éclore autour de Montluel des temples d'un grave caractère, tels que ceux de Laboisse et de Dagneux. Des noms grecs, semés sur son territoire, comme celui de Niévroz, annoncent assez qu'il eut pour colons des Hellènes qui y laissèrent l'élégance de leurs goûts et la musique de leurs désinences. Le soleil joue dans sa tiède atmosphère avec une liberté qui ne sent pas la licence; réfractée par les abruptes montagnes bugistes, sa vive lumière coule presque toujours transparente et limpide, et y verse des tons chauds et tranquilles tout à la fois, une couleur ferme et les plus harmonieux reflets. — De là, ce ciel si profond, d'un azur si foncé, qui sourit à tout ce splendide bassin. Et ce Rhône impétueux et bondissant, d'où s'échappe la Losne, pour donner une rive arrondie et embaumée au doux territoire de Nièvre; et ces cascades du Dauphiné qui mugissent dans le lointain; et cette noble terre delphine, venant mourir au-delà du fleuve, en amphithéâtre de rochers et de châteaux. Tout près de là est Morestel; tout près de là, Crémieux, d'où la civilisation n'a pas encore banni l'aspect d'une ville du moyen-âge; tout près de là, une des sept merveilles du Dauphiné, la grotte de Notre-Dame-de-la-Balme; vis-à-vis de vous enfin, flamboient les innombrables croisées du château de Jonage. —Enfermez toutes ces variétés de paysage; résumez tous ces motifs de ciel, d'art et de nature, toute cette vision effective et permanente, dans un seul tableau ayant pour cadre les montagnes, boulevarts de l'Italie, au faîte desquelles surgit le Mont-Blanc, les collines qui soutiennent le plateau de la Dombes, par-dessus lesquelles se dessinent les contours bleuâtres des monts du Beaujolais et du riant Mâconnais, cadre brodé, festonné, orné des franges les plus riches, tour-à-tour élégant et sévère, mais toujours magique; et dites-moi si la place que Dieu a faite à Montluel sur ce globe, presque au centre du tableau que j'ai si incomplètement esquissé, n'est pas mille fois digne d'envie. Montluel a encore d'autres avantages de position géographique : elle tend la main droite à la métropole de Lyon, qui n'est point de sa famille, mais qu'elle regarde comme une alliée et une excellente amie avec qui elle a des relations de tous les jours et de tous les moments, et la main gauche à cette Bresse dont elle est la fille, je ne dirai pas ingrate, mais devenue indifférente par suite de l'éloignement où elle vit de sa mère, dont Bourg est l'expression; elle flotte entre deux histoires, deux éléments, deux nationalités, et participe aux bienfaits de deux patries. Si elle veut jouir avec Lyon et prendre sa part des banquets lyonnais, elle se dit de son entourage, de sa dépendance morale; si elle a besoin de Bourg, elle parle avec effusion de ses vieux et indissolubles liens bressans. Ajoutez à la beauté de ses environs, à la quiétude de ses paysages, à cette situation qui lui ouvre toutes les portes de la prospérité, un esprit public calme, les conditions d'une ville où l'air circule sans obstacle, où existent une foule d'institutions de civilisation ou de bienfaisance; bâtie sans luxe, mais d'une manière commode; tenue avec une propreté rare dans le périmètre de Lyon; ayant deux églises co-paroissiales, l'une où la libre renaissance fraternise avec l'art du XVe siècle, l'autre, où ce dernier seul se manifeste, et une chapelle où s'abritent les derniers soupirs de la piété populaire des pénitents; quelques restes de monuments publics ou privés; une salle d'asyle due à l'administration municipale la plus intelligente, la plus paternelle et la plus dévouée qui l'aient régie : et vous comprendrez encore mieux si j'ai de bonnes raisons pour chérir Montluel.

Mes quatre grandes prédilections en fait de villes françaises, les cités qui font battre mon cœur des mêmes pulsations, qui me sont également patrie, que je confonds dans la même tendresse filiale, ce sont : Lyon, Nuits, Chalon-sur-Saône et Montluel.

Montluel offre bien aussi l'aspect d'une petite ville d'Italie, bien qu'elle soit bâtie en plaine au cœur de l'amoureuse et tiède Valbonne. J'ai parlé trop souvent de cette délicieuse petite cité, pour y revenir encore; mais je vous dois compte de ma visite récente à la salle d'asyle qui vient d'être inaugurée à Montluel, il y a à peine quinze mois.

Je ne sais trop pourquoi à Montluel, comme partout, l'établissement des salles d'asyle ne s'est pas opéré sans trouver quelque opposition de la part de personnes qui, plus particulièrement et plus habituellement mêlées à toutes les choses de culte, de charité, de bienfaisance, devaient au contraire, conséquemment à leurs principes, en propager la pensée, en favoriser la formation avec le plus de zèle. Est-ce parce que les *infant'schools* sont une importation anglaise, qu'une piété mal entendue semble les redouter ? — Je serais enclin à le croire. Mais si ces écoles, nées françaises entre les mains charitables de Mme de Pastoret, et perfectionnées par nos voisins d'outre-mer, nous reviennent dégagées de tout esprit d'anglicanisme et de schisme, si elles se concilient merveilleusement à la charité catholique, si elles continuent l'œuvre et le vœu de saint Vincent de Paul, pourquoi un parti pris tendrait-il à les exclure ? Je veux croire qu'avant de les juger on les connaissait mal, et qu'on s'obstinait à ne voir en elles que des institutions purement philanthropiques, comme la suppression si imprudente des tours, et autres mesures inspirées par les mœurs protestantes.

Une salle d'asyle convenait surtout à Montluel, qui a des manufactures, et dont la population ouvrière s'est singulièrement accrue depuis quelques années. Cette institution existait depuis long-temps en germe dans l'esprit de l'administration municipale. Cette louable et pieuse pensée vient de se réaliser sous l'influence de la nouvelle mairie, qui a voulu signaler son passage dans les affaires du pays par une création utile et sagement populaire : la ville commence déjà à en recueillir les fruits. Mgr. l'évêque de Belley, qui à tant de lumières unit tant de vues paternelles, a compris de prime-abord le but essentiellement chrétien de l'œuvre ; il a éclairé les consciences timorées, et secondé puissamment les efforts du magistrat qui voulait une salle d'asyle pour les enfants du peuple. Tous les obstacles, toutes les fins de non-recevoir ont été levés à force de persévérance, de dévouement, d'habileté.

Je ne décrirai point la salle d'asyle de Montluel, située dans les bâtiments de l'hospice, et confiée à la direction maternelle d'une sœur de la congrégation de saint Vincent de Paul, exclusivement affectée à ce service. Chaque sexe d'enfants a sa cour particulière ; air, salubrité, tenue et discipline, propreté parfaite et disposition convenable de la salle d'asyle, tout ici est on ne peut mieux entendu. Grâces soient donc rendues à la fois à Mgr. l'évêque, au conseil municipal de Montluel et au maire zélé de la commune, dont les excellentes intentions ont été comprises par toute la population, par les classes laborieuses, qui ont vu avec gratitude qu'il se préoccupait de leurs besoins, par les classes aisées, qui ont assuré l'existence de l'institution par des souscriptions volontaires. Une circonstance m'a causé bien de la joie, c'est que la salle d'asyle s'est établie sans troubler le culte touchant de la confrérie des Pénitents, pour le maintien de laquelle je fais les vœux les plus ardents.

En visitant la salle d'asyle placée dans une dépendance de l'hospice, on m'a fait parcourir la maison entière, et j'y ai vu une bien belle chose dont jusqu'ici je n'avais point soupçonné l'existence; c'est la salle de la pharmacie qui forme un petit appartement carré, délicieux d'ornementation sculptée dans le goût de la renaissance avancée. Tout ce matériel provient du collège de la Trinité de Lyon; il est aisé de le reconnaître en voyant le cœur et le monogramme I H S, semés avec profusion sur toutes les œuvres d'art, d'un goût toujours équivoque, qui ont appartenu aux pères de la compagnie de Jésus. Il fut acheté à l'époque de la première suppression des jésuites en France, et s'adapta au nouveau local comme s'il eût été fait pour lui.

Les ponts-et-chaussées ont posé à l'entrée de Montluel, du côté de Meximieux, sur le torrent qui gronde au pied de la ville, un pont fort laid sous le rapport du goût, et qui n'est pas plus beau comme construction. Espérons que, sur les représentations de l'autorité municipale, on reviendra prochainement sur cette œuvre, où l'utilité publique aurait dû, à l'entrée d'une ville, se manifester avec plus d'élégance. Un projet louable avait surgi naguère dans ce charmant pays; il s'agissait de convertir en rue, un infect et insalubre cloaque, et par la construction d'un aqueduc souterrain, de porter la vie, la circulation et la santé dans un quartier qui est maintenant hideux : ce projet a rencontré une opposition qui ne tardera pas à tomber, nous en avons la conviction. Le poids public qui déshonorait l'entrée de la ville et de la promenade, du côté de Miribel, va disparaître ou a déjà disparu. — Dieu en soit loué !

Il existe dans les habitudes du clergé de Montluel une pratique sur laquelle il suffira d'appeler un instant son attention, pour qu'il y renonce, j'en ai l'espérance.

Plus qu'ailleurs on y catégorise la mort. Ainsi, la bière des défunts pauvres n'est précédée par le prêtre que jusqu'à deux pas de l'église; arrivé à un pont, le ministre des saints autels laisse là le cercueil, qui chemine vers le cimetière sans le concours d'aucune autorité ecclésiastique. Puis, le chemin même que prendra le convoi funèbre se règle d'après la classe de l'enterrement. Dans ceux de première classe, on monte au cimetière, clergé en tête, par une belle et large voie ; dans ceux de seconde, un seul prêtre accompagne le corps, mais il force le convoi à arriver au cimetière par une pente incommode ; enfin, dans les inhumations de troisième classe, celles du pauvre, le clergé abandonne la bière comme je l'ai dit. Tout cela est bien peu en harmonie avec la charité apostolique. L'autorité municipale aurait un moyen de mettre un terme à un tel usage ; c'est que le maire ou l'adjoint, décoré de son écharpe, reçût le corps du pauvre sur le pont où le prêtre le délaisse, et l'accompagnât jusqu'au lieu du repos. Ce serait faire de l'abus actuel la critique la plus juste et la plus chrétienne ; mais sans doute, je le répète, le clergé n'attendra pas cette épreuve.

Nous voulions rentrer dans la Bresse lyonnaise et faire une nouvelle visite à la Saulsaie, à l'homme plein d'énergie et de foi qui est appelé à fertiliser le pays d'étangs ; c'est nommer M. Césaire Nivière : le mauvais temps nous en empêcha ; mais cette excursion au château où NVL BIEN VENV S'IL N'EST APPELÉ, ne fut qu'ajournée. Je reviens en hâte à Bourg-en-Bresse, à l'écu *parti* de sinople et de sable, à la croix d'argent ; à Bourg, la ville sainte, la ville recueillie, la ville intelligente et sage, où les cœurs ont tant d'humus moral. Je vais revoir son église de Notre-Dame, que je préfère à celle de Brou. Son architecture toujours limpide ne sent point la contrainte. Sa nef, pleine d'ampleur, est d'une rare solennité, ses verrières sont d'un grand prix, l'ossature si compliquée et la clef pendante de sa voûte apsidale sont admirables.
— Et pourtant, nul encore ne l'a chantée ; mon honorable ami M. Milliet-Bottier est le seul écrivain qui lui ait consacré une courte notice dans le premier volume de l'*Album de l'Ain.* — J'en ferai incessamment la monographie.

XXXI.

SAINT-AMOUR ET PESMES.

A la Société d'Émulation du Jura, à MM. Nolhac aîné et Commarmond, de Lyon, le conseiller Spicrenael, le professeur Perron, de Besançon, l'avocat Pétiet, de Gray, et le vicomte Olivier d'Archiac, de Dijon.

I.

Pour arriver à Saint-Amour, il nous fallut quitter le plateau de la Bresse inondée, traverser Bourg, la douce et pacifique, environnée d'ombre et de verdure; Bourg, où l'on respire je ne sais quel parfum de la touchante poésie du moyen-âge, où l'on entend murmurer je ne sais quelles pieuses et suaves harmonies; Bourg, où la glorieuse maison de Savoie s'est fait dans la merveilleuse église de Brou un royal Saint-Denis, non moins digne d'elle que la *Superga* qui couronne Turin (1), et Hautecombe qui domine le lac azuré du Bourget. De Bourg, où les vieilles mœurs, dont un des principaux mérites consistait dans la loyauté, luttent contre

(1) Église conventuelle renfermant les tombeaux des rois de Sardaigne.

les idées nouvelles; de Bourg, dis-je, on se dirige par la route de Lons-le-Saunier sur Coligny, le lieu le plus pittoresque qui se puisse concevoir, caractérisé surtout par son noble et solennel château de l'ère féodale.

J'ai long-temps cru qu'il n'existait en France qu'une seule petite ville de trois mille et quelques cents âmes, qui réunît au choix de la population, au confortable des demeures particulières, l'élégance la plus parfaite des goûts dans toutes les classes, le savoir-vivre et l'urbanité des grandes cités; où vous eussiez dans le monde des salons toutes les habitudes les plus élevées, et dans l'intimité toutes ces ressources de sincérité, de véritable affection qu'offre la petite ville, où tous se connaissent, où tous se touchent. Nuits (Côte-d'Or) était cette petite ville, ce type, ce modèle. On m'a bien parlé de Paray-le-Monial comme d'un lieu à peu près semblable quant aux mœurs; mais je n'en dirai rien, parce que je ne le connais pas; et puis, on n'a point ajouté que ce pays présentât de délicieux et riants alentours, que le luxe de ses maisons y fût l'image fidèle des goûts distingués de ses habitants. Depuis que je connais Saint-Amour, le type de Nuits s'est affaibli à mes yeux, bien que je n'aie pas cessé de l'aimer comme un des berceaux de ma famille les plus chers à mon cœur.

Saint-Amour appartient au département du Jura : sa population n'est pas considérable, mais elle est exceptionnelle ; elle se compose à peu près exclusivement de propriétaires vivant de leurs rentes, et se gardant bien d'exercer aucune industrie. Lorsqu'on parcourt les rues de cette petite ville, on se demande à chaque pas où sont les artisans et les marchands, desquels je défie bien au monde aristocratique de pouvoir se passer; partout des maisons bourgeoises, de petits palais occupés par une seule famille, avec portes cochères ou grilles hermétiquement fermées sur la voie publique. Il faut bien pourtant qu'il y ait une classe ouvrière à Saint-Amour; mais on ne la voit, ni on ne l'entend, ni on ne la soupçonne, et elle s'y trouve bien évidemment en immense minorité, relativement à la classe aisée. Saint-Amour se chauffe, se coiffe, s'habille à Lons-le-Saunier ou à Lyon; c'est ce qu'il faut conclure des conditions sociales de ce pays. Aussi, pas de boutiques, encore moins de cafés; des palais, des palais et toujours des palais. Je ne pense pas qu'il y ait dans le royaume une petite ville plus régulièrement jolie, bâtie avec plus de luxe que celle-ci ; mais je ne pense pas non plus qu'il y en ait une plus monotone et plus triste dans les rues, ce qui, tout calculé, me ferait préférer de beau-

coup le séjour de Nuits à celui de Saint-Amour. Chacune de ces
belles maisons que vous voyez appartient à une famille riche, très-
souvent noble, tout au moins aisée. Les manières les plus élégantes, la plus délicate politesse de tenue et de langage, caractérisent
les mœurs de cette population de grands seigneurs, d'un esprit
généralement cultivé, et ayant avec toutes les positions sociales
élevées de tous les pays cette communauté d'existence du *modus vivendi*, suprême niveau que les révolutions et le radicalisme
nient, mais ne font pas fléchir.

Toute chose ici est non-seulement jolie, mais grande et belle ;
on croirait qu'un peuple de princes s'est choisi cette petite cité pour
retraite : rues larges, aérées et propres ; habitations somptueuses ;
église vraiment monumentale, couronnée d'une coupole tout italique. Ajoutez à ces conditions matérielles une situation ravissante,
de merveilleux paysages, le passage de la route de Strasbourg à
Lyon, seule cause de quelque bruit momentané et de quelque vie
temporaire à Saint-Amour. Des hauteurs qui dominent ce petit paradis terrestre de l'aristocratie, et qui forment le premier et le plus
agréable plan des montagnes du Jura, l'œil de l'observateur
plonge dans un immense panorama, il est maître de trois départements ; tout l'arrondissement de Louhans, dont l'extrême canton
oriental, celui de Cuiseaux, vient mourir à ses pieds, lui appartient ;
tout l'arrondissement de Bourg (Ain) est de son domaine ; il embrasse la plus riche et la plus délicieuse portion du département
du Jura, la zône des coteaux qui s'étend dans la direction de Lons-
le-Saunier.

Saint-Amour est, comme Chalon, une ville de transition entre
l'architectonique du Nord et celle du Midi : la toiture aiguë s'y montre à côté de la toiture plate à tuiles courbes ; la ligne horizontale
y lutte contre la ligne verticale ; aucun des deux règnes n'est bien
définitivement établi ; mais la tendance est plutôt méridionale que
septentrionale, et je félicite Saint-Amour de son choix ; car toutes
les fois que le climat peut rigoureusement permettre le toit plat,
on a bien raison de sacrifier le comble pointu, si inutile, si disgracieux, si peu en harmonie avec le type de nos maisons modernes.

Il y aurait beaucoup à dire sur Saint-Amour ; je ne fais cette fois
qu'indiquer et effleurer la matière. Je suis fondé à croire qu'en ce
pays, une famille qui se composerait uniquement du mari, de la
femme et d'un enfant, pourrait, avec six ou sept mille francs de
rentes, avoir l'existence la plus noble et la plus distinguée ; car il

n'est pas possible que les palais, la main-d'œuvre et la table soient chers dans une capitale telle que Saint-Amour.

II.

Si la ville de Gray a une réputation de laideur à laquelle son état actuel donne un formel démenti, l'église de Pesmes, au contraire, jouit d'une renommée de beauté artistique qu'elle ne justifie que fort imparfaitement. Personne, en Franche-Comté, ne parle de l'église de Gray, sœur et contemporaine de Notre-Dame de Dole, fille du même père, qui est, sans contredit, un des monuments religieux historiques les plus importants, dans une contrée où, par suite des interminables guerres, les temples du moyen-âge sont extrêmement rares. L'église de Gray, bâtie par le même architecte qui édifia la collégiale de Dole, est une œuvre de la renaissance, formulée avec les idées de l'ère ogivale, tout comme la belle église rurale de Demigny (Saône-et-Loire), dont j'ai dressé la monographie dans ma *Statistique générale des basiliques et du culte dans la ville et la province ecclésiastique de Lyon.* Ces sortes d'édifices sont peu communs, et il faut les signaler. Eh bien ! malgré l'harmonie de ses lignes, ses heureuses proportions, son type historique, l'église de Gray est à peine connue... — Voilà comme vont les renommées.

Toute la campagne qui se déroule entre Gray et Pesmes offre un monotone aspect : c'est une plaine fort onduleuse, que ne paysagent ni groupes pittoresques d'habitations, ni mélanges de grands arbres, ni effets d'eau et de verdure ; mais à partir de Resie, le tableau change, la chaîne jurassienne se rapproche, la petite chaîne vosgienne, dont se détachent les hauteurs de Mont-Roland et de Montmirey, s'élance à l'horizon et le découpe ; la nature devient plus accidentée, plus riche en végétation, en ombrages et en futaies, et la vigne, l'amoureuse vigne vient tapisser les collines et varier le paysage.

Peu de villes en France ont gardé la physionomie moyen-âge aussi vierge que la petite cité de Pesmes. Penchée sur un coteau qui regarde le sud-ouest, elle semble encore dormir et se recueillir dans son passé. Ce sont des restes de vieux remparts dont la ceinture est partout visible, de vieilles portes, de vieilles maisons contre lesquelles viennent lutter les fraîches et pimpantes habitations modernes qui, ici comme ailleurs, veulent témoigner des mœurs et des goûts de notre époque ; de vieilles rues tortueuses et mal pavées. Tous ces contrastes de passé et de présent plaisent

à l'observateur, et nul pèlerin intelligent ne passera jamais à
Pesmes sans s'y arrêter. Et puis, en ce pays qui n'est traversé que
par des routes peu fréquentées, l'ancien bon esprit semble s'être
maintenu sous la protection des anciennes maisons et des anciens
usages. Les mœurs y sont douces, calmes, hospitalières, pleines
de foi et d'esprit de famille. — Oui, la paix de ses mœurs conservées et pieuses, les idées d'ordre répandues dans la population, le
bon esprit, la concorde et la foi de ses habitants, la constante tranquillité de son paysage, son aspect éminemment rural et antique,
la ville de Pesmes les doit à son éloignement des grandes voies de
communication, qui sont toujours une cause puissante de démoralisation. Tout porte, en ce pays, à la méditation et à la prière; on
y retrouve les habitudes simples, laborieuses, cordiales de l'ancien temps; il semble que ce lieu soit un de ceux où le vieux type
franc-comtois soit destiné à se maintenir et à se résumer. — Puisse
la funeste civilisation de nos jours refuser long-temps à ce bon
pays, ses blanches maisons, ses alignements et ses cabarets!

L'église de Pesmes résume une bonne portion de l'architecture
chrétienne historique; c'est dire assez que ce temple manque d'homogénéité et d'unité. L'art des Byzantins d'Occident, dans sa période du XIIᵉ siècle, y a laissé des traces visiblement et nettement
accusées : les nefs représentent l'architecture ogivale du milieu du
XIVᵉ siècle, deux chapelles formulées par la somptueuse école du
XVᵉ siècle; l'apside est l'œuvre de la première phase de la renaissance, et la chapelle dite de Resie doit être considérée comme un
monument de la seconde période du XVIᵉ siècle; le clocher, comme
tous les clochers de la Franche-Comté, à peu d'exceptions près,
rentre dans ce caractère moderne si uniformément adopté pour
ces édicules dans toute la province. — Ainsi, entre l'église de
Pesmes et la basilique métropolitaine de Saint-Jean-Baptiste de
Besançon, il y a une grande ressemblance d'âges. Toutes les deux
sont une œuvre complexe, où différentes architectures ont établi
leur zône et signé une page de leur nom : toutes les deux offrent
un intérêt réel au monumentaliste qui aime qu'un temple chrétien
nous dise toute sa chronologie dans les variétés de sa structure,
et nous raconte son histoire par les dates écrites dans les motifs
de ses profils. — A propos de clochers, j'ai souvent déploré ce
type exclusif de campaniles adopté en Franche-Comté et en Savoie.
Ce despotisme imprime aux campagnes une monotonie d'aspect
qui fatigue l'observateur. C'est toujours la tour carrée, couronnée
d'une coupole quadrilatère, vêtue de fer-blanc, et ce type ne varie

pas. Je sais très-bien que les guerres ont détruit presque toutes les anciennes églises et les anciens clochers de la province; mais dans les réédifications qui se sont faites et se font, n'aurait-on pas pu et ne pourrait-on pas choisir ou imiter une forme moins absolue? L'église de Pesmes et la métropole de Besançon ont encore cette analogie, c'est que toutes les deux ont pour signification extérieure un clocher du XVIIIᵉ siècle.

La chapelle dite de Resie est la partie la plus célèbre de l'église de Pesmes, et j'ai honte de le dire; c'est celle que j'ai le moins admirée; c'est une œuvre baroque plutôt que belle, à moitié mythologique, d'un mauvais goût assez prononcé, où les profils et les objets de détail se heurtent, sans être mis à leur place, où la médiocrité de l'exécution ne compense point la fâcheuse ordonnance de l'ensemble. Du reste, il faut que chaque siècle ait son histoire. Cette chapelle appartient à cette phase de la renaissance où l'art, s'éloignant de plus en plus des traditions spiritualistes et idéales du moyen-âge, se faisait païen; et comme type historique, il faudrait au moins lui rendre son caractère primitif, en guérissant ses plaies, en effaçant la trace des mutilations qu'elle a reçues.

Je ne puis effleurer l'histoire proprement dite de cette chapelle que, d'ailleurs, tous les Francs-Comtois connaissent mieux que moi. J'ai voulu simplement payer la dette du pèlerin à cette petite ville de Pesmes, à son église, et laisser un fraternel souvenir aux hommes de ce bel arrondissement de Gray, au milieu desquels j'ai trop peu vécu pour mes affections provinciales et mes vieilles sympathies envers la Franche-Comté de Bourgogne.

XXXII.

NOTRE-DAME D'AMIENS.

*A l'Académie d'Amiens, à la Société royale d'Emulation d'Abbeville, à
MM. Duserel et Goze, d'Amiens, et de Glanville, de Rouen.*

J'avais promis de compléter, par un tableau vivement coloré
de la cathédrale d'Amiens, la trilogie des gloires françaises de
l'école ogivale. Le temps et l'espace me manquent aujourd'hui
pour une toile d'atelier : en attendant que je puisse peindre de
grandeur naturelle cette majesté monumentale, ceinte de la triple
couronne que la religion, l'art et les siècles ont mise sur sa tête,
qu'on me permette de livrer cette rapide ébauche dans toute son
indépendance native. — Ce sera encore ici de l'archéologie chantée,
comme pour les cathédrales de Strasbourg et de Metz. — La voilà
donc cette basilique devant laquelle l'épithète de sublime paraît vulgaire et froide ; le voilà ce temple rayonnant de toutes les pompes
chrétiennes, cette arche que mon enfance salua de son premier
enthousiasme, qui développa si énergiquement en moi ces instincts
d'architecture catholique, germes de ma nature et de mon cœur ;
qui me fit pressentir à seize ans quelle pensée, quel poème, quelle
morale, quelle société, quelle civilisation il y avait sous ces pierres
et derrière ces symboles. La voilà telle qu'elle m'apparut comme
une vision sans analogue sur la terre, telle que je la voyais dans

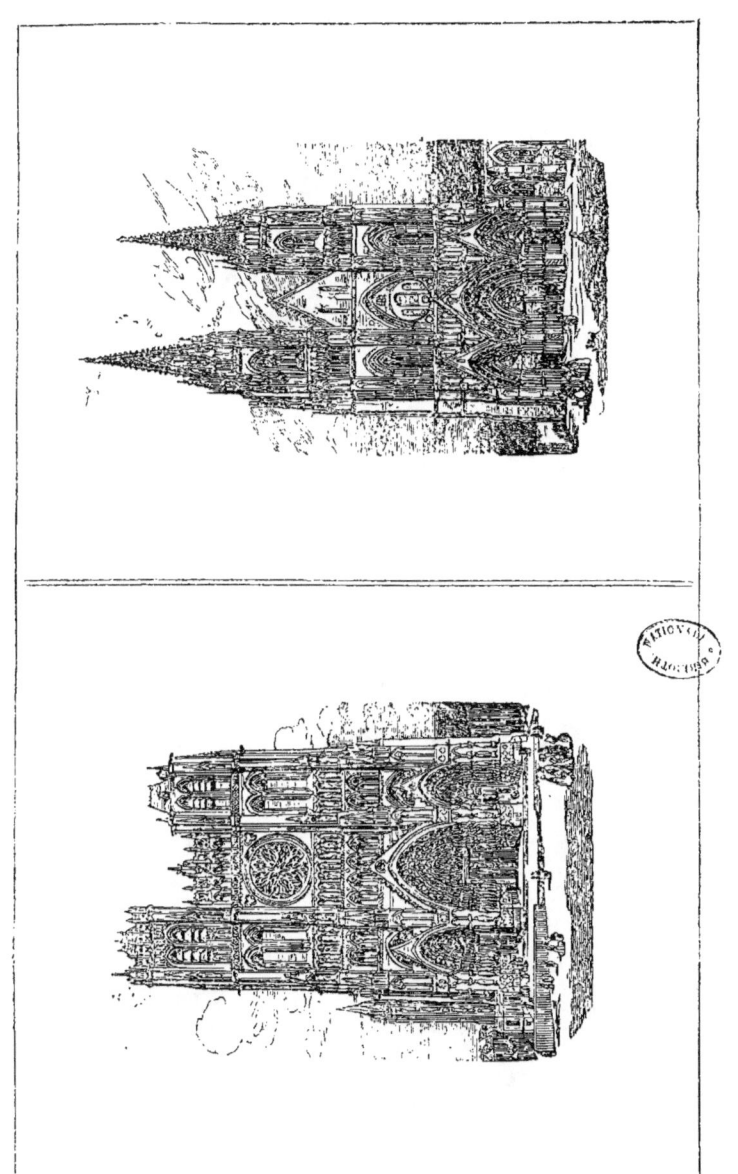

son nimbe de brume, enveloppée de mystère ou chargée des reflets d'un douteux soleil couchant de Picardie. — La cathédrale
d'Amiens s'élance immense et magnifique parmi les clochers et
les maisons de la cité, ainsi que le Mont-Blanc au milieu des al-
pestres montagnes qui rampent à sa base. Toute la ville est littéralement courbée à ses pieds, comme les musulmans en présence
du Grand-Seigneur. Ce temple, qui à lui seul donne toutes les
révélations de foi et d'art qui puissent emplir une âme extatique
et sainte, ce temple-monde n'a point le fabuleux *clerestory*, les
transsepts vitrifiés de haut en bas, les féeries de fenestrage, la
moelleuse couleur romaine de Saint-Etienne de Metz; il est moins
idéal, moins magique que cette église ; c'est une gloire moins séduisante, moins imaginaire, moins exaltée, mais plus positive et
plus vraie; il a un caractère trois fois auguste d'éternité, d'inspiration et d'infini, dont n'approche aucun édifice de l'univers, bâti
pour Dieu par la main de l'homme; c'est l'œuvre triomphale de
la société chrétienne qu'il représente, arrivée à son apogée, et qu'il
semble porter tout entière sur ses colossales épaules. Saint-Étienne
de Metz est le magnifique chant d'un poème; Notre-Dame d'Amiens
est un poème entier, le plus complet et le plus beau des temps
moyens. L'architecture ogivale veut une grande échelle : on ne
peut donc la comprendre dans toute sa puissance qu'à Amiens,
comme on ne peut comprendre la basilique constantinienne qu'à
Saint-Paul-hors-les-Murs, et Saint-Apollinaire *in classe* de Ravenne. Quelle étendue, quelle harmonie, quelle limpidité, quelle
suavité de style, quelle ineffable ordonnance! Notre-Dame d'A-
miens, c'est plus qu'un assemblage de pierres de Picquigny,
qu'une chose d'art, plus qu'un incroyable monument, plus que le
grand symbole social et le grand fait matériel du moyen-âge catholique; c'est surtout la plus solennelle expression, la conséquence
la plus immédiate de la révolution qui changea l'ancien monde,
l'explosion de toute la nationalité chrétienne. Si Robert de Luzarches et les deux de Cormont ont matériellement exécuté cet édifice
dans un espace de temps donné, de 1220 à 1288; moralement parlant, il eut pour architectes tout le mouvement d'idées qui se fit
dans le moyen-âge, tout son esprit public; il remonte aux basiliques
de l'ère constantinienne; il est le dernier produit de cette architecture
sacrée, qui insensiblement progressa, se transforma, finit par
engendrer ce colosse, et ne tarda pas à être frappée d'épuisement.
Robert de Luzarches, Thomas et Renault de Cormont ne furent que
les sublimes instruments de la société chrétienne : ils furent assez

heureux pour trouver la formule, à l'instant même où cette société était dans sa plus grande virilité, dans sa plus grande énergie.

Et moi qui, toujours épris des choses de soleil, n'aime les monuments qu'au milieu des resplendissantes atmosphères du Midi, comment puis-je comprendre ce temple? — Oh! mes instincts méridionaux se taisent devant la cathédrale d'Amiens. Le manteau noir qui la vêt, les brouillards qui jouent avec elle, les mélancoliques horizons qui l'entourent, tout cela a aussi son intime et merveilleuse poésie. L'effet le plus imposant de la cathédrale d'Amiens est, sans contredit, produit par son apside. Quel admirable ensemble, quelles heureuses proportions, quel vol hardi sans témérité, quelle marche harmonieusement ascensionnelle! comme tout cet art est riche sans enflure, abondant sans prolixité et amphibologie, majestueux avec calme! Quelle élégance dans cette flèche, quelle souplesse dans ces frises à jour, quel ordre et quel goût exquis dans ces réseaux de galeries et d'arcs-boutants qui brodent sa robe sur toutes les coutures! — Oh! qui ne tressaillirait point en voyant, soit des riantes collines de Camont et d'Allouville, au nom parfumé de poésie, soit des plaines de la Hautoye, soit de la fraîche vallée de la Neuville, soit des ruines pittoresques et chancelantes du château de Boves, qui lui font face du côté de l'aurore, se dresser cette auguste apside du parthénon de l'architecture ogivale, alors que confondue avec les nuages, sans contours certains, elle ressemble à une vapeur condensée! — La cathédrale d'Amiens n'est point comme une statue au milieu d'une place; elle tient à quelque chose, elle a un cortège et des dépendances. C'est une idée souverainement fausse que de vouloir une basilique entièrement isolée, idée qu'on n'a cherché à accréditer que pour tarir les larmes que fit couler le sac impie d'un archevêché, que pour légitimer le vide affreux qu'il a fait autour de Notre-Dame de Paris. La basilique de Saint-Jean-de-Latran touche au palais de ce nom, celle de Saint-Pierre, au Vatican, etc. La longueur totale de Notre-Dame d'Amiens, dans œuvre, est immense. Le transsept seul formerait une vaste cathédrale. — Qu'on ne nous parle point de la cathédrale de Cologne comme du grand mot monumental du moyen-âge. Son projet fut, il est vrai, taillé sur un patron plus vaste que celui-ci, mais cet agrandissement n'est que de l'enflure. Notre-Dame d'Amiens, que Joseph Lebon, dans un accès de frénésie, voulut réduire en poudre, est et sera toujours considérée comme l'archétype et la plus imposante épopée de l'art français.

DEUXIÈME PARTIE.

I.

ARCHÉOLOGIE LITURGIQUE.

A MM. Cattet, ancien vicaire général du diocèse de Lyon, de Saint-Germain, d'Evreux, le docteur Baumès, et de Vauxonne, conseiller
à la Cour royale de Lyon.

Le *Nouveau Programme d'un Liturgiste*, dont nous offrons
ici la troisième édition, a excité des opinions et des sentiments
opposés dans le clergé et parmi les fidèles. Tous ceux qui sont
en tête de la réaction contre cette liturgie de Paris, qui ne fut pas
une œuvre sérieuse, bien qu'elle ait été prise au sérieux par
plusieurs pasteurs diocésains, et contre la musique prétendue religieuse, ont applaudi hautement à nos efforts. Dans l'épiscopat,
nous avons trouvé ou de précieux et honorables encouragements,
ou des marques d'improbation, selon les goûts, les tendances,
l'éducation, les habitudes de NN. SS. les évêques. Un d'entr'eux
même est allé jusqu'à refuser aux laïques, et particulièrement à
nous, le droit de s'immiscer dans les affaires liturgiques. Nous
avons subi ce blâme avec la soumission et le respect dû aux supérieurs ecclésiastiques; mais nous nous sommes rappelé que,
membre du peuple catholique, et partant de l'Eglise universelle,

nous avions un droit incontestable; que nul ne pouvait imposer silence à des vœux pour que le chant, les cérémonies de l'Église rentrassent dans la voie pleinement liturgique.

Dans un de mes derniers écrits, imprimé à grand nombre d'exemplaires, distribué dans les rangs du clergé et parmi les hommes qui s'occupent avec amour et foi d'archéologie sacrée, j'invoquais avec ardeur les réformes que je crois urgentes, si l'on veut rendre au culte catholique, ébranlé par d'imprudents novateurs, la majesté calme et fixe de son antique austérité, et je demandais avec ardeur que la décoration permanente et mobilière des églises et les costumes ecclésiastiques se remissent d'accord avec la liturgie. Revenir, autant que possible, aux dispositions matérielles de la basilique latine me paraissait une mesure d'une pensée sage, d'une exécution facile; mais, comme la liturgie doit toujours dominer de toute la hauteur de son autorité et de ses besoins l'art chrétien et l'architecture sacrée dont elle est l'âme, je ne pouvais solliciter une grave réaction de cette nature, un solennel retour aux usages de l'ère constantinienne, en ce qui touche à la forme, sans comprendre d'avance qu'il me faudrait bientôt après manifester des vœux pour que les liturgies elles-mêmes remontassent vers leur source. — L'architecture sacrée n'est que l'expression et l'instrument de la liturgie. C'est une puissance au service du culte, qui doit s'inspirer de lui, se conformer à ses exigences, se plier à ses besoins, et continuer par le marbre et la pierre ses mystérieux symboles. L'architecte qui n'a pas de science ecclésiastique est impropre à bâtir une église; l'archéologue chrétien qui ne se place pas, dans ses études, au point de vue liturgique et hiératique, travaille sur des squelettes : dans la liturgie, c'est-à-dire dans l'appareil de chants, de prières, de cérémonies et d'usages qui composent le culte extérieur, est la vie, est la poésie; parce que la liturgie est la forme sensible de la vérité morale et spirituelle, parce que le culte est le lien entre Dieu et les hommes.

Les réformes que je réclamais il y a moins d'un an finiront par s'opérer, dès que la grande voix de Rome aura retenti sur l'épiscopat : on renoncera aux formes et aux décorations théâtrales, aux petites choses dans une chose immense, dans une grave enceinte, aux lustres d'estaminets, aux candélabres de fantaisie, armés de tubes de fer-blanc, symétriquement alignés, aux triangles, aux girandoles, aux saintes poupées, aux gradins sur la *mensa sacra*, aux flots de lumière, aux pots de fleurs, à tout ce qui sent le dressoir du châtelain, l'étagère ou la montre du boutiquier; aux chapelles du Sacré-Cœur, à l'abus des représentations de l'*Immaculée Conception*, qui ne seront jamais populaires, parce que le cœur du peuple ne comprend que la Vierge-Mère, portant son divin enfant sur ses genoux ; aux étagères sur les autels majeurs, et à une foule de colifichets aussi contraires au bon goût qu'à la majesté du lieu. On rappellera les anciennes mitres, qui ne menaçaient point le ciel comme celles d'aujourd'hui, les crosses épiscopales plus petites, plus légères, images plus vraies du bâton pastoral (1), les petits calices, les petits ostensoirs du moyen-âge. On reléguera les *Chemins de Croix* dans les nefs mineures où dans les nefs déambulatoires apsidales, si elles existent, et on s'efforcera de leur imprimer le caractère monumental que j'invoque depuis si long-temps pour eux. Ne pourrait-on pas, par exemple, imiter partout la noble simplicité des *Chemins de Croix* des églises cathédrales de Metz et de Strasbourg, indiqués seulement par des croix, au pied desquelles est la légende de la station ? On supprimera le tabernacle adhérent au *sacrificatorium*, pour rappeler le *repositorium* oublié ou les pyxides. On reviendra à l'orientation primitive de l'autel majeur, à l'autel-tombeau de la basilique latine, ou à l'autel vêtu de riches parements de soie, aux couleurs liturgiques en harmonie avec celles des ornements sacerdotaux, et dont l'existence est constatée dès le XIIe siècle par les miniatures des manuscrits ; aux conditions primitives du *ministerium*, c'est-à-dire de l'ensemble des vases sacrés ; à la forme antique pour la *pénule* ou le *birrus*, la planète, etc. ; aux souples et soyeux tissus qui les composaient ; aux baptistères et aux clochers isolés, aux monogrammes de la première langue hiératique, aux portières dans l'intérieur du temple, au lieu de portes qui, en gémissant sur leurs gonds, troublent le recueillement et la prière ; à l'usage de la cire jaune, à la lecture de l'Évangile en grec et en latin, etc.

On supprimera encore du faîte des clochers le coq, symbole tout gaulois, et les croix torturées, dites gothiques, pour les remplacer par la croix d'or, surmontant la girouette et implantée dans les trois bornes romaines symbolisant les pierres angulaires de l'Église. Qu'on ait grand soin aussi, quand on bâtit des temples, de leur donner l'orientation liturgique. Cette orientation n'eut pas seu-

---

(1) Les deux crosses en ivoire, l'une du XIIe siècle, l'autre du XVIe, conservées dans le trésor de la cathédrale de Metz, montrent ce qu'étaient autrefois ces symboles de la dignité épiscopale.

lement un motif dogmatique et moral; elle fut encore déterminée par une raison physique. L'exposition au levant est de toutes la plus salubre; par elle seule, les monuments échappent aux causes de ruine, de dégradation, d'humidité qui les enveloppent; par elle, ils réunissent toutes les conditions de conservation et de durée. L'apside est ce qu'il y a de plus saint dans le lieu saint; c'est donc sur elle surtout que se porta l'attention des architectes chrétiens. Ainsi, tournons-la invariablement du côté de l'aurore.

Il importe aussi de ne point établir dans nos temples des calorifères : un lieu comme l'église ne doit point se prêter, pour les dandys de café, à de futiles idées de confortable et de mode. Qu'y a-t-il de moins liturgique que le calorifère ? Si vous admettez le caléfacteur pour l'hiver, pour être conséquents, vous devrez introduire les ventilateurs pour l'été, réduire complètement la basilique aux conditions du boudoir, du salon ou de l'estaminet. Tout cela peut être bon pour le peuple frivole de Paris, mais ne saurait convenir aux populations plus sérieuses de nos provinces. Point de calorifères, point de gaz, point de quinquets dans nos églises. — Mais j'ai à secouer d'autres misères de notre temps, et à demander qu'on ferme d'autres plaies du sanctuaire; car, comme les autres branches de l'art chrétien, la liturgie et la musique religieuse ont été vandalisées.

En matière de liturgie, on ne saurait remonter jusqu'aux obscurités lointaines de l'ère constantinienne; mais il existe un régulateur certain et immuable. Il n'y a, en France, qu'une seule église qui n'ait pas le droit de changer son cérémonial et ses rites, parce qu'antérieurs à ceux de Rome, ils lui sont venus d'Orient avec son premier pontife; c'est cette *sainte église de Lyon*, dont je m'honore d'être presque le prêtre laïque, tant je la chéris et la vénère. Mais si le code oral, traditionnel, dogmatique de ses usages n'a que peu sensiblement fléchi devant quatre de ses archevêques, qui ont pris un déplorable plaisir à la dépouiller de ses titres de noblesse, puisqu'elle a perdu et peut-être oublié ses chants propres, et qu'on l'a forcée à se prostituer à une parvenue dangereuse; si tant est que remettre ses prières et ses accents en harmonie avec ses usages serait œuvre presqu'impossible aujourd'hui, pourquoi, en la faisant pleinement rentrer dans son ancien lit, quant au cérémonial un peu altéré déjà, ne pas la dégager, quant au reste de la liturgie, du limon et des flots impurs des innovations parisiennes qui la souillent, et ne pas concilier dans son sein les chants de Rome aux rubriques lyonnaises? — Et ici, que l'on veuille bien m'écouter et s'efforcer de me comprendre. Oui, l'*apostolique et sainte église* de Lyon a le droit de rester elle-même, rien qu'elle-même, même en présence de Rome. L'appareil de ses chants était aussi primitif que celui de ses cérémonies ; il lui vint, comme ces dernières, de cette terre resplendissante de l'aurore, qui nous envoya les premiers germes de la foi, et avec eux son premier culte et ses premiers monuments. Nulle authenticité secondaire ne peut détruire cette authenticité primordiale d'une liturgie constituée et réglée par les premiers apôtres. Cette liturgie fut, jusqu'à la fin du VIIIe siècle, en vigueur dans toutes les églises des Gaules, qui eurent presque toutes le bonheur de recevoir de l'Orient leurs premiers évêques. Elle ne se borna même pas à être gallicane, elle fut générale. L'église de Lyon seule, aînée de toutes, persévéra dans son culte, et conserva fidèlement des usages tombés en désuétude ailleurs. — Oh ! rétablir le génie entier et les canons liturgiques de ce grand ensemble dans leur ancienne pureté, remettre dans l'harmonie qu'ils offraient à Lyon, avant le pontificat de M. de Rochebonne, ses chants et ses rites, serait œuvre sublime. Toute difficile qu'elle est, il faut se hâter de réfléchir avec maturité et résolution aux chances de succès qu'offre son entreprise, aux moyens d'arriver à sa pleine et entière exécution. Oui, je n'invoquerai la combinaison à nos rites, des chants romains modifiés partiellement par nos usages, que dans le cas seulement où des obstacles reconnus infranchissables s'opposeraient au retour complet de l'ancienne liturgie lyonnaise, que le clergé de Lyon préfère à celle de Rome, parce qu'elle lui rappelle plus intimement son origine, ses martyrs, ses graves traditions, ses saintes disciplines. Mais si ces obstacles étaient bien constatés comme insurmontables par une assemblée ecclésiastique digne, par sa sollicitude, son dévouement, son génie et sa sagesse, du souvenir encore palpitant de ces comtes de Lyon, qui présentaient l'image d'un concile permanent dans la basilique primatiale des Gaules, il faudrait bien se résoudre à adopter une demi-mesure. De nos anciens chants liturgiques et des anciennes intonations lyonnaises, il reste quelque chose qu'il serait indispensable de conserver avec un pieux respect. Tout ce qui s'est glissé d'étranger dans les accents publics de la prière lyonnaise vient de Paris ; ce sont ces germes qu'il serait au moins urgent d'attaquer et de détruire. — Je vais donc raisonner dans l'hypothèse où le rétablissement absolu de la liturgie de Lyon, comprenant chants, usages et cérémonies, ne serait pas rigoureusement praticable, et où l'on ne pourrait, en remontant le cours des âges, retrouver un à un ses antiques jalons qui aboutissent à l'Orient. — L'anarchie et le chaos existent maintenant dans cette auguste église... Quelle puissante main l'en tirera et la rattachera par ses prières et ses accents à cette ancre romaine que sa foi tient si fortement serrée ? Jamais plus belle occasion que celle qui se présente ne lui sera donnée de greffer les chants de Rome sur ses usages uniques dans le monde catholique. On lui avait fait violence pour rejeter ses prières et ses rhythmes, et pour adopter des chants contre lesquels les échos de ses basiliques protestent encore; elle sent le besoin de les réformer, si elle ne peut pas revenir à ceux qu'elle avait jadis et dont la tradition s'efface : ne faut-il pas profiter de cet état de désordre des choses pour se tourner vers Rome et divorcer avec Paris ? C'est cette alliance du cérémonial lyonnais, si éminemment symbolique et idéal, et des chants romains, combinés toutefois aux *intonations* et aux *variantes* de l'église de Lyon, que solliciteraient désormais tous nos efforts; parce que cette condition serait seule possible, seule logique, seule naturelle, seule digne du glorieux passé de l'église de Lyon et des merveilleuses disciplines de son clergé, de ces admirables prêtres dont la sérénité constante, le recueillement, la lenteur dans la démarche, la modestie dans le maintien, la pieuse verve d'initiation et de prière, la gravité inspirée et tout intime, l'onction, forment les principaux caractères, qui, à un air si profondément convaincu, unissent une si haute intelligence du culte. Asseoir sur les bases inébranlables de la liturgie romaine les pratiques particulières à l'église de Lyon; subordonner les chants de Rome à nos imprescriptibles coutumes, et les adopter avec réserve expresse de certaines intonations purement lyonnaises; demeurer Lyonnais par la forme, en se rapprochant le plus possible de Rome pour le fond, et offrir, enfin, la variété dans l'unité, en combinant le type local au type universel, ce serait alors le but à atteindre. Ainsi, si l'on ne pouvait redevenir exclusivement Lyonnais, Lyon conserverait, par exemple, sa manière abrégée et particulière de commencer la Messe, son chant propre pour les épîtres, les évangiles, les *oremus;* ses bénédictions toujours muettes, son *Per eumdem Christum, Dominum nostrum, qui tecum vivit et regnat,* DEUS, *in unitate* SPIRITUS SANCTI, à la fin des *Oremus,* qui a une raison d'une antique orthodoxie; l'habitude de ne troubler la piété et le silence pendant le solennel instant de l'élévation, par aucune voix d'hommes ou d'instruments, et de ne laisser entendre que les accents dignes, sourds et lents de la grosse cloche, tintant dans les airs et annonçant à ceux qui participent au sacrifice comme à ceux qui n'y participent pas, qu'il se passe en ce moment, dans le temple, le plus saint et le plus auguste mystère: l'*O salutaris hostia* chanté, immédiatement après l'élévation, par les enfants de chœur groupés au pied de l'autel majeur; le *Dominus* dit devant l'autel, et le *vobiscum* devant le peuple ; le *Libera nos* récité à haute voix, après le Pater, par le célébrant, etc., etc.; la touchante figure de la croix offerte par le prêtre après l'élévation ; l'usage antique de la lecture de l'*Épître* par le sous-diacre assis ; l'habitude de recouvrir le calice du corporal; le livre des saints évangiles déposé au milieu de l'autel majeur jusqu'au moment de la lecture ; l'absence de petite et criarde sonnette dans les grand'messes, la sonnerie liturgique, qu'on retrouve à Ravenne et à Metz, et qui fait partie intégrante des rites lyonnais. On a déjà commencé un peu à marcher dans ce sens. Ainsi on a voulu, depuis peu, dans l'*In manus tuas, Domine*, des Complies, et le répons qui le suit, remplacer l'égoïste et aride *me* du parisien, par le *vos* social et romain rétabli par le nouveau bréviaire de Lyon : il faudrait encore rappeler, à la suite du Cantique de saint Siméon, l'invariable et sublime antienne : « *Salva nos, Domine, vigilantes; custodi nos dormientes, ut vigilemus cum Christo et requiescamus in pace,* » et le psaume 30, *In te, Domine, speravi*, supprimé, et les doxologies du *Verbum supernum* et du *Veni Creator*, etc., changés sans motif sérieux par les Parisiens. Je ne fais qu'indiquer quelques-uns des pas à faire dans cette voie romano-lyonnaise. Nulle église encore n'aurait plus le droit de demeurer elle-même, en s'alliant à la liturgie de Rome, car elle sort de la règle et de la mesure communes. C'est pour tendre vers cette fusion, si des obstacles la rendaient nécessaire, et après avoir épuisé tous les moyens de provoquer la résurrection du corps entier de la liturgie purement lyonnaise, et aussi afin de ramener l'archéologie sacrée, dans la province ecclésiastique de Lyon, aux voies liturgiques, que je me dévouerai bientôt à la publication d'un recueil mensuel, dont Lyon sera le siège, sous le titre de SPECTATEUR LITURGIQUE ET ARCHÉOLOGIQUE. Quand les vieux chants lyonnais, ou à leur défaut les chants de Rome viendront s'unir aux rites lyonnais, alors espérons-le, l'orgue, les orchestres, les cacophonies d'enfants de chœur, le désordre des mouvements et le désordre des motets seront impitoyablement bannis; car l'exclusion de l'orgue et de tout instrument à cordes ou de cuivre est une des conditions de ces usages du culte lyonnais, dont Rome elle-même, moins sévère que nous sur ce point, autorisera et comprendra le maintien. — Toutefois, qu'on le sache bien, la fameuse messe composée en 1565 par Giovanni Perluigi (Palestrina) est écrite pour six voix, deux basses, deux ténors, un contralto, un soprano, et exclusivement chantée par six voix. Les chantres pontificaux sont d'ailleurs tous prêtres. Les messes en musique, dans la chapelle du pape et dans les basiliques patriarchales, sont toujours chantées; jamais aucun instrument ne vient concourir à leur exécution matérielle. Et puis, le pape Grégoire XVI avait déjà commencé la réforme de la musique religieuse, qui ne peut manquer d'être bientôt complète sous le jeune souverain pontife que Dieu a placé naguère à la tête de son Église. Rome n'a jamais essayé de propagande que pour ses chants, dans l'intérêt d'une désirable unité de culte; mais elle a toujours respecté les usages propres et historiques des diocèses, usages auxquels, sous aucun prétexte, on ne doit déroger. Ainsi elle ne peut qu'approuver la sage mesure qui a maintenu, à Langres, un antique et touchant usage propre à cette église, je veux parler des *ostensions* du Saint-Sacrement.

Qu'est-ce que la liturgie de Paris? Une rhétorique ampoulée, une misérable innovation, complice d'une idée d'église nationale, où la vanité de Louis XIV faillit nous mener: un fait suspecté de jansénisme, tout au moins arbitraire, égoïste, hybride, tout de caprice, sans antiquité, sans authenticité, sans autorité; une porte constamment ouverte à un schisme; un piège tendu à la foi, sous prétexte de proses plus chantantes et d'hymnes plus gaies. Les chants liturgiques réglés par un grand pape n'avaient point effectivement ce caractère frivole, efféminé et mondain; mais le cœur du peuple les retenait facilement, et de son cœur ils passaient sur ses lèvres. Cette immense quantité d'hymnes, de proses et d'antiennes de la prétendue liturgie de Paris, n'est qu'un moyen de ruiner la foi, qu'un obstacle jeté devant les fidèles, pour qu'ils ne puissent pas se livrer au vœu le mieux défini de l'Église, à l'élan, à l'explosion de la prière générale et du chant en commun. Il faut aux masses un petit nombre de rhythmes, une quantité restreinte de chants invariables qu'elles apprennent aisément, qui se gravent sans peine dans leur mémoire, et dont elles fassent retentir avec amour, dès l'enfance, les accents sous les voûtes du temple. C'est ce qu'avait compris parfaitement cette sagesse suprême qui préside à toutes les décisions de Rome. C'était bien la peine de changer presque toutes les doxologies des hymnes, une foule de *nos* en *eos* ou en *me*, de supprimer le *Christum regem* romain, de modifier les chants du *Te Deum* et du *Pange lingua*, de faire répéter trois fois de suite le *Domine salvum fac regem*, au lieu de se borner à une seule, en ajoutant le magnifique verset :

« *Fiat pax in virtute tua, et abundantia in turribus tuis;* »

de troubler les fidèles unis dans un seul et même culte, pour leur donner des hymnes nouvelles sur des chants sensuels et sautillants; de les forcer ainsi à recommencer leur éducation, à désapprendre ce qu'ils savaient, pour apprendre incomplètement des chants dont le grand nombre est un écueil pour la mémoire populaire! Dans ce temps de division, d'indifférence et d'anarchie dans les opinions, où l'on voudrait ravir violemment les rameaux à leur tronc, où l'on ose invoquer la séparation de l'église de France d'avec Rome, n'est-ce pas une nécessité pour elle de recruter ses forces et de se serrer plus que jamais dans l'unité romaine, même en matière de liturgie? La liturgie romaine est éminemment logique et authentique, elle est la plus généralement suivie en Occident. Qu'on la combine aux usages particuliers des diocèses, rien de mieux; mais que ces coutumes soient entées sur la tige romaine; que ces broderies, ces variétés, se dessinent sur le fond romain. — Rentrer dans l'immuable vérité, ce n'est point réformer, c'est affermir. Si je demande pour l'église de Lyon seulement, reine et mère de l'église de France, pour l'église de Lyon, qui n'a jamais cherché à imposer ses coutumes, parce qu'elle sait qu'aucune autre de France n'a son passé, son histoire, ses racines orientales, et que nulle n'eut, comme elle, un pontife au Ier siècle, que les chants de Rome ne s'y subordonnent aux rites lyonnais, que dans l'impossibilité absolue de faire revivre le génie entier de la liturgie lyonnaise et son antique mélopée; c'est qu'il faut bien se rappeler que c'est une chose immense et complète que l'ensemble de cette liturgie lyonnaise, comprenant le bréviaire, le chant, les cérémonies, la sonnerie même, ensemble dont le sceau malheureusement devient fruste. Tandis que le schisme liturgique de Paris n'est basé que sur un caprice, le corps de l'ancienne liturgie de Lyon, cérémonial et chants, était fondé sur une autorité séculaire, un passé mystérieux, une tradition constante remontant à l'aurore du christianisme et aux apôtres. Ses rites, plus antiques, plus majestueux, plus austères, plus symboliques même que ceux de Rome, semblent comme le lien visible entre l'église d'Orient et celle d'Occident. La prétendue liturgie de Paris ne s'est pas bornée au changement du bréviaire: elle a tourmenté le rituel romain, et a dépouillé

son cérémonial de tout ce qu'il a de grave et d'imposant, pour
remplacer ses majestés par de froides, d'arides manœuvres qui
rendent impossibles la pose calme et inspirée, l'onction et le recueillement du clergé. — Au reste, tout a été dit sur la liturgie romaine et le rit parisien, par le plus intelligent des évêques de
France, en matière de culte, par le pontife qui serait le plus digne,
par sa rare éloquence, ses vertus, sa fermeté, son tact en toutes
choses, de s'asseoir sur l'auguste siège de Lyon, s'il n'était occupé.
— L'antique et austère cité de Langres est, depuis quelque temps,
devenue la boussole liturgique française, comme Rome est la
boussole apostolique et canonique de l'Univers (1). Allons ! que la
France sérieuse et la France frivole, en matière de culte, se dessinent net ; voici deux camps et deux bannières, là où il ne devrait y avoir qu'une famille. Que ceux qui veulent le clinquant,
les oripeaux, tout le similor voilant le stérile fond de cette prétendue
liturgie de Paris, repoussée par tous les diocèses de Belgique, de
Pologne, d'Irlande, d'Allemagne, de Suisse, d'Amérique, de Por-
tugal, d'Espagne, d'Asie, par tous ceux du midi de la France, et
même quelques-uns des régions septentrionales, comme celui de
Strasbourg ; que ceux-là le disent haut et passent à leur étendard.
Il nous restera une seule observation à leur faire ; c'est que la prétendue liturgie de Paris est ébranlée en ce moment sur son trône,
et que, dans la capitale même, de nobles et courageux efforts commencent à lui demander de quel droit elle s'est imposée. C'est que
même dans ce clergé de Paris, qui, macéré qu'il est dans une atmosphère de corruption, n'est généralement pas demeuré sérieux
et pur comme notre clergé provincial, des voix réactionnaires
s'élèvent contre ces rites sans légitimité suffisamment constatée.
— Ah ! plutôt, que les deux camps se confondent en un seul et se
fixent dans la même foi liturgique, celle de Rome ; que cette dernière entre dans toutes les réformes diocésaines qui seront tentées ;

---

(1) « Mais il faut bien nous persuader — me faisait l'honneur de m'écrire, le
6 octobre 1845, Mgr Parisis — que notre manière de voir ne peut être facilement
accueillie par une génération matérialiste et superficielle, qui veut en toutes
choses, même en religion, des émotions toujours sensuelles et rapidement variées..... Le parti que j'ai pris en faveur de la liturgie romaine, m'a été inspiré
plus encore par un sentiment de foi que par une prédilection de goût..... »
(Voyez, d'ailleurs, pour vous initier aux pensées liturgiques de Mgr Parisis, son
écrit de la Question liturgique et son Instruction pastorale de 1846 sur le chant de
l'Eglise.)

que toutes les églises qui, n'ayant pas de liturgie bien arrêtée, pourraient flotter entre celles de Rome et de Paris, recourent sans délai à la première ! — Quand je parle de liturgie romaine, qu'on le sache bien, je comprends qu'on en cherche le type antérieur au paganisme de la renaissance et au pontificat de Léon X. — Et ici, qu'on le sache bien, si je demande beaucoup, c'est pour obtenir peu. Je sollicite le plus pour avoir le moins. Ah ! je le sais, le retour à la liturgie romaine est dans le cœur de presque tous nos évêques de France. Mais que de difficultés entourent l'épiscopat, que d'obstacles arrêtent ses efforts, sans les décourager. Espérons que l'ardent soleil de la liturgie romaine finira bientôt de dissiper tous les miasmes de la fausse pragmatique parisienne, entachée de la simonie et du charlatanisme de Paris, décrétée par des casuistes et propagée par le clergé Pompadour.

Une autre nécessité non moins urgente, c'est de revenir à la digne et grave mélopée chrétienne, aux saines traditions du plain-chant. Il est temps d'en finir avec les orchestres, les motets, la musique vocale et instrumentale, les ménétriers dans les églises, et de comprendre que les plus riches accords, les plus savantes combinaisons d'Allegri et de Palestrina lui-même, ce seul roi de la musique religieuse, même rendus avec la perfection romaine, ne valent ni pour la foi, ni pour le cœur, les accents moins compliqués et plus populaires du chant grégorien. Il y a un aveu d'un grand compositeur qui est plus éloquent que nos paroles : « On devrait chanter les messes en musique pendant les messes basses, afin d'éviter cette effroyable disparate qui naît de l'exécution alternative de morceaux de plain-chant et de morceaux de musique. » Plus de musique soi-disant religieuse, plus de gammes chromatiques au lieu de prières, dans les églises : c'est le cri de tous les évêques, de tous les liturgistes intelligents, de tous les fidèles qui jugent avec leur cœur et non point avec leurs sens. Le meilleur moyen de réformer la musique d'église, le plus sage, le seul urgent, c'est de la supprimer. La musique tue la foi, parce qu'elle tue le recueillement ; elle engendre la distraction ; elle jette des idées mondaines et sensuelles, tout au moins frivoles, dans le lieu de la méditation ; elle trouble la véritable piété ; elle suspend et brise l'action du sacrificateur et la prière de tous ; elle ne dit rien à l'âme des fidèles ; elle les martyrise par la répétition forcée des mêmes mots ; elle fait obstacle à cette effusion, cet épanchement, cet élan, cet essor, cette explosion du chant populaire, qui ne peut se mêler à des accents qu'il ne connaît pas. L'assemblée chrétienne, qui n'est plus confondue dans les fraternelles agapes du chant catholique, qui n'est plus unie moralement et physiquement dans les mêmes concerts, ne peut plus distinguer les phrases de la prière publique qui sollicitent plus particulièrement ses pieuses démonstrations. Elle ne sait plus démêler, dans ce fracas de notes, l'instant où elle doit se prosterner aux mots : *suscipe deprecationem nostram* du *Gloria*, selon l'usage lyonnais, ou à ceux de : *et homo factus est*, du Symbole des Apôtres, selon l'usage universel; tandis que sous l'influence du chant liturgique, ses genoux fléchissaient d'eux-mêmes, tout naturellement, dès les mots : *et incarnatus est de Spiritu sancto, ex Mariâ Virgine*. « On connaît — dit M. de Saint-Germain — cet instant de silence qui sépare le chant du *Pater* du dernier dialogue du prêtre avec l'assistance; c'est précisément ce moment que les instrumentistes mettent généralement à profit pour s'accorder ou pour préluder à la sourdine, et quels préludes ! » « Les oratorios, les motets furent inventés par des générations demi-incrédules, qui se fouettaient le sang pour tâcher d'être religieuses, » dit un pieux et docte correspondant de *l'Espérance*. La musique la plus belle comme art, la moins mondaine comme expression, la plus excellente comme exécution, offre ces immenses inconvénients. Que dire des motets arbitrairement choisis, des compositions hybrides, de l'exécution barbare que nous entendons communément, même à Lyon et à Paris, à plus forte raison dans les petits centres, et qui sont le supplice de la foi et du bon goût? que dire, par exemple, de ces motets de la Feillée, notés dans le *Graduel parisien*, qui rendent interminables certains chants, et sont si loin de valoir la sublime simplicité de l'*O salutaris hostia* du plain-chant? Quelle musique pourrait valoir les rhythmes si pieusement exaltés, si inspirés dans leur constante variété, de la plus belle prose de l'année, le *Lauda, Sion, Salvatorem*, véritable chant triomphal du catholicisme? Quelle musique, encore un coup, peut remplacer le chant antique du Symbole des Apôtres, de cette sublime profession de foi du *Credo*? Le plain-chant est seul universel, traditionnel et populaire. Avec lui, on se retrouve parmi ses frères au milieu de toutes les nationalités, de tous les climats, de toutes les langues : avec lui, l'assemblée des fidèles est une, elle n'est pas fractionnée en deux peuples, le peuple muet des fidèles écoutant, des auditeurs, et le peuple agissant des musiciens. Oh ! point de scission, point de division, point de catégories dans la grande famille chrétienne réunie dans le temple, point de rôles différents ; mais une seule pensée, un seul but, une seule voix. Il faut bien se rappeler que la musique religieuse la plus grave et la mieux exécutée est toujours un malheur. Qualifiez la musique prise au hasard, œuvre du caprice individuel d'un laïque, et rendue d'une manière burlesque, et dites-moi si elle n'est pas un SCANDALE? S'il n'y avait là-dedans qu'une question de goût et d'oreilles, on pourrait la traiter avec une froide modération ; mais c'est d'une question de foi qu'il s'agit, sous l'enveloppe d'une question d'art. En supprimant le plain-chant, on supprime la prière ; en supprimant la prière, on supprime le culte, et cette suppression entraîne celle de la foi. Le plain-chant seul, réétudié même dans ses neumes, rappelé à son grave caractère, à ses intonations, à ses véritables traditions, doit retentir dans nos temples. C'est le seul chant fait dans l'église, par l'église et pour l'église. Pour peu que l'on continue à lui substituer la musique, toute trace de chant grégorien aura bientôt disparu, il sera tout-à-fait oublié des masses, et l'église n'aura plus d'accents à elle, qu'elle puisse avouer et qui distinguent sa voix des voix vulgaires. C'est donc à discipliner ses intonations, à faire revivre ses rhythmes, à l'exécuter avec précision et justesse, à le faire descendre des notes trop aiguës avec lesquelles on l'attaque dans le petit nombre d'églises où il vit encore, au *medium,* que l'on doit s'attacher. Sans plain-chant, pas de chant commun et populaire ; sans plain-chant, nul moyen de former de ces pieuses CONFRÉRIES de chantres bénévoles, destinées à suppléer dans le chant au clergé, devenu trop peu nombreux, et à remplacer cette déplorable nécessité, admise dans beaucoup d'églises, de manœuvres salariés pour faire retentir les louanges du Seigneur. — Le plain-chant des catholiques, à l'église, est une PROFESSION DE FOI, dit encore le même correspondant de *l'Espérance,* cité plus haut (1). Et en fait de plain-chant, pas de concessions : lui toujours, et rien que lui. Nous tolérons l'orgue, là où il existe, là où son introduction récente n'a pas été violente, contraire à une règle suivie de temps immémorial, à des traditions

(1) « *Église* voulant dire *assemblée,* et les églises étant des rendez-vous de fraternité ouverts à tous les chrétiens, sans distinction de rang, de savoir, de sexe ou d'âge ; des lieux où les prières, où les actions de grâces doivent, en s'élevant vers le ciel, y monter avec ensemble *physiquement et moralement* unies : — tout genre de chant auquel un IGNORANT, un VIEILLARD, une FEMME, un ENFANT ne sauraient prendre part — tout genre de chant que ne peuvent pas faire vibrer devant l'autel les mille voix de l'assistance entière — est déplacé, inconvenant : par CELA SEUL, agit à faux et forme un contre-sens. » (*Espérance* du 28 avril 1846. — VIe année, n° 51.

particulières, comme elle l'a été naguère en tous points à Saint-Jean de Lyon; nous le tolérons, mais à condition qu'il ne sera qu'un simple instrument d'accompagnement, toujours calme, toujours confié aux mains d'un ecclésiastique, et exploité dans les limites du sentiment religieux et du plain-chant, pour les hymnes, les proses, les antiennes seulement, dont il relèvera le mouvement, auxquelles il donnera plus d'éclat; à condition surtout qu'il n'alternera jamais, qu'il se taira pendant l'*Introït*, le *Kyrie*, le *Gloria in excelsis*, le *Credo*, le *Sanctus*, l'*Ecce Agnus*; pendant les psaumes, les versets, répons, etc. Il n'est pas naturel qu'un instrument remplace la voix de l'homme pour chanter les louanges du Seigneur, et dise à Dieu ce que sa créature seule doit lui exprimer. Le *Laudate eum in tympano......* (psal. 150) peut s'entendre aussi bien d'un accompagnement que d'un chant exclusif et absolu, d'un chant instrumental solo. — Et puis, l'*organum* de ce psaume n'est point l'orgue que nous avons. David, qui était musicien, a peut-être voulu dire : *Associez intimement les louanges du Seigneur à vos accords sur la cithare*, etc. Il ne s'agirait pas alors du culte public. C'est jouer sur les mots que de juger avec nos idées ces antiques manifestations de la prière, et d'attacher un sens littéral à des paroles figurées. Mais je veux bien prendre au pied de la lettre les paroles du roi David, et M. Nolhac aîné, de Lyon, va répondre victorieusement pour moi : « Il y a — dit-il dans son excellent écrit intitulé : *Deux Lettres sur la musique dans les églises* — une grande différence entre le culte prescrit aux Hébreux et celui qui est demandé aux chrétiens : l'un est le culte d'une religion préparatoire, toute figurative, et qui prenait l'homme par les sens; l'autre est celui d'une religion dans laquelle on n'est digne de Dieu qu'autant qu'on l'honore en esprit et en vérité. » — Je n'ai qu'une froide sympathie pour l'orgue, parce que je crois que son introduction porta au chant commun le premier coup. Le second coup, plus funeste, fut porté par la liturgie de Paris, en France, du moins, et le troisième, le coup mortel, par la musique dite religieuse, par les symphonies. Ainsi le chant populaire de l'Église, blessé par l'orgue, fléchit, au XVIIe siècle, sous l'influence bien plus fâcheuse encore de la rhétorique liturgique de Paris, qui jeta l'anarchie dans le chant commun; et dans le XVIIIe siècle, la musique acheva la ruine du plain-chant, préparée par les rites parisiens. — Les abus amenés par l'introduction de l'orgue sont étranges. Il n'est plus un village aujourd'hui qui ne veuille avoir une espèce de serinette, un petit orgue. La plupart du temps, cet instrument y est touché par un militaire en semestre, qui lui fait jouer des valses, des contredanses, la polka... C'est une véritable pitié. J'étais autrefois d'avis de permettre à l'orgue un chant solo pendant les muets instans de l'offertoire, en fixant d'ailleurs pour ce chant les plus rigoureuses conditions d'expression religieuse et de gravité ; mais je reviens de cette tolérance. Il faut que durant l'offertoire le peuple chrétien se recueille dans le silence, et se prépare par la méditation à entendre la sublime mélopée de la préface. La combinaison incessante de l'orgue au chant liturgique est, on ne peut le nier, fort heureuse. Je ne me rappelle jamais sans émotion les offices de la cathédrale de Strasbourg, où l'orgue accompagne constamment le plain-chant ; c'est d'un grand effet, d'une mâle harmonie, d'un beau caractère. Quant aux buccins, aux ophicléides, aux trombones, aux instruments de cuivre, aux basses et contre-basses, rien de tout cela ; mais tout au plus le simple et antique serpent de cuir bouilli, guidant les voix de ses notes graves et sourdes, jouant de manière à n'être pas entendu des fidèles, et de telle sorte que ses sons, chastes et voilés, offrant peu de volume, ne servent qu'à régler l'intonation du chant, à le régulariser, à en fixer le diapason et le temps, mais ne le couvrent jamais. A plus forte raison, exclusion formelle pour le faux-bourdon. — Le *Patriote de Saône-et-Loire*, que je reçois à l'instant, me fournit une nouvelle arme contre l'orgue, bien involontairement, sans doute. On y lit : « M. Danjou, organiste de la métropole de Paris, touchera l'orgue de Saint-Vincent, demain, à la messe et à vêpres. » (*Patriote* du 5 septembre 1846, au soir, portant la date du 6.)

Cette réclame en faveur de l'orgue et de l'organiste ne dit-elle pas au public : Viens, non pas prier, mais entendre un artiste célèbre, dont le talent doit piquer la curiosité ? Ne rappelle-t-elle pas ces autres espèces de réclames : « Mademoiselle ....., du théâtre de ....., où elle n'est connue que par des succès, débutera sur notre scène par un pas de deux, etc. » Ou bien : « X....., du théâtre royal de l'Opéra-Comique, remplira le rôle de ....., etc. » — Nous voulons le plain-chant tel qu'il est écrit, chanté à l'*unisson*. Le faux-bourdon même, quand, exempt de fioritures, il n'absorbe ni ne défigure le thème principal, n'est toujours qu'une parodie des chants liturgiques. Avec ce retour au goût, aux habitudes, aux règles de l'ancienne église, vous verrez le peuple concourir de nouveau aux chants sacrés avec une joie inexprimable ; vous verrez les fidèles revenir dans le temple catholique avec leur *Eu-*

19

cologe, et non plus avec ces livres de *Prières pendant la Messe*, qui annoncent assez qu'ils n'avaient plus qu'un rôle muet à y remplir, au milieu des distractions de la musique et dans le fracas d'une langue inconnue, soporifique, qui ennuye sans intéresser.

Que si certaines volontés, qui ne manquent ni de retentissement, ni de solennité, ni de lumières dans certaines discussions, mais sont totalement dépourvues de tact, d'intelligence, de sens et de portée dans les affaires du culte, ne comprennent point le malheur de la musique religieuse et la supériorité d'une œuvre de cœur, comme le plain-chant, sur des œuvres d'art, comme les *oratorios* et les *motets*, et croient que le culte doit entrer par les oreilles et les yeux pour y rester, tandis qu'il ne doit que passer par ces sens pour arriver à l'âme; que si elles ont pour la musique religieuse un vulgaire fanatisme, si elles se complaisent dans le scandale des chantres gagés, revêtus d'ornements sacerdotaux, dans l'oubli du chant liturgique, dans les orchestres, dans le supplice des cacophonies soi-disant pieuses; que si, dans plusieurs églises de France, on trouve les mêmes extravagances, il y a d'autre part de consolants exemples et de nobles efforts; il s'opère, d'ailleurs, une grave et utile réaction contre elle. Tout ce qu'il y a d'éminent en doctrine et en intelligence dans l'épiscopat réagit énergiquement, et contre la liturgie de Paris, et contre les pieuses orgies — qu'on me passe le mot — de la prétendue musique religieuse. Mgr l'archevêque de Paris, ce prélat si sage et si mûr par la pensée, plus que jamais est entré avec éclat dans cette voie de réaction (1); Mgr l'évêque de Langres, toute la France le sait, a

(1) Dans le programme des conférences ecclésiastiques de son diocèse, que Mgr Affre a naguère dressé, on remarque ces questions :

1° Rechercher les causes de la décadence du chant ecclésiastique et de son abandon par les fidèles ;

2° Étudier les modifications qu'a subies le chant dans la liturgie du diocèse de Paris depuis trois siècles : déterminer l'influence que ces changements ont pu avoir sur la popularité du chant ;

3° Étudier la doctrine de l'église et les opinions des auteurs ecclésiastiques sur le chant, sa nature, ses effets, son antiquité, sa prééminence sur la musique moderne ;

4° Déterminer les règles de l'exécution du plain-chant, le genre, le nombre des voix auxquelles il doit être confié, la nature des instruments qu'on peut employer pour l'accompagner ;

5° Indiquer les moyens qui paraîtraient les plus efficaces pour populariser le plain-chant parmi les fidèles.

Réponse. — Rétablir la liturgie romaine, supprimer toute espèce de musique fait en ce genre des prodiges; on connaît les mesures prises contre la musique par NN. SS. les évêques de Marseille, Strasbourg, etc. Mais Paris dût-il résister et dans sa liturgie et dans sa musique, est-ce une raison pour que nos calmes diocèses provinciaux imitent son exemple? A Paris, on ne rougit pas d'introduire des comédiens dans les églises, pour y chanter en musique; à Paris, on circonscrit par des barrières et on ravit à la circulation populaire la nef centrale des temples, pour faire trôner le privilège dans le seul lieu de la terre où tous les hommes sont frères et égaux; à Paris, encore, on jette sur le dos des officiers du bas-chœur, ou bedeaux, l'humiliante livrée de l'habit noir et la chaîne des huissiers de l'antichambre ministérielle, au lieu de leur conserver le costume chrétien : qui oserait pourtant faire la même chose en province?

La musique religieuse a fait des plaies profondes au sanctuaire, et y a amené une anarchie qu'il faut combattre sans délai et surtout sans relâche. Quand les petits centres d'action ont vu les grands foyers de civilisation et de mouvement mépriser les traditions de l'Eglise, ils se sont pris à les dédaigner aussi. Il y a certaines petites villes où, à l'abus des petits exercices non-liturgiques suivis de bénédictions à *haute voix*, aux misères permanentes, à l'absence de toute discipline ritualiste, au sans-façon presque cynique du culte à l'ordinaire, on allie, à l'extraordinaire, le concours de la musique religieuse et d'une musique exécutée d'une manière burlesque, où l'on ne suit, à proprement parler, dans le culte, ni le parisien, ni le romain, mais où l'on obéit à un rituel arbitraire, à une routine. On y chercherait dans un but secret à absorber la foi, par le bruit de voix et d'instruments discordants, qu'on ne ferait pas mieux. C'est là le comble du crétinisme. Pour arriver à ces fins puériles avec des intentions innocentes au fond, on a été jusqu'à y fausser l'institution éminemment populaire des Frères de la Doctrine chrétienne (1), ou à les rendre complices de ce désordre d'idées; on a voulu dans leurs maisons une parodie,

---

soi-disant religieuse, depuis les pauvretés de Dumont, jusqu'aux magnificences de Palestrina et d'Allegri.

(1) Cet abus existait bien avant la mesure, toute actuelle, par suite de laquelle l'enseignement de la musique devient obligatoire dans les écoles chrétiennes. — Mais il s'agit ici de la musique comme art et non de symphonies religieuses, et de services à rendre à une idée de désordre. Ces écoles de musique, soi-disant religieuse, ne servent qu'à faire désapprendre le plain-chant et à consacrer son délaissement.

une caricature de conservatoire de musique religieuse : on y fait brailler continuellement les enfants, au milieu des accords plus ou moins faux des violons, des clarinettes, des buccins et des grosses caisses, d'une musique de mousquetaires; on y trouble tout un quartier par un tapage même nocturne de voix et d'instruments, fait dans un abri qui devrait être, d'après sa règle, l'asyle du recueillement et de la paix. Jusqu'où va la conséquence d'un faux principe! Et les ordonnateurs de ces *concerts* destinés à l'église croient faire du progrès! « Voilà comment la dignité des offices se trouve sacrifiée à la morgue pédantesque de quelques individus qui se posent dans leur ville en hommes nécessaires et utiles aux arts..... Baillot, le célèbre violoniste, le créateur de l'école française de violon, l'artiste par excellence, l'homme qui devait le mieux sentir la musique religieuse, et apprécier au plus haut degré les chefs-d'œuvres de Mozart et de Cherubini, Baillot a demandé pour ses obsèques une messe en plain-chant. (*Bulletin monumental* de M. de Caumont.) » N'est-il pas déplorable, stupide, quand tant de prélats conjurent ces malheureuses tendances musicales, de voir une foule d'esprits étroits, infatués de parisianisme, de mauvais goût et de mauvaise musique, leur ouvrir les bras? — Un de mes amis de Lyon demandait un jour à sa servante pourquoi elle n'allait jamais aux messes solennelles à grands coups de canon. — C'est que je ne puis pas y prier Dieu. — Réponse sublime...; tout le cœur et la logique du peuple sont là. Et moi aussi, je fuis ces messes à fracas, comme la peste, et avec moi les fuient tous les catholiques qui se contentent des émotions calmes dans l'église.— Le saint jour de la Noël dernière, ce ne fut pas à Saint-Jean de Lyon que j'allai assister à la messe solennelle; non, je cherchai la plus humble et la plus pauvre église de la montagne sainte, pour pouvoir y prier et y chanter dans une paix que les motets de la primatiale eussent rendue impossible. — Croyez-le-bien, ce même jour, tout un peuple de catholiques a fait comme moi. Et pourtant, j'aime la musique, et je crois l'avoir étudiée et la comprendre, comme art, comme poésie, comme effet moral, autant que qui que ce soit; j'aime la musique comme un goût civilisateur et noble; mais je l'aime à sa véritable place, dans le monde, dans les théâtres et les concerts. — Oh! que l'épiscopat et le clergé se tiennent en garde contre cet esprit d'innovations qui, malheureusement, semble travailler aussi quelques-uns de leurs membres, contre ce besoin d'émotions et de changements qu'ils empruntent aux frivoles du siècle!

A Dieu ne plaise que je veuille jamais faire écho au voltairianisme, pour reprocher à NN. SS. les évêques, leurs croix d'or, leurs chars, leurs ornements pontificaux ; mais il y a une faiblesse à laquelle ne résistent pas quelques-uns d'entr'eux (et c'est l'infiniment petit nombre), sur laquelle il faut appeler l'attention. Quelques évêques de France paraissent au chœur, suivis d'un ou de deux laquais en *livrée*. N'est-ce pas se jouer de l'égalité chrétienne, que de traîner ainsi à sa suite, dans le sanctuaire de Jésus-Christ, l'emblème de la domesticité et le gage des vanités mondaines ? N'est-ce pas méconnaître la majesté du lieu et manquer au peuple chrétien, que de se faire suivre ainsi de ses gens dans l'appareil aristocratique de la servilité domestique ? Je n'ai jamais vu à Rome aucun cardinal offrir un si déplorable exemple. En France, leurs éminences le cardinal prince de Croï et le cardinal duc de Rohan ne traînaient point de *livrées* au chœur. Son éminence Mgr le cardinal de Bonald, NN. SS. les évêques de Langres, de Metz, de Strasbourg, de Dijon, etc., ne consentent à admettre leurs caudataires que dans une tenue simple, modeste, humble, et jamais il ne leur ont permis la livrée dans le sanctuaire. Cela est grand, digne, convenable, chrétien. Comment ! un prince, un grand seigneur n'oseraient pas se faire suivre dans les salons par des laquais en livrée, et un pontife du Dieu des humbles, des pauvres, du Dieu qui a détruit l'esclavage et confondu les privilégiés de la terre, introduirait dans son mystérieux sanctuaire, la livrée dont la place est à l'antichambre !

Autre réforme indispensable peut-être : c'est d'être plus avare de ces offices, ou plutôt de ces exercices non-*liturgiques*, à l'aide desquels on harcelle la piété des fidèles plus qu'on ne la nourrit, et qui finiront par engendrer la satiété. Pas tant de chapelets, de neuvaines, d'éclat dans le *Mois de Marie*, et plus de majesté, de gravité dans la messe et les vêpres ; un usage moins fréquent et mieux réglé aussi de ces bénédictions à *haute voix* de l'ostensoir ou du saint-ciboire, dont il ne faut pas diminuer par la fréquence la solennité et le prix 1 : pas tant d'appâts pour la dévotion et plus d'a-

(1, Les bénédictions muettes, telles qu'elles ont lieu à Lyon, sont les seules que Rome autorise : elle interdit même positivement les bénédictions à haute voix. On abuse aussi beaucoup trop des expositions du Saint-Sacrement, dont il n'était pas encore question au commencement du XVIe siècle. L'*Histoire ecclésiastique d'Autun* nous apprend que Pierre Tixier, chanoine, demanda par une fondation, que le Saint-Sacrement fût exposé sur l'autel majeur, le jour de la liments pour une piété, je ne dirai pas ascétique ou théologique, mais solide et réfléchie. Il est certains petits offices à l'usage de la dévotion touchante des femmes, qui sont excellents dans la *chapelle*, pour les congréganistes, mais qui ne doivent point se produire dans l'*ecclesia magna* pour le peuple chrétien entier (1). Il est encore un mal contre lequel s'élève avec raison Mgr de Langres, c'est l'usage des cantiques en langue vulgaire. Sous aucun prétexte et dans aucun temps ils ne doivent figurer dans les offices liturgiques, quand bien même ils seraient tous adaptés à des airs chastes et religieux, à plus forte raison quand ils le sont à des airs de vaudeville. Les *Heures* en langue vulgaire, interdites expressément à Rome, doivent être aussi sévèrement proscrites que les cantiques pendant la sainte messe, les vêpres, les saluts. Le latin est la langue de l'église, et le cœur du peuple, par une merveilleuse intuition, un secret instinct tout providentiel, semble en deviner le sens. — Ah! qu'on ne me parle pas de l'ignorance où le peuple est de la langue latine; d'abord: que les paroles s'adaptent à la musique ou au plain-chant, elles ne cessent pas d'être latines. Puis, comme je viens de le dire, le peuple ne parle pas le latin, mais il le comprend; il lit dans cette langue avec son cœur, cela est hors de doute. — Il faut que les prières qui se chantent en commun, dans le temple, par l'assemblée chrétienne, ne puissent point, par une immédiate traduction littérale, dépouiller ce voile mystérieux et chaste qui les enveloppe pour les masses. En revanche, on ne saurait trop provoquer la formation de confréries de chan-

Fête-Dieu, jusqu'après complies. Il ordonna de plus qu'après les complies on chantât le répons *Comedetis carnes*, pendant lequel le célébrant se rendait à l'autel, et ayant reçu la sainte Hostie des mains du sacristain, il devait la tenir élevée pendant un temps suffisant pour la présenter à l'adoration des fidèles. — C'était l'*ostension* de Langres. — L'ostension étant faite, il se rendait au lutrin, et après les versets, il y récitait l'oraison *Deus, qui nobis*; puis on remontait la sainte Hostie dans le *repositorium*, au-dessus de l'autel, et qui consistait en un vase de cuivre doré, en forme de colombe.

On sait qu'en M CCCC LII, au concile de Cologne, il fut défendu d'exposer en aucune manière, ou de porter à découvert le corps de Jésus-Christ dans aucun ostensoir, sinon une fois dans l'année, pour la fête et l'octave du Saint-Sacrement, afin qu'on rendît plus d'honneur à ce mystère en faisant ses cérémonies plus rares.

A la cathédrale d'Amiens, on a continué d'exposer le Saint-Sacrement dans une gloire rayonnante placée derrière le maître-autel, qui ne contient point de tabernacle, les saintes espèces étant placées dans un sanctuaire indépendant.

(1) *Espérance*, du 2 mai.

tres parmi les fidèles qui PRIENT EN CHANTANT, pour répandre le goût des accents sacrés; comme on ne saurait trop non plus n'admettre que des sacristains-prêtres, des serpents et des organistes choisis dans les rangs ecclésiastiques. Mais, encore un coup, pour que l'on puisse arriver à ce but, il faut exclure la liturgie de Paris, car elle est trop chargée pour la mémoire du peuple et trop mondaine pour son cœur. Ce n'est pas à dire pour cela que l'adoption des chants et rites romains puisse amener partout où ils arriveront la gravité ecclésiastique lyonnaise. — Non, elle est impossible ailleurs, parce que nul diocèse n'a les habitudes et les souvenirs de cette église de Lyon, toujours si calme, si méthodique, où l'office réduit à sa plus simple expression, la messe et les vêpres canoniales des jours d'œuvre, offrent une dignité qu'on ne trouve pas dans les autres cathédrales, aux plus grands jours de fêtes; parce que nul clergé n'a l'éducation particulière, l'esprit à part du clergé lyonnais; parce que nulle église n'a conservé le caractère dogmatique de la SAINTE ÉGLISE de Lyon. — Oui, rendons inutiles les maîtrises et les maîtres de chapelle, les chantres salariés laïques, espèces d'auxiliaires dont les gages figurent depuis peu de temps dans les comptes des conseils de fabrique, et dont il n'était pas question jadis. « (1) A mon sens, une question de cœur et de foi doit dominer la question d'art. — Fractionner en deux peuples la grande assemblée chrétienne, au lieu de la laisser confondue dans un seul culte, une seule pensée, une seule voix immense et solennelle, — le peuple passif, immobile, muet des fidèles, et le peuple actif des musiciens; — tenir en suspens, avec la prière du premier, l'œuvre sublime du sacrificateur, et souffrir que le second emplisse les échos du temple d'accents étrangers à cette mélopée traditionnelle, populaire et liturgique, que nous avons tous apprise sur les genoux de nos mères; renforcer le concours de laïques dans le chœur des églises, où la présence de quatre chantres auxiliaires, recrutés hors des rangs du sacerdoce (2), est déjà un malheur : ne sont-ce pas là quelques-unes des conséquences fâcheuses les mieux constatées de l'introduction d'orchestres dans nos basiliques? Mais, dit-on, ces orchestres nous ne les voulons que temporairement admis dans nos temples, aux jours

(1) Je cite textuellement ici ma lettre adressée à l'Espérance, le 9 mai 1846, en réponse à un de ses correspondants, amateur éclectique de musique religieuse.

(2) L'apostolique et sainte église de Lyon est, je crois, la seule en France qui ait constamment repoussé et interdise encore dans son sein l'introduction des chantres laïques gagés.

de fêtes principales où le culte catholique déploie toutes ses splendeurs et ses harmonies. — Oh! en présence de ce vœu surtout,
notre réponse ne doit pas être timide. C'est aux grandes solennités de l'Église que fait le plus besoin l'explosion du chant
populaire et de la prière unanime, à elles qui, réunissant sous
les mêmes voûtes, sur les mêmes tombeaux, dans le même
milieu du recueillement et de paix, tout l'assistance chrétienne, ne doivent offrir à Dieu que les hommages, les louanges,
les accents de son peuple entier. Ici surtout, point de rôles différents, point de partage, point de scission, point de catégorie : une
seule assemblée, un seul but, un seul devoir, une seule voix. Or,
avec les motets et les oratorios inintelligibles aux masses, cette
unité, cette fusion deviennent impossibles. Pour que le peuple
s'associât à des concerts auxquels son éducation et son cœur surtout ne l'ont pas préparé, il faudrait que chacun de ses membres
eût été particulièrement instruit de la chose nouvelle, et pût apporter à l'église ou une voix disciplinée, ou bien son violon, sa
clarinette, son buccin, son trombone sous le bras. Je veux bien
supposer par la pensée une messe de Palestrina, exécutée avec
bonheur par une réunion d'*ecclésiastiques musiciens*, avec le concours d'enfants de chœur nourris à l'ombre du sanctuaire, dirigés
par un maître de chapelle *prêtre*; cette condition fera-t-elle une
part plus directe et plus large au chant populaire? — Sans les
vieux rhythmes du chant liturgique, pas d'accents unanimes dans
l'église; d'une musique savante de pièces de rapports, qui coupe
ou comprime l'élan des voix de tous, il résulte interrègne, trouble, distraction, désordre dans la prière intime; et le décousu qui
forme solution de continuité dans la prière, finit par s'étendre à la
foi. Je ne cesse de demander que les conditions dans lesquelles
on l'exploite, soient modifiées pour l'orgue lui-même, qui n'excite
en moi que de froides sympathies, parce que je regarde son introduction dans l'église comme le premier coup porté au chant liturgique. Ainsi je désirerais que, simple instrument d'accompagnement, il ne fonctionnât que pendant les hymnes, les proses, certaines antiennes, mais n'alternât jamais. L'alternance, même quand
elle n'est que la répétition du chant par des notes, amène toujours
une suspension de la voix générale, qui ne doit se taire que devant
celle du sacrificateur et des diacres et sous-diacres. — Et, de grâce,
qu'on daigne ne pas s'autoriser, au point de vue de la musique
religieuse, des exemples donnés par l'Italie. Le climat, l'éducation, les instincts particuliers des peuples font des besoins pro-

pres à chaque nationalité. L'Eglise, qui juge avec maturité et sagesse toutes les conditions morales et matérielles des temps, des lieux, des diverses portions du troupeau dont elle est la sauve-garde, le pasteur et l'abri, l'Eglise a pu faire fléchir ses austères disciplines, dans certaines limites, en faveur de populations ardentes, préparées aux sensations vives. En Italie, le plain-chant a cessé d'être populaire depuis bien des siècles. Paris, en suivant une à une les conséquences de l'introduction d'orchestres dans les églises, a créé de déplorables précédents; les invoquera-t-on pour ouvrir, à son imitation, à des voix stipendiées de comédiens, l'enceinte du sanctuaire de nos basiliques? — Le *laïque* auquel j'ai l'honneur de répondre, est sans doute musicien et bon musicien; il voudrait voir son art et ses goûts entrer parallèlement avec sa foi dans les églises : je ne puis, en ce qui concerne la musique, m'associer à son vœu. Qu'il ne tremble pas sur les destinées de l'art; le *Conservatoire* et l'*Opéra* sont pour lui, dans un autre ordre d'idées, deux grands moyens de progrès, deux centres de vie, deux régulateurs puissants. L'Eglise, en toutes choses, ne peut agir qu'à *priori* : elle ne doit pas recevoir l'impulsion, mais elle doit la donner. Elle n'a rien à voir dans le mouvement musical qui s'est fait en dehors d'elle. Si elle a, exceptionnellement, consenti à admettre comme auxiliaire une musique que son sein n'a pas allaitée, elle n'est point pour cela sortie de sa règle; car elle a son art musical complet, par rapport à ses besoins, son chant liturgique fixé, et elle ne peut pas plus le modifier, sous prétexte de se conformer à une mode, qu'elle ne peut changer son langage sacré pour le rendre plus élégant et plus orné. — Oh! c'est cette espèce de schisme liturgique du rit dit parisien, essai politique d'église nationale, qui a poussé vers ces idées et ouvert les bras à la musique; car, du besoin d'avoir des hymnes plus cadencées et plus chantantes, des proses d'un mouvement plus saisissant et plus vif, à celui d'entendre des symphonies religieuses, il n'y avait qu'un pas. Aussi, retour sincère à la liturgie romaine quant au fond, et exclusion de tout instrument et de tout motet dans nos églises, c'est ce que je ne cesserai de demander, sous l'inspiration des idées sérieuses qui nous viennent de Langres.

Il est une objection grave en apparence, de votre correspondant *laïque*, objection dont je dois encore chercher à atténuer l'effet: elle est tirée des arts du dessin qu'on ne peut, dit-il, faire concourir au culte sans être injuste en en excluant la musique. — Aucun parallèle logique ne peut être établi entre la part prise par cette dernière et les arts dépendants du dessin, au service du culte.

La sculpture, l'architecture et la peinture sont les livres populaires de l'Église; le chant liturgique est son langage, c'est sa voix. La musique hiératique existe, comme la sculpture et la peinture hiératiques existèrent aussi : que l'on nous donne des images de saints sculptés ou peints, sans expression de béatitude, sans onction, sans placidité, sans quiétude, toujours est-il qu'elles représentent des saints avec leurs attributs populaires. Quant à la musique sacrée, qui est le chant grégorien, si on l'altère, si on lui marie des accords étrangers, on la dénature, on lui ravit toute sa popularité, tout son caractère religieux, on en fait une théorie qui résiste à l'application. Les arts du dessin ne sont qu'une muette histoire, une représentation plus ou moins fidèle; les chants de l'Église sont une action et une pratique de tous, qu'une musique autre que celle qui les constitue, limite à un chœur de ménétriers. En ce sens, que les arts du dessin aient plus ou moins dévié de l'expression idéale et liturgique, c'est un malheur dont les conséquences sont beaucoup moins dangereuses que celles de la suppression d'un chant qui appelle et demande le concours de tous les fidèles. Ici, il n'y a que des sensations troublées; là, il y a une œuvre rendue impossible. L'architecture, la peinture, la sculpture ne s'exercent pas, comme le chant liturgique, avec le peuple chrétien; elles sont les auxiliaires du culte, elles ne sont point le culte lui-même. Le peuple a continué à prier et à chanter dans des églises blanches, inondées de lumière, de forme peu en harmonie avec leur destination, au milieu de saintes mythologiques par l'expression, et de petits anges bouffis, imités des Cupidon de l'antiquité, tant qu'on lui a conservé le plain-chant; il y a des cathédrales où malgré le caractère religieux et sublime de l'architecture, malgré le rayonnement mystique des verrières peintes, le sens chrétien de tous les symboles peints, sculptés, ciselés ou bâtis, il a cessé de chanter et peut-être de prier, sous l'influence du fauxbourdon et des orchestres. — Ah! quand donc toutes les manifestations de l'art et du culte chrétiens, sous l'inspiration d'une foi plus sérieuse et plus vive, chants, cérémonial, sonnerie, architecture, sculpture, peinture, costumes, rentreront-elles dans la vérité liturgique? » — Laissons les cantiques en langue vulgaire dans la famille et les pensionnats, et ne renchérissons pas sur l'œuvre des congréganistes et des missionnaires. — Oh! de grâce, qu'on ne dise point que la discipline a changé, que l'Église a le droit de modifier ses usages; le retour que nous invoquons ne touche point à la discipline ecclésiastique; et si l'Église a le droit de varier ses rites, à plus forte raison elle a celui de revenir aux primitives rubriques et aux chants qui firent sa popularité et sa gloire.

Oh! s'il est un lieu en France où tout soit prêt pour lutter contre l'invasion toujours croissante des idées de Paris, si funestes à la foi, à la liturgie, au bon goût, à la morale publique, n'est-ce pas la ROME DES GAULES, qui a conservé l'esprit de foi, de famille et d'ordre; ce centre des prodiges de la charité; cette terre des martyrs et des antiques usages, qui trouve sa principale gloire dans son église, et sur laquelle se font, à l'heure qu'il est, tant de pieux efforts pour reconduire dans leur véritable voie toutes les manifestations de l'art chrétien?

Deux mots, enfin, sur les monuments où s'exerce le culte. — Que dans les temples à ériger, on se rapproche autant que possible des formes les plus primitivement historiques de l'architecture sacrée; qu'on renonce au symbole tout gaulois du coq, qui n'est connu qu'à Paris, dans l'Est et le Nord; qu'on revienne à la belle et solide décoration de la *penture* apparente pour les portes, et aux charpentes visibles, etc...; surtout qu'on laisse bâtir ou relever les temples de la province par des hommes de la province. — Ah! gardons plutôt nos basiliques misérables, nues, amputées et mutilées comme elles sont pour la plupart, que d'invoquer les secours de la centralisation. Si elles tombent en ruines, ces ruines seront du moins poétiques et pittoresques; mais ne nous laissons pas, sous prétexte de restaurations et d'embellissements, imposer les opinions des inspecteurs officiels des monuments historiques, les architectes officiels du monopole et du privilège, la plupart sans convictions religieuses, dépourvus de science ecclésiastique et liturgique, et qui avant tout veulent de l'argent. Que la capitale, à qui nos provinces donnent tant de sang qu'elle mourra d'apoplexie, garde ses architectes et ses faveurs, ou nous laisse maîtres de nous servir de ses libéralités pour encourager les artistes de nos localités. Libre à ceux qui ont outragé nos églises, qui les ont souillées, de faire repousser ou expulser, par leur rancune, des honneurs, des comités historiques, des subventions, des missions scientifiques, les hommes indépendants qui ont accusé le mal et poussé des accents de conscience et de foi. — Je ne cesserai de prêcher une énergique croisade morale, et contre la liturgie de Paris, et contre la musique religieuse, et contre le vandalisme officiel si grassement rétribué, et contre les faux-savants, les banquistes, les tambours-majors de l'archéologie chrétienne, la *savanterie* affichée de certains pédants qui, du haut d'un journal parisien, s'érigent en docteurs, en dictateurs et en autocrates de la science sacrée, et croient se grandir par la fatuité, en insultant aux efforts courageux des hommes de la province. Non, je ne cesserai de voir en eux des jongleurs et des charlatans.

Et maintenant, si je me suis occupé de liturgie dans cet écrit, si l'on s'étonne qu'un laïque, sans initiation et sans préparation probables, ait osé aborder ces matières, je répondrai que je ne suis que le précurseur d'un mouvement qui, avant dix ans, sera opéré. La liturgie est prête à entrer dans le domaine public, comme s'y est introduite l'archéologie sacrée elle-même, dont je semais le germe dès l'année 1827, dans la province ecclésiastique de Lyon. Une première lettre excellente de M. de Saint-Germain, inspecteur des monuments historiques de l'Eure, publiée dans le 12° vol., n° 3, du *Bulletin monumental*, divers articles de l'*Univers*, de la *Voix de la Vérité* et de l'*Espérance*, et la lettre d'un *instituteur de l'arrondissement de Strasbourg*, tout récemment publiée dans l'*Impartial du Rhin*, 28 août 1846, constatent déjà cette tendance. Cette avant-dernière feuille a servi de pacifique terrain à une polémique grave et féconde, relativement à la musique religieuse. Un *ancien habitué des théâtres*, un *laïque* (ainsi signaient ces intelligents et dévoués athlètes), M. Auguste Digot et moi, y avons pris part. J'ai dû combattre avec des armes courtoises le *laïque*, et vous avez lu ma réponse à ses objections et à ses réserves. — Ah! l'archéologie, cette science que peu ont concouru plus ardemment que moi à développer et à fixer, je le puis dire, l'archéologie monumentale chrétienne a fini son temps, et celui de la liturgie commence. — Que si quelques susceptibilités se blessent des formes impérieuses et absolues de mon style, qu'elles se souviennent bien qu'au début des réformes, dans l'ardeur d'une idée nouvelle qu'on veut propager, il est difficile de présenter ses idées avec calme. Il en est de ces idées lancées hardiment dans la circulation, comme de la pierre jetée dans l'eau; elle trouble un peu l'endroit où elle tombe, mais elle produit une ondulation qui, s'étendant de proche en proche, finit par communiquer un mouvement calme aux rivages les plus éloignés.

Archéologie et liturgie, ces deux études doivent être inséparables. Sans la liturgie, l'archéologie monumentale n'est plus qu'une lettre morte, qu'une science sans pensée morale. — Si je me décide bientôt à professer publiquement, à Lyon, ce cours d'archéologie sacrée que tant d'indulgentes instances réclament de mon double dévouement à l'art et à la ville de Lyon, je ferai de la liturgie la base de mon enseignement.

II.

GIROUETTE COMBINÉE A LA CROIX.

*A la Société des Beaux-Arts de la ville de Lyon, et à MM. Peyré Péguet ;
de Villefranche ; Lacroix, de Mâcon, Grognier-Arnaud,
de Lyon.*

Qu'on me permette de donner quelques explications sur
l'emploi de la girouette dans le couronnement des campaniles et clochers. — Ce symbole, que plusieurs blâment et considèrent comme
tout mondain, est éminemment liturgique. La girouette, surmontée de la croix implantée dans les trois ou les six bornes placées triangulairement, signifiant les pierres angulaires de l'Église,
et servant de base au signe chrétien, existe sur tous les anciens
campaniles de Rome, comme ceux de Saint-Agnès et de Saint-Lau-
rent-hors-lès-Murs, des Saints-Nérée et Achille, de Saint-Marc, de
Sainte-Praxède, de Sainte-Marie transtibérine, de Sainte-Marie-in
Cosmedim (la Bocca della verità) de Saint-Césaire-in-Palatio, de
Saint-Jean-Porte-Latine; elle surgit au faîte des deux clochers de
Saint-Jean-de-Latran, cathédrale du monde, etc., etc.; et Rome,
boussole du christianisme, comme l'a si justement dit l'honorable
M. Didier Petit, ne peut égarer les cités qui l'imitent.

La girouette fut combinée à la croix au faîte des premiers campaniles érigés dans le pourtour des basiliques, aux limites de l'atrium, à l'époque où l'usage des cloches passa de l'Orient dans l'Occident. Je l'ai trouvée sur tous les anciens clochers circulaires, bâtis de briques à Ravenne, où l'architecture sacrée est demeurée vierge des innovations qui ont altéré son caractère liturgique primordial. Elle existe encore dans une des plus anciennes églises du diocèse d'Autun, peut-être, celle de Collonges-la-Magdeleine (canton d'Épinac), où M. l'abbé Devoucoux et moi l'avons signalée, et au faîte du suave campanile italique de Saint-André-le-Bas, à Vienne en Dauphiné. — La girouette n'est autre chose que la tradition et l'image de la banderolle flottant à la croix du Précurseur, et portant la pieuse devise que vous connaissez, ou au-dessus de l'agneau nimbé. De ce que la girouette peut aussi, accidentellement et secondairement, indiquer le vent régnant, est-ce à dire pour cela qu'elle doive être proscrite, quand, alliée à la croix, elle rentre complètement dans le symbole romain?... — Rien de plus liturgique donc que l'union de la girouette à la croix. La révolution de Juillet a semé l'anarchie dans le couronnement des clochers. C'est elle qui a engendré ces girouettes-monstres, bariolées de trois couleurs, et offrant l'image d'un raide et grinçant drapeau. Chose curieuse et qui prouve le défaut de logique des partis : on voulait, soi-disant, séparer complètement l'Église de l'État, le symbole sacré du symbole politique, et on dressait un étendard tout politique au faîte de nos clochers !

C'est le coq qu'il faut bannir comme partie du symbole chrétien, le coq inconnu à Rome et adopté seulement dans le nord de la France, où l'élément druidique et gaulois, plus persistant et plus vivace que dans nos contrées méridionales, l'a fait passer dans l'emblème chrétien. Le coq n'est liturgique qu'au faîte des croix rogatoires entourées de tous les instruments de la passion. Dans l'église de Collonges, que j'ai citée tout-à-l'heure, la girouette est surmontée non de la croix, mais du monogramme grec du Christ.

L'auguste cité de Lyon, si fermement unie à Rome, pourrait-elle errer en faisant pour les basiliques qu'elle restaure, ce qu'a constamment fait sa sainte et vénérable mère? — Et puis elle a, en matière d'alliance de la girouette avec la croix, un précédent établi, car cette union existe dans les conditions romaines, à l'église collégiale de Notre-Dame-de-Fourvières.

TROISIÈME PARTIE.

I.

ARCHÉOLOGIE MONVMENTALE.

SITVATION LYONNAISE.

A l'Académie royale de Lyon, et à MM. Léon Fleurdelis, Péaud, juge de paix, Dalgabio, Crépet et Dubois, architectes lyonnais.

(Mai 1846.)

PRÉAMBVLE.

Nous voici arrivé à la part purement technique que cet ouvrage avait réservée à l'archéologie liturgique et sacrée. L'archéologie chrétienne, pour nous, n'a jamais été ni une affaire de mode ni un caprice; nous l'avons prise au sérieux dès l'année 1830, alors que, seul en France, nous en formions les éléments. Depuis quelque temps, les uns l'ont réduite à une science de salons, les autres en ont fait un prétexte, un manteau à de petites vanités aristocratiques. Dans beaucoup de nos villes provinciales, elle est devenue un moyen facile, à l'usage des ignorants, des médiocres et des banquistes, de sortir en apparence de leur nullité; elle s'est constituée en coterie de petits abbés ou de petits nobles; elle a eu ses tambours-majors, ses don Quichotte et ses Bilboquet. Les gens qui

20

n'ont rien publié, rien fait, ont toujours la plus grande renommée dans ces espèces de clubs archéologiques qui fourmillent aujourd'hui. Les faiseurs de la science ne sont jamais de véritables savants. — Qu'on le sache bien — les véritables savants sont rarement capitaines d'une compagnie, rarement présidents ou vice-présidents de congrès et autres réunions scientifiques. Feu Vietty, le monumentaliste le plus complet que nous ayons eu, n'a jamais été mis en évidence par les coteries; M. Jules Renouvier, l'homme qui décrit et comprend le mieux le moyen-âge monumental, mène une vie modeste et recueillie; feu Leymarie, dont le crayon intelligent et la science ont fait tant d'honneur au Lyonnais, n'a jamais affiché son nom; son existence était oubliée à Saint-Rambert (Ain), il n'était pas même membre d'une commission archéologique; M. Ludovic Vitet, si supérieur à M. Mérimée, si complet, doué d'un tact si exquis, et que, malheureusement pour la science et pour l'art, la politique a entraîné en d'autres voies, M. Vitet était d'une admirable modestie; il ne s'agitait pas, ne cherchait point à trôner, ne faisait aucun bruit de sa personne et de ses écrits; M. de Saint-Mesmin, enfin, le monumentaliste qui unit au plus haut degré la science pratique à la science théorique de l'archéologie, n'a de piédestal que l'estime de tous ceux qui le connaissent. — Il y a encore des archéologues de coterie qui suppléent ou croient suppléer à la science par le verbiage, qui rêvent je ne sais quels systèmes, qui se perdent en utopies sur les *nombres*, sur le symbolisme de l'art, et par un réseau de conjectures, par une phraséologie pédantesque, mêlée de métaphysique et de mysticisme, jouent à fort peu de frais la profondeur et le génie. — Laissons courir l'eau et bruir les flots.... — Nous sommes sous le règne des médiocrités, et il faut les subir. — Pour nous, l'archéologie est et ne cessera d'être un grave sacerdoce, exercé dans la plénitude du mot, dans la plus ample mesure d'indépendance des choses et des hommes qui s'agitent autour de nous; supérieure à toutes les menées et au charlatanisme qui l'exploitent, aux intrigues qui la compromettent, aux préjugés qui lui demandent une flagrante complicité, à la savanterie qui la rend ridicule, elle finira par dominer de toute son autorité le monde des misérables passions, surtout quand elle sera définitivement unie d'une manière indissoluble à la liturgie. On a fait de l'archéologie comme de la politique, on y a mis ses passions personnelles et non pas ses convictions. Il y a encore des archéologues *furieux*, c'est le mot, qui méprisent tout art, hors le *gothique* qu'ils exaltent outre mesure : ils en voudraient partout. Qu'ils blâment le style de l'empire, il n'y a pas grand mal à cela ; mais ils étendent leurs dédains jusqu'à l'architecture en masse du XVIIIe siècle, qui a fait de si belles choses pourtant. Ces malheureux-là ne voient pas que le *gothique* a fait son temps, qu'il ne faut le restaurer et le continuer que là où il existe déjà ; mais que l'improviser, c'est stupide, parce que nos habits, nos mœurs, le système actuel de décoration de nos temples, ne sont plus en rapport avec lui. — Commençons par appliquer le sacerdoce archéologique à cette cité de Lyon, source d'émulation, centre, but, récompense de tous nos efforts.

Notre publication assez régulière du *Bulletin monumental de la ville de Lyon* remonte à dix années environ. Nous osons nous bercer de la douce pensée qu'elle a porté ses fruits et n'a pas été sans utilité. Nous croyons qu'elle a développé ici le sentiment et le goût de l'art, augmenté le respect populaire pour les monuments, fouetté l'attention et stimulé le zèle soit des ordonnateurs, soit des exécuteurs de grands travaux publics ou privés, désarmé des partis pris et des projets fâcheux, rendu impossible le retour de bien des fautes consommées. — Loin de nous décourager, nous persistons et persisterons dans notre entreprise.

Notre précédent *Bulletin*, publié en juillet 1845, ayant constaté à peu près tous les grands travaux publics ou privés projetés, en voie d'exécution ou exécutés dans la ville de Lyon, notre tâche pour l'exercice de 1846 sera plus restreinte. Il est des édifices où nous n'entrerons point, parce qu'aucune addition nouvelle n'est venue modifier leur état présent ; il en est d'autres que nous nous bornerons à effleurer, parce qu'ils marchent lentement dans la voie de régénération qui leur est faite, et n'ont pas sensiblement grandi depuis l'année dernière. — Toutefois, nous aurons quelques conseils à offrir, quelques vœux à formuler, quelques écarts de goût à signaler, bien des regrets à exprimer. — Hâtons-nous d'aborder la portion la plus pénible de cette œuvre, et, pour soulager notre cœur oppressé de chrétien et d'artiste, de pleurer sur la place où fut l'*Observance*.

I.

ÉGLISE DES CORDELIERS-OBSERVANTINS.

Elle n'est plus, cette ruine intacte et sainte qui imprimait au quai de Bourg-Neuf un caractère si monumental, si pittoresque, si touchant. Il n'est plus, ce temple dépouillé et béant, mais d'une restauration si facile, si promptement réalisable, si peu coûteuse.

L'an dernier encore, nous gémissions à l'idée officieusement et officiellement émise de le voir amputé d'une manière violemment brutale, de ne plus l'avoir que sous une forme et avec des dimensions trop solennelles pour un simple oratoire, trop écourtées pour une église, et qu'on ne saurait de quel nom appeler; toutefois, nous nous bercions de la consolante espérance qu'il serait, du moins, en majeure partie conservé, et nous pouvions encore attendre, de jours meilleurs pour la foi et pour l'art, un retour futur de ce monument à son glorieux passé, dont les jalons n'eussent pas été détruits. — Hélas! une fois entrés par surprise dans la vénérable église, les démolisseurs se sont mis à la tâche avec une cruelle et fanatique activité; le pouvoir occulte qui les dirigeait leur avait dit sans doute, comme Scipion à ses soldats, répétant les paroles de Caton au sénat : *Delenda est Carthago*, et, au bout de quelques jours, il ne restait du tant regrettable édifice que des monceaux de poudre et de débris. Le complot tramé dans l'ombre a éclaté à l'improviste, et la population lyonnaise, stupéfaite de voir qu'on osât si effrontément attenter à ses souvenirs, à ses affections et à son culte, a été comme frappée d'inertie, d'étourdissement et de vertige. — Aujourd'hui, le leurre de la prise de possession a triomphé pleinement, l'œuvre de vandalisme et d'impiété est accomplie, et le double scandale pour la religion et pour l'art chrétien s'est produit au grand jour. On n'a reculé devant aucun obstacle moral; on n'a tenu nul compte de la voix d'un peuple qui demandait une paroisse, des artistes qui invoquaient miséricorde pour une des plus délicieuses et plus frêles épreuves de l'architecture du moyen-âge, des prêtres qui réclamaient un sanctuaire vide; on n'a pas craint de froisser jusqu'aux entrailles toute une population paisible et laborieuse, plus qu'aucune autre, peut-être, éprise de ses touchants souvenirs et de ses pieuses traditions. — Oh! que les hommes qui, du haut de Paris, ont décidé en un trait de plume du sort de l'*Observance*, connaissent peu l'esprit public de la province! Pouvaient-ils blesser au cœur le vénérable clergé de Lyon, par un temple sur lequel il eût le plus de légitimes droits de compter pour étendre son influence pastorale; les artistes lyonnais, par un monument qui leur fût plus cher et plus précieux comme objet constant d'amour, d'études, de comparaison; la douce et intime piété du peuple lyonnais, enfin, par une église plus populaire, et qui fût pour lui une plus touchante consécration des souvenirs du bon et charitable Cléberg? — Cette chute n'a pas encore retenti assez...... Non, personne avant elle n'a eu le cou-

rage d'avouer ses projets; personne après elle n'a eu celui d'a-
vouer sa coopération à cette déplorable et inique mesure. — Nous
le disions, l'an dernier : « Ceux qui étaient en position de déployer
de la fermeté et de la résistance, ont été mous; » et l'éloquent
historien de l'*Observance* lui-même, celui qui, par l'autorité de
son caractère et de sa parole, devait protester avec le plus d'énergie, s'est laissé, avec plusieurs membres de la commission d'en-
quête, prendre au piège tendu par la centralisation parisienne,
et a semblé concourir, sans le vouloir, à la perte du monument,
courbé comme sous la puissance d'une force majeure. — Mais ne
troublons point de saintes et justes expiations.

La belle église de l'*Observance* n'était ni comme plan, ni comme
étendue, ni comme ordonnance de masses, une image de ce
gothique religieux du nord de la France, qui plaçait tout l'effet
de ses lignes extérieures à la façade du temple, en y posant en
avant-corps deux tours d'une imposante structure; elle n'était
point enveloppée d'une forêt de contre-forts destinés à soutenir des
voûtes d'une grande élévation; elle n'avait point une de ces flèches
aériennes qui se perdent dans les nues. Sa façade se composait
d'un simple pignon se terminant par un triangle de quatorze degrés environ, percé à sa région supérieure d'un *oculus* ramifié, et
à sa région inférieure d'une porte ornée, à peu près comme celle
de l'église des *Grands-Cordeliers*. — On le voit, le sentiment du
faire basilical et de l'école florentine avait survécu ici, et s'était marié à la profilation *gothique*. Ce n'était point une sœur ou une fille
de ces églises essentiellement ogivales par la forme et par le fond,
dont la série s'arrête aux limites septentrionales de la province
ecclésiastique de Lyon; ce n'en était pas moins une manifestation
parfaite du *gothique* méridional, de ce gothique brillant, mais
châtié, tel que l'acceptèrent et le formulèrent les Italiens dans le
cours du XVe siècle. Rien de plus souple, de plus finement évidé
que les meneaux de ses baies aux gracieuses évolutions; rien de
plus suave que les motifs de sa fragile et sobre ornementation.
Chef-d'œuvre de bon goût et de verve, ses délicats et pudiques
profils ne nuisaient jamais à l'effet de la ligne; tout était sage et
presque classique dans la distribution des formes accessoires sur
le fond général. Tous les secrets de l'art du XVe siècle, qui, bien
qu'avancé à l'époque de la construction du monument, et trouvant
déjà la confusion et le burlesque dans l'abus des richesses, s'attacha à ne représenter ici que sa période de dignité, de tempérance
et de chasteté, toute l'inspiration de cet âge, s'étaient épuisés dans

ces fenêtres que nous admirions naguère encore, et que nos yeux cherchent vainement aujourd'hui. Hélas! tout est fracassé; l'église de *l'Observance* ne revit que dans notre cœur, dans l'excellent ouvrage de M. Pavy, et dans *Lyon ancien et moderne*. Il ne reste debout que la chapelle des Bonvisi et celle dite de Saint-Louis, faite en partie de débris antiques, que sans doute on ne tardera pas à balayer du sol. — Oh! qui viendra jamais dédommager la foi et l'art lyonnais de cette irréparable ruine! Quelle signification morale aura désormais ce quai où la mémoire du *Bon Allemand* vit toujours dans la tradition populaire; quelle histoire aride et nouvelle du développement matériel d'une école vétérinaire remplacera ce culte sacré, cette douce et vieille histoire! — Ordonnateurs de cet acte inexcusable de barbarie, sachez bien que ce n'est jamais sans péril pour le cœur des populations, qu'on sacrifie un intérêt moral à un intérêt matériel, qu'on rase une église ou qu'on jette au vent les cendres d'un cimetière.

II.

ÉGLISE DE SAINT-PIERRE-DE-VAISE.

La reconstruction de l'église de Saint-Pierre-de-Vaise, quoique marchant avec une intelligente activité, est toutefois trop peu avancée encore pour qu'il nous soit possible de constater les conditions du nouveau monument. D'après les projets qui nous ont été indulgemment soumis et les travaux exécutés, d'après surtout la juste confiance que nous inspire l'architecte chargé de cette œuvre importante, nous avons tout lieu d'espérer que bientôt la ville de Lyon comptera une nouvelle basilique d'un beau caractère. J'ai félicité M. Desjardin de son excellente idée de réveiller à Vaise le luxe de la peinture visible, et de rappeler l'appareil tout basilical des charpentes ostensibles; je n'y reviendrai pas. Je me bornerai à lui recommander de nouveau de vouloir bien raccorder avec la chose nouvelle les restes précieux d'art romano-byzantin qui étaient encastrés dans l'édifice détruit.

III.

BASILIQUE PRIMATIALE DE SAINT-JEAN-BAPTISTE.

Avec quelle douce situation nous avons trouvé naguère, au retour d'une nouvelle visite faite à Notre-Dame de Rheims et aux grands édifices sacrés du Nord, cette auguste basilique de Saint-Jean-Baptiste, la première du monde, après la basilique romaine

de Saint-Jean-de-Latran, par l'autorité de ses souvenirs apostoliques, son rang, son antiquité morale, son influence sur le culte
et la foi, et les imposantes scènes ecclésiastiques qui s'y sont
passées! Nous avons vu dans ce nord de la France, aux tranquilles et mélancoliques horizons, berceau du type ogival, en
ces contrées où les manifestations de l'art *gothique* ont atteint
tout le degré de solennité et d'éclat que comportait l'inspiration
du moyen-âge; nous avons vu l'immensité des proportions combinée à la splendeur des verrières peintes, tout le luxe humai-
nement réalisable des imageries, des flèches, des contre-forts et
des clochers, les plus frêles et les plus hardis profils, mariés aux
lignes vigoureuses d'un architectonique qui semble vouloir sym-
boliser l'infini moral dans l'expression matérielle de l'art. — L'a-
vouerons-nous pourtant? ni à Rheims, ni à Metz, ni à Châlons-
sur-Marne, ni à Troyes, nous n'avions rencontré une nef de temple catholique coupée dans le vif comme celle de Saint-Jean de
Lyon. Comme harmonie de détail et d'ensemble, comme mâle sobriété d'ornementation, comme énergie d'ordonnance générale,
comme fermeté de profilation, cette nef est au-dessus de toutes
celles que nous connaissons; elle a une valeur spécifique qui ne
souffre pas de comparaison. La nef de Notre-Dame de Rheims, si
admirable et si admirée, n'offre, en parallèle avec la nôtre, à ce
point de vue de la force calme et digne, qu'un appareil de placage
et d'ornementation en cartonnage; elle n'est point taillée dans le
roc monumental avec cette vigoureuse précision, ce nerf et cette
puissance virile; elle n'a point cette saillie et ce relief. Comme nos
grandes baies sont largement ouvertes, largement dessinées, largement ramifiées: comme le triangle formé à partir de l'imposte
n'occupe bien justement ici que le tiers du vide, selon les règles
de la plus parfaite eurythmie; comme tout cela est austère sans
rigidité, riche sans profusion et sans clinquant; quelle sublime
manifestation de l'art du XIVe siècle, dans toute sa tempérance et
sa verve! — C'est une des conditions monumentales les plus précieuses de notre sainte métropole lyonnaise, qu'excepté dans
quelques régions particulières, comme par exemple à la chapelle
de Bourbon, dépendance de Saint-Jean (1), elle ne représente

(1) Encore est-il juste de dire qu'il n'y a dans cet édicule qu'une tendance
au mauvais goût, dont la souplesse et l'élégance des profils forment la compensation.

même du XV° siècle que son ère véritablement noble. Nous n'avons pas de masses dont la structure corresponde à cette période d'anarchie, d'abus, de décadence et de désordre du type ogival, dont le bon goût lyonnais repoussa les modèles. On ne trouve nulle part, à Lyon, d'exemple complet de cette architecture tiraillée, torturée, maladive, qui semble se complaire dans le cynisme et les orgies de la floriture, de cette absorption absolue de la ligne-mère, par l'exubérance du profil dont la façade de la cathédrale des Saints-Pierre-et-Paul de Troyes vient de nous révéler la dégoûtante et ignoble parure. En présence de cette squammeuse et blafarde construction, on croirait voir un amas de rocailles rongées par la mousse et les lichens, ou de stalactites bavant sur les parois d'une grotte ; on croirait voir une peau lépreuse et ulcérée.

Mais revenons à notre grave primatiale. Je n'évoquerai point ici les souvenirs que ma plume a fait si souvent revivre, et dont l'ombre passe et repasse autour de cette basilique et plane sur sa tête vénérable.

L'orgue, dont on ne sait que faire à Saint-Jean, et pour lequel l'architecture de la basilique n'avait préparé aucune place, subordonnée qu'elle était alors à une antique liturgie dont les canons proscrivaient sévèrement l'introduction de tout instrument de musique de quelque nature qu'il fût, l'orgue continue à masquer nos belles verrières théologiques et légendaires de l'apside, et à produire le plus déplorable effet. Un second malheur matériel se joint au premier. Une mauvaise carcasse de trône archiépiscopal, destinée à être parée aux fêtes solennelles, se dresse en permanence devant l'orgue, et présente l'image d'une véritable potence, qu'on ferait bien mieux de reléguer dans un coin obscur ou dans une sacristie, que de laisser en vue des fidèles et du chapitre. Un autel de marbre blanc, d'un style médiocrement historique, avec *gradin*, a été élevé dans la chapelle de la Croix, qui sert de *repositorium* pour les saintes espèces.

La grande fenêtre de la chapelle où se trouve la châsse romaine de saint Exupère a été ornée de quatre personnages peints sur verre ; expression et couleur satisfaisantes, costumes et ajustement bien entendus, effet particulier heureux, mais effet général déplorable, parce que l'entourage est mal compris, parce que ces personnages sont trop petits pour les immenses dais qui les dominent, et semblent comme écrasés par eux, parce qu'il n'y a ni harmonie ni proportion entre le cadre et le tableau, entre les sujets et l'ornementation qui les enveloppe. Cependant, ajoutons qu'on pourrait désirer plus d'onction dans les figures.

L'autel majeur s'est enrichi d'une croix fixe et de six candélabres d'or moulu, dont je ne puis nier l'éclat. Les deux croix processionnelles, posées derrière le *sacrificatorium*, et par lesquelles la basilique primatiale et les basiliques de Saint-Nizier et de Saint-Just symbolisent la réunion de l'église grecque à l'église latine, prononcée dans le concile œcuménique de 1274, assemblé dans Saint-Jean de Lyon, ces deux croix viennent d'être remplacées par deux autres croix de style romano-byzantin transitionnel (XIIIe siècle commençant), c'est-à-dire du même âge que l'étage inférieur de l'apside de la basilique. L'une, d'argent, du côté de l'Évangile, représente l'église grecque ; l'autre, d'or, du côté de l'Épître, représente l'église latine. C'est une excellente pensée, sans doute ; mais elle serait plus excellente peut-être, si on avait songé qu'il eût été plus naturel, plus historique encore de rappeler l'église grecque par la croix grecque aux branches de longueur égale.

La pensée de dégager le chevet de Saint-Jean, si élégamment terminé en plate-forme, contrairement toutefois à l'esprit pyramidal et ascensionnel de l'architecture mezzo-ogivale (1), aux dépens du palais archiépiscopal actuel qui céderait sa place à un jardin, et dont la destination passerait à la nouvelle Manécanterie, semble devenir sérieuse et prendre quelque consistance. Oh ! que l'on s'occupe plutôt d'exhumer cette belle et majestueuse apside, que d'en changer le caractère par des flèches et des toits pointus qui jurent avec les horizons lyonnais. Saint-Jean de Lyon, pour nous tous, c'est la basilique telle que nous la voyons depuis notre enfance. Changez le caractère de ses deux clochers apsidaires, ce ne sera plus notre Saint-Jean. Il en est de cet édifice comme de la plus humble église de village ; si vous donnez une autre forme à son clocher, il perd son sens populaire et moral. Voulez-vous que nous soyons dépaysés dans notre propre pays, que nous ne comprenions plus le quai de Saône, élevez sur les tours orientales de notre basilique, ces flèches dont vous nous menacez. Mais, aujourd'hui, on la veut la flèche coûte que coûte, on la veut même burlesque

---

(1) Cette circonstance confirme ce que j'ai déjà si souvent constaté dans mes ouvrages sur l'archéologie technique, relativement à ce conflit d'idées architectoniques qui se manifeste constamment dans nos contrées, où l'on n'accepta le style aigu qu'en le combinant aux traditions du style horizontal. La toiture de Saint-Nizier est-elle dans les convenances du *gothique?* — Non, assurément.

et semblable à un éteignoir. Quelques membres du clergé, depuis quelque temps, ont leur Caumont à la main; ils y prennent une demi-teinture de technologie, d'histoire de l'art; ils poussent jusqu'au fanatisme et à la superstition, jusqu'au délire, l'amour effréné du *gothique*. Le clergé avait, dans les XVIe, XVIIe et XVIIIe siècles, et dans le commencement du XIXe, détruit le *gothique* sans raison; les faiseurs et les savants du clergé actuel le veulent, sans discernement et sans choix, rétablir partout. — Hélas! il est un fait malheureusement certain, moins rigoureusement vrai pour Lyon que pour tout autre pays, c'est que presque tous les progrès archéologiques, liturgiques, ecclésiastiques, viennent aujourd'hui des laïques.

L'ignoble chaire à prêcher et l'ignoble baptistère n'ont pas encore disparu; et le désordre des motets, les concerts indisciplinés de musique vocale et instrumentale n'ont pas encore cessé devant un retour solennel et loyal à cette majestueuse liturgie lyonnaise, qui avait réglé ses chants ecclésiastiques avec la même sagesse que ses cérémonies.— Il est encore, dans l'entourage de Saint-Jean, un monument vénérable, aujourd'hui sans emploi, qui mériterait bien de fixer la sollicitude des ordonnateurs de travaux historiques, c'est la vieille Manécanterie, dont le caractère romano-byzantin est si précieux pour les amis de l'art. — Nous ne cesserons aussi d'exprimer le vœu qu'à l'ombre de Saint-Jean se relève, ne fût-ce qu'à l'état d'humble chapelle, la basilique de Sainte-Croix, qui servirait de baptistère et de paroisse, tandis que le temple pontifical serait uniquement affecté au service canonial et métropolitain, comme la cathédrale de Metz.

Aucun progrès, aucune réforme liturgique ne se sont introduits dans ce temple vénérable, où revivent tant de symboles et d'usages émanés de l'Orient, où les traditions du temple de Salomon se retrouvent dans l'espèce d'éphod (offroi) des thuriféraires et des céroféraires, à vêpres, et dans le mode d'offrande des pains bénits dont la disposition rappelle exactement celle des pains de proposition, dans le culte de l'antique Sion.

Ne serait-il pas temps de modifier le costume de chœur de MM. les chanoines de la basilique primatiale, successeurs des comtes de Lyon, et de songer enfin à leur donner, au lieu du camail actuel, moins pauvre, il est vrai, que celui de la plupart de nos chapitres, l'ample manteau de soie rouge du chapitre de Notre-Dame-des-Doms d'Avignon, ou le manteau violet de Saint-Jean de Besançon, à l'image de ceux d'Italie?

IV.

Passons de la basilique chrétienne à la basilique civile. — Notre opinion sur le Palais-de-Justice de Lyon est si connue et a été si souvent formulée dans nos précédents *Bulletins,* que nous en épargnerons l'expression à nos lecteurs. — Bornons-nous à dire qu'en ce moment on s'occupe, avec une activité satisfaisante, à sculpter les chapiteaux corinthiens des amples colonnes qui font la principale décoration extérieure de l'édifice.

V.

ÉGLISE DE SAINT-GEORGES.

L'apside nouvelle de Saint-Georges est arrivée à la hauteur qu'elle doit présenter. Sa toiture aiguë est couverte d'ardoises ; elle est éclairée par de grandes baies oblongues, s'étendant de la base à la corniche, d'une profilation ferme, rappelant celle du XIIIᵉ siècle. — Le moment de juger l'œuvre n'est pas encore venu ;... attendons, pleins de confiance dans les moyens de l'architecte, qui a étudié son art avec la foi du catholique, la ferveur de l'artiste, et réfléchi aux conditions liturgiques de l'architecture sacrée.

VI.

MAISON MAVRESQVE DV QVAI FVLCHIRON.

Cette construction de fantaisie, où l'inspiration du style mauresque prédomine, est d'un gracieux effet et d'une exécution pleine de finesse. Criblée de fenêtres et offrant jusqu'à un certain point l'image d'une écumoire, elle n'en est ni moins solide, ni moins intéressante qu'une maison *gothique ;* elle sort tout-à-fait, par ses dispositions originales, des types vulgaires.

VII.

BASILIQVE DES MACHABÉES (Saint-Just).

Nous avons parlé, dans le précédent *Bulletin,* de l'autel nouvellement érigé dans la chapelle apsidale, du côté de l'Evangile, et consacré à saint Just. — Que si l'on attend des ressources pécuniaires suffisantes pour restaurer ou rebâtir le clocher de cette basilique, qu'on se hâte donc, au moins, de lui donner un couronnement provisoire qui le rende moins indigne de la sainte montagne et de la perspective lyonnaise qu'il domine; qu'on lui sorte sa chemise de badigeon jaune, qu'on pose une croix de bronze doré à son faîte. Qui ne croirait pas, en voyant de loin ce clocher acéphale, qu'il dépend d'une église de Paris ou d'un temple protestant? qui supposerait qu'il adhère à une si vénérable et si sainte basilique?— Oh! de grâce, si jamais on réédifie le clocher actuel de la basilique des Machabées, trop semblable à un belvédère de guinguette, qu'on se rappelle bien que c'est surtout ici qu'une flèche serait choquante. La flèche convient aux pays brumeux, aux natures austères et montagneuses; elle ne s'harmonise point avec la nature, le ciel, les toitures, les collines de la ville de Lyon. Il faut raisonner toujours son exclusion et son emploi. La coupole s'adapte et convient bien mieux à un paysage doucement accidenté de vignes, de figuiers et d'amandiers. La convenance des formes se mesure au point de vue de l'entourage et des choses avec lesquelles elles sont en rapport.

VIII.

ÉGLISE COLLÉGIALE DE NOTRE-DAME-DE-FOURVIÈRES.

Rien de nouveau à constater ici. Cette église, si chère à la piété lyonnaise, et dont les menaces du génie militaire semblent augmenter le prix, est maintenant constituée en collégiale. Nous voudrions voir le camail de ses chanoines plus étoffé qu'il ne l'est; on le prendrait vraiment pour celui des chanoines de Dijon, tant il est mesquin. Si on avait le bon esprit d'effectuer le changement que j'ai invoqué plus haut dans le costume de chœur des chanoines de Saint-Jean, ne serait-il pas convenable de prescrire à ceux de Notre-Dame-de-Fourvières l'usage, au chœur, du camail actuel du chapitre de la primatiale, adopté par celui de Troyes? — Ainsi, la conversion en chapitre du corps des chapelains de Fourvières n'a exercé aucune influence sur les destinées monumentales de l'antique oratoire.

IX.

BASILIQUE DE SAINT-PAUL.

Les quatre évangélistes de la coupole, que nous avions proposé de remplacer par leurs attributs seuls, l'homme, le lion, l'aigle et le bœuf, se dressent toujours, en leur place, semblables à quatre notaires apostoliques ou royaux, ou mieux à quatre maires, choisis à dessein parmi les douze maires de Paris. Ces figures sinistres ont jusqu'ici résisté à toutes nos critiques. Aucune restauration ne se poursuit à la façade, et M. Fulchiron semble cesser de faire couler, pour ce temple, le Pactole des subventions officielles.

X.

BASILIQVE DE SAINT-NIZIER.

La restauration des régions extérieures de cette basilique, bijou de l'art du XVᵉ siècle, dans sa phase de sève et d'éclat, se continue à la façade avec une louable activité. — On a eu, vous le savez, le bon esprit de ne point sacrifier l'œuvre de Philibert Delorme à l'appareil de constructions *gothiques* qui se font autour d'elle et l'encadreront. Cette fameuse coquille est une belle chose d'ensemble; mais il ne faut pas trop en éplucher les détails. En y regardant de près, on n'est pas sans s'apercevoir qu'il résulte du fronton, du cintre du milieu et des colonnes engagées, un conflit de lignes et un hurlement de profils qui s'opposent à l'harmonie partielle. Toutefois, c'est de l'histoire que cette région, et une page glorieuse d'histoire; et puis elle annonce que la renaissance a passé par là, et a voulu, elle aussi, établir sa zône et jalonner sa route dans un des plus célèbres et plus magnifiques monuments religieux de la France. La flèche pleinement rétablie a reçu une décoration nouvelle qui lui sied à merveille; elle s'est entourée de sveltes flambeaux, et a été décorée de baies alvéolées à son comble. Toutefois, la croix de bronze doré qui la couronne est trop petite: c'est vraiment une croix de poche, comme les créneaux de feu Pollet, à Ainay, et elle ressemble assez bien à celle qui surmonte cette espèce de parasol romain que le cardinal de Bonald a introduit, pour son usage personnel, dans les processions lyonnaises. Mais il ne faut pas blâmer l'habile et consciencieux architecte de cette circonstance : sa volonté a été inscrite dans d'autres vouloirs plus puissants que le sien. Pourquoi pas une croix plus ample dominant une girouette? — La girouette que la mairie a repoussée, outre qu'elle n'eût pas été une innovation sur ce clocher, est un symbole plus liturgique qu'on ne le croit généralement. Elle est tout uniment la tradition et le symbole de la banderolle flottante que le précurseur portait attachée à sa croix, et c'est pourquoi on la voit ainsi combinée au symbole chrétien, au faîte de presque tous les campaniles de Rome. — Que l'on proscrive le coq celtique, rien de plus sage; mais la girouette surmontée de la croix, comme elle existe à Notre-Dame-de-Fourvières, c'est une grave erreur de la réputer inconvenante ou ridicule.

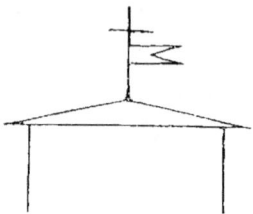

— Une charmante balustrade, sur le flanc septentrional, a été greffée sur les substructions; quant au côté méridional de la façade, il est encore à peu de chose près dans les conditions où il se trouvait lors de la publication de notre dernier *Bulletin*. — Rien de récent à l'intérieur du vaisseau. Bientôt la basilique de Saint-Nizier, espérons-le, aura une sonnerie digne d'elle, et ne se contentera plus de la voix criarde ou enrhumée de son petit timbre d'horloge.

XI.

RUE DES BOUQUETIERS.

Malgré cette admirable sollicitude qu'elle témoigne pour les intérêts moraux et matériels de la seconde capitale du royaume, malgré cet esprit fortement communal et véritablement guelfe qui caractérise l'administration municipale de la ville de Lyon, esprit que les hommes venus de loin pour l'administrer, au point de vue gouvernemental, ont été souvent étonnés de trouver si compact, si ferme dans la résolution et la résistance; la mairie de Lyon a fait en tout ce qui concerne ce quartier, non sans opposition vive, énergique, consciencieuse, les plus étroits calculs, commis une foule de lésineries et d'impardonnables fautes. Elle a, de gaité de cœur, renoncé à l'occasion facile de donner un cadre magnifique à Saint-Nizier, et de prouver la profondeur de la cité. Les petites et mesquines réserves se sont mêlées aux grandes pensées dans une mesure qui ne peut trouver grâce devant aucune philosophie. Qu'un particulier recule devant certaines dépenses, rien de plus raisonnable; mais qu'une ville qui a l'avenir ouvert devant elle, d'immenses ressources, d'immenses moyens de les accroître, s'arrête à des considérations de froide parcimonie, dans une circonstance où il y va de sa magnificence, de son éclat et de sa majesté, c'est ce que tous les esprits élevés de la ville de Lyon ne peuvent comprendre. — Ce qu'on aurait dû faire, vous le savez tous; ne rendons pas vos regrets plus amers en le répétant. — Quoi qu'il en soit, hâtons-nous de signaler les mérites de la construction qui va former le flanc droit de la rue des Bouquetiers. Le vaste corps de bâtiment élevé sous la direction de M. Farfouillon, est de la plus noble structure; il rappelle l'inspiration de Bramante : tout y est conçu dans la masse, tout y est ajusté dans les profils avec cette précision et cette idée monumentale des grands maîtres de l'architecture civile de l'Italie. Il y a une similitude frappante entre les dispositions architectoniques de cet édifice et celles du palais Borghèse, du palais de Latran et du Vatican, à la couleur romaine près : tout y est grand sans redondance et sans emphase, rien n'y est maniéré et oiseux. — Oh! quelle pitié qu'une ville de Lyon se soit bornée à des élargissements de rues, quand elle pouvait faire les plus belles places du monde!

XII.

PLACE DES TERREAUX.

Nous sommes intimement convaincu que l'administration municipale de la ville de Lyon n'avait pas pensé au cruel souvenir de la guillotine, posée en ce lieu même et fonctionnant en permanence sur cette place, pour faire couler à flots le sang lyonnais le plus pur, quand elle conçut la pensée saugrenue d'élever sur cet emplacement un édifice que nous ne voulons pas nommer. Mais comment peut-on oublier une telle histoire, et ne pas se rappeler qu'il est en face de la Maison-de-Ville une place vide qui ne devrait recevoir qu'un monument expiatoire, si le besoin d'y élever un monument se faisait jamais sentir, et dont le deuil des familles forme la consécration ?... On se hâta d'opposer à la mairie ce triste et douloureux souvenir; elle eut quelque temps le courage de persister dans ses projets : bien que l'opinion publique lui fournît ainsi une occasion si facile de rompre convenablement avec une pensée mauvaise à tous les points de vue, elle a préféré en sortir *ex abrupto*, après s'être fait tirer l'oreille. Mais, enfin, la morale publique est sauvé, et on a renoncé, sous le coup des anathèmes de la population, à cette déplorable résolution qui est allée rejoindre celle des corbillards, qui souleva non moins de répulsion et de résistance morale.

XIII.

ÉGLISE DE SAINT-BRUNO.

Rien ne se fait, dans cette belle copie de Saint-Pierre de Rome, sur une petite échelle. Son magnifique baldaquin, surtout dans le dais qui le couronne d'une si somptueuse façon, aurait grand besoin d'être rendu à son ancien éclat. Sa façade inachevée attend toujours en vain, comme trois basiliques de Florence, le revêtement qui doit la compléter.

XIV.

ÉGLISE DE SAINT-FRANÇOIS-DE-SALES.

Toujours le même chaos. On travaille, dans l'ombre, lentement et sans bruit, aux régions apsidales du monument. Ce sont des coups d'épée dans l'eau; on ne fera jamais rien de rigoureusement supportable de ce temple d'une architecture hybride. Mieux eût valu mille fois raser tout ce qui est, et créer une œuvre nouvelle. — Notez bien que cet état de choses existe dans le plus riche quartier de la ville de Lyon.

XV.

BASILIQUE D'AINAY.

On sait ce que nous pensons du monument, du pasteur, du nouvel architecte de l'édifice. Belle histoire, zèle intelligent et dévoué, science théorique et pratique. Les grands secours promis ou n'arrivent pas du tout ou arrivent par billets de banque de mille francs. L'importante restauration sollicitée et attendue n'a été commencée encore que dans des choses inaperçues.

XVI.

ÉGLISE DE NOTRE-DAME-SAINT-LOUIS DE LA GUILLOTIÈRE.

Les travaux marchent avec une lenteur que n'ont point fait jusqu'ici cesser les plaintes assez fréquentes de M. Dubois, dans le *Journal de la Guillotière*. Que M. Crépet n'oublie pas de sauver l'antique bénitier du VI° siècle. — Attendons que le monument soit parachevé pour le juger du point de vue de l'art moderne.

XVII.

ÉGLISE DE SAINT-BONAVENTURE.

Les niches vides des tombeaux placées aux deux flancs du chœur, sont pleinement rétablies. Les fenêtres apsidales de cette vaste église sont dégagées, mais non pas ouvertes. La *fenêtre d'honneur*, c'est-à-dire celle du centre, pourrait à la rigueur être dès à présent rendue à ses dimensions premières, car elle est la seule qui ne soit qu'effleurée à sa base par une des échoppes qui rampent au pourtour extérieur de l'édifice. — Quant aux autres baies, pour les ouvrir entièrement, il faut attendre qu'on ait balayé du chevet les baraques, un peu plus hautes que celle-ci, qui l'enveloppent, par suite de cette déplorable condition lyonnaise qui laisse les églises s'inhumer dans les maisons, et souffre qu'elles soient toujours enclavées.

La belle chapelle de la renaissance, à l'extrémité de la nef mineure occidentale, est ouverte, mais non pas restaurée. Les nervures de la voûte de la nef majeure ont été ornées de peinture historique rehaussée d'or et d'écussons richement alvéolés, contenant des armoiries ou des monogrammes, à leurs points d'intersection. Toutes les fenêtres du vaisseau n'ont toujours qu'une clôture provisoire, à l'exception de deux, dans la région de l'avant-chœur, où l'on remarque des verrières peintes dont nous avons déjà parlé.

Toujours ce malheureux buffet d'orgue, rigoureusement tolérable comme dessin, mais ignoble comme exécution, persiste, malgré nos réclamations, à déparer l'avant-chœur. Il y a, par là-derrière, quelque fanatique ami de la musique religieuse qui le soutient. Qui veut le son veut l'instrument; qui veut l'instrument veut le manœuvre qui souffle et l'artiste qui joue. Aussi, le scandale d'un souffleur qui grimace et qui s'époumone aux yeux du public, celui d'un musicien laïque qui s'agite et se dandine sur son escabeau, en regardant les fidèles, continuent-ils à troubler, dans ce temple, la véritable piété qui ne souffre pas de distraction et a horreur des accents étrangers à la prière. Jusqu'à présent, l'autel majeur provisoire n'a pas encore cédé sa place à l'autel définitif, qui, je le crains bien, ne vaudra pas celui qu'on a si légèrement et si arbitrairement détruit. — Oh! ici, comme à Saint-Jean, il y aurait un beau et méritant sacrifice à faire, ce serait de supprimer l'orgue et,

21

avec lui, ces motets qui empêchent l'explosion de la prière générale et populaire et du chant inspiré de tous, et, avec lui encore,
ces orchestres, ces symphonies qui font deux peuples dans un
peuple, le peuple des ménétriers et celui des fidèles. En matière
de musique religieuse, le véritable progrès, aujourd'hui, c'est de
reculer jusqu'aux sources les plus pures du plain-chant. — Plus
d'innovations, ni dans le chant ni dans la sonnerie. Dites-moi un
peu ce que signifie, comme gravité et volume de son, le bourdon
de Saint-Jean depuis qu'on l'a monté à la parisienne? Quant aux
restaurations de Saint-Bonaventure, elles sont en bonnes mains :
c'est M. Benoît, architecte suprême des basiliques lyonnaises, qui
les dirige.

XVIII

MAISON RICHARD.

Nous avons, l'an dernier, manifesté notre opinion sur ce monument privé, avec la plus rigide impartialité. Si nous nous trou-
vâmes à regret contraint par le devoir de constater le décousu de
l'ensemble, la condition fâcheuse d'étages superposés sans hauteur sensiblement décroissante, nous avons d'ailleurs largement
dédommagé, de ce qu'une critique ferme et libre pouvait avoir d'a-
mer pour eux, et l'ordonnateur des travaux et l'artiste éminent
qui les a dirigés. La pensée toute historique qui a inspiré le premier,
et par suite de laquelle il a voulu faire de sa demeure une sorte
de panthéon des gloires lyonnaises, les soins particuliers que le
second a donnés aux détails de son œuvre, la richesse d'imagination dont il a fait preuve, ont trouvé l'éclatante justice que nul,
moins que nous, n'était disposé à leur dénier. Ainsi, nous avons
loué la finesse de l'ajustement, le modelé des figures, le luxe de
l'ornementation. — Nous maintenons nos réserves et nos éloges
sans la moindre restriction, sans tempérer le blâme et sans renchérir sur la louange. Les commentaires explicatifs nous mène-
raient un peu trop loin. Effet général fort peu en harmonie avec la
dépense d'art, de matériaux et d'argent; effet de détails satisfaisant. L'architecte de M. Richard est un homme de beaucoup de talent, dessinant à merveille; s'il n'a point calculé d'avance sa
masse comme nous l'aurions désiré, qui nous répondra qu'en
cela il ne s'est point conformé au goût particulier du peintre honorable qui le mettait à l'œuvre? — Quatre niches de la maison
Richard attendent encore leurs statuettes.

XIX.

PLACE DE LA BOUCHERIE-DES-TERREAUX.

L'architecture privée a, dans la ville de Lyon, des partis pris fâcheux, contre lesquels nous ne saurions trop énergiquement protester. Quel dommage qu'elle chemine dans cette voie! — Nous avons autant d'art, un goût plus sûr que la capitale, des matériaux incomparablement plus beaux que ceux qu'elle emploie, car les carrières de Villebois et de Couzon sont à nos portes; l'invasion toujours croissante des idées de Paris et du CHARLATANISME PARISIEN parmi nous, invasion à laquelle on ne peut opposer de trop fortes digues, n'a pas encore amené à Lyon ces écriteaux ignobles, ces lettres monstrueusement immenses, aux figures confuses et souvent burlesques, couvrant les murs des combles à la base, et souillant l'architecture : nos enseignes, quoique prêtes à devenir ambitieuses, ont jusqu'ici conservé ce reste de pureté dans la lettre, qu'on retrouve dans la typographie lyonnaise, si peu favorable aux caractères de fantaisie qui effacent la tradition de la lettre onciale; mais nous avons d'autres plaies à guérir. — Dans les églises, c'est la flèche, même excentrique comme celle de Saint-Bénigne de Dijon, qu'on rêve sans cesse, qu'on veut à tout prix; dans les maisons, c'est le toit pointu et la *mansarde*. Une bonne fois, laissons donc la toiture aiguë aux peuples du Nord, et demeurons dans les conditions architectoniques que notre doux climat, nos suaves paysages, notre nature épanouie, harmonieuse et sereine, ont depuis long-temps réglées.

Quand nous nous sommes élevé contre l'introduction à Lyon de la stérile et disgracieuse *mansarde*, nous avons exposé des raisons qu'on n'a pas même essayé de combattre. On nous a répondu qu'elle était le seul moyen laissé aux propriétaires bâtisseurs, et partant aux architectes, d'éluder les arrêtés de police municipale et de voirie qui limitent le nombre des étages. — Et la mairie de Lyon ne trouvera pas un moyen de sauver l'art en sauvant sa dignité et la discipline, en ôtant tout prétexte à cette ruse, en fermant toute porte à ce faux-fuyant! Puisque la *mansarde*, cette région hybride et neutre, qui tient de l'étage par le fond et du grenier par la forme, qui donne la chose sans donner le nom; puisque la *mansarde* se plie avec une déplorable élasticité à la violation d'une ordonnance municipale, et fournit un moyen si commode et si élastique d'échapper à un règlement sage, proscrivez-la ; oui, proscrivez-la sans pitié et sans délai. Tout cela peut convenir pour les Parisiens, pour les populations du Nord, je ne dirai point précisément barbares, mais plus loin que nous des influences d'un beau ciel et de l'empire qu'il exerce sur l'architecture.

Dans toute la question de la Boucherie-des-Terreaux, comme dans celle de la rue des Bouquetiers, la ville de Lyon s'est montrée d'une mesquinerie sans exemple dans les annales de son édilité. Nous qui savons combien les opinions ont été flottantes et les avis divisés dans le sein du conseil municipal, quelle vive opposition a été faite aux mesures parcimonieuses et étriquées dont nos arrière-neveux déploreront l'exécution, nous pouvons rendre une éclatante justice à de courageux efforts, paralysés par l'inertie de quelques-uns et la timidité du plus grand nombre ; nous pourrions au besoin citer à cette barre une foule de noms propres ; mais les délibérations du conseil municipal sont là, et en tout ce qui touche à la Boucherie-des-Terreaux, à la rue des Bouquetiers, au pont de Nemours, elles deviendront historiques.

On aurait pu faire de Lyon la ville la plus magnifique de l'Europe, en lui donnant des percées en harmonie avec le grandiose de ses masses. Au lieu d'établir dans son sein compact de larges coupures, qui eussent mis à jour ses monuments, créé de solennelles perspectives, versé, par le grand foyer de places immenses, des torrents d'air et de lumière dans ses rues étroites, sensiblement augmenté leur salubrité, on s'est jeté à corps perdu dans le dédale des moyens-termes et des résolutions négatives ou oiseuses. Puisque la Boucherie-des-Terreaux était détruite, pourquoi n'avoir pas fait une place unique entre la Saône et le flanc oriental de la rue Lanterne, pourquoi n'avoir pas entamé le pâté de maisons qui masquent l'hôtel-de-ville, par une rue percée dans l'axe du péristyle et du beffroi de cet édifice, rue invoquée par tous, et qui aurait mis le roi de nos monuments civils en rapport direct avec les quais ? On a préféré faire un labyrinthe nouveau à la place de l'ancien ; on s'est borné à laisser une place sans dignité, sans caractère et sans ampleur, qui se trouve murée et invisible du côté de la rivière ; on a conçu et exécuté le plan le plus bizarre, par les courbes et contre-courbes de rues qui s'y dessinent.

Le gros pâté de construction formant une maison unique qui fait face au pont de la Feuillée, a la signification d'une caserne. Comme masse, cette immense construction est d'un stérile et lourd effet, dont l'étage de *mansardes* qui la couronne, aggrave les conditions fâcheuses. L'architecte qui a présidé à ces travaux est homme de goût, assurément; il aura eu les mains liées ou aura fléchi sous des exigences de calculs financiers. Peut-être aussi que, poussé par son cœur et ses études vers les manifestations chrétiennes de l'art, il n'a pas pour les constructions civiles une aptitude aussi complète que pour les constructions ecclésiastiques. Une frise élégante, se détachant des croisées du premier étage, ne suffira pas pour donner du mouvement et de la vie à une masse pareille à celle-ci, pour en combattre l'aridité et en relever l'ordonnance. Il eût fallu ici des profils immenses, pour qu'ils ressortissent sur le fond. Et puis, les portes qui donnent accès dans cette maison monstre ne sont-elles pas infiniment trop petites pour elle? Envisagée de loin, du fond de la place parallèle à celle des Terreaux ou du quai, cette construction est d'un effet malheureux ; vue des rues riveraines, c'est-à-dire d'un milieu étroit d'où l'on n'aperçoit pas les *mansardes*, d'où l'œil ne peut embrasser tout l'ensemble, elle ne manque certainement ni de caractère dans son déploiement, ni d'harmonie et de grâce dans sa profilation. — Pourquoi ne nous avoir pas donné là une belle manifestation de cet art florentin qui, à Lyon, plus qu'en aucune autre ville de France, devrait avoir un culte traditionnel ?

XX.

PALAIS SAINT-PIERRE.

Nous avions espéré que la suppression des boutiques qui occupent le rez-de-chaussée de ce palais et nuisent à la majesté de sa façade, serait la conséquence naturelle de la restauration monumentale que notre dernier *Bulletin* a constatée. Rien en ce qui touche à ce déplorable état de choses n'a été jusqu'ici changé ou seulement modifié. On vient de mettre en adjudication, au prix de 4,500 francs, les réparations des façades latérales extérieures.

XXI.

PONT DE NEMOURS.

Le nouveau pont de pierre, baptisé d'un nom princier, est d'une construction soignée, élégante et solide. Il est large et plane, et rendra plus faciles et plus sûres les relations entre la ville transararine et la ville cis-ararine. Mais une question morale domine ici la question matérielle. Pourquoi ce pont n'est-il bâti ni dans l'axe du Change ni dans celui de la façade de Saint-Nizier? Une lésinerie municipale est encore responsable de cette faute contre le goût et contre les monuments lyonnais, qui indiquaient nettement la marche à suivre et jalonnaient la route. Il s'agissait de dépenser une somme assez ronde, nous l'avouons, pour construire un pont volant qui eût provisoirement permis la circulation pendant les travaux d'érection du pont actuel. Nous comprenons que cette charge eût été lourde pour la ville; mais il faut savoir qu'une ville de l'importance de celle de Lyon, qui n'emprunte pas, est une cité qui n'avance pas. Il faut que les descendants paient en partie ce que les pères font pour eux. La fortune d'une ville s'administre en sens presque inverse d'une fortune bourgeoise.

Ou l'administration municipale lyonnaise n'a qu'un but, c'est l'épargne, et, alors, dans l'intérêt du prolétaire et des classes laborieuses, n'aurait-elle pas dû, depuis long-temps, racheter les servitudes qui frappent le plus grand nombre de ses ponts? ou elle pense aux embellissements de la cité, et, alors, n'était-ce pas un devoir pour elle de les régler au point de vue le plus large et le plus somptueux?

XXII.

MONVMENTS DIVERS.

A la basilique de Saint-Irénée-sur-la-Montagne (des Martyrs), à Saint-Polycarpe, à Notre-Dame-Saint-Louis, à l'Hôtel-Dieu, à l'Antiquaille, au Noviciat des frères de la Doctrine chrétienne, à Loyasse, à l'église de la Trinité (au Grand-Collège), à celles de Saint-Eucher, de Serin, de Saint-Clair, à la chapelle de l'Hôpital militaire (DEO EXERCITVVM), à la prison Saint-Joseph, à l'Hôtel-de-Ville, rien, absolument rien de nouveau. L'église de Sainte-Blandine, à Perrache, n'existe toujours que dans le porte-feuilles de M. Dardel, et les habitants de ce quartier sont forcés de se contenter de l'espèce de hangar qui continue à les réunir pour la prière, sous le nom d'église provisoire. On parle d'une manière plus sérieuse d'aliéner les bâtiments et la chapelle actuels du grand séminaire métropolitain de Saint-Irénée, pour les rapprocher de la basilique primatiale, et leur faire, sur nos saints coteaux, une place plus calme et plus recueillie. Cette pensée mérite toutes nos louanges. L'église de la Charité n'a reçu aucune addition plus récente que le dernier *Bulletin*. Nous avons parlé, l'an dernier, de la rue Bourbon; nous n'y reviendrons pas, non plus qu'à l'arsenal, monument que Paris nous envierait, à l'entrepôt des liquides et au Grand-Théâtre, si splendidement restauré et dont la façade est sans rivale en France; non plus, enfin, qu'au Colisée et à la fontaine de la place Saint-Jean. A ce propos, rappelons notre sentiment, combattu avec des raisons qui ont bien leur valeur et leur côté spécieux. On a blâmé M. Dardel de n'avoir point songé, pour cette fontaine, au *gothique*. N'eût-ce pas été, de sa part, une gaucherie, que de faire une sorte de concurrence à la façade de Saint-Jean, que d'élever un édicule de *gothique* moderne, précisément en face de ce grand et sublime appareil de *gothique* historique?

Le nouveau pont du cours d'Herbouville et celui du Collège auraient obtenu ici une mention, si l'extension de ce travail n'avait pas déjà franchi les limites habituelles de nos *Bulletins*.

Rien de nouveau ne s'est fait aussi à Saint-Denis de la Croix-Rousse. — L'église de Saint-Pothin des Brotteaux est depuis longtemps jugée. L'église expiatoire, confiée à la garde des RR. PP. capucins, n'a reçu aucun embellissement qui doive nous occuper. — Les constructions particulières, presque toutes somptueuses, continuent à envahir les plaines assainies des Brotteaux et de Perrache. Le goût du badigeon et de la propreté publique et particulière devient chaque jour de plus en plus général à Lyon. Nous n'avons rien à dire ici des innombrables églises de communautés religieuses qui peuplent nos deux collines. Un *statu quo* monumental de dix années bientôt existe aussi à l'église de Saint-Charles.

Quant à notre vieux Pont-de-Pierre, ce muet témoin de tant d'histoires lyonnaises qui se sont passées sur lui et autour de lui, sa destruction est à peu près complète. Quand un passé nuit au bien-être et à la sûreté du présent, il faut l'éloigner. Nous n'avons jamais eu la pensée de protester contre cette suppression. Toutefois, nous avons mis en doute si le Pont-de-Pierre n'était pas, comme celui de la Guillotière, susceptible d'être restauré, et partant conservé, si on ne pouvait pas l'élargir et y rendre la circulation plus facile et surtout moins dangereuse, en l'augmentant de trottoirs construits en encorbellement ou porte-à-faux.

Les travaux d'élargissement et d'endiguement du quai ont recommencé dans le voisinage de la Mort-qui-Trompe. Quand donc le quai Villeroy sera-t-il terminé, et quand tombera enfin le pâté de maisons où se trouve le café Neptune? — L'Homme-de-la-Roche a cessé depuis quelque temps de dresser sur son piédestal son corps mutilé par le temps et les intempéries des saisons. En attendant la statue, d'une matière plus durable que le bois, qu ideit ici perpétuer le souvenir du bon Cléberg, pourquoi n'avoir pas entretenu le feu sacré du culte populaire ? La statue définitive peut être indéfiniment ajournée, la statue de bois n'a pas été remplacée; l'interrègne peut se prolonger, et la tradition s'effacera. — Le souvenir des hommes utiles à l'humanité devrait toujours avoir son symbole, et à Lyon, la ville de la charité et des aumônes, plus que partout ailleurs.

CONCLUSION.

Il y a décidément progrès dans l'art monumental, à Lyon. Ce progrès sera plus rapide et plus prononcé encore du jour où les idées de lucre, qui ont déjà beaucoup fléchi devant les idées de beauté morale et idéale, dont l'art est la représentation matérielle, leur céderont un peu plus de terrain, et où l'on résistera avec plus d'énergie à l'irruption du parisianisme qui conspire contre l'expression et la nationalité lyonnaises. Le goût des verrières peintes a pris chez nous une faveur toute particulière. La verrière peinte, c'est, on peut le dire, l'*illustration* appliquée à l'église. — En général, les peintres-verriers modernes réussissent dans l'ajustement, la couleur, les costumes; mais c'est le sens religieux qu'il leur reste à atteindre; c'est l'onction, la sérénité, la béatitude; c'est ce caractère placide, doucement inspiré et doucement ascétique des types du moyen-âge, qu'ils doivent s'attacher à imiter. — Pour arriver à ce résultat, il faut surtout que ce soit leur cœur qui tienne le pinceau. Oui, il se fait de toutes parts, à Lyon, dans cette auguste cité qui, dans un siècle d'innovations, a plus que nulle autre gardé trois dépôts sacrés, l'esprit de foi, d'ordre et de famille, il se fait de sérieux efforts pour ramener toutes les manifestations de l'art chrétien à la vérité liturgique. Oh! le beau et noble rôle qu'elle joue; si Rome est le siège de toute vérité morale universelle, Lyon ne semble-t-il pas celui de toute vérité morale française, n'est-il pas pour la foi une boussole et un régulateur national ? — Ah! redoublons de sollicitude pour nos monuments, luttons contre les influences étrangères, et redoutons toujours ces inspecteurs officiels des monuments historiques, ces architectes officiels que nous envoie la centralisation, et qui ne sont que fortuitement et exceptionnellement consciencieux et instruits. Que la Rome des Gaules continue à prouver toute la distance morale qu'il y a entre elle et plusieurs villes de son voisinage, avec lesquelles la navigation à vapeur la met en relation presque immédiate !—Nous désirerions que la ville, si riche en matériaux, si bien pourvue de cette pierre de choin (Villebois), aussi monumentale que le *travertino* romain et la *bigia* florentine, songeât à embellir sa place Louis-le-Grand, à la rendre plus magnifique encore, à lui donner tout l'éclat qu'elle est susceptible d'offrir, en l'ornant d'arbres et de fontaines. Nous voudrions aussi que, à l'imitation de ce qui s'est fait naguère à Paris, on complantât d'arbres nos majestueux quais de la Saône. Alors ces quais présenteraient une beauté unique : ils auraient un aspect mille fois plus ravissant, plus mêlé de pompe, de variété et de grandeur, que celui des boulevards de la capitale ; car ils auraient, comme ceux-ci, toute l'activité, le mouvement, le bruit, la vie d'une immense cité, et de plus un ciel splendide, une insolite majesté de lignes, d'horizons, d'entourage, une rivière qui dort à leurs pieds, un panorama largement développé de monuments de divers âges, une couleur ferme et chaude, et ce coteau de Fourvières qui ressemble à un vaste pot de fleurs épanouies sur la ville. Ah ! c'est surtout pour ce merveilleux quai de Saône, qui résume la ville de Lyon, qui forme sa moelle, son centre, son cœur, son expression, que nous invoquons de pareils embellissements. Oui, le quai de Saône (rive gauche), pour nous, pour à peu près tous, c'est Lyon, essentiellement Lyon, presque exclusivement tout Lyon. Et les deux croix des clochers orientaux de Saint-Jean, quand donc seront-elles dorées ?

Oh ! que tout ce qui se fait à Lyon soit, d'une manière absolue, marqué au double coin de la sagesse et de la grandeur ; que tout ce qui sort des mains lyonnaises ait l'énergie de ce qui sortit jadis de celles du peuple-roi, et représente la majesté du peuple lyonnais ; que l'on puisse, de même qu'à Rome, placer en tête de tous nos monuments cette inscription :

SENATVS · POPVLVS
QVE · LVG

ÉGLISES RVRALES

DES ARRONDISSEMENTS DE CHALON ET D'AVTVN. [1]

A la Commission d'antiquités d'Autun, à la Société Eduenne, à MM. Fondet et Lewal, architectes chalonnais, et M. Léonce Lenormand.

VIREY-LE-GRAND.

Le caractère jadis exclusivement romano-byzantin de l'église de Virey-le-Grand, qui appartenait jadis au commandeur de Belle-Croix, a été altéré par plusieurs restaurations, et à peine en retrouve-t-on l'élément dans la nef. Toutefois, on remarque encore les anciennes petites baies à plein-cintre qui éclairaient le vaisseau, et qui ont été bouchées. Ce monument offre le plan basilical,

[1] Voir pour la première série de ces études sur les Eglises rurales des arrondissements de Chalon-sur-Saône et d'Autun, le 1er vol. du *Journal d'un Pelerin.*

et est à une seule nef : l'apside est voûtée en cul-de-four ogival, ce qui annonce que cette basilique de transition date du même temps que le chœur de l'église de Ciel (canton de Verdun-sur-le-Doubs). Ce qu'il y a de véritablement beau dans l'église de Virey, c'est son clocher qui se compose d'une haute tour carrée, très-élancée, à deux étages percés de croisées géminées à plein-cintre, séparées par de délicieuses colonnettes doubles, et d'un couronnement pyramidal obtus. Il y a dans ce clocher un sentiment, disons plus, un parfum d'école byzantine auquel le monumentaliste ne peut échapper ; je n'hésite pas à le signaler comme l'un des plus beaux de notre diocèse. Virey-le-Grand est le chef-lieu ecclésiastique de la commune de Lessard-le-Royal (canton de Chagny). Ce village de Lessard est assis sur une terre de repos et de silence, comme Saint-Gervais-en-Vallière (canton de Verdun), au milieu des bois, dans le paysage le plus calme, le plus solitaire, le plus éminemment rural. L'aspect de son église vue de loin est hautement byzantin ; mais de près, elle est si complètement dénuée de profils, qu'on ne saurait la rattacher à aucune ère architectonique. La nef est éclairée par d'étroites et petites baies qui ressemblent à des fissures. Ce monument modeste est cependant une œuvre inspirée par la pensée romano-byzantine, nef, clocher, apside moins élevée que la nef. — Il est à remarquer que dans le règne byzantin les apsides étaient toujours plus basses que la nef ; dans la période ogivale, au contraire, ce fut le chœur qui tendit à s'élever généralement au niveau, quelquefois au-dessus du niveau de la nef. J'ai admiré et fait admirer le clocher de Virey-le-Grand ; mais je n'ai pas tout dit sur son compte. Les habitants de notre Bourgogne lyonnaise n'apprendront pas sans un juste sentiment d'orgueil, que les rayons de notre beau ciel ont fait éclore ici l'image d'un campanile romain ; que dans un coin ignoré du diocèse actuel d'Autun, à six ou sept kilomètres de Chalon-sur-Saône, dans cet humble et pauvre village de Virey, le clocher de la basilique libérienne ou de Sainte-Marie-Majeure de Rome a servi de type et d'inspiration à celui que nous voyons. Oui, le clocher de Sainte-Marie-Majeure et celui de Virey sont littéralement pareils.

L'église de Virey-le-Grand, avec ce beau clocher, cette toiture peu aiguë qui la couronne, offre d'une manière absolue la figure d'une basilique constantinienne ou latine. *(Voir le dessin, planche III, n° 2.)*

RULLY.

Je n'ai presque rien à dire de cette église un peu stérile. —

Chœur absolument moderne, dont la première pierre fut posée par Claude-François-Eugène de Bernard de Montessus, fils aîné de Charles-François, chevalier, marquis de Rully, en 1749, comme il résulte de l'inscription sur plaque de cuivre placée à l'apside ; nef unique, avec plusieurs inscriptions des XIVᵉ et XVᵉ siècles, fixées dans la muraille septentrionale, éclairée au nord par trois petites croisées ogivales, oblongues, du XIVᵉ siècle, et percées de trois chapelles dont deux du même âge, et la troisième plus petite (celle des fonts), d'une construction beaucoup plus moderne. Tout le flanc méridional de l'édifice a été refait. La voûte de la nef est de bardeaux, grossièrement assemblés, avec poinçons et entraits. Les deux croisillons portent, comme le flanc septentrional de la nef, le sceau du XIVᵉ siècle. Ainsi, l'architecture historique n'est représentée ici que par deux chapelles, un transsept et la muraille septentrionale non profilée de la nef.

Toutefois, à l'extérieur de ce temple, si pauvre aux yeux de l'artiste, il y a un noble dédommagement, et c'est à cause de cela que je n'ai pas voulu passer devant le bourg de Rully sans dire deux mots de son église. Cette compensation, elle existe dans le clocher, délicieux édicule à base carrée, couronnée d'une élégante balustrade à jour, à quatre gargouilles, faite de quatre-feuilles, surmontée d'un cône octogone, bien proportionné comme pyramide obtuse, avec arêtes saillantes et boudinées. Les quatre verseaux placés aux quatre angles supérieurs de la base et la balustrade évidée, concourent ici à donner à ce clocher un charme particulier et un air de luxe qui plaît ; tant il est vrai qu'en architecture, le moindre profil imprime tout de suite un certain caractère, surtout quand ce profil est bien placé. Ce clocher, du reste, est bâti de matériaux choisis, et exécuté avec le plus grand soin. — A la façade du temple, est un petit *pronaos* ogival, à voûte nervée, sans caractère historique remarquable.

FONTAINES-SVR-CHALON.

L'église rurale de Fontaines-sur-Chalon-sur-Saône est une des gloires architectoniques de ce canton de Chagny, où l'architecture sacrée du moyen-âge est, grâce à la foi ardente de nos pères et à l'amour de l'art qui les distinguait, si noblement représentée. Ce temple, à trois nefs, contemporain de la belle église de Volnay (Côte-d'Or), offrant avec cette dernière les plus grands points possibles d'analogie pour l'ornementation profilée, la distribution des

lignes, le caractère général, bien orienté, vaste, figurant la croix latine, est remarquable par la parfaite régularité, l'unité de son
plan et l'harmonie des diverses régions qui le composent. — Selon
l'usage généralement adopté par les architectes religieux, dans notre
pieuse Bourgogne, pour les églises rurales, six entre-colonnements
cintrés par l'arc en tiers-point (trois pour chaque flanc), constituent
la nef majeure du vaisseau ; ces arceaux sont supportés par des
pilastres carrés; la grande voûte qui abrite cette zône est à nervures croisées. Le revers de la façade est accidenté par une large
fenêtre ogivale, subdivisée en deux baies cintrées en trèfle, avec
quatre-feuilles occupant l'espace vide laissé entre les deux trèfles
et l'intrados de l'ogive qui circonscrit l'appareil. Une vaste tribune
destinée aux hommes, partageant en deux étages l'espace compris
sous la première travée de voûte, et coupant horizontalement
le premier entre-colonnement, rapetisse le vaisseau et rompt sans
compensation l'harmonie de ses lignes. A la clef de voûte de cette
première travée, j'ai remarqué un écusson avec les initiales
I · C · P ·, c'est-à-dire, J.... C.... *posuit*, et la légende sculptée en
relief : L'AN · MIL · CCCC · ET · HVIT, qui nous donne l'âge authentique du temple. Au-dessus des percées qui mettent la nef majeure en communication avec les nefs collatérales, il existe de petites baies ogivales, aujourd'hui bouchées. Mais nulle trace ici de rémi-
niscence byzantine. Le transsept ou croisée n'offre rien qui provoque
particulièrement l'attention du monumentaliste. Le chœur, qui ne
présente aucune déviation dans son plan, par rapport à l'axe de
la nef, est d'une structure beaucoup plus moderne que le reste de
l'édifice ; c'est une œuvre du XVIe siècle, conçue et exécutée dans
les idées de l'école ogivale. Une grande croisée ogivale faite à
neuf, dont l'arc cru n'est nervé par aucuns meneaux, placée au
fond de l'apside, et deux baies modernes plus petites, éclairent
cette zône. Le chœur, pavé richement, est orné d'un autel de marbre. — Le caractère architectonique des bas-côtés est le même
qu'à la nef : toutefois je dois faire observer que toutes leurs croisées ont été modernisées, à l'exception d'une seule vers le croisillon méridional. A la grande baie du fond de l'apside et à celle du
croisillon méridional, ont été récemment adaptés des verres de
couleur. La décoration de ce temple et son mobilier sont généralement très-convenables, tenus avec soin, j'ai presque dit avec un
luxe digne de la belle contrée où s'élève Fontaines. — Dans le
nord de la France, cette église annoncerait par son architecture
le commencement du XIVe siècle : le millésime inscrit à sa voûte

nous a appris qu'elle devait être rapportée à la fin du même siècle
et au commencement du suivant.

A l'extérieur, je citerai comme portions remarquables, le clocher
d'abord, puis la grande porte ogivale à voussure, qui est ornée de
trois colonnettes à chaque flanc, séparée en deux vantaux par un
pied-droit faisant console, pour supporter une statuette aujourd'hui
remplacée par une Vierge de bois ; sur ce trumeau, il y a un écusson soutenu par un ange, et au champ de l'écu, une légende en relief, beaucoup trop empâtée pour être encore lisible. Le clocher est
lourd, assez informe ; ses forces semblaient destinées à recevoir
une flèche des plus élevées, tant la base est massive. Il se compose sur chaque face d'une base carrée à deux étages, percée à
l'étage supérieur de deux baies circonscrites dans un arc ogival
boudiné, juxta-posées, et d'une flèche obtuse, octogone, couverte de
tuiles vernissées, flanquée de quatre cornes tumulaires.

La conservation de ce temple est dans un état satisfaisant. Si
les ressources financières le permettaient, on ferait bien de rendre
leur caractère primitif aux fenêtres collatérales, et de continuer l'é-
tablissement des verres de couleur à toutes les baies, dans
l'intérêt du recueillement si sûrement provoqué par le demi-jour
dans les églises.

CHARRECEY.

Dans la plus aride des églises de l'arrondissement, peut-être,
délicieuse chapelle du XVᵉ siècle, blasonnée aux armes de France
sculptées, et petite crédence du même âge. — Sur le cimetière
qui entoure le temple, croix rogatoire de la première période de la
renaissance, la plus intacte et la plus belle du diocèse d'Autun,
sans aucun doute, sans en excepter celle de Créteuil (commune de
Chaudenay-sur-Dheune), et pour la conservation de laquelle on
ne saurait réclamer une trop active surveillance.

ALUZE.

La moitié de la nef et toute l'apside de l'église d'Aluze (A LVCE)
ont été formulées par l'architecture romano-byzantine de transition, avec une grossièreté d'exécution vraiment typique. Ce stérile
monument présente toutefois un symbole propre à la plupart des
anciennes basiliques, c'est la déviation prodigieuse du chœur, par
rapport à l'axe de la nef.

CHAMILLY, CHASSEY, CORCHANV.

L'église rurale de Chamilly n'a, comme celle de Charrecey, d'architectonisation remarquable que dans sa chapelle septentrionale, également blasonnée et également seigneuriale, signée du XVe siècle, et ayant un orifice dirigé vers l'autel. — Toutefois nous avons affaire ici à un temple ancien, du moins dans ses régions supérieures. L'apside et le clocher, qui est fort analogue à celui de l'Ile-Barbe (Rhône), à ceux de Sassenay et de Verjux, rappellent l'école byzantine.

A Chassey, une petite portion sous le clocher représente dans l'église le même âge architectonique. Le clocher est, je crois, plus moderne; mais la pensée byzantine s'est continuée dans son érection sous une forme abrupte et pauvre de profilation. — Dans ce temple rural, croix processionnale byzantine, curieuse, de cuivre; sur le cimetière, croix rogatoire de la deuxième période de la renaissance, d'un jet brillant et d'un style châtié; un peu plus loin, au point d'intersection de trois chemins, jolie croix rogatoire de la première phase du même règne. — La petite chapelle, pour ainsi dire domestique, du hameau de Corchanu, écart de Chassey, date du XVIe siècle; son petit campanile, simple mur percé de baies, avec amortissement triangulaire, m'a rappelé, comme tant d'autres de notre Bourgogne, la forme usitée en Italie pour ces édicules.

DENNEVY, SAINT-GILLES, REMIGNY.

D'importantes régions de l'église de Dennevy appartiennent encore à ce faire byzantin pour lequel notre vieille Burgundie, si chrétienne et si intimement pénétrée de l'élément antique, eut une prédilection marquée, aux jours où les églises naissaient de son ardente foi, aussi nombreuses que les sources d'eaux vives de ses tièdes vallées. La chapelle de Saint-Gilles, écart de Dennevy, rentre dans le même ordre d'architecture et d'idées. L'église de Remigny, reconstruite au XVe siècle, qui, lui, a bâti avec plus de goût que d'opulence son chœur, a voulu conserver ses titres de noblesse byzantine dans son clocher, et surtout dans sa grande porte de la façade, voilée par un tambour fait après coup. Cette porte est absolument pareille à celles des églises de Saint-Loup-de-la-Salle (canton de Verdun) et Chaudenay-sur-Dheune (canton de Chagny), et son tympan monolithe offre, comme celles-ci, une croix grecque historiée, sculptée en demi-relief.

CRISSEY.

Sortant de Chalon par la porte de Beaune, ce grave monument que l'administration municipale voudra conserver intact pour l'aspect historique de l'ancienne capitale burgunde, on ne peut éviter de traverser la riche commune de Saint-Jean-des-Vignes pour se rendre à Crissey. L'église de Saint-Jean-des-Vignes n'offre aucun intérêt; mais j'invite le pèlerin, épris du goût des arts chrétiens, à s'arrêter sur le cimetière qui l'environne, pour y admirer une des plus belles croix de pierre du XVIe siècle (deuxième phase de la renaissance) que possède le diocèse d'Autun.

L'église rurale de Crissey n'a de remarquable à l'extérieur que son clocher, dont la flèche est contournée en spirale, ce qui est plus singulier que beau. La nef de cet édifice est toute moderne; mais les portions supérieures du temple nous donnent une ample compensation. L'apside carrée qui ferme cette église au levant est d'une délicieuse structure; le XVe siècle y a mis toute la finesse de ses motifs. La voûte est à nervures croisées, dont la clef a pour ornement profilé un ange tenant une couronne d'épines avec un cœur au milieu. Cette apside reçoit le jour par trois baies nervées avec un goût exquis. Bien que cette portion de l'église soit l'œuvre du XVe siècle, toutefois elle offre déjà un sentiment assez marqué de renaissance; c'est l'art du XVe siècle dans sa phase de transition, arrivé aux dernières limites du faire moyen-âge. La croisée apsidaire du fond renferme des restes extrêmement précieux de peinture historique sur verre, et que je n'hésite pas à signaler comme dignes d'être cités parmi les plus beaux du diocèse d'Autun. Cette verrière représente le martyre de saint Symphorien, patron de l'église; malheureusement elle a été mutilée, et nous ne la retrouvons qu'incomplète. Le dessin de cette peinture transparente est merveilleusement correct, châtié; les couleurs sont très-vives et fortement contrastées, malgré le sentiment naissant du clair-obscur qui les réunit. Cette verrière est en partie héraldique, en partie à personnages. Les deux baies apsidaires latérales offrent aussi des restes de verrières peintes. J'y ai remarqué un armorial. Ces peintures remontent à la première période de la renaissance. Ne quittons pas cette église sans recommander aux monumentalistes qui nous y suivront, la charmante niche en crédence, de la fin du XVe siècle, que l'on voit dans le chœur, à gauche du maître-autel, et sans supplier M. le curé de Crissey et les membres de son conseil de fabrique de veiller toujours, avec la plus religieuse sollicitude, sur les belles verrières dont nous avons esquissé la description.

SASSENAY.

L'église de Sassenay est placée sous le vocable de saint Senoch. Le pieux usage des images du saint patron, à fond d'or pour les notables, noires pour le peuple, que les jeunes gens clouent à la porte de l'église et des maisons, le jour de la vogue patronale, usage que nous avons signalé dans le canton de Verdun-sur-le-Doubs, et qui est emprunté aux mœurs pleines de foi de la Bresse chalonnaise et de la franche-comté de Bourgogne, cette touchante coûtume se continue à Sassenay.

Le temple rural que nous visitons est très-ancien, et offre le plan basilical nettement accusé. Par un vandalisme qui date de quelques années seulement, on a changé brusquement l'orientation de cette église, en plaçant le chœur à l'ancienne façade et la façade à l'ancien chœur. Avant cette brutale opération, le sanctuaire regardait l'orient et la façade était dirigée vers l'ouest. De tout cet édifice romano-byzantin, le clocher est la seule chose qui ait gardé son type originel. C'est encore une copie exacte du clocher de l'Ile-Barbe (Rhône) et de celui de Verjux (canton de Verdun), qui a servi évidemment de modèle à celui de Lessard-le-Royal (canton de Chagny). Ce clocher est d'une structure grossière; son amortissement se compose d'un cône de pierre d'une forme obtuse, percé sur la base carrée, sans faire ni retraite ni saillie sur elle. Une double baie, séparée par une colonnette, forme les croisées. Au-dessous des croisées, on remarque des écailles disposées par trois, par suite de cette idée fixe de la figure trinitaire qui caractérisait les byzantins d'Orient et d'Occident. C'est le clocher byzantin de la troisième période, fidèlement formulé. A la place de l'ancienne apside en cul de four supprimée, on a mis la plus ridicule et la plus grossière façade, à fronton triangulaire de quatorze degrés, dans laquelle est incrusté un joli morceau de sculpture du XVIe siècle, représentant une femme à genoux devant un prie-dieu armorié, et derrière elle, sainte Marguerite à cheval sur un dragon ailé.

Avant la barbare restauration dont cette église a été l'objet, le temple était à une seule nef, fermée par trois apsides. Les contre-nefs ont été imaginées il y a quatre ans; pour les constituer, on a établi les piliers et les arcades que nous voyons, et on a fait des plafonds pour les collatéraux. Au lieu de voûte à la grande nef,

22

on a historié et peint la charpente mise à découvert. Le chœur actuel a été disposé d'une manière qui joue l'école byzantine ; il est plus bas que la nef, et voûté en cul de four. Cette restauration de plâtre et de badigeon, déplorable au fond, n'a pas été malheureuse quant à l'exécution. C'est une sorte d'architectonisation byzantine combinée aux idées de l'école moderne. Le caractère des croisées a été si souvent changé, qu'on n'y retrouve qu'à peine les baies primitives, qui étaient carrées et oblongues, à rebords taillés en biseau. On voit qu'avant les fenêtres actuelles, il y en avait déjà eu de plus modernes, bouchées.

La nef unique de l'ancienne petite basilique rurale était voûtée par un simple plancher. Sur les deux murs de clôture des apsides latérales, qui appartiennent aujourd'hui à la région de la façade, il existe une fissure percée en croix grecque, comme à Prissey (Côte-d'Or).

J'ai remarqué dans l'intérieur du temple une tombe fruste du XVe siècle, sculptée en relief, et dans la chapelle des Fonts, qui était autrefois l'apside septentrionale, le tombeau authentique de saint Senoch. Ce tombeau, de pierre brute percée d'un trou, échappe à toute description, car il est entouré de planches clouées, qui ne permettent pas à l'observateur d'en examiner l'ensemble.

L'église de Sassenay est élégante et propre à l'intérieur, et son ornementation moderne est l'œuvre de M. Zolla, qui, je crois, l'a dirigée. Les trois nefs sont séparées par une suite d'arcades à archivoltes et impostes, au-dessus desquelles règne une série de baies cintrées, régulières, qui ne sont là que pour le coup-d'œil, puisqu'elles correspondent aux greniers des collatéraux.

SAINT-DESERT.

La récente découverte, faite par un pasteur intelligent, de peintures murales ensevelies sous le linceul d'un triple [badigeon, ayant appelé l'attention des amis de l'art historique sur l'église rurale de Saint-Desert, canton de Givry, je vais dresser la courte monographie de ce monument, que M. Marcel Canat, auteur d'un excellent travail sur ces fresques (Mémoires de la Société d'archéologie de Chalon), n'a fait qu'esquisser au point de vue purement architectonique.

Ce temple, orienté liturgiquement, à une seule nef, offrant une déviation fort marquée à l'apside, de gauche à droite, par rapport à l'axe de la nef, peut avoir trente-un mètres de longueur sur dix de largeur dans œuvre, et neuf mètres de hauteur sous le plancher qui fait office de voûte. Sa figure primitive en plan était basilicale, c'est-à-dire qu'elle présentait un parallélogramme à la nef; mais l'addition postérieure de deux chapelles, construites à la place d'ordinaire réservée aux croisillons, lui donne aujourd'hui la forme d'une croix latine.

Le chœur m'a paru être sans contredit la région la plus ancienne de l'édifice, et représenter l'architecture sévère du XIIIᵉ siècle. Il est éclairé par trois croisées, dont deux sur les flancs, cintrées en ogive et contemporaines de l'érection, et l'autre placée au fond de l'apside, récemment agrandie et défigurée. Au point d'intersection de la nef, du sanctuaire et des deux chapelles collatérales qui remplissent le rôle de croisillons, il existe sous le clocher un espace légèrement voûté en coupole, où la tradition du faire byzantin s'est maintenue, sinon avec éclat, du moins avec évidence. Cette petite région, le chœur et les deux chapelles dont nous parlerons tout-à-l'heure, sont les seules portions du temple qui aient reçu des voûtes. La nef est une région complètement pauvre sous le rapport de l'ornementation, et n'est éclairée que par cinq petites baies, trois à droite du spectateur, deux à gauche. Ces baies ogivales n'ont pour fenestrage qu'un simple trèfle à l'intrados de l'arc en tiers-point; comme ce sont les seuls profils auxquels on puisse s'arrêter, ils nous serviront pour fixer l'âge de cette nef, qui remonte au XIVᵉ siècle. La nef est séparée des portions supérieures du temple par un arc triomphal en plein-cintre, qu'à force d'addition de plâtre on a fini par rendre ogival. Cet arc est accompagné de deux moitiés d'arcs plus petits, défigurés par la même opération, mettant la nef en communication avec les deux chapelles-croisillons. L'espace laissé vide entre ces arcs est occupé par deux chapelles récentes, à placage de plâtre, du plus mauvais goût.

Arrivons aux deux chapelles qui sont les portions les plus curieuses du vaisseau à l'intérieur. Celle au nord se recommande à l'attention du spectateur, à cause des fresques tout nouvellement découvertes qui la décorent. J'ai eu occasion de le dire dans un rapport spécial : ces peintures murales n'ont qu'un fort médiocre mérite. Elles représentent allégoriquement une Tentation, le Paradis, le Bien et le Mal, le Fondateur précédé d'un Évêque, la Fondatrice suivie d'un Ange. La fresque où ces personnages sont peints est la mieux conservée et la plus importante sous le rapport de l'art. Ces peintures revêtent trois panneaux de la chapelle, de haut en bas, et sont divisées par des cordons de légendes devenues presqu'illisibles et singulièrement frustes. Ces fresques datent du commencement du XVIᵉ siècle, comme l'indiquent les caractères des légendes, la composition et les costumes. Cette chapelle fut bien certainement une chapelle votive, bâtie par un bienfaiteur, devenue plus tard chapelle funéraire, comme semble le faire croire la présence d'un badigeon noir, qui précéda le badigeon blanc et le badigeon jaune. Consulté sur ces fresques, j'ai dit ce que je pensais de leur âge, et j'ai insisté, conformément aux instructions que nous recevons du Comité historique des Arts et Monuments, pour que ces peintures ne fussent soumises à aucune restauration, pour qu'on laissât là cette histoire telle qu'elle est; car restaurer une vieille peinture, c'est presque toujours la détruire et lui enlever le sceau de son authenticité.

L'exécution matérielle de cette chapelle, qui ne fut point seigneuriale, car le chapitre de Saint-Vincent de Chalon était seigneur de Saint-Desert, mais qui fut fondée par un noble du pays ou des environs, révèle l'architecture du XVᵉ siècle grossièrement formulée. Il y existe une ouverture qui permettait au fondateur de voir le prêtre au maître-autel, de sa place, comme cela se trouve à Brou. L'autel élevé dans cette chapelle a pour contre-retable une fort bonne toile du XVIIᵉ siècle, que je ne crois pourtant pas originale; les armes qui sont placées au bas de ce tableau sont celles des Bernardon, qui possédaient de vastes héritages dans la commune de Demigny (canton de Chagny), et portaient d'azur au sautoir d'or, accompagné en chef d'un croissant de même et de trois étoiles d'or aussi, deux aux côtés, l'autre en pointe. Serait-ce un Bernardon qui aurait édifié la chapelle, un autre Bernardon qui l'aurait décorée de fresques, un autre encore qui aurait donné ce tableau ?... Ce qu'il y a de certain, c'est que le fondateur et la fondatrice, représentés dans les peintures murales, sont placés en regard sur l'un et l'autre flanc de l'autel, qu'ils semblent contempler. — La voûte de cette chapelle est à nervures croisées, avec des mascarons grimaçants, sculptés aux naissances. — Arrivons à la chapelle méridionale.

Celle-ci est bien évidemment aussi l'œuvre du XVᵉ siècle; mais elle offre une pureté de style, une finesse d'exécution qui ne se trouvent point dans sa jumelle. La voûte est à quatre nervures réunies par une clef; aux naissances des nervures, on voit, au lieu de grossiers mascarons, des anges tenant un écusson sur lequel on remarque, comme à la clef de voûte, un double delta entrelacé en triangle, sculpté dans la pierre, en relief. Je n'ai pu jusqu'ici découvrir à quelle famille appartenait ce symbole héraldique.

Comme dans l'autre chapelle, on a pratiqué dans le mur une ouverture qui permettait au fondateur de cette chapelle de voir, de sa place, le prêtre au maître-autel.

L'extérieur de l'église, bâtie de simple pierre murense, et un peu enterrée par l'exhaussement successif du terrain du cimetière, est curieux, sinon par son architecture, du moins par son aspect militaire. La façade est flanquée de deux tours circulaires percées de meurtrières, et au-dessus de la grande porte, il existe un machicoulis. La tradition assure que cette église avait été fortifiée pour servir de retraite aux manants, en temps de guerre. Serait-il arrivé par hasard ici ce qui eut lieu à Manlay (Côte-d'Or)? Aurait-on converti un ancien château en église, et laissé subsister du vieux castel sa porte, avec son appareil de défense et les deux tours qui la protégeaient?... — Je ne sais; je me borne à accuser le fait. Ces deux tours sont surmontées chacune d'une croix.

Le clocher, placé au point d'intersection du chœur, de la nef et des deux chapelles-croisillons, se compose d'un massif carré, couronné d'un cône obtus, également quadrilatère. Ce clocher est bien l'œuvre du XIIIe siècle, comme le chœur; mais la forme byzantine y a été maintenue. — C'est ce qui est arrivé constamment en Bourgogne, où l'on a, par goût, continué le style romano-byzantin, même en plein XIVe siècle, quelquefois plus tard encore. Du reste, aucun profil accentué ne recommande cet édicule, badigeonné en rouge, à l'attention du monumentaliste.

ARRONDISSEMENT D'AUTUN.

DEZIZE.

J'avais eu l'honneur, l'année dernière, d'exprimer à M. le Préfet de Saône-et-Loire l'idée et le plan d'une *Commission administrative générale des monuments et documents historiques du département*, à l'instar de celle de la Gironde, à établir dans notre pays, qui eût eu pour siège et centre d'action la ville de Mâcon, et qui se fût subdivisée en comités locaux pour les quatre arrondissements communaux d'Autun, Chalon-sur-Saône, Charolles et Louhans. En formulant ce vœu, j'avais dressé une liste de candidats pour les arrondissements d'Autun et de Chalon. Préoccupé par des soins plus graves, ce magistrat n'a pu encore diriger son attention sur le projet qui lui était soumis ; mais il est probable que cette idée ne tardera pas à porter fruits. La situation archéologique du département de Saône-et-Loire est fâcheuse : il n'a ni commission de surveillance, comme celui de la Côte-d'Or, ni inspecteur de ses édifices historiques, depuis la mort de M. Jovet, à qui ses infirmités et ses goûts sédentaires ôtaient l'activité nécessaire à un homme investi de pareilles fonctions ; et pourtant, il est peut-être le plus riche de France en monuments de l'archéologie sacrée de la plus haute signification, surtout de l'ère romano-byzantine, qui a donné les monuments les plus vénérables, les plus hiératiques, les plus authentiques du christianisme. La tâche que nous avons déjà depuis long-temps partiellement remplie, et que nous voulons poursuivre désormais d'une manière plus régulière, c'est-à-dire la publication mensuelle ou trimestrielle (selon nos pérégrinations et nos loisirs) d'un bulletin monumental du département, prouvera péremptoirement combien nos assertions sur la richesse archéologique relative de notre pays sont vraies. — Mais revenons au titre de ce paragraphe, et entrons dans la petite basilique rurale de Dezize (canton de Couches).

Dezize est un beau village, toujours prêt à échapper au département de Saône-et-Loire, et à abdiquer en faveur du département voisin sa nationalité départementale, si toutefois il y a nationalité particulière dans les fractions fortuites du territoire d'une même province. Quoi qu'il en soit, Mâcon a résisté et résiste, et cela avec raison, car il priverait le département d'une riche commune; et puis, s'il fallait revenir à chaque instant sur les circonscriptions préfectorales arrêtées, où en serait-on ?... — L'église de Dezize est une bien petite mais bien curieuse basilique. — La basilique, je crois, ne s'est jamais réduite à une si mince échelle, à de si exiguës proportions, formulée sur un plan aussi restreint. Ces étroites dimensions ne nuisent ni à l'unité ni à l'originalité de son caractère. Elle est à trois nefs ; six arceaux (trois pour chaque flanc) accusent la nef majeure. Les nefs collatérales ont cela de particulier, qu'elles sont cintrées en segment d'ogive. Le chœur, qui dut offrir la voûte apsidaire en cul de four, a perdu dans des restaurations modernes (1) son ancien type architectonique. Ce qui constitue la beauté

(1) Une porte, pratiquée dans le mur de clôture assez récent du chœur, s'ouvre dans la sacristie. On a eu la barbarie de choisir précisément pour former le vantail de cette porte, la seule peinture sur bois de quelque mérite que possédât l'église.

de ce temple, c'est l'unité et la régularité de son plan, la richesse
et la correction des piliers qui soutiennent les arcs d'entre-colon-
ments, tous à ressauts, comme à Saint-Lazare d'Autun et à Saint-
Vincent de Chalon. Les piliers sont tous cannelés, ce qui indique
un sentiment du faire antique, propre à l'arrondissement d'Autun,
qui en offrait tant de modèles. Ce temple est du même âge et du
même caractère que la basilique abbatiale de Cluny, que la cathédrale d'Autun, que Notre-Dame de Beaune; c'est un type absolu
de l'architecture byzantine de transition, celle où l'arc ogival n'est
qu'un accident, et non pas un principe organique et générateur. —
Près de cette église, visitez une croix rogatoire fixée dans un mur,
qui, bien qu'érigée en 1702 (elle porte son millésime), offre toute la
profilation de la seconde période de la renaissance. — N'oubliez
pas non plus, dans l'église, la vasque destinée jadis au baptême
par immersion, et devenue simple bénitier.

SAINT - GERVAIS - SVR - COVCHES.

Charmante église, copie ou modèle de celle de Saisy (canton
d'Épinac), avec apside en cul de four et clocher byzantin de la
troisième phase, c'est-à-dire de la période où nul pressentiment
ogival ne vient encore annoncer une révolution dans l'architecture
sacrée.

SAINT - SERNIN - DV - PLAIN.

L'église rurale de Saint-Sernin (Saint-Saturnin) présente une
nef insignifiante, une apside voûtée par la première phase de la
renaissance, une chapelle seigneuriale et armoriée du XVᵉ siècle,
et un petit reste de verrière peinte. La chapelle septentrionale
(seigneuriale) nous a révélé un acte criant de vandalisme qui ne
date pas d'aujourd'hui : un magnifique bas-relief, sculpté vivement
dans la pierre, œuvre de la renaissance, a été approprié à l'usage
barbare d'un degré qui introduit le spectateur dans l'édicule. Dans
le mur qui sépare cette chapelle du sanctuaire, on a pratiqué,
comme à Saint-Desert (canton de Givry), comme en beaucoup de
chapelles seigneuriales, un vaste orifice qui permettait au châtelain de voir le prêtre à l'autel depuis son banc. Les faits monumentaires vraiment significatifs de l'église de Saint-Sernin sont les
crosses végétales, qui hérissent deux pignons du monument et
mettent sur eux le millésime du XVᵉ siècle, et le clocher, imitation
presque servile, sur une petite échelle, de la gigantesque flèche
d'Autun. Le clocher d'Autun est le père qui a produit ses enfants :

j'en connais, en Bourgogne, cinq dont on ne peut nier la légitimité : le clocher de Meursault (Côte-d'Or), celui de Saint-Philibert de Dijon, celui de Nolay, celui de Saint-Léger-sur-Dheune et celui de Saint-Sernin, svelte et gracieux, orné avec luxe et bâti avec un soin remarquable. — Il y a encore dans cette église, produit mixte de plusieurs reconstructions, une petite région sous le clocher et une baie qui témoignent de la préexistence d'un ancien temple byzantin à la place de l'église actuelle. — Le nom du village de Saint-Sernin rappelle les vieux liens historiques de notre terre burgunde avec Toulouse et le Languedoc, comme la haute montagne qui le domine rappelle la domination romaine, qui marque encore par des restes de castramétations.

CHEILLY ET SAMPIGNY.

L'église de Cheilly n'est intéressante que par son apside, qui représente l'architecture sacrée du XVe siècle ; celle de Sampigny n'est qu'une grange consacrée au culte. — L'une et l'autre nous offrent, soit à l'intérieur, soit à l'extérieur, une ancienne cuve baptismale, comme celle de Saint-Marcel de Cluny, servant de bénitier.

Ce n'est pas toujours parmi les grandes et somptueuses basiliques des cités qu'on doit choisir ses types d'art chrétien ; il faut, pour que l'inventaire monamental d'une contrée soit complet, visiter les plus humbles, les plus pauvres églises des villages : il est rare que la plus indigente en apparence ne renferme pas un détail digne d'attention, qui serve à l'histoire de l'art. — Les églises, pauvres ou riches, sont toujours la meilleure expression de la nationalité.

III.

DEVX ÉGLISES RVRALES DE LA COTE-D'OR.

(BESSEY-LA-COVR, LAROCHEPOT.)

*A MM. l'abbé Godard, de Langres, Dupasquier, Farfouillon et Dardel,
architectes lyonnais.*

I.

La renommée d'antiquité de cette église rurale, consacrée aux
saints Celse et Nazaire, m'a inspiré naguère l'idée de la visiter.
— En 993, c'est-à-dire à la fin du Xe siècle, il existait déjà une
chapelle à Bessey: mais cet édifice, mentionné par Courtépée, n'é-
tait certainement pas celui que nous voyons aujourd'hui.

L'église actuelle de Bessey-la-Cour correspond, par sa structure,
à ce XIIIe siècle, durant le cours duquel, dans la Bourgogne et le
Lyonnais, l'architecture sacrée passa du style romano-byzantin au
faire ogival. Le plan de ce vaisseau, orienté conformément à la
règle liturgique, est de la plus grande simplicité; il se divise en

deux régions, celle de la nef en parallélogramme, et celle du chœur offrant la même figure, sur une échelle plus restreinte en largeur et en longueur. C'est donc encore ici une réalisation du plan basilical.

Extérieur. Les murs, bâtis de moellons de moyen appareil, présentent une cohésion, une régularité, une force toutes romaines, et le ciment employé pour leur construction fait corps avec la pierre. Deux contre-forts d'un style ferme s'élèvent aux deux flancs de la façade, que caractérise une porte à plein-cintre, avec tympan orné d'une croix grecque sculptée. Une petite croisée, également à plein-cintre, s'ouvre dans le pignon, à la place qu'occupait l'*oculus* des basiliques latines. Un socle de pierre, posé à l'aiguille du pignon, indique qu'autrefois une croix lui servait d'amortissement. — On voit, par cette esquisse, que l'ornementation de la façade de l'église de Bessey n'est pas compliquée. — Les trois subdivisions de la nef sont accusées à l'extérieur par deux contre-forts, et les deux de la région apsidaire par un seul pour chaque flanc, bien entendu. Quatre croisées primitives, du genre de celle de la façade, éclairent la nef. Une baie refaite ou percée dans le XVIe siècle, je crois, sur le flanc méridional de l'édifice, présente, gravés en creux sur la pierre, les signes suivants : une croix posée sur un socle, deux écussons sans attributs, un croissant figurant la lune, et le soleil. A la base de la croix, on peut lire, en chiffres arabes, le millésime......50. Ce détail est d'une extrême grossièreté, et ne saurait en rien éclairer l'histoire du monument.

Le clocher s'élève au point de jonction de la nef et du chœur ; il est à deux pignons ; son ornementation se compose d'un arc à plein-cintre, circonscrivant deux arcs plus petits, séparés par un pied-droit.

L'apside se termine carrément, et elle est éclairée par trois croisées à plein-cintre, disposées triangulairement, rappelant le symbole trinitaire.

Sous les combles, au lieu de ces corbeaux, si généralement usités à cette époque de l'art, il règne une simple corniche en boudin, qui se retrouve à l'intérieur du vaisseau. — Les combles sont couverts à lave. Une montée d'escalier pour conduire au clocher, sur le flanc septentrional, une sacristie sur le flanc du midi, sont les seuls hors-d'œuvre qui rompent la continuité harmonique des lignes extérieures de l'édifice. L'austérité de la forme et cette teinte grise des murs qui annonce que près de six siècles ont passé sur eux, font le caractère principal de l'humble monument dont nous allons franchir le seuil.

Intérieur. Le vaisseau se développe sur une échelle de vingt mètres, du revers de la façade au mur de clôture de l'apside, dont le chœur forme le tiers. La largeur de la nef est de six mètres et quelques centimètres; sa hauteur, du pavé à la corniche, c'est-à-dire à la naissance de la voûte, de trois mètres et demi. La largeur de la région apsidaire n'est que de cinq mètres cinquante centimètres. La voûte de la nef unique et celle du chœur offrent la courbe ogivale; celle de la nef se subdivise en trois travées, que détermine un arc-doubleau venant s'appuyer sur les piliers massifs qui correspondent aux contre-forts de l'extérieur. La voûte du chœur n'est qu'à deux travées, agencées comme celle de la nef, dont l'une plus petite que sa sœur. — Le maître-autel s'adosse contre le mur de clôture de l'apside, qui se ferme carrément, comme on l'a vu à la description des régions extérieures. Le mobilier de l'église de Bessey est d'une grande pauvreté. Un petit reste de verrière peinte apparent, dans l'une des trois baies apsidaires, annonce que le luxe des peintures diaphanes s'y produisit. — Telle est, en somme, l'ordonnance monumentale de ce temple rural; on voit que l'art n'a fait de grands frais ni pour sa structure, ni pour son ornementation fixe et meuble. Toutefois, on ne peut se refuser à rendre une éclatante justice à l'aspect liturgique, aux dispositions harmonieuses et si bien proportionnées de l'édifice.

Conclusion. Cette église, l'une des plus anciennes du diocèse de Dijon, puisqu'elle représente l'architecture sacrée de la première moitié du XIIIᵉ siècle, servant de paroisse à une commune privée de toute espèce de ressources, mérite que le département s'intéresse à elle, et lui fasse de temps en temps une part de ses largesses. Elle a besoin de quelques réparations d'entretien, aux frais desquelles ni la commune ni la fabrique ne peuvent subvenir, et d'une foule d'objets mobiliers. — J'invoque donc des secours temporaires en sa faveur et une première allocation de deux cents francs.

En revenant de Bessey-la-Cour, dont le pieux pasteur, M. l'abbé Meygret, m'a offert la plus patriarchale hospitalité, j'ai visité avec plaisir l'église voisine de Vicq. Les croisillons et l'apside de ce monument, plus absolument marqué du sceau de la transition de l'école romano-byzantine à l'école ogivale que l'église de Bessey, sont d'une ferme et belle construction. Le luxe des corbillons y règne sous les combles. Le clocher, à baies ogivales, est d'un style plus pur, plus riche, plus châtié que celui de Bessey. L'apside, terminée carrément aussi, offre cette singularité qu'elle est éclairée par quatre baies, disposées triangulairement, trois à la base, une seule au sommet. L'une de ces baies est bouchée. — Un petit reste de verrière peinte annonce aussi que cette église connut jadis les splendeurs du tableau sur verre.

II.

Je ne puis résister au plaisir de signaler en peu de mots un des chefs-d'œuvres de l'architecture romano-byzantine dans l'arrondissement de Beaune, et qui jusqu'à présent ne semble pas avoir particulièrement fixé les regards des monumentalistes chrétiens. M'étant arrêté naguère à Larochepot, j'ai voulu visiter son église, jadis priorale, et j'avoue qu'elle m'a donné une des plus vives et des plus inattendues jouissances que puisse goûter une âme d'artiste.

Les amis de l'art du moyen-âge ne vont à Larochepot que pour admirer ces belles ruines castrales qui couronnent le rocher, et ne devinent pas qu'au pied de ces ruines il y a une merveilleuse église, que je n'hésite pas à regarder comme la chose la plus significative, au point de vue basilical, qui existe dans l'arrondissement de Beaune.

L'église de Larochepot est un reflet de la basilique épiscopale de Saint-Lazare d'Autun, et une imitation libre de ce grand édifice. Elle est, sans contredit, dans le nouveau diocèse de Dijon, le type le plus riche et le plus complet de l'architecture romano-byzantine de transition, formulé avec un éclat et un luxe qui étonnent. C'est une basilique à trois nefs, fermée par trois apsides voûtées en cul de four, avec arc triomphal à l'apside principale. La grande nef fut établie avec une rare somptuosité : ces pompes de l'architecture consistent dans les pilastres cannelés qui séparent les entre-colonnements, et dans les chapiteaux des piliers, fouillés et refouillés avec le plus grand soin. Il y a dans tous ces chapiteaux à personnages et animaux sculptés (1) une verve d'imagination, une hardiesse d'exécution, une variété, qui ne se retrouvent même pas à Autun. — Les chapiteaux de cette église

(1) J'ai remarqué des chouettes et autres oiseaux de proie vivement sculptés sur quelques chapiteaux.

sont presque uniques. — Malheureusement, les régions supérieures du temple, au-dessus des grandes percées, ne répondent
pas à la richesse des zones inférieures, soit que l'architecte n'ait
pu continuer sa pensée faute de moyens, soit que ces portions
aient été détruites. Il est hors de doute que les ouvriers qui
exécutèrent et l'artiste qui conçut ce magnifique ouvrage étaient
des hommes choisis, peut-être venus du Midi, où ils avaient
travaillé et où ils avaient vu Saint-Trophime d'Arles et Saint-
Gilles.

Les deux apsides collatérales sont, comme les contre-nefs, à
plein-cintre; mais l'apside principale a sa voûte en cul de four,
inscrite dans l'arc triomphal en ogive. Cette apside est ornée d'une
arcature délicieuse, formée par des arcs à plein-cintre, et d'élégantes colonnettes dont quelques-unes ont peut-être le marbre
pour matière.

Cette basilique a un caractère hiératique parfaitement prononcé
et conservé : sous le rapport de l'art, elle est infiniment plus précieuse que Notre-Dame de Beaune même; elle est moins abrupte,
moins rudimentaire; elle est infiniment plus riche en élégance, en
détails sculptés, en ornementation; elle est plus somptueuse et
plus pure. Son échelle, sans être vaste, est suffisante; elle peut
offrir trente mètres de longueur dans œuvre. Le clocher, posé au
flanc de l'édifice, est l'œuvre de la première période de la renaissance. La façade est digne d'intérêt, et la porte qui donne accès
dans le temple est divisée par un trumeau byzantin chevronné.

Je me borne à signaler cette basilique, à la recommander à l'admiration des artistes, à affirmer, sans crainte d'être démenti,
qu'elle est le monument le plus curieux, dans son genre, du diocèse; mais je n'ai pas la prétention d'en dresser la monographie.
— Peut-être y reviendrai-je.

IV.

BASILIQVE DE TOVLON–SVR–ARROVX.

A MM. Dariot, juge de paix de Bucy, l'avocat Martin, de Mâcon, Benoît et Desjardins, architectes lyonnais.

La basilique de Toulon‑sur‑Arroux n'a aucune signification à l'extérieur : sa façade, sans caractère, se compose d'un simple pignon; la porte principale, qui donne accès dans le temple, est très‑moderne et sans aucune analogie avec le style de la basilique. Le clocher, jeté au chevet du monument après coup, est de la plus lourde et plus pauvre architecture, surtout depuis que la révolution l'a privé de la flèche d'ardoise et de charpente qui lui servait de couronnement.

Mais, à l'intérieur, cette église est tout un admirable exemple du type byzantin : plan basilical, c'est‑à‑dire figure du parallélogramme rectangle, voûtes, arceaux, arcatures en plein‑cintre un peu surbaissé, nefs collatérales harmonieusement accouplées à la nef principale. Quatre entre‑colonnements forment les zônes de la nef; au‑dessus de ces entre‑colonnements règne une arcature délicieuse, qui s'appuie sur des colonnettes à chapiteaux infiniment variés. — C'est le plus beau *triforium* qui existe en Bourgogne; il est presque l'image de celui de Saint-Laurent-hors-les-Murs, de Rome. Le chœur devait être en hémicycle, et voûté en cul de four; mais, à la naissance de l'arc triomphal, on a eu la barbarie de fermer l'apside par le misérable clocher dont nous avons parlé, au lieu de l'élever à la façade. Ainsi, ce clocher a été l'occasion de la destruction d'une apside qui complétait le caractère byzantin du temple. De là le peu d'espace laissé aux fidèles dans cette curieuse église.

Je regarde l'église de Toulon comme une des plus anciennes de notre diocèse, comme un des modèles les plus authentiques de l'architecture byzantine, aux dernières limites de sa seconde période. Ce temple est évidemment plus ancien que la basilique de Perrecy-lès-Forges; il offre cette austérité de lignes et de profils qui rappelle le faire antique; mais on sent qu'il n'est pas loin du temps où l'école byzantine arriva au dernier terme de sa somptuosité. Cette basilique a été érigée certainement entre l'an mil et l'an onze cents, c'est-à-dire au commencement du XIe siècle.

Pour en faire un monument achevé comme type, il faudrait lui donner une façade avec deux clochers, bâtie dans le goût byzantin de la deuxième période; rebâtir l'ancien chœur avec sa voûte en cul de four et ses arcatures; par conséquent, détruire le clocher actuel; enlever, dans l'intérieur du temple, les couches d'or que l'on n'a pas épargnées à certains chapiteaux, et l'épaisse couche de badigeon qui empâte toute la surface du monument; faire disparaître les deux ridicules colonnes corinthiennes de bois, à chapiteaux dorés, que l'on a posées précisément au point où commençait l'ancienne apside.

Mais pour réaliser tout cela, il faudrait des fonds, et la commune de Toulon-sur-Arroux ne paraît pas encore être en mesure de les fournir.

V.

ÉGLISES DE LA BANLIEUE DE PARIS.

(ARCUEIL, GENTILLY, VANVRES.) (1)

Aux Sociétés des Antiquaires de France et de Normandie, à l'Académie royale de Rouen, à la Société française pour la conservation des Monuments.

Malgré les incessants efforts que tente, pour propager sa stupide et inique doctrine, aux environs de la capitale surtout, le malheureux que l'on nomme Châtel, malgré la tolérance inconcevable du gouvernement qui hésite encore à chasser de la voie publique les tréteaux et l'histrion, l'immense majorité des communes rurales qui avoisinent Paris résistent énergiquement à la propagande de l'apostat. Tôt ou tard il faudra bien que l'on renonce à cette tolérance, que l'on revienne sur cette décision du préfet de police (M. Gisquet), qui assimile presque *l'église française* à un

_____

(1) Je ne change rien à ces notes, qui datent de dix années. Alors Châtel florissait dans son scandale; alors, aussi, la langue archéologique ne m'était point familière comme aujourd'hui.

culte légalement établi, et interdit les démonstrations extérieures
du catholicisme, là où Châtel a trouvé une écurie et pu envoyer
un palefrenier. Et puis, dans les communes qui n'offrent pas 6,000
âmes de population, une loi défend positivement l'établissement
d'un temple consacré à toute autre religion que la religion catholique, et l'on n'a pas invoqué cette loi ; on a presque reconnu la
plus sale des hérésies, en lui donnant un nom dans un acte émané
de l'autorité administrative. Allons donc, MM. les ministres, un
peu de courage, finissez-en avec les *églises françaises*, et les
sympathies des masses vous remercieront d'un acte tardif d'autorité légale. Ici, la force morale est à votre disposition, et vous
serez secondés par tous les honnêtes gens. J'ai des raisons pour
parler ainsi. Le banqueroutier du catholicisme fait en ce moment
quêter, de porte en porte, des signatures pour une pétition à adresser à la chambre des députés, afin qu'on lui permette d'ouvrir des
ménageries nouvelles à Paris et dans les départements. Vous pou-
vez voir, comme moi, l'avis du *primat* affiché dans le hangar du
Petit-Montrouge et dans celui de Boulogne. Le mal ne s'est pas encore répandu dans nos provinces fidèlement attachées, en général,
à la foi de nos pères : avant que les commis-voyageurs de Châtel
n'aillent encore chercher des prosélytes parmi les crocheteurs de
nos villes et les niais de nos campagnes, que le gouvernement donc
en finisse avec lui, je le répète. Je sais positivement que lorsqu'un
conseil municipal, fruit de la loi municipale ridicule qui nous régit,
émet le vœu que l'église communale soit livrée aux bandits du
pape français, le ministre des cultes ne manque jamais d'envoyer
son *veto;* je sais que de bonnes résolutions fermentent, et je ne
puis que demander avec instance qu'une mesure violente contre
Châtel et ses disciples complète l'œuvre commencée par la restitution au culte de l'église royale de Saint-Germain-l'Auxerrois (1).

Parmi les communes rurales des environs de Paris qui ont vu
passer l'*église française* et lui ont craché au visage, il faut citer
Arcueil, où les eaux sont si limpides, les paysages si frais, les
mœurs populaires si sincèrement pieuses. Quand, en se prome-
nant le soir, solitaire et pensif, on arrive à Arcueil, après avoir
vu au Petit-Montrouge l'enseigne d'un suppôt de Châtel, on éprouve
une vive émotion, une joie large et vraie de retrouver, sans transition, l'église orthodoxe telle que, nous autres catholiques, nous
la comprenons.

(1) Tout cela, grâce au ciel, est fait depuis long-temps.

23

L'église paroissiale d'Arcueil est un des monuments les plus curieux de l'art du moyen-âge. Ce temple est un véritable bijou auquel les artistes ne pensent guère, et que je me suis fait un devoir de leur révéler. Cet édifice, orienté suivant la règle liturgique, c'està-dire offrant son chevet tourné vers l'est et sa façade dirigée vers le couchant, a rigoureusement le plan basilical. Il est uniligne, formé d'une nef, de deux bas-côtés, ne présentant pas même une esquisse de croisillons. Neuf travées constituent la maîtresse voûte, et correspondent à dix-huit percées semi-ogivales, faisant les portiques de séparation entre les bas-côtés et la nef. Cette église appartient, par sa structure, à la seconde moitié du XIIe siècle pour tout ce qui en elle est rez-de-chaussée. Le reste, moins la grande fenêtre ogivale qui éclaire le sanctuaire, et deux ou trois travées de la voûte des bas-côtés, fermées par des clefs avec écussons alvéolés du XVe siècle, est l'œuvre nette et précise du XIIIe siècle.

Le clocher, posé sur le flanc méridional du monument, étant à peu près moderne, je n'ai pas à m'en occuper comme archéologue. La grande fenêtre du chœur a été nervée avec art dans le siècle des prouesses et des tours de force artistiques, au XVe. Ses meneaux, heureusement ramifiés et articulés d'une manière gracieuse, sont occupés par une verrière peinte qui n'est pas sans mérite.

L'église est fermée au levant par trois apsides carrées, contre lesquelles s'adossent deux chapelles aux collatéraux, et le maîtreautel à la nef. On ne remarque dans l'axe du temple aucune de ces déviations par lesquelles les architectes du moyen-âge, toujours épris des sens symboliques de notre religion, toujours voués à une raison morale, à un but mystique, exprimaient Jésus-Christ mourant sur la croix. Entre l'extrados des percées de la nef et les naissances de la maîtresse voûte, règne une arcature ogivale d'un type sévère et très-harmonieux, formée d'arcs en tiers-point, munis de boudins, s'appuyant sur de charmantes colonnettes. Audessus de cette galerie, on remarque une série d'œils-de-bœuf, tenant le lieu des fenêtres ogivales de nos cathédrales. Ces mêmes œils-de-bœuf, dont les meneaux n'existent point ou n'existent plus, et qu'ainsi l'on ne pourrait pas sérieusement décorer du nom de roses, se retrouvent sous les bas-côtés, et servent à les éclairer. Le revers de la façade d'orientation est accidenté par une rose d'un travail peu délicat.

Rien de plus curieux que les piliers qui soutiennent les arcs des percées, et d'où partent les faisceaux de colonnettes qui, d'un seul jet, courent jusqu'aux retombées de la maîtresse voûte. Ils semblent inspirés de Saint-Vital de Ravenne. Leur fût est circulaire comme ceux de Notre-Dame de Paris. Le chapiteau, d'abord cylindrique, est environné de bas-reliefs tirés du règne animal, et chargé d'un tailloir octogone qui semble un second chapiteau posé sur le premier. Ce second chapiteau, ce tailloir d'une proportion démesurément grande, est orné de sculptures dont la pensée a choisi dans ses ornements le règne végétal. Voilà un fait architectonique sur lequel j'appelle toute l'attention des artistes ; qu'ils aillent le vérifier sur place, dans ce beau village d'Arcueil, et surtout qu'ils y portent leurs crayons et leur album. On fait souvent cent lieues pour aller trouver un monument célèbre, et l'on ignore un petit chef-d'œuvre qui se trouve à deux pas de soi.

L'église d'Arcueil est la plus délicieuse des petites basiliques qu'il soit possible de rencontrer. Conçue sur une échelle médiocre en hauteur, largeur et longueur, elle est remarquable par l'unité de son plan, par sa régularité et son harmonie parfaites. Ajouterai-je que les révolutions ne lui ont fait aucune blessure apparente. Ainsi, ce monument est l'œuvre mixte de la transition architecturale du XIIᵉ au XIIIᵉ siècle. L'ogive s'y montre, mais timide, indécise, sans galbe arrêté, sans motif certain. Il y a des arcs plein-cintre, il y a des arcs ogivaux, tout cela pêle-mêle, sans que l'harmonie des lignes soit troublée.

Comme tous les édifices de ce type, de cet âge, le temple qui nous occupe offre un aspect grave et parfaitement chrétien ; les lignes générales sont fermes, et l'on remarque une sage sobriété de profils. Il y a dans cet édicule catholique quelque chose qui rappelle la crypte ; il est humide, enfoncé, à genoux dans son passé, et du côté de la façade surtout, le fidèle, le spectateur sont forcés de descendre plusieurs marches intérieures pour arriver à la nef.

Cette église, où le culte s'exerce avec décence, convenablement ornée et entretenue, est placée, je crois, sous l'invocation de saint Jacques-de-Compostelle. La façade, dont l'âge ne répond pas entièrement à celui du temple, n'a rien de bien digne d'intérêt ; cependant, à sa partie droite (côté de la place), on voit un cercle tracé sur la muraille, en creux, donnant la circonférence de la cloche ; cette cloche a dû être brisée, ainsi que tant d'autres, en 1793. Au centre de ce cercle est une inscription explicative dont plusieurs lignes sont entièrement frustes.

Habitants d'Arcueil, je vous en conjure, au nom de la religion de nos pères, qui tous nous a nourris de son lait, parfumés de ses ineffables tendresses, épurés de ses saintes émanations ; au nom de l'art basilical, veillez sur votre église, veillez toujours sur elle, car elle est votre gloire, et elle comptera parmi ces richesses monumentales qui sont l'orgueil de notre beau pays.

L'église paroissiale de Gentilly, tout exiguë qu'elle soit, n'en est pas moins très-attachante à l'extérieur et à l'intérieur. Ce monument révèle l'architecture des XVe et XVIe siècles. Il y a une porte ornée de têtes de chou frisé à son archivolte, à voussures harmonieusement arquées, qui m'a laissé long-temps debout devant elle. L'église de Gentilly est propre et très-chrétienne par sa situation, isolée qu'elle est de la voie publique. Cet édifice a pour couronnement une flèche assez aiguë, que l'on voit s'harmoniser parmi les innombrables peupliers du paysage, et souvent les dépasser de sa noire aiguille. Rien de joli, rien de riche comme la végétation de Gentilly ; cette grande avenue qui suit le cours de la Bièvre, ces masses de verdure qui sèment autour du village silence et ombrage, et l'enferment dans leurs gracieux réseaux, tout cela plaît à l'observateur et au poète. Malheureusement, l'insalubrité du lieu vient désenchanter les rêves les plus caressants. Je ne sais si les arbres agissent comme les montagnes sur l'esprit des populations qu'ils abritent, je ne sais s'ils conservent aussi la piété, les traditions anciennes, les mœurs ; mais si près de Paris soit-elle, la commune de Gentilly-lès-Bicêtre se fait encore remarquer par son respect pour la religion.

Vous connaissez le délicieux village de Vanvres, qu'un projet de chemin de fer de Paris à Versailles met en émoi, inquiète, et rend presque disposé à l'émeute (1). — Je me promenais, il y a deux jours, autour de Vanvres ; l'impopularité des chemins de fer qui, à mon sentiment, ne saurait être trop générale, y est si parfaitement établie, qu'on prend pour des ingénieurs chargés de l'étude de ce chemin, tous les poètes en habit bleu ou noir à qui il a plu d'errer parmi les vignes, les chemins creux et les bosquets de cette commune. En société de quelques amis, je fus apostrophé par un cultivateur ; mais je ne tardai pas à l'éclairer sur ma mission toute pacifique, et le bonhomme se confondit en excuses de m'avoir pris pour un homme du chemin de fer.

L'église de Vanvres est, comme celle de Gentilly, bâtie sur une

----

(1) En 1837, les premières études de cette voie se faisaient. Maintenant, le chemin de fer alors projeté est depuis plusieurs années en pleine activité. Que de paysages délicieux il a ruinés !...

échelle très-médiocre. Deux travées constituent la voûte de la nef. Cet édifice est d'une largeur fort grande, eu égard à sa longueur; il est l'œuvre de la fin du XVᵉ siècle et du XVIᵉ. — Les lignes générales n'offrent rien de remarquable; mais je recommande aux artistes la voûte du sanctuaire, dont les clefs pendantes et la belle ossature sont très-curieuses.

Vanvres est une des communes rurales des environs de Paris où le culte et la piété se sont maintenus avec le plus de force. Quand j'arrivai dans le pays, une cérémonie bien touchante venait d'avoir lieu dans l'église, je veux parler de la première communion des enfants : aussi la joie était-elle sur le front de tous les jeunes enfants à qui il fut donné de s'asseoir, pour la première fois, au saint banquet, sur le front de toutes les mères qui avaient vu leurs filles recevoir l'Eucharistie.

Il y a de ces vieux et naïfs usages qui reportent l'âme à d'autres temps que les nôtres. Un de ces usages, nés de la religion, s'est conservé à Vanvres : je veux parler des feux de la Saint-Jean. Or, nous étions dans ce pays le samedi 23 juin, veille de la Saint-Jean, et nous entendîmes, le soir, de nombreuses explosions de pétards. Quelque bizarre que puisse paraître aux yeux du philosophisme une coutume antique, pieuse, le catholique se réjouit toujours quand il la retrouve spontanément pratiquée chez un peuple qui n'a renié ni ses convictions, ni ses croyances.

VI.

VISITE A VIENNE EN 1841.

(BASILIQUE DE SAINT-ANDRÉ-LE-BAS.)

*A MM. Timon, de Vienne, le conseiller Gregori, le doyen Tabareau et
Léon Boitel, de Lyon.*

C'était, si mes souvenirs ne me trompent pas, peu de temps
après que le canon de juillet venait d'annoncer une révolution parisienne à nos paisibles provinces, et de détruire un trône que tant
de siècles avaient entouré de leurs hommages; c'était peu de temps
après les évènements politiques de 1830, que je vins pour la première fois à Vienne. Les gloires antiques de cette noble capitale de
l'Allobrogie, les graves monuments dont l'ère gallo-romaine et le
moyen-âge se plurent à l'embellir, la renommée des riants alentours et des paysages presque italiques qui l'enveloppent d'une
ceinture de parfums et d'ombrages, tout me conviait à ce pèlerinage; car j'étais à cette saison de la vie où l'on est poète et pèlerin, pour peu qu'on ait un cœur qui sente et une âme qui désire.
Une heureuse étoile, qui depuis lors ne m'a jamais failli dans

mes longs voyages hors de France, m'amena chez un enfant de la ville de Vienne qui aimait infiniment sa mère, avait fouillé dans les entrailles de son passé, étudié et compris les édifices qu'elle montre avec orgueil à l'ami des arts, quel qu'il soit, pauvre et obscur voyageur, comme moi, ou lord de la Grande-Bretagne. Ce personnage fut pour moi une sorte de providence historique, un guide bienveillant et éclairé; il m'apprit beaucoup de choses que j'ignorais, et ne contribua pas peu, peut-être à mon insu, à développer en moi cette passion pour l'architecture monumentale, que depuis cette première course autour de Lyon j'ai cultivée avec plus de persévérance que de succès. Ce savant, auquel j'avais été présenté par un brave négociant de Vienne, dont le fils aîné se distingue dans le barreau de Paris, eut l'indulgence de devenir mon ami, malgré l'immense disproportion d'âge qui existait entre lui et moi; il fit plus, il me mit en relation avec plusieurs familles notables de la cité, et particulièrement avec un homme qui alors passait pour le Mécène de Vienne, qualification dont je ne contesterais pas la justesse, si celui qui l'avait méritée par sa générosité en avait été aussi digne par son aptitude, ses instincts littéraires et son bon goût. — Cet homme est tombé du haut de son char d'opulence, victime tout à la fois des limites étroites de son génie, de son imprudente obligeance, de son système mal raisonné d'affaires, et je n'ai pas été de ceux qui ont vu sa chute sans commisération et sans douleur. Il m'avait tendu une main hospitalière et amicale; cela suffisait pour que ses droits à mes sympathies et à ma gratitude ne fléchissent devant aucun évènement. Puis, ces premières relations en firent naître d'autres : je parcourus fréquemment pendant quatre ou cinq années consécutives les 34 kilomètres qui séparent Lyon de Vienne. L'amour vint un beau jour secouer ses ailes entre une délicieuse jeune personne, dont le nom seul est toute une poésie, aux yeux bleus, à la blonde chevelure, au cœur limpide, à la lèvre pleine de fraîcheur et de suavité, entre cette jeune personne et moi. — Quelques harpes vinrent chanter avec le luth, qui n'était pas toujours muet dans mes mains. — Je me familiarisai avec les monuments de la cité; je m'intéressai à tout ce qui la concernait, à son présent comme à son passé; je pris part à sa littérature... Tout cela forme aujourd'hui dans ma mémoire et dans mon cœur un corps attachant de souvenirs, et établit clairement mes précédents.

Depuis 1839, je n'avais pas séjourné à Vienne, et le temps m'en durait, si j'ose m'exprimer ainsi. Il fallait que cette année je re-

misse cette ville sur ma route, comme je l'avais fait tant de fois
dans mes pérégrinations, et c'est ce qui est arrivé.

Eh bien ! je vous le dirai, j'ai revu avec une bien grande joie la
glorieuse reine de l'Allobrogie dont j'avais, si jeune encore, goûté
la généreuse hospitalité. Je la visitais dans une agréable saison,
où la nature n'a que des souris et des parfums, où les ruines des
vieilles cités se découpent plus pittoresques et plus saillantes sur
un ciel azuré et serein, où les ruisseaux ont un murmure plus
mélodieux, les ombrages, des brises plus caressantes; je la revoyais avec une compagne qui, au fond, aime mes amours, comprend mes extases, et s'identifie avec toutes mes émotions. A chacun de mes pas, à travers la noble cité ou dans la merveilleuse
campagne qui l'étreint, se réveillait pour moi tout un monde de
souvenirs. Je me retrouvais plus jeune de neuf ou dix années, fervent pour l'histoire, pour l'art, pour les symboles, comme dans mes
premières excursions à Vienne en 1830 et 1831. — Eh ! oui, je me
rappelais ces jours où je venais dans la *Vienna vitifera* des anciens,
avec quelques amis de Lyon, feu Pollet, M. Louis Perrin, etc.,
serrer la main à d'autres amis, donner à la poésie, aux rêves, aux
choses d'espérance et d'amour, toutes les heures qui ne servaient
point à l'étude toujours austère des édifices historiques. Quelques-
unes des âmes sympathiques et loyales qui m'aidaient alors à préluder sur la lyre du barde, qui me recueillaient sous leur tente, ont
quitté Vienne; j'ai eu la douleur de n'y plus trouver ces jeunes
amis, avec lesquels j'allais gravir les hauteurs de la Bâtie, de mont
Salomont et de Pipet; cœurs extatiques et purs, qu'un clair de lune
faisait aimer, que toute infortune faisait gémir, qu'un soupir faisait
rêveurs; avec qui j'allais visiter, par l'odorante vallée de Saint-
Marcel, la tour séculaire de Montléans, ou la tour, plus solennelle
et plus pittoresque encore, de Pinet; causer dans la tour de Philippe de Valois, au milieu des curieux ameublements de Garon;
jouer avec le passé près des ruines de Notre-Dame-de-l'Ile; lire
dans le Rhône, ou saluer les Balmes viennoises parmi les arbres
de la plaine si paysagée et si douce de Saint-Romain; avec qui
j'aimais à chanter des vers, comme les troubadours, sous les croisées d'une fille céleste, ou en des lieux solitaires et sublimes où
toute vie terrestre vous échappe. — C'était pour nous tous le temps
des poésies légères et des sonnets; heureux temps où deux rimes
satisfaisaient notre esprit, où deux regards de vierge tournés vers
nos yeux emplissaient notre âme !

Et à la suite de cette visite de Vienne, qui a duré peu et a produit beaucoup de joie dans mon âme, je me garderais bien d'occuper le public viennois de ma personne, si je n'avais une chose grave à lui dire. Notre arrivée dans cette ville coïncidait avec la décision du conseil municipal, qui promet une façade à la basilique de Saint-André-le-Bas ; cette décision , ce monument, ce projet fixèrent mon attention, et, accompagné de l'honorable M. Delorme, dont la science est si bienveillante et si modeste, je revins étudier une église, qui autrefois me fit pressentir l'Italie et les gloires architectoniques des Byzantins d'Occident. Fille de l'école grecque du bas-empire, mariée aux premières inspirations du thème ogival, la basilique de Saint-André-le-Bas n'est pas un de ces édifices pour lesquels le choix d'un architecte restaurateur soit indifférent.

Tout le monde sait qu'un malheur privé, c'est-à-dire l'incendie d'une maison particulière qui était construite en contre-bas du temple, en en dégageant les abords, a fourni à la ville l'occasion de compléter un monument que les yeux de l'artiste souffraient de voir inachevé, et dont l'accès était pour eux un problème, attendu qu'on ne pénètre dans l'église que par deux portes latérales, introuvables pour l'étranger. — Jamais peut-être plus favorable circonstance ne s'est présentée à la municipalité de Vienne pour faire de l'art et de l'histoire, et prouver qu'elle comprend à merveille que les conditions des temps et les progrès archéologiques lui ont tracé de nouveaux devoirs vis-à-vis de l'architecture monumentale. — Elle ne faillira pas à sa mission, nous osons l'espérer.

Bien que deux langues très-différentes soient parlées et deux orthographes distinctes visiblement écrites dans la basilique de Saint-André-le-Bas, l'architecte constructeur de la façade ne manquera pas d'imprimer à son œuvre contemporaine le caractère byzantin, qui est l'élément, le type générateur du monument. — Surtout il choisira ses motifs de profils, d'arcatures et de frises dans le merveilleux campanile du temple, chose d'un goût exquis, qu'on croirait faite pour les rives embaumées de l'Arno, tant elle respire le génie italique des XIe et XIIe siècles. Notre-Dame-la-Grande de Poitiers fournit un modèle de façade byzantine tout prêt, qu'il faudra savoir approprier aux conditions architectoniques de notre église et combiner aux pensées qu'elle-même fait naître.— Figurez-vous cette façade établie sur une échelle en harmonie avec celle du monument, conçue sur un plan historique convenable, construite avec de beaux matériaux, belle d'ordonnance et d'exécution ; quel caractère et quelle solennité elle donnera à la ville de Vienne, à ce quai du Rhône, qu'elle dominera de son ombre, élevée qu'elle sera sur une plate-forme à laquelle on arrivera par un grand nombre de marches ! — Le souvenir de la Vienne romaine, de la ville aux mille colonnades, aux temples, aux portiques, ou de la Vienne byzantine, peuplée de basiliques, ne se réveillera-t-il pas plein de magnificence et de vie dans les âmes éprises de passions artistiques ?

Que de changements matériels se sont opérés dans Vienne depuis ma précédente visite à cette cité ! — C'est l'ouverture d'un quai qui va contribuer à l'assainissement et à l'embellissement de la ville, et unir le vaste et noble Champ-de-Mars au rond-point du pont de la Gère ; ce sont des maisons-palais élevées sur le cours Romestang et dans le quartier de la Grenette, avec un luxe digne de Lyon; ce sont partout des améliorations et des progrès.

J'ai renoué connaissance avec le musée lapidaire de Vienne, que je n'avais pas oublié, mais que je voulais visiter encore, et j'ai vu sans grand'peine qu'un incendie lui a fait, comme à Saint-André-le-Bas, de l'air et du large. Je ne puis trop remercier M. Delorme, correspondant historique du ministère de l'instruction publique, conservateur de la bibliothèque et du musée de Vienne, de l'obligeance infinie avec laquelle il nous a expliqué toutes les richesses du trésor confié à sa vigilance et à ses soins. Avec lui, j'ai de nouveau admiré la grande basilique de Saint-Maurice, dont on conjure aujourd'hui les dégradations; avec lui, j'ai salué la colossale inscription en lettres augustales de la Grand'Rue, et une foule de vieilles maisons historiques que j'avais autrefois remarquées avec le plus vif intérêt.

Partant du point de vue monumental dans l'érection d'une façade à Saint-André-le-Bas, il est à désirer que la ville de Vienne se trace un plan d'embellissements successifs et de restaurations futures, plan auquel elle s'imposera la loi de demeurer toujours invariablement fidèle. Ainsi, il faudra profiter de cette façade à créer, pour rendre aux lignes et profils intérieurs du monument le caractère que le mauvais goût leur a fait perdre, effacer jusqu'à la dernière trace du vandalisme des décorateurs, et détruire cette décoration de théâtre qu'on a jetée sur ses murailles, ses chapiteaux et ses pilastres; faire revivre enfin les inscriptions historiques si précieuses qu'on a ou mutilées, ou cachées, ou emmaillottées. — Il faudra employer avec religion les sommes que le gouvernement est disposé à consacrer à la basilique de Saint-Maurice. Il faudra ensuite songer à rendre la solidité et la vie au temple antique qui sert d'abri au musée, et profiter d'un malheur pour prescrire une rénovation dont la ville de Nismes a offert un si bel exemple.

J'ai revu en peu de temps la plupart des édifices publics et des ruines monumentales de Vienne, le campanile de Saint-Pierre, d'un goût presque aussi châtié et aussi correct que celui de Saint-André-le-Bas, les substructions romaines, le Plan-de-l'Aiguille, toutes ces choses si pittoresques et si grandes, que le crayon de Rey a rendues avec tant de fidélité et de talent, que feu Vietty a si merveilleusement décrites ; mais à la place des restes de voie antique dans la vallée de Saint-Marcel, où le dallage romain était presque aussi clairement accusé que dans les rues de Pompéïa, je n'ai plus trouvé qu'une route bien froide et bien établie, qui a supprimé toute une histoire, tout un passé, pour satisfaire aux besoins du présent. Une ascension faite le soir à mont Salomont *(mons Salutis)*, à l'heure embaumée et poétique où le soleil couchant dorait de ses derniers feux la cime de Pilat, vint mettre le comble à nos émotions et les grouper toutes dans un sentiment incroyable d'admiration. — Toute la ville de Vienne, tout le riant panorama de ses alentours étaient à nos pieds ; nous pouvions embrasser d'un seul coup-d'œil ces diverses zônes de monuments historiques, de débris, de souvenirs et de vertes campagnes : nous avions à notre levant les montagnes granitiques du Dauphiné, à notre couchant les coteaux de Sainte-Colombe et le Rhône, au sud-ouest Pilat, au nord les plaines de Givors, enfin un noble ami à nos côtés. Comme ce paysage est rempli ! que de choses, que de contrastes, que d'accidents, que de mouvements de sol, de végétation, de demeures, que de vie il renferme !

Je revis avec plaisir aussi cette ruine dentelée et déchiquetée de la Bâtie, debout, comme un squelette du moyen-âge, sur le promontoire le plus pittoresque des montagnes viennoises ; ruine autour de laquelle, plus jeune, j'avais entendu si souvent murmurer une poésie, qui s'en va de mon cœur à mesure qu'il vieillit et qu'il ne garde plus que l'amitié pour affection. Je revis le Chemin-Neuf, qui a l'air d'une ville étrangère à la cité dont il fait partie ; le faubourg de Pont-Évêque ; quelques-unes de ces fabriques assises dans la Gère, qui ont remplacé les célèbres manufactures d'armes des Romains ; la pieuse église de Saint-Martin, le Collège, etc. — Tous les noms des hommes qui ont écrit sur Vienne et le Dauphiné venaient en même temps se presser dans ma mémoire, dès long-temps exercée à les prononcer ; c'étaient ceux de Chorier, de Bourchenu de Valbonnais, de Charvet, du modeste et excellent Schneider, de Rey, de M. Mermet, de M. Delorme, etc.

M. Mermet aîné (1), qui, en numismatique, avait choisi pour spécialité la collection des tyrans des Gaules, dont le cabinet renferme des choses fort précieuses, surtout en manuscrits ; M. Delorme, qui est peut-être le savant du monde le plus accessible et le plus inoffensif pour les vanités d'autrui ; M. Gemelas, frère de notre pauvre ami Gemelas, dont nous avons visité les presses ; M. Timon père (2), l'homme de l'ancienne cordialité ; MM. Joseph et A. Timon, ses fils, m'ont témoigné une rare bienveillance, m'ont accueilli avec bonté, et m'ont permis de resserrer avec eux les sympathiques liens qui nous unissent et dureront autant que les services qu'ils rendent, chacun dans la sphère de leur activité, à leur noble patrie.

J'ajourne mon retour à Vienne à l'époque où la façade de Saint-André-le-Bas sera reconstruite. Que le conseil municipal se défie des partis pris ; qu'il renonce aux petits moyens, aux petites idées, à la détestable pensée du concours surtout ; qu'il s'élève plus haut que la localité, en songeant que le monument élevé appartiendra à la France, à l'art tout entier ; qu'il repousse toute influence locale de coterie. — Le temps est arrivé où le bon goût doit se faire prêtre, magistrat et fabricien.

----

(1) M. Mermet est mort dans le cours de l'année 1846. On trouvera une notice historique sur ce savant, à la quatrième partie de cet ouvrage.

(2) M. Timon a, comme M. Mermet aîné, succombé en septembre dernier.

VII.

ÉGLISE DE VILLARS-EN-DOMBES.

A l'Institut des Provinces, et à MM. F. Dufour, Paul Guillemot, de Saint-Didier, Jules Baux et Catinel, maire de Villars.

I.

Je reviens à cette Dombes, qui me donna mes plus intimes révélations de poésie et d'amour. Je revois le Montellier, autour duquel je crois toujours voir rôder les *bravi* d'Alessandro Manzoni, qui, de son solitaire mamelon d'argile, domine tous les étangs, toutes les poypes, et coupe de ses noirs profils les horizons indécis, vaporeux, fantastiques de cette romantique contrée. — En entrant dans le bourg de Villars, on s'imaginerait, à l'expression calme des visages, au silence du lieu, que l'on arrive dans une de ces petites cités du Faucigny ou du Chablais, où la nationalité savoisienne concentre ses traditions, son esprit de foi et de famille, ses habitudes patriarchales. Mais laissons en paix le grave manoir du Montellier, pour nous occuper exclusivement de l'église de Villars.

II.

Extérieur. Feu Leymarie, dont l'art burgundo-lyonnais déplore la perte prématurée, effleura de son spirituel crayon et de sa plume philosophique le temple rural que nous allons décrire, et que nous regardons, après la basilique de Saint-Paul-de-Varax, comme le plus remarquable parmi tous ceux qui s'élèvent sur le sol de la Basse-Bresse, cette terre promise de la poésie. Le monument offre l'orientation liturgique. Sa façade est d'une naïve somptuosité; elle se termine par un pignon couronné d'une croix à son amortissement. La porte, de forme carrée, d'une austère simplicité, s'inscrit entre deux colonnes à chapiteaux frustes, supportant une archivolte dont l'arc à plein-cintre est démesurément allongé. Au-dessus de cet appareil sobrement profilé, règne une corniche horizontale, en saillie, sculptée avec art et avec goût, dans le faire des Byzantins d'Occident. Un second appareil de décoration monumentale plus compliquée que celle de la porte, se développe sur cette région supérieure que la corniche ouvragée sépare de la région inférieure. Une jolie et harmonieuse petite croisée à plein-cintre, destinée à éclairer le revers de la façade, s'ouvre au centre de cet espace, pour lequel l'art du temps semble avoir particulièrement réservé ses moyens et ses ressources; elle est flanquée de deux colonnettes délicieuses qui soutiennent une archivolte. Une seconde archivolte, sans impostes, très-historiée dans sa sculpture, et d'un relief remarquable, se déroule comme une frange autour de la première, et imprime un caractère monumental vraiment intéressant à toute la façade de l'humble basilique. Là, se termine brusquement sa profilation, qui dut ne pas tourner court ainsi dans le projet primitif du *cœmentarius* (1), vraisemblablement inexécuté en ce qui concerne le pignon.

Cette architectonisation représente l'école romano-byzantine de la troisième phase, qui correspond aux XIe et XIIe siècles dans nos pieuses contrées burgundo-lyonnaises. — Tout cet ensemble, bien que fort au-dessous des splendeurs architectoniques de Saint-Paul-de-Varax, n'en offre pas moins un style sagement étudié, des motifs élégants et fermes tout à la fois, un système attachant, original surtout. Les deux régions ornées que nous venons de décomposer, se

(1) Nom du maître de l'œuvre ou architecte, sous la période romano-byzantine.

développent sur un mur en avant-corps qui se détache de la surface lisse de la façade, qu'aucun contre-fort adhérent ne contrebutte. Les deux murs de clôture des deux rangées de chapelles qui forment les contre-nefs du saint vaisseau, complètent à l'extérieur l'ordonnance générale de la façade de l'église de Villars. Je ne mets pas en doute qu'un pronaos dut jadis abriter la porte principale que nous avons décrite; car l'édifice ecclésiastique auquel nous consacrons cette courte notice, est fils de cette époque sérieuse et hiératique, où le sens basilical et l'esprit dogmatique vivaient encore dans toute leur énergie première.

Je ne vois plus rien dans les régions externes du monument qui mérite une mention particulière; car les manifestations artistiques, ostensibles au dehors, que nous aurions à signaler dans les baies apsidales, ont leur place naturellement marquée dans la description intérieure. Le clocher, qui surgit au point de jonction de la nef et du chœur, est une reconstruction fort récente, faite sous l'administration municipale du notaire du département qui a le plus de temps à donner aux soins étrangers à son étude, l'excellent M. J.....n. Ce clocher, à base quadrilatère et à amortissement conique un peu trop obtus, est d'un type exactement conforme à celui de l'église du village du Montellier, qu'ombrage le manoir de M. Greppo, roi moral du pays d'étangs. Comme œuvre d'art, le campanile que nous effleurons est d'un style assez noble, tendant à l'imitation libre du faire romano-byzantin, et doit surprendre le monumentaliste accoutumé à constater tant d'absurdes réalisations dans les formules employées pour l'architecture religieuse, il y a peu d'années encore.

Je ne puis toutefois quitter ce cimetière, récemment abandonné, qui environne l'église de Villars, sans parler de la solitude, du calme mélancolique de cette agreste enceinte. Ici encore, à voir ces grandes herbes qui frémissent autour du monument, cette merveilleuse tranquillité du ciel et du paysage, je ne puis peindre les intimes et saintes émotions que m'inspirent ce lieu; les bouleaux à la blanche écorce viennent pleurer jusque sur ce coin de terre; il me semble entendre la vague des lagunes expirer mollement contre le mur ruineux qui le circonscrit; et puis, quelle mystique et naïve harmonie dans un horizon de la Dombes, chargé de ces vapeurs qui désolent le bon M. Chardon, mais qui versent dans le cœur du barde les plus poétiques émanations! — Donnez-moi, donnez-moi, Seigneur, au milieu de ces herbes gémissantes, en face de cette vieille église, une pauvre cabane, pour y venir

chercher le repos, les sereines et limpides émotions dont ma vie
agitée a besoin! — Mais entrons dans l'arche sainte dont nous
avons constaté la situation extérieure au point de vue de l'art.

III.

Intérieur. Le vaisseau se développe à l'intérieur sur une échelle
approximative de cent vingt mètres, avec une hauteur et une largeur proportionnelles. Ces dimensions témoignent de la présence
ancienne à Villars d'une population considérable, au temps des derniers seigneurs de la maison de *Villard* (1), avant sa réunion à celle
de Thoire. Tout annonce ici que le plan et la figure primitifs furent
ceux de la basilique constantinienne ou latine. L'unité de la forme
première a fléchi sous l'influence de reconstructions et d'additions
partielles qui ont sensiblement altéré, sans en faire disparaître
l'élément, des dispositions originelles qu'il est facile de reproduire
par la pensée. — Ainsi l'apside, je le préjuge avec une raison parfaitement logique, dut être plus basse que la nef, voûtée en cul de
four, énergiquement frappée du sceau de l'authenticité basilicale,
comme toutes les apsides de l'ère romano-byzantine; puis le parallélogramme de la nef fut tardivement flanqué de deux rangées de
chapelles que nous aurons à visiter. Ici donc, comme en beaucoup
d'églises, les hommes de l'école dite *gothique* conspirèrent contre
le passé, et voulurent, en rhabillant le vieux temple à leur mode,
laisser l'empreinte de leur passage : on trouva l'apside trop étroite
et trop sombre, et on l'enfla; on voulut avoir des chapelles collatérales pour des autels votifs, et on les construisit, sans s'occuper si
on donnait au vaisseau une largeur sans proportion avec sa hauteur et sa longueur. — Toutefois, ici, les rapports, au point de vue
des dimensions, n'ont pas cessé d'être assez satisfaisants.

La nef unique est une épreuve grossière de l'architecture romano-byzantine de la troisième période, comme la façade. Sur cette
terre de Dombes, où les relations avec l'Italie étaient fréquentes, où
l'esprit antique, l'esprit romain survivaient aux révolutions politiques qui tendaient à faire prévaloir les hommes et les choses du
Nord, il n'est pas rare de trouver des basiliques toutes latines par
la forme et par le fond. Celle de Villars fut du nombre; elle n'a
jamais admis la voûte, cette importation septentrionale que l'Italie
a constamment repoussée, et qui date seulement de la deuxième

---

(1) Ancienne orthographe, d'après les tombes et les chartes.

période, c'est-à-dire de la phase rétrograde et barbare du type romano-byzantin. L'invasion des idées du Nord n'a pas empêché à notre petite basilique de conserver son plafond, *il soffitto* des Italiens. Seulement ce plafond horizontal, de bois, est d'une extrême simplicité; il se compose de bardeaux sobrement ornés de compartiments en cercles et en losanges, inscrits dans un caisson, comme cela se voit à l'église de Chalamont et à celle de Saint-Étienne de Montluel. Quatre gros piliers très-massifs et très-informes servent de soutènement au clocher, et déterminent un espace qui s'arrondit supérieurement en coupole. Ces quatre piliers sont unis par un arc sensiblement ogival. Le chœur présente une figure assez rare; il se forme de deux pans curvilignes et de trois pans égaux à la région apsidaire. Il résulte de cette disposition que le fond de l'apside est coupé carrément, tandis que les deux murs de clôture de flanc suivent une direction diagonale. L'ensemble de la région est donc pentagonal; il appartient exclusivement à l'architectonisation en vigueur dans le XVᵉ siècle, précisément un peu avant que sa recherche ne dégénérât en corruption. Trois croisées largement développées, finement et richement nervées, éclairent cette apside, à l'angle gauche de laquelle s'élève ce *repositorium* célèbre que feu H. Leymarie a dessiné sous le nom de crédence. Le *repositorium* dépose encore ici des antiques usages de l'église de Villars, et prouve que si la tradition basilicale fut interrompue dans l'architecture, elle ne le fut point dans les rites. On sait assez que les tabernacles adhérents aux autels majeurs sont une invention du XVIᵉ siècle, propagée, encouragée par les jésuites, tout comme les ignobles gradins contre lesquels réclame la voix austère de la liturgie primitive. Le *repositorium* était le lieu d'asservation secondairement employé pour les saintes espèces. Celui de Villars est un petit chef-d'œuvre de la profilation du XVᵉ siècle; mais il est prétentieux et entortillé. Dans plusieurs églises de Saône-et-Loire et de la Côte-d'Or, le *repositorium* intérieur avait une manifestation ostensible au-dehors, qui n'existe pas ici.

Les chapelles s'échelonnent aux deux flancs de la nef, et accompagnent la région du chœur, de manière à former comme deux apsides mineures. Toutes ces chapelles, moins une, offrent l'ornementation du XVᵉ siècle, qui édilia le chœur et le *repositorium*. La chapelle apsidaire, à gauche du spectateur, c'est-à-dire du côté de l'évangile, était celle du seigneur; on y remarque un écusson armorié, richement alvéolé : la chapelle qui suit, à côté de la petite porte latérale mineure, représente l'ère libre de la renaissance, et

24

est ornée d'une délicieuse piscine de même âge ; la deuxième, en descendant, est une manifestation grossière du XVᵉ siècle ; on y remarque une piscine du même temps et du même art. L'autre offre la même date architectonique ; mais un goût plus pur présida à son ornementation. La chapelle opposée à celle du seigneur, à droite du spectateur, c'est-à-dire du côté de l'épître, présente également l'appareil des idées monumentales du XVᵉ siècle.—A sa clef de voûte est un écusson non alvéolé, représentant la croix de Savoie. Les chapelles qui suivent, en descendant, sont du même âge. Dans la chapelle apsidaire, à gauche, verrière moderne à mosaïque, d'un malheureux effet ; dans la première, en descendant, très-riche clef de voûte, écusson alvéolé avec le monogramme I H S, piscine de la deuxième période de la renaissance, verrière moderne à mosaïque médiocre ; dans la deuxième, piscine du XVᵉ siècle, verrière moderne à mosaïque bien ajustée et d'un effet harmonieux ; dans la troisième enfin, piscine de l'époque à laquelle appartient l'édicule, restes de verrière peinte historique de même âge.

Ne terminons point cette notice sans dire qu'indépendamment du *repositorium*, le chœur renferme une charmante piscine du XVᵉ siècle, et que les grandes baies apsidaires offrent d'intéressants petits débris de verrière peinte historique, contemporaine de la reconstruction. On remarque dans ce temple des fonts baptismaux imités de l'art du XVᵉ siècle, et une ancienne vasque pour le baptême par immersion, qui dut être placée sous le pronaos de la basilique, lorsqu'elle était un reflet de la basilique latine. L'aire ou pavé du temple n'a plus conservé qu'un petit nombre des pierres tombales qui le formèrent. Cette église eut jadis sinon ses catacombes et sa crypte, du moins ses caveaux tumulaires ; il en existe un que j'ai vu momentanément ouvert, vers la deuxième chapelle latérale, à droite du spectateur qui part de la grande porte, près d'une tombe assez riche du XVᵉ siècle. Il existe encore dans cette église des inscriptions rappelant des fondations et obits.

Ce monument est revêtu à l'intérieur et à l'extérieur d'une couche épaisse de badigeon blanc au lait de chaux. Le chœur rebâti ne présente aucune flexion de gauche à droite. Ce n'est plus maintenant la basilique latine avec son éclat primitif ; c'est l'humble temple de village renfermant toutes les conditions qui font l'église rurale poétique, et y prédisposent le pèlerin au recueillement et à la prière. Elle est un peu sombre, un peu délabrée, pleine d'une sainte humidité qui rappelle les catacombes de Saint-Calixte, et jette sur ses murs cette patine verte, sans laquelle je ne comprends pas le temple du village. — Résumons ses âges, et établissons sa chronologie : on verra que presque toutes les périodes de l'art historique ont concouru à son érection. Façade et nef, phase progressive du type romano-byzantin ; coupole, phase transitionnelle du même type ; chapelles et apside, période riche du type ogival, où l'art circule plein de sève et d'énergie ; une chapelle et une piscine de la phase ogivale de la renaissance, une piscine de la phase libre de la même école. — Pourquoi le vieux patois et les vieux costumes de la nationalité dombiste ne font-ils plus cortège à ce monument ? Les patois et les costumes sont les deux sceaux des nationalités ; — je l'ai déjà dit.

Je m'estime heureux d'avoir, par cette monographie de l'église de Villars, resserré mes vieux liens avec la Bresse lyonnaise. Dieu et la harpe qu'il a mise dans mon cœur savent seuls combien j'aime cette terre aux horizons sans bornes, cette région du mystère, de la solitude et de l'infini. Oh! oui, ma vie ne sera pleine que quand j'aurai acquis dans le coin le plus pacifique, le plus central, le plus silencieux de la Dombes, au milieu de ces poypes dont M. Jolibois s'est fait le savant explorateur, un abri humble comme mes goûts, près de ces deux foyers de population et de vie que j'affectionne le plus au monde, après la famille et le foyer domestique, Lyon et Montluel ; et cela, sans aliéner ni diminuer les biens et les choses héréditaires au milieu desquels j'ai vécu jusqu'ici, avec lesquels j'ai été jusqu'ici en rapport !

Adieu, pieux enfants de la Bresse inondée, puissiez-vous ne pas acheter au prix de vos mœurs si hospitalières et si cordiales, au prix de vos vieilles habitudes de patriarches, au prix de vos joies de famille et de religion, les progrès agricoles et hygiéniques que la Providence vous conseille par la voix de M. Nivière, et que personne ne désire plus ardemment pour vous que l'auteur de ces pages ! — Adieu, calme et solitaire pays de Dombes : le poète t'aime assoupi et silencieux comme tu l'es encore ; pourtant ta nationalité n'a plus cette double manifestation du costume local et du patois, qui conservent les types. L'homme du progrès voit avec joie l'avenir que l'agriculture ouvre devant toi, en te donnant la santé, le premier de tous les biens. Ah! que Villars ne cherche que dans l'agriculture les conditions de sa prospérité ; car les chemins de fer qui vont s'ouvrir au pied des deux versants du plateau, frapperont de langueur la route sur laquelle il comptait pour faire fortune.

VIII.

INSIGNE BASILIQUE COLLÉGIALE
DE NOTRE-DAME DE BEAUNE.

*A l'Académie de Dijon, à NN. SS. les archevêques d'Avignon et d'Aix,
à MM. Louis Cyrot, Tisserand–Cyrot, et Marnotte, architecte
byzantin, F. et E. Marey-Monge.*

I.

Considérations générales. — Je voudrais pouvoir suivre dans
cette partie de mon ouvrage surtout, les nobles exemples donnés
par M. le lieutenant-colonel Fabert et M. Piton, qui se servent
avec la même habileté de la plume et du crayon, et écrivent en
ce moment, l'un l'histoire pittoresque de Luxeuil, l'autre celle de
Strasbourg, sous la double influence du penseur patriote et du
fervent artiste. — Mon rôle, pour être plus restreint, n'en sera pas
moins consciencieux. — Notre-Dame de Beaune, monument austère de l'école romano-byzantine, ne rappelle point cette limpide
et suave architecture du canton de Nuits, que nous avons saluée
à Gerland, à Argilly, comme une manifestation de l'art grec, due
à une poétique colonie d'Hellènes. Toutefois, le caractère de cette

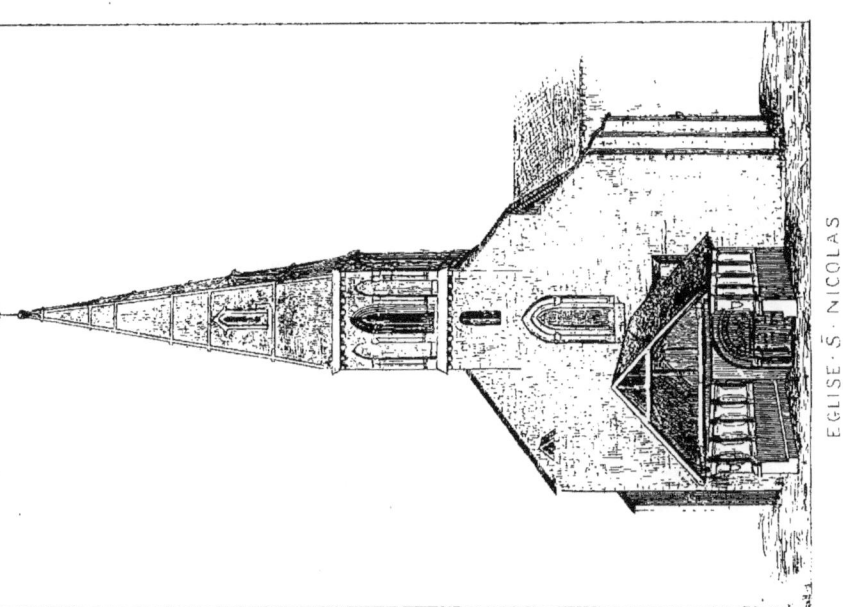

EGLISE · S · NICOLAS
A · BEAVNE

DESSIN DE M · EMILE · PETIT

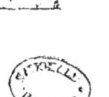

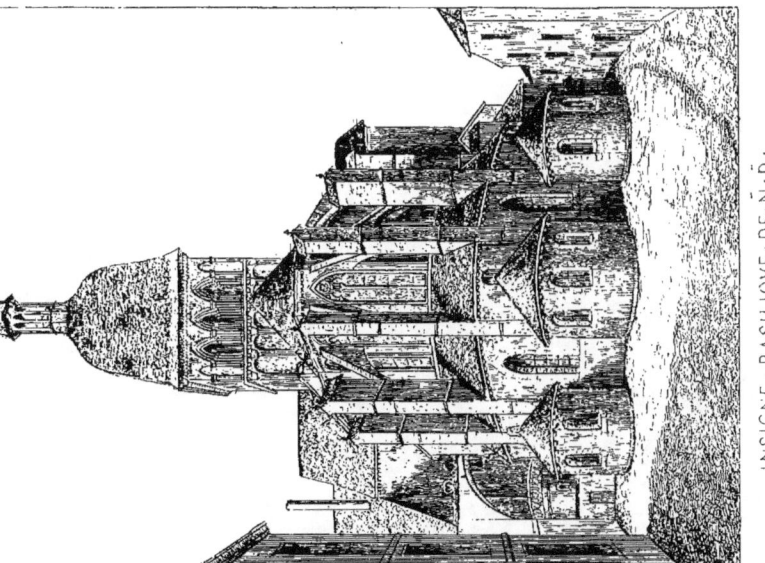

INSIGNE · BASILIQVE · DE · N · D ·
A · BEAVNE

DESSIN · D'VN · AMATEVR

basilique est si sérieux, son type est si ferme, que sa monographie
fait besoin à l'archéologie sacrée nationale.

Je publiai en 1836 une description assez inexacte et précipitam-
ment écrite de ce grave édifice. J'ai pensé qu'il était utile de lui
consacrer de nouveau une courte mais fidèle notice. — Ce temple,
plus ancien que Saint-Lazare d'Autun, l'un des plus vastes et des
plus austères de la province lyonnaise, fut commencé dans le X⁰
siècle par le duc Henri-le-Grand, frère de Hugues-Capet, et terminé
en MLXXX par la duchesse Mathilde, femme de Eudes Ier. Il ne
tarda pas à devenir l'église majeure de la cité, et effaça la basili-
que-mère de Saint-Baudèle, formulée dans les premiers âges de
l'ère romano-byzantine, dont les substructions existent encore,
second temple chrétien dont l'existence à Beaune soit historiquement reconnue.

Ici se présente un fait monumentaire curieux : l'histoire et les
chartes disent positivement que la basilique fut terminée à la fin
du XIe siècle. Cependant, à l'exception du second entre-colonnement du vaisseau, toutes les autres percées sont cintrées en arcade ogivale, timide, il est vrai : or, il est bien constant que dans
le cours du XIe siècle, l'arc en tiers-point, long-temps repoussé
par les mœurs de la Bourgogne et du Lyonnais, n'était ni pres-
senti, ni pratiqué dans nos contrées, et était encore peu connu dans
le nord de la France. Une seule explication conciliera cette manifestation architectonique, qui paraît une contradiction au langage
de l'histoire. Dans le cours du XIe siècle, l'ogive naissait dans le
nord de la France, faible, pauvre, plébéienne et roturière. Qui
nous répondra qu'un architecte épris de cette révolution à peine
commencée dans l'art, fort loin de nous, arrivé des provinces
septentrionales, ne fut pas le maître de l'œuvre chargé de continuer les travaux que le Xe siècle avait laissés à l'état d'embryon ?
Et puis, l'arc ogival connu et très-accidentellement, il est vrai, employé par les Etrusques et les anciens Romains, fut certainement,
quoique fort rarement, pratiqué dès le IXe siècle, comme le prouvent les peintures de la fameuse bible de saint Paul, attribuées à
ce siècle, et celles d'un calendrier grec du IXe ou Xe siècle, conservé dans la bibliothèque vaticane.

Dans les fréquents conflits qui s'élèvent entre l'architecture et
les documents écrits, ce sont presque toujours ces derniers qui ont
tort, parce qu'ils parlent plutôt des époques de fondations que des
âges d'érection. Les styles architectoniques sont une mode; or,
qui pouvait deviner, sous Henri IV, les costumes du temps de

Louis XIV ? Toutefois, ici, on le voit, la charte pourrait à la rigueur extrême avoir raison. Le fait monumentaire qui existe à Notre-Dame de Beaune est tout exceptionnel. Toutefois, il ne doit pas faire perdre de vue ce principe certain, c'est qu'en fait d'édifices du moyen-âge, il y a le siècle réel, correspondant à l'époque vraie de la construction, et le siècle relatif, correspondant au temps où fleurit plus généralement tel ou tel type. A Beaune, il y a bien évidemment contradiction entre l'un et l'autre : je ne connais pas de monument qui jette plus de confusion et de désordre dans les idées qu'on apporte à son appréciation historique, surtout dans l'esprit d'un *éplucheur* de manifestations et de dates architectoniques de mon espèce.

Comme à Saint-Lazare d'Autun et à Saint-Vincent de Chalon, l'aspect liturgique, la forme constantinienne de ce temple ont en partie disparu sous l'influence des reconstructions partielles dont il fut l'objet, et la suppression des meubles fixes qui durent l'orner dans l'origine. Toutefois, l'élément romano-byzantin entre presque exclusivement dans sa structure. Empreint plus complètement que la cathédrale de Chalon du sceau basilical, frappé plus fortement du type de l'authenticité apostolique, il offre aussi une figure plus hiératique et plus grave.

Il existe peu de dessins exacts et satisfaisants de ce grand édifice : une vue de l'apside et du clocher et une vue de la façade ont été publiées dans le premier volume du *Voyage pittoresque en Bourgogne;* la première de ces vues a été reproduite dans la *France catholique,* sur ma proposition, par l'habile crayon de M. Arnoux. Une autre vue de l'apside a été donnée dans le deuxième volume du *Musée des Familles,* 1835; c'est le trait le moins déplorable, quant à la ressemblance, qui ait paru de cette portion du temple.

II.

Extérieur.—L'ordonnance architectonique de l'insigne collégiale de Notre-Dame, à l'extérieur, a dans son caractère toute la rigidité des temps qui virent s'élever l'édifice. Son orientation toutefois n'est point dogmatique. Cette situation, presque arbitraire, fut motivée par la disposition du monticule ou capitole dont le temple devait occuper la cime. Son chevet regarde, d'après la boussole, le nord-nord-est. Sa façade, tournée au sud-sud-ouest, manque d'unité. Elle se résume presque tout entière dans le magnifique porche, fils de la *phase ornée* de l'école ogivale (classification du

Manuel d'Archéologie sacrée burgundo-lyonnaise), qui fut élevé
dans le XIVe siècle, aux frais du chapitre (MCCCXXXII). Rien de
hardi, d'élégant, de noble comme ce pronaos, bâti en avant-corps,
formant un véritable anti-temple, et rappelant l'ancien pénitentiaire des basiliques. Ce portique, de vastes dimensions, d'une
hardiesse rare, divisé en nef majeure et nefs mineures, ayant deux
entre-colonnements de chaque côté et deux travées de voûte pour
chacune, ouvert sur la façade par trois arcades, et sur l'un et l'autre flancs par deux, doit être considéré comme un des chefs-d'œuvres du genre.

On y arrive dans l'axe de la nef majeure par cinq degrés. Une
place située devant ce porche semble assigner les bornes de l'a-
trium qui peut-être exista dans l'origine. Autrefois, une croix rogatoire en cuivre doré, portée sur un socle de forme bizarre, s'é-
levait en avant de la porte majeure de l'insigne basilique collégiale
de Notre-Dame, aux limites même du pronaos, c'est-à-dire au
plus élevé des cinq degrés qui en forment l'accès. — Les pronaos
sont une grande beauté et une grande pensée; ils préparent aux
graves initiations et au recueillement du temple.

Le porche que nous avons admiré devait produire un effet bien
plus majestueux encore, quand les trois portes trinitaires de la
basilique avaient leur décoration sculptée dans leurs voussures et
sur leur tympan, décoration que la lime révolutionnaire a pour
toujours effacée (1). Ces trois portes, veuves de leur parure monumentale, ont toutefois conservé ces vantaux si estimés des con-
naisseurs, et ciselés avec tant de finesse et de goût par les artistes du XIVe siècle (2). Tout cela est digne de ce siècle qui, en
Bourgogne, — je l'ai dit ailleurs, — fut l'âge d'or de la sculpture. Les
deux portes des contre-nefs, s'ouvrant sous le portail, offrent la
courbe ogivale très-prononcée, et sont flanquées de trois colonnettes engagées à chaque côté. Celle du milieu ou grande porte,
l'ancienne *regia* des basiliques, est à plein-cintre un peu surbaissé,
esquissant à sa naissance la courbe en fer-à-cheval. Les mêmes
dispositions pour la porte majeure comme pour les portes mineures se retrouvent à Notre-Dame de Dijon. Cette porte a été récemment divisée par un trumeau, exécuté avec le soin le plus digne

---

(1) Voyez des détails sur cette décoration dans ma première notice sur Notre-
Dame de Beaune, page 9, in-4°.

(2) On devrait protéger ces beaux vantaux par des contre-portes en bois, ou
volets, comme on l'a fait à Aix pour ceux de Saint-Sauveur.

d'éloges, surmonté d'une Vierge, ridicule comme expression et proportions. On remarque avec plaisir sous ce pronaos, vers la porte *regia*, des bancs destinés aux prolétaires, et rappelant la place des catéchumènes.

Le porche n'a certainement pas été achevé : je pense qu'il devait être, en projet, couronné par une plate-forme, comme celui de Saint-Germain-l'Auxerrois de Paris, du haut de laquelle les papes, s'ils eussent passé à Beaune, auraient pu donner la bénédiction *vrbi et orbi.* Il est couvert par deux toits en selle, c'est-à-dire à deux égouts, surbaissés sur les flancs; ces deux toitures parallèles laissent apercevoir au-dessus d'elles le pignon nu de la nef majeure et les deux toits assez aigus des deux tours carrées, romano-byzantines, qui n'ont pas été finies, flanquées de contre-forts adhérents, et dont les combles à leur amortissement n'atteignent pas la cime du pignon de la façade. Le pignon est percé d'un vaste œil-de-bœuf (*oculus*) et d'une petite baie carrée insignifiante; à la cime, est un socle de pierre qui dut supporter une statue ou une croix. Ce pignon, bâti de simple pierre mureuse, est de la plus pauvre structure. Le jeu des toitures du porche et des deux tours, puis le pignon de la nef qui s'y entremêle, produisent un effet confus des plus disgracieux. Du reste, le pronaos est contre-butté par des contre-forts ornés de gargouilles. Les flancs de Notre-Dame n'ont rien de curieux : on remarque seulement que plusieurs des petites croisées de la nef, irrégulièrement distribuées, offrent un certain luxe d'ornementation à l'extérieur, luxe encore rare à l'époque qu'elles représentent, d'après la charte citée plus haut.— Quelques-unes seulement de ces baies à plein-cintre sont légèrement ébrasées.

La grande nef est contre-buttée sur chaque flanc par quatre contre-forts engagés, dont deux renforcés d'arcs-boutants. On remarque sur le flanc occidental, près du deuxième contre-fort, à partir du portail, un pilastre cannelé, tronqué, reste sans doute d'un monument romain ou de la basilique primitive de Saint-Étienne. Les croisillons n'excèdent point le parallélogramme des chapelles rangées le long des bas-côtés. Celui de gauche est tout découvert; celui de droite a sa base engagée dans le bâtiment capitulaire dont on a fait naguère le presbytère. La façade du croisillon parallèle à la rue est percée de trois fenêtres triangulaires superposées, dont la supérieure plus haute et plus large que les deux autres, et dont la disposition symbolique se produisit invariablement dans l'âge basilical, soit à l'apside, quand elle était

carrée, soit à la façade, soit aux branches du transsept. Le XIVᵉ
siècle posa plus tard à la région inférieure de la façade de ce croisillon une vaste baie largement fenestrée. Le croisillon du côté du
chapitre est également orné des trois fenêtres trinitaires de même
caractère que celles de l'autre; mais l'une de ces fenêtres est
aveugle. On ne put dans cette région reproduire la croisée nervée
du XIVᵉ siècle, ouverte dans le croisillon opposé, attendu qu'elle
est engagée dans le bâtiment capitulaire. Le pignon nu des deux
croisillons est percé de trois petites ouvertures sans caractère. La
toiture du croisillon occidental, jadis à tuiles courbes, a été surélevée au-delà des arêtes du pignon. Quant au croisillon oriental,
son pignon a été refait à la cime; il a perdu ses corbeaux et son
caractère originel.

Le chevet est la portion la plus pittoresque de toute la basilique.
Son effet est plein de noblesse et de majesté. Le dessin fidèle que
nous en donnons est tout-à-fait neuf. M. E. Sagot avait bien relevé,
dans le premier volume du *Voyage pittoresque en Bourgogne*,
comme je l'ai dit plus haut, ce bel ensemble; mais quelles choquan-
tes inexactitudes, quel pitoyable ouvrage, quel misérable et burlesque dessin! Notre-Dame de Beaune a cela de commun avec la
basilique primatiale de Lyon, que son aspect le plus imposant est
celui qu'offre son apside. Cette partie du chevet, devenue au XIVᵉ
siècle polygonale à sa partie supérieure, et percée de fenêtres nervées, est contre-buttée par des contre-forts et arcs-boutants, sobrement mais élégamment profilés. Le comble de cette région apsidaire est à pans si peu sentis, ses côtes ou arêtes sont si indécises,
si vaguement accusées, qu'on le croirait semi-circulaire. Là se
dessine, à l'extérieur, le prolongement des bas-côtés au pourtour du sanctuaire, et les trois jolies chapelles rayonnantes, romano-byzantines, qui s'ouvrent sous le bas-côté apsidal. La toiture
du prolongement des bas-côtés, faite d'ignobles laves, avait été
surélevée et voilait la base des fenêtres ogivales du XIVᵉ siècle.
On a détruit cette toiture pour dégager les bases de ces fenêtres.
Cette opération a fait découvrir les contre-forts primitifs engagés
de l'apside, et une arcature sans profilation, manifestation extérieure du *triforium* simulé de l'intérieur. Tout porte donc à croire
que le prolongement autour de l'*augusteum* ou tribune des bas-côtés
de la nef, avait été une addition postérieure faite à l'imitation de
ce qui existait à Cluny et Tournus. Je pense plus, je pense que
les trois chapelles rayonnantes apsidaires furent encore une sou-
dure plus nouvelle que la grande addition du bas-côté apsidal,

et je m'expliquerai à cet égard à la partie de ce travail relative à la chronologie du monument. Tout cet ensemble monumental, avec le clocher, dont nous allons parler, pour couronnement, est vraiment majestueux, et était digne d'être reproduit par un crayon habile et consciencieux. Les toitures des trois chapelles rayonnantes, celle du prolongement des bas-côtés, celle enfin de la croupe apsidaire, forment trois étages, diversement et harmonieusement gradués, qui concourent à produire ce solennel effet d'ensemble, et font au clocher une des bases les plus monumentales qu'il soit possible d'imaginer. La forme doublement coupolaire de ce clocher concourt puissamment à ce remarquable effet de décroissance ascensionnelle des lignes architectoniques. Une flèche aurait eu une marche trop brusque. Et puis, comme tout a été merveilleusement calculé pour le coup-d'œil dans cet élancement progressif des deux coupoles! La plus ample tend à pyramidaliser, et la plus petite, qui lui sert d'amortissement, est presque aiguë. Le clocher, posé au point d'intersection de la nef, du chœur et des croisillons, est à base carrée, contre-buttée par quatre contre-forts. C'est un modèle de clocher de la phase transitionnelle du type romano-byzantin. Ce monument est quadrilatéral, il offre deux étages distincts : l'étage inférieur a pour profilation une arcature à plein-cintre, dont les arcs reposent sur des pilastres cannelés ; l'étage supérieur est percé de trois baies franchement ogivales, à profondes voussures, cantonnées de colonnettes comme celles du clocher de Chagny, un peu moins avancé toutefois que celui de Beaune. Cet appareil est d'une grande richesse : sur les flancs, sont deux baies mineures simulées, dont l'arc ogival s'arrondit en fer-à-cheval. Au-dessus de ces baies, règne une petite arcature très-élégante, portant sur des modillons, surmontée d'un rang de corbeaux que couronne la corniche. Ce beau clocher, bâti de pierres de taille ajustées avec la plus grande précision, haut de soixante-deux mètres du sol au coq, offre une teinte d'or, de safran et de feuilles mortes, qui rappelle le ton des édifices de l'extrême Midi. On croirait que notre riche soleil de Bourgogne s'est empreint et a déteint sur lui. Il n'avait pas autrefois l'amortissement que nous lui voyons aujourd'hui. Il se terminait en flèche un peu obtuse, flanquée de quatre clochetons aigus, et présentait les dispositions des campaniles romano-byzantins de son âge. Cette flèche, vraisemblablement bâtie par défaut d'argent, en après coup et en charpente, brûla par l'imprudence du *guetteur*, et fut remplacée par le couronnement actuel, qui se compose d'une grande coupole aussi élancée que la thiare pontificale, tétragone d'abord, puis cylindrique dans sa jonction avec la lanterne octogone, à toit en encorbellement qui la surmonte; tout cela, œuvre du XVI° siècle. Malheureusement le clocher, vu du côté de la façade, perd une partie majeure de son effet. Sa base est inhumée dans la toiture aiguë de la grande nef, mise à la place de l'ancienne toiture à tuiles courbes qui l'abritait.

La toiture de la grande coupole est faite en partie de tuiles plates, arrondies à leur extrémité, disposées en écailles de poisson, en partie de tuiles carrées vernissées, avec d'autres tuiles dorées, formant sur le fond rouge des premières des dessins en losanges. La lanterne ou coupole mineure est couverte d'ardoises. A son faîte, s'élève une croix, et à la cime de la croix, un coq. Il y a dans ce ton rougeâtre de la coupole de Notre-Dame, quelque chose qui rappelle celui des coupoles de Sainte-Marie-de-la-Fleur et de Saint-Laurent de Florence.

Toute la toiture de la nef est aiguë et se compose de tuiles à crochets, la plupart vernissées. Toutefois, celles du prolongement apsidaire des contre-nefs ou *deambulatorium* et des trois chapelles rayonnantes, sont couvertes en laves. Un rang de corbeaux, supportant les corniches, embrasse tout l'édifice à la naissance des combles, et s'étend au chevet, puis descend au prolongement apsidaire des collatéraux, puis redescend, en se modifiant encore, aux trois chapelles rayonnantes derrière l'apside. Il est à remarquer que ces corbeaux ornent le pignon du croisillon occidental, tandis qu'ils manquent à l'autre, dont l'aiguille a été refaite grossièrement. Au nord du croisillon parallèle à la rue, il existe un petit bâtiment sans caractère, et qui est une déplorable nécessité. Au nord également de l'autre croisillon, il y a une chapelle, dite du cardinal Rolin, jetée en hors-d'œuvre, et suspendue en nid d'aronde, s'élevant sous un arc-boutant couronné d'une espèce d'*antéfixe*. Cette chapelle a perdu son caractère dernièrement, et on a remplacé sa toiture par une plate-forme burlesquement profilée. Ainsi a été ruinée l'harmonie première des proportions de ce charmant édicule. Revenons au porche, pour dire que près de lui, au flanc droit de la basilique, est une chapelle avancée, œuvre de la seconde phase de la renaissance. L'ornementation extérieure de cette chapelle ne le cède en rien au luxe de sa profilation intérieure. Vous remarquerez ses gargouilles, sa frise à jour, ses deux arcades ornées de franges richement sculptées, sa large et belle fenêtre, protégée par une merveilleuse ferrure qui rappelle le temps où la *penture* était du domaine de l'art, où les serruriers, devenus simples ouvriers aujourd'hui, étaient de véritables artistes. Cet art se relève à Lyon, où l'on a encore sous les yeux tant de belles ferrures apparentes du XVIᵉ siècle dans les maisons particulières. M. Desjardins a mis à sa grande porte des ferrures apparentes aux riches évolutions, dans son projet de reconstruction de l'église de Vaise, où il veut aussi, je crois, réveiller le luxe basilical endormi des charpentes visibles, d'un effet plus pittoresque que la voûte.

Les pierres employées à la construction de Notre-Dame sont toutes extraites des carrières du Beaunois. Elles sont en général d'un grain compacte, et ressemblent à celles dont les Romains se servirent pour le mur d'enceinte du *Minervie castrum*. L'appareil n'est pas uniforme partout; mais aux flancs de la grande nef, il est presque antique par sa régularité et ses dispositions de petits moellons carrés. On remarque encore sur les murs extérieurs du monument, à la grande nef, plusieurs trous de boulin, surtout sur le flanc occidental de l'édifice.

III.

Intérieur. — Si le spectateur qui visitera cette basilique connaît Saint-Lazare d'Autun, il sera frappé de la ressemblance qui existe entre les deux monuments.

L'insigne basilique collégiale et majeure de Notre-Dame de Beaune, moins riche, en somme, que l'ensemble de la cathédrale d'Autun et que les détails de Saint-Vincent de Chalon, présente un aspect plus grave que ces deux temples. Elle n'offre presque aucune trace de ce gothique tourmenté de la fin du XVᵉ siècle, que les fanatiques de l'école ogivale s'obstinent à trouver beau. On pénètre dans ce vaisseau par cinq portes, les trois trinitaires du portail, et deux secondaires, dont l'une pratiquée dans le bas-côté occidental près du croisillon, l'autre dans la branche orientale du transsept, et donnant accès dans le cloître.

La figure ichonographique, ou plan à terre, représente la forme de la croix latine. Aucune déviation du chœur par rapport à l'axe de la nef ne se fait sentir dans ce monument. L'aire ou pavé n'a rien qui sollicite l'attention d'une manière particulière. — En entrant dans l'intérieur de ce temple, on admire l'unité vraiment exceptionnelle de sa figure pleinement basilicale, bien que son eurythmie ne soit pas irréprochable, et on se demande comment il a pu se faire qu'un édifice tel que celui-ci concilie dans sa structure la rigidité,

la fermeté un peu rude et souvent un peu pauvre de la phase rétrograde du type romano-byzantin, à un caractère tranché de transition, et à un sentiment d'élancement propre à l'école ogivale.
Cette basilique semble trop richement profilée, entendue et exécutée, beaucoup trop avancée pour le Xᵉ siècle, et beaucoup trop rétrograde et barbare pour le XIᵉ finissant. Il existe plusieurs
caveaux funéraires et un charnier sous l'église de Notre-Dame ;
mais rien n'y indique l'ancienne présence d'une crypte secondaire
ou *confession*. Quoi qu'il en soit, décrivons. — On est étonné ici
d'une disposition contraire à celle observée à Saint-Vincent de
Chalon. La largeur du vaisseau n'est pas en proportion de son extrême longueur et de sa hauteur sous voûte. Le développement
en largeur est très-mesquin. Voici les dimensions du temple : longueur totale du fond de la chapelle apsidaire de Saint-Michel, à
l'entrée du péristyle ou anti-temple de la façade, quatre-vingts
mètres ; largeur d'un mur de chapelle collatérale à l'autre, vingt-
huit mètres ; hauteur sous voûte à la nef, vingt-un mètres ; à la
coupole placée sous le clocher, vingt-six mètres.

Six entre-colonnements, inégaux en largeur, pour chaque flanc,
et six travées de voûte constituent la nef majeure. Le premier
entre-colonnement, fort étroit, est formé d'arcs dont la courbe ogivale est très-prononcée ; le second, fort large, est non pas à plein-
cintre, mais à arc surbaissé ; le troisième, le quatrième et le cinquième sont à peu près égaux en ouverture, et offrent l'arc en
tiers-point au même degré de timidité ; le sixième entre-colonnement est d'un motif ogival très-marqué. Les mêmes différences du
sentiment ogival plus ou moins ferme, existant dans les arceaux
de la nef, se reproduisent dans la voûte. Toutes les arcades de
la nef majeure sont à archivoltes, composées d'un simple ressaut,
c'est-à-dire d'un large renfoncement en équerre pratiqué à leur
arête. Cet appareil, offrant la figure d'une large feuillure, résulte
de la présence de l'arc-doubleau qui se trouve en retraite par rapport à l'arc ogival placé dans l'aplomb du mur. Cette disposition se
retrouve aux arcs ogivaux qui séparent l'apside du prolongement
apsidal des contre-nefs. Il est peu de basiliques où les deux
étages de la grande nef soient aussi fidèlement profilés qu'ici.
Une arcature, dont quelques arcs seulement offrent une ouverture, mais aveugle, à plein-cintre, avec pilastres à chapiteaux infiniment variés, la plupart cannelés, remplace ici les gynécées et
les représente. Cet appareil a été bien évidemment inspiré ici par
la vue de l'antique, qui avait de si belles manifestations à Autun.

Au-dessus de ce *triforium* simulé, est l'étage des fenêtres. Malgré mon éloignement pour la nationalité anglaise, j'ai cru devoir, toutefois, lui emprunter déjà, et je lui emprunte encore ici le mot par lequel elle désigne le deuxième étage d'une nef d'église, parce qu'en archéologie un mot vaut mieux qu'une périphrase. Le *clerestory*, donc, se compose ici de petites baies à plein-cintre, dont quelques-unes seulement faiblement ébrasées comme à l'extérieur, sans continuité absolue, la plupart simulées. La voûte ogivale dans la première et la sixième travée est d'une courbe aiguë tellement faible dans les quatre autres, qu'elle pourrait à la rigueur passer pour tout à plein-cintre. Elle est sans arêtes, et divisée à chaque zône ou travée par un arc-doubleau qui accuse sa courbe. Le revers de la façade est occupé par une tribune d'orgues, de la fin du XVIᵉ siècle ou du commencement du XVIIᵉ. Ce cul-de-lampe est d'une élégante simplicité et d'une hardiesse qu'efface toutefois celle du porte-orgue de la Magdeleine de Besançon. L'orgue de cette basilique, l'un des meilleurs de la province, à riche montre, est un grand *huit-pieds* avec bombarde à la main, bombarde au pied, et clavier montant en *ré* et descendant en *ut*. Cet instrument ne doit jamais être exploité que dans les limites du sentiment religieux... Malheureusement le buffet d'orgues de Notre-Dame s'en va en détail; chaque jour on le brise, on l'ampute, on lui ravit un ornement et un lambeau, sous prétexte de réparations à opérer aux tuyaux ou aux jeux. — N'oublions pas de faire remarquer que l'arcature ou *triforium* simulé n'offre qu'une profilation ébauchée au-dessus des deux premiers entre-colonnements.

Revenons à la nef. Le système de soutènement se compose de pilastres cannelés partout, excepté au second entre-colonnement, imitation des monuments antiques d'Autun. A leur point de jonction immédiat avec la voûte, ils sont flanqués de deux colonnettes à la nef et de deux pilastrins au rond-point du transsept et au chœur. Ces colonnettes manquent au second entre-colonnement. Les chapiteaux des colonnes demi-circulaires qui les flanquent latéralement pour recevoir les retombées des arcs d'entre-colonnement, et ceux des pilastres des bas-côtés, n'ont la richesse ni de ceux de la cathédrale de cette illustre cité d'Autun, ni de ceux de Saint-Vincent de Chalon. Toutefois, plusieurs d'entr'eux ne manquent pas de caractère. L'un d'eux représente deux truies jouant de la harpe; un autre, une figurine grossière et bizarre; un autre encore, la lapidation présumée de Saint-Étienne; un quatrième, deux personnages probablement historiques, en très-grand relief, assis sur des feuillages, avec un sceptre à pommeau entre eux; un cinquième, un personnage déposant un paquet dans une corbeille, près de laquelle veille un lion très-nettement sculpté; un sixième, l'arche de Noé, avec panaches ondoyants, couronnant toute la composition; un septième, un chien demi-caché. Quelques-uns sont à l'état brut; plusieurs représentent des plantes et feuilles indigènes, l'artichaut, le laurier, les plantes grasses de nos contrées. Ces chapiteaux, profondément empâtés, attendent non pas un regrattage qui en rendrait la profilation dure, mais un lavage fait avec soin. — Les chapiteaux sont aux basiliques romano-byzantines de la troisième période, ce que les pinacles, les imageries, les bas-reliefs sont aux églises ogivales du XVᵉ siècle : tout l'art du temps est en eux. L'exécution de ceux de Beaune est plus généralement grossière que dans les basiliques voisines; mais leur symbolisme est attachant et leurs représentations sont curieuses. Les grands pilastres de soutènement de la voûte sont interrompus dans leur continuité par quatre corniches : la première, servant d'imposte aux arcades d'entre-colonnement; la seconde, au-dessous du *triforium* simulé; la troisième, au-dessus de cette arcature; la quatrième enfin, à la naissance de la voûte. Aucun des grands pilastres de la nef et des croisillons n'offre son chapiteau autrement qu'à l'état d'ébauche. Il n'y a que les quatre pilastres du chœur qui aient leurs chapiteaux profilés en feuillage.

Les nefs collatérales, dont les voûtes sont à arêtes croisées et courbées, d'une manière ogivale plus fortement sentie qu'aux travées de la nef majeure, n'offrent de curieux que certains chapiteaux dont j'ai esquissé les plus remarquables. Voici l'ordre et les noms des chapelles qui viennent s'ouvrir sous les bas-côtés, et sont toutes des XIVᵉ et XVᵉ siècles, à l'exception d'une seule. Nous donnons ici les vocables qui ont été imposés à ces chapelles par Mᵍʳ l'évêque de Dijon, le 1ᵉʳ mai 1846, et qui ont tous leur raison morale et historique, dans une ville qui a perdu tant d'anciens temples. Pour que la nouvelle consécration de ces chapelles fût promptement connue, on avait eu l'idée de l'indiquer par des inscriptions placées au pourtour de leur arc. Je suis loin de blâmer cette idée; mais l'exécution était détestable : on avait employé de grosses et grasses lettres noires, dignes des enseignes de nos épiciers; puis, on n'avait adopté qu'à demi l'orthographe inscriptionnaire. Il eût fallu là des lettres grêles, gravées en creux et peintes en rouge, ou des lettres de bronze en relief. On a effacé naguère ces écriteaux, et en a très-bien fait.

— Première chapelle sous la nef relativement australe, à droite
en entrant, dite du Catéchisme, et dédiée à saint Baudèle et à saint
Flocel, martyrs. C'est un des plus beaux types que je connaisse
de la renaissance secondaire. La voûte est plate, sculptée en par-
quet, divisée en compartiments à caissons, avec des reliefs en
bossage et des culs-de-lampe. L'arcade est ornée d'une frange
sculptée, d'une somptuosité rare, d'un luxe tout oriental, et qui
rappelle les splendeurs de l'ornementation des Maures d'Espagne.
On y voit des dais et des culs-de-lampe très-ouvragés; jadis, sept
statues en albâtre gypseux, d'une blancheur éclatante, décoraient cette chapelle (1), élevée par Jean-Baptiste Bouton, pré-
vôt de Couches, qui y était représenté à genoux sur un panneau
du vitrail. Sa fenêtre était donc autrefois ornée d'une verrière
peinte, dont un joli débris existe encore, et qu'il serait utile de
restaurer habilement. Toute cette architecture est d'une rare limpidité.

Deuxième chapelle, de Saint-Pierre. Belle fenêtre de la fin du
XIVᵉ siècle, avec petits débris de verrière peinte.

Troisième chapelle, du Sacré-Cœur. Fenêtre privée de ses meneaux; riche autel de style moderne.

Quatrième chapelle, de Sainte-Magdeleine. On y remarque une
riche pierre tombale du XVᵉ siècle.

Cinquième chapelle, de Saint-Joseph. Rien de remarquable.

Sixième chapelle, de Sainte-Catherine. Restaurée naguère par
de jeunes amis de l'art chrétien, qui y ont fait placer une verrière
mosaïque ornée de cinq médaillons en grisaille, anciens.

— Première chapelle, sous la nef relativement boréale, à gauche
en entrant. Baptistère. Vitrail peint du XVᵉ siècle, très-remarquable; petit *oculus* muni d'une mosaïque de verres teints, à fond
violet.

Deuxième chapelle, de Saint-Paul. Baie richement nervée; jolie
piscine.

Troisième chapelle, des Saints-Martin et Claude. Riches tombes du XVᵉ siècle. Il est question de restaurer cette chapelle, qui
jusqu'ici a été d'une nudité mobilière désolante.

Quatrième chapelle, du Saint-Sacrement.

---

(1) Cette chapelle fut fondée en 1514 par Jean-Baptiste Bouton de Chamilly,
qui décéda en 1532. Elle fut décorée par lui en 1530. Les sept statues d'albâtre
représentaient les quatre évangélistes, saint Jean-Baptiste, Moïse et David.

Cinquième chapelle, de Saint-François-de-Sales et de Sainte-Philomène. Même pauvreté que dans la chapelle Saint-Martin. Avant la révolution, l'autel de la paroisse de Notre-Dame, comprise dans la collégiale, mais dont le service était tout-à-fait distinct de celui du chapitre, était adossé contre un pilier, devant la chapelle Saint-François.

L'espace que devrait occuper la sixième chapelle forme un tambour, assez heureusement architectonisé, servant de porche à la porte latérale du côté de l'évangile. La porte qui de ce tambour accède à la basilique est primitive, et rappelle l'ancien parallélogramme de la basilique latine, avant l'addition des chapelles.

Les *chalcidiques* des Grecs, ou croisillons, sont ici d'une belle architectonisation. Le croisillon de l'occident a reçu naguère une chapelle consacrée à Notre-Dame de Beaune, d'un goût très-répréhensible. On y lit une inscription latine que j'ai donnée dans mon premier écrit, par laquelle Notre-Dame de Beaune est remerciée de la protection qu'elle a accordée à la ville, en lui épargnant le choléra; cette inscription, d'une bonne latinité, est l'œuvre de feu M. Pacaut, qui était professeur au collège communal de Beaune. La croisée de cette chapelle a été munie d'une verrière peinte très-médiocre, pour ne pas dire très-ignoble, sans justesse de proportions, fausse comme coloris et fausse comme expression; œuvre de M. Thibault, qui, depuis cette époque, n'a pas fait des pas de géant, mais a marché. Le croisillon oriental portait le nom de Saint-Christophe, et le tirait de la présence d'une statue de ce saint, placée dans cette région. Le croisillon du levant attend qu'on lui donne une chapelle qui fasse pendant à celle de la Vierge, mais soit d'un style moins prétentieusement trivial. Il est borgne par rapport à celui qui lui fait face. Le *triforium* simulé se continue à leur pourtour; il devient même dans cette région, comme dans celle de l'apside, infiniment plus pur. L'imitation de l'attique des arcs romains d'Autun s'y fait plus vigoureusement sentir. On y remarque, comme dans d'autres portions de l'arcature, quelques ouvertures bouchées par des retraits successifs de maçonnerie, de dedans en dehors; circonstance où j'ai cru voir un symbole des agrandissements progressifs de la maison du Seigneur, ou une raison de solidité. Au point d'intersection des *chalcidiques*, de la nef majeure et du chœur, est une coupole placée sous le clocher, à voûte en calotte, exactement semblable à celle de la cathédrale d'Autun, offrant une disposition heureuse. Cette coupole, inscrite dans une figure octogone, est ornée de quatre trompes ou

25

contre-voûtes, et de quatre *lampettes* ou petits culs-de-lampes
destinés à recevoir quelques statuettes, sans doute ; elle est percée
de cinq baies, quatre petites à plein-cintre aux quatre flancs principaux, une grande ouverture circulaire au centre, pratiquée pour
le passage des cloches.

Les contre-nefs se prolongent en *deambulatorium* autour du
chœur, comme cela avait lieu à Cluny, comme cela se voit à Saint-
Philibert de Tournus. Leur voûte est ogivale à la première travée, et à plein-cintre dans les autres. Elles sont, dans cette région, éclairées par des fenêtres, dont quatre ont perdu leur
caractère premier. Sous ce prolongement apsidaire, s'ouvrent trois
chapelles rayonnantes ou apsides mineures, voûtées en cul de four,
éclairées par trois baies à plein-cintre. Celle du centre a été consacrée à l'archange saint Michel ; celle de droite à saint Jean, évangéliste ; celle de gauche à saint Jacques. Le chœur se compose
d'un seul entre-colonnement pour chaque flanc et d'une seule travée de voûte ; les quatre petites baies qui l'éclairent s'inscrivent dans
une espèce de large feuillure. Sa séparation d'avec l'apside est déterminée par l'arc triomphal à arc surbaissé, comme la voûte apsidaire ; le *triforium* simulé se retrouve dans toute cette région,
mais à l'état riche. Les arcs sont moins amples que dans la nef ;
et puis, entre ces arcatures et l'extrados des percées ogivales qui
ferment l'apside par rapport au pourtour apsidal des bas-côtés, il
y a une frise, composée de rosaces, qui, à Autun, règne dans toute
la nef (1). Le plan de la tribune ou apside majeure est semi-circulaire, jusqu'au point où commença la reconstruction du XIVe siècle, c'est-à-dire jusqu'au-dessus du *triforium*. Au-delà, la forme
polygonale commence. On fit de même à Autun ; seulement, la
base demi-circulaire respectée fut infiniment moins considérable
qu'ici. La voûte de cette région est en éventail, à huit nervures,
sept lunettes réunies par une clef richement sculptée, et sept fenêtres. Elle est surbaissée par rapport au niveau de celle de la
nef, et l'arc triomphal rachète ce défaut de niveau. Les sept fenêtres sont du XIVe siècle. Voici ce qui arriva ici. Il y avait autrefois
une voûte romano-byzantine en cul de four. Au XIVe siècle, on
voulut plus de lumière et d'élévation, on voulut faire du progrès ;
alors on démolit cette voûte, et on la remplaça par les fenêtres que

---

(1) Le fond noir qui fait ressortir ces rosaces fut appliqué lors du premier
service funèbre, célébré au retour des Bourbons, à la mémoire de Louis XVI.

nous voyons, dont les jambages viennent porter à faux sur les arcs du *triforium* simulé, qui était jadis visible à l'extérieur, à l'instar du *triforium* apsidaire de Saint-Jean de Lyon, comme on le sait, depuis l'abaissement du lourd toit de laves qui couronne le pourtour des bas-côtés, et voilait naguère toute la base de ces fenêtres qu'on vient de dégager. Ces fenêtres, nervées d'une manière sobre, furent munies de verrières peintes, que les protestants et le chapitre détruisirent, mais dont l'appareil vient d'être rétabli, à la grande satisfaction des amis de cette beauté monumentale, mais à la grande consternation des *dévotes* qui ne pourront plus *lire dans leur livre d'Heures*. Les sept verrières sont conçues dans le style du XIVᵉ siècle ; elles représentent le couronnement de la Vierge au ciel, au milieu d'une multitude de saints empruntés aux diverses catégories des bienheureux, et dont l'arrangement fait allusion aux sept derniers versets des litanies de la Reine des anges. Elles sortent de l'atelier de M. Emile Thibault, de Clermont, et ont été placées en mai 1846. — Malheureusement, depuis cette réparation, la pluie se fait jour à travers les baies apsidaires, et dans certains orages, l'eau tombe à flots dans le chœur. — Qu'on se hâte d'obvier à ce grave inconvénient. L'apside était décorée sous le chapitre avec un luxe inouï ; elle était pleine d'or, dont les traces sont encore visibles sous le linceul de badigeon dont on a enveloppé les murs, les chapiteaux, le *triforium* simulé.

Remarquons bien les modifications successives du *triforium* simulé : grossier aux deux premières travées de la nef, il se profile plus finement dans les suivantes, plus finement encore dans les transsepts et le chœur, où il décroît successivement d'ampleur ; enfin, à l'apside, ses arcs sont encore plus petits, plus serrés les uns contre les autres, et d'un goût infiniment plus châtié et plus riche ; ils offrent une moulure à leur boudin. Dans cette dernière région, quelques-uns de ces arcs étaient ouverts primitivement.

L'autel majeur est celui de l'ancienne église des Minimes de Beaune. Mauvais de forme, quoique fait de matériaux choisis, il se compose presque exclusivement de marbre des environs de Beaune ; c'est le chef-d'œuvre des sieurs Bidermann, anciens marbriers de cette ville, dont les descendants exécutent à Lyon et à Chalon, les marbres artificiels qu'ils ont tort de vendre presque aussi chers que les marbres naturels. — La chaire, adossée à un pilier de la nef, est dans le goût de la renaissance et d'une belle exécution. Le chœur est orné de boiseries, sculptées merveilleusement par l'habile artiste beaunois, feu Bonnet père, mais qui ne signifient rien comme caractère architectonique. — Cet artiste, mort dans une veillesse avancée et belle, avait un talent vraiment merveilleux. Sa présence à Beaune ne peut s'expliquer que par ces nombreuses communautés et ce chapitre qu'il y avait vus mourir, et qui suffisaient pour qu'un sculpteur trouvât lucre et gloire dans son travail.

Inutile, je crois, de grossir cette description de la nomenclature de tous les ornements fixes et meubles que pleure cette basilique. Ils étaient nombreux et splendides. Parmi eux, le sépulcre (1), plusieurs tombeaux, un jubé détruit bien avant la révolution (2), et des ambons chargés de statues. Le retable de l'ancien autel majeur était enrichi de pierreries et de reliques, envoyées de Liège par Charles-le-Téméraire. — J'en parlerai en détail plus loin. — Le sanctuaire, dont les entre-colonnements étaient alors fermés d'un mur, et sont aujourd'hui garnis d'une mesquine grille de fer, offrait des tapisseries précieuses, données par le cardinal Briçonnet, qui, qui chargé d'opulents bénéfices, ne dédaigna pas un canonicat à Beaune. Plusieurs de ces belles tapisseries existent encore. Il ne reste plus dans cet édifice, d'un peu remarquable, que le tombeau du chanoine Loyselle, de la seconde période de la renaissance. J'aurais pu, toutefois, citer les tableaux portatifs ou adhérents, assez nombreux dans ce temple, et dont quelques-uns ont du prix ; mais la *Revue de la Côte-d'Or* a donné, il y a quelques années, une notice assez étendue sur ces peintures. Je ne veux, non plus, ni pénétrer dans le cloître et la sacristie par une belle porte romano-byzantine, percée dans le croisillon à droite, ni sortir tout de suite du temple par l'autre porte romano-byzantine, d'un style plus tempéré, percée à côté du croisillon gauche, dans le lieu qu'aurait occupé la sixième chapelle, si elle eût existé.

Résumé des âges. — Pour bien comprendre la chronologie de cette basilique, il faut se pénétrer d'une idée, c'est que son érection, historiquement commencée au Xe siècle, dut se borner dans cet âge à des fondations, à la fixation du plan et à l'érection d'une tra-

(1) Il était placé dans le croisillon occidental.

(2) Pasumot parle de ce jubé, qui dut être détruit assez long-temps avant la révolution, puisque l'*église en paille* qu'on voit à la bibliothèque est sans jubé. Le chanoine qui l'exécuta, s'appliqua trop fidèlement à reproduire la structure extérieure et l'ornementation intérieure du monument, pour qu'on puisse croire qu'il aurait omis le jubé, s'il eût existé de son temps. — Pasumot n'aurait-il pas commis quelque erreur ?.....

rée. On débuta dans la construction de ce temple en sens inverse de ce qui arrive ordinairement. Les travaux, qui presque partout commencèrent par l'apside, ont bien évidemment débuté ici par la nef. La seconde percée de la nef, à plein-cintre un peu surbaissé, fut la première élevée. Les chapiteaux de ses piliers non cannelés n'ont été sculptés que bien long-temps après, car ils représentent ceux de la première période ogivale, et sont vêtus de la feuille à crochet. Ainsi, la jeunesse du chapiteau contraste avec la vieillesse de l'arc. Quant à la travée de nef, occupée par le porte-orgue, d'un style ogival très-prononcé, elle fut certainement ajoutée après coup, et on la raccorda avec les lignes et profils de l'édifice. Il est même hors de doute qu'une autre travée devait la précéder, car on voit encore les piliers de soutènement et les naissances de la voûte d'une travée, engagés dans le mur de clôture de la façade, lequel mur a été refait à une époque postérieure dans sa région la plus élevée. Le temple commençait à la deuxième travée actuelle; cela est pour moi hors de doute. En effet, le mur du pignon de la façade n'est plus de même construction que le reste du temple; la porte *regia*, à cintre un peu surbaissé, dut, dans l'origine, offrir un tympan sculpté dans le genre de celui d'Autun, et la *vesica piscis* à son centre. Les quatre travées suivantes sont à peu près coulées dans le même moule. La sixième est d'un type ogival extrêmement aigu, et annonce l'extrême fin du XIe siècle. Ainsi, les quatre travées les plus anciennes sont placées entre deux travées plus jeunes qu'elles.

Les *chalcidiques* sont, comme dans cette dernière travée de la nef, d'une transition romano-byzantine avancée quant à la courbe ogivale. Les gynécées simulés y sont plus ornés.

Les *pastoforia*, ou apsides mineures, durent exister ici dans le principe. La voûte très-ogivale de la première travée du prolongement apsidal des collatéraux prouve qu'on les détruisit et les perça lorsqu'on voulut, au XIIIe siècle, imiter à Beaune cette disposition monumentale si noblement formulée à Cluny, à Tournus. Quant aux chapelles rayonnantes, le caractère plus ouvert de leurs fenêtres annonce assez qu'elles correspondent aux derniers temps de l'école romano-byzantine, qui, en Bourgogne, s'écoulèrent en partie dans le XIIIe siècle. Je les crois donc encore postérieures à l'établissement du prolongement apsidal, les voûtes de ces édicules voilant en partie les trois petites baies de cette région, dont quatre autres grandes fenêtres ogivales ont été refaites après coup. — Lors de la consécration du temple, le vaisseau n'eût donc pas offert dans la région du chœur le développement qu'il présente aujourd'hui. Voici ce que l'histoire, dont je n'ose révoquer en doute l'authenticité, me force à penser. Sans cette histoire, je dirais tout uniment, Notre-Dame de Beaune est un monument complet du passage du type romano-byzantin au type ogival, passage qui, dans nos contrées, s'opéra au commencement du XIIIᵉ siècle; et je serais bien plus dans le vrai architectonique. Ce qu'il y a de certain, c'est que dans les reprises et soudures faites dans le monument, on a toujours raccordé avec soin les parties nouvelles aux portions préexistantes. — Voici pour l'architectonographie de l'insigne basilique collégiale et majeure de Notre-Dame de Beaune.

IV.

Restaurations et conclusion. — Le progrès artistique qui se fait sentir partout, commence à peine à effleurer l'enceinte de ce monument. L'architecture sacrée, devenue intelligente dans ses additions et ses réparations, n'a frappé à la porte de cette basilique que pour poser à son entrée *regia*, cette Vierge qu'on aurait beaucoup mieux fait de placer à l'aiguille du grand pignon. Culte, décoration, liturgie, cérémonial, tout est resté ici enseveli dans la routine, l'indifférence et le parti pris. Si on voulait sortir de cette voie, déplorablement stationnaire, de cette halte dans le négatif et l'absurde; si on avait à sa disposition l'argent nécessaire pour exécuter et l'architecte pour donner des projets, voici ce qu'il faudrait faire pour rendre à cette basilique l'éclat et la dignité compatibles avec son ordonnance monumentale. Commençons par une œuvre de solidité, qui est décidée en principe, mais dont l'application se fait bien attendre. La maîtresse voûte a fléchi, par suite de la maigreur et du petit nombre des contre-forts adhérents qui réagissent sur sa poussée (1), puis, peut-être aussi, par le poids des matériaux accumulés autrefois sur elle à la suite des réparations du grand comble. On peut accuser aussi la construction vicieuse de la charpente, lorsqu'on remplaça par une toiture aiguë la toiture primitive qui était en tuiles courbes (comme on peut s'en convaincre à simple vue des lieux), et de mauvaises fondations sur des attéris-

---

(1) Je ne sais si le fait arriva ici : mais ce qui explique la maigreur relative de beaucoup de contre-forts de basiliques romano-byzantines, c'est la circonstance suivante : la plupart de ces temples n'eurent dans l'origine que le plafond (*il soffitto*) des basiliques latines. Les voûtes furent bâties par après coup, et on négligea d'éperonner davantage les flancs des murs qui les soutinrent.

sements accidentels et non sur la couche du sol solide. — Nous n'avons pas ici les ardoises élégantes et légères du Nord. Les toits aigus, couverts de tuiles à crochets, nécessitent des charpentes immenses et une grande quantité de tuiles; ils ne conviennent ni au ciel, ni à l'architecture de notre contrée. Celui de Notre-Dame étant de ce genre, est donc un anachronisme; mais il existe tel, et je crois qu'il est question de lui rendre la pente de vingt-un degrés et les tuiles courbes qu'il a perdues. La réparation de la maîtresse voûte, sa consolidation par l'addition d'éperons auxiliaires, doit donc préexister à toute restauration. Mais il n'y a pas de temps à perdre pour cette opération sérieuse, car le mal empire à vue d'œil; et si on s'endort, il arrivera infailliblement des malheurs dont l'idée seule fait frémir. Les fonds promis par le gouvernement n'arrivent pas, n'arriveront peut-être jamais, car la ville de Beaune n'est point servilement gouvernementale. Il faut donc ne compter ni sur les subventions officielles, ni sur les secours imprévus; il faut compter sur ses seules ressources. Que la ville et la fabrique se saignent donc à blanc pour rendre la solidité à un édifice menacé de ruine.

Ensuite, on devra procéder de la sorte à l'extérieur : orner le pignon de la façade, et le surmonter d'une statue de la Vierge; enlever les ridicules croix de *fer-blanc* qui couronnent les deux tours romano-byzantines inachevées et les deux croupes du portique, et les remplacer par des croix de bronze doré; couvrir uniformément la grande coupole du clocher de tuiles vernissées, rouges, avec losanges de tuiles dorées; placer au toit du campanile une croix de bronze doré, non de convention, de forme arbitraire, mais offrant la figure de la croix latine, et supprimer le coq, ce symbole tout gaulois, dont Rome et Lyon n'ont jamais fait usage; poser au rond-point du chevet un antéfixe, c'est-à-dire une croix grecque, circonscrite dans un cercle, et remplacer, par une toiture aussi surbaissée en tuiles courbes, le prolongement apsidaire des bas-côtés (1); orner les tympans des trois portes trinitaires; placer au moins dans celui du milieu la *vesica piscis*, avec la re-

(1) J'aurais assez aimé que le prolongement apsidal des contre-nefs se terminât en plate-forme, ce qui aurait rendu visible à l'extérieur la manifestation externe du *triforium* simulé : mais, outre que cette arcature au-dehors est sans profilation remarquable et se borne à de simples linéaments, une ligne horizontale s'interposant ici entre deux régions de lignes, tendant plus ou moins à la pyramidalisation, produirait peut-être un effet inharmonique et disgracieux

présentation du Christ, et relever au milieu de la place qui rappelle l'ancien *atrium*, la croix rogatoire qui existait avant la révolution. Je conseillerais bien d'élever d'un étage au moins les deux tours de la façade; mais il ne faut demander que ce qui est possible avec les ressources limitées de la basilique. — Toutefois, si cet exhaussement des deux tours était jamais réalisable, il serait indispensable de greffer sur leurs bases romano-byzantines l'architecture du XIV⁴ siècle, si largement manifestée au portail. Tous les grands édifices ecclésiastiques qui n'ont pas été coulés dans le moule unique d'une époque, qui ne sont point monostyles, offrent des exemples de soudures des deux écoles, mélange qui explique les divers âges, les divers progrès du monument, et n'est, en général, ni sans caractère, ni sans intérêt pour les amis de l'art. On ornerait aussi le stérile pignon dans le même style, en ayant soin de nerver l'*oculus*, en sorte que l'on imprimerait à toute la façade de Notre-Dame le sceau d'unité qui lui manque, et que tout en elle serait en harmonie avec son pronaos. Rien de plus simple que ce raccord, rien de plus facile à formuler que cette pensée dont on viendra peut-être dans vingt ans retrouver l'élément dans cette humble monographie. Il faudrait aussi couvrir le comble du chevet apsidaire de tuiles vernissées, avec profilations exprimées par le mélange des couleurs. La petite porte occidentale, d'un si pauvre effet, ne pourrait-elle pas être remplacée par une baie d'un caractère moins bourgeois? Ne devrait-on pas réouvrir l'arc ogival de ce porche, bâti aux frais de MM. de Salins; rétablir la grille qu'ils y avaient placée et les armoiries dans les écussons angulaires? — Il existe sur le toit du bâtiment capitulaire, devenu presbytéral et touchant au croisillon oriental, une immense cheminée qui produit un détestable effet, et semble posée sur la basilique. Qu'on se hâte de la faire disparaître.

A l'intérieur, rendre au chœur son ancien développement, et placer l'autel majeur au fond de l'*augusteum*, à la place même où l'on prétend qu'était celui de la duchesse Mathilde, de manière à ce que le presbytère et le chœur soient en avant de la *mensa sacra* ou *sacrificatorium*.

Le fragment de marbre blanc qui se voit au fond du chœur de Notre-Dame, adossé au siège pastoral, à peu près à la place de l'ancien autel, faisait partie de cette *mensa sacra* érigée par la duchesse Mathilde en 1080, et brisée en 1793. Cette lame représente, gravée au trait, la Sainte-Vierge assise sur un fauteuil orné d'arcades romanes : la princesse est représentée à ses pieds; au-des-

sous, on lit l'inscription : MATHILDIS · DVCISSA · BVRGVNDIE
et en haut de la dalle, sur une frise, en grandes lettres romaines,
le mot : ALTARE

Il paraîtrait, vu la denticulation du panneau, que des bande-
lettes de marbre de couleur séparaient d'autres tablettes analogues
à celles-ci. Cette denticulation est une copie de celle de plusieurs
pilastres du *triforium* simulé de cette époque. — Puis, pour revenir à nos vœux, débadigeonner toutes les portions profilées de
l'édifice, sali d'une couche de lait de chaux, serait chose utile aussi.
Quant aux murailles, bâties de simples pierres mureuses, de
moyen appareil, le badigeon est sans inconvénient pour elles. Toutefois, je le voudrais léger, couleur de pierre, dans le genre de
celui employé à Notre-Dame de Dijon, et désirerais une teinte très-
fine sur les profils pour raccorder les tons. Le badigeon employé à
Notre-Dame de Dijon doit être considéré comme modèle. Je citerai encore celui dont on a fait récemment usage, à Beaune, pour
la maison Blancheton de Larochepot. Sa teinte est celle que j'ai
invoquée déjà pour Saint-Vincent de Chalon, à peu près celle du
travertino romain. Restaurer la chapelle *Bouton*, actuellement
dédiée aux saints Baudèle et Flocel, et lui rendre sa décoration
primitive, est un soin qu'on doit regarder comme indispensable;
surtout, il est urgent de ne plus y faire les catéchismes, car les
enfants qui s'y rassemblent y causent des dégradations très-nui-
sibles et très-malpropres.

Les baies apsidaires ont vu renaître pour elles les verrières
peintes, dont le mauvais goût les avait privées; ces verrières, d'un
ton vif et chaud, sont une compensation très-satisfaisante à la
perte des anciennes. Il faudra continuer cette restitution de peintures transparentes dans le vaisseau, où la lumière entre avec une
liberté qui tient de la licence. Félicitons-nous de l'acquisition faite
il y a quelque temps, par le conseil de fabrique, d'un bel exemple
des progrès actuels de la peinture sur verre à Lyon. C'est l'image
d'un saint évêque, sortie des ateliers de M. Brun Bastenaire, et
qui sera utilisée dans une des fenêtres du pourtour apsidaire, sous
le nom de saint Anselme. L'essentiel, d'abord, sera de munir
de verres teints ou peints l'*oculus* du revers de la façade,
puis les croisées qui éclairent le prolongement apsidaire des bas-
côtés et celles des deux croisillons. Une foule d'objets de décoration, fixes ou meubles, devraient disparaître de ce temple, et en premier lieu, les ignobles lustres que l'on y suspend toute l'année ;
mais qui demande trop n'obtient rien. — Toutefois, malgré la ri-

chesse des matériaux dont il est composé, je ne puis pardonner à
l'autel majeur sa coupe à la Louis XV. Tout ce que j'ai conseillé
pour un maître-autel à ériger à Saint-Vincent de Chalon (dans le
premier volume du *Journal d'un Pèlerin*, page 357), tout ce que
j'ai dit de l'aspect liturgique des sacrificatoires de couleur, peut
trouver son application à Notre-Dame de Beaune.

Les trois cloches, dignes en tout point d'un village, et donnant un
ton majeur, devront être promptement remplacées par des corps
sonores, en ton mineur, d'un volume plus considérable. La cloche
moyenne est un corps sonore bien pauvre en son; sa voix est constamment enrhumée. Le ton mineur est le seul qui convienne aux
cloches des temples chrétiens. Il serait à désirer qu'on adoptât ici la
sonnerie liturgique lyonnaise; il faudrait alors quatre cloches. —
Naguère, Mgr. l'évêque de Dijon entendant le carillon de Notre-Dame, quelquefois un peu mondain dans ses accents, sembla le condamner. On saisit la lettre et non l'esprit du prélat; on alla même
jusqu'à lui prêter un ridicule, en assurant qu'il avait blâmé et défendu les carillons, *attendu qu'ils sentent le village*. Mgr. l'évêque de
Dijon ne peut ignorer qu'on carillonne à Saint-Jean-de-Latran, première basilique du monde, et à Saint-Jean de Lyon, première basilique des Gaules, et ne peut avoir articulé une pareille facétie. Ce qu'il
a sans doute condamné, et avec raison, ce sont des airs choisis
sans discernement. Quoi qu'il en soit, on supprima momentanément le carillon; mais il fallut bientôt y revenir quand la voix unanime des paroissiens le redemanda. La sonnerie de Beaune est mal
disciplinée; mais, après tout, elle a ses règles depuis long-temps
connues du public. Ainsi, rien de plus facile que de distinguer
celle annonçant une procession, le degré de solennité des fêtes, le
troisième dimanche. On avait supprimé tout cela, et on croyait
toujours entendre sonner pour des enterrements; on ne savait
plus où l'on en était. Le peuple beaunois, qui a une grande dévotion pour le troisième dimanche, ne le comprenait plus. Heureusement tout est rentré dans l'ordre. — Un usage contre lequel
on ne saurait trop protester, c'est celui de se servir pour les messes
basses, les angelus, les catéchismes, chapelets et autres exercices
non liturgiques, pour les bénédictions même, de la petite cloche
de la lanterne ou dôme mineur; cette *dindelle* sonne presque sans
cesse, c'est un véritable abus. Cela n'a pas de dignité; et en l'entendant, criarde et grêle, on croit ouïr les cloches des auberges
ou des portes de ville.

Plusieurs étrangers instruits ont vu avec peine, en la visitant, la malpropreté intérieure et la nudité désolante de cette basilique ; on devrait bien remplacer, nous le répétons, ses lustres grêles et ridicules par des lustres non d'estaminet, comme ceux de l'Hôtel-Dieu, mais d'une forme grave, pareils à ceux de la nouvelle église de Meursault ; il faudrait aussi pour le presbytère un tapis aux armes de la collégiale, fait dans un but direct pour cette église, comme il en existe un au grand Hôtel-Dieu et aux RR. Carmélites de la ville.

Le chapitre de l'insigne collégiale de Beaune, aînée de celles des diocèses d'Autun et de Dijon, avait un personnel nombreux, et était un des plus illustres de la catholicité. L'office divin s'y célébrait avec une pompe éclatante; on peut se convaincre de cette vérité par la lecture d'un manuscrit de 1653. — Le chevalier Lesueur, qui fut surintendant de la musique du roi Louis XVIII, avait été maître de chapelle de la collégiale de Beaune. L'abbé Rose composa pour elle des messes en musique remarquables.

Ce Mss. étoit à Louys Maulfout, sous-chantre en l'esglise collégiale de Nostre-Dame de Beaulne, receü à cette charge au lieu et place de maistre Pierre Requelaine, le sixième iour du mois de septembre de l'année 1653.

Ce manuscrit, qui appartenait à feu M. le baron de Joursanvault, qui nous le communiqua, renfermait :

1º Une relation des cérémonies à l'occasion de l'entrée du roi Louis XIV à Beaune, le 19 novembre 1658.

2º Le cérémonial usité à l'insigne collégiale à l'occasion de la mort de M. Claude Rousseau, doyen de Beaune, laquelle arriva le 18 juillet 1639. Les détails relatifs à l'élection d'un autre doyen.

3º Cérémonies observées par MM. du clergé de la collégiale, le 21e jour de mai 1643, aux obsèques du roi Louis XIII.

4º Cérémonies observées à la réception de Mgr. Louis d'Attichy, évêque d'Autun, à son entrée à Beaune.

5º Cérémonies usitées pour les *jubilés*.

Il est à remarquer que le titre d'insigne est toujours donné à la collégiale. Elle avait rang de cathédrale, et occupait la première place après celle d'Autun. Le doyen de Beaune était curé du roi et de la reine, quand LL. MM. se trouvaient dans cette ville ducale. Le sceau de la collégiale avait adopté l'image de sa céleste patronne avec la légende :

VRBIS · ET · ORBIS · HONOS

La ville de Beaune emprunta à son tour à son insigne basilique le même symbole héraldique. Heureuse union entre la commune spirituelle et la commune temporelle. Voici les armes de la ville, qui sont d'azur à la vierge mère d'argent, tenant un pampre de couleur naturelle :

Parmi les chanoines de Notre-Dame, on compte trois cardinaux et des fils des plus puissants seigneurs de la province : les papes Alexandre IV, Martin V et Sixte IV confirmèrent ses privilèges. Ce fut Sixte IV qui la décora du titre d'*Insigne*, et l'exempta de la juridiction de l'ordinaire.

Aujourd'hui, cette basilique est bien déchue de son rang et de ses splendeurs. Tout y est à refaire au point de vue du culte, plus pauvre que dans le plus humble village du Lyonnais. Le coup le plus brutal porté à son culte, fut celui qui résulta de l'introduction dans le sein de cette église d'une LITURGIE SANS AUTORITÉ et d'une MUSIQUE SANS POPULARITÉ. Bien que le jeune diocèse de Dijon n'eût jamais connu, depuis son établissement en 1731, d'autre liturgie que celle dite de Paris, Beaune était demeurée fidèle à la liturgie romaine et à ses vieux liens avec le diocèse d'Autun, dont elle ne fut distraite qu'à la suite de la révolution. Ce fut M. de Boisville, huitième évêque de Dijon, fort infatué de sulpicianisme et de parisianisme, qui favorisa cette déplorable introduction. On n'eut pas le courage de résister, quoiqu'on en eût le droit; car un évêque peut forcer une partie de son troupeau à quitter la liturgie de Paris pour revenir à celle de Rome, mais ne peut formellement pas le forcer à bannir celle de Rome pour embrasser les rites parisiens. Il n'y a donc encore que quelques années qu'on a eu la faiblesse et le tort de renoncer à la liturgie romaine. Mais pour être tout-à-fait vrai, il faut avouer qu'ici on ne suit rien de dogmatique, qu'on ne se conforme pas même exactement à ce rit parisien, si aride comme pensée, si frivole comme chant, si théâtral et si peu symbolique dans les évolutions qu'il prescrit au clergé; c'est un je ne sais quoi de mélangé, de routinier, livré à l'arbitraire des chantres et des bedeaux, la plupart du temps. La vulgarité, le sans-façon, sont poussés ici à leur comble, et on est surpris, si près de Lyon, de trouver un état de choses aussi déplorable, aussi anarchique. — Nulle tradition, nulle règle, nulle discipline, nulle logique, nul usage raisonné et invariable. Il faudrait que le clergé de Notre-Dame se pénétrât de cette vérité, que l'église est un lieu à part, où rien ne doit se faire avec vulgarité, où rien ne doit rappeler la place publique et la rue; le clergé de Notre-Dame devrait apprendre à se tenir et régler ses mouvements, à marcher lentement, officier avec gravité, à chanter avec noblesse; mais il n'a pas le sens liturgique. Dans les processions, dans les convois funèbres, j'ai souvent remarqué que les assistants étaient en général plus recueillis que les gens d'église. Puisque la pénurie de prêtres fait une nécessité de la présence de manœuvres pour chantres, qu'on les discipline au moins, qu'on les force à une tenue convenable. Il faut renchérir sur la pompe, la noblesse et surtout la gravité du culte; car la religion entre par les yeux autant que par le cœur dans l'esprit des populations. Oh! s'il y avait là cette ineffable liturgie lyonnaise, combien les souvenirs de l'église d'Orient se réveilleraient puissants dans cette basilique! Mais la tradition du chapitre a été interrompue, aucune autorité n'a surgi pour la continuer; le nouveau diocèse de Dijon n'a de rituel que depuis peu de temps, et quel rituel!..... En général, cela est triste à dire : liturgie et culte sont à Dijon et à Beaune frappés de l'esprit du siècle de Louis XV. Il faut ou réveiller l'ancien cérémonial particulier de cette église et s'inspirer de celui de Lyon, ou revenir pleinement et exclusivement aux pompes de la liturgie romaine. Déjà, la cérémonie du pain bénit est imitée de celle qui se pratique dans la Rome des Gaules; déjà, il y a ici vingt enfants de chœur disciplinés à la manière lyonnaise. Il faudra augmenter ce nombre insuffisant, et puis il faudrait que le clergé, je le répète, leur donnât aussi l'exemple de la gravité, de la démarche lente qu'on leur prescrit; car est-il juste que des enfants de chœur soient plus recueillis que les prêtres?... Pourquoi la bénédiction de l'eau ne se ferait-elle pas au baptistère comme à Lyon? — Espérons du temps, des bons exemples, des relations plus incessantes établies entre Lyon et Beaune. — Une remarque qui va prouver jusqu'où vont l'anarchie et l'absence d'autorité dans ce temple : Messieurs les chantres gagés ont l'édifiante habitude de quitter le chœur lorsqu'on prêche; il arriva dernièrement qu'ils n'y étaient pas rentrés lorsque le célébrant, de retour à l'autel, entonna le *Credo*, qui fut dit à la muette. C'est un malheur que le chantre salarié; mais quand il est insoumis, c'est un scandale.

Ah ! il faudrait que les destinées liturgiques de l'insigne basilique collégiale et majeure de Notre-Dame de Beaune changeassent bientôt, et que les restaurations monumentaires dont elle sera l'objet rappelassent les temps où l'architecture sacrée faisait partie intégrante de la liturgie. — Singulière condition des hommes et des choses de notre époque ! Ce sont les laïques qui ont appris, de nos jours, à la plupart des prêtres ce que c'est que l'art chrétien dans les temples où s'exerce leur ministère d'apostolat et de paix, et il n'est pas rare de trouver aujourd'hui des architectes et des monumentalistes qui ont plus de science ecclésiastique que beaucoup de membres du clergé !

Le feu de l'architecture sacrée fut jadis communiqué aux laïques par le clergé, et ce sont les laïques qui le restituent aux prêtres, qui trop généralement, — avouons-le, — l'avaient laissé s'éteindre entre leurs mains. Toutefois, soyons libre de tout préjugé et de toute injustice, le sens liturgique de l'architecture chrétienne s'est transmis sans interruption, et religieusement conservé dans l'auguste clergé lyonnais, ce clergé tout exceptionnel du pays de France; et s'il est une portion du territoire national, en dehors de la sainte ville de Lyon, où il ne se soit qu'assoupi, mais où il ne se soit pas perdu, c'est encore celle qui forme la province lyonnaise. Les graves clergés d'Autun, Chalon, Dijon et Langres, me fourniraient au besoin des exemples nombreux de prêtres liturgistes, même au point de vue de l'architecture sacrée. Le diocèse de Belley, quoique rentré dans la province ecclésiastique de Besançon, n'en a pas moins conservé ses liens avec celui de Lyon, dont il fait partie, et offre aussi de nombreuses exceptions à la règle, trop généralement établie, que nous avons indiquée.

L'ancien trésor de l'insigne basilique collégiale et majeure de Notre-Dame de Beaune était d'une rare opulence. Du grand naufrage révolutionnaire, on a pourtant sauvé quelques objets de décoration meubles, tels que : une chasuble de velours pourpre, dont le dos représente la Pentecôte et le devant l'Ascension, richement brodée et ornée de perles et de pierreries, avec l'étole pastorale de même : quoique du XVIIIᵉ siècle, cet ornement est très-beau et rentre, par son faire et la pose des personnages, dans le genre de la renaissance;—une chappe, dont le collet représente l'Assomption et dont l'orfroi est plein d'arabesques or et argent, sur fond rouge; — magnifiques tapisseries du XV⁰ siècle, qui, au temps du chapitre, servaient à lambrisser le chœur et l'apside; — reliquaire du XV⁰ siècle, et deux anges du même âge; — la Vierge noire, déposée dans la chapelle consacrée à Marie, œuvre d'une haute antiquité.

Autrefois, cette illustre et antique église avait un cérémonial, des usages, un rituel, qui lui étaient propres, et son bréviaire particulier dont le manuscrit existe encore à la bibliothèque publique de la ville. Il est à présumer que, dans l'origine, beaucoup de ces rites étaient empruntés à l'Orient, à la sainte et apostolique église de Lyon, dont elle était fille, mais qu'ils se modifièrent sous l'influence d'une liturgie essentiellement propre à Notre-Dame de Beaune. — A la restauration du culte, en France, il arriva à Beaune ce qui se vit à Lyon, où quelques membres du chapitre des comtes de Lyon, échappés aux orages révolutionnaires, se chargèrent de renouer le présent au passé, et apprirent à leurs jeunes et dociles successeurs, ce qu'était l'ancien office dans la basilique primatiale de Saint-Jean-Baptiste. De vieux débris du chapitre de Notre-Dame, comme le chanoine Estienne, le chanoine Guillemot, etc., enseignèrent aux prêtres de la paroisse ce qui se faisait dans la collégiale. De là, cette foule de prières particulières qui se chantent encore dans l'église Notre-Dame de Beaune, et qu'on n'entend que dans son sein, telles que :

Le « *Christum regem adoremus dominantem gentibus, qui se manducantibus : dat Spiritus pinguedinem.*

ỹ. *Cibavit illos ex adipe frumenti.*

ᵲ. *Et de petrâ melle saturavit eos.*

Gloria Patri, etc... *Sicut erat,* etc.

Le *Christum regem* est essentiellement romain; mais on ne l'entend plus guère qu'à Beaune et à Langres, en telle sorte qu'il est devenu, particulièrement dans la première ville, propre à son culte.

Le *Miserere nobis pie rex, Domine Jesu Christe* [1],

Le *Maria mater gratiæ,*

    Mater misericordiæ,

(1) Voyez : *Recueil de Prières qui se font à Notre-Dame de Beaune* (in-16). Beaune, imprimerie de Bernard fils

Tu nos ab hoste protege,
Et horâ mortis suscipe,
Pro defunctis intercede, »

qui se chante immédiatement après la grand'messe. Le même
usage existe à Demigny (Saône-et-Loire);

Et une foule d'anciennes, propres à l'église de Beaune, comme
celle : *Domine non secundùm peccata nostra quæ fecimus nos,
usque secundùm iniquitates,* etc.

L'amende honorable au Saint-Sacrement, qui se récite chaque
troisième dimanche avant la bénédiction, est aussi propre à cette
église.

Dans aucune église de France on ne fête avec tant de solennité
que dans celle-ci l'un des dimanches de chaque mois, consacré
au très Saint-Sacrement (le troisième); il y a à vêpres une procession intérieure qui est actuellement en progrès quant au nombre de bannières que l'on y porte. Dans aucune, l'octave de la
Fête-Dieu n'est célébrée avec autant de pompe et d'éclat. — C'est
l'ancien esprit du chapitre collégial qui survit, cela est hors de
doute; chaque jour de l'octave, il y a à Notre-Dame de Beaune :
exposition du Saint-Sacrement à sept heures du matin, grand'messe
à dix heures, vêpres à trois, complies à sept heures du soir, procession dans l'intérieur et sous le pronaos, pendant laquelle le carillon
ne chôme point une seule minute, et bénédiction du Saint-Sacrement.
Le son des cloches, les joyeux carillons répétés six fois par jour,
durant cette belle semaine, à propos de ces offices, répandent l'al-
légresse et l'effusion dans la cité. L'octave est un temps de fête
véritablement populaire dans le pays. Cette procession, qui se fait
tous les soirs à Notre-Dame, malgré le décousu qu'elle offre, est
propre, exclusivement propre à notre église; elle est recueillie et
animée par le concours de pieuses confréries d'hommes, de femmes,
de vierges, et par de petits enfants revêtus d'habits sacerdotaux
ou de religieuses. Les fleurs, les chants, les flambeaux, la voix de
l'orgue, le carillon, tout s'associe à la fête. Lyon, même, peut et doit
envier cet octave et ce troisième dimanche.

Mais, hélas! si la tradition de la collégiale ne s'est point interrompue à l'endroit de ces touchantes cérémonies du troisième dimanche et de l'octave, pourquoi donc s'est-elle effacée en ce qui
touche à la gravité du culte? Ah! la tradition, où ne s'interrompt-
elle pas de nos jours? N'est-elle pas en partie discontinuée dans
le premier temple du monde, après Saint-Jean-de-Latran, à Saint-
Jean-Baptiste de Lyon, même ? — à Saint-Jean, qui devrait donner

exclusivement le ton à toutes les autres églises, et ne le recevoir d'aucune, attendu sa suprématie vénérable.

Il faudrait, je ne saurais trop le dire et le redire, resserrer le vieux lien de la discipline et du cérémonial; reconstituer l'ancienne liturgie; recueillir avec respect tous les usages qui florissaient à Notre-Dame de Beaune; s'inspirer du rituel de Lyon, pour tous les points que la tradition écrite ou orale n'éclaire plus; lui emprunter, par exemple, la bénédiction muette, d'un effet si grave et si religieux; rattacher, autant que faire se peut, la paroisse à la collégiale, et l'église de Beaune serait encore la *première* du diocèse par sa constitution et sa liturgie, comme elle l'est par l'illustration et l'antiquité de ses souvenirs.

V.

ANNOTATIONS. — ÉCLAIRCISSEMENTS. — LITVRGIE. — MONVMENTS DÉTRVITS.

1. La châsse dorée servant à l'exposition du très Saint-Sacrement est d'une noble et belle simplicité; une idée morale et symbolique a présidé à son exécution : ce sont deux anges supportant une couronne et s'élançant de groupes de nuages. Je n'ai vu nulle part une châsse d'un goût aussi pur. Toutefois, il existe, je l'ai dit ailleurs, — à Saint-Martin de Metz, à l'église de Notre-Dame de Dole (Jura), à l'église rurale de Savigny-sous-Beaune et à Corpeau, des imitations libres de ce modèle parfait; mais ces copies n'ont ni la justesse, ni le goût exquis de l'original. La châsse de l'église rurale de Demigny est encore conçue dans les mêmes idées; mais ni celle de Saint-Martin de Metz, ni celle de Notre-Dame de Dole, ni celles de Savigny et de Demigny, n'ont la légèreté, la finesse, la transparence, la forme idéale et aérienne de celle de Notre-Dame de Beaune, son élégance et sa grâce. D'ailleurs, elles sont pour la plupart munies d'une glace qui en fait le fond; elles ne sont point à jour de part en part, comme la délicieuse châsse de Beaune, dont le modèle ne saurait trop être recommandé, et dont l'exécution habile et correcte révèle tout le talent du sculpteur qui la produisit. Cet artiste fut très-probablement feu Bonnet, auquel nous avons payé plus haut un juste tribut d'estime. Il existe aussi à Notre-Dame deux candélabres en bois doré, de style Louis XV, qui viennent d'être redorés à neuf, et que l'on place aux angles de l'autel avec des torchères, pour les grandes solennités. Ils proviennent de l'ancien mobilier de l'hôtel Blancheton de Larochepot.

2. On ne peut s'expliquer comment une église de première classe, comme l'est Notre-Dame de Beaune, ne possède pas même un ornement complet en drap d'or, pour les solennels-majeurs et les annuels; il y a une pénurie notoire à cet endroit, dans cette paroisse, où les vêtements ecclésiastiques sont presque tous vieux, usés et d'un goût mesquin.

3. (*Détails historiques.*) Sur le jubé, on voyait les armoiries et la devise *Deum time*, du cardinal Rolin, qui le fit construire. Ce prélat avait désigné sa sépulture dans le sanctuaire en face de l'autel. Il se plaisait beaucoup à Beaune, qu'il habita quelque temps. On voyait à la place qu'il avait indiquée pour sa sépulture, une belle tombe de pierre sur laquelle on lisait en caractères du temps :

Cy . gist . mons . Jehan . Rolin . iadis'. cardinal . évêque . d'OSTVN . q . trépassa . le. dernier . IOVR · de IVIN · MCCCCIIIJXX · et . trois . Priés . Dieu . povr . lvi. Mais cette épitaphe était fictive, puisque le cardinal fut inhumé à Autun, dans sa cathédrale, où on lui érigea un magnifique tombeau en marbre blanc. Dans la deuxième chapelle à gauche, on voyait sur le vitrail le portrait du même cardinal à genoux. Il avait fait orner cette chapelle, ou plutôt l'avait construite.

4. En face de la porte occidentale, contre le mur du jubé, était la statue du chanoine Jean Taupenot, en surplis, à genoux devant une croix. Il avait été aumônier de Henri IV, et mourut en 1606. Son épitaphe était derrière le chœur, sur une longue lame de cuivre appliquée à l'une des colonnes du rond-point; il avait fait don d'un enclos dit *de la Colombière*, pour y établir les Capucins.

Au dedans du chœur et dans le haut du mur qui portait la statue de Jean Taupenot, on voyait un grand tableau en bois, représentant à genoux devant l'image de la Vierge, MM. Henri, Antoine et Claude de Salins, successivement doyens du chapitre, et accompagnés de leurs patrons. Ces statues étaient en terre cuite.

Le tombeau de Jacques de Dinteville, président du parlement ducal, et de dame Marie de Pontaillier, son épouse, était attenant au sépulcre qu'ils avaient fait ériger. Ces statues et surtout celle du président étaient très-estimées.

5. Les tribunes du chœur ou ambons étaient deux monuments. L'un à gauche, garni de colonnes, portait la statue de Claude de Salins, vêtu d'un surplis, ayant une longue barbe, et agenouillé devant une croix en regard de son patron. On a trouvé ses restes dans un caveau ovale situé au milieu de l'ancien chœur, et recouverts d'une tombe en cuivre. Il y fut inhumé en 1590, vêtu et botté selon l'usage des gentilshommes. Le caveau existe encore sous l'autel majeur actuel.

La tribune à droite, élevée sur deux pilastres cannelés et surmontés d'un fronton, portait les figures de la Vierge, à genoux devant un prie-Dieu, et l'archange Gabriel, debout et tenant un lis; au sommet du fronton, entre les deux figures, était un vase de fleurs. Ce monument rappelait l'honorable maison de messires de Gasse, chevaliers des ordres du roi, et seigneurs de Rouvray; on y voyait les armes d'Adrien de Rouvray, doyen, mort en 1580.

6. Il ne reste d'inscriptions historiques que celles du tombeau de Claude Loysel, doyen, décédé en 1571 ; il avait choisi pour sa sépulture cet endroit, où il avait fait élever, en 1567, un monument à la mémoire d'un de ses neveux, tué à l'âge de 22 ans, par des tuiles qui tombèrent d'un édifice à Toulouse, où il étudiait. Cette anecdote est gravée au bas du tableau sculpté. La famille Loysel était une des plus anciennes de Beaune. — Puis l'épitaphe du doyen Philibert de la Marre, mort en 1764.

Une épitaphe consacrée à la mémoire de M. Pinot, premier curé de Beaune à la restauration du culte, fait face à celle-ci, sous le prolongement apsidaire du collatéral.

7. Le portail était décoré d'une *imagerie* qui méritait d'être conservée. Le contre-retable au fond représentait Dieu, assis sur un trône, et accompagné d'anges qui tenaient des trompettes; au-dessous, étaient Jésus-Christ, sous la forme d'un

agneau, la Sainte-Vierge et les apôtres ; plus bas, on voyait la résurrection générale.

Cinq cordons de statuettes remplissaient le cintre : le plus extérieur représentait les douze signes du zodiaque ; le suivant, les douze mois de l'année, désignés par les travaux propres à chacun d'eux ; dans le troisième, la vie spirituelle était figurée par les vierges sages et les vierges folles, caractérisées par leurs lampes ; le quatrième était rempli par les patriarches, et le cinquième par les anges. Au bas des cordons, à droite, on voyait l'enfer, et de l'autre côté le paradis ; sur le pilier qui partageait la grande porte, était une statue de la Sainte-Vierge, et à la même hauteur, douze saints de l'Ancien-Testament, six de chaque côté, avec les noms écrits au-dessous de chaque statue. Aux petites portes collatérales, on voyait les apôtres, l'histoire de la Vierge et celle de la Passion.

La croix qui s'élevait devant le portail avait été donnée par Humbert Legoux de la Berchère, conseiller au parlement de Bourgogne, et doyen du chapitre de Beaune ; il mourut en 1516, et fut inhumé au pied de cette croix, sous une tombe qui portait ses armoiries.

A la porte occidentale, était le tombeau de Guillaume Lifaille ou Feuillet, doyen, mort en 1367. Il était nommé dans son épitaphe : WILLEMVS · FOLII. Sa tombe était portée par quatre colonnettes. Le porche de cette porte avait été construit par les de Salins, dont on voyait les armoiries aux quatre angles dans des écussons portés par des anges. Elles étaient encore au-dessus de la grille en fer de ce porche, qui était aussi un de leurs dons, et fermait l'arc ogival que l'on a muré depuis.

8. (*Nouvelles verrières peintes de l'apside.*) Nous devons ici dire un mot des verrières peintes que l'on a adoptées aux sept baies de l'apside, et dont l'inauguration a eu lieu le 1er mai 1846, à la solennité de la messe de saint Philippe, célébrée pontificalement par Mgr. l'évêque de Dijon, accidentellement à Beaune alors. Ces verrières sont la réalisation d'un poème religieux : le couronnement de la Vierge au ciel. — Dans la baie centrale, on voit ce sujet capital traité d'une manière large, et rappelant les poses naïves du moyen-âge, sans toutefois en avoir la raideur. Cette baie porte à sa partie inférieure la légende *Regina Angelorum*, conformément à ce que l'on a vu plus haut, ces verrières rappelant les sept derniers versets des litanies de la Sainte-Vierge.

Le premier appareil de peinture vitrifiée, à commencer par la gauche du chœur, représente quatre Pontifes en pied, superposés deux à deux, et séparés par des pinacles imités des détails de l'architecture du XIVe siècle ; parmi eux, on remarque saint Jérôme, saint Ambroise et saint Augustin. L'ange placé dans le trèfle a pour légende : *Regina confessorum*.

La seconde verrière, ayant du reste la même disposition que la première et que toutes les autres, moins celle du centre, est consacrée aux Martyrs (*Regina Martyrum*) ; ce sont les saints Irénée, Baudèle, Bénigne et Etienne, spécialement honorés dans le diocèse de Dijon.

La troisième verrière est consacrée aux Apôtres (*Regina Apostolorum*) ; ces personnages représentés sont : saint Pierre, saint Paul, saint Jean, évangéliste, et saint Jacques-le-Majeur.

La quatrième baie est garnie de la verrière principale ; c'est celle des anges, parce que, outre la composition capitale du couronnement, elle représente des Séraphins, Chérubins, etc. Le trèfle d'en haut est orné du Saint-Esprit, sous l'emblème de la colombe. C'est la fenêtre appelée *fenêtre d'honneur*.

La cinquième baie est la verrière des Patriarches (*Regina Patriarcharum*) ; ce sont : Adam, Noé, Abraham et Jacob.

La sixième est la fenêtre des Prophètes (*Regina Prophetarum*); les personnages sont : David, Moïse, Isaïe, etc.

La septième et dernière fenêtre est consacrée aux Vierges ; ce sont : sainte Cécile, sainte Catherine, sainte Lucie et sainte Agathe (*Regina Virginum*).

Il faudrait compléter cet appareil par la vitrerie peinte des quatre grandes lancettes ogivales qui éclairent la nef déambulatoire de l'apside; nous espérons que cette amélioration ne tardera pas à s'opérer. Il serait utile aussi de garnir de peintures vitrifiées, ou simplement de mosaïques, les trois baies qui éclairent les chapelles rayonnantes du pourtour du chœur, ces fenêtres faisant nécessairement partie de l'ensemble des vitraux projetés ; alors, la grande verrière des hautes fenêtres du XIVe siècle, celle des quatre baies ogivales, celles projetées pour les trois chapelles, avec trois autres petites mosaïques à fond d'azur, déjà placées au-dessus de l'arc plein-cintre de chacune d'elles, produiraient un effet plus harmonieux. Alors disparaîtraient le ton criard des peintures diaphanes supérieures et ces disparates choquants d'une lumière venant d'en bas. L'œuvre des verrières peintes de Notre-Dame est le résultat d'une souscription volontaire des citoyens beaunois. Ce fut en janvier 1843 que cette souscription s'organisa par les soins d'une commission composée de MM. Pautet, sous-préfet, *président*; Michaud, maire; Richard, curé; Joseph Bard; Dupont-Perrot; Foisset, juge; Frignet; de Lamotte; Madon, avocat, *secrétaire*; Maire-Nicolle; Mallat, directeur de l'Hôtel-Dieu : Molin, docteur-médecin; Moreau-Guillemot, *trésorier*; Jules Pautet. — J'ai dit, pag. 393, que la verrière de M. Brun devait être utilisée sous le nom de saint Anselme. Je verrai avec peine ce projet s'exécuter. L'œuvre de M. Brun représente saint Grégoire; c'est la copie du magnifique tableau du Pérugin, du musée de Lyon; cette belle et calme figure est si populairement connue, qu'on ne saurait la débaptiser impunément. — L'intention de la fabrique est de faire décorer les chapelles de Notre-Dame, qui ont grand besoin d'embellissement et de propreté, pour la plupart. Le clergé devrait se borner à dire des messes basses dans ces chapelles, toutes munies d'un autel, et à réserver la *mensa sacra* majeure pour les messes chantées. — On remarque l'aigle doré servant de lutrin. Cet aigle est, avec celui remplissant la même destination dans la chapelle de l'Hôtel-Dieu, un des plus beaux modèles du genre.

NOTE SVR LES ÉGLISES

DE BARD-LE-RÉGVLIER, D'ARGILLY, DE VILLERS-LA-FAYE,
ET DE SAINT-NICOLAS DE BEAVNE.

*A MM. les abbés V. Chambeyron (de Belleville-sur-Saône) et Roux (de la Loire),
Jules Baux, de Bourg, Ch. de Vaublanc, Alph. Marey-Monge
et Em. Woillez.*

•

J'ai donné dans le premier volume du *Journal d'un Pèlerin*, page 210 et suivantes, la monographie complète de la basilique éduenne de Bard-le-Régulier ; j'y renvoie donc les lecteurs qui seraient curieux de la connaître à fond. En offrant l'image de son clocher (planche III, numéro 4), je n'ai voulu que prouver avec quel goût, quel sentiment antique, quel parfum d'orientalisme, l'architecture chrétienne s'est épanouie dans notre Bourgogne. C'est dans le même but que j'ai fait relever l'apside et le clocher de la basilique rurale d'Argilly, dont j'ai parlé avec l'enthousiasme qu'inspire une telle manifestation artistique, dans les pages de ce livre consacrées au canton de Nuits. Les restes de l'église rurale du Mont-Saint-Victor, à Villers-la-Faye, n'ont rien de bien significatif ; mais tant de culte et de touchants souvenirs en forment la consécration, ils dominent de si haut nos plaines bourguignonnes, que je ne pouvais, sans manquer à mon ardente piété filiale envers le canton de Nuits, dont j'ai sucé le lait, négliger de figurer pour les yeux cette apside et ce clocher de la montagne sainte, seuls restes du temple détruit par la révolution. C'est dans ce sanctuaire qu'était conservé ce Saint-Abdon, nommé par le peuple *Saint-Ploton*, objet d'une si antique dévotion. Je profite de cette note pour inviter tous les poètes épris d'amour pour les saintes traditions, les beaux sites, les lieux qui font rêver et chanter, à visiter Villers-la-Faye. Quoi de plus coloré, de plus riche en air vif et pur que cette campagne ? où trouver une plus heureuse alliance des souvenirs antiques et des souvenirs chrétiens, de par nos villages de Bourgogne ? Ce n'est pas, je le répète, parce qu'une pieuse aïeule m'a laissé en ce pays une demeure simple, mais d'un aspect éminemment patrimonial, qu'il m'inspire tant d'affection ; c'est parce que ses mœurs sont douces, ses aspects enchanteurs, que son ciel est rayonnant, sa nature silencieuse et calme. On ne peut faire un pas autour de ce Mont-Saint-Victor, sans trouver des restes de l'antiquité gallo-romaine. La plupart des noms de climats la rappellent ; je n'en citerai qu'un seul, celui de la *Plante-des-Auges*, qui appartient à ma mère, situé au pied du mont. Ce nom vient bien certainement de tombeaux antiques qui s'y rencontraient et qui avaient la forme d'auges, comme ceux de Saint-Émiland (arrondissement d'Autun) et de Thil-Châtel (Côte-d'Or). — Quant au nom de la Faye, il est indubitablement celtique; mais qui peut espérer de tomber juste dans une appréciation étymologique ? Pour celui de Villers, c'est une autre affaire. Sa racine est romaine; tous les lieux nommés *Villars*, *Villers* sont antiques; leur nom vient de *Villa*; on en peut dire autant des lieux appelés *Chazeaux*, *Casots*, *Chazots*. — En donnant le dessin des restes de l'église de Villers-la-Faye, j'ai encore eu en vue d'indiquer la prédominance absolue de l'école romano-byzantine dans le canton de Nuits. Les églises rurales de Chaux, de Meuilley, d'Arcenant, naguère rebâties, appartenaient à ce style.

La façade de l'église du Saint-Nicolas de Beaune (planche IV, numéro 2) montrera comme, en Bourgogne, l'idée pyramidalisante de l'architecture ogivale a su se marier d'une manière harmonieuse à la pensée romane. Elle offre un exemple de ces pénitentiaires extérieurs ou pronaos, espèces de grands porches, très-communs dans nos contrées, et connus sous le nom populaire de *chapiteaux*. — J'ai donné dans la *Statistique générale des Basiliques lyonnaises*, la Monographie de ce temple, où l'on vient de placer à la baie de la façade une verrière mosaïque, de couleur bien nuancée et bien ajustée, d'un goût irréprochable. — Malheureusement, je n'ai pu faire passer dans le dessin la belle teinte d'argile et la robe d'or de ce monument, à sa région apsidaire.

IX.

SAINT-ÉTIENNE DE BOVRGES.

Aux Sociétés des Antiquaires de l'Ouest et de Touraine, à MM. le docteur Leglay, archiviste du nord, l'abbé Manceau, de Tours, et de Vaudoré, de Poitiers.

L'église métropolitaine de Saint-Étienne de Bourges, bien que sise dans le point central de la France et au-delà de la Loire, offre la pensée générale du XIIIe siècle, mais tendant déjà à s'abaisser et à se modifier par des mœurs moins intimes et moins septentrionales. Néanmoins elle partage avec les basiliques de la France du nord, l'honneur de compter parmi nos plus importants ouvrages de l'architecture du moyen-âge. Jet hardi des voûtes, harmonie des percées, majesté de l'ensemble, lointain des profils, peintures sur verre qui n'ont de rivales que celles de Saint-Ouen de Rouen et celles de l'église métropolitaine d'Auch, tout ce qu'il y a de grave, de solennel dans le type abstrait de l'art ogival, tout est là. C'est une des plus magnifiques expressions matérielles du style national arrivé à son apogée de perfection. Il est impossible en entrant dans ce temple mystique, et plein d'un demi-jour qui porte à la prière, de ne pas être pénétré d'un profond sentiment d'admiration et de respect. L'observateur remarquera d'abord les dimensions du vaisseau, l'unité qui règne dans le plan, le calme, la régularité et l'heureux accord de toutes les parties du temple.

Comme l'église de Saint-Maurice de Vienne, cette basilique est privée de croisée ou transsept. La grande façade n'offre rien de très-remarquable. Deux tours, dont l'une inachevée, ornent cette région occidentale percée de cinq portiques à voussures peu profondes. Ces tours sont assez modernes, et présentent la tradition artistique du XVᵉ siècle, fort habilement alliée aux pleins-cintres de la renaissance. Cinq pignons surmontent ces cinq portiques, qui du reste sont plus anciens que la partie supérieure des tours, et offrent l'ogive pure avec des imageries que la révolution a singulièrement mutilées. A la tour incomplète du côté méridional, atteint une grande arcade qui faisait partie des cloîtres détruits. On monte dans la tour du nord (celle qui contient les cloches et l'horloge) par un escalier magnifique et fort bien éclairé. J'en souhaiterais un semblable à mon collègue M. Gilbert (1), pour monter dans sa tour de Notre-Dame de Paris, où il demeure et où il est en permanence vers l'ogive, comme un guerrier vers sa cuirasse. L'édifice est contre-butté par des contre-forts et arcs-boutants d'un bel effet, et dont la projection est étonnante, surtout autour du rond-point du chevet. Cette apside est absolument de même fabrique que celle de Notre-Dame de Paris, et lui est en tous points analogue. Les grands refends de l'église, n'étant point interrompus par les branches de la croisée qui manque, offrent une suite de lignes continues et régulières qui sont pleines de majesté et d'harmonie. Les vantaux des portes sont très-curieux; il serait à désirer que la fabrique, pour les protéger contre les injures du temps ou les atteintes des sots, y adaptât des volets ou contrevantaux, comme on l'a fait ailleurs. Le grand comble du vaisseau est couvert en ardoises, et surmonté d'une croix de fer dorée à ses extrémités, placée au rond-point de l'apside. De larges fenêtres ogivales, un peu trop déprimées pourtant, éclairent la nef; le dessin de ces ouvertures, à l'intérieur, est agréable à l'œil. Entre chacune des fenêtres, dans la partie triangulaire du mur formée

(1) M. A.-P.-M. Gilbert, de la Société royale des Antiquaires de France, gardien de l'église métropolitaine de Paris, auteur des descriptions historiques des NN.-DD. de Paris, d'Amiens, de Chartres, de Rheims, de Rouen, de celle du chœur de Beauvais, de Saint-Ouen de Rouen, de Saint-Vulfran d'Abbeville et de Saint-Riquier en Ponthieu.

par la juxta-position de leurs arcs aigus, sont de petites roses de
pierre, ou œils-de-bœuf extrêmement jolis, correspondant à l'intérieur aux nervures de la nef, et par conséquent invisibles dans
le temple. Bien que la grande façade du monument soit maigre, il
y a du grandiose dans son ensemble. On remarquera avec le plus
vif intérêt deux portiques latéraux bien antérieurs à l'édifice actuel :
ils sont romano-byzantins, et admirables de sculptures et de détails,
comme à l'église Notre-Dame de Poitiers. La situation de Saint-
Etienne de Bourges, dans la partie la plus élevée de la ville,
donne beaucoup de développement aux lignes architecturales, et
contribue à l'effet général du monument, qui est imposant et
noble.

Ce vaisseau présente à l'intérieur cent vingt mètres de longueur dans œuvre, quarante-un de largeur, et dix-neuf de hauteur sous clef de voûte. La largeur de la grande nef est de treize
mètres d'un pilier à l'autre. Je ne l'ai pas mesurée ; mais j'ai toute
confiance au rapport de feu le chanoine Romelot (1). Quatre collatéraux d'inégale hauteur règnent le long de la nef principale; mais
le bas-côté le plus rapproché d'elle m'a paru trop étroit pour sa
longueur. Il n'y a qu'un très-petit nombre de chapelles. La nef est
remarquable par son homogénéité et la hardiesse des piliers qui
soutiennent la maîtresse voûte. Comme entre le chœur et la nef
on ne voit pas s'élever ces insignifiantes constructions qu'on nommait jubés, il en résulte que rien ne nuit au développement des
lignes depuis le revers de la façade jusqu'au fond du sanctuaire.
A Rouen, des colonnes de marbre s'interposent entre la nef et le
chœur de Notre-Dame, et contrarient singulièrement l'œil difficile
de l'artiste. Le pavé de Saint-Etienne est très-riche. Treize travées
constituent la nef et cinq forment l'apside. On regrette que le système pilastre ait été trop généralement employé dans ce beau monument, et, encore plus, que les fenêtres qui règnent au-dessus
des travées soient dans des proportions peu harmonieuses. Le triforium qui règne entre le clerestory et la voûte, est d'un style
lourd. Les gros piliers sont cantonnés de deux colonnes et de six
colonnettes isolées. Cet édifice est d'une incroyable pauvreté d'ornements et de décorations intérieures. Je sais bien que les révolu-

(1) Romelot. Description historique et monumentale de l'église patriarchale, primatiale et métropolitaine de Saint-Etienne de Bourges. — Bourges, 1824. — Ma-
naron, imprimeur.

tions ont passé par là, et je tremble encore qu'une nouvelle anarchie ne vienne traverser ce qui reste en France de monuments religieux du moyen-âge. Mais aussi, Saint-Etienne possède d'admirables peintures transparentes. Je signalerai toutes ces verrières à médaillons qui se trouvent sous le bas-côté du chœur, et les verres peints du sanctuaire, représentant des saints de l'Ancien et du Nouveau-Testament. Ces vitraux sont de la plus belle époque; on ne peut imaginer toute la vivacité des couleurs, l'harmonie des tons, la variété du dessin, la précision des armatures; ils sont d'ailleurs presque tous complètement intacts. Mais ce qui attire surtout les regards de l'observateur, c'est le grand vitrail qui occupe à lui seul la moitié du revers de la façade, au-dessus de la principale porte trinitaire. Cette verrière est d'un effet auguste, d'une hardiesse surprenante, divisée en riches compartiments avec trèfles, quatre-feuilles, lancettes, et rosace placée dans l'ouverture de l'arc aigu. — Au reste, MM. Cahier et M.... ont fait sur ces verrières un travail classique, devenu type et modèle du genre.

L'office divin ne se célèbre pas à Bourges avec la solennité qu'on devrait trouver dans une pareille cité, dont l'église est si illustre et l'esprit si excellent. Je suis certain que le digne prélat qui occupe le siège de Bourges, s'il vient à lire ces lignes, me saura gré de ma franche sollicitude pour le culte, et fera mettre à profit mes observations. Le chant du chœur est détestable dans cette église; c'est un véritable croassement, un faux-bourdon pris constamment d'un demi-ton trop haut ou trop bas sur le thème, avec fioritures du plus mauvais goût et du plus mauvais effet. Ces remarques paraîtront peut-être minutieuses; mais dans un siècle où l'incrédulité s'en va frappant à toutes les portes, il faut que l'église soit le lieu où toutes choses paraissent toujours dignes, augustes et sublimes; car enfin c'est par le culte extérieur et sensible que l'âme s'initie aux plus saints mystères du catholicisme. Les chanoines de Bourges ont, comme le clergé de Paris, la tête emprisonnée dans un hideux capuchon noir en forme de casque, ce qu'on me permettra bien de ne pas aimer, moi fils de l'église de Lyon. J'ai oublié de dire que sous la basilique de Saint-Etienne, est un chœur souterrain assez curieux, contenant un sépulcre d'un aspect fort mystérieux. On a réuni dans cette crypte secondaire, plusieurs têtes de saints et statues de marbre arrachées aux brigandages révolutionnaires.

Ce temple joue un rôle immense dans l'horizon de la vieille cité de Bourges et dans ceux de la province dont elle est l'expression. Située sur une sorte de capitole, elle projette son ombre sur toute la ville de Jacques Cœur; elle domine les plaines reposées et tranquilles de ce Berry, centre de la terre française, et les flaques aqueuses de la Sologne. — Le palais archiépiscopal qu'elle abrite, avec son magnifique jardin, est un des plus beaux du royaume.

Je clos par Saint-Etienne de Bourges la portion de cet ouvrage plus particulièrement vouée à l'archéologie monumentale. C'est une science à laquelle je ne reviendrai plus à l'avenir, qu'à propos de de Notre-Dame de Bourg, dont je mettrai quelque part la description pittoresque, et de Notre-Dame d'Amiens, dont j'ai promis la monographie épique, seulement effleurée dans un de mes précédents chapitres. L'archéologie sèche a fait son temps dans ma vie comme dans la vie générale. Les cathédrales du moyen-âge sont depuis d'assez longues années entre les mains des géomètres, des analystes, des appareilleurs et des monographes; elles ont fait naître assez de filandreuse et flatulente phraséologie; il est temps qu'elles rentrent dans le domaine exclusif de la haute littérature, de la poésie et du cœur.

Annotations relatives à la quatrième partie. — Dans la monographie de Notre-Dame de Beaune, plusieurs éclaircissements, erreurs et omissions ont échappé; je crois utile de reprendre rapidement, en sous-œuvre, les parties demeurées incomplètes du travail.

1 La croix qui couronne la lanterne du clocher est d'une forme arbitraire; elle représente une croix de chevalier, à jour. Faut-il rappeler que le signe de la rédemption ne doit jamais varier, et qu'une croix latine ou grecque de bronze doré serait ici d'un bien plus noble effet? Le coq qui surmonte anti-liturgiquement cette croix est monstrueux et ignoble. Pag. 378 et 379.

2. Au lieu de *Minereie castrum,* lisez : Minerviæ. Pag. 380.

3. L'entrée du grand charnier était, dit-on, à la place qu'occupe l'autel majeur actuel, c'est-à-dire aux limites du chœur et presque sous la coupole. P. 381.

4. Les écriteaux des chapelles ont disparu partout, excepté à la chapelle apsidaire de Saint-Michel. Pag. 383.

5. De très-beaux bas-reliefs provenant de l'ancienne église des Jacobins de Beaune, et donnés à cette communauté par la famille Richard, ont été naguère acquis par le conseil de fabrique de Notre-Dame. On doit désirer qu'ils soient le plus tôt possible utilisés. Ceux de ces objets d'art chrétien représentant la naissance et la mort de N.-S. seraient destinés à la chapelle Saint-Martin et Saint-Claude, et ceux qui se rapportent à la vie de saint Pierre, à la chapelle de ce nom. Pag. 384. Note communiquée par M. Vergnette de Lamotte.)

6. Tout inopportun que soit le caractère donné à la chapelle de Marie, l'exécution en est fort bonne, et je préfère mille fois cette épreuve d'art grec à ce gothique faux, spongieux, bâtard de notre temps. — Une faute m'a échappé.

Puisque la chapelle du croisillon occidental est grecque, il faut que celle à ériger dans l'autre croisillon soit de même style. Je révoque donc l'idée émise ligne 28ᵉ. Tout calculé, les chapelles en placage sont des meubles, et ne se lient pas absolument aux lignes architectoniques. Pag. 385.

7. Les boiseries qui lambrissent le sanctuaire, celle qui orne le banc-d'œuvre, ont le grave inconvénient de mettre chapiteaux et corniches sous corniches et chapiteaux. Pag. 387.

8. C'est Loysel, et non *Loyselle*, qu'il faut lire. Pag. 388.

9. On voit encore dans le grenier de la basilique, les bochots de l'ancien comble à tuiles courbes. Pag. 390.

10. Le maître-autel de Mathilde offrait probablement un assemblage de marbres de couleur, ou même de mosaïques. La dalle dont il est ici question a été découverte et reconnue, en juin 1843, par M. Pelsel fils. Pag. 393.

11. La grosse cloche, fondue en 1810 par Fort père et fils, de Dijon, eut pour parrain Gaspard Monge, comte de Péluse, membre du sénat conservateur. La sonnerie de Beaune est en général détestable; j'en excepte celle du Grand-Hôtel-Dieu, dont le carillon est délicieux, et rappelle ceux des Flandres belge et française. Pag. 394.

12. Le personnel du chapitre se composait ainsi : un doyen, un archidiacre d'Autun prébendé à Beaune, un grand-chantre dont l'office fut supprimé, vingt-sept chanoines. J'ai donné sur les cloches et les illustres doyens de Notre-Dame, des détails étendus dans ma première Monographie, in-4°, 1836. Pag. 395.—On peut consulter à cet égard Gandelot, Courtépée, Pasumot annoté par Grivaud, et la *Gallia christiana*.

13. Lisez *Urbis et orbis honos*.

14. Le roi Louis XVIII a réglé les armes actuelles de la ville de Beaune : la vierge et l'enfant sont diadèmés d'or, la robe de la mère est frangée du même, etc.

15. L'absence de RÈGLE se fait partout sentir à Notre-Dame. Ainsi, point d'heure fixe pour entrer au chœur et commencer les offices. A la porte de Lyon, des habitudes ecclésiastiques si contraires à l'exemplaire ponctualité du clergé lyonnais! Et puis, la fureur d'une musique déplorable. Partout ailleurs, le clergé lutte contre les orchestres dans les églises; ici, il en favorise l'introduction. On s'affranchit de la crédence; même dans les solennels-majeurs, on saute à pieds joints sur toutes les rubriques. Il semble qu'on prenne à tâche de choisir pour officiers subalternes du chœur les figures les plus ignobles. — Quand cessera, sous l'influence d'une main ferme, ce désordre? Il faut en vérité qu'à Beaune la piété soit bien enracinée, pour n'être pas ébranlée par ces abus, par ce cynisme.

16. Au lieu d'*Usque secundum*, lisez : *Neque*.

17. Je le répète, il n'y a pas de ville où le dimanche consacré au Saint-Sacrement soit fêté avec autant d'ENTRAIN, d'élan et de verve populaires, qu'à Beaune. Ce résultat est dû en partie à la présence de pieuses confréries d'hommes et de femmes, établies dans le sein de la basilique. On devrait se servir dans les processions du troisième dimanche d'une bannière rouge, cela ferait variété parmi les bannières blanches. — Il existe à Notre-Dame des burettes et une aiguière en vermeil, fort belles : on devrait penser à se servir d'une cuvette de même.

18. Ce que j'ai dit au nᵒ 7 de ces annotations supplémentaires, à propos de la chapelle de la Sainte-Vierge, est en tous points applicable à la châsse du Saint-Sacrement. Je préfère infiniment cette délicieuse forme à tous les tours de force du *gothique*. Pag. 401.

QUATRIÈME PARTIE.

BIOGRAPHIE.

I.

MERMET AINÉ, DE VIENNE.

A MM. les présidents Bourgon et Trémollières, de Besançon, Gueneau d'Aumont et Berthot, recteur, de Dijon.

La mort de M. Thomas Mermet, arrivée le 31 mars 1846, fut un deuil public pour la cité de Vienne en Dauphiné. Nul n'aima sa ville natale avec plus de chaleur et d'effusion que lui, ne la servit avec plus de dévouement, ne concentra plus pleinement en elle et sur elle tous ses moyens d'action, toute l'activité de ses travaux, toutes les forces de son cœur et de son esprit. On peut dire de M. Mermet, qu'après les joies sereines et intimes de la famille, les calmes affections du foyer, il n'en connut pas d'autres que celles qui avaient pour objet les intérêts, la gloire, l'illustration, la prospérité et le bien-être de sa chère patrie. Son amour pour la ville de Vienne était plus encore que de la piété filiale, c'était un culte de tous les jours et de tous les moments : il en avait fait sa chose, *res sua;* il était solidaire de toutes ses douleurs, de toutes ses espérances, de toutes ses félicités; il s'identifiait corps et âme avec elle; même dans les secrètes émotions de la vie domestique, il se préoccupait sans cesse des affaires de tous, des progrès, des besoins moraux et matériels du municipe et de la commune, il leur rapportait toute sa sollicitude et ses desseins; et l'un des plus beaux jours de sa laborieuse carrière fut sans doute celui où, par la publication de son premier volume sur l'*Histoire Viennoise*, il put associer solennellement son nom à celui de la vieille reine de l'Allobrogie. Vienne était pour M. Mermet le centre du monde : il n'avait d'enthousiasme, de verve, de patience que pour elle. — Sainte et vivifiante passion, élément de tout patriotisme, principe de toute vertu civique ! — Tous les concitoyens de M. Mermet se plaisent à lui rendre cette justice, c'est que la ville de Vienne n'eut pas d'enfant qui ait entouré sa mère de plus de soins intelligents et de tendresse, et qu'il sacrifia souvent son repos, ses pacifiques études et ses affaires particulières à son pays.

Etranger à la cité viennoise, n'ayant pas eu de relations personnelles avec M. Mermet, avant 1831, il ne m'appartient pas de le juger comme administrateur : je sais seulement que, simple chef des bureaux de la sous-préfecture, en des temps difficiles, à des époques d'anarchie, de réquisitions forcées et d'invasion, sous-préfet intérimaire, avocat, membre de la chambre des Représentants pendant les Cent-Jours, greffier du tribunal de commerce, conseiller municipal et d'arrondissement, administrateur des hospices et du bureau de bienfaisance, maire de Vienne durant un court espace de temps, il s'éleva, dans l'acquittement du devoir, au-dessus de la hauteur commune, et déploya souvent une habileté, un tact, une résolution, une prudence, une portée d'esprit et une raison dignes des caractères antiques au milieu desquels il vivait dans son cabinet, par ses études. A une grande rectitude d'idées, à des connaissances variées, M. Mermet unissait un certain absolutisme de volonté qui donna quelques prétextes à la jalousie, mais ne la justifia jamais; car ce n'étaient pas ses opinions qu'il voulait faire prévaloir, mais bien la justice, le droit, les intérêts réels de son pays. Dieu lui avait accordé deux remarquables aptitudes, celle des affaires administratives et celle de l'archéologie antique : il aimait prodigieusement le maniement des unes, y apportait beaucoup de maturité, de dextérité et de prévoyance; il avait un goût prononcé pour l'autre. — Ajoutons que s'il se croyait fermement indispensable aux destinées communales de la ville de Vienne, plus d'une fois ses concitoyens purent s'apercevoir qu'elles

avaient autant besoin de lui qu'il avait besoin d'elles. — Deux
mots sur M. Mermet comme écrivain. Il resta viennois dans tous
ses écrits comme dans tous les emplois de sa carrière, et ses ouvrages ne furent qu'une conséquence de son fervent patriotisme
local, et comme autant de tributs de sa piété filiale envers la
ville de Vienne. — Nul homme ne fut plus fier que lui de sa nationalité.

M. Mermet aîné a beaucoup travaillé et beaucoup écrit. Bien
avant qu'on ne s'occupât, en France, d'archéologie chrétienne, et
qu'on ne connût le mot de *monographie*, par rapport à la description des édifices ecclésiastiques du moyen-âge, c'est-à-dire en
1825, il dressait dans une brochure in-4°, devenue presque introu-
vable dans le commerce de la librairie, un inventaire exact des
richesses monumentales de la vénérable basilique de Saint-Maurice, et cela, pour appeler l'attention du gouvernement sur les
ruines qu'elle avait à réparer; 1825, réfléchissez, de grâce, à cette
date : on était alors en pleine restauration, et l'administration
municipale de Vienne se trouvait dans les mains paternelles de
M. de Miremont. Sans parler de plusieurs opuscules sur l'archéologie antique, émanés de la plume du regrettable défunt, il rédigea
pendant long-temps la *Chronique de Vienne*, où les idées de décentralisation littéraire qui, depuis lors, ont si fortement grandi,
jetaient peut-être leurs premières lueurs. Ce recueil, devenu précieux
comme les *Archives historiques du Rhône*, rempli de recherches
rétrospectives, de choses relatives à l'histoire antique ou ecclésiastique de la ville de Vienne, de faits contemporains, ne contribua pas
peu à inspirer aux Viennois l'amour de leur pays, à répandre le
feu sacré dont M. Mermet était le prêtre, à réveiller, à populariser parmi eux le goût des arts, le culte des glorieux souvenirs
endormis sur chaque pierre de leur illustre patrie. Ce ne fut qu'en
1825 que parut le premier volume de cette *Histoire de Vienne*,
pour laquelle l'auteur avait réuni tant de matériaux, qu'il n'a pas
eu le temps de mettre tous en œuvre. La mort de M. Mermet sou-
lèvera peut-être le voile qui enveloppe cette découverte du manuscrit de Trebonius Rufinus, que peu de personnes semblèrent
prendre au sérieux, et qui parut à quelques-unes ou facétieuse ou
très-singulière, bien qu'un homme sérieux en assumât la responsabilité. Le deuxième volume du même ouvrage ne fut publié
qu'en 1833. Je passerai sous silence la *Réponse au Questionnaire
de l'Académie des inscriptions et belles-lettres*, sur les monuments de l'arrondissement de Vienne; la brochure *Les Prélats*

27

espagnols, où je ne m'attendais guère à jouer un rôle, de concert avec feu Pollet et M. L. Perrin, de Lyon, et l'édition annotée du poème la *Vie de l'Homme*, son dernier opuscule.

L'*Histoire de Vienne* est le grand titre de M. Mermet à la gratitude littéraire de ses concitoyens, bien que cet ouvrage soit incomplet, qu'il manque de cette précision, de cette critique auxquelles s'est attachée, depuis lors, l'histoire particulière en province, de ces vues générales et de cette haute philosophie auxquelles elle s'est élevée depuis peu. Mais il faut faire la part du temps, des circonstances, des caractères, de l'éducation, de l'âge de l'écrivain. Ce que fit M. Mermet en 1825 et en 1828, ce qu'il avait préparé longues années auparavant, c'est immense. Le premier, il écrivait en province, uniquement pour son pays et sur son pays. M. Mermet, à ce point de vue, est le père de cette pléïade de jeunes écrivains de la province qui ont mis leur cœur et leur plume au service des gloires et des traditions de nos villes; il a été leur précurseur dans les voies de la décentralisation littéraire, archéologique et historique; il est mort leur doyen. Ce fait est incontestable.

Le style de M. Mermet ne se distingue point par cette élégance, cette souplesse, cette rapidité, cette énergique concision que l'on exige aujourd'hui de l'écrivain; mais il est clair, il a une allure franche qui plaît au lecteur. M. Mermet, dans ses ouvrages, causait avec ses concitoyens et ne les haranguait pas; il avait dans ses livres, tout comme dans sa conversation, des tours familiers, une certaine tendance à la prolixité, une sorte de bonhomie, plus apparente peut-être que réelle, qui ne manquait toutefois ni de finesse ni d'originalité. Il ne les dégageait pas assez sévèrement de détails oiseux, superflus ou vulgaires, et ne châtiait pas sa phrase autant qu'il l'eût pu faire. Du reste, ce sont des documents qu'il a recueillis, et s'il ne les a pas disposés avec toute la méthode désirable, il n'en a pas moins le rare mérite de la récolte et du choix. M. Mermet était d'un commerce facile et enjoué. Il contait à merveille, et, en l'entendant, on lui pardonnait volontiers d'être un peu verbeux et un peu enclin à narrer avec complaisance les évènements viennois dont il avait été le héros. Il avait tant vécu avec les anciens, dans son cabinet et ses livres, qu'il croyait pouvoir, comme eux, parler des services rendus à la patrie, et s'en regarder comme le sauveur dans mille conjonctures, car ses avis avaient presque toujours été salutaires. Un peu irascible, il n'aimait guère la contradiction, et malgré la droiture de son jugement et l'indulgence réelle de son cœur, sa connaissance parfaite des hommes et sa grande habitude de la société, il prenait quelque ombrage de l'influence ou de la science qui eussent prétendu être supérieures aux siennes. Le *moi* était assez chatouilleux chez lui. Fort versé dans les antiquités romaines, il n'avait ni les mêmes penchants, ni les mêmes études par rapport à celles du moyen-âge, et son goût en ce qui touche aux arts chrétiens, était peut-être moins sûr qu'en bonne conscience il ne le croyait. — La vie privée de M. Mermet dut se ressentir de son continuel besoin d'être mêlé aux affaires publiques : la commune faisait presque pâlir la famille à ses yeux. Dans le monde, il était un peu trop municipal, un peu trop officiel, un peu trop homme public : de là, vient qu'il semblait manquer d'onction dans son langage. Ses convictions politiques n'eurent peut-être pas, dit-on, toute la fermeté et la logique qu'on eût aimé à y reconnaître.

J'ai eu assez de rapports avec cet excellent citoyen, cet homme de bien, cet écrivain utile, laborieux, dévoué à la patrie au-delà de toute expression, ce continuateur patient de Nicolas Chorier; j'ai pénétré assez avant dans les mystères de cette nature élevée, pour qu'on ne me dénie pas le droit de dire toute la vérité sur sa tombe, comme je l'ai dite tout entière, dans notre tribune littéraire et historique du Lyonnais, sur la dalle tumulaire de Jean Pollet. — Je ne comprends pas le tribut funèbre sans une équitable part faite aux qualités et aux travers. Mermet avait assez de hautes et nobles vertus, pour faire oublier quelques côtés humains de son caractère; et son nom, toujours cher à la cité viennoise, sera toujours aussi une puissante recommandation pour ses enfants. Et puis, où l'histoire doit-elle commencer pour l'homme, si ce n'est sur son tombeau ?

Ce ne fut qu'en 1838 que M. Mermet reçut, comme récompense de ses travaux historiques, la décoration de membre de la Légion-d'Honneur, sur la proposition du ministre de l'instruction publique. Il était correspondant historique de ce département (Comité des arts et monuments) et associé de la Société royale des Antiquaires de France. En 1840, il m'avait remplacé dans les fonctions peu actives et assez mal définies d'inspecteur des monuments historiques du département de l'Isère. Il fut l'âme de la Commission des beaux-arts, instituée à Vienne par son influence, et qui a rendu de véritables services au pays.

Viennois dans toutes les manifestations de sa vie, dans ses livres, ses actes, ses goûts, M. Mermet le fut encore dans ses collections d'objets d'art. Son cabinet archéologique se composait à peu près exclusivement de choses antiques ou du moyen-âge, recueillies à Vienne : il avait réuni une curieuse série de monnaies viennoises et de médailles gallo-romaines. — M. Mermet était un type viennois que la vénérable métropole de l'Allobrogie retrouvera difficilement.

— Au moment où s'imprime cette notice biographique, j'apprends la mort de mon excellent ami, M. Alphonse Mermet, fils de Thomas Mermet, avocat, juge-suppléant au tribunal et membre du conseil municipal de Vienne, devenu le chef de cette respectable famille. Le *Moniteur Viennois*, du 17 décembre 1846, contient le discours d'adieu, prononcé sur sa tombe par M. Saint-Pierre, bâtonnier de l'ordre des avocats.

II.

MARQUIS DE MAC-MAHON.

A l'Académie de Mâcon, à MM. le vicomte de Lambron, de Tours, le comte d'Archiac, le comte Casimir de Villers-la-Faye, et Schneider, député.

Pour juger le marquis de Mac-Mahon, qui vient de mourir victime de son amour effréné pour les chevaux, ne vous placez pas, je vous prie, au point de vue de cette aristocratie bourgeoise, qui ne vit que d'idées négatives, et rapporte tout à d'ignobles joies d'égoïsme, même les bonnes actions, quand par hasard, et sous l'influence d'un besoin d'ostentation, elle les pratique à de rares intervalles. — Pour comprendre ce cœur, ces entrailles, cette existence, il faut être enfant du peuple ou grand seigneur : c'est en cette première qualité que je vais consacrer quelques lignes à la mémoire de M. de Mac-Mahon.

M. Charles, marquis de Mac-Mahon, chevalier de l'ordre royal de la Légion-d'Honneur, appartenait à une famille patricienne qui quitta la pieuse Irlande à la chute des Stuarts. Des alliances choisies donnèrent promptement aux nobles émigrés de ce nom une grande fortune, un magnifique château bâti par les de

Saulx - Tavannes, une haute position dans l'aristocratie provinciale.

Le père de M. de Mac-Mahon, aîné d'une nombreuse famille,
est mort maréchal des camps et armées du roi : son oncle fut
promu par Charles X à la dignité de pair de France. M. Charles
de Mac-Mahon traversa la vie militaire et s'allia, jeune encore, à la maison de Rosambeau. Il eut la douleur de perdre
son aimable et chérie compagne, dans le temps où elle faisait
le plus besoin à son cœur. — Mais parlons de l'homme que
nous pleurons.

L'instruction de M. de Mac-Mahon avait été un peu négligée ;
toutefois la nature lui avait donné une âme ardente, un remarquable esprit d'observation, un tact exquis, un cœur éminemment
généreux et tous les instincts du beau et du grand. Sous ce dernier rapport, il ressemblait à Louis XIV ; il devina plus qu'il n'apprit. Nul homme ne comprit mieux que lui la vie de château
dans toutes ses conditions de popularité et de distinction. Le château de Sully (arrondissement d'Autun) était ouvert à tous les artistes qui sont peuple et à tous les grands seigneurs qui savent
dépenser. M. de Mac-Mahon aimait du même amour les uns et les
autres, parlait à chacun sa langue ; il faisait régner entre tous
ses hôtes la plus parfaite égalité, parce que son âme fraternisait
avec tous. Il avait deux passions dominantes, la chasse et les chevaux, et on sait assez sur quelle immense échelle se développè-
rent ces deux faces principales de sa vie. Il était essentiellement
homme de cœur ; le cœur avait chez lui une verve et des élans
que je ne puis décrire ; il fut son seul maître dans l'art de penser et
de dire. C'est par le cœur qu'il sentit les arts et le beau, par lui
qu'il trouva sans études, sans le concours des livres, toutes les
vérités morales ; ce fut lui qui imprima à toutes les manifestations
de sa vie ce bon goût, cette convenance parfaite que nous admirions en lui. — Voilà pourquoi sa magnificence ne blessait pas ;
voilà pourquoi son faste était une harmonie et une vertu. M. de Mac-
Mahon ne voyait la société que par la base et le sommet, et il ne
comprenait que deux genres de vie, la vie active par l'intelligence,
ou la vie active par le corps ; dans l'une et dans l'autre, il choisis-
sait ses amis avec un rare discernement. Nul homme ne raisonna
et ne régla mieux par le cœur ses relations dans le monde et sa
position hautement aristocratique ; nul ne fut plus exempt de préjugés, plus fier et moins orgueilleux, plus digne et moins altier,
plus accessible et moins vulgaire dans son accessibilité, plus poli

et moins homme de cour; nul n'eut plus de tenue et moins de vanité, ne se composa moins, ne fut plus pleinement homme de race par la forme et par le fond; nul ne fit un plus noble emploi d'une immense fortune et ne calcula moins sa munificence; nul n'offrit un assemblage plus complet de tous les sentiments élevés. Ami sincère de la nature et des bois, des sites abrupts, des exercices violents, il avait dans le caractère une indépendance qui fût devenue agreste, si elle n'avait été tempérée par l'urbanité. Malgré son calme extérieur et son flegme apparent, doué d'une imagination aventureuse et chevaleresque, il aimait prodigieusement les périls. Cet homme joua mille fois sa vie au jeu des grandes chasses et des coursiers indomptés, et il vient de la perdre à 53 ans, à ce même jeu, presque à l'ombre de son château, au centre de son influence et de ses affections. Sa vie se passa toujours ou dans les voyages ou dans les chasses à travers les montagnes granitiques et les forêts druidiques du Morvan autunois, ou dans le grand monde de Paris; mais quand il était dans ce monde, il regrettait les bois et les rochers. M. de Mac-Mahon ne fut jamais sévère qu'avec les petites aristocraties qui l'entouraient et voulaient monter jusqu'à lui : il les tint constamment à distance.

Il était auteur d'un poème sur la chasse, médiocre comme chose d'art, mais plein de verve, de mouvement et de vérité comme action, précédé d'une préface dont le style en apprend plus sur son âme, ses allures, son caractère, que toutes les notices nécrologiques qui seront consacrées à sa mémoire, bénie du pauvre, honorée de tous. M. de Mac-Mahon nous avait donné dans ce livre, crayonné, disait-il, sur le pommeau de sa selle, en courant à cheval par monts et par vaux, M. de Mac-Mahon nous avait donné la théorie de son existence : pour en trouver la pratique, il fallait aller voir en action sa préface au château de Sully, et son poème dans une de ses chasses au milieu des austères forêts de l'Autunois, du tumulte des cavalcades, du hennissement des chevaux, des accents du cor, des aboiements des chiens, du bruit des piqueurs. M. de Mac-Mahon fut, sans doute, un homme de plaisir, oui, mais de plaisirs nobles, qui portent la joie, la prospérité et le bien-être partout où ils passent. Jusqu'à sa mort, il n'avait manifesté aucune tendance politique : il ne voulait exercer d'influence sociale que comme expression d'une grande existence; il ne rechercha jamais la popularité, et se borna à se faire chérir du peuple par sa générosité sans bornes envers lui. — Tel fut l'homme dont le département de Saône-et-Loire et l'arrondissement d'Autun, si grave, si calme, si recueilli dans ses montagnes, déplorent amèrement et légitimement la perte prématurée. Sa fin a inauguré d'une manière bien tristement mémorable cet hippodrome où la vieille reine éduenne espère retrouver, dans un élément de vie nouveau pour elle, quelques perles de sa couronne. On avait trop légèrement dit, en octobre 1845, dans la *Gazette de Lyon* : « M. de Mac-Mahon était l'âme et presque le but de ces courses de chevaux. Sans lui, elles n'ont plus d'élan, plus de sens ; car il était le héros, le chef, le point de mire de toute cette noblesse montagnarde du Morvan, qu'il défrayait de ses exemples et de son nom, et qui sans lui ne peut plus guère jouer au *jockey-club*. M. de Mac-Mahon mort, cette aristocratie secondaire de fait ou de droit, facultative, traditionnelle ou de convention, n'a plus d'expression solennelle qui la résume et la fasse accepter. Socialement parlant, tous les lions de l'Autunois et du Morvan ont succombé sous le cheval du marquis de Mac-Mahon. » M. de Mac-Mahon n'est plus, et tout ce qui l'entourait existe : un ou plusieurs autres grands seigneurs se sont trouvés pour se mettre à la tête de cette institution des courses, qui semblait devoir se réduire à une question de table d'hôte et à des parades de cavalcadours. Cette mort cruelle de M. de Mac-Mahon est connue ; ses déplorables circonstances ont eu beaucoup de retentissement : dans les courses d'Autun, l'intrépide écuyer, deux fois victorieux, échoua au saut de la haie ; son cheval s'abattit, et l'écuyer fut écrasé par sa monture (1).

M. Charles, marquis de Mac-Mahon, laisse à un fils unique, M. Carle de Mac-Mahon, l'héritage de sa fortune, de son nom, de ces exemples de loyauté, de désintéressement, d'humanité, d'amour du bon et du beau, de munificence, qui prescrivent de grands devoirs aux enfants.

---

(1) Il paraîtrait que M. de Mac-Mahon aurait succombé à une attaque d'apoplexie : je ne sais trop ; mais cette attaque a-t-elle précédé sa chute de cheval, ou en a-t-elle été le résultat ?

III.

VIE ET OUVRAGES
DU DOCTEUR BARD.

A la Commission administrative des Hospices de Beaune, à MM. Boullenot et Foisset, juges, Cyrot père, Moreau-Guillemot et Claude Dorisy.

J'ai long-temps hésité à entreprendre d'écrire une notice sur la vie et les ouvrages du docteur Bard, mon propre père. — Je me demandais s'il était bien convenable à moi, qui ai l'intérêt le plus direct à ce que la pieuse consécration qui entoure sa mémoire ne s'efface pas, de lui élever un monument en dehors du cœur de ses concitoyens. Je me disais comme MM. Joseph et A. Timon (de Vienne), sur la tombe de leur vénérable père : Notre douleur toute de famille ne devrait-elle pas conserver son caractère d'intimité et de modestie qui convient si bien à l'homme qui l'inspire? — Cependant, je me suis rappelé que la mémoire de mon père avait été honorée par des manifestations publiques; j'ai réfléchi que nul n'avait pénétré plus avant que moi dans les mystères de cette noble nature, n'avait pu aussi bien que moi l'étudier, la connaître, en surprendre les secrets; et je me suis décidé au bout de deux années, quand l'amertume des premiers chagrins n'exagère plus ni les vertus de celui qu'on regrette, ni le droit qu'on a de le faire pleurer aux autres, je me suis décidé à acquitter ce funèbre tribut. Mes affections et ma parenté me le prescrivaient comme un devoir sérieux de ma piété filiale; mes compatriotes auront peut-être l'indulgence de penser que j'étais moins impropre que tout autre à l'accomplir.

Le deuil public qui s'est associé si pleinement dans la ville et les environs de Beaune aux larmes d'une famille, frappée dans son chef, dans l'objet le plus constant de sa tendresse, se justifie et s'explique par ce qui va être dit avec l'impartialité de l'histoire, sur la vie, les exemples et les travaux du docteur Bard.

Jean-Baptiste-Joseph Bard, docteur en médecine, associé de l'Académie royale de Médecine, médecin du Grand-Hôtel-Dieu de Beaune, correspondant spécial de la Société de Médecine de Paris, de la Société royale de Médecine de Marseille, de la Société des Sciences médicales et naturelles de Bruxelles, membre de la Commission départementale des Antiquités de la Côte-d'Or, a rendu sa belle âme à Dieu, dans la ville de Beaune, le 11 novembre 1844, à midi, la veille du jour où la soixante-sixième année de son âge eût été révolue (1). Homme essentiellement intérieur, doué d'une âme antique, d'un caractère éminemment sérieux, il offrait dans sa nature quelque analogie avec Xavier Bichat, mort à Paris en 1802. Il chérissait tout ce qui est intime, tout ce qui est élevé, tout ce qui est pur; la famille, la science, l'art, les fleurs et les champs. Il avait les goûts simples et calmes. — Ah! sa tendre affection pour la famille, qui mieux que mon excellente mère, seconde providence de ma pauvre vie, qui mieux que moi a pu l'apprécier et en connaître la mesure? Il aimait à se murer au milieu des siens et à abriter ses jours dans les saintes harmonies du foyer. Nous lui rapportions nos joies et nos douleurs comme à un sanctuaire vivant, comme à une sorte de divinité humaine et domestique, comme à une nature idéale et inspirée, plus choisie que la nôtre, et supérieure à la nature commune. Au dedans, il nous enveloppait de son cœur; au dehors, il nous protégeait de sa popularité et de son nom; il faisait refluer sur tout son entourage une partie de la considération dont il jouissait lui-même. Le concert unanime de bénédictions et de regrets qui s'est élevé sur sa tombe a été doux à sa famille; mais pouvait-il la

---

(1) Cet âge est pour ainsi dire cabalistique dans ma famille. Mes deux aïeux, paternel et maternel, ont rendu le dernier soupir à 66 ans.

consoler? Oui, sans doute, elle est fière de l'estime publique qui récompensa son chef, elle la regarde comme la meilleure part de l'héritage qu'il lui a laissé, mais elle n'en pleure pas moins amèrement. Il ne reste du docteur Bard à sa veuve, à son fils, à ses petits-enfants, que le souvenir de ses bienfaits, ses exemples, ce parfum d'homme de bien et de bonne renommée qui rayonne sur son tombeau. Mais si son corps n'est plus, la portion la plus noble de son être ne nous a point été ravie ; elle est là, toujours là, dans notre cœur comme dans un autre tabernacle. Tous les lieux où nous l'avons vu, suivi, où nous avons séjourné avec lui, nous sont doux; tout ce qu'il a aimé nous l'aimons avec transport. Cette existence si pleine, pour laquelle l'histoire a prématurément commencé, nous prescrit des devoirs dont nous comprenons toute la gravité, et que nous nous efforcerons de remplir, car nous les regardons comme une dette sacrée envers cette vie et une continuation du culte que nous avions pour elle. Ce n'est pas, certes, parce que la mort du docteur Bard a pour toujours tari la source de notre prospérité, que nous le pleurons à chaudes larmes, c'est parce qu'il était l'homme le plus excellent qu'on pût trouver.

Le docteur Bard avait une taille moyenne, heureusement proportionnée. Sa figure, d'une expression sévère, mais noble, était profilée avec une rare fermeté. Rien de vulgaire n'apparaissait sur son front largement développé, qu'animaient ces regards pénétrants, profonds, qui correspondent généralement à un grand cœur et à une intelligence élevée. Ses cheveux, d'un noir presque africain, avaient perdu de très-bonne heure leur teinte native ; ils étaient devenus d'un blanc magnifique, aussi pur que son âme dont ils semblaient comme le symbole. C'est à cette candide et admirable chevelure que son fils a fait allusion dans la deuxième de ces strophes des *Chants du Midi* :

> « Mais, ailleurs, j'ai laissé ma compagne fidèle,
> Mon jardin, ma maison en solitaire lieu,
> Mes deux petits enfants dont la voix me rappelle,
> Et que j'aime ici-bas presque autant que mon Dieu ;
>
> Ailleurs, ma bonne mère assise au coin de l'âtre,
> Apprenant à mon fils quelques mots d'oraison,
> Et mon père chéri dont les cheveux d'albâtre
> Ombragent les vertus et la haute raison. »

Un peintre distingué de Paris qui a vu le masque du docteur Bard, modelé deux heures après son dernier soupir, a trouvé qu'il présentait une analogie frappante avec celui de l'empereur

Napoléon. — Mais remontons jusqu'à son humble source le courant de cette vie si transparente et si limpide.

Le docteur Bard naquit à Beaune, le 12 novembre 1777, de Joseph Bard, propriétaire au village de Chorey, près de Beaune, issu
d'une race de cultivateurs formant l'une des plus anciennes sou-
ches du pays, et de Marie Dorey, originaire de Demigny, c'est-à-
dire d'une famille éminemment patriarchale. Son père, élu maire
de la commune de Chorey à la création des mairies rurales, le des-
tina de bonne heure à la médecine. Il commença ses premières
études chez M. le docteur Morelot, chirurgien-major de l'hôpital
civil et militaire de Beaune, et dans cet hospice ses progrès furent
rapides. Ainsi, M. Morelot oncle et l'Hôtel-Dieu de Beaune furent
ses premiers maîtres. Le 13 nivôse an III, à la suite d'un brillant
concours, il fut nommé élève du district de Beaune à l'école de
santé de Strasbourg. — Ce titre d'élève était alors une place : on
étudiait aux frais de l'état; c'était l'origine des *bourses*. Les commissaires examinateurs (1) disent dans leur rapport : « Le citoyen
Jean-Baptiste-Joseph Bard nous a paru plus digne de jouir maintenant du grand avantage d'être admis à l'école de santé établie à
Strasbourg. Outre d'heureuses dispositions pour son état, il a répondu avec plus de clarté et de précision que ses collègues....

« Nous avons choisi le citoyen Bard...

« Beaune, le 13 nivôse, l'an III de la république. »

Ce rapport indique positivement qu'il n'a fallu rien moins que
la supériorité de Bard sur ses concurrents, pour déterminer les
commissaires à le préférer aux citoyens Bourgeois, Bernard et
Morelot, tous fils d'officiers de santé.

Le 1er frimaire an V, il fut appelé également à la suite d'un
concours, où il se distingua, par le chirurgien en chef de l'armée,
Percy, au poste de chirurgien à l'hôpital militaire permanent de
Strasbourg. La nomination était conçue en ces termes :

« Le citoyen Bard se rendra à l'hôpital permanent de Strasbourg,
pour y être employé ainsi qu'il sera jugé convenable par le citoyen
Lombard, chirurgien en chef de cet établissement.

(Armée de Rhin et Moselle.)

Le chirurgien en chef de l'armée,

PERCY. »

(1) Le rapport est signé : Bourgeois père, Guilhempé, Leniept.

A ce grade était inhérente la qualité d'élève de l'école d'instruction instituée dans ledit hôpital militaire.

Sept années consécutives de la vie et des études théoriques du docteur Bard appartiennent à cette ville de science, qu'il affectionna beaucoup, et dont il ne cessa jamais de parler avec effusion. Il chérissait la capitale de l'Alsace, à la magnifique cathédrale, au fabuleux clocher; il aimait cette significative et grave cité, son type à demi-germain, ses mœurs franches, sympathiques et fraternelles, son esprit patriotique et communal, les relations internationales dont elle est le siège. Il y fut distingué, protégé, encouragé par les chefs du corps médical d'alors, à Strasbourg, les Cose, les Noël, les Percy, les Lauth, les Lombard, les Gouvion. Il subit avec éclat tous ses examens, sans nuire à son service de l'hôpital militaire. Sa thèse sur le *choléra-morbus sporadique* fut soutenue le 5 prairial an IX. Elle fut remarquée et fit pressentir les hautes qualités d'observateur, ce sens médical parfait, ce style élégant, châtié, précis, qui recommandèrent plus tard ses nombreux travaux. Malgré les offres d'avancement dans la carrière de la chirurgie militaire qui lui furent faites, et que constatent un rapport du 1er nivôse an IX, des officiers de santé en chef et professeurs de l'hôpital militaire de Strasbourg (armée de Mayence), il se sentit pressé du besoin de rentrer dans sa patrie et de venir paisiblement exercer la médecine civile dans sa ville natale, presque sous les yeux d'un père et d'une mère chéris.

L'épreuve de la thèse avait donné à Jean-Baptiste-Joseph Bard le titre d'officier de santé, qui alors ne représentait pas un grade inférieur, mais qui était devenu unique, depuis la suppression du titre de docteur. — Ce ne fut qu'en l'an XI (20 fructidor) que son grade fut assimilé au doctorat et qu'il reçut le diplôme de docteur, lorsque déjà il exerçait la médecine à Beaune.

Cependant, avant de revenir dans sa patrie, il avait voulu aller à Paris. Il s'y rendit effectivement, et porta son cœur candide et neuf dans cette vieille atmosphère d'intrigues, de corruption, de charlatanisme, où si peu d'âmes se conservent pures. Mais la sienne, quoique jeune, était assez fortement trempée pour garder sa virginité et son honneur; elle ne macéra point dans les miasmes qui l'entouraient. La bonne renommée qu'il avait conquise à Strasbourg, les recommandations et l'attachement de ses savants professeurs, lui donnèrent un accès facile auprès des sommités parisiennes du monde médical d'alors. Il fut aimé des membres du conseil supérieur de santé des armées, alors tout puissants et chefs de la médecine nationale. Desgenettes, Larrey, Roussile-Chamseru surtout, lui prodiguèrent leurs offres de services, de protection, voulurent le retenir à Paris, et lui ouvrir les voies de la renommée et de la fortune. De tous ces hommes distingués, Roussile-Chamseru fut celui qui l'accueillit avec le plus d'effusion et de bonté toute paternelle. Une affection durable s'établit entr'eux et se continua jusqu'à la mort du premier, par une correspondance suivie. J'ai eu occasion de lire plusieurs de ces lettres du docteur Roussile : c'était tout ce qu'on peut voir de plus finement spirituel. M. Roussile-Chamseru se retira sur la fin de sa carrière à Dreux, et y termina ses jours. Le docteur Bard, pendant son séjour à Paris, eut occasion de connaître les Alibert et les Richerand, qui alors n'étaient ni barons, ni médecins célèbres, mais s'efforçaient de mériter par le travail une position honorable.

Quelque brillant que fût l'avenir qu'on offrait au docteur Bard, il songea à son pauvre village, aux riantes collines de la Bourgogne, à cette famille qu'il chérissait et dont il était chéri, à ce père, à cette mère qui s'étaient imposés tant de sacrifices pour son éducation, et il voulut venir revivre au milieu d'eux, au centre des souvenirs touchants de son enfance.

En septembre 1802, Jean-Baptiste-Joseph Bard n'ayant pas encore atteint sa vingt-cinquième année, s'allia à une des plus honorables familles de la ville de Nuits, par son mariage avec Agnès Gillotte, ma mère, fille aînée de Joseph Gillotte, homme de loi, et de Marie Robert. Je ne puis dire combien ces deux natures étaient providentiellement faites l'une pour l'autre, se comprenaient et s'assimilaient, combien heureuse et douce fut cette union conjugale. Jamais deux destinées n'ont été plus pleinement associées, deux êtres plus intimement identifiés. Chacun d'eux s'était posé ses limites à son œuvre; l'un travaillait par la pensée et le corps à l'extérieur, l'autre administrait le ménage avec une rare intelligence. C'est à ces premiers liens avec mon regrettable parent, M. Adrien-Fortuné Janniard, de Nuits, qu'il dut en grande partie cette alliance. Nommer M. Janniard, qui a si peu survécu au docteur Bard, c'est nommer son meilleur ami; il exista entre ces deux hommes si semblables par la conscience, le cœur et l'imagination, l'affection la plus étroite que la mort seule a rompue.

Le 28 fructidor an XIII, il fut appelé au poste de médecin-adjoint de l'Hôtel-Dieu de Beaune. Ainsi, il se trouva à 26 ans, à la tête d'un service médical actif.

Ce ne fut qu'en 1829, le 18 novembre, par arrêté de la Commission administrative des hospices de Beaune, approuvé le 26 du même mois par M. le baron de Wismes, préfet de la Côte-d'Or, qu'il fut nommé médecin du même hôpital. — L'hôpital civil et militaire de Beaune était devenu la chose du docteur Bard. Nul ne sait autant que nous combien il aimait ce bel établissement de charité, combien il était dévoué à sa clientèle de l'hospice. Un prince de la terre l'aurait fait appeler concurremment avec une sœur de l'hôpital pour y administrer (hors des heures du service régulier) les premiers secours à un pauvre malade, qu'il aurait tout d'abord visité ce dernier. Je n'ai pas besoin de rappeler tous les germes d'amélioration et de progrès dans l'administration médicale de la maison, qu'il ne cessa de semer. La situation actuelle est en grande partie son œuvre. Long-temps il eut à lutter contre la routine, les partis pris et les préjugés ; mais enfin il fut pleinement compris, et le bien qu'il a fait, témoigne de sa sollicitude et de son intelligente activité. C'est un magnifique établissement que le Grand-Hôtel-Dieu de Beaune : on ne sait ce qu'on doit y admirer le plus ou de la tenue parfaite et de la propreté toute flamande qui y règnent, ou des soins empressés, du *confortable* peut-être unique qu'y trouvent les malades, ou de la somptuosité de son ordonnance monumentale. — C'est avec raison qu'on a appelé cette maison le palais des pauvres souffrants. Mais ce n'est pas seulement par l'excellence de son administration intérieure et de son architecture que cet hospice mérite d'être considéré comme l'un des plus importants du royaume ; ayant à sa disposition de vastes ressources, il est encore un de ceux qui soulagent le plus grand nombre de maux. — Jean-Baptiste-Joseph Bard s'était identifié avec cette maison : c'est en elle qu'il cherchait la récompense de ses travaux, dans l'exercice de la charité ; c'est en elle surtout qu'il comprenait toute la dignité de son ministère ; c'est là qu'il était tout sacerdoce.

Jamais le docteur Bard n'a sollicité aucune fonction publique dans les limites de sa profession. La place de médecin-adjoint de l'hospice lui avait été spontanément offerte par la Commission administrative, en l'an XIII. A la retraite du docteur Morelot neveu, on lui offrit celle de conservateur du dépôt de vaccine de l'arrondissement, et il la refusa, disant qu'il valait mieux partager les emplois médicaux que de les monopoliser en une ou deux mains. — A la mort du docteur Brenet, qui avait une renommée si étendue, Jean-Baptiste-Joseph Bard fut vivement pressé par l'élite de la société dijonnaise d'aller se fixer dans la capitale de la Bourgogne, où la place d'un grand médecin était vide. Il eut la modestie de ne point vouloir accepter une position nouvelle, que sa réputation avait fécondée d'avance, et où il aurait infailliblement recueilli beaucoup d'avantages moraux et matériels. — Il était fort attaché à son pays, encore plus à ses malades qu'il regardait tous comme ses amis.

Une belle période de la vie constamment dévouée du docteur Bard, fut celle où le typhus, importé par les prisonniers espagnols, sous l'empire, sévit à Beaune avec tant d'intensité ; mais laissons ici parler M. Joigneaux : « Une maladie contagieuse, apportée par des prisonniers de guerre espagnols, vint désoler notre population et l'effrayer en même temps. La peste pour le médecin, c'est l'état de guerre pour le soldat : l'un et l'autre ont des dangers à courir et des devoirs d'honneur à remplir. Le docteur Bard tint ferme à son poste, et donna des preuves d'abnégation et de dévouement que les contemporains n'ont pas oubliées. Très-bien secondé par la municipalité, ce fut d'après son avis que l'on établit l'hôpital de *planches* ou hôpital provisoire, hors de la ville, à l'extrémité du faubourg Sainte-Madeleine, pour y transporter les malades et les éloigner d'une population qui avait besoin d'être rassurée. »

Ce fut pendant cette meurtrière épidémie que Jean-Baptiste-Joseph Bard employa le premier en Bourgogne, et avec succès, dans l'hôpital permanent d'alors, puis dans l'hospice temporaire, la méthode désinfectante découverte et propagée par le savant Guyton-Morvau.

Toujours au courant de tous les progrès que faisait l'art médical, il admit avec empressement, des doctrines de Broussais, ce qu'elles offraient de vraiment neuf et utile à l'humanité ; il voulut mettre à profit aussi les lumières qu'apporta l'anatomie pathologique, et un grand nombre d'autopsies qu'il pratiqua à l'hôpital civil et militaire de Beaune, témoignèrent de son désir d'apprendre, d'expérimenter et de connaître. Toutefois, il ne tarda pas à s'apercevoir que l'esprit de système avait singulièrement exagéré l'importance de ces examens du cadavre. Médecin essentiellement hippocratique, le docteur Bard apportait beaucoup d'éclectisme dans l'adoption des idées nouvelles, et les soumettait aux rigoureuses épreuves de l'application. On peut dire de lui qu'il avait reçu de Dieu le feu sacré médical, la vocation, l'inspiration, le génie de son art. Nul ne jugeait plus sûrement et plus vite les diverses manifestations pathologiques ; nul n'obtint plus de succès dans la pratique des méthodes

curatives qu'il prescrivait ; nul n'avait un coup-d'œil plus juste, un
tact plus finement observateur, ne faisait une part plus juste aux
tempéraments, à l'innervation, à l'action continuelle du moral sur
le physique ; nul n'avait étudié mieux que lui la vie et la mort.
C'est au lit du malade qu'il fallait le voir, absorbé dans son ministère, épiant la nature, suivant la marche du mal, sachant prendre
quand il le fallait une décision rapide comme l'éclair.

La vie du docteur Bard n'eut jamais une seule halte dans le
plaisir, et cependant, au fond, il l'aimait ; il aimait les émotions
vives. Esclave du devoir, il était constamment talonné par lui, et
ne trouvait de trève à ses travaux du dehors et du dedans que
dans les épanchements de la famille. — Chez lui, comme ailleurs,
il tenait une place immense. — Il passait sans cesse de la médecine théorique à la médecine pratique et consultative, de son cabinet à ses malades ; et puis il rentrait parmi les siens, et dans
les trop courts instants qu'il leur donnait, son cœur suait l'a-
mitié par tous les pores ; tout se fécondait à son souffle. Sa charité,
son humanité furent sans bornes et toujours muettes. L'écrivain
qui a dit de lui : « Bien souvent, en quittant le lit du pauvre malade, il laissait un secours au lieu de demander des honoraires, »
a parlé vrai. (M. Jules Pautet, *Revue de la Côte-d'Or*, du 14 novembre 1844.)

Médecin de la communauté des religieuses Carmélites de Beaune,
il avait le plus tendre amour pour ces saintes filles. Il admirait
leur piété, leur dévouement, leurs sacrifices. Il aimait leurs chants
recueillis. S'il eût pu revivre un instant sur son propre tombeau,
combien il eût été joyeux de cette station qu'on fit faire à son cercueil, entre la basilique de Notre-Dame de Beaune et l'humble
église rurale de Chorey !

Mais j'éprouve le besoin de revenir encore à l'homme et au
médecin. Peu d'âmes eurent des principes aussi rigides, une conscience qui parlât aussi incessamment et aussi haut que la sienne,
exhalèrent un parfum aussi suave de délicatesse et de loyauté. Le
point d'honneur était chez le docteur Bard d'une exaltation peu
commune ; l'ombre d'une bassesse le révoltait ; il ne pouvait contenir
ni sa généreuse indignation contre le mal, ni ses ardentes sympathies pour le bien. Nulle condescendance coupable, nul calcul
d'intérêt ne souilla jamais cette vie toute pleine de vierges émanations, et que consacra l'auréole de toutes les vertus qui font
l'homme public et privé. Quant aux affaires, il n'y entendait rien.
Il ne connaissait ni la chicane, ni le droit, ni les hommes, ou plu-

tôt il ne savait du cœur humain que son beau côté. Il ne pensait pas qu'un acte malhonnête fût possible, parce qu'il jugeait de tous les instincts par le sien. Il n'était donc pas homme d'affaires et encore moins homme d'argent. Jamais il ne compta avec ses malades ; ce qu'ils lui offrirent, il l'accepta presque malgré lui. Ses rapports avec ses confrères furent d'une convenance, d'une délicatesse à toute épreuve, et je ne crains pas d'être démenti en le répétant dans cette Notice.

Le docteur Bard joignait à ces qualités, une volonté de fer, une imagination ardente et une rare élévation de sentiments. Il avait une énergie morale incroyable, un courage austère et mâle qui allait jusqu'à l'héroïsme. Dur à lui-même, il ne connaissait d'autres besoins matériels que ceux que lui donnait la maladie ; jamais il n'éprouva de ceux que développent le luxe, la vanité, le désir de briller et de paraître, l'amour du bien-être. Esprit juste et droit, il voyait le monde sous un point de vue éminemment philosophique. Il était homme d'ordre dans la famille et la société, dans le ménage et l'état.

La sérénité, les limpides et intimes harmonies de son âme sont un mérite, une victoire éclatante. Il avait le tempérament bilieux, un sang chaud, l'impétuosité des organisations méridionales ; mais il savait l'art de se contenir et de se dompter. Il eût aimé prodigieusement le plaisir, les voyages, et pourtant il subit constamment une vie sédentaire et occupée, parce que le devoir était la seule voix qu'il écoutât. D'un naturel généreux, il se plaisait beaucoup dans la société, il y était enjoué, du plus agréable commerce. Il aimait à convier cordialement et à réunir ses nombreux amis dans sa maison, soit à la ville, soit à la campagne ; il jouissait au milieu d'eux, il y était plein de verve, d'abandon, d'entrain.

Peu d'hommes furent placés autant que lui sous l'empire des souvenirs de l'enfance. Il parlait avec effusion de son père, de sa mère, de ses bonnes tantes, de son village, des lieux qui avaient frappé ses premiers regards, de toutes ces choses, de tous ces évènements privés qui meublent une famille. Toujours il s'intéressa à l'enfance et à la maternité, et il écrivit particulièrement sur les maladies qui frappent la femme enceinte et le nouveau-né. Vous devinez déjà quelle tendre affection il dut avoir pour ses petits-enfants.... Hélas ! notre famille, si rudement éprouvée, n'a de consolations qu'en pensant à lui et en en parlant. Le souvenir d'abord cruel de la perte de son chef s'est, avec le temps, converti en un sentiment d'une incroyable douceur.

Le docteur Bard avait fait des vers dans sa jeunesse. Il parlait et écrivait presque toutes les langues vivantes de l'Europe, l'italien à merveille, l'espagnol, le portugais, l'anglais, l'allemand. Il savait à fond les deux langues mères, le grec et le latin. Il avait le goût et le sentiment des arts ; il aimait beaucoup les tableaux et les statues, les fleurs, les jardins. Toutes les sciences médicales accessoires lui étaient familières, la matière médicale et la botanique surtout, qu'il cultiva avec le plus grand succès et dans laquelle il était passé maître. Il voulut être lui-même le répétiteur de son fils ; il lui apprit diverses langues, la géographie ; il lui donna les premières leçons de latin et d'histoire ; le peu que ce fils sut en médecine, il l'apprit non pas de ses savants professeurs, mais de la bouche du docteur Bard. — Je dois dire tout cela, car tout cela fait partie de son histoire. — Il était musicien, dessinateur, agronome et antiquaire. En musique, il avait cultivé la clarinette et la flûte traversière ; dans l'archéologie, c'est à la numismatique surtout qu'il s'était attaché de préférence ; mais il avait aussi l'instinct des beautés de l'art du moyen-âge. Ce fut lui qui, le premier, me révéla la suave profilation de ce clocher d'Argilly que, depuis lors, j'ai cité comme un type d'un motif tout hellénique. Il parlait et écrivait sa langue maternelle avec une rare élégance. Quant à la langue médicale, nul ne l'a possédée mieux que lui. Il formulait à merveille, et ses prescriptions sont de véritables modèles de concision, de clarté et de mesure. Sur toutes les choses littéraires il était un juge parfait, et personne n'a eu d'aussi fréquentes occasions que moi de le constater.

Mais parlons de ses écrits, relatifs à l'art qu'il honora et aux progrès duquel il contribua du fond de sa sphère bornée d'activité.

Les premiers travaux du docteur Bard que nous ayons trouvés mentionnés dans le *Journal général de Médecine* ou *Recueil périodique de la Société de Médecine de Paris*, remontent à l'année 1809. La Société annonce, tome 36, page 467, que des observations sur les affections hydrocéphaliques lui sont parvenues, manuscrites, rédigées par Jean-Baptiste-Joseph Bard, docteur-médecin, médecin-adjoint de l'hôpital civil de Beaune. Dans le tome 38 de son Recueil (1810), elle cite également un Mémoire du même, *sur une maladie résultant d'un vice organique du cœur* (page 543 du Recueil périodique). — Le tome 41 du même Recueil, page 468 (1811), mentionne *quelques observations sur les affections organiques du cœur*, ayant M. Bard, de Beaune, pour auteur. Le tome 44, pages 233, 234 et suivantes, contient un rapport extrêmement favorable, avec une foule d'extraits du travail, sur un important Mémoire du même, intitulé : *Histoire générale d'une fièvre adynamique qui a régné épidémiquement dans la ville de Beaune, pendant les mois de mars, avril et le commencement de mai 1812*. Le rapport à la Société de Médecine de Paris est de M. Burdin jeune. Le tome 52, pages 269, 270 et suivantes, renferme un autre rapport fort étendu de M. Mongenot, médecin de l'hôpital des Enfants, sur *quelques recherches sur la nature du Mélona et les moyens curatifs à lui opposer*, par Jean-Baptiste-Joseph Bard.

Le premier Mémoire imprimé dans son entier, que nous ayons du docteur Bard, dans le *Recueil périodique de la Société de Médecine de Paris*, a pour titre : *Observations sur une maladie particulière aux enfants du premier âge, caractérisée par l'endurcissement du tissu cellulaire*, lues à la Société le 30 octobre 1815, imprimées dans le tome 54, pages 62 et suivantes. — Nous allons nous borner à donner sommairement les titres des Mémoires imprimés dans le même Recueil, auquel le docteur Bard demeura si dévoué et si fidèle.

Considérations sur l'adynamie, lues à l'Académie de Médecine (tome 62, pages 13, 14 et suivantes). — 1818. — *Quelques cas d'affections paralytiques* (tome 63, pages 29 et suivantes).— Même année. — *Quelques observations sur les affections organiques du cœur* (tome 65, pages 25 et suivantes).— Même année. — Ce mémoire n'est autre chose que celui cité plus haut, comme adressé manuscrit à la Société de Paris. — *Observations sur quelques cas de maladie organique de l'estomac avec excessive dilatation de ce viscère*, suivies du rapport de M. Mérat, lues dans la séance du 20 avril 1819 (tome 68, pages 35 et suivantes). — 1829. — *Considérations pour servir à l'histoire des phlegmasies* (tome 93, pages 198 et suivantes, et 289 et suivantes.) — 1825.— *Mémoire sur les fièvres intermittentes observées en 1827* (tome 105, pages 293 et suivantes).— 1828. Ce mémoire doit être le même que celui mentionné comme reçu manuscrit par la Société, tome 80, page 422. Il est suivi du rapport de MM. Collineau, Mérat et R. Prus.— Le tome 73 du Recueil mentionne, page 425, au nombre des travaux manuscrits offerts à la Société, un Mémoire de M. Bard, intitulé : *Paralysie générale consécutive à une fièvre intermittente et guérie par la salivation mercurielle*, que nous n'avons point retrouvé imprimé dans les séries.

On voit que la collaboration de M. Bard au *Journal général* était assidue. Toutefois, elle ne fut pas exclusive, et ne lui empêcha pas d'enrichir d'autres recueils et d'autres compagnies médicales célèbres, du fruit de ses recherches et de ses observations. Sa préférence pour le *Journal général* avait ses motifs : c'était l'organe de la Société de Médecine de Paris, puis le plus ancien et le plus grave des journaux de médecine. Ce recueil continua, sous la rédaction de M. le docteur Sédillot, l'ancien journal général de médecine; sa rédaction en chef fut ensuite partagée par M. le docteur Vaidy, puis il fut rédigé temporairement par une commission prise dans le sein de la Société. Sa rédaction fut confiée plus tard au docteur Gaultier de Claubry; elle passa de ses mains en celles de M. le docteur A. N. Gendrin, et perdit bientôt sa forme qui jusque-là n'avait pas varié. Quelque temps après, son vieux titre disparut, et sous la même rédaction en chef, il s'appela *Transactions médicales*. Son règne ne fut plus bien long : des recueils rivaux étaient nés, avaient pris de l'importance ; la *Revue médicale* nuisit d'abord au vieux *Journal général* que continuaient les *Transactions;* elle finit par le détrôner, et toute trace du doyen des journaux de médecine disparut; il y eut fusion entre les *Transactions et la Revue*. La Société de Médecine n'eut plus d'organe exclusivement et officiellement à elle (1). — La fondation de l'Académie royale de Médecine, en portant un coup à la Société de Médecine de Paris, avait depuis long-temps ébranlé son recueil périodique, qui n'eut pendant longues années que la *Bibliothèque médicale* pour concurrent.

Le tome 1er (3e partie, 1821, page 308) des *Annales du cercle médical* (ci-devant Académie de Médecine de Paris) a publié un petit Mémoire du docteur Bard, sous le titre de : *Quelques cas de fièvre larvée, observés en* 1819.

On trouve dans la *Bibliothèque médicale* (no 121, juillet 1813) une lettre de Jean-Baptiste-Joseph Bard, *sur l'emploi des fumigations désinfectantes à l'Hôpital civil et militaire de Beaune*, dont M. Guyton-Morveau fut très-fier, qu'il fit réimprimer à part à un grand nombre d'exemplaires, et répandit avec profusion parmi les membres du corps médical. — *Observations sur l'emploi des révulsifs externes*, extraites d'un Mémoire mentionné honorablement au concours de 1828, et portant pour devise : *Sæpè multa au-*

---

(1) Toutefois, la *Revue médicale* ouvrit et ouvre encore ses colonnes aux travaux persévérants de cette Société. Le mot de Recueil des travaux de la Société de Médecine de Paris figure encore en son titre.

*denda sunt cum ratione, quia sedes et idea morborum sensum
fugit.* (Ballon, *de Offic. med.* lib. 1.) Tel est le titre du Mémoire de
M. Bard, que la Société des Sciences médicales et naturelles de
Bruxelles récompensa d'une mention honorable et du diplôme
d'associé étranger, à la suite du concours proposé en 1828 par cette
savante Compagnie. Ce Mémoire, de l'étendue d'un livre, a été imprimé dans le rapport sur ce concours. Il n'obtint pas le prix, par
une raison indépendante de son mérite, ce qui ressort du rapport
lui-même.

Parmi les travaux du docteur Bard, insérés dans le *Recueil périodique,* les plus importants et les plus graves furent : les *Considérations sur l'adynamie,* celles pour *servir à l'histoire des
phlegmasies,* et le *Mémoire sur les fièvres intermittentes.* « Si de
nos jours, — dit-il, en commençant son beau travail sur l'adynamie,
— l'étude de la médecine, dégagée de toutes les subtilités du ga-
lénisme, et libre des prestiges d'une philosophie vicieuse, semble
venir, à quelques égards, se rattacher à celle des autres sciences
naturelles; si aujourd'hui les médecins appuient leurs discussions
et leur pratique sur des raisonnements moins spécieux peut-être
et moins scholastiques, mais plus solides et plus vrais, c'est aux
progrès de la science de l'analyse qu'est dû cet avantage inappréciable. — Depuis que des théories simples ont remplacé des spécu-
lations ténébreuses, et que les écoles ont achevé de dépouiller le
vain clinquant d'une dialectique erronée, nous avons vu l'art des
Asclépiades, rappelé par degrés à une plus juste direction par des
esprits droits, reprendre, comme aux beaux jours de son aurore,
le sentier de l'observation..... »

Le coup-d'œil d'une singulière pénétration, les qualités de l'observateur profond et du grand écrivain qui distinguaient si éminemment le docteur Bard, se manifestent dans ses Mémoires si
estimés, écoutés dans les séances de la Société de Médecine de
Paris avec tant d'intérêt, lus avec tant de fruit par les médecins de
la capitale et des départements. Les *Considérations pour servir à
l'histoire des phlegmasies* sont suivies d'un rapport de MM. Mélier
et Sanson, qui rendent pleine justice au mérite de l'auteur, à la précision de ses idées, à la hauteur de sa doctrine, à son génie médical. Ce rapport se trouve à la page 385 et suivantes du *Recueil
périodique,* tome 93. Ses *Observations sur l'emploi des révulsifs
externes* (Bruxelles, 1828), son *Mémoire sur les fièvres intermittentes,* ses diverses *constitutions médicales* sont des œuvres hors
ligne, qui resteront et ont contribué à faire progresser et à fixer la

science. Un jour, peut-être, le riche porte-feuilles des manuscrits
de M. Bard sera exploité, et les travaux qu'il a publiés dans des
recueils seront réunis, pour que les médecins profitent des lumières de cet habile et intelligent praticien. La Société de Médecine de
Paris offrira son concours à cette publication. Sa famille aurait déjà
pensé à faire entrer plus généralement dans le domaine public
ses ouvrages déjà connus et ses travaux inédits, si elle ne se fût
prescrit la loi de se conformer religieusement aux dernières volontés du docteur Bard, loi dont le temps et l'intérêt de la science
ne pourront la dégager.

Les *Exposés des travaux de la Société royale de Médecine de
Marseille* renferment une foule d'analyses des précieuses com-
munications du docteur Bard, et de rapports sur elles. Nous nous
bornerons à citer deux de ces comptes-rendus, pour faire voir en
quels termes les savants médecins marseillais parlaient des travaux de leur collègue de Beaune.

« Vous devez à M. Bard un aperçu sur l'année médicale 1817,
observée à Beaune. Rien ne prouve plus en faveur d'un écrit que
l'attention soutenue avec laquelle une assemblée en écoute la lecture et en discute ensuite les différentes parties. On ne saurait
donc contester le mérite du travail présenté par M. le docteur
Bard. Toutes les fois qu'un médecin auteur saura, comme lui,
joindre des vues théoriques justes à une pratique éclairée, une
érudition distinguée à un goût sûr, le mérite de la pensée à celui
de l'expression; comme lui, il pourra se flatter d'obtenir les suf-
frages unanimes, et de soustraire le fruit de ses veilles au gouffre
de l'oubli, qui chaque jour engloutit tant de productions éphé-
mères. » (M. Guiaud fils, Expos. des Travaux, 1819.)

« L'aperçu médical sur l'année 1818, observée à Beaune par
M. le docteur Bard, a également fixé l'attention de la Société. Elle
a reconnu dans cette production le talent de l'observateur, cette
sagacité dans l'examen des signes des maladies, ce jugement et
cette prudence dans le choix des moyens thérapeutiques, qualités
qui ont mérité à M. Bard une distinction honorable dont il ne cesse
de se rendre digne, en consacrant ses veilles à la science qu'il cultive avec tant de succès. » (Séance publique. Exposé des travaux
de la Société royale de Médecine de Marseille, pendant l'année 1820,
— page 20.)

M. Bard fut nommé associé national de la Société de Médecine
de Paris, instituée le 22 mars 1796, et continua l'ancienne
Société royale de Médecine, qui disparut avec l'Académie royale

de Chirurgie, à l'époque de la révolution. Ce titre académique flatta beaucoup le docteur Bard : la Société de Médecine de Paris était alors le seul corps médical important de France. Une lettre gracieuse de M. le docteur Sédillot, en date de Paris, 26 novembre 1810, accompagne l'envoi du diplôme. (Séance du 6 novembre 1810.)

Il reçut dans le même jour, le même mois, la même année, le diplôme d'associé de la Société de Médecine de Marseille, qui ne devint royale qu'en janvier 1818, avec la première médaille d'encouragement (argent) que lui décerna cette célèbre Compagnie. Le docteur Bard eut toujours pour la Société de Médecine de Marseille un tendre amour et une haute estime : ce fut elle qui, la première, récompensa son zèle, ses travaux, et il ne l'oublia jamais. Ces deux témoignages du prix que la Société de Médecine de Marseille attachait à sa collaboration, lui furent transmis par le savant Foderé, auteur des premiers travaux de médecine légale, mort professeur à la Faculté de Strasbourg.

Ce fut dans sa séance publique du 11 octobre 1818, que la même Société lui décerna une seconde médaille d'encouragement (argent). La lettre qui annonce cette distinction est de M. le docteur Guiaud fils, et datée de Marseille, le 21 octobre 1818. La même Société, « voulant (dirent les journaux de Marseille) honorer spécialement la mémoire du père dans la personne du fils, a conféré à M. Joseph Bard le titre de correspondant, en considération des éminents services rendus à l'humanité et à la science par le docteur Bard, décédé associé de cette Compagnie. » (16 janvier 1847.)

Son diplôme d'associé de l'Académie de Médecine de Paris, autre société distinguée qui s'était élevée en concurrence avec la Société de Médecine, lui fut délivré dans l'année 1817, le 8 avril. L'Académie de Médecine de Paris se distingua par son culte pour la langue latine, qu'elle parlait et écrivait à merveille, et dont elle s'efforça avec tant de persévérance de ressusciter le goût. — J'ai dit plus haut que cette Compagnie, à la formation de l'Académie royale, prit le titre moins ambitieux de *Cercle médical*.

La Société de Médecine du Gard, séant à Nismes, lui accorda, dans sa séance publique du 2 décembre 1822, une mention honorable pour le Mémoire sur les phlegmasies, imprimé plus tard intégralement dans le *Recueil périodique* de la Société de Médecine de Paris. (Voyez programme du jugement de la Société sur le concours qu'elle avait ouvert en octobre 1821, sur la question suivante : — Indiquer le sens précis et distinct que l'on doit attacher en pathologie aux termes de *phlegmasie* et d'*irritation;* en tirer des conséquences utiles pour la médecine pratique, propres à faire cesser toute confusion à cet égard , — page 5.) « Le n° 4 (Mémoire de M. Bard), avec cette épigraphe : *Est modus in rebus*, a paru plus remarquable par des distinctions lumineuses sur l'excitabilité et l'irritabilité, la phlegmasie gastrique et l'affection gastrique simple, des réflexions importantes sur la question des fièvres essentielles, que par les documents qu'il a fournis sur la question proposée par la Société de Médecine. Elle y a reconnu un mérite distingué, qui donnerait à l'auteur des droits plus particuliers à ses éloges, si cet ouvrage n'avait pas eu, comme tout le fait croire, une autre destination que celle du concours. » — La Société se trompait; le Mémoire n'avait d'autre but que celui de satisfaire au concours; ce n'est que plus tard qu'il fut livré à la publicité du *Journal général*. Une note manuscrite du docteur Bard nous affirme ce fait.

La Société de Médecine de Paris lui décerna, dans sa séance du 15 décembre 1818, une médaille d'or de la valeur de cent francs , comme marque d'estime et récompense solennelle. « La Société, — disait M. le docteur Nacquart, secrétaire général, par sa lettre du 23 janvier 1819, — s'est fait rendre compte des travaux qui lui ont été adressés ; elle met au premier rang de ses devoirs de payer à leurs auteurs le juste tribut de son estime et de sa reconnaissance. C'est en partant de ces bases qu'elle vous a décerné une médaille d'or de la valeur de cent francs... » — Cette médaille fut remise à M. Bard, par M. Caumartin, alors député de l'arrondissement de Beaune.

Ce fut dix ans plus tard que la même Société de Médecine de Paris l'éleva au rang de son correspondant spécial, de simple associé national qu'il était. Son diplôme, portant cette qualité réservée à un si petit nombre de médecins éminents, est du 19 novembre 1828.

Le diplôme de correspondant de la Société des Sciences naturelles et médicales de Bruxelles, lui fut accordé en 1831. Il a pour date le 25 mars de la même année.

L'Académie royale de Médecine, fondée par le roi Louis XVIII , par ordonnance du 20 décembre 1820 , appela le docteur Bard dans son sein, sur la présentation de la section de médecine, dans sa séance générale du 5 avril 1825. Il fut nommé son associé. La lettre d'avis, signée E. Pariset, est datée du 15 mai 1825. Une correspondance suivie s'établit dès ce jour entre l'illustre Compagnie et le docteur Bard. — Les principaux Mémoires qu'il lui adressa vont être indiqués. — Voici en quels termes M. le secrétaire perpétuel lui parlait de ces travaux destinés au premier corps médical de l'univers. « L'Académie a entendu, dans sa dernière séance, le rapport de la Commission à laquelle elle avait confié le soin de lui rendre compte de vos réflexions sur le *choléra-morbus*. M. le rapporteur s'étant presque uniquement attaché à reproduire votre travail, en peu de mots, j'ai peu de chose à vous dire de son rapport. Seulement, vous voudrez bien remarquer que la méthode qu'il a suivie, atteste assez le cas qu'il fait de vos talents : on ne se donne, en effet, la peine d'analyser que les ouvrages qu'on estime. Aussi, suis-je chargé de vous engager à poursuivre vos recherches, et à continuer une correspondance à laquelle l'Académie attache le plus grand prix. » (Lettre du 12 février 1833.)

1° *Constitution médicale de 1825.* — 2° *Coup-d'œil pratique sur la gastro-entérite de la première enfance, considérée dans son état épidémique.* — 3° *Quelques réflexions sur le choléra-morbus.* — 4° *Documents sur la même maladie.* — 5° *Observations relatives aux propriétés spécifiques de la vaccine.*

On le voit, le docteur Bard ne cessa jamais d'être au niveau de la science, de la cultiver, de la pratiquer. Il aimait beaucoup à dresser la constitution médicale des années remarquables par les manifestations pathologiques qu'elles produisirent. Feu le docteur Roussille-Chamseru avait donné, le premier, l'exemple de ces sortes de travaux, si utiles et si propres à perfectionner la pratique de l'art. Il publia notamment la constitution médicale du printemps de l'an XI, observée à Paris, dans le tome XVII du *Recueil périodique*, page 163. — Les principaux manuscrits qu'a laissés le docteur Bard, sont :

Observations sur les affections hydrocéphaliques. — *Divers Rapports sur la vaccine.* — *Constitutio medica anni 1804.* — *Observations pour servir à l'Histoire de l'hydropisie aiguë des ventricules du cerveau.* — *Constitution médicale de l'année 1806.* — *Mémoire sur l'apoplexie.* — *Flore des environs de Beaune.* — *Considérations de médecine théorique et pratique.* — *Observations pratiques sur les affections de l'estomac, et Remarques sur l'usage de la bile pour exciter la digestion*, par Georges Rees, M.-D., membre du Collège royal des médecins de Londres, etc. Ouvrage traduit de l'anglais, avec des notes, par Jean-Baptiste-Joseph Bard. — *Quelques réflexions sur les fièvres intermittentes* (10 février 1822). Envoyées à la Société de Médecine de Paris, mais non insérées, que nous sachions, dans son Recueil périodique. — *Constitution médicale de 1822.* (Envoyée à l'Académie de Médecine (cercle médical) de Paris.) — *Arachnoïdite subaiguë qui succède à une intermittente.* (Adressée à la Société royale de Médecine de Marseille, en 1817.) — *Observations sur les contractions que peut accidentellement éprouver l'utérus dans la gestation.* (Envoyé à la Société de Médecine de Paris, en 1829.) — *Notice nécrologique sur le docteur Simon-Hugues Morelot, chirurgien en chef de l'Hôtel-Dieu de Beaune.* — *Recherches et Observations sur les éruptions pétéchiales essentielles.* (Envoyées à la Société de Médecine de Marseille, en 1812.) — *Deux cas de croup.* (Son fils les a adressés posthumes à la Société royale de Médecine de Marseille.) *Affection organique du foie; application du moxa.* — *Trachéite chronique.* — *Engorgement du foie traité par le moxa.* — *Deux cas de pérétonite puerpérale.* (Son fils a également adressé ces quatre manuscrits à la même Compagnie.) — *Essai sur l'ataxie.* — *Maladies de l'enfance.*

Le docteur Bard avait un grand respect pour les opinions médicales de Stoll et de Baillou : c'est aux écrits classiques de ces praticiens qu'il emprunta constamment ses citations et ses devises; mais il avait pour celles du père de la médecine, du vieillard de Cos, pour Hippocrate enfin, plus que du respect; il les considérait comme sacrées.

Indépendamment de ces travaux, on a trouvé dans les manuscrits de Jean-Baptiste-Joseph Bard, une foule immense d'observations, de monographies, de procès-verbaux d'autopsies, et surtout de rapports judiciaires de médecine légale, parmi lesquels ce rapport médico-légal, du 11 janvier 1821, qui produisit tant d'effet sur l'esprit des jurés et de la Cour, aux assises de la Côte-d'Or, et concourut si puissamment à asseoir, à Dijon, la renommée du docteur Bard. La plupart de ses premiers Mémoires sont rédigés en latin : il avait un goût particulier pour cette langue mère, qu'il cultiva toujours avec plaisir, qu'il parlait et écrivait si élégamment, et dans laquelle il ne cessa jamais de formuler, excepté dans ses prescriptions pour son service de l'Hôtel-Dieu de Beaune. Le docteur Bard consignait tous les cas de médecine pratique qui lui paraissaient rares, et propres à éclairer la science ou sa propre expérience. — Il s'était livré aux études de la médecine légale avec un soin particulier, et fut peut-être le premier médecin qui, en province, mit en pratique les travaux de Chaussier, Foderé, et de M. Orfila. Chargé par la confiance des magistrats du tribunal civil de Beaune de remplir les fonctions de médecin-juriste, toutes les fois que des circonstances graves se présentaient, il s'acquitta toujours de ces fonctions avec un courage, une fermeté, une supériorité de vues et de lumières qui firent honorer son nom dans le sanctuaire de la justice, comme il l'était dans la société. Ses rapports de médecine judiciaire étaient remarquables par la lucidité de leur rédaction, et, plus d'une fois, appelé à les développer devant le juri, il reçut les éloges publics du conseiller présidant les assises et de l'avocat général de la Cour.

Le docteur Bard a manifesté le vœu qu'aucun de ses manuscrits ne fût livré à l'impression après sa mort. C'est par respect pour cette volonté expresse que sa veuve et son fils, je l'ai dit, gardent comme des reliques de famille, les travaux inédits de Jean-Baptiste-Joseph Bard. Ils se sont bornés à recueillir, dans un volume, les fragments de lui qui avaient été imprimés isolément dans des publications collectives.

Ses papiers contiennent, en outre, une foule de lettres qui annoncent combien sa correspondance était active : il était en rapport avec les praticiens les plus distingués. On trouve beaucoup de lettres de MM. Roussille-Chamseru, L. Valentin (de Nancy), Foderé, Noël, Levrat-Perrotton, Cartier, Boucher, Gensoul, Récamier, Lerminier, Viricel, Brenet, Lucas, Brachet, etc.; MM. Noël et Roussille-Chamseru lui écrivaient comme à un ami, en latin, le plus souvent, avec le tour d'esprit, la familiarité aimable et le goût parfait du bon Horace. Les travaux du docteur Bard, ses opinions et ses jugements en médecine sont invoqués comme des autorités. Ils sont cités dans les ouvrages de MM. Andral fils, Comte (*Hydropisie de poitrine*), Double, de Paris, Levrat-Perrotton et Brachet, de Lyon. Ses trois principaux titres écrits à l'estime des savants, sont ses Considérations théoriques et pratiques sur les *phlegmasies, les fièvres intermittentes,* et l'*adynamie.*

Le goût prononcé de M. le docteur Bard pour l'archéologie, les objets d'art et la numismatique, plus particulièrement, avait ajouté à sa renommée médicale un autre genre de réputation. En 1831, il avait reçu le titre de correspondant du ministère des travaux publics pour la conservation des monuments historiques, à la création de ces titres qui, plus tard, passèrent dans le domaine du ministère de l'instruction publique. Il avait formé une intéressante collection de médailles antiques et d'objets d'art, que son fils s'occupe d'augmenter.

Le 1er octobre de la même année, il avait été nommé, par arrêté de M. le préfet de la Côte-d'Or, membre de la Commission départementale des Antiquités de la Côte-d'Or. L'arrêté qui lui confère ce titre est inséré au *Recueil des Actes administratifs de la Côte-d'Or*, n° 51.

Le 21 décembre 1841, M. le ministre de l'agriculture et du commerce (M. Cunin-Gridaine) l'appela aux fonctions d'inspecteur du travail des enfants dans les manufactures, conformément à la loi du 22 mars 1841. Mais revenons à l'homme.

« Quelque haut que le docteur Bard ait été placé dans l'opinion, — a dit M. T. Foisset, juge d'instruction à Beaune, dans le *Spectateur de Dijon*, du 9 janvier 1845, — il n'était pas à son véritable rang. C'était l'opinion des Viricel, des Boucher, des Gensoul, des Brachet, des Bonnet, à Lyon ; des Récamier, des Lerminier, des Fouquier, à Paris. » Sans doute, il n'eut pas à se plaindre de l'équité de ses compatriotes ; mais il est certain que, sur un théâtre plus vaste, entouré d'esprits plus compétents, il aurait été plus généralement encore compris et estimé comme grand praticien. Si tous pouvaient apprécier les qualités de son cœur, tous ne pouvaient pas également mesurer celles de son esprit et l'étendue de son savoir. — Au reste, le sort réservé à tous les hommes vraiment supérieurs, posés fortuitement dans des milieux bornés, où il y a trop peu de distance entre les bons et les mauvais, où les petites vanités, les petites jalousies sont constamment en présence, le sort qui frappa tant d'intelligences provinciales, l'atteignit faiblement. La ville de Beaune, qui a perdu Jean-Baptiste-Joseph Bard, retrouvera bien difficilement un homme de cette trempe et un médecin de cette portée, unissant un caractère grave à des études graves, la prudence à la pénétration et au tact, ayant tout ensemble et au même degré, l'amour de son art, l'activité du corps et celle de l'esprit, un grand savoir et un grand cœur, un merveilleux dévouement pour ses malades, une parfaite modestie et un désintéressement presque sans exemples. Rencontrer toutes ces conditions parfaitement équilibrées dans un seul être, toutes ces qualités qui font le médecin complet, c'est chose rare. Le docteur Bard se renfermait dans son ministère, comme le bon prêtre. La médecine était pour lui tout un culte ; il ne voyait rien de plus noble, de plus grand qu'elle. Science et profession, la médecine n'offre-t-elle pas à l'homme de cœur l'une des plus belles positions qu'il puisse occuper dans la société ? « Les médecins qui briguent les emplois, les titres, les protections, les richesses, ne sont pas nos frères, — dit le professeur Puccinotti (1).

(1) *Regole e doveri della novella scuola ippocratica in Italia*, fondata dal pro-

— Le médecin a dans sa profession un emploi et un titre; le véritable mérite pourvoit au reste. — La modestie et la charité sont les manifestations externes d'un esprit porté naturellement à la profession médicale; la prudence, la justice, la tempérance, le courage, sont les vertus cardinales indispensables à son exercice; le catholicisme est la grande aile des Séraphins, sous laquelle toutes ces vertus se rassemblent et se renforcent. » — C'étaient là le langage, la morale, les dogmes du docteur Bard, et on croirait ces paroles écrites sous son inspiration et sa dictée. Nul ne représenta mieux que lui ses convictions par sa conduite et la dignité de sa vie médicale. Il trouvait que la confiance et l'affection qui enveloppent l'homme de l'art, sont la plus douce récompense de ses fatigues. Aussi ne fut-il et ne voulut-il être autre chose que médecin. C'est avec justice qu'on a dit, dans une des notices nécrologiques dont il fut l'objet : « Que par son seul travail, par l'accomplissement religieux de ses devoirs, sans aucun effort d'ambition, sans le concours d'aucun de ces moyens que ne puisse avouer la plus sévère délicatesse, il s'était créé une des plus éminentes positions de la médecine en province. » Hors de son intérieur, il était exclusivement livré à l'exercice de sa profession; dans sa maison, à celui des vertus qui font le bon époux et le bon père.

Le docteur Bard ne se mêla jamais aux intrigues politiques; il n'ambitionna et ne demanda jamais rien de ce que donnent les gouvernements. Ses opinions, loyalement patriotiques, étaient fermes et pures comme son caractère, mais indulgentes et modérées, dégagées surtout de toute considération personnelle. Elles s'appliquaient aux principes et non aux hommes. Il ne mettait point ses affections ou ses haines envers les individus, ses passions à la place de ses convictions sur les choses. Vous ne serez pas surpris d'apprendre qu'il ne fut jamais ni conseiller de département, ni conseiller d'arrondissement, pas même conseiller municipal dans sa ville qu'il honorait, et dans sa campagne qu'il comblait de bienfaits. Encore moins, vous vous étonnerez qu'il ait quitté cette terre, après quarante ans d'exercice médical dans un hôpital, sans que la croix ait été placée sur sa poitrine, la croix mendiée et obtenue par tant de médiocrités, et devenue, depuis quelque temps surtout, le prix

fessore Francesco Puccinotti, di Pisa. Voyez la traduction citée ici, *Revue médicale*, décembre 1843, pag. 566 et suivantes.

de l'intrigue plus souvent encore que celui du mérite. Mais cette croix, qu'il n'avait pas, l'estime de ses concitoyens la lui donnait par la pensée, et il n'avait pas besoin qu'un signe extérieur constatât officiellement son honneur, pour être honoré. — Il était bien certainement supérieur à cette distinction, qui n'a d'éclat que celui qu'elle reçoit de l'homme qui en est l'objet. Peu de jours avant de rendre le dernier soupir, il disait à son fils unique « Mon ami, ne te mêle jamais aux passions politiques et aux haines implacables des partis. » Tous ceux qui ont connu le docteur Bard ont été frappés de la vérité de ces paroles de M. Pierre Joigneaux, dans le n° 11 de la *Chronique de Bourgogne* : « Il se renferma dans les limites de sa spécialité, n'ambitionnant rien au-delà de son horizon scientifique. L'œil fixé sur un point, il ne détournait la tête ni à droite ni à gauche, pour s'informer de ce qui s'y passait. Son univers, à lui, c'était la médecine, et ce qui s'agitait en dehors de cet univers le préoccupait fort peu. Il ne se laissait distraire de ses préoccupations habituelles, ni par les rafales impétueuses de la politique, ni par le souffle des petites ambitions de clocher ; il ne brigua jamais les honneurs de la politique, ni les honneurs de la municipalité ; pour lui, toutes ces choses étaient d'un autre monde. »

Le docteur Bard était d'un tempérament bilieux-sanguin : sa vie fut une longue souffrance. Malgré son extrême sobriété, il ne sut jamais prendre contre l'invasion du mal les précautions que la prudence lui conseillait ; excellent médecin pour les autres, il fut un détestable médecin pour lui. Il abusa constamment du régime végétal ; les prières de sa famille vinrent échouer devant sa répugnance invincible à s'écouter ou à s'occuper de lui-même. C'était un homme tout d'abnégation et de sacrifices.

Si l'on compte rigoureusement les jours du docteur Bard, on voit qu'ils furent toujours la proie ou du travail ou de la maladie. Il n'en donna jamais un seul au plaisir. Le temps de sa vie, employé dans les peines du corps et de l'esprit, lui sera compté dans un monde meilleur, espérons-le. Il a certainement gagné dix fois ce qu'il a reçu.

« Il serait difficile de découvrir une existence de travailleur mieux fournie, plus complète que la sienne. Pressé par une clientèle nombreuse, cet homme n'eut presque jamais de repos ; il n'eut point d'âge mûr ; une vieillesse anticipée courut le surprendre au milieu de ses fatigues de jour et de nuit ; à soixante-six ans, il était plus qu'octogénaire. » (M. P. Joigneaux, Notice déjà citée.)

Malheureusement atteint d'une affection chronique du foie, que son extrême sobriété ne put vaincre, le docteur Bard fut saisi de coliques déchirantes au mois de juillet 1844. Dans les premiers jours d'août, il se crut guéri, et reprit le soin de son hospice chéri et de ses malades. Mais la résolution était incomplète, un épanchement arriva, et le malade devint hydropique. Pendant sa maladie, excepté dans la dernière période de ses maux, il fut son propre médecin, et ne considéra ses collègues que comme de bienveillants auxiliaires des méthodes curatives qu'il dirigeait lui-même. Sa tendre compagne, ma digne mère, fut constamment sa garde-malade; il ne voulut de soins que de cette femme pour laquelle il avait une si religieuse affection. Ainsi, même dans les plus cruelles et dernières souffrances du docteur Bard, le culte réciproque qui existait entre ma mère et lui, soutenait à la fois l'infirme et l'infirmière. La fusion de tous les sentiments intimes qui avait fait leurs bons jours, les aidait à supporter leurs mauvais jours. Ma mère, malgré sa frêle constitution, fut souvent la veilleuse de son époux, dans le cours de cette lente agonie, et il ne fallut rien moins que la vue de ses petits-enfants, qui avaient besoin encore de son appui, que la violence de sa famille et de ses amis, pour la déterminer à suspendre ce pénible rôle de dévouement et le sacrifice de toutes ses nuits. Sa fin fut admirablement chrétienne, en tous points digne d'une existence qui se résume par les mots *charité*, *humanité*, *dévouement* et *savoir*. La religion avait donné à cette âme forte une sérénité supérieure; il est mort avec le calme du juste.

« Faites jeter du chlorure de chaux sur le *cadavre*, » eut le courage de dire à la veuve et au fils du docteur Bard un des hommes qui lui devaient le plus de gratitude... Ce manque de cœur et de tact a été déchirant pour nous. Mais, ces restes mortels que vous appelez si crûment un *cadavre*, c'est l'ombre d'un époux et d'un père pour ceux qui pleurent le défunt, et ne se consoleront de sa perte pas même par cette idée que demain ils iront le rejoindre et acquitteront aussi le funèbre tribut.

Conformément à ses dernières volontés, fidèlement respectées par ses héritiers, les dépouilles du docteur Bard ont été inhumées, à côté de celles de ses pères, dans le plus humble coin de l'humble cimetière de la commune rurale de Chorey, berceau de sa famille. Il avait voulu un monument funèbre simple et modeste comme sa vie; il en avait lui-même fixé les conditions et la figure; et par rapport à sa tombe, on s'est encore imposé la loi de suivre fidèlement ses intentions.

La presse périodique a payé à la mémoire du docteur Bard un légitime et solennel tribut d'estime. Sans compter plusieurs grands journaux politiques de Paris et de Lyon, qui ont enregistré sa mort, nous citerons, comme ayant plus particulièrement consacré des notices à cet homme si pleinement regretté, les feuilles suivantes :

Le *Spectateur de Dijon*, du 16 novembre 1844. (Lettre de M. T. Foisset.) — Le même, du 9 janvier 1845. (Article nécrologique du même.) — La *Revue médicale de Dijon*, n° 4. (Article nécrologique de M. le docteur Roux.) — La *Gazette du Midi*, du 20 décembre 1844. (Article nécrologique de M. le docteur Léon d'Astroz.) — La *Chronique de Bourgogne*, n° 11. (Article nécrologique de M. P. Joigneaux.) — Le *Courrier de la Côte-d'Or*, du 19 novembre 1844. — La *Mouche de Saône-et-Loire et de l'Ain*, du 19 novembre 1844. (Article nécrologique de M. le docteur Ordinaire.) — Le *Moniteur Viennois*, du 21 novembre 1844. — L'*Union des Provinces*, des 18 et 19 novembre 1844. — Le *Courrier de Saône-et-Loire*, du 20 novembre 1844. (Reproduction intégrale de la Notice de M. P. Joigneaux). — Le *Bien public*, du 17 novembre 1844. — Le *Patriote de Saône-et-Loire*, du 17 novembre 1844. — Le *Mémorial d'Aix*, du 19 décembre 1844. (Reproduction de la Notice de M. d'Astroz.) — La *Revue de la Côte-d'Or*, des 14 et 17 novembre 1844.

La *Gazette des Hôpitaux* de Paris et plusieurs revues spéciales de médecine, ont parlé de cette mort comme d'un deuil pour la science. L'*Annuaire médical* pour 1845, rédigé par le docteur Munaret, contenait la courte mais substantielle notice suivante, sur cette perte si vivement sentie par les hommes compétents.

« Bard (Jean-Baptiste-Joseph), docteur en médecine, associé de l'Académie royale de Médecine, médecin de l'Hôtel-Dieu de Beaune, naquit dans cette ville le 12 novembre 1777. — Études médicales brillantes. — Chirurgien de l'Hôpital militaire d'instruction de Strasbourg pendant longues années, et revenu à Beaune, il sut allier les devoirs d'une pratique étendue avec des travaux de cabinet qui lui valurent plusieurs prix et mentions académiques. — Ses principaux Mémoires ont été publiés dans le *Journal général de la Société de Médecine de Paris*. — Il disait, et l'on ne peut trop le répéter, que l'homme de l'art doit se renfermer exclusivement dans les devoirs de sa profession; et, conformément à cette conviction toute hippocratique, il ne voulut jamais accepter les honneurs et la position politique qu'on voulait lui faire. »

Un seul journal de la localité, se publiant à Dijon, le *Journal de la Côte-d'Or*, a cru devoir garder un silence absolu sur cette mort : mais cette circonstance n'a rien de surprenant. Cette feuille est le journal officiel et ministériel du département. Or, le docteur Bard n'ayant jamais eu rien de commun avec les hommes du gouvernement, n'ayant jamais occupé la moindre position politique, parut sans doute trop vulgaire à une rédaction exclusivement gouvernementale. Mais, les paroles qui ont apporté le plus de baume sur les douleurs de sa famille sont celles de MM. T. Foisset et P. Joigneaux.

« Hier, — s'écrie le premier, — une pompe funèbre traversait notre ville; à voir les rangs pressés du cortège et l'expression qui se lisait sur tous les visages, il était aisé de juger qu'il y avait là un deuil public. On rendait les derniers devoirs à un homme qui a bien mérité du pays, à un homme distingué, à un homme de bien, le docteur Bard. Je vous en parle sans rhétorique : nul médecin ne fut plus dévoué à son art et avec moins de faste; nul ne l'honora davantage par un savoir vrai, pur de toute charlatanerie, par la sévérité de ses mœurs, par son désintéressement, par le sacrifice constant de soi-même en toute occasion et à toute heure. De plus doctes rendront au savant l'hommage qui lui est dû. Ils apprécieront ses travaux, plus d'une fois couronnés par les académies, son érudition médicale, ses connaissances variées, son esprit étendu et pénétrant, sa supériorité comme praticien; nous aimons, nous, à redire sa fin toute chrétienne. L'homme qui a passé en faisant le bien ne peut renier Dieu sur son lit de mort. Plus d'un mois avant de succomber, le docteur Bard avait, d'un mouvement tout spontané, invoqué les secours de la religion. Il a rempli ce dernier devoir avec une plénitude de raison et de volonté dont le souvenir est bien doux à ceux qui le pleurent. » (*Spectateur de Dijon*, du 16 novembre 1844.—) « Le nombreux cortège qui, mercredi dernier, accompagnait la dépouille mortelle de notre concitoyen, — dit M. P. Joigneaux, n° 11, déjà cité, de la *Chronique de Bourgogne*, — faisait, par sa présence seule, l'éloge de son caractère honorable... Le recueillement des hommes du peuple qui l'ont porté jusqu'à sa dernière demeure, n'a pas été le fait le moins significatif dans cette triste cérémonie. »

Deux discours touchants ont été prononcés sur la tombe du docteur Bard : l'un par M. le docteur Molin, son successeur dans les fonctions de médecin du grand Hôtel-Dieu de Beaune; l'autre par M. le docteur Masson, médecin beaunois, aux succès et à l'avenir duquel le docteur Bard s'intéressait vivement, et qu'il avait même désigné à l'opinion pour le remplacer dans certain poste honorable. « Médecin d'une instruction complète, d'une sagacité remarquable, d'une logique sévère, d'un jugement sûr, de principes inébranlables, n'ayant d'autres plaisirs que l'accomplissement de ses devoirs, il a apporté dans l'exercice de son art une dignité, une loyauté et un désintéressement qui lui ont acquis une réputation élevée et durable............ Quand, au milieu d'une carrière si remplie de soucis et de tribulations, nous venions, l'âme déchirée, te compter nos peines ou nos inquiétudes, tu savais adoucir nos chagrins, relever notre courage, retremper nos âmes et nous donner ces conseils si discrets, si consciencieux, si utiles! — N'es-tu pas l'honneur et l'exemple des médecins? Pourquoi es-tu ravi sitôt à notre affection? » (Le docteur A. Molin.) « C'est une belle vie que celle de Jean-Baptiste-Joseph Bard; c'est une belle vie que celle de ce travailleur infatigable, qui, par ses seuls efforts, a conquis un rang éminent parmi ses concitoyens, un rang non moins éminent parmi ses confrères, parmi ses émules; et qui, par lui seul, est arrivé à la fortune, à la considération dont il meurt enveloppé; considération qui ne le cède à aucune de celles que donnent les honneurs, acquise dans l'exercice de la médecine, c'est-à-dire dans une carrière fermée à toutes les chances politiques, dans une carrière où l'on ne peut parvenir qu'à force de travail, de dévouement et de bienfaits. » (Le docteur Masson.)

Voici l'épitaphe gravée sur la pierre tombale du docteur Bard :

ICI · REPOSE
IEAN · BAPTISTE · IOSEPH · BARD
DOCTEVR · EN · MEDECINE
DE · L'ACADEMIE · ROYALE · DE · MEDECINE
MEDECIN · DV · GRAND · HOTEL · DIEV · DE · BEAVNE
ETC
NE · A · BEAVNE · LE · XII · NOVEMBRE · MDCCLXXVII
DECEDE · DANS · LA · MEME · VILLE · LE · XI
ET · INHVME · A · CHOREY · LE · XIII · DV · MEME · MOIS
MDCCCXLIIII
PRIEZ · DIEV · POVR · LE · REPOS · DE · SON · AME

Ce nom grandira à mesure qu'on s'éloignera de lui. L'histoire dira que c'était une bonne fortune pour une ville de troisième ordre, comme celle de Beaune, de posséder un médecin de ce caractère.

« Honorons sa mémoire ; il nous laisse de grands exemples dans la vie et dans la mort. » (Notice citée de M. T. Foisset.) (1)

(1) Voyez les deux discours, dont nous avons donné des extraits page 451, dans la *Revue de la Côte-d'Or*, numéros des 14 et 17 novembre 1844.

APPENDICE.

I.

CHAMPAGNE ET LORRAINE.[1]

LANGRES. — CHAUMONT.

A MM. Dode, sous-préfet de Vienne, René de Landrian, de Saint-Beaussant et de Bizemont, de Nancy, l'abbé Bastien, Juliet, bibliophile, et Frantin, de Dijon.

J'ose, en commençant ce chapitre, prier les lecteurs de vouloir bien accorder une indulgente confiance à mes observations. — Je n'ai pas pour habitude de juger comme les touristes anglais, du haut d'une voiture qui roule, ou comme les commis-voyageurs français, du siège d'une table d'hôte. Dans mes nombreuses pérégrinations d'artiste chrétien, la plupart pédestres, faites sans bruit, sous des apparences toujours modestes, avec la gourde et le bâton du pèlerin, le plus loin des grandes routes et le plus près possible des chemins ignorés de la campagne, je cherche à me rendre compte de ce que je vois, et à n'avoir rien de commun avec cette

[1] J'ai renvoyé à l'*appendice* mes études sur ces contrées, parce que plus éloignées de la province ecclésiastique de Lyon, elles intéressent moins vivement mon bienveillant et fidèle public.

tourbe de voyageurs vulgaires pour lesquels sembleraient écrites ces paroles du psaume 113 : *Oculos habent et non videbunt.* — En général, je préfère le chemin de traverse à la grande route, et le sentier au chemin de traverse. — Nous voici sur la route de Langres.

Presqu'en quittant les murs de Dijon, de ce côté, on dit adieu à ces vignobles qui font la richesse du pays de Bourgogne, le type de sa nature et le charme de ses paysages. Saluons d'abord l'église romane de Gemeaux, et son château moderne, d'une belle figure; puis, hâtons-nous d'arriver à Thil-Châtel, autrefois nommé Tréchâteau. La basilique consacrée aux saints Florent et Honoré, dans ce bourg d'une haute antiquité, est, sans aucun doute, l'une des gloires monumentales les plus pures du nouveau diocèse de Dijon. La couleur tout arlésienne de cet édifice ajoute à l'imposant effet que produit sa structure, représentant la phase progressive de l'art romano-byzantin. A la façade, portail bien composé, et rose d'une élégante profilation, tympan vivement sculpté où l'on remarque Jésus-Christ et les attributs des quatre Évangélistes, trace visible d'*impluvium*. La basilique est à trois nefs, abritées par cinq travées de voûte, et séparées par des piliers aux curieux chapiteaux. Près du chœur, il y a deux arcades subdivisées. Les apsides sont voûtées en cul-de-four ogival, et offrent l'arc triomphal des basiliques latines. J'ai lieu de croire que les voûtes de ce temple sont un peu plus jeunes que leurs substructions. L'apside majeure est décorée d'une arcature dans le goût de toutes celles de cet âge. Quelques restes de fresques, le tombeau et le reliquaire des saints Florent et Honoré, plusieurs anciens objets mobiliers de la renaissance et des règnes de Louis XIV et Louis XV, méritent de fixer l'attention de l'observateur. Cette église fut bien certainement bâtie, comme celles de Villers-la-Faye (Côte-d'Or) et de Saint-Emiland (Saône-et-Loire), au milieu d'un polyandre chrétien, car sur la place qui la touche, il existe encore une foule de tombeaux en forme d'auge, des premiers siècles de l'église. De solitaires chemins de traverse peuvent conduire le pèlerin de Thil-Châtel à Savigny-le-Sec, dont l'église présente une porte latérale romano-byzantine et une baie apsidale nervée du XIIIe siècle.

Is-sur-Tille (où fut un temple d'Isis, comme dans tous les Issy) est à juste titre fier de son temple, dont le clocher s'élève vêtu de ces tuiles vernissées dont je sollicite sans cesse l'usage. Sa figure ichnographique est celle de la basilique latine : toutefois, l'architecture du XIVe siècle semble avoir seule présidé à sa construction. Plusieurs chapiteaux sont très-intéressants; la fenêtre apsidale est nervée avec goût et garnie d'une verrière mosaïque moderne, fort heureusement nuancée. — A Selongey, l'église est un édifice complètement arlequin : l'architecture du XIVe siècle y est complètement représentée, notamment au clocher: le XVe siècle a faiblement concouru à son érection; le chœur est œuvre de la seconde phase de la renaissance; une porte romane de la période progressive vient mêler sa date aînée à ces dates plus jeunes. Les trois principales époques formulées dans ce temple, lui ont donné des nervures de fenêtres d'un agréable motif. Une restauration très-partielle a été exécutée récemment dans l'église de Selongey, par M. Paul Petit, avec ce sentiment historique qui caractérise ses projets. Le bourg de Selongey a conservé quelques usages dont la tradition s'efface : ainsi, j'y ai encore vu une de ces chaînes de fer cadenassées avec lesquelles nos aïeux avaient habitude de clore leur grande porte pendant la nuit.

Au-dessus de Selongey, au faîte d'une solitaire et morne colline, se dresse la vieille église de Sainte-Gertrude, jadis but d'un pèlerinage de lépreux. Elle est du XVe siècle. Je ne sache rien de triste comme l'horizon qui l'entoure ; la nature y est souffrante et maladive comme les pauvres qui venaient y chercher un remède spirituel à leurs maux. — Mais, à deux pas d'ici, nous allons quitter les limites de la Côte-d'Or et entrer dans l'arrondissement de Langres.

Le Bassigny, par où je commençai naguère une pérégrination d'un genre nouveau pour moi, forme, dans l'ancienne province de Champagne, une terre à peu près neutre, s'étendant à tout ce qu'on nomme aujourd'hui le département de la Haute-Marne. Son caractère comme paysage, comme esprit public, comme architecture civile et comme mœurs, est à peu près le même que celui de cette portion de la Franche-Comté de Bourgogne comprise dans le département de la Haute-Saône. Ces deux contrées sont véritablement le point de rencontre de deux éléments provinciaux qui divergent, et le dernier souffle de deux nationalités qui expirent en se touchant : ici la nationalité champenoise, dont le cœur est à Troyes, s'effaçant dans le Bassigny ; là, la nationalité franc-comtoise, dont les centres de réflexion sont Dole et Besançon, venant se marier à l'individualité lorraine. Il semble que la nature ait d'avance tout préparé pour ce muet conflit, ou plutôt pour cette calme et insensible fusion. La chaîne imposante des monts vosgiens, en s'abaissant pour mamelonner leur sol, paraît s'être chargée exclusivement du soin de régler les conditions topographiques et de déterminer les sites de ces deux contrées. Ce n'est plus, de part et d'autre, qu'un pays entrecoupé de petites montagnes, de collines et de vallées d'une remarquable et constante uniformité. Plus de ces sites d'une forme franchement arrêtée et mâle ; plus de ces grandes lignes imprévues et brisées, de ces aspects étranges qui maintiennent une nationalité provinciale ; mais des montagnes qui se meurent, de mornes horizons, une campagne sans mouvement et sans vie, des profils indécis et timides. — Toutes les contrées assises aux *marches* d'une province ne portent plus qu'à l'état fruste le sceau de sa nature et de ses mœurs. Il y a encore entre le département de la Haute-Marne et celui de la Haute-Saône ce point de ressemblance, que tous les deux ont pour chef-lieu une toute petite ville, et renferment deux autres petites cités, qui forment le point obligé de noviciat des professeurs débutant dans l'enseignement universitaire, ou des substituts du procureur du roi, tout fraîchement nommés, les uns dans le ressort de l'académie, les autres dans celui de la cour royale de Dijon ; j'ai nommé Vassy et Lure. — Toutefois, la Haute-Marne a du moins une haute expression historique, une cité caractérisée qui forme sa tête (Langres), tandis que la Haute-Saône , à qui la seule intéressante cité de Lure (1) donne quelque couleur monumentale et historique, est presque acéphale. — Et puis, si Langres reçoit beaucoup, elle donne aussi en proportion de ses profits. De son sein sortent une foule de professeurs et d'ecclésiastiques distingués.

On comprend généralement dans la Champagne, et partant dans le Bassigny, une portion du département de la Haute-Marne , qui revendique encore son ancienne indépendance et sa nationalité distincte; c'est le territoire composant la duché de Langres, telle qu'elle était avant les circonscriptions politiques qui l'incorporèrent au gouvernement général de la province de Champagne. Je ne sais si c'est le souvenir d'une histoire particulière et d'institutions propres à l'ancien diocèse de Langres, histoire qui revit au cœur de ses enfants, ou si c'est le vieil esprit lingon dont la sève circule encore dans leurs veines , qui a produit en eux cette résistance, jadis matérielle et aujourd'hui toute morale, devant une assimilation provinciale étrangère; mais ce qu'il y a de certain, c'est que la duché de Langres, proprement dite, ne veut être qu'elle-même; ce qu'il y a de certain , c'est que le vieux levain de son indépendance y fermente encore. Il semble que la nature ait posé les limites de cette nationalité lingone, car la duché de Langres se trouve effectivement circonscrite par des montagnes d'un type plus ferme , d'une profilation plus tranchée, qui les distinguent des collines environnantes et forment sa ceinture. — Ce sont ces montagnes, toutes calcaires qu'elles sont, qui ont abrité et conservent ce patriotisme langrois dont nous avons constaté l'énergie. Autun, notre antique reine burgunde, est dans les conditions de Langres ; si les idées continuent à s'y renouveler moins qu'ailleurs, c'est qu'elle oppose, par ses austères montagnes druidiques , autant de barrières à l'invasion des idées générales, barrières que le siècle à peine commence à abaisser. Sens, VRBS ANTIQVA SENONVM, située dans un pays ouvert, sur la grande route de Paris, malgré son histoire égale à celle de Langres , égale presque à celle d'Autun , au point de vue romain , malgré l'esprit-public particulier qu'y concentra le moyen-âge, n'a offert aucune résistance aux influences étrangères, et a vu périr sa vénérable individualité. La vieille cité de Langres, où l'élément latin s'était fixé d'une si puissante manière , située au point culminant de la contrée , et l'embrassant tout entière de son regard, dut exercer une grande action sur le territoire qui dépendait d'elle, et se l'incorporer moralement. Elle fut donc le centre conservateur de cet esprit public qui doit sa primitive cohésion à la politique romaine, et n'a pas complètement disparu sous le niveau de la nouvelle histoire

(1) La ville de Lure a trouvé un historien et un illustrateur digne d'elle , dans le lieutenant-colonel Fabert, son enfant. Espérons que ce brave officier supérieur publiera bientôt son remarquable ouvrage sur la ville la plus intéressante du département de la Haute-Saône.

qui s'est greffée sur le noyau antique. Le moyen-âge avait tout fait pour maintenir cet esprit. Toutes les relations du pays de Langres ont toujours été burgundes et lyonnaises. — Ainsi s'explique tout naturellement un fait rigoureusement invraisemblable et rigoureusement vrai. L'architecture dite *gothique* et les mœurs septentrionales ne se sont jamais infiltrées dans la duché de Langres, bien qu'elle fût située aux portes du Nord : toutes les influences qu'elle a reçues lui sont venues de Dijon et de Lyon. Le bassin qui produisit le nom de Bassigny, et dont Chaumont est l'expression, reçut son impulsion et ses idées en sens contraire ; l'architecture ogivale y entra sans obstacle, y régna sans partage avec l'influence de Troyes, de Rheims et de Paris. Le point de partage de ces deux influences est coupé net : à deux pas de Langres, comme aussi à Sombernon (Côte-d'Or), le versant de la Méditerranée est adossé à celui de l'Océan. De là vient peut-être qu'en considération des vieilles affinités du pays langrois avec la Bourgogne et la cité lyonnaise, le diocèse ancien et nouveau de Langres dépendit constamment de la province ecclésiastique de Lyon (1), reconnut toujours pour sa métropole cette glorieuse capitale du midi de la France, bien que celle de Besançon fût sa plus proche voisine. De là vient sans doute aussi que ce pays, et par suite de son adjonction, tout le département de la Haute-Marne, fut placé dans le ressort de l'académie universitaire, de la cour royale et de la division militaire dont Dijon est le quartier-général. — Les monuments antiques clouent dans un pays une architectonique, et avec elle la nationalité qui les éleva. La duché de Langres fit en petit ce que Rome fit en grand ; elle passa, dans ses monuments publics, du style romain au style roman, parce que l'un était le prolongement et la modification de l'autre, motivée par l'influence chrétienne; elle continua la basilique constantinienne ou latine, et s'en tint là. — Mais avant d'entrer dans la vénérable capitale des fiers Lingons, examinons un peu les sites qui l'entourent.

J'ai dit que la duché de Langres avait une couleur propre, dans cette contrée généralement incolore qui forme la Haute-Marne. En effet, toute la portion du territoire lingon, comprise entre l'extrémité septentrionale de la Bourgogne et la cité langroise, particulièrement, est d'un type ferme et d'une physionomie tranchée. Ce ne sont point les effets imprévus, les grands et austères paysages du Morvan nivernais et bourguignon, mais ce sont des sites mouvementés et pleins d'intérêt pour le voyageur intelligent. Quelle plus riante et plus épanouie nature que celle de Prauthois, que celle d'Isome au nom grec. dont l'église est presque une basilique constantinienne, dont la flèche romano-byzantine, flanquée de cornes tumulaires, rappelle celles de Savigny-sous-Beaune et de *S. Agostino* de Gênes, dont la vieille tour féodale en ruines fait une si noble figure à l'horizon ? Quoi de plus pittoresque que Montsaugeon, mêlé d'arbres, de poypes,

1 J'ajouterai que cette condition trouve aussi sa raison dans l'ancienne division civile du territoire des Gaules, sous la domination romaine.

de rochers et de ruines ; qu'Aubigny, dont la basilique romane est plus vaste que bien des cathédrales ; que Bourg, vu surtout de la plaine fertile de Longeau aux magnifiques ombrages ; que cette montée de Chérey, qui conduit au plateau dont Langres occupe l'extrémité opposée? J'ai bien envie de faire preuve ici de ma passion pour les étymologies. Le radical de Chérey ne serait-il pas le même que celui de Chorey et de Charrey (Côte-d'Or), *Carretum* ? — Dans une première visite à la duché de Langres, j'avais vu d'un œil plus indifférent cette riche et verdoyante campagne ; je ne sais ce qui manquait à sa parure ou ce qui manquait à mon âme pour la comprendre, mais elle m'avait paru beaucoup moins poétique qu'à ma dernière course parmi ses églises, ses vallées et ses villages. Si on n'a plus ici les pompes de la Côte-d'Or viticole, on a certainement une nature plus mâle, plus variée et plus significative que celle de la Côte-d'Or montagnarde, dont l'Auxois forme le cœur, et où les alentours de Pouilly, seuls, sortent de la règle commune.

La ville de Langres est située, comme les anciennes cités étrusques, à la cime d'une montagne, et dut primitivement offrir l'appareil de murs cyclopéens. Cette montagne isolée dont elle occupe le faîte, forme un plateau un peu onduleux, très-étroit, mais fort long en surface ; de telle sorte qu'en venant de Dijon, on y arrive par une pente qui n'a rien de trop raide, et que son inclinaison rend peu rapide à une assez grande distance de la cité, où l'on entre par conséquent de plain-pied, tandis que la ville s'élève précisément au point où le plateau finit, du côté du nord, par une croupe abrupte qui domine tout le pays d'alentour. Il résulte de cette position, à peu près identique à celles qu'occupent les villes de Semur (Côte-d'Or) et d'Avallon (Yonne), que c'est de la route opposée à celle de Dijon qu'il faut juger l'aspect éminemment pittoresque de la ville de Langres. Quand vous avez franchi la montée de Chérey, vous êtes sur le plateau de Langres où vous mène une route superbe, ombragée d'arbres vigoureux. Bientôt, l'apside de la vieille basilique rurale de Saint-Geosmes se dresse à votre main gauche, au bord même du grand chemin. C'est un des plus anciens monuments chrétiens de la contrée. Cette église est l'œuvre du XIIIe siècle dans toute la sévérité de son génie. Une crypte existe sous ce temple, dont l'appareil de construction est tout romain par l'ajustement, et dont les baies apsidaires sont pour la plupart à lancettes réunies sous un arc ogival commun. Le noyau principal de Langres, où le génie militaire moderne continue l'œuvre romaine et celle du moyen-âge, par de grands travaux qui, en défendant la ville par une citadelle isolée, du côté de Dijon, et en protégeant la cité par une enceinte continue, en feront une place forte de haute importance ; le noyau principal de la ville, dis-je, est assis sur la portion plane de l'éminence, tandis que le reste des groupes d'habitations qui entrent dans sa circonscription, se dissémine et se range en amphithéâtre, tant sur le revers septentrional de la montagne que sur ses pentes longitudinales. La partie plane de la ville, c'est-à-dire celle qui est posée au centre du dos-d'âne,

est assez régulièrement bâtie : la grande et large rue qui, traversant cette
région, est comme l'artère de la cité, se compose de maisons presqu'exclusivement construites en pierres de taille, dont le goût et le caractère
rentrent absolument dans les conditions des maisons franc-comtoises. —
Effleurons ses monuments publics. — Dans une ville où le pouvoir ecclésiastique, comme à Arles, à Vienne en Dauphiné, comme à Lyon et à
Autun, etc., continua le pouvoir politique, les édifices religieux doivent
occuper le premier rang. Le moyen-âge, à Langres, se superposa immédiatement sur l'élément romain. Le plus grave monument ecclésiastique
de cette ville est son église cathédrale; mais il faut aller chercher les
traces de celui réputé le plus ancien, dans ce qu'il reste d'une primitive
basilique consacrée à saint Didier. L'apside de cet édifice a seule survécu
aux destructions dont le temple fut l'objet; elle sert aujourd'hui d'abri à
ce musée lapidaire, où la Société archéologique langroise a eu le bon esprit
de recueillir tous les débris d'architecture et de sculpture qui expliquent
l'histoire de l'art à Langres par ses monuments. — Ainsi, il s'agit ici d'une
œuvre de double conservation pour le contenant et pour le contenu.
J'ai remarqué dans cette utile collection beaucoup de restes antiques, et
d'importants fragments de ce merveilleux jubé de la seconde période de la
renaissance, qui ornait la cathédrale. Les lignes générales de cette portion
de temple, sa profilation, et surtout ses chapiteaux si énergiquement
coupés, semblent m'autoriser à croire que le monument fut érigé sous cette
ère de progrès et d'élan pour l'architecture basilicale dont, au VIIIe siècle, l'empereur Karl-le-Grand fut l'ordonnateur suprême en Occident. La
petite collection de tableaux placés dans le bâtiment neuf dont Saint-Didier
forme l'aile, m'a paru satisfaisante et au-dessus de ce qu'on pouvait attendre d'une ville de troisième ordre. Ces deux musées sont, pour ainsi dire,
l'œuvre de la Société archéologique de Langres; ils ont reçu d'elle le
souffle et la vie. C'est elle qui a conçu l'idée de les former, qui a réuni les
premiers objets d'art, qui a poursuivi sa tâche et marché à son but, en
luttant sinon contre les intentions décidément hostiles, du moins contre
l'indifférence manifeste de l'administration municipale. On ne saurait trop
la louer de ses efforts, de son patriotisme, de sa persévérance et de son
désintéressement. Maintenant que le double établissement existe, l'administration municipale a daigné le reconnaître, le protéger même, et elle
semble depuis quelque temps s'y intéresser. Revenons à Saint-Didier. Les
traces romano-byzantines de cet édifice mutilé se retrouvent dans les transsepts : le chœur et une chapelle y annoncent l'art du XVe siècle. J'ai remarqué une baie richement fenestrée, un *repositorium* intérieur du même siècle,
quelques restes de vitraux peints. — Quant aux fragments antiques réunis
à Saint-Didier, ils servent à prouver qu'à Langres l'école romaine n'eut
pas ce faire châtié, correct, suave de Lyon, d'Autun, d'Arles. — Les
Lingons, il faut le croire, étaient déjà trop loin du foyer d'impulsion artistique. A en juger par ce qui demeure de leur art, il était grossier et
enveloppé d'un reste de barbarie septentrionale.

La basilique cathédrale de Saint-Mammès est la plus grave et la plus complète expression de l'art chrétien dans l'ancienne duché de Langres. Partout où il y eut des monuments antiques, le goût et l'imitation de ces monuments se fit sentir dans l'architecture religieuse du moyen-âge : la présence de la cannelure dans les colonnes est un fait significatif, qui se retrouve partout sous la même influence; ainsi, les piliers cannelés de Saint-Remi de Rheims, ceux de la cathédrale d'Autun, etc., etc., s'expliquent par les exemples qu'offraient aux architectes les arcs de triomphe latins de ces cités. La prédominance du goût antique dans les édifices chrétiens est plus absolue à la cathédrale de Langres que partout ailleurs. On ne doit donc pas s'étonner que l'infiltration des idées *gothiques* et septentrionales n'ait jamais pu s'opérer dans la duché de Langres, dont cette cathédrale était l'âme et le grand régulateur artistique. Ce vaste et imposant vaisseau représente la phase transitionnelle du type romano-byzantin, qui ne domina dans les contrées soumises à l'influence lyonnaise qu'au XIIIe siècle. Toutefois, M. Migneret, auteur d'une histoire estimée de Langres, et mon guide bienveillant dans mes courses d'artiste chrétien à travers la vieille cité des Lingons, m'a fait observer que l'histoire et les chartes parlaient constamment de ce temple comme d'un monument existant, et ne témoignaient jamais de son érection, ce qui donne à croire qu'il succéda rapidement à une basilique plus ancienne, qui, vraisemblablement basilique civile des Lingons, fut convertie en temple chrétien, et que la reconstruction s'opéra dans le plus bref espace de temps. Je ne décrirai point ici la cathédrale consacrée à saint Mammès, et me bornerai à dire qu'elle offre le seul exemple que j'aie vu d'apside à neuf pans (1); qu'elle développe éminemment le sentiment religieux dans le cœur de celui qui la contemple; que tous ses chapiteaux, purement corinthiens, sont absolument antiques ou imités pleinement de l'antique, et qu'une frise composée d'arabesques vivement sculptées, placée entre les baies et les arcs d'entre-colonnements de l'apside, rappelle tellement l'art grec et romain, qu'on ne sait vraiment si elle provient d'un édifice latin, ou si elle a été travaillée, sous l'inspiration et le modèle antiques, dans un but direct. L'arc romain, malheureusement fruste, encore engagé dans le mur d'enceinte de la cité, explique merveilleusement cette constante influence de l'art latin sur l'art chrétien. Ce temple, où l'on retrouve autour de l'apside le *deambulatorium* et les chapelles rayonnantes de Cluny et Tournus, le *triforium* continu, n'a d'absolument moderne que sa façade, ornée de deux tours, œuvre du dernier siècle, qui manque d'à-propos, mais non pas de noblesse, et où l'on trouve l'ordonnance monumentale, l'effet de masse de la structure *gothique*, combinés à la profilation néo-classique. Un des faits monumentaires les plus exceptionnels et les plus curieux ici, c'est la

(1) Il y a quelques exemples en Allemagne de cette singulière disposition, mais ils sont rares en France; je crois que celui de Saint-Mammès de Langres est unique.

présence de chapiteaux corinthiens extérieurs placés dans la région du chevet, et semblant couronner des contre-forts engagés. Je crois qu'ils sont, avec les colonnes qui les supportent, les jalons historiques d'un portique couvert, qui dut ceindre dans l'origine tout ou partie de la basilique civile primitive, ou tout uniment des matériaux romains utilisés. — Ici, le culte et la liturgie sont en harmonie avec le temple, malheureusement trop éclairé par suite de la suppression des verrières peintes dont les XIVᵉ, XVᵉ et XVIᵉ siècles durent décorer sa nef. On sait avec quel zèle, quel succès et quelle étonnante promptitude, S. G. Mgr. Parisis, évêque de Langres, a fait revivre la pompe des rites romains dans sa cathédrale et dans son diocèse, établi dans son clergé la plus sévère discipline, réglé le cérémonial, rendu le culte à sa gravité et à sa majesté premières, et, rappelant le plain-chant à sa pureté primitive, banni des églises placées sous sa juridiction ces concerts frivoles, cette musique mondaine, qui troublent la véritable piété. Aussi, à Langres, on respire je ne sais quel parfum liturgique qui nous prédispose à de saints recueillements. Langres est vraiment dans une atmosphère de liturgie latine : tout y parle d'elle, peuple, libraires, fidèles de toute condition et de tout rang ; c'est la préoccupation du pays. Cette atmosphère était précisément celle où je voulais vivre quelques jours, et je ne saurais exprimer avec quelle joie je retrouvai à Saint-Mammès les splendeurs de la liturgie romaine. — Malgré son échelle vraiment basilicale, son grave caractère, l'ensemble de la cathédrale de Langres est un peu ennuyeux et un peu vulgaire. — Je le dis net, tel que je le pense, car je ne veux d'adulation ni envers les hommes ni envers les monuments.—C'est un monument des plus intéressants comme étude et histoire de l'art ; mais il manque de pureté et de grâce, et ses proportions de hauteur sont insuffisantes relativement à sa largeur et à sa longueur. Excepté à l'apside, où il est vraiment délicieux, le *triforium* manque de légèreté et de ce sentiment antique de nos belles arcatures romanes de la Bourgogne lyonnaise. Une singularité de mauvais goût dépare cette basilique, où se retrouvent les deux apsides mineures, c'est la présence de baies percées dans la voûte de l'apside majeure, les unes, petites, avec un seul trèfle dans l'arc ogival ; les autres, plus grandes et nervées, alternativement. Ces fenêtres, si crûment ouvertes par après coup, produisent le plus fâcheux effet. Malgré ses deux belles portes latérales à plein-cintre, absolument pareilles pour la profilation à celle du flanc méridional de Saint-Philibert de Dijon ; malgré l'appareil tout latin de la construction de ce temple, le caractère si complètement antique de cette frise à arabesques, régnant entre les baies de l'apside et les arcs d'entre-colonnements, ses restes de verrières historiques, limitées aux chapelles rayonnant sous la nef déambulatoire ; toute expression solennelle qu'il est de la contrée lingone, dont toute la nationalité est en lui, toute image affaiblie qu'il est de notre éternellement regrettable basilique de Cluny, l'ensemble de ce vaisseau, dont le mobilier m'a paru d'ailleurs assez pauvre, n'a point cette harmonie qui résulte de la justesse des proportions, de la majesté des lignes, unie à la grâce des profils. — Je ne puis en parler plus au long ici ; j'ai décomposé cet édifice ecclésiastique dans la seconde édition du *Manuel général d'Archéologie sacrée burgundo-lyonnaise*, qui se prépare à Lyon. Il mérite certainement les honneurs d'une monographie, qui jusqu'ici lui ont été refusés, et qu'invoque pour lui M. Bourassé, dans son frivole ouvrage : les *Cathédrales de France*. — Deux mots encore. On devrait bien se hâter de supprimer cet ignoble tourillon, donnant l'image d'un pigeonnier, qui surmonte le clocher méridional et sert au guetteur. Puis, il faudrait placer une croix de bronze doré à la croupe du chevet. Les chapiteaux romains ou romans de ce temple, rentrent dans cette exécution rude et crue des restes de sculptures recueillis à Saint-Didier. Une porte de Saint-Mammès, en bois sculpté, du XV⁰ siècle, atteste qu'ici le *gothique* même est demeuré à l'état rudimentaire, qu'il n'est point arrivé à cette élégance fine et distinguée, à ce classicisme de profilation que nous trouvons ailleurs. Toutefois, les débris du beau jubé détruit, et la chapelle de la deuxième phase de la renaissance, qui s'ouvre sous la nef mineure du nord, annoncent que les enfants des Lingons puisèrent, au XVI⁰ siècle, à des sources plus pures d'inspiration artistique.

L'église succursale de Saint-Martin, que Mgr. Parisis a naguère restituée au culte, est encore, par ses bases, un monument de la phase transitionnelle de l'architecture romano-byzantine ; elle offre quatre nefs mineures et un aspect imposant. Son clocher, fils inspiré de la seconde période de la renaissance, mais fort moderne, rappelle par sa forme celui de *Santa Caterina de' Funari*, à Rome. J'ai remarqué à Saint-Mammès un de ces immenses tabernacles terminés en coupole, d'un aspect imposant, qui rappelle exactement ceux du Milanais, et dont nous avons aussi la copie à Saint-Jean-de-Lône (Côte-d'Or). Les deux églises langroises de Saint-Mammès et de Saint-Martin doivent au pastorat apostolique de Mgr. Parisis, une autre reproduction italique, fidèle, c'est celle de ces croix monumentales de la Toscane, implantées dans le sol, derrière l'autel majeur, et s'élevant à une hauteur prodigieuse. — Les hospices, les séminaires de Langres sont modèles comme institution, comme tenue et comme monuments. Le collège communal de cette ville est remarquable aux mêmes titres. La maison-de-ville, située dans la partie basse de la cité, ne manque point de dignité : c'est dans cet édifice qu'est placée la bibliothèque publique, que le désintéressement et l'amour de M. Brocard pour son pays, conservent à titre gratuit, avec un zèle que ne donnerait pas le salaire le plus élevé. Je n'ose vraiment pas dire que Langres eut jadis, par sa coutellerie, une célébrité méritée, qui date du temps des armes romaines : aujourd'hui les fabriques de ce genre, répandues dans plusieurs villages des environs, ont à peu près déserté la ville. — Une maison historique curieuse, faisant face à la grand'rue, la plus marchande de Langres, m'a vivement intéressé. C'est un monument de la phase libre de la renaissance, créé par la même inspiration qui a bâti la maison-de-ville de

Gray. J'ai encore remarqué l'hôtel du Breuil, qui a du caractère, vis-à-vis le petit séminaire, plusieurs niches et des détails curieux d'ornementation. L'église du collège offre le style ampoulé et redondant des jésuites. Presque toutes les portes de la ville sont ornées dans le style du XVIe siècle.

Le climat de Langres est extrêmement froid; pour le comprendre, cet âpre climat, il faut avoir senti la rafale hurler et fondre sur vous, impétueuse et terrible, au point de rencontre de toutes ces petites rues descendant sur les deux versants de la cime qu'occupe la cité, particulièrement aux approches de la cathédrale, dont on a été forcé de protéger les portes contre les atteintes du vent; et quand on quitte Dijon, on est étonné de trouver ici un retard de plus de trois semaines dans la marche de la fructification, par rapport à la radieuse Bourgogne. Cette circonstance est beaucoup moins due à l'élévation du pays qu'au voisinage du grand réfrigérant des Vosges. Du haut des clochers de la cathédrale, ou de la belle promenade de Blanche-Fontaine, on jouit d'une vue intéressante sur les environs, les plus variés du département de la Haute-Marne, et l'on voit, pour ainsi dire, naître cette rivière de Marne aux sinueux contours, sous la forme du plus humble ruisseau. La promenade langroise de Blanche-Fontaine est digne d'une capitale. Elle descend sur une très-grande longueur, du plateau de Langres, jusqu'à la fontaine quadruplement étagée qui lui donne son nom. Rien de plus calme, de plus sage, de plus modéré et, partant, de plus religieux que l'esprit public de cette cité, reine du pays: cet état de choses est en contradiction manifeste avec un dicton populaire en Bourgogne, et d'où il résulterait que les Langrois seraient enclins à l'effervescence et à l'exaltation. Les mœurs de Langres, demeurées patriarchales, douces et vieilles en ce qui touche aux saintes croyances de la religion, de la famille et du cœur, ont respecté de vieux usages et de vieilles formes. Ainsi, on retrouve communément ici les portes coupées et les portes volantes à claire-voie, garnies de canevas, que notre civilisation, si terriblement avancée, a depuis quelque temps bannies de nos plus anciennes villes de Bourgogne. — Ah! qu'on se garde bien de s'y mettre trop à la mode du siècle; le dissolvant social s'infiltre si aisément dans les prétendus progrès! — Un des points culminants d'où l'on jugera le mieux le paysage langrois, c'est des fenêtres supérieures de ce grand séminaire qui s'élève si vaste, si salubre et si bien ordonné comme architecture, vers les murs d'enceinte, au levant de la cité, exactement dans les mêmes conditions de site, et à peu près sous la même apparence que le grand séminaire d'Autun, qui a reçu naguère de si considérables augmentations. De là, on a une vue magnifique au nord, et surtout au levant; mais l'aspect de la campagne de Langres, du côté de l'Orient, manque de variété; c'est de l'infini, mais de l'infini monotone et uniforme. C'est là que vous trouvez principalement cette teinte cendrée des terres et des horizons de la Haute-Marne, qui n'a pas partout les ombrages de Longeaux et les pittoresques aspects de Montsaugeon et de Bourg.

En prenant la route de Chaumont, quand vous serez arrivé à une certaine distance de Langres, de grâce, retournez-vous un instant pour regarder la cité : c'est là qu'est son véritable point de vue ; c'est de là qu'elle vous paraîtra dans toutes les conditions pittoresques de sa situation, s'étalant sur la croupe d'une montagne isolée, que couronnent la cathédrale géante et les clochers de la cité. Plus on s'éloigne de Langres, plus on pénètre avant dans le Bassigny, proprement dit, plus les paysages perdent cet aspect, je ne dirai point original et fortement agreste, mais du moins nettement accusé, du Langrois. Vous rentrez alors pleinement dans le domaine de cette campagne incolore, monotone, froidement et uniformément coupée de coteaux et de petits vallons qui se ressemblent tous, sans variété de culture, peu ombragés et peu boisés, campagne dont j'ai déjà parlé au début de ce fragment. — Je ne comprends la montagne calcaire qu'avec la vigne, les noyers, les pêchers, les amandiers, de la première ou de la seconde ligne de nos riantes collines de la Bourgogne, du Beaujolais et du Lyonnais ; sans ces éléments, elle est nue, pelée, sans majesté dans ses contours. Les montagnes granitiques sont les véritables montagnes du pittoresque ; c'est pourquoi les paysages éduens ont un si mâle et si imposant caractère. Voyez ces montagnes chauves qui enveloppent Besançon : elles sont rugueuses, accidentées, hautes sans doute, mais elles n'ont rien de décidément agreste, de décidément brisé, de décidément austère, parce que c'est le sol calcaire qui les constitue. — Je ne comprends les pays de montagne, qu'avec les eaux roulant sur les granits, les genêts, les hautes futaies et les immenses rochers de l'Autunois.

Le site de Chaumont, toutefois, est choisi à merveille. Cette ville, où l'on arrive à peu près de plain-pied, par une pente très-rapide qui commence bien avant elle, comme il arrive pour Langres, se termine au nord en promontoire, comme Langres encore, à la cime d'un versant coupé d'une manière abrupte. Cette petite cité, où je ne pense pas que les idées se renouvellent bien souvent et bien vite, obéit pourtant à l'influence de Paris ; elle est nord par son architecture et ses mœurs, tandis que Langres, beaucoup plus froide qu'elle, est midi par ses allures, ses traditions et ses goûts. Les deux influences agissant en sens contraire se rencontrent, sans se heurter, aux portes du Bassigny, proprement dit. — Chaumont est d'un aspect agréable : sa principale rue est proprette, ornée de maisons bien badigeonnées, dont quelques-unes ne manquent pas de caractère. Le mouvement des fonctionnaires publics doit y être incessant, car cette ville est encore, comme Vesoul, Lure, Vassy, le lieu obligé de début d'une foule d'employés, qui, ne faisant que paraître sur ce premier théâtre de leur action et en disparaître, amènent nécessairement à Chaumont, à chaque instant, des changements à vue de visages officiels. Êtes-vous nommé surnuméraire des postes, des domaines, etc.? on vous dirige sur Chaumont ; avez-vous obtenu un bureau quelconque, une petite recette, une place de maître d'études ou de régent de sixième? vous serez envoyé à Chaumont ; après de longs services gratuits, serez-vous enfin promu à

un emploi rétribué dans les gabelous? vous l'exercerez à Chaumont, etc.
— Il en est de Chaumont, pour les fonctionnaires publics aux premiers
pas de leur carrière, comme de Neufbrisach et de Belfort pour les cons-
crits. — Parmi les monuments civils de Chaumont, le collège m'a paru
mériter la plus honorable mention, bien que la maison-de-ville ne soit pas
sans importance. Mais ce que j'ai surtout étudié dans les beaux et vastes
bâtiments de ce collège, qui jouit, comme celui de Langres, d'une certaine réputation, c'est l'église, construite avec une rare somptuosité, dans
le goût de la renaissance avancée, telle que la formulèrent les jésuites, ces
amis si chauds du mauvais goût dans la liturgie comme dans l'architecture, c'est-à-dire du style tourmenté et amphigourique. Le luxe de dorures et de marbres de cette église est tout italien. Le retable du maître-autel est un immense monument de ce luxe. — Cette ville a une bibliothèque
publique choisie.

Ici, nulle trace d'art romano-byzantin, nulle épreuve fruste ou grossière de la basilique latine, mais la pensée ogivale fleurissant comme sur
la terre qui la vit naître. Saint-Jean de Chaumont prouve avec quelle fa-
cilité les idées du Nord s'introduisirent dans cette ville, et combien l'esprit public était préparé à les recevoir. Cet édifice est mi-partie du XIVe
et mi-partie du XVe siècle. Les trois nefs et les deux clochers représentent le premier; les transsepts, l'apside, les contre-nefs apsidaires et les
dépendances du chœur sont l'œuvre éclatante du second. Je signalerai
avec enthousiasme les clefs pendantes de la voûte, au point d'intersection
du chœur, des croisillons et de la nef majeure; de riches détails sous la
tribune de l'orgue, et des vantaux de portes, ciselés à l'extérieur avec une
remarquable habileté. Pour moi, né bourguignon, j'ai dû être fier de
voir qu'un monument de mon pays ait servi d'inspiration, de régulateur
et de guide à des restaurations exécutées à Chaumont. Ces vantaux sont
de fraîche date; ils ont été modelés sur place sur les merveilleuses portes
de l'insigne basilique de Notre-Dame de Beaune, d'après le conseil de
l'intelligent architecte qui préside aux destinées artistiques de la ville de
Chaumont. Ainsi, c'est à Beaune qu'est l'original et le type de ces portes,
dont Saint-Jean de Chaumont nous offre une copie si fidèle et si heureusement exécutée. Le sépulcre qui décore cette église est bien certainement,
après celui de Saint-Mihiel, un des plus beaux de France. Le périmètre
de Chaumont est assez verdoyant; mais quand, après avoir descendu la
rampe pittoresque qui limite la ville au nord, on a gravi la montée opposée, on entre dans un pays triste, presque désert, plein de monotonie,
bien que toujours semé de coteaux et de vallées, mais arides et presque
nus. Toutefois, en approchant de Rimaucourt, dont le clocher m'a frappé à cause de sa profilation romano-byzantine, si rare dans cette contrée,
le paysage semble perdre quelque chose de ses conditions de stérilité:
bientôt les plaines qui s'étendent à l'est du département des Vosges développent à nos regards leur agriculture plus progressive et leur végétation plus riche.

La nationalité lorraine a commencé d'une manière à peu près insensible. Neufchâteau s'élève en amphithéâtre à l'extrémité septentrionale de la plaine des Vosges, où rien ne fait deviner la présence des solennelles montagnes qui ont donné leur nom au département, mais dont l'immense boulevard, limitant le bassin de la riche Alsace, et se dirigeant parallèlement aux montagnes de la Souabe, se rapproche ici beaucoup trop du levant, pour que l'œil de l'observateur ne se borne pas à les deviner. Bien que la ville de Neufchâteau ait quelque célébrité par son commerce et ses foires, et qu'elle soit un des centres les plus connus de l'activité lorraine, je me l'étais imaginée bien différente de ce qu'elle est réellement : je me la figurais ensevelie dans les traditions du passé et les vieilles croyances, offrant l'aspect d'une cité du moyen-âge, où les idées du siècle avaient pénétré faiblement dans les esprits, mais ne s'étaient point introduites dans les maisons et le caractère général de l'architecture. — En un mot, j'espérais à Neufchâteau rétrograder de cent ans au moins, et retrouver encore ce que nous appelons une ville conservée, une cité en repos, à genoux dans de pieux souvenirs, c'est-à-dire une ville de croyances et de foi, une ville sainte comme Bourg-en-Bresse. Je ne veux, certes, pas dire que Neufchâteau soit une cité où la religion a perdu toute son autorité morale et sa douce influence sur les cœurs ; mais elle ne m'a pas paru particulièrement préoccupée de choses de culte et de foi. Elle participe pleinement à la civilisation générale du pays de France ; ses demeures sont neuves et blanches pour le plus grand nombre, la plupart touchent même à l'élégance et au luxe. J'ai visité avec le plus vif intérêt ses deux églises du moyen-âge, dont l'une, celle de Saint-Christophe, située dans la partie basse de la ville, et l'autre, celle de Saint-Nicolas, à son point culminant. Cette dernière présente, comme la vénérable basilique de Saint-Vorle de Châtillon-sur-Seine, l'appareil de deux temples superposés. C'est dans la ligne de Neufchâteau, en venant du midi au nord, que commence l'habitude de représenter le *Porte-Christ* (saint Christophe) à l'extérieur des églises, usage si général en Picardie et dans le nord de la France, et si parfaitement inconnu dans nos provinces méridionales. Cette représentation existe aux deux églises de Neufchâteau. Celle consacrée à ce saint est du XIIIe siècle ; son chœur et plusieurs de ses fenêtres sont du XVe siècle, et elle a un baptistère formant chapelle, de la première phase de la renaissance. L'église de Saint-Nicolas, qui domine la cité, est un mélange d'architecture romano-byzantine à sa porte et à ses croisillons, et d'architecture des XIIIe et XIVe siècles. On y remarque un sépulcre du XVe siècle. La Lorraine, terre de la foi, est fertile en sépulcres dans ses temples ; celui de Saint-Mihiel est un roi qui a ses vice-rois dans toute la province lotharingienne. Du reste, l'église basse de Saint-Nicolas de Neufchâteau a perdu en partie extérieurement son caractère primitif, et n'est pas antérieure aux régions les plus anciennes de l'église supérieure. La position de Neufchâteau est vraiment pittoresque et belle, et les coteaux qui l'abritent au nord et qu'elle envahit en partie, produisent par leurs contours, par leur culture soignée, un effet attachant. — On sent qu'on est en Lorraine, à la richesse du sol et à la situation florissante et progressive de l'agriculture.

Oui, nous sommes en pleine Lorraine. Les populations rurales comme les populations citadines de cette belle province se distinguent toujours, comme jadis, par leur loyauté et leur franchise à toute épreuve, par leur esprit pénétrant, fin, vif; par leur naturel enjoué, par leurs mœurs véritablement pleines d'humanité et cordialement hospitalières; par l'aménité et la douceur de leur caractère, leurs idées martiales, leur intelligente et laborieuse activité. Nulle population ne grimace et ne se compose moins que cette brave population lorraine, qui allie le dévouement et le courage militaires à l'industrie de la paix. On le sait, la Franche-Comté de Bourgogne, la Lorraine, l'Alsace et le Dauphiné ont donné les meilleurs soldats et les meilleurs capitaines à nos armées. — En allant de Neufchâteau à Nancy, j'ai remarqué la splendeur des villages lorrains : Autreville, avec son beau clocher romano-byzantin et son apside de la même ère; Martigny, Colombey-aux-Belles-Femmes, dont la génération féminine actuelle ne dément point le surnom donné au pays par les mœurs essentiellement galantes du moyen-âge.

C'est à Colombey que se généralise et règne sans partage un caractère architectonique que nous autres, enfants des climats tempérés de la France, nous retrouvons avec effusion sous un ciel moins souvent limpide que le nôtre; je veux parler de la toiture surbaissée et de l'emploi exclusif de la tuile courbe. Du toit, dépend le type d'un édifice et d'une maison. L'aspect des villages et des villes d'une partie du département des Vosges, de la Marne, de toute la Meurthe, de la Meuse, d'une portion de la Moselle et des Ardennes, est éminemment méridional, à cause de la forme des combles, qui rappelle ceux de la Bresse lyonnaise, du Mâconnais et du Lyonnais. L'architecture y exprime un sentiment particulier; c'est le *motif* du Midi. Ce n'est pas sans joie, mais aussi sans étonnement qu'on se retrouve, si loin de Lyon, au milieu des toitures méridionales. J'ai souvent ouï dire que l'exclusion ou l'emploi de la tuile creuse avait pour raison la plus ou moins grande fréquence des neiges : c'est un préjugé; car il est bien certain que les neiges sont plus abondantes dans la Lorraine que dans les portions de la Bourgogne où le toit pointu est en faveur; qu'à Gênes surtout, où il règne d'une manière absolue.

Le cimetière rural de Binville, que j'ai visité, m'a offert deux épitaphes curieuses, que je ne puis me refuser au plaisir de reproduire ici. L'une est importante par son histoire et le nom propre célèbre dans les arts qu'elle perpétue; la voici :

> Cy-gissent Nicolas et Catherine Callot,
> Fils et fille de nobles conjoints, Jean Callot,
> Hérault d'armes à S. A. et de...

L'autre, par sa forme ambitieuse :

HIC · IACET · EXEMPLAR · PATRVM · VIRTVTIS · AMICVS
QVI · SI · POSSIT · HOMO · MERVIT · VENERABILIS · ARAS

Qu'y a-t-il de plus prétentieux que ce distique, et que dirait-on de plus d'un bienheureux ou d'un saint ?

Nous sommes au centre de l'unité lorraine, près de cette montagne historique de Sion et de Vaudémont, isolée comme un temple, autour de laquelle s'entendent les dernières palpitations du cœur lorrain ; entre Epinal, dont la basilique n'est guère postérieure à l'ère constantinienne ; Remiremont, aux pieux souvenirs ; Domremy, patrie de Jeanne d'Arc ; Toul, la vieille capitale ecclésiastique, et Pont-à-Mousson, la vieille capitale universitaire de la province, à deux pas de Nancy, dont le jeune diadème se forma de la réunion de toutes les couronnes lorraines. On ne peut entrer plus avant dans une nationalité.—Voici le délicieux bourg, et la magnifique nature, les riches ombrages de Pont-Saint-Vincent...; mais arrivons à la belle Nancy.

NANCY. — SAINT-NICOLAS-DE-PORT.— TOUL. — PONT-A-MOUSSON.

« Cette capitale, selon M. Guerrier de Dumast (1), prit naissance, pour ainsi dire, toute seule. On ne saurait en assigner les commencements, ni indiquer à quelle époque précise les ducs quittèrent Châtenoy, pour faire de Nancy le siège de leur souveraineté. » La Lorraine manquait de cohésion et d'unité. Les Trois-Evêchés, le Barrois, le Duché, etc., avaient leurs centres particuliers de vie et d'action ; la province n'avait point de tête, point de lieu qui la résumât, point d'expression générale et suprême de sa nationalité ; c'était une voûte subdivisée en zônes, mais sans clef commune à toutes ; la fédéralité lorraine ne savait où réunir ses forces : voilà ce qui explique merveilleusement la naissance, les progrès de Nancy, le rang auquel parvint cette gracieuse et courtoise cité. — La capitalité nancéïenne ne se développa point dans une situation arbitrairement choisie. Tous les principaux monuments élevés par la foi et la nationalité lorraines, laissaient entr'eux un espace presque vide, et semblaient environner le riant bassin dont Nancy occupe le cœur. Il fallait qu'une jeune capitale naquît au milieu de cette vieille ceinture. Nancy fut cette planète que cherchaient les satellites ; elle s'incorpora tous les souvenirs et les

(1) *Nancy, histoire et tableau.*

édifices épars autour d'elle, elle devint l'expression et le lien du passé
et du présent lorrains.

Je n'ai point, comme les rois du feuilleton parisien, la folle prétention
d'enseigner aux enfants de nos provinces leur propre histoire, de deviner
sans préparation un glorieux passé. Encore moins ai-je le désir de répandre, comme eux, dans les pages dont quelques courses de simple ami de
l'art m'offrent la matière, ces fagotages de brillantes niaiseries, cette
importune faconde, cette critique sans travail, sans examen, sans dignité,
ce clinquant de forme, ces couleurs superficielles sans adhérence au
fond, ces opinions sans motif et sans bonne foi qu'acceptent si légèrement
des feuilles qui se disent graves. Ah ! je remercie Dieu, les mains jointes,
de ne m'avoir point fait célèbre, et de m'avoir conséquemment refusé le
droit d'être *touriste*, c'est-à-dire, sans avoir rien appris, de tout juger avec
une inflexible assurance ; de vêtir d'une lamelle de similor les plus étranges
indiscrétions, les plus osés mensonges ; de mettre le bavardage à la place
de la conscience, d'envelopper d'une écorce de style vivement brillanté
un tissu de puérils et oiseux détails, une foule d'impertinences et de fli-
busteries artistiques. Non, les écrivains de la province ne l'ont pas, ce
droit, et ils s'en félicitent, car le public de la province est plus sérieux
que celui de Paris. Ainsi donc, rien n'apparaîtra ici de l'histoire de Nancy,
pas plus que de celle de Metz, dont nous franchirons bientôt la triple enceinte militaire. Renfermé dans mon rôle d'observateur, et ayant pour
celui de *touriste* le plus légitime éloignement, je me borne à juger, à mon
point de vue, ce qui arrive à mes regards ; je raconte ce que j'ai senti,
les impressions que j'ai éprouvées en présence de tel monument ou de tel
souvenir. Je vais parler du degré de civilisation de Nancy, de son état
actuel, de ses tendances intellectuelles, de ses édifices, de son aspect général, des suaves paysages qui l'environnent.

En entrant dans Nancy, et surtout en traversant rapidement la place
Stanislas, où se concentrent ses splendeurs monumentales, j'ai eu un de
ces beaux moments d'enthousiasme et de surprise que donnent au visiteur intelligent une première vue de la *piazza del Popolo*, à Rome ; de la
via nuova, à Gênes, cette magnifique métropole de la terre ligurienne ;
de la place royale de Versailles,— et même de ce délicieux éventail de palais
dont le grand-duc de Bade a fait sa capitale sous le nom de Carlsruhe.
Tout concourait à donner à ce premier regard d'ensemble, jeté sur la belle
cité de Nancy, le charme inexprimable d'une vision, une ravissante poésie.
L'insolite pompe des édifices, leur harmonieuse ordonnance, la sérénité
d'un ciel éclatant, à l'heure où le soleil couchant laisse glisser ses derniers rayons sur le faîte des monuments : tout me rappelait ces effets
d'optique et de lanterne magique qu'offrent les villes d'Italie avec leurs
marbres toujours chargés de reflets resplendissants. — Sans doute, ce ciel
sans nuages est un fait rare dans le Nord ; mais combien il a détruit en
moi de préventions !... Je me figurais, enfant gâté du soleil, pèlerin infatigable des terres privilégiées où il verse avec profusion la couleur et la vie,

je me figurais qu'un tel soleil ne devait jamais être visible dans les contrées qui touchent à la Prusse rhénane ; et pourtant, j'ai pu me convaincre à Nancy, à Metz, à Rheims, par quinze jours consécutifs d'une température douce, d'un firmament transparent et bleu, que, même dans le Nord, quand le ciel se trouvait fortuitement limpide, à la différence près de la fermeté de l'azur et de la chaleur des tons, un soleil exceptionnel pouvait aussi vêtir d'une radieuse parure les arbres, les horizons et les cités. Oh ! béni donc, béni soit ce soleil presque méridional qui est venu éclairer mes excursions en Champagne et en Lorraine, et me faire jouir si pleinement des beaux sites que j'admirais dans la première quinzaine de septembre dernier, c'est-à-dire dans une saison où la riante Provence voit quelquefois elle-même sa tutélaire chapelle de Notre-Dame-de-la-Garde se teindre d'une légère couche de brume ! Oui, à Nancy, je me crus encore un instant couché dans un de ces rêves qui viennent tout-à-coup à prendre une forme sensible ; je retrouvai tous ces châteaux en Espagne qui, depuis vingt-cinq ans, exaltent mon imagination.

Une grande illusion s'est emparée de moi à mon arrivée à Nancy, et ne m'y a jamais quitté : je me suis cru constamment dans une ville essentiellement méridionale, et ce n'était jamais sans surprise que j'entendais parler de Strasbourg et de Trèves comme de villes situées dans son voisinage. La forme doucement abaissée des combles, les profils élégants de toute l'architecture, la largeur des rues, le luxe des monuments et des places ; des arbres et des fontaines au milieu des édifices ; un air de fête répandu dans toute la cité ; ces mœurs pleines d'effusion d'une population qu'on étudie facilement parce qu'elle se livre à vous sans jactance, sans contrainte, sans défiance : tout a maintenu cette douce illusion de mon cœur et de mon esprit. C'est dans la cité phocéenne, dans la belle Marseille, que je me croyais revenu : je me retrouvais au milieu de ces grandes et régulières rues de Noailles, Saint-Ferréol, de Rome, Paradis, où le soleil du midi épand avec tant d'amour ses rayons d'or et sa splendide lumière. Ce prestige, après tout, soyez-en sûr, n'aurait pas ainsi persisté, s'il n'avait eu au fond sa raison morale. Que la coupe des toitures, l'appareil monumental des rues, le badigeon généralement appliqué sur les maisons, le fassent naître, cela est naturel ; mais qu'il dure après examen détaillé, cela ne se comprend pas sans l'intervention d'une idée et d'un principe. Et pourquoi donc cet aspect, ces formes, ces allures du midi dans une ville posée assez haut dans le nord de la France, s'il n'y avait entre tout cela et les tendances intellectuelles des hommes qui l'habitent une secrète correspondance ?

—Eh ! mon Dieu, ne savez-vous pas que la Lorraine fut, elle aussi, comme cette Italie du Nord qui est à ses portes (la Belgique), la patrie des artistes ; qu'elle peut vanter une école de peinture célèbre, appréciée de Rome, de Florence et de Bologne, et dont les gloires sont Claude de Ruet, Bellange, Herbel, Claude Charles, Claude Spierre, Jacquart, Provençal, Durand, Claudot, dominés tous par le renom du grand Claude Gelée, dit *le Lorrain,* le roi du paysage ; qu'elle est, aujourd'hui même, représentée par tous les grands miniaturistes de France? qu'elle eut pour sculpteurs, Drouin, César, Bagard , Nicolas Bénard , les deux Chaligny, les deux Chassel , les quatre Adam et le sublime Ligier Richier ; pour graveurs en creux, Jean Râcle, Etienne Râcle et le fameux Saint-Urbain, et pour graveurs en taille-douce, François Spierre et Charles François, Jacques Callot surtout, ce génie hors ligne, le premier chalcographe du monde ?

Une foule d'honnêtes Français parlent de Nancy comme d'une merveille exclusivement réalisée par Stanislas, et s'imaginent, de la meilleure foi du monde, que tout, dans cette ville, date du roi de Pologne. Hélas! Stanislas, tout prince généreux , équitable , sage qu'il était , fut presque un malheur pour la nationalité lorraine, qu'il habilla à sa manière, qu'il livra riche-ment parée à la bouche béante de la centralisation. Infatigable bâtisseur, il modifia, embellit certainement beaucoup sa capitale ; mais aussi que d'im-posants et glorieux souvenirs ne détruisit-il pas ! que de monuments véné-rables, tous empreints du type lorrain, ne remplaça-t-il pas par une froide élégance, par une régulière beauté ! Les princes qui placèrent Nancy dans les conditions générales de pompe où nous le trouvons encore aujourd'hui, furent Charles III, dit le Grand, et surtout Léopold. Toutefois, c'est à Sta-nislas qu'on doit cette zône de la cité qui produit le plus d'effet ; c'est lui qui créa cette place à laquelle on a donné son nom, et dont l'ordonnance symétrique échappe à l'aspect monotone qu'offrent les constructions des aligneurs du siècle de Louis XV. Sans doute, en décomposant un peu l'im-pression que fait naître cette place dans l'esprit du spectateur qui se pose à la porte de l'hôtel-de-ville et embrasse tout cet ensemble, l'ancien palais du Gouvernement dans un pittoresque lointain, à travers ces avenues d'ar-bres de la place Carrière qui fait suite à la place Royale , sans doute on re-marquera quelques défauts dans cet appareil monumental. On sentira que Stanislas n'avait pas ces idées larges et grandioses que développe le sentiment énergique d'une nationalité ; qu'il a voulu faire un grand effet avec un assemblage de petites choses ; qu'il n'a donné ni à l'aire de sa place ni aux bâtiments qui lui font ceinture, les dimensions et l'ampleur néces-saires à une perspective hors ligne ; en un mot, qu'il a produit un aspect théâtral plutôt que majestueux. Faisons là part des temps , de la mode, et soyons juste. La place Stanislas , l'une des merveilles de l'Europe , est encore l'expression matérielle la plus complète du siècle qui l'édifia, siècle où le cartonnage et la manière commencèrent à remplacer le monument, et où l'on eut sur les manifestations extérieures de la civilisation de si fausses idées. Faut-il s'en prendre au roi de Pologne de ce qui est la faute du temps où il vivait? Qui nous peut répondre que les plus grands souverains de la Lorraine n'auraient pas subi l'influence de cette époque , si elle avait été témoin de leur règne ?

Une inconvenance choquante m'a blessé sur la place Stanislas; c'est ce palais épiscopal, posé face à face d'un théâtre. Au lieu de donner pour abri au premier pasteur du diocèse nouveau de Nancy, un édifice dont le carac-tère architectonique se confond avec celui d'un autre édifice si différent par sa destination; au lieu de rendre éminemment possible la méprise entre deux monuments identiques par la forme, à qui oubliera de jeter les yeux sur l'écriteau, n'aurait-on pas été mieux avisé de faire à côté de la cathédrale un asyle plus recueilli et plus calme à l'évêque? Stanislas encore n'est pas justiciable de cette inconvenance : lorsqu'il construisit le palais devenu épiscopal, Nancy n'avait pas d'évêque, et dépendait du siège de Toul. D'ailleurs, avant 1793, le palais épiscopal existait, et précisément à côté de la cathédrale. Vendu lors de la révolution, il a été racheté récemment par des Sœurs. Quant à l'évêché actuel, il appartenait aux finances et se nommait l'Hôtel-des-Fermes.

Tant que je revis la place Stanislas et la place Carrière, le charme de ma première vision dura. Je n'avais point dans les monuments cette couleur dorée des édifices de Rome; le ciel qui pendait sur ma tête n'avait point ce ton chaud, cet azur cru et sans demi-teintes du ciel d'Italie; et pourtant, je ne pouvais me détacher de mes douces illusions méridionales, car les points de comparaison avec la terre italique et la Sicile manquaient à mes yeux, et l'atmosphère était radieuse.

Voici une énumération rapide des choses dignes de remarque que j'ai visitées à Nancy : d'abord les deux places monumentales dont je viens de parler, et le palais du Gouvernement dont on a fait la préfecture de la Meurthe; le palais-de-justice, à cause de la tapisserie qui garnissait la tente de Charles-le-Téméraire, notre courageux duc bourguignon; le Musée, placé dans la maison-de-ville, qui m'a paru renfermer de bonnes choses, mais pauvre à l'endroit où j'espérais le trouver le plus riche, c'est-à-dire en œuvres de peinture, de sculpture et de gravure des anciens artistes lorrains. A ce propos, j'unirai ma voix, toute faible et éloignée qu'elle est, à celle de M. de Dumast, pour solliciter vivement la formation d'une galerie lorraine, et demander qu'on lui fasse sa place au seul reste de monument qui témoigne de la nationalité du pays, c'est-à-dire dans la seule aile encore debout du palais des ducs. Oh! combien les embellissements opérés par Stanislas à la place Carrière ont coûté à la ville de Nancy de symboles de l'histoire lorraine! Tirons le voile sur ces actes de vandalisme qu'expliquent, sans les justifier, la position particulière où se trouvait le prince, et le vent d'innovations qui balayait les souvenirs de la vieille France. — Quel noble et ferme caractère dans ce qui reste du palais ducal de Lorraine! Je ne crains pas d'affirmer que sa porte monumentale est un des exemples les plus complets que je connaisse de la transition architectonique du XVe siècle, aux idées de la renaissance; c'est la plus splendide ornementation du XVIe siècle, répandue sur des lignes du XVe. Près de ce membre amputé d'un grand corps est l'église des Cordeliers, insignifiante comme monument, il est vrai, mais remarquable par ses tombeaux rapportés du XVe siècle, et dans l'enceinte de laquelle se trouve la Chapelle-Ronde, construite par Charles-le-Grand, terminée par François III; ce temple mortuaire de la monarchie lorraine, qui rappelle assez exactement, par sa forme et la couleur de ses marbres, cet autre sanctuaire funèbre des princes de la Toscane, élevé en coupole derrière la basilique de San Lorenzo de Florence. « Il n'y a que deux villes en Europe qui, sous des tombeaux vénérés, renferment les cendres de sept cents ans de souverains d'un même lignage : Saint-Denis et Nancy; — Saint-Denis et Nancy, où dorment d'un sommeil paisible, que les brigands de 93 ont osé seuls interrompre, ces deux grandes races de *pur sang* qui se perdent dans la nuit des âges héroïques, et qui sont encore, après tant de révolutions diverses, les deux colonnes de la chrétienté : la maison de Lorraine et la maison de France (1). »

J'ai visité aussi la bibliothèque publique, abritée dans les bâtiments de l'Université, devenus ceux de l'Académie universitaire : rare et vaste dépôt provincial où l'on montre quelques curiosités d'un grand prix, entr'autres un camée romain, l'un des plus beaux connus; l'Ecole forestière, le Jardin-des-Plantes; la belle mais un peu triste promenade qui s'étend à l'est de la place Carrière, nommée la Pépinière (2); l'église de Saint-Epvre, que j'ai trouvée en pleine réparations, édifice de l'architecture du XVe siècle, qui ne manque pas de caractère, malgré les mutilations qu'il a subies, et voisin de cette porte monumentale du vieux Nancy militaire, qui vaut mille fois mieux que nos grilles modernes ou nos petits arcs de triomphe étriqués et mesquins. — L'église de Saint-Epvre, outre qu'elle est un symbole du Nancy antérieur à Stanislas, mérite d'être visitée à cause des précieux tableaux qu'elle conserve.

Pouvais-je demeurer quelques jours à Nancy, sans prier à Notre-Dame-de-Bon-Secours, église rebâtie par Stanislas, dont elle contient le mausolée ainsi que celui de sa femme, Catherine Opalinska? L'origine de cette église remonte à une époque cruelle pour une autre nationalité, qui est la mienne, et dont il m'est permis d'être fier, celle de Bourgogne; elle date de la défaite de mes pères les Bourguignons, qui périrent courageusement sous les murs de Nancy. Bon-Secours est le sanctuaire des vœux et des actions de grâces des populations lorraines, le temple qui leur rappelle surtout leur ancienne gloire et leur ancienne indépendance, et où ils croient constamment entendre retentir, sous des voûtes muettes aujourd'hui, les *Te Deum* de victoire entonnés par leurs pères. C'est du point de vue de Bon-Secours qu'il faut juger le roi Stanislas, car c'est là qu'une inscription touchante témoigne de l'union morale qui existe entre la France et la Pologne, dont ce prince soutint si énergiquement la liberté contre les czars. Bon-Secours est vraiment, comme on l'a dit, l'arche d'alliance entre les deux peuples; et vous ne la trouvez que là. Comme décoration intérieure, Bon-Secours est d'un goût équivoque. C'est toujours l'effet théâtral, la richesse plus apparente que réelle, le stuc plus abondant que le marbre.

---

(1) Ouvrage cité.
(2) Cette *tristesse* va disparaître, puisqu'il vient d'être décidé que la belle promenade aura une issue sur la campagne.

Nancy, que d'anciennes gravures représentent, comme Dijon, hérissé de clochers, n'a conservé de monument religieux du moyenâge que Saint-Epvre. Cette circonstance ne doit point nous rendre injuste envers des églises plus modernes, qui peuvent concourir à son embellissement, et au premier rang desquelles il faut placer la cathédrale. A force de répéter un non-sens, on finit par l'admettre comme vérité; depuis qu'il y a eu chez nous une légitime réaction en faveur de l'architecture ogivale, cette révolution d'idées a eu ses enfants perdus, ce culte sa superstition. On est allé jusqu'à dire que la prière n'était possible que sous des voûtes *gothiques;* comme si plus de la moitié du monde chrétien ne priait pas sous des voûtes cintrées et des coupoles! Sans doute, en France, sous l'influence de l'éducation que nous avons reçue, je crois que ces temples circulaires, octogones ou carrés de la Grèce, préparent moins au recueillement qu'une cathédrale d'Amiens, de Metz et de Rheims; mais est-ce à dire pour cela que toutes les églises modernes fassent le fidèle qui les fréquente, rebelle à la pensée chrétienne? — J'ai pour principe de n'être injuste envers aucun art et aucune époque, et de juger sans préventions, même les œuvres du XVIIIᵉ siècle ou d'aujourd'hui. Que ceux qui admettent si légèrement cette facétie de la *prière impossible* dans les temples non gothiques aillent visiter sans parti pris et sans préjugés, à Florence, les deux basiliques *di Santo Spirito* et *San Lorenzo,* toutes les deux de Brunellesco, édifiées dans le XVᵉ siècle, avec ces idées d'une mâle renaissance, qui chez nous ne se manifestèrent qu'au XVIᵉ, sous une forme moins ferme, moins correcte et moins pure, et qu'ils nous disent si l'effet produit par ces admirables églises n'est pas immensément religieux. Mais il n'y a rien qu'on accepte plus aisément et qu'on dépouille avec plus de peine que les idées toutes faites. Il y a bien peu de gens qui consentent à penser et juger d'après eux et après examen préalable.

Les *on dit* m'avaient représenté la cathédrale de Nancy comme un malheur, comme une sœur de ces deux églises de Versailles, qui n'ont guère droit à l'indulgence du monumentaliste, et les *on dit* me trompaient étrangement. Ce vaisseau chrétien, dont la façade, bien qu'un peu maigre, ne manque ni de gravité ni de noblesse, est un des plus remarquables édifices religieux du dernier siècle, pour la justesse de ses proportions, l'harmonie de ses lignes, la dignité et la richesse sobre de sa structure. Le parti pris des touristes à l'égard de tous les édifices du XVIIIᵉ siècle, n'infirmera point, j'ose l'espérer, à l'encontre de la cathédrale de Nancy, une opinion sérieuse, librement émise pour des hommes sérieux. — La façade de la cathédrale de Nancy, composée de trois ordres composites régulièrement superposés, a été comparée à une pendule. Cette comparaison ne manque pas de justesse, et la ressemblance serait d'autant plus logique, qu'elle est l'œuvre d'un horloger qui se mêlait avec talent et goût d'architecture. Il y a trop de vide et d'espace entre les deux élégants clochers qui la couronnent, c'est là son seul défaut à mon avis. On remar-

que à la cathédrale de Nancy une lampe d'une dimension vraiment fabuleuse, et dans son trésor, le magnifique évangéliaire byzantin de Saint-
Gauzelin, qui n'a d'analogue qu'à Trèves. Cet édifice et l'élégante église
de Saint-Sébastien (du même siècle, du reste,) ne sauraient dédommager
les Nancéïens de la perte d'une foule de monuments religieux, particulièrement de l'église des Bénédictins, la seule de la cité où l'art moderne eût
étalé avec autant de bonheur que de sagesse tout le luxe néo-classique
dont il disposait, et toute la majesté compatible avec ses ressources. Et
si j'ai vengé tout-à-l'heure l'église épiscopale de Nancy, des dédains
que les voyageurs inintelligents ou prévenus jettent à sa face, de grâce
qu'on ne croie pas que j'ai voulu seulement paraître original par un jugement qui ne rentre point dans la mesure commune : l'art moderne a son
point de vue particulier, comme celui du moyen-âge ; et quand il a bien
voulu nous donner pour temples des monuments qui, par leurs dispositions générales, par la présence des nefs collatérales, rappelassent encore
un peu les traditions liturgiques et hiératiques de la basilique constantinienne, nous ne devons pas trop le maudire.

Que vous dire de cette place de Grève, de cette immense place du Marché, de ces grandes et larges rues alignées, auxquelles, il faut bien l'avouer,
manque un peu d'animation et de vie? Pour être franc en tous points, je
ne le cacherai pas à mes exellents hôtes de Nancy, toute belle, aérée et
monumentale qu'est leur cité, elle ne possède à peu près pas de monument en saillie, qui forme sa tête et domine son ensemble. Charmante
d'effet général, elle ne renferme rien qui produise un grand effet particulier : ses places, ses rues..., et toujours cela, rien que cela. Je suis de
ceux qui se lassent vite d'un spectacle uniforme et d'une ville alignée ;
j'aime mieux la cité où tout ne se voit pas à la fois, qui me laisse à scru-
ter ses entrailles, à explorer ses vieux carrefours ; et c'était presque pour
moi un temps de plaisir et de repos que celui où je parcourais l'ancienne
cité, qui occupe une place si restreinte dans la ville moderne. —Toutefois, pour bien juger l'ensemble de Nancy et voir à la fois le tableau et
le cadre, les entourages et la ville, il faut parcourir et embrasser du haut
d'une de ces plates-formes culminantes posées au front de quelques-uns
de ses amples hôtels, le panorama de cette noble cité. Oh! peu de villes
françaises méritent plus qu'elle une halte de voyageurs, elle, la cité des
rois-voyageurs, qui offre, comme disent les bénédictins (*Auxiliaire catholique*), dans sa récente enceinte et ses rues neuves encore, l'hospitalité des
vieux jours. J'ai eu la joie de promener ainsi sur elle une vue d'ensemble, de la voir couchée au sein des plus riants paysages, de toucher rapidement à son histoire, jalons par jalons, de lire en elle comme en un
livre ouvert sous mes yeux, du sommet de la terrasse qui domine l'hôtel
de M. de Dumast. Du reste, c'est la ville de cour où l'existence des seigneurs et des courtisans est le moins représentée par la maison. Ici, aucun
de ces hôtels à la Louis XIV et à la Louis XV, entre cour et jardin, dont
Dijon et Douai sont peuplés, dont se composent les rues du noble fau-

bourg, à Paris, entre les Invalides et la rue du Bac, et dont les rues Royale de Lille et d'Amiens offrent de si beaux modèles ; mais partout des demeures plus ou moins bourgeoises.

Il s'élève en ce moment, sous les murs de Nancy, une église pour la communauté des dames du Sacré-Cœur, dans le genre le plus ridicule et avec le luxe le plus baroque qu'on puisse concevoir. Jamais le *gothique* des papiers peints et des fabricants de cristaux n'a pris une forme monumentale plus barbare et plus follement somptueuse. En général, les communautés du Sacré-Cœur ont hérité du détestable goût des jésuites, leurs pères. Que d'argent va être dépensé dans cette chapelle pour une œuvre stupide ! que d'or vient d'être prodigué aussi au Sacré-Cœur de Besançon, pour un monument mille fois moins absurde comme goût, comme forme, mais également déplorable comme matière et comme fond !

Vous parlerai-je de la société de Nancy ? — Mais je ne l'ai vue que par quelques amis de choix, qui m'en ont donné sans doute la plus haute idée, mais ne la composent pas à eux seuls. Il n'y a que les feuilletonistes parisiens, je le répète, qui devinent ce qu'ils n'ont pas étudié. Si j'en crois à l'impression produite en moi par tous les points de contact que j'ai eus dans cette cité, les mœurs y sont d'une esquise urbanité, et en harmonie parfaite avec cette nature douce et civilisée qui fait le charme des alentours de Nancy : les pensées de commerce y tiennent peu de place ; celles qui se rapportent à la vie du cœur et à la culture de l'esprit prédominent dans cette calme et hospitalière population, avec l'amour du confortable, d'un luxe plus élégant qu'apprêté, et le sentiment du bon goût dans les habitudes extérieures et privées. Ou je m'abuse beaucoup, ou dans un salon de Nancy, l'homme aimable doit avoir plus de courtisans que l'homme qui n'est que riche. C'est à Nancy, au sein de cette population si éminemment perméable à tous les sentiments généreux, que siège cette société chrétienne de *foi et lumière,* dont le nom résume la pensée et indique la mission. Foi et lumière, c'est-à-dire cœur et esprit, croyances et raison. Pouvait-on planter dans une terre plus catholique, plus chevaleresque et plus française, cet arbre de la régénération sociale, dont les rameaux finiront par embrasser la France ? Ah ! c'est qu'il s'est trouvé à Nancy, dans l'élite de la société, de courageuses volontés, de nobles instincts, de sublimes élans de jeunesse, d'espérance et de vertus. C'est de Nancy que sont partis les premiers cris de provincialisme, de décentralisation littéraire, d'émancipation départementale et de réaction contre le monopole, de la bouche si patriote, si pure, si pieuse, si sonore de M. de Dumast et de ses amis.

Je ne puis quitter le cœur de la Lorraine sans vous rendre compte de ma visite à cette belle chartreuse de Bosserville, qu'un zèle pieux a rendue naguère aux disciples de saint Bruno. Quelle sereine et tranquille nature entoure cet asyle du recueillement et de la prière ! Avec quelle joie je me suis retrouvé là momentanément initié à cette vie de cloîtres dont Rome m'a fait si bien apprécier la quiétude et les méditations ! comme j'ai rencontré là l'esprit de Dieu et l'esprit des livres saints qu'il a dictés ! Je n'oublierai jamais mon entrevue avec le R. P. prieur, et l'image de saint Vincent de Paul qu'il daigna m'offrir, comme gage d'un indulgent souvenir, restera toujours appendue à mon lit. Bosserville, c'est l'expression de la Lorraine demeurée catholique ; c'est la pensée qui la réveillera, si elle s'assoupissait dans cette voie de la foi tracée par la noble épée de ses princes. Quel dommage que l'imposante et majestueuse basilique de Saint-Nicolas-de-Port, que notre visite à Bosserville nous offrit l'occasion d'admirer, ne s'élève pas au centre de Nancy ! Ce monument, en majeure partie du XVe siècle, a l'importance d'une cathédrale ; que n'en a-t-il les ressources ! car il sollicite de promptes et intelligentes restaurations. — Peut-être le travail que M. X. Maire vient de faire sur cette ville et cette église, contribuera-t-il à faire naître ces restaurations. La construction du temple dont nous parlons fut commencée par Simon Moyset, prieur du lieu, en 1494. Il présente dans son plan cette singularité, c'est que la nef est coudée dans sa partie moyenne. Ni M. Auguste Digot, ni moi, n'avons pu nous rendre compte de cette condition. Est-elle symbolique, fortuite ? fut-elle déterminée par des causes purement géologiques ? — Je ne sais. Cette église est un des plus frappants exemples de cette architecture toute chevaleresque et paladine de la Lorraine, qui n'édifia ses grands édifices chrétiens qu'au XVe siècle, et eut une ornementation à elle, devina un type de profilation toute lorraine. Les monuments de cette école, dont le régulateur fut Saint-Etienne de Toul, sont plutôt glorieux que vraiment fiers. — L'église de Saint-Nicolas-de-Port, quoique située à l'opposite de Toul, nous mène par analogie à son aînée, Saint-Etienne de Toul ; c'est là le monument le plus fidèle de l'inspiration lorraine, au point de vue de l'architecture ecclésiastique locale. A voir de loin ses deux clochers jumeaux, on croirait que tous les diadèmes de la Lorraine catholique et politique leur servent de couronnement, que toutes ses gloires rayonnent à leur faîte. Les Lorrains, sans s'en douter, ont dans l'art beaucoup de tendances italiennes. Ainsi, ils n'ont pris le gothique qu'au XIVe siècle, et ne l'ont aimé que dans la phase ambitieuse et prodigue du XVe, en lui donnant alors une parure exclusivement nationale, en rapport avec leurs goûts. La façade de Saint-Etienne de Toul est d'un grand effet ; mais que de redondance, que d'ornements oiseux, notamment dans les cintres des portes ! L'élégante balustrade à jour qui termine ses tours représente très-certainement les couronnes de Lorraine et de Bar. Le monument intérieur est des XIVe et XVe siècles ; il ne manque pas de majesté, quoiqu'il porte toujours le cachet de cette architecture un peu vaniteuse et théâtrale de la province de Lothaire. L'architecture lorraine du XVe siècle est un peu fanfaronne et maniérée, mais elle a un genre de floraison qui lui est propre. Même quand elle sème avec plus de profusion que de goût la plus brillante ornementation, elle ne tombe jamais dans cette prétentieuse anarchie, dans ce désordre que nous signalerons à la cathédrale de Troyes. La seconde période de la renaissance a signé de son nom la chapelle épiscopale et la chapelle de la Nativité, dont la voûte est en 'coupole, les deux apsides mineures et une porte encastrée dans un *gothique* barbare. Le cloître, presque intact, est en entier du XVe siècle.

J'aime pour ainsi dire mieux l'autre église paroissiale de Toul, Saint-Gengoux; elle est fille de la même pensée architectonique, elle n'a qu'un clocher couronné comme ceux de Saint-Etienne; mais son luxe est plus sage, sa richesse moins prodigue, sa beauté plus sobre. Les vitraux peints de cet intéressant vaisseau du XIVe siècle, sont d'une rare magnificence. J'en dirai autant d'un tombeau du XVe siècle qu'il abrite; quant à son cloître, de même date, il a beaucoup souffert, et fait une triste figure avec ces mauvaises planches clouées sur ses baies. — Mais revenons à Nancy.

Si, dans l'intérieur de cette ville, tout ce que je voyais me faisait penser au Midi, je puis en dire autant des campagnes qui l'entourent; partout des routes verdoyantes, de pittoresques aspects, des coteaux chargés de vignes, de jolies maisons de plaisance, des jardins où l'horticulture nancéïenne fait des merveilles; partout des collines hardiment mais doucement profilées, et une agriculture florissante comme celle de la Lombardie et de la Toscane. Les instincts du peuple lorrain se révèlent dans les cités comme dans les villages; dans ceux-ci, par la prospérité agricole; dans les premières, par le goût des jardins. Le peuple lorrain, c'est essentiellement, comme on l'a dit, le peuple horticulteur, cultivateur et soldat. — Quelque chose me déplaît dans les campagnes nancéïennes, c'est ce chapeau rond d'homme sur la tête des paysannes. Dire que les *contadine* des environs de Sienne et de Florence portent le même chapeau, ce n'est pas consacrer une mode qui n'a rien de poétique, ni sur les rives de l'Arno, ni sur celles de la Meurthe.

Stationner à Nancy et ne point parcourir ces riants vallons qui mènent au pays messin, ne pas aller saluer l'antique et noble cité de Metz, serait une faute impardonnable, quand on a du temps à sa disposition et un beau soleil sur sa tête. Je n'étais pas capable de commettre cette faute, et ne l'ai pas commise. Oh! le délicieux trajet que celui de Nancy à Metz, à travers cette campagne que je ne puis décrire tant elle est variée, fertile, riche en merveilleux paysages! Ma chérie Bourgogne lyonnaise, nos rives aimées de la Saône ne sont pas plus vertes que cette verte et épanouie contrée. Nos arbres seulement ont une teinte plus ferme, nos horizons sont plus limpides. Sur les bords de cette rivière qui murmure sous les plus touffus ombrages, qui, ici, vient baigner le pied des collines embaumées, plus loin serpente dans les prairies, au milieu de ces sites où tous les genres de culture semblent prospérer, sous l'influence d'un soleil vivifiant, qui concentre sa chaleur dans cette vallée ouverte au midi et abritée au nord, quelle idée ne doit-on pas se faire de la Lorraine? — Malheureusement le sabre administratif égorge ces suaves campagnes: l'infernale poésie des ingénieurs et des chemins de fer, en ce moment même, détruit tout le charme de cette nature, la tronçonne, la mutile et la ruine. Toujours de salubres et propres villages, élégamment bâtis; toujours de

riches attelages qui annoncent l'aisance du cultivateur ; toujours des coteaux couverts de vignes et de noyers, où la force du sol et la vigueur de la
forme ne produisent rien d'âpre et de trop décidément austère ; toujours
des vergers qui rappellent ceux de l'Orléanais et de la Touraine. Toute
cette vallée, jusqu'à Pont-à-Mousson, ressemble de la manière la plus
fidèle au paysage enchanté que l'on admire entre Pise et Lucques. Vous
êtes là à cent lieues des grandes villes, et cependant rien de sauvage, rien
qui indique dans les populations rurales la misère ou l'ignorance : vous
ne voyez qu'une nature énergique sans doute, mais riante et civilisée ;
les hommes que vous rencontrez ont l'air sérieux, bienveillant et libre, les
femmes y sont d'une beauté calme et d'un regard chaste. Tout révèle dans
l'aspect de cette race laborieuse, vigilante et saine, la bienveillance digne ;
rien n'y fait pressentir la servilité et la bassesse. J'aime cette sérénité des
visages lorrains ; elle est pour moi un gage de la paix qui règne dans
les cœurs, de l'esprit d'union, de charité et d'affection qui règne dans
les familles, de l'esprit de foi qui règne dans les mœurs. Oh ! comme cette
apparence des hommes est bien en harmonie avec la nature au milieu de
laquelle ils vivent : nature forte et tranquille, fertile, souriante, digne de
ce peuple qui tient de la femme par le cœur et les entrailles, du soldat par
le courage, du pasteur par la sobriété ! — Ce que je viens de dire de la
population rurale de ces douces vallées me rappelle une omission. Avant
d'arriver à Colombey-aux-Belles-Femmes et près d'Autreville, dont nous
avons signalé le clocher romano-byzantin, lorsque nous nous rendions de
Neufchâteau à Nancy, une femme de la campagne demanda dans la voiture
publique qui nous portait, une place qui lui fut immédiatement donnée.
Je me pris de conversation avec cette paysanne, qui n'était certes ni jeune
ni jolie, mais dont l'allure aisée, l'aspect sain et propre m'avaient pré-
venu favorablement. C'était une compagne d'un maréchal
ferrant, dans un village peu éloigné de la grande route. Je fus émerveillé
de cette femme, raisonnant de toutes choses, dans les limites de son
éducation, d'une manière juste, sans prétentions, sans apprêts, sans jactance, sans fausse modestie surtout, avec une liberté dénuée de toute
effronterie et une intelligence que beaucoup de grandes dames pourraient
envier.

Sa phrase précise, facile et progressivement colorée, la constante lucidité de ses idées, eurent particulièrement droit de m'étonner, et j'avouai
à l'oreille de mon voisin que je donnerais toute une cargaison de commis-
voyageurs pour une demi-heure de causerie avec cette campagnarde. De
ce moment je compris que dans les campagnes lorraines l'éducation
relative des populations était à l'unisson de l'agriculture, et je conçus sur
le degré d'intelligence et d'instruction des citadins, aussi bien que des
campagnards lorrains, une idée que mes rapports avec eux ont, depuis
ce premier essai, singulièrement confirmée. — C'est le peuple par excellence, au point de vue de la modération combinée à l'énergie, et de l'intelligence concordant avec l'activité.

31

Y a-t-il en France beaucoup de petites villes plus aimables, plus enjouées, plus avenantes, plus élégantes et plus courtoises que Pont-à-Mousson, dont la situation pittoresque saisit tout d'abord le visiteur? Je comprends à merveille que des malades soient venus à Pont-à-Mousson pour y endormir leurs douleurs. Comme cette cité est proprette et gentille! comme ses maisons respirent l'aisance, j'ai presque dit le luxe solide de leurs habitants! Deux monuments religieux y sollicitent l'attention; mais c'est surtout l'église de Saint-Martin, bâtie dans la seconde partie de la ville, qui mériterait les honneurs d'une monographie. Toul est, je le répète, le point de départ de l'art religieux en Lorraine; sa cathédrale a servi de mère à toute cette famille d'églises lorraines dont celle de Pont-à-Mousson est un des plus beaux membres. Quelle frappante similitude entre le type de Toul et la copie de Pont-à-Mousson! même entente des profils et des lignes, même ordonnance de vaisseau, même forme dentelée, épanouie, arborescente et chevelue des clochers. A Toul, bien évidemment, fut le foyer d'impulsion de ce mouvement architectonique qui se fit en Lorraine aux beaux jours de sa foi et de ses princes. Pont-à-Mousson, plus voisin que Toul de l'austère nationalité messine, en reçut sans doute l'influence. Voilà bien encore les deux tours toujours couronnées, comme les reines d'Espagne qui ne paraissent jamais en public sans le bandeau royal sur leur tête; voilà bien encore cette architecture fleurie et un peu clinquante des façades lorraines; mais tout ici est d'un éclat plus tempéré, plus logique. Saint-Martin de Pont-à-Mousson n'est ni une contrefaçon ni un pastiche de Saint-Étienne de Toul; c'est une imitation libre qui vaut mieux que l'original. Voyez comme ces profils se ramifient avec une grâce nerveuse, sans tourmente, sans contrainte; voyez comme ces clochers ont raisonné leur ornementation. Leur base est sévère; rien d'oiseux, de maniéré ne s'y montre, et leur front est d'une noble et grande richesse. Tout l'éclat de la profilation a été réservé pour la tête du monument, comme toute la majesté humaine pour la tête de l'homme. J'aime le calme de ce vaisseau tant à l'intérieur qu'à l'extérieur. A mon sens, Saint-Martin de Pont-à-Mousson est la plus belle église *gothique* de la Lorraine, car je ne fais pas consister la beauté dans la recherche et dans l'exubérance des ornements. N'oubliez pas de visiter l'église plus jeune du séminaire et la bibliothèque de cet établissement.

Un des plus imposants souvenirs lorrains domine Pont-à-Mousson; ce sont les ruines du château de Mousson, debout sur la montagne qui ombrage la ville. De là haut, on jouit d'une vue incroyable, on plane sur toute l'histoire de la province, sur tous ses paysages et ses monuments; on voit Craon et Prény. Il y a parmi les ruines castrales de Mousson, une vieille chapelle contenant un baptistère extrêmement ancien et extrêmement curieux. Quand on a dépassé la ville de Pont-à-Mousson, le paysage devient plus sévère, mais non moins riche par la végétation et la culture. Bientôt vous arrivez à Jouy, dont le vieil aqueduc romain peut donner une idée du fameux pont du Gard à ceux qui ne l'ont pas vu. Cet ouvrage antique traverse la grande route, et ses arches solennelles semblent former l'arc de triomphe qui délimite le pays messin. Déjà quelques toitures montent à l'horizon ; l'usage de la tuile courbe, encore exclusif à Pont-à-Mousson, continue à être florissant, mais règne d'une manière moins absolue. On retrouve quelques croupes tronquées, comme en Franche-Comté, et on voit commencer ces corniches carrées, nues, que nous avons signalées à Metz. — Ici viendraient naturellement se placer les pages que nous avons consacrées à la cathédrale, à la ville de Metz et au pays messin, dans deux chapitres précédents de cet ouvrage. Nous y renvoyons le lecteur. Sautons donc à pieds joints sur la grave et majestueuse reine de l'ancienne Austrasie. — Je vous conduirais bien dans la Lorraine allemande, qui commence à Saint-Avold, à peu près, à quelques lieues de Metz. La Lorraine allemande (l'arrondissement de Sarreguemines, surtout,) m'a singulièrement étonné. Tout y change brusquement, langues, mœurs, figures. Vous êtes jeté sans transition au milieu des têtes carrées de la Germanie. Je comprends ces changements en Alsace ; cette immense vallée est une terre à part, isolée du reste de la France ; mais entre le premier village de la Lorraine allemande et Metz, nul point de partage naturel, nulle grande chaîne de montagnes qui se distingue de ses voisines. — En quittant Metz, j'eus encore occasion d'admirer tout le calme et la sérénité des paysages messins, et je ne fis plus de station sur la terre lotharingienne, qu'à Verdun, petite ville de guerre assez bien bâtie, dont l'antique cathédrale a reçu de graves mutilations, et où j'arrivai à l'heure la plus délicieuse, c'est-à-dire à celle où la brume du soir adoucit et harmonise les contours. — Il n'y a qu'un pas de Verdun à cette autre petite cité de Saint-Mihiel, où l'artiste lorrain Ligier Richier a laissé une gloire de l'art lorrain dans ce sépulcre célèbre, d'une touche si ferme, si nerveuse et si hardie. — Allons vite, car ces courses d'artiste pourraient nous mener beaucoup trop loin, et ce travail est déjà long.

Mais le sol sacré de la Lorraine manque sous les pas du pèlerin, et nous avons déjà dépassé les limites de cette province où je laissais, je crois pouvoir l'espérer, quelques amis et de bons souvenirs. Mon cœur et mes affections lui appartenaient encore. Je me disais : Ah! belle et douce province, si fière de ta nationalité, si jalouse de conserver ton type pur de toute altération, — que va devenir ton individualité, quand tes calmes paysages seront déchirés par ces chemins de fer qui menacent de mort la civilisation chrétienne! qui tueront l'esprit d'ordre, de charité, ce suave esprit de famille où le cœur se retrempe! qui troubleront tes cultivateurs dans leurs pacifiques travaux, assureront, chez toi comme ailleurs, le triomphe absolu des intérêts matériels sur les intérêts moraux! qui achèveront l'effrayante absorption du prolétaire par le traitant, de l'intelligence par les écus, du petit foyer de vie par le grand, au profit d'une monstrueuse capitale, et opéreront la complète centralisation de toute la fortune publique, de tous les capitaux dans quelques mains : horrible conséquence de la centralisation administrative et politique que tant de niais admirent. — Oh! oui, hélas! oui, avec ces sataniques voies, bientôt il y aura encore en France des soldats, de grands banquiers et de grands marchands, un peuple, des corrupteurs et des corrompus, des acheteurs et des achetés; mais il n'y aura plus de nation, la patrie sera tuée. Ils éteindront dans la poudre et la fumée la dernière étincelle de nationalité qui brillait sur l'horizon français! Quand on voit la belle, l'unique Venise se suicider en tendant les bras au continent par un chemin de fer, quelle résistance attendre de la poésie de la vieille France!

A ces plages blanchissantes et funestes à la vue, à ces routes pleines de poussière et de marne, à ces maisons de craie blanche que l'ongle entame, à ces pâles et incolores campagnes, je reconnais la Champagne; mais l'écho, pour me dédommager de ces monotones aspects, insupportables à qui vient de la verte Lorraine, l'écho ne m'apporte plus les chants des trouvères et les gais refrains du comte Thibault. Voici la délicieuse église de Notre-Dame-de-l'Epine, avec ses clochers, que l'Empereur, qui faisait tout fléchir sous la raison d'Etat, se mit un jour à décapiter pour les coiffer d'un télégraphe. Oh! le délicieux bijou que cette église, que l'on n'apprécie guère que depuis dix ans, parce qu'il n'y a guère que depuis dix ans qu'on a retrouvé le sens des monuments religieux du moyen-âge. En Lorraine, aucun monument religieux intermédiaire, d'un ordre tempéré, ne prépare dans les villages, à l'immense manifestation d'art ogival réalisée à Metz, aux nobles expressions de Toul, Saint-Nicolas et Pont-à-Mousson; ces belles choses se trouvent là fortuitement et presque à l'état d'isolement. En Champagne, on sent qu'on s'approche davantage du berceau de l'art christo-français, né au cœur de la nationalité française, entre Tours, Bourges et Amiens. Les églises des plus humbles villages ont un caractère nettement tranché, une certaine importance monumentale. La ville de Chaalons-sur-Marne, toute blafarde et efflanquée qu'elle est, ne compte pas moins de cinq édifices religieux, tous remarquables, échappés à la tempête révolutionnaire qui lui en a détruit tant d'autres. La cathédrale de Saint-Etienne, que signalent au monumentaliste ses deux flèches blanches, jumelles, couronnées de croix dorées qui brillent au soleil, est construite sur une échelle restreinte; mais elle offre en petit le triforium transparent de Metz, vêtu de la riche parure des verrières peintes. Saint-Alpin ne le cède pas à Saint-Etienne en richesse de tableaux diaphanes. Mais le monument religieux de cette cité, qu'une première visite faite par moi à Chaalons-sur-Marne, il y a onze ans, tira un peu de l'oubli où on le laissait, et à qui le zèle intelligent de son pasteur, M. l'abbé Champenois, a donné une célébrité méritée, c'est la basilique de Notre-Dame, œuvre mixte de l'art romano-byzantin et de l'architecture ogivale à ses débuts. Le premier, j'eus la pensée d'invoquer, pour cet édifice, l'achèvement de celui de ses clochers que le moyen-âge n'a point fini, et de le demander conforme au clocher solitaire qui attend un frère;

Cette pensée a fructifié; et aujourd'hui, grâces à M. Champenois, une

souscription, dont le but est de payer cette érection par des tributs col-
lectifs, a trouvé parmi les populations champenoises qu'elle intéresse
particulièrement, bien qu'elle se soit adressée à la France, l'accueil qu'elle
devait en espérer. Ici encore, des verrières peintes d'un grand prix. Vous
trouverez par-ci, par-là, dans cette vieille cité, à travers ses blanches
maisons en pans de bois, sans caractère historique, quelques demeures
d'un curieux motif, de délicieux profils du moyen-âge et beaucoup de ces
pignons sur rue historiés et aigus, dont le règne, un peu contrarié par
l'usage encore dominant ici de la tuile creuse, commence d'une pittoresque
manière. Du reste, assez grande ville, privée de vie et de mouvement, malgré son École des arts et métiers; ayant de magnifiques promenades dé-
sertes; valant deux fois mieux que son homonyme, ma chérie et gracieuse
cité de Chalon-sur-Saône, au point de vue des monuments chrétiens; mais
valant dix fois moins qu'elle par le ciel, les environs, l'animation, l'élégance, l'industrie et la rivière. La liturgie de Paris existe presque sans
aucun mélange dans le diocèse de Chaalons-sur-Marne. Pourquoi donc
cet empressement, dans ces contrées, à suivre des rites qui n'ont ni l'authenticité apostolique, ni la consécration, ni l'autorité nécessaires pour
détrôner ceux de Rome? Je ne comprends pas qu'un diocèse qui n'a pas
de liturgie propre, n'emprunte pas la liturgie latine, en vigueur dans tout
le midi de la France. — Mais il me tarde de fouler la terre mérovingienne
par excellence, et de compter de nouveau les trois mille statues qui, depuis six cents ans, veillent jour et nuit autour de cette métropole de
Rheims, qu'on peut à juste titre appeler la cathédrale de la monarchie
française.

RHEIMS. — TROYES. — JOIGNY. — SENS. — CHATILLON-SUR-SEINE.

Beaucoup de gens, même sérieux, vont hausser les épaules, ou désirer
pour moi, en secret, une place à Charenton, quand je leur dirai qu'en
revenant de visiter la cathédrale de Metz, l'église métropolitaine de Notre-
Dame de Rheims ne m'a plus paru qu'un riche bijou; que ses verrières
peintes m'ont médiocrement impressionné; enfin, que mon admiration a
été froide sous les voûtes d'un édifice cité officiellement et officieusement
comme partageant avec Notre-Dame d'Amiens seule, l'honneur d'être le
plus beau type de l'architecture ogivale. Il y a, je le répète, sinon plus
de science, du moins dix fois plus d'art dans cet édifice qu'à Saint-Étienne
de Metz, et cependant il produit infiniment moins d'effet, soit parce que
ses dispositions sont moins heureuses, ses lointains moins infinis, soit

parce que la vue n'embrasse pas sans obstacle toute l'étendue du vaisseau, soit surtout parce qu'elle n'a pas étendu avec un luxe oriental et une prodigalité féerique, sur ses parois découpées, les splendides ramures de son fenestrage. J'ai trouvé cette basilique, d'un faire pourtant si correct et si pur, grêle et étriquée à son transsept — et je maintiens le fait comme rigoureusement vrai — étroite à sa nef au dedans, ambitieuse au dehors. J'ai regretté la mâle sobriété de la profilation messine, et peut-être n'ai-je pas eu tous les torts du monde. — En attendant que nous revenions bientôt à Notre-Dame, disons de prime-saut combien nous lui préférons la vieille et vénérable basilique abbatiale de Saint-Remi, qu'un goût intelligent a rendue naguère à son antique ampleur et à sa primitive unité. Quel vaste et imposant monument de l'architecture romano-byzantine, arrivée à son apogée de force et de dignité! que de souvenirs tous catholiques et tous français réveille cette auguste enceinte! C'est bien là la basilique, telle que la comprirent et la réalisèrent les Byzantins d'Occident, fidèles à la tradition liturgique, et jaloux de conserver au temple ces dispositions hiératiques qui font revivre les souvenirs saints de l'ère constantinienne. Peut-être jamais, quand je visitai Saint-Remi, une réunion aussi complète de monumentalistes n'avait demandé au grand monument les gloires de son passé et les secrets de sa puissance. MM. Didron, de Caumont, l'abbé Bourassé, l'abbé Manceau, etc., mêlaient leur admiration et confondaient leurs commentaires sur le solennel vaisseau. Ici, comme à Langres, je pus avoir une nouvelle preuve de l'influence exercée sur les artistes du moyen-âge par la vue des édifices antiques. Une foule de motifs de la profilation de Saint-Remi sont empruntés aux restes que l'architecture gallo-romaine a laissés à Rheims; j'ai remarqué plusieurs piliers cannelés et des chapiteaux presque corinthiens. C'est à la présence de ces monuments classiques, aux modèles de style pur qu'ils fournissaient, que Saint-Remi dut le bonheur d'échapper, en partie, au faire semi-barbare, à l'ornementation lourde des hommes du Nord, qui travaillaient si loin de l'Italie et ne recevaient qu'incolore et affaibli le reflet de son bon goût.

Deux autres églises paroissiales de Rheims méritent attention, et font penser à cette autre basilique abbatiale de Saint-Nicaise, renversée par la révolution, et qui, d'après l'opinion des hommes qui l'ont vue, était sœur d'âge, de beauté, d'étendue, de la métropole de Notre-Dame, mais avait de plus qu'elle deux clochers en flèches, arrivés à toute leur hauteur. On admirait la savante distribution de ses lointains et ses grandes verrières théologiques et légendaires. C'est à Saint-Nicaise que se trouvait cet arcboutant qui s'ébranlait d'une manière sensible au seul mouvement d'une cloche, à la grande admiration de nos pères. Cette ruine n'est pas la seule que la ville de Rheims ait à déplorer.

Effleurer même du bout de la plume la métropole de Notre-Dame, pour en esquisser la description, serait œuvre téméraire, puisqu'elle est difficile, superflue, puisque plusieurs monographies du monument sont faites. L'arler du sacre des rois, de la sainte ampoule jadis conservée dans l'abbaye de Saint-Remi, de toutes ces traditions essentiellement françaises et essen_ tiellement monarchiques, qui dorment dans cette basilique et autour d'elle, serait abuser du temps de mes lecteurs, qui n'ont nul besoin qu'on leur répète ce qu'ils savent. — Car, quelle n'est point la célébrité rhémoise, au point de vue royal et monumental ! Vous tous qui irez admirer Notre-Dame de Rheims, après avoir, au soleil levant, compté les statues de sa façade et de ses flancs, ses six grands clochers inachevés, son élégant clocher central de l'ange, réservez pour l'heure où l'astre du jour descend vers l'Occident votre visite au vaisseau intérieur. Alors il vous paraîtra radieux, éblouissant, paré de toutes les couronnes de la monarchie française et de toutes les lueurs du firmament ; alors vous pourrez juger tout l'effet de sa grande rose de la façade, circonscrite dans une baie resplendissant comme elle de l'éclat des verrières peintes. Je vous invite à vous placer dans la région apsidale, derrière la grille qui enveloppe le chœur, dans l'axe du revers de la façade. Tout cela est moins magnifique et moins étourdissant que les transsepts de Metz, mais c'est plus noble et plus beau peut-être. Il n'y a au monde qu'une seule église où les statues soient encore plus multipliées qu'ici, c'est le dôme de Milan : ces dernières sont toutes de marbre, comme le monument lui-même, et presque toutes remarquables par la forme et le modèle. Il y a à Notre-Dame de Rheims une toute petite zône d'architecture romano-byzantine, qui annonce qu'au monument actuel préexista une basilique plus ancienne et plus vénérable encore. — C'est ce qu'on ignore généralement. — La cathédrale de Rheims me mène à vous parler brièvement du Congrès scientifique de 1845, réuni en session dans cette ville pendant que j'y séjournais, car une de ses plus importantes discussions eut ce monument pour objet. Vous savez ce que sont les congrès scientifiques : une pensée sérieuse née en Allemagne, mais fécondée en France par l'esprit éminemment organisateur de M. Arcisse de Caumont. Quand le peuple des renommées inédites, des célébrités en porte-feuilles, des petites importances littéraires, scientifiques et artistiques de la province, ne verra plus dans ces assemblées un moyen facile de trôner et parader pendant dix jours sur le fauteuil d'une présidence ou d'une vice-présidence de section ; quand les rivalités locales, les luttes de jalousie et d'amour-propre ne feront plus dévier ces réunions et n'écourteront plus leurs discussions ; quand enfin cette louable, utile, civilisatrice institution aura atteint tout le développement qu'elle comporte, les congrès deviendront les diètes de l'intelligence provinciale, les assises de l'art et de la science en province. Avec eux et par eux, les hommes lettrés, venus de loin pour se rapprocher dans un centre commun, s'assimileront momentanément à la population indigène ; ils fraterniseront cordialement entr'eux ; ils ne seront point juxta-posés, mais unis par les liens les plus étroits. Nous touchons au moment où les congrès scientifiques, dégagés de toute adulation académique, de tout esprit de coterie, de servilisme et d'obséquiosité, seront ce que les comprend et les désire leur honorable fondateur. Alors les plus médiocres et les plus présomptueux y seront rares, les plus capables et les plus modestes en immense majorité. Alors on n'y trouvera plus ces vieillesses sans sérénité et ces cheveux blancs sans candeur, qui viennent se préparer dix jours de relief, et laver parmi nous les impuretés de la vie obscure et méprisée qu'ils mènent à Paris; ces jeunes et osées présomptions, qui n'admettent pas dans le présent les leçons de l'expérience et du passé. Alors nul famélisme local ne fera fléchir la raison, le droit, la dignité des consciences littéraires, liturgiques, artistiques venues d'ailleurs, devant un haut personnage de l'endroit, qui n'est souvent qu'un cuistre, un bouvier ou un charretier parvenu. Nulle tyrannie puissante dans le centre où siège l'assemblée n'absorbera les idées générales au profit de ses idées particulières, n'en gênera la circulation et la liberté, et n'imposera violemment ses haines à des savants étrangers, qui ne peuvent consentir à devenir complices du famélisme intéressé qui la caresse et l'entoure. Alors aussi, partout et toujours, les choses se passeront avec cette noble courtoisie, cet élan, cette indépendance parfaite, cette absence de toute contrainte, cette verve de fraternisation qui ont marqué le Congrès scientifique de Strasbourg.

La recrudescence de l'archéologie devient peut-être pour les congrès un péril contre lequel ils feront bien de prendre quelques mesures. Les archéologues forment aujourd'hui une cohorte effrayante. Il est si facile de se dire et se croire archéologue, d'assister en cette qualité, en tirant dix francs de sa poche, à une réunion scientifique! Il suffit d'avoir trouvé dans son champ ou sa vigne une médaille, un jeton qu'on ne cherchait pas, d'avoir recueilli un meuble vermoulu chez un fripier, de prononcer franchement le mot *ogive,* de distinguer un arc aigu d'un arc à plein-cintre, d'avoir chez soi un flacon ou un devant de cheminée de genre prétendu *gothique,* d'avoir souscrit enfin, pour cent sous, à l'effet de voir se restaurer la verrière peinte de sa paroisse; il suffit de cela pour s'ériger en *archéologue* et même en monumentaliste. Le moyen d'opposer une digue à ce torrent de prétentions archéologiques, c'est de demander quelques garanties de véritable savoir aux hommes qui viennent se faire inscrire dans la section de l'archéologie. — Dans les congrès, il y a une section que je préfère à toutes autres, généralement parlant, c'est celle des beaux-arts. Toute la morale du cœur, de l'histoire, toutes les fleurs et les parfums de l'archéologie sont là; le squelette seul y manque. Et puis, entre artistes on est tous frères; il règne une effusion, une confiance, un élan qu'on ne trouve que parmi les hommes qu'unissent le même culte, les mêmes ferveurs, les mêmes amours, la même poésie.

Au Congrès scientifique de Rheims, les archéologues donc se comptaient par centaines. Pouvaient-ils se comprendre et se discipliner, quand la réunion générale elle-même péchait par l'esprit d'ordre, grâce à l'inexpérience, à l'inhabileté de la commission rhémoise et sédentaire d'organisation? Cette commission n'avait pas même su rédiger le programme du congrès et partager convenablement ses sections. Au lieu de les classer par familles naturelles, elle les avait sottement confondues, elle avait embrouillé leurs attributions et leur compétence respectives, posé à celle des beaux-arts des questions d'économie politique, de linguistique et d'enseignement primaire, à celle d'archéologie des questions d'esthétique. Son programme était absurde, sa division arbitraire, son imprévoyance flagrante ; tout cela annonçait l'absence totale de génie d'organisation dans la tête des officiers de cette innocente académie qui s'est fondée naguère incognito, à Rheims, sous un patronage un peu despotique, dit-on, et qui se bat si vigoureusement les flancs pour qu'on parle d'elle. — Voilà ce qui a fait dévier le Congrès rhémois, c'est cette égoïste pensée d'une académie naissante, qui n'avait vu dans la grave réunion qu'une occasion de faire du bruit, d'appeler l'attention sur elle, et n'est pas encore parvenue à se faire connaître, malgré la robe violette qui l'enveloppe.

Pour en revenir aux archéologues : on demandait à la section de l'archéologie, dont je m'étais retiré aussitôt que je la vis si nombreuse, s'il convenait de donner aux deux clochers de la façade de Notre-Dame les flèches que leur promettait le projet du maître de l'œuvre. Beaucoup opinaient pour cet accomplissement : les plus sages le repoussèrent, et ils eurent mille fois raison. Le *gothique* qu'on nous donne aujourd'hui a-t-il le sens du moyen-âge, et oserait-on bien compromettre, par une addition qui risquerait d'être malheureuse, la plus belle façade de cathédrale qui existe dans le monde ? Jadis, tout l'esprit public d'un temps de foi et de croyances, toute une génération bâtissaient un monument religieux par la main d'un homme : aujourd'hui, prenez un artiste, individu isolé, travaillant le plus souvent par métier, un entrepreneur ; tranchez une adjudication, et vous aurez une restauration ou une construction d'église *gothique*, grecque, hybride, à votre choix, comme vous la voudrez ou la paierez, sans préjudice des gros honoraires de MM. les architectes officiels que nous envoie la centralisation. Le milieu du moyen-âge n'est plus autour de nos architectes laïques.

Toute la verve de l'architecture de Notre-Dame de Rheims semble se manifester de préférence à la façade d'orientation, sur les flancs et aux deux façades du sud et du nord qui forment les croisillons. Il y a toute une étude à faire sur ce musée chrétien et monarchique. J'avais toujours entendu parler de la liturgie de Rheims, comme d'une de ces liturgies traditionnelles qui ont conservé, à l'égal de celle de Lyon, les plus antiques et les plus saints usages. Rien, je l'avoue, n'a justifié pour moi cette opinion. J'ai trouvé ici les rites parisiens mêlés à un grand abus de musique, quelques évolutions d'enfants de chœur puérilement affectées et vraiment théâtrales, inusitées ailleurs, il est vrai. Il y a dans ce cérémonial de Rheims quelque chose d'officiel et de composé ; il y a entre lui et nos rites de la primatiale des Gaules, la différence qui existe entre la fête politique et la fête religieuse : dans la première, rien pour le cœur ; dans la seconde, tout pour le cœur. Ce ne sont pas les cérémonies lyonnaises, si calmes, si dignes, si recueillies et si graves ; ce n'est pas là ce clergé de Lyon, si inspiré et si plein d'onction ; ce n'est là l'ombre ni de nos usages, ni de nos chants, ni de nos pompes orientales. Toute trace de plain-chant a disparu à Rheims, je ne dirai pas seulement dans le faux-bourdon qui n'est que sa parodie, mais dans une musique vocale et instrumentale sans caractère religieux, sans mérite artistique, sous les cris assourdissants des buccins et des ophi-cléides, des basses et contre-basses. Du reste, il n'y a d'un peu primitif dans ce temple que le cérémonial rhémois ; le chant en est parisien. On y suit une liturgie sans portée, et on y fait une musique sans dignité. — L'archevêque de Rheims, malgré ses titres de légat né du saint-siége et de primat de la Gaule Belgique, est loin d'occuper dans l'église le rang auguste des pontifes de la sainte église de Lyon. Il peut se faire qu'offi-ciellement et politiquement parlant, il ait, comme celui de Paris, une im-portance à peu près égale ; mais moralement parlant, il est infiniment au-dessous.

Nous avons eu une triste occasion de constater l'état déplorable du culte dans ce temple célèbre. Un despotisme ou, si mieux aimez, une volonté que je n'ai pas à caractériser, nous imposa une messe en musique. Oh ! Dieu, quelle musique infernale, quel déluge de motets, quelle confusion et quelle cacophonie ! — Et on ose, dans le plus grave des offices liturgiques, la messe, tuer ainsi la foi du peuple en lui défendant la prière, rempla-cer les chants liturgiques par ces phrases musicales sans fin, sans commencement, sans pensée chrétienne ! On vient ainsi suspendre l'ac-tion du sacrificateur, troubler la piété des fidèles par une musique qui, fût-elle bonne, n'en serait pas moins un malheur et une sorte d'impiété ! — Ah ! vous étonnerez-vous que la piété populaire ait baissé à Rheims ? que l'invasion des idées de Paris y ait refroidi la poésie du cœur ? Com-ment voulez-vous que le peuple s'associe à cette musique, aux voix de ces orchestres qu'il ne comprend pas, qui ne parlent pas à son âme ?

Malgré toute ma répugnance à parler de moi, je dois vous dire que c'est dans le sein de la section des beaux-arts du Congrès scientifique rhémois que je répondis à certain vœu du programme, relatif à la musique reli-gieuse, d'une manière qui a eu beaucoup trop de retentissement pour certaines oreilles. La meilleure réforme à établir dans la musique d'église, m'écriai-je, c'est de la supprimer ; et je motivai cette opinion par les raisons que vous avez lues dans la partie liturgique de ce livre. Approuvé par mes collègues, qui votèrent par acclamation la lecture de mon mé-moire en séance publique, il produisit une sorte de scandale parmi les mélomanes de l'assemblée, et m'attira, de la part du plus considérable de tous, des paroles inhospitalières et impolies que je ne méritais pas.

La sonnerie de Notre-Dame de Rheims, bien que non liturgique et toute parisienne, n'en est pas moins harmonieuse et belle. Elle s'exerce au grand complet avec cinq cloches et deux bourdons, et son rhythme a beaucoup de majesté. On sonne d'abord ensemble trois cloches, puis qua-tre, puis cinq, et enfin les deux bourdons seuls. Ce genre de sonnerie, bien que ne rappelant rien de dogmatique et de primitif, a bien son prix et son mérite. Il offre un concert de voix religieuses vraiment solennel, vraiment aulique et palatin. La phrase de cette sonnerie toute mérovingienne se développe claire, large, méthodique et précise ; chaque cloche parle et opère sa révolution à son tour, comme le fléau de nos batteurs. Cette mélodie simple, large, cette langue musicale a presque la dignité du ton royal de l'*Exaudiat* et du sublime chant du *Magnificat* romain. Combien cette sonnerie est préférable au jargon indiscipliné et abrupt de celles du centre de la France, résultant de la rencontre toute fortuite de cloches mues sans ordre et sans règle. — Je ne connais pas de sonnerie qui ait plus de volume, de justesse et de dignité que celle de la métropole de Rheims.

Hélas ! nul silence, nul calme dans cette église qui sert de promenade publique, et où roulent sans cesse des flots de touristes ou d'oisifs, où les Rhémois passent et repassent comme dans une galerie couverte qui continue la rue. Il y a toutefois quelques grains d'or dans le sable de la liturgie rhémoise, comme il y a dans cette basilique quelques faits matériels qui ont une pensée morale. Ainsi, j'y ai retrouvé les deux autels, comme dans les basiliques patriarchales de Rome, et la custode suspendue qui rappelle le mode primitif d'asservation des saintes espèces.

L'influence de Paris s'exerce d'une manière déjà sensible à Rheims ; les mœurs et l'accent du pays s'en ressentent : on y singe tout de Paris ; on imite sa bière qui est la plus affreuse tisane, son pain qui est le plus mauvais de France, malgré sa réputation usurpée d'en être le meilleur ; on en tire ses goûts, ses jugements tout faits, ses prédilections et ses haines ; on y est peu cordial et on y grasseie beaucoup ; cependant cette influence n'a pas encore fait tomber en oubli, à Rheims, un touchant usage, pratiqué encore dans la plupart de nos villages bourguignons, l'aspersion des maisons, à l'intérieur, le dimanche matin.

La société de Rheims m'a paru essentiellement préoccupée de choses de lucre, un peu aride et un peu froide, plus avide de faire des affaires avec les étrangers qu'attire dans leur cité l'amour de l'art chrétien, que jalouse d'exercer envers eux cette hospitalité dont les officiers rhémois du Congrès nous vantaient avec tant d'emphase l'effusion. Cette ville est infernale par la vue : tout y est blanc ; nulle part je n'ai vu des flots de poussière aussi épais et répandus par les places, par les rues, en de tels monceaux. N'étaient cette réverbération fatigante de la craie et du plâtre, ces campagnes sans arbres et sans verdure qui entourent la ville, le séjour de ce pays ne serait pas plus insupportable que celui de tout autre. Rheims a des beautés monumentales presque uniques, un peuple de maisons pittoresques, à pignons sur rue, décidément et exclusivement pointus, à hautes toitures d'ardoises ; une magnifique promenade, de larges et luxueux quartiers, un hôtel-de-ville somptueux, un théâtre remarquable, — et, par-dessus tout, son histoire et ses souvenirs qui la dominent de toute leur hauteur, et dont la merveilleuse galerie historique du palais archiépiscopal, œuvre opulente du XV⁰ siècle, où sont représentés tous les rois de France sacrés à Rheims, manifestation artistique d'un si noble et riche caractère, fait revivre les plus imposants, dans l'esprit de ceux qui sont admis à la contempler. Il faut aussi, à Rheims, visiter le trésor de la métropole, le plus somptueux qui soit en France, bien certainement, et ses tapisseries historiques : entendre ses bourdons aux graves accents, et interroger quelques témoins intelligents du sacre de Charles X. — Pour revenir à l'académie rhémoise qui, dit-on, fonctionne très-activement, je vous avouerai que malgré la prépondérance sociale qui y tient tant de place, je ne sais rien de sa littérature, de ses travaux, du nombre et du prix des holocaustes qu'elle peut offrir à la science. — Nous avions été assez heureux, M. Feuillet, juge de paix du sixième arrondissement de Lyon, et moi, pour trouver un gîte modeste à Rheims, pendant la session du Congrès, chez le plus brave homme du monde et le plus intelligent des aubergistes, dont nous n'oublierons jamais les procédés délicats et les soins empressés, la conversation spirituelle, enjouée, judicieusement littéraire même. Je suis chanceux pour tomber chez des aubergistes instruits. A Is-sur-Tille, le hasard me fit loger chez un maître d'hôtel, archéologue et ami des arts ; à Rheims, chez un homme d'un esprit cultivé et d'une éducation vraiment littéraire. Je recommande ce pacifique logis aux gens qui, comme nous, viennent visiter les monuments de Rheims, et ne veulent point expier cette joie en subissant le fracas des grandes auberges, les lieux communs arrogants et le cynisme prétentieux des commis-voyageurs, les lazzis et les impudences de tables d'hôte; cette hôtellerie est à l'ombre même de la basilique métropolitaine.

Je ne puis quitter Rheims sans vous citer une de ses merveilles, d'un ordre bien vulgaire, c'est le café Courtois avec ses six billards, son étalage de dorures et d'ornements, son luxe chargé et du plus mauvais goût. Cet établissement est, toutefois, par la dépense mal entendue qu'il a exigée, une véritable curiosité. Il faut le placer à la queue de ces cafés de la péninsule italique, justement célèbres par leur somptuosité, les cafés *Pedrocchi* de Padoue, *Ruspoli* de Rome et *San Carlo* de Turin. — Mais il nous reste à visiter la capitale de cette province de Champagne, l'industrieuse cité de Troyes, après quoi nous clorons ces notes, trop longues pour un chapitre grave, trop superficielles pour un tableau de genre.

Dans cette blonde solitude dont Arcis-sur-Aube occupe le centre, entre Chaalons-sur-Marne et Troyes, au milieu de cette blanche, de cette muette et plate Champagne *pouilleuse*, se croirait-on sur une terre jadis privilégiée pour la poésie et l'amour ? — Ah ! combien la force reposée de la nature lorraine se représentait plus jeune, plus fraîche, plus souriante encore qu'elle ne l'est, plus riche en merveilleux paysages, à mes souvenirs, à mes yeux désolés de n'avoir à quoi se prendre dans le plus monotone, la plus pâle et la plus aride plage qu'il soit possible de trouver, ayant toute la solitude et l'aspect morne du désert, sans en avoir la majesté et la couleur! — Mais voici surgir à l'horizon quelques verdoyants contours;

voici quelques arbres abritant de rustiques maisons ; voici venir des vallons où coulent des ruisseaux, que tapissent des pâturages émaillés de fleurs, où jouent les bêtes à cornes, ces instruments vivants de l'agriculture ; voici de hautes rangées de peupliers, qui annoncent la terre humectée qui les fait vivre ; voici les hameaux qui se pressent les uns sur les autres, et les populations qui palpitent ; nous devons approcher de Troyes.

Les environs de la capitale champenoise, avec leurs riantes vallées, leur végétation luxuriante et variée, leurs grandes prairies chargées de saules et de peupliers frémissant sans cesse dans la brise du soir et du matin, leurs touffus ombrages, leurs vergers, leurs collines indécises fuyant à l'horizon ; voilà ma Champagne à moi, ami de la verdure et des ruisseaux ; je revis au milieu de ces parfums d'une verte campagne. — Toutefois, ce n'est pas encore dans les alentours de Troyes que la nature champenoise déploie toute la splendeur de sa parure, toute la douce énergie, toute la verve de ses effets, toute sa chaste, toute sa tranquille et sereine ordonnance, toute sa suave et harmonieuse profilation. Pour la trouver dans son expression la plus complète, il nous faudra étendre nos pacifiques pérégrinations jusqu'à ces rives animées et pittoresques où l'Yonne coule au milieu de tant de poésie et d'histoire, à cette délicieuse contrée qui serait presque aussi radieuse que la Haute-Bourgogne et le Lyonnais, si de légers flocons des brumes du nord n'y venaient tempérer l'éclat du soleil et la couleur des horizons. — Du reste, elle gagne en mystère, en poésie intime et en mélancolie, ce qu'elle perd en transparence et en lumière. Nous la visiterons en revenant de Troyes.

Pour la foule des voyageurs qui ne vont pas au fond des choses et en effleurent à peine la surface, Troyes n'est qu'une grande *villasse,* qu'une insignifiante et confuse cité. Pour le monumentaliste qui scrute les entrailles et interroge le sens moral d'une ville, c'est une chose pleine d'intérêt, c'est tout un centre d'études historiques et archéologiques. Il ne faut pas se préoccuper du grand nom antique que porte cette cité ; il faut la prendre pour ce qu'elle est et la voir à son point de vue. Outre ses vieilles maisons de bois, dont plusieurs sont curieuses, du grand nombre d'églises remarquables que possédait cette vaste cité, il lui en reste dix, et c'est plus qu'on n'en trouve communément dans les villes de même étendue et de même importance. Le XIIIe siècle n'y est à peu près pas représenté ; mais, en revanche, elle offre de précieux modèles de l'architecture religieuse du XIVe surtout, puis du XVe et du XVIe, et le luxe des verrières peintes s'étend dans tous avec une abondance vraiment exceptionnelle. L'art des peintres-verriers fut cultivé à Troyes avec ardeur ; quand le mauvais goût le fit abandonner ailleurs, il s'y soutint encore avec honneur, et, de même qu'en Allemagne où il ne s'éteignit jamais complètement, il osa défier jusqu'aux présomptueux dédains des XVIIe et XVIIIe siècles. Cette condition troyenne de la peinture sur verre explique la présence, dans cette ville, des nombreuses verrières peintes qui décorent toutes ses églises. La verrière peinte, c'est la plus grande somptuosité monumentale réalisable et possible, c'est le triomphe de l'art religieux; combien elle est préférable à la mosaïque opaque des Byzantins qui l'inspira! Je ne vois rien dans le domaine de l'art qui lui soit comparable, elle qui, en s'appropriant le firmament, les plus magiques effets d'aurore et de soleil couchant, les plus resplendissants effets de lumière, les font plus beaux que nature. — A Troyes donc, cet art ne s'est à peu près jamais perdu : il y a sommeillé pendant un siècle, comme la civilisation à Rome au temps des Barbares, et à Troyes, encore, il vient de rouvrir avec quelque éclat son école.

Dans les dix églises de Troyes, aucune n'offre cette profilation taillée dans le vif, ce caractère ferme, énergique, ces vigoureuses saillies d'ornementation observées ailleurs; mais toutes présentent un grand intérêt de détails ou d'ensemble. L'église cathédrale des SS. Pierre et Paul, ne manque ni de richesse dans le motif, ni de majesté dans l'ensemble, car elle n'a rien de sublime. Son triforium n'est pas mâle; il n'a point assez de nerf et de relief, il est trop superficiel et trop plat; il rappelle le cartonnage et les placages du *gothique* bâtard de notre temps, les ordures de carton-pierre et de papier mâché, propagées par la jonglerie parisienne. Les verrières peintes de ce vaisseau offrent un noble appareil et s'étendent même à son triforium. Des restaurations jusqu'ici assez peu intelligentes sont commencées dans ce temple, dont la façade prolixe, ampoulée et confuse, n'a pas été achevée dans le siècle qui l'édifia. J'ai déjà eu plusieurs fois occasion de parler de cette indigne façade de l'église cathédrale des SS. Pierre et Paul de Troyes. Il n'existe peut-être rien au monde d'aussi dévergondé, d'aussi ignoble, d'aussi boursouflé, d'aussi amphibologique que cette profilation. C'est l'orgie, le cynisme de l'art dans toute sa laideur et son anarchie, c'est l'emphase dans toute sa fatuité, c'est la rhétorique monumentale la plus méprisable et la plus absurde. — Et il y a des crétins d'archéologues qui admirent tout cela avec fanatisme, et s'extasient devant ces chancres de pierre, cette lèpre, cette teigne dégoûtantes, ce style spongieux et flatulent, devant cette squammeuse et maladive architecture, devant ce désordre! — Si les artistes qui ont compris dans une façade d'église ont voulu imiter la nature décrépite, c'est-à-dire les futaies couvertes de mousse et de lichens, ils ont réussi dans leur œuvre; mais pourquoi ne pas songer à la belle nature, forte, jeune, pleine de sève. Oh! combien la sobre et franche profilation des XIIIe et XIVe siècles, réalisée à Metz, Amiens, Sens, Rheims, est préférable à cette misérable prodigalité, à cette stérile redondance, à cet abus d'ornementation! Il y a entre cette enflure architectonique et les types que je viens de citer, toute la différence qui existe entre ces phrases de musique allemande, si travaillées, si chargées de notes, si stridentes, si étrangement instrumentées, et les simples et nobles thèmes, le style harmonieux, les limpides mélodies de l'école italienne. J'ai retrouvé ici, avec le camail de nos chanoines de la basilique primatiale de Lyon, quelques graves cérémonies. Le culte s'y développe avec une dignité remarquable ; toutefois, les évolutions d'enfants de chœur sont loin d'offrir ce caractère recueilli que nous ne trouvons qu'à Lyon ; ils se relèvent trop brusquement dans leurs génuflexions, comme ces petits bonshommes que poussent un élastique, et qui servent de jouet à nos enfants. Mgr l'évêque de Troyes est un enfant de la sainte église de Lyon ; il ne se bornera pas à l'importation du camail lyonnais, il disciplinera aussi son bas-chœur ; il y introduira cette démarche lente et grave, cette tenue modeste, ces visages pleins de sérénité et d'onction, qui concourent d'une manière si puissante à l'austère et touchante majesté des cérémonies lyonnaises.

Les églises de Saint-Remi, Saint-Jean, Saint-Nizier, Saint-Urbain, Saint-Pantaléon, Saint-Nicolas sont de curieux monuments, tant pour l'architecture que pour les verrières peintes : la Magdeleine vous montrera ce jubé dont l'ordonnance générale un peu aride est voilée par de si souples détails, par de si suaves motifs. Il y a dix ans, passant pour la première fois à Troyes, bien jeune alors d'âge et encore plus d'études, je fus frappé de la beauté de cet édicule, alors fort ignoré des monumentalistes étrangers au pays, et priai M. Fichot de m'en faire un dessin, qui a été reproduit à l'infini. — J'aime surtout, à Troyes, ses deux églises suburbaines, l'une dans le faubourg de Sens, Sainte-Savine, l'autre dans celui de Paris, Saint-Martin : l'une et l'autre riches en verrières coloriées. Près de cette dernière, on élève en ce moment, dans le style ogival, une chapelle pour le séminaire. Je n'ai guère passé de journées aussi complètement consacrées à l'archéologie, que celle dont M. l'abbé Tridon voulut bien partager avec moi les instants, à Troyes, en septembre dernier.

Toutes vertes et ombragées qu'elles sont, les campagnes des alentours de Troyes manquent d'une poésie morale, elles n'ont aucun patois. — Les patois sont le sceau et la sauvegarde des nationalités provinciales, ou plutôt des individualités sous-nationales. Toutefois, je m'émus doucement en songeant à leurs mœurs intimes d'autrefois. Elles furent le berceau de ces naïves chansons de la Noël, qui se chantent encore, au coin de l'âtre, dans nos familles de Bourgogne. C'est à Troyes que s'imprimait la *Grande Bible de Noel ;* cette ville était le centre producteur de cette pieuse librairie populaire dont j'ai parlé d'une manière peut-être touchante, sous le titre de *Poétique de la Noel,* dans l'un des premiers chapitres de cet ouvrage. — C'eût été un grand péché de séjourner à Troyes sans faire une course dans le pays de Bar-sur-Seine, tout champenois par ses mœurs, mais dont le territoire formait une enclave éloignée de la Bourgogne. Cette petite ville n'est rien, mais son église est tout : rarement j'ai vu un appareil de fenêtres aussi énergiquement ramifiées, aussi largement dessinées, de transepts aussi hardiment coupés. — Mais replions-nous vers le couchant, pour effleurer du bout de la plume la Brie champenoise.

Oh ! quelle opulence dans le cadre, que de magie et de variété dans les couleurs du tableau, quel épanouissement d'arbres, quelle effusion, et en même temps quelle fermeté de paysages parmi ces beaux sites, dans ces

vallées sinueuses, accidentées, où l'amoureuse rivière d'Yonne serpente,
tantôt avec le murmure d'un ruisseau, tantôt avec la majesté et le tumulte
d'un fleuve! Quelle France privilégiée que cette France de la Brie champenoise, entre Auxerre et Montereau, dans ce département indivis entre
deux nationalités provinciales qui viennent, déjà neutralisées, expirer
dans son sein, la nationalité bourguignonne et la nationalité champenoise!
Comme toutes ces villes, ces bourgs, ces villages qui se mirent dans les
flots de l'Yonne sont fiers de leur position et de leur fortune, et respirent
avec joie cette brise toujours mélodieuse qui les caresse! C'est tout d'abord
Joigny (1), qui rappelle notre courtoise cité de Chalon-sur-Saône, par son
joli quai, son pont monumental, le mouvement de sa population; Joigny,
qui semble montrer du bout du doigt Paris au voyageur venant d'en bas,
comme Chalon-sur-Saône montre à celui qui vient du nord, l'auguste métropole lyonnaise, la splendide Marseille, les mers scintillantes, le ciel
limpide et pur du midi; Joigny, ville toute neuve, toute actuelle à ses
pieds, toute gothique, toute hérissée d'histoire et de souvenirs du moyen-
âge à sa tête, ainsi qu'une reine de vingt ans qui porterait à son front
le diadème des souverains, ses aïeux. Voyez-la, se dressant, se haussant
pour mieux contempler le paradis terrestre au-dessus duquel Dieu l'a
mise, du haut de son abrupte montagne, se découpant avec la couleur, la
fermeté, la rude profilation d'un rocher. Que si, sur son quai, elle semble ouvrir les bras à tous, on croirait, au contraire, qu'elle veut repousser
de sa tête les voyageurs vulgaires, pour ne laisser pénétrer près d'elle que
ceux dont un but sérieux à atteindre et une pensée d'art ou d'histoire gui-
dent les pas intelligents. — Qui consentirait à gravir les rues étroites et
tortueuses dont se compose cette ville, bâtie en amphithéâtre, à l'instar
de Gray? qui s'engagerait à travers les fourches caudines de la cité du
moyen-âge et ses sombres défilés, sans un noble besoin de rechercher
dans la poudre et la trace des vieilles choses, des vieux monuments, des
vieilles maisons, la trace des vieilles mœurs et les jalons des vieux souvenirs, les doubles traditions de l'église du moyen-âge et du château militaire et féodal?

Voici venir Villeneuve-le-Roi, avec sa vaste et magnifique rue qu'ombrage ce temple où la renaissance a épuisé toute la merveilleuse souplesse de ses motifs, tous les secrets de son imagination, toute la verve
de son art. Mais voici mieux que tout cela, *l'antique cité des Sénonais*
(VRBS · ANTIQVA · SENONVM · NVLLA · EXPVGNABILIS · ARTE
au noble écu d'azur, à la tour d'argent crénelée, aux six fleurs de lis
d'or, trois, deux, une,) assoupie, ou plutôt recueillie, mais non pas endormie dans ses gloires. Quelle plaine fertile lui sert de lit, quels dais de ver-

---

(1 On me permettra de ne pas suivre ici l'ordre géographique; car, en arrivant de Troyes,
c'était par Sens que je devais commencer ce rapide coup-d'œil jeté sur la Brie champenoise.

dure lui font cortège, quels pittoresques horizons d'amoureuses collines, doucement accidentées, l'enveloppent d'activité agricole, de mœurs rurales et de ravissants aspects! Et puis, quelle grande pensée morale surgit au centre du tableau et en forme le point culminant! — Je veux parler de la basilique métropolitaine de Saint-Etienne, dont la masse géante domine de ses tons gris tous les flots de verdure qui l'environnent, et aux flancs de laquelle les coteaux vitifères, les jardins, les frais paysages, la rivière d'Yonne, les maisons serrées de la cité, les hauts peupliers qui sont rangés dans son enceinte, comme des contre-forts autour d'une cathédrale, ne semblent ainsi disposés dans les conditions les plus favorables à la perspective et à la peinture, que pour faire ressortir davantage l'imposant et grave caractère de l'édifice chrétien. Comme cet austère monument complète bien tout ce suave et gracieux ensemble de nature et d'art! quelle signification morale il donne à l'antique cité! — C'est avec bien de la joie que je vous dirais, ô mes indulgents lecteurs! toutes les impressions que développe en moi la ville de Sens, chaque fois que j'ai le bonheur de la traverser; mais ce rapide travail a des bornes que je ne puis enfreindre, et la mesure du temps qu'il m'est permis de lui consacrer, cette fois, m'a été faite avec une rare parcimonie. La basilique métropolitaine de Sens, c'est l'expression et le symbole matériel de cette puissance morale, de cette force ecclésiastique qui, au milieu des anciens *Sénonais*, comme dans nos autres cités antiques, s'est immédiatement greffée sur l'élément romain. Au lieu de la basilique judiciaire et du proconsul, un temple chrétien et un archevêque; au lieu de la métropole de la *quatrième lyonnaise*, la métropole de la province ecclésiastique de Sens. Le pouvoir sacerdotal a continué le pouvoir politique et militaire des Romains, qui furent tellement mêlés à nos races et à nos affaires, qu'on peut aussi les appeler nos ancêtres. La suprématie antique des *Sénonais* chercha à revivre, durant le moyen-âge et jusqu'au milieu de nous, par ce titre, devenu depuis si long-temps purement honorifique, de *primat des Gaules et de Germanie*, que prennent encore aujourd'hui les pontifes placés à la tête de l'église de Sens.

La basilique de Saint-Etienne de Sens ouvre avec majesté, dans le vaste périmètre de Paris, cette galerie de graves monuments religieux du moyen-âge, dont les Notre-Dame d'Amiens et de Rheims forment les archétypes; édifices sublimes, enfants d'un art dont notre patrie fut le berceau, et où elle a combiné avec tant d'éclat, à l'élément catholique, sa glorieuse et puissante nationalité. A Sens, commence visiblement cette zône des grands édifices chrétiens que l'Europe nous envie, édifices essentiellement français, qui n'ont pu être qu'incomplètement imités sous l'influence de nationalités étrangères à la nôtre, que sur notre sol, lui-même, on voit se déprimant et se modifiant sans cesse, à mesure qu'on s'éloigne de ce cœur de la patrie dont Sens est la limite. Ainsi, Auxerre surtout, puis Avallon, Semur, Dijon, Lyon, reçoivent encore l'inspiration des mêmes idées architectoniques, mais ne les traduisent plus avec une si

32

mâle et si franche énergie, que fortuitement et à l'état de fait isolé ; puis,
Saint-Maurice de Vienne clôt avec une pompe tout exceptionnelle, par
rapport au midi, cette série de magnifiques églises ogivales. Qu'ai-je à
vous dire ici de Saint-Etienne de Sens, de ses vastes dimensions, de
son trésor si dépouillé et si riche ? Ce n'est plus la primitive et antique basilique dont le bourdon mit en fuite les Sarrasins, en frappant l'air de ses
sourds et graves accents : presque tout le temple a été renouvelé dans les
siècles vraiment virils du moyen-âge, le XIIIe et le XIVe. Mais je vous dois
compte de la vive douleur que j'ai ressentie. Quel malheur, à mon sens,
que ce commencement d'exécution du projet de rendre le clocher septentrional conforme à celui du midi ! Ou vous voulez que ce raccord ne soit
qu'incomplet, en respectant les vieilles substructions romano-byzantines
de la tour, et alors quelle nécessité de faire une œuvre bâtarde ; ou vous
ferez table rase, et alors vous sacrifierez les jalons historiques du monument, vous lui arracherez ses titres de noblesse et ses vieilles racines dans
les siècles, qui annoncent que la foi date à Sens des temps antérieurs
à l'ère ogivale. Oserez-vous soutenir qu'une métropole doit avoir ses deux
clochers parfaitement semblables? mais la métropole de Notre-Dame de
Rouen ne rentre pas dans ces conditions. Vous est-il prouvé que le maître
de l'œuvre, architecte de la basilique actuelle de Sens, avait eu l'intention de supprimer plus tard la tour aux bases romano-byzantines de l'ère
de transition ? Oh ! combien je gémis de cette idée, qui est d'un mauvais
exemple et établit un funeste précédent. Nos yeux étaient accoutumés à
voir la vieille tour avec son couronnement en charpente revêtue de plomb;
nous nous la représentions, nous l'avions apprise dès l'enfance, nous
la connaissions ainsi faite. La régularité de deux tours jumelles ne dédom-
magera pas nos souvenirs ainsi amputés. — La forme sous laquelle un
monument s'est constamment présenté à nous devient sacramentelle; il
nous est connu par son aspect actuel ; nous l'aimons, le voulons ainsi
et dans l'horizon qui l'entoure, non ailleurs, quand même il y serait mieux.
La façade de la basilique de Saint-Denis, celle de la cathédrale de Chartres offrent-elles cette froide régularité que vous voulez donner à la cathédrale de Sens, en effaçant la trace d'une partie de son passé? Telle qu'elle
était, cette tour septentrionale, elle avait son histoire, son caractère particulier; elle contribuait à mettre davantage en saillie les belles proportions et la haute tête de sa sœur cadette. C'était une aînée qu'il fallait respecter. Quand l'église de Saint-Etienne a tant de besoin de restaurations
intelligentes ailleurs et qu'on lui rende ce que les révolutions lui ont ravi,
quelle nécessité de lui donner ce qu'elle n'a jamais eu. Je ne vois au bout
de cette idée, au fond de ce projet, qu'un seul résultat; c'est la fortune
d'un architecte officiel, gagnée au prix d'un monument.

Il était bien temps que le mouvement d'archéologie et d'histoire qui s'o-
père dans la France provinciale, fît battre le cœur des enfants de cette
antique et illustre cité sénonaise. Sens renfermait un grand nombre de
doctes personnages, étudiant et travaillant en silence; mais ils manquaient

d'un centre commun de ralliement, d'un but, d'un lien commun. Une compagnie archéologique s'est formée, il y a quelques années, dans le pays, sous l'inspiration de ces idées de patriotisme et d'amour pour les souvenirs de la localité, qui viennent de faire naître aussi une société analogue dans notre ville de Chalon-sur-Saône. Ainsi tous les débris, toutes les gloires du vieux Sens sont recueillies aujourd'hui avec un culte religieux.

Mais me voici bientôt aux portes de ma chérie Bourgogne. — J'ai hâte d'y retrouver la famille, l'amitié, la grande ombre de Lyon. — Voici Châtillon-sur-Seine, première cité, du côté du nord, de cette terre privilégiée de la vieille Burgundie. Hâtons-nous de visiter cette douce et jolie cité, où l'esprit d'ordre, le caractère réfléchi des hommes de la duché de Langres s'unit à la libre et vive allure des hommes de la Bourgogne. Toute petite qu'elle est, elle n'a pas moins de quatre églises, parmi lesquelles trois monuments de l'architecture romano-byzantine dont la Bourgogne ne voulut presque jamais démordre. Je vous recommande surtout la basilique de Saint-Vorles, située au faîte d'une montagne, comme l'église de Saint-Nicolas de Neufchâteau, et, comme elle, trônant sur une crypte. Vous remarquerez les peintures murales byzantines de cette crypte et celles du XIVᵉ siècle, dans l'église supérieure, contre l'apside mineure de gauche. A l'entrée de l'édifice est un très-beau sépulcre, composé de onze personnages entourant le Christ, ombre affaiblie de celui de Saint-Mihiel. Visitez ensuite l'église Saint-Nicolas, à façade et au clocher romano-byzantins, et l'église de l'Hôpital du même style. — Mais Saint-Vorles, Saint-Vorles surtout, édifice typique, d'une figure et d'une structure presque uniques en Bourgogne. — Quant à l'église de Saint-Jean-Baptiste, œuvre du XVIᵉ siècle, elle n'a rien de monumental.

Châtillon (1), cette ville de riches maîtres de forges et d'élégance sociale, où s'élève le château qu'habitait le maréchal Marmont, *Châtillon au noble Duc*, a trouvé un élégant historien parmi ses plus jeunes enfants; c'est M. Gustave Lapérouse, si chaleureusement dévoué à la gloire et à la prospérité de sa patrie. — La crypte de Saint-Vorles est un antique oratoire de Notre-Dame. Châtillon possédait jadis une basilique plus curieuse encore que Saint-Vorles, consacrée à saint Mamès.

Après avoir traversé d'agrestes paysages, où une énergique nature semble lutter contre les conquêtes de l'industrie qui chaque jour déchire ses forêts, nous arrivons à ce froid plateau qui tient du désert par ses horizons, et dont Chanceaux, si célèbre par ses conserves d'épines-vinettes, est comme la capitale. — Voici un des coins les plus pittoresques de la noble terre burgunde, Saint-Seine-l'Abbaye, posé comme Vizille (Isère), dans un bas-fond dominé par de hautes montagnes, avec lesquelles s'harmonise sa majestueuse basilique et le haut clocher qui l'ombrage. Arrêtons-nous, avant de franchir la périlleuse montée de Suzon, arrêtons-nous quelques

(1) Ses armes sont de gueules, au château à quatre tours crénelées d'argent, maçonnées de sable.

instants à Saint-Seine, pour saluer ce merveilleux *clerestory,* ces fresques, ces arceaux d'un temple qui a l'importance d'une cathédrale et forme l'un des édifices historiques les plus précieux de notre province. — Mais nous sommes en vue de Mâlain, ce vieux village dont le sol était encore naguère couvert de souvenirs et de débris, et nous passons entre Fontaine-Saint-Bernard et Talant, à la position étrusque, qui a conservé le nom de ville. Les clochers de Dijon se détachent dans l'atmosphère sereine de la Bourgogne : les premiers, à l'horizon, sont ceux de cette abbaye de Saint-Bénigne, où retentit jadis la *Laus perennis,* comme à Agaune, à Saint-Marcel-lès-Chalon, à Saint-Symphorien d'Autun, dans l'abbaye de Luxeuil; c'est cette grande broche, pareille à la flèche de Nivelle (Belgique), qui monte si hardiment au ciel. Mais, hélas! ce ne sont plus les mêmes voûtes : l'antique *rotonde* élevée sur le plan des basiliques grecques, dans les premiers siècles chrétiens, respectée par les moines qui bâtirent à côté d'elle le temple actuel, a succombé sous les atteintes du plus absurde vandalisme. — Salut, porte Guillaume!.. je suis donc à Dijon, près de ces arrondissements de Beaune et de Chalon-sur-Saône qui sont plus particulièrement ma Bourgogne. — Que vois-je? la porte d'Ouche détruite; cette belle grille, ces trophées de pierre qui la limitaient, tout cela remplacé par des ruines; la vieille et pittoresque enceinte militaire de Dijon, violemment déchirée en cet endroit; sur l'emplacement de la porte d'Ouche, enfin, l'aspect d'une entrée de ville après un siège!..... La barbare raison d'état des chemins de fer vient de passer par-là. — Mais il est bien décidément temps de prendre congé de nos lecteurs, et de les remercier de leur indulgence soutenue envers nous.

II.

LA SEMAINE SAINTE A LYON.

(M DCCC XLVII.)

A la Société d'Architecture, à MM. Delacroix-Laval, Paget-Poulus,
Collombet, de Lyon; l'abbé Gillox, curé de Saint-André-le-Bas, à
Vienne; le Mis Lorenzo Pareto, de Gênes; J. Paulot
du Rozier, de Beaune, et Lacordaire.
architecte à Dijon.

Si j'ai quitté Rome pour venir assister, pauvre et obscur pèlerin, à la
Semaine sainte lyonnaise, ce n'est pas que les pompes vaticanes, dans
ces jours solennels, n'exercent qu'une médiocre influence sur mon âme,
et que je ne concorde avec l'univers dans l'admiration qu'elles inspirent;
mais j'avais été témoin, il y a huit ans, de ces nobles cérémonies, et je
n'éprouvais point le besoin de les voir deux fois dans ma vie. — Et puis,
si Rome, centre de la foi, premier siège de toute vérité morale, est supérieure à Lyon au point de vue de l'art sacré; si Rome donne ce qu'elle
seule peut offrir aux regards étonnés du peuple chrétien, le souverain
pontife et sa triple couronne, rayonnant de toutes les gloires de l'Église
et de tous ces vivifiants souvenirs qui remontent au Prince des Apôtres,
le plus imposant concours de traditions et de rites, la parole de Dieu dans
toute son autorité, l'art des hommes dans toutes ses manifestations les
plus parfaites; si elle frappe à la fois votre cœur par le symbole, et vos

yeux par une splendeur qui n'a pas d'égale sur la terre; si à Rome, enfin. tout est majesté, la chose et le lieu, n'y aurait-il pas, toutefois, une surface par où le grand tout de la Semaine sainte romaine le céderait à l'œuvre de la sainte Eglise de Lyon dans les mêmes cérémonies et les mêmes anniversaires? — Dieu me garde d'exposer mes ardentes convictions avec l'assurance d'un homme qui veut les imposer; mais qu'il me soit permis de motiver ma préférence réfléchie pour la Semaine sainte lyonnaise. Faites abstraction, par la pensée, des peintures de la chapelle Sixtine, du luxe de la chapelle Pauline, des mosaïques, du bronze, de l'argent, des colossales dimensions de Saint-Pierre, des voix romaines vibrantes comme l'airain ou limpides comme le ruisseau qui murmure sur les sables dorés, des accords de Palestrina exécutés par les premiers artistes du monde, de l'art inouï de la *mise en scène* (qu'on daigne excuser le mot) dans les évolutions et la pose; oubliez le sacré collège, les patriarches, l'union des chants grecs aux chants latins, les couleurs et les noms, et éprouvez le sentiment chrétien développé par la Semaine sainte papale au creuset intime de votre cœur.... que vous restera-t-il de touchant pour exalter votre foi? — Peu de chose, assurément; je le dis en tremblant, mais je le dis avec sincérité. Y a-t-il, après tout, dans ce clergé de cardinaux, l'inimitable sceau de la piété française? y a-t-il sur tous ces fronts, cette expression plus douce que la majesté, cette onction, cette modestie, cette constante sérénité, ce calme, cette parfaite quiétude du regard, du geste et de la démarche, cet aspect liturgique, qui font du prêtre lyonnais un homme à part qui, dans l'exercice du culte, ne tient plus à la terre? Avez-vous, dans les rites romains, mêlés de tant d'art et de tant de musique, l'éclat austère, la tranquille gravité, la beauté idéale de cette liturgie lyonnaise qui fait revivre l'Église de saint Pothin, issue directement de l'Orient, et les premières agapes chrétiennes dans les cryptes et les catacombes de l'Occident, cette langue hiératique, traditionnelle et populaire de l'Eglise, ce plain-chant qui entraîne l'explosion de la prière commune à tout le peuple chrétien, et par lequel toute l'assemblée, à genoux dans le temple, s'unit au culte sacré; avez-vous sous les yeux cette simplicité auguste, ces intimes et ineffables harmonies du chant, du cérémonial, des symboles, du vaisseau, qui font des basiliques lyonnaises le milieu le plus favorable à la véritable piété? — Non, certainement non. — A Rome, vous êtes plus étonné, plus vivement saisi; à Lyon, vous êtes plus tendrement ému, et un parfum plus pur, plus suave, plus dégagé d'émanations mondaines, abreuve doucement votre cœur. — C'est donc de ce point de vue, de ce sanctuaire du cœur chrétien, que je jugerai la Semaine sainte telle qu'elle a été comprise à Lyon, et par l'ineffable piété du peuple, et par la dignité inouïe du clergé.

Nul clergé au monde — et les points de comparaison ne m'ont manqué ni en France ni à l'étranger — n'apporte à l'exercice des sacrées fonctions du temple, cet esprit de règle et de discipline, ce sentiment du devoir et de l'auguste caractère de la mission à remplir, cette logique du culte, cette éducation particulière, cette pieuse exaltation de foi et de souvenirs, cette profonde conviction de la sainteté de son ministère, empreinte sur tous les visages, dirigeant tous les pas, se mêlant à tous les chants; ce type patriarchal, ce langage profondément liturgique, qui frappent tout d'abord le fidèle introduit dans le sanctuaire des basiliques lyonnaises. Admirable culte que ce culte byzantin et biblique de Lyon, qui rappelle qu'en Orient, l'idée de la plus haute magnificence fut toujours unie à celle de la plus haute gravité et au mystère! admirable liturgie que celle qui façonne un tel clergé! admirable clergé que celui qui reçoit ainsi l'influence d'une telle liturgie et pousse aussi loin le respect et l'amour pour l'église qu'il représente!

Le jeudi-saint, dès les huit heures et demie du matin, une foule empressée et pénétrée des plus vives impressions de foi, prenait sa place sous les voûtes majestueuses de cette basilique primatiale des Gaules, première basilique du monde après celle de Latran, siège du trône pastoral le plus ancien et le plus saint de la terre, immédiatement après celui où s'assied le successeur de saint Pierre. Le corps entier du chapitre et des chapelains va chercher à son palais S. Em. Mgr le cardinal-archevêque, primat des Gaules; puis, le pontife introduit, commencent, dans une grave et lente psalmodie, les petites heures, prime, tierce, sexte et none. Son Eminence paraît à l'autel majeur, et la grand'messe est célébrée. Puis le pontife procède à la bénédiction solennelle de l'huile des infirmes et à la consécration de l'huile des catéchumènes, renfermées dans des vases dorés. Cette cérémonie, depuis quelque temps, avait perdu son antique solennité, et se faisait selon les règles de la liturgie romaine. Cette année on a eu le mérite de puiser aux sources de la liturgie lyonnaise, c'est-à-dire aux sources de l'Église d'Orient, et ces rites touchants se sont accomplis comme ils s'accomplissaient dans le temple vénérable, avant les innovations qui ont malheureusement fait varier ce qui, en principe, était invariable: *Ecclesia lugdunensis novitates nescit.* La procession accompagnant le Saint-Sacrement, au son des cloches faisant leurs adieux, offrit le plus touchant spectacle. A trois heures de l'après-midi, Son Eminence a lavé les pieds aux apôtres, représentés par des enfants de chœur, et les pains de cène leur ont été distribués. Le premier pasteur de l'Église de Lyon a été secondé, dans ses pieuses fonctions, par M. Beaujolin, grand-vicaire du diocèse de Lyon. Oh! c'était une grande et sainte chose que cette cérémonie du lavement des pieds! Le pontife et les prêtres qui formaient son cortège avaient ceint le grand *manuterge,* pour essuyer les pieds des enfants; de grands plats d'argent étaient tour-à-tour portés et rapportés pour la pieuse opération, et Son Eminence venait s'asseoir au milieu de ses petits apôtres, chaque fois qu'il était suppléé dans ses fonctions par M. le vicaire général. La lecture des paroles de Jésus-Christ, pendant la Cène, s'est faite avec l'intonation antique; malheureusement, la voix de M. le chanoine D... n'offre pas le volume qui lui eût permis de retentir dans le temple et de planer sur les fidèles.

Le soir, l'aspect de la ville de Lyon était unique. Oh! c'était bien la grande cité catholique de France par excellence , et les saintes préoccupations de son peuple étaient ostensibles. — Un médecin de Gênes, qui avait traversé la France, me disait naguère que Lyon avait été pour lui la première ville française depuis Paris , et y compris Paris, où il eût senti être en pays catholique. Qu'eût-il pensé de nous, s'il nous avait visité le jeudi-saint de l'an de grâce 1847 ? Jamais peut-être l'élan de la foi populaire n'a été aussi général , aussi éloquent, aussi sublime que cette année de calamités et de souffrances. Les basiliques et les églises regorgeaient de fidèles venant adorer le Saint-Sacrement au sépulcre. Les *paradis* les plus brillants furent ceux de Saint-Jean, de Saint-Nizier, de Saint-Polycarpe, de Saint-Pierre, de Saint-Georges même , la plus pauvre paroisse de Lyon. Dans toutes les églises, de pieux concerts frappaient les oreilles ; la foule était silencieuse et recueillie. On n'a pas eu le moindre accident à déplorer au milieu de ces flots de fidèles, qui sans cesse se précipitaient dans les temples de la seconde ville éternelle, de la seconde Rome de l'univers. A huit heures et demie , à Saint-Jean, eut lieu la prière, suivie du magnifique chant du *Stabat.* — A l'occasion des sépulcres lyonnais du jeudi-saint, connus sous le nom populaire de *Paradis*, admirons cet antique usage de la sainte Église de Lyon, par suite duquel , les vases sacrés contenant les saintes Espèces, n'apparaissent dans ces tabernacles ouverts qu'à travers un voile transparent. C'est encore là, évidemment, une tradition émanée de l'Orient, et l'image de l'arche voilée des Hébreux et du sanctuaire voilé des Grecs.

Le vendredi-saint, les autels dépouillés dès la veille, aussitôt après la translation des saintes Espèces dans le sépulcre, offrent aux yeux attristés des fidèles leur deuil et leur nudité. A la basilique primatiale, S. Em. le cardinal-archevêque célèbre en personne cet office austère, que le grave langage liturgique, si pleinement parlé à Lyon , nomme la *messe des présanctifiés*, et la Passion vient confondre toutes les grandeurs de la terre dans une commune humilité. Hélas ! j'ai ici un grand regret à formuler : pourquoi la Passion n'a-t-elle pas été chantée à trois voix, comme le veulent toutes les liturgies? — Bientôt le sépulcre disparaît : l'Hostie sans tache rentre dans ses tabernacles, et le lendemain, samedi-saint, tout, dans les temples, prend déjà cet air de fête qui prépare aux splendeurs de la résurrection. Les cloches muettes pendant quarante-huit heures retrouvent leur voix sublime. Toujours le pontife est en tête de son église; c'est encore lui qui célèbre la grand'messe du samedi-saint, après la bénédiction du cierge pascal, de celle de l'eau baptismale. Les premières vêpres sont chantées immédiatement après la messe solennelle, et les complies ont lieu à trois heures de l'après-midi.

Si vous avez obtenu un petit coin d'espace dans l'une des grandes basiliques ou des simples églises de la ville de Lyon, le jour de Pâques, pendant les grandes et majestueuses cérémonies dont elles ont été le théâtre, vous avez dû être doué d'un sentiment particulier de prévoyance, et arriver long-temps avant l'heure fixée pour les offices. Dès huit heures et demie, la grande nef, les nefs mineures, le vaste chœur et les tribunes de la basilique primatiale de Saint-Jean-Baptiste étaient envahies par un peuple avide de pieuses émotions, et cependant la grand'messe ne devait être célébrée qu'à dix heures précises.

Je n'entrerai dans aucun détail sur cette messe pontificale, dont toutes les pompes de la liturgie lyonnaise ont composé l'éclat, et qui a été suivie de la bénédiction papale. Jamais l'inspiration et la verve liturgique du clergé de Lyon ne se seraient développées d'une manière plus digne et plus large, si la double invasion des idées italiennes et des idées de Paris n'eût amené, à Saint-Jean de Lyon aussi, un fâcheux conflit entre l'auguste austérité des vieux chants liturgiques et les accords d'une musique faite dans le monde, et pour le monde, par des hommes soi-disant religieux. La part de la musique, toutefois, ne fut pas exclusive, hâtons-nous de le reconnaître et de le proclamer ; elle s'est bornée à envelopper notre admirable *Kyrie*, notre *Gloria in excelsis*, le *Sanctus*, l'*O salutaris* et l'*Agnus Dei*, à enlever à ces chants cette forme sacramentelle sous laquelle ils les sont connus du peuple, et entrent à la fois dans son cœur et dans sa voix. — Mon éloignement personnel pour l'introduction dans le temple catholique de toute musique prétendue religieuse, autre que celle admise par l'Église pour les chants liturgiques, a la ténacité et la cohésion du roc : comme l'Église de Lyon, il ne fléchira jamais, il aura sa stabilité et sa permanence durant ma vie.

Du reste, les majestés du cérémonial lyonnais, le fabuleux concours des fidèles, la grave mélopée des chants, les accents des cloches si merveilleusement réglés dans la Rome des Gaules, la magnificence inouïe des costumes ecclésiastiques, déployant devant Dieu ce que la fabrique lyonnaise peut produire de plus riche par la double somptuosité de la matière et du travail, rien n'a manqué à la solennité du jour.

S. Em. Mgr le cardinal-archevêque a porté, dans tous les offices de la Semaine sainte et dans ceux du jour de Pâques, cette ineffable piété, cette sérénité de visage, cette dignité de pose et de maintien, ce recueillement apostolique qui rendent la sainte Église de Lyon si joyeuse de le voir à sa tête. Espérons qu'il achèvera de dégager la liturgie lyonnaise de tous les éléments étrangers qui en altèrent la pureté, et que, par ses constants et courageux efforts, l'antique chant liturgique de Lyon, ramené bientôt à son expression première, se trouvera assez fort pour pouvoir se passer d'auxiliaires et du concours d'une musique frappée d'un sceau moins authentique d'autorité et de popularité. De même qu'il y a une architecture catholique, il existe une musique proprement et exclusivement catholique, c'est le plain-chant, fait dans l'Église, par l'Église et pour l'Église.

La solennité de Pâques s'est terminée, dans toutes les églises de Lyon, par le *Te Deum* et le salut : dans quelques-uns de nos temples, unis aux vêpres et au sermon ; dans le plus grand nombre, séparés de ces exercices. A Saint-Jean, les vêpres, chantées à trois heures de l'après-midi, ont été suivies du sermon prêché par le R. P. Marquet, prédicateur de la station, et ensuite ont eu lieu le *Te Deum* et le salut pour la clôture du jubilé universel. — Qui n'a pas eu le bonheur de se trouver à Saint-Jean de Lyon au moment de cette grande manifestation catholique, de cette sublime action de grâces, ne sait point l'énergie de foi du peuple lyonnais, la puissance et la sève de la sainte Église de Lyon. Jamais pareille explosion du chant unanime de toute l'assistance chrétienne n'a retenti sous les arceaux d'une basilique. Nulle fête de Saint-Jean-de-Latran et de Saint-Pierre-du-Vatican n'est l'ombre de cette fête. Figurez-vous six mille voix confondues, éclatant à la fois dans la nef, les contre-nefs, les chapelles, le sanctuaire, partant des tribunes, montant et descendant de la voûte au pavé, répercutées par toutes les colonnes et les colonnettes, faisant tressaillir les statues et frémir les verrières peintes, réglées et disciplinées comme une seule voix. Quel solennel hommage, quel magnifique exemple, quelle auguste harmonie, quelle confiance, quelle verve, quel élan ! — Et pendant cet inouï concert, pendant cette prière du peuple, si abondante et si nourrie, fécondée par tant de ferveur, un clergé rayonnant d'or et de majesté, autour de l'autel majeur, le sanctuaire étincelant non de ces lueurs théâtrales à l'usage des congréganistes et des jésuites, mais d'une lumière grave et digne comme les rites lyonnais ; tout le temple semblant prendre des formes idéales et mystiques, des dimensions fabuleuses, et par l'étrange, l'immense effet de ses perspectives, par l'infini de ses lointains, paraissant mettre toute une vision orientale sous les yeux des fidèles. — Ah ! si ce *Te Deum* eût été exécuté en musique par des ménétriers, l'assistance eût-elle concouru à cet exercice, se fût-elle associée à une langue qu'elle ne comprend pas et que son cœur repousse ? en dehors de l'expression liturgique, l'exclamation de la prière populaire aurait-elle été possible ?... S. Em. avait également officié pontificalement aux vêpres. Il faut louer Monseigneur de l'attention soutenue qu'il apporte aux plus petits détails du culte. Ainsi, quant à ses attributs, il rentre à pleines voiles dans la liturgie. Au lieu de ces crosses monstrueuses, menaçant le ciel, que le mauvais goût a mises aux mains de nos évêques, il a voulu reprendre le bâton pastoral, plus humble et moins prétentieux, des évêques du XVe siècle, et la crosse avec laquelle il a officié dans toute cette sainte semaine est un ouvrage lyonnais, merveilleusement exécuté sur le modèle de la crosse historique du XVe siècle, conservée à Cologne.

Dans les touchantes cérémonies de la Semaine sainte, à Lyon, point de ces curieux, point de ces fats oisifs, de ces dédaigneux insulaires d'outre-Manche, de ces barons russes ou allemands, de ces incorrigibles touristes parisiens, qui viennent à l'église comme on va à un spectacle, et qui surabondent aux chapelles Sixtine, Pauline et à Saint-Pierre de Rome ; point de distractions mondaines, mais un sublime recueillement partout, dans les fidèles et dans le clergé ; rien de théâtral et de terrestre dans les cérémonies et les rites, comme dans la religion italienne, mais la gravite liturgique, la double inspiration de la foi et du rite. — Oh! oui, voilà pourquoi je préfère la Semaine sainte lyonnaise à la Semaine sainte romaine : c'est qu'à Lyon, mon cœur n'a pas besoin des yeux pour comprendre, aimer et prier; c'est que le lieu où je suis est essentiellement une église, et ne me rappelle en aucune manière le palais et le musée : c'est que les chants qui frappent mon oreille sont ceux que ma mère m'apprit sur ses genoux; c'est que la foi développée en moi par les cloches, les cérémonies, les commémorations, les symboles, les mystères, l'assistance chrétienne, est celle que je suçai avec le lait maternel; c'est que ma religion se compose ici des plus saintes initiations, et n'emprunte rien aux sensualités du paganisme, mêlées partout au culte italien, à la grande douleur du P. Ventura.

La Semaine sainte à Lyon a produit, en 1847, des fruits plus savoureux et plus abondants que jamais. En aucun temps, les expiations et les restitutions n'ont été aussi nombreuses; en aucun temps, on n'a vu une aussi grande foule s'asseoir au saint banquet de l'Eucharistie. — Un seul fait, durant cette grave semaine, a momentanément attristé les fidèles : le second théâtre de Lyon, celui des Célestins, n'a suspendu ses représentations que le seul *vendredi-saint*. Espérons qu'une autre année la direction exigera quelque chose de plus, et fera volontiers à la piété lyonnaise le sacrifice de quelques jours d'une recette, certainement précaire, en des jours aussi pleinement consacrés aux devoirs chrétiens.

SAINT-PAVL-HORS-LES-MVRS.

(SITUATION EN MDCCCXLVII.)

Cette basilique constantinienne, la troisième en rang des basiliques patriarchales, l'une des quatre avec la *Porte-Sainte*, a tout pour elle, la sainteté des souvenirs, l'antiquité monumentale, les gloires de l'architecture. On la nomme aussi OSTIENSE, à cause de sa situation sur la voie OSTIA. — La splendeur que tous les pontificats et tous les âges s'étaient plu à répandre sur elle, n'avait pas d'exemple sur la terre. Le pape Pie VII s'occupait encore à la restaurer et à l'embellir, lorsque, dans la nuit du 15 au 16 juillet 1823, elle fut en majeure partie dévorée par un effroyable incendie. Elle offrait la figure d'une croix latine, et était soutenue par quatre-vingts colonnes de marbre, tant de Paros que de Phrygie, et de granit oriental. Heureusement le fléau ne frappa que les cinq nefs, et atteignit peu les *chalcidiques*. Comme Saint-Jean-de-Latran, elle n'avait pas de *gy-nécées*, mais le transsept était si vaste, qu'il formait à lui seul une impo-sante basilique. — Les souverains pontifes ont constamment travaillé avec zèle à sa restauration. Le feu pape Grégoire XVI, surtout, s'était fait une religion d'achever ce grand et dispendieux ouvrage ; il se saignait à blanc pour arriver à ce but ; et Pie IX, plus homme politique peut-être que mo-numentaliste, s'efforcera, nous l'espérons, de conduire à son terme cette sainte réédification. La reconstruction des nefs de Saint-Paul s'opère ri-goureusement dans les conditions du passé, avec la primitive somptuo-sité de matériaux et l'ancienne majesté d'ordonnance. Cette reproduction, à peu près littérale, de l'architecture historique du temple, fait le plus grand honneur comme art et comme exécution au goût romain. Une ou deux an-nées encore, et cette basilique, aux meubles d'or, d'argent et de bronze, tant de fois ravagée et toujours relevée, aura revécu plus énergique et plus jeune sur ses cendres, qui ont cessé d'être tièdes. Les magnifiques dépendances de ce temple n'avaient point souffert des flammes de 1823.

Saint-Paul était et redeviendra l'archétype de la basilique latine, non pas dans ses conditions primitives, mais à l'état de progrès. — Pour bien comprendre le temple constantinien avec ses splendeurs mosaïcales et ses transparentes colonnades, il faut prendre Saint-Paul pour base suprême de ses études. Espérons que lorsque sa reconstruction sera achevée, le culte s'y développera avec la majesté byzantine, que toute musique en sera bannie, et que l'auguste SYNAXE (la messe) s'y célébrera avec la gra-vité antique et les formes mystérieuses de l'Orient.

III.

SAINTE-AGNÈS-HORS-LES-MVRS. [1]

*A la pontificale Académie romaine d'Archéologie ; au R. P. Marchi, du collège
romain ; à MM. le docteur Lautard et Paul Autran, de Marseille,
le marquis A. Mazzarosa, de Lucques, Vital Berthin de
Beaurepaire, Pernot, peintre, et l'abbé
Sauvageot, curé de Nuits.*

La basilique constantinienne de Sainte-Agnès-hors-les-Murs ne
compte ni parmi les cinq basiliques patriarchales de Rome, Saint-Jean-
de-Latran :

DOGMATE · PAPALI · DATVR · AC · SIMVL · IMPERIALI
QVOD · SIM · CVNCTARVM · MATER · CAPVT · ECCLESIARVM
CLEMENS · $\overline{\text{XII}}$ · PONT · MAX · ANNO · $\overline{\text{V}}$ · CHRISTO
SALVAT · IN · HON · $\overline{\text{SS}}$ · IOAN · BAPT · ET · EVANG

Saint-Pierre-du-Vatican, Saint-Paul-hors-les-Murs, Sainte-Marie-Majeure et Saint-Laurent-hors-les-Murs; ni parmi les sept basiliques majeures qui se composent des temples insignes que nous venons de nommer, et de plus, des deux basiliques de Sainte-Croix-de-Jérusalem et de

---

1. J'ai cru devoir remplacer par celui de Sainte-Agnès, le chapitre annoncé dans le prospec-
tus sous le titre de *Retour à Naples*, et qui ne m'a pas paru susceptible de vêtir une forme
assez sérieuse pour un ouvrage constamment grave. On daignera me pardonner cette substi-
tution.

Saint-Sébastien. — Elle n'a point les curieux monogrammes, le langage inscriptionnaire grec :

AGIOS · PAVLVS — AGIOS · PETRVS

l'atrium inscrit dans le quadriportique, de Saint-Clément, les immenses dimensions de Saint-Paul-hors-les-Murs, les fresques historiques, contemporaines d'Honorius III, de Saint-Laurent-hors-les-Murs ; mais elle est presque vierge de toute restauration, de toute altération, et son caractère dogmatique n'a fléchi sous aucune influence.

À la prière de sa fille Constance, l'empereur Constantin éleva ce temple sur le cimetière d'Agnès, cette sainte héroïne de la chasteté et de la pudeur. Liberius et Innocent I le réparèrent, Alexandre IV et Innocent VIII l'embellirent, le grand Grégoire y récita deux de ses homélies. Rome n'a pas conservé de sanctuaire dont l'aspect liturgique, l'hiératisme dans la forme rappellent plus certainement que celui-ci les jours de la primitive Église, issue des catacombes et des cryptes. Et, cependant, jamais il n'a été décrit, jamais il n'avait fixé particulièrement les regards du monumentaliste.

On descend latéralement dans cette basilique par quarante-sept degrés de marbre blanc veiné. Les deux murailles entre lesquelles s'inscrit ce majestueux escalier sont lambrissées de pierres sépulcrales, provenant des catacombes de Sainte-Agnès et portant des inscriptions des premiers temps chrétiens, comme celles-ci :

LOCVS · MAXIMI · PRESBITERI
FL · AGRIPPINAE · VLPIAE · AGRIPPINAE · FILIAE
DVLCISSIMAE
LOCVS · VALENTINI · PRAESB

Trois nefs, un triforium continu régnant avec elles, une apside majeure demi-circulaire, deux apsides mineures fermées carrément, composent l'édifice. Quatorze colonnes corinthiennes, des marbres et des granits les plus riches et les plus variés, c'est-à-dire sept pour chaque flanc, soutiennent les seize arcs à plein-cintre qui séparent la grande nef des nefs secondaires. Les deux contre-nefs s'étendent au revers de la façade et y forment comme un pronaos intérieur à trois arcades, dont deux colonnes de granit établissent les divisions. Au-dessus des entre-colonnements de la nef royale et du portique posé au revers de la façade, se développe le plus vaste triforium également à plein-cintre, dont Rome nous donne l'exemple. J'ai éprouvé une ineffable joie en me rappelant qu'une de nos plus pacifiques petites cités de Bourgogne, celle de Toulon-sur-Arroux (*voyez* chapitre IV, troisième partie de cet ouvrage, et la note supplémentaire, page 351, à la fin du volume), offre l'image de cette magnifique tribune romaine. Je retrouve aussi dans notre basilique lyonnaise de Saint-Paul, au revers de sa façade, la figure des trois arcs supérieurs dont je viens de constater, dans la même position, la présence à Sainte-Agnès-hors-les-Murs. Dans ce dernier temple, ils reposent sur deux colonnettes ioniques ; et sept colonnettes pour chaque flanc, aux chapiteaux les plus variés, les unes de marbre, les autres de granit, concourent à établir les ouvertures du triforium dans son trajet à la nef majeure. Le *clerestory*, cette région si peu importante des basiliques constantiniennes, se compose de seize baies à plein-cintre pour la nef royale, et de trois pour le revers de la façade, correspondant aux entre-colonnements inférieur et supérieur. Ces fenêtres sont assez larges. Le plafond, *il soffitto*, œuvre de la renaissance largement sculptée, date de ce temps d'innovations où le goût, devenu moins austère, ne se contenta plus de la charpente visible des premiers temples chrétiens.

L'arc triomphal a beaucoup d'ampleur ; il n'offre point, comme à Saint-Clément, cette belle légende :

GLORIA · IN · EXCELSIS · DEO · SEDENTI · SVP · THRONVM
ET · IN · TERRA · PAX · HOMINIBVS · BONE · VOLVNTATIS

sa mosaïque primitive a disparu ; mais il est orné de fresques représentant le couronnement de sainte Agnès. L'apside majeure, demi-circulaire, est toute lambrissée de marbres blancs d'Orient, veinés, dont les lames sont séparées par des sortes de pilastres de porphyre, et couronnées par une frise du même porphyre. Deux petites fenêtres carrées, percées par après coup, éclairent la tribune à laquelle ne s'étend point et ne pouvait point s'étendre le triforium. La voûte, en cul de four, de cette région, *il concavo*, est vêtue d'une mosaïque à fond d'or, représentant au centre SCA AGNES, à droite le saint pape Honorius tenant sa basilique dans sa main, à gauche Symmaque. On remarque au point central de jonction de la voûte avec l'arc triomphal, la main symbolique inscrite dans un demi-cercle. — Deux degrés séparent du presbytère la tribune proprement dite, au fond de laquelle est un antique siège épiscopal de marbre blanc.

Un ciborium de marbres variés, qui n'a rien de primitif, mais qui rappelle toutefois la forme traditionnelle, abrite le sacrificatorium, où l'on remarque une statue antique de sainte Agnès, d'albâtre oriental. La tête, de bronze doré, est plus moderne. La sainte, objet d'un culte si touchant à Rome et ailleurs, tient de la main droite l'agneau, et de la gauche la palme du martyre.

Les nefs mineures ont une voûte simple à quatre arêtes croisées, et leurs apsides sont fermées carrément. — Une chapelle s'ouvrant sous la contre-nef de gauche et trois chapelles s'ouvrant sous celle de droite, altèrent dans ces régions le caractère primordial de la basilique. Dans la première, sous la contre-nef à droite du spectateur qui entre dans le temple, est cette admirable tête du Christ, en marbre blanc, œuvre de Michel-Ange.

La basilique de Sainte-Agnès-hors-les-Murs n'a aucune signification extérieure. Elle est bâtie de briques. Sa façade, complètement nulle, offre l'*oculus* et les trois portes aujourd'hui sans usage ; à côté de la porte

royale, on a percé deux fenêtres carrées, et au-dessus des deux portes
mineures, deux petites fenêtres également carrées, qui ne produisent pas
un effet bien monumental. Sainte-Agnès dépose ici d'un fait qui va paraître fort étrange, et auquel, avant ce dernier voyage à Rome, je n'avais
jamais sérieusement réfléchi. Nous avons constamment cru à l'*orientation
liturgique*. Les monuments de Rome constatent qu'elle n'a jamais existé.
Aucune des basiliques constantiniennes n'a son apside à l'orient et sa façade au couchant : Saint-Laurent et Saint-Paul-hors-les-Murs, Sainte-
Croix-de-Jérusalem, etc., etc., toutes occupent une position arbitraire
qu'aucune règle dogmatique n'a déterminée. En aucun temps, à Rome, la
liturgie n'a influé sur l'orientation de Saint-Jean-de-Latran, Sainte-Marie-Majeure, Saint-Pierre ; à quelque âge que se rattache une basilique
ou une église, vous ne la verrez jamais se tourner plus particulièrement
vers tel ou tel horizon. Il est donc à croire que l'orientation chrétienne
s'est établie en dehors de Rome, parmi les peuples du Nord, dont la piété
a toujours été différente de celle des hommes du Midi. — Disons-le, chez
les méridionaux, la foi n'a été complètement intime que dans l'obscurité
des catacombes ; hors de là, elle fut plus superficielle, plus païenne,
moins mystique et moins abstraite que chez les hommes du Nord ; elle
s'exerça plus dans l'imagination et la tête que dans le cœur, elle ressem-
bla plutôt à une sensation qu'à un sentiment. Voilà pourquoi les hommes
du Nord ne se sont point contenté des formes païennes, modifiées pour
leurs églises ; voilà pourquoi ils ont deviné une merveilleuse architecture
tout idéale, où la pierre est comme spiritualisée, architecture conforme
à leur manière sublime de comprendre la religion du Christ ; bâti ces
temples où le recueillement et la prière naissent spontanément, et qui ne
sont autre chose que la basilique latine dégagée de toute adhérence
païenne ; monuments incroyables, où la matière est réduite à une ombre,
à des filaments, à une esquisse, et comme volatilisée et vaporisée. —
C'est que leur foi s'élança plus haut que la foi méridionale, avec ces flèches aériennes, image de l'infini, dont la cime se perd dans le mystère
des nuages ; c'est que dans le jet hardi de leurs croyances, ils voulurent
échapper dans la forme au positif de la beauté antique, pour en créer une
essentiellement et uniquement morale. Voilà encore pourquoi ils ont
renchéri sur le symbolisme, préféré la verrière peinte à la mosaïque, in-
venté une orientation propre pour les églises, orientation qui, consacrée par l'usage, devint chez eux vraiment liturgique. Peut-être aussi, je
l'ai dit dans le cours de cet ouvrage, le premier choix fait de l'orient pour
tourner de son côté l'apside, ou *lieu très-saint* de nos églises, résulta-t-
il tout uniment d'une idée de salubrité qui n'aurait pas eu de raison
sous le ciel étincelant de Rome. Il est à remarquer toutefois que, à
partir de la Toscane, la règle de l'orientation ecclésiastique suivie en
France est observée. Toutes les églises anciennes de Pise, Florence,
Lucques, ont leur façade au couchant. Celles de Gênes s'ouvrent dans les
mêmes conditions. La basilique constantinienne de Sainte-Agnès-hors-

les-Murs est le titre d'un cardinalat : c'est en ce moment S. Em. Mgr le cardinal de La Tour-d'Auvergne, évêque d'Arras, qui en est investi. La situation de ce temple, où l'on arrive en sortant par *Porta Pia*, en passant devant la villa Patrizi, les jardins *Lucernari* et la villa Torlonia, est on ne peut plus favorable à la méditation ; bien que situé au bord d'une grande route, il est enveloppé de cette quiétude de nature que Dieu a mise autour de presque toutes les basiliques romaines. Au fond du paysage sont les monts *Tuscolani* et *Albani ;* à deux pas de Sainte-Agnès, on trouve un des *Columbarium* les plus visités, le fameux pont *Nomentano*, et le Mont-Sacré où se retira l'antique peuple latin, dans les années de Rome 261 et 305.

Pour retrouver entièrement le sens primitif de Sainte-Agnès-hors-les-Murs, il faudrait la revoir avec les vierges voilées priant dans le triforium, les lévites du premier temps réunis autour de l'autel majeur, les sexes séparés, en vertu d'un usage venu de l'Orient, et que l'esprit d'amour et de fraternité du christianisme devait tendre à éloigner. Quoique cette basilique ait perdu beaucoup, elle est encore la plus complètement intacte de toutes celles de Rome. Au-dessous d'elle était jadis l'entrée du cimetière souterrein de Sainte-Agnès, aujourd'hui obstruée. On est obligé d'aller chercher dans une vigne l'accès nouvellement pratiqué pour pénétrer dans ces catacombes, les plus curieuses de la ville éternelle. Les catacombes de Saint-Cyriaque, à Saint-Laurent-hors-les-Murs, celles de Saint-Calixte, à Saint-Sébastien-hors-les-Murs, celles à Porta Salara, sont loin d'offrir le puissant intérêt du cimetière de Sainte-Agnès. Grâce à l'obligeance du R. P. Marchi, du collège romain, auteur d'un magnifique ouvrage en cours de publication sur la matière, j'ai pu pénétrer dans ces entrailles de la foi primitive et du martyre. Je ne saurais mieux comparer la disposition des niches destinées à recevoir le corps des premiers chrétiens, qu'à celle observée dans les paquebots à vapeur pour les petites alcôves superposées où sont les lits des voyageurs. — La chapelle des catacombes, c'est la basilique à l'état d'embryon. Dès le IIIe siècle, on la trouve avec l'apside demi-circulaire. La chapelle se distingue aisément des écoles (*cubicula*), en ce qu'elle offre deux sièges placés en regard, vers l'autel, tandis que dans les écoles des femmes, les sièges posés aux flancs de la porte sont disposés pour regarder l'assemblée. Dans l'école des hommes, il n'y avait qu'un seul siège placé de même. La loi orientale de la séparation des sexes était sévèrement observée dans les catacombes, dans lesquelles les hommes pénétraient par une entrée différente de celle réservée aux femmes; cette loi passa de là aux basiliques, mais en perdant de son autorité; la tradition affaiblie s'en est maintenue à Lyon. Dans l'église Notre-Dame de Montluel (diocèse de Belley), elle est encore en vigueur, et la nef à droite du spectateur est exclusivement réservée aux hommes. On voit dans les écoles et les chapelles des catacombes une foule de fresques des premiers temps. Les tombeaux des martyrs sont indiqués par une palme gravée grossièrement à la pointe du stylet dans

33

le tuf. Des fresques de Sainte-Agnès, il résulte qu'au IIIe siècle la Vierge était représentée avec l'enfant Jésus, non sur le bras, mais sur le sein.

Je n'oublierai jamais ma dernière course au cimetière de Sainte-Agnès, le 1er mars 1847, accompagné du R. P. Marchi, notre guide, de mon excellent ami, M. Ernest Dumax, peintre de Paris, et d'une société de huit personnes présentées par le recteur du collège anglais.

Dans les dépendances de la basilique de Sainte-Agnès, se trouve le baptistère de sainte Constance, qui lui servit aussi de tombeau ; Alexandre IV convertit ce monument en chapelle. Cet édifice est circulaire, et entouré d'un portique soutenu par douze couples de colonnes de granit corinthiennes et composites. La coupole à laquelle ce portique sert de base est moderne. La voûte de ce portique et deux des portes du petit temple ont conservé à l'intérieur leurs mosaïques primitives. Elles sont extrêmement remarquables comme couleur, et représentent surtout des scènes d'agriculture et de bergers, symboles des premiers chrétiens.

La science toute septentrionale de l'archéologie sacrée, telle que nous la comprenons, n'existe guère à Rome. Elle n'aurait pas de motifs sérieux dans une cité qui, ayant à peine entrevu l'art gothique, passa majestueusement de l'école latine à celles de la renaissance. Rome n'avait de ruines que des ruines païennes ; son archéologie a dû rester païenne pour veiller dans la poudre des tombeaux. Les temps moyens n'ont déposé sur son sein, ni en germes ni en fruits, aucune architecture particulière ; elle n'a eu ni bandes noires ni démolisseurs officiels : ses églises sont intactes, et on a pas eu besoin d'y faire de la science un sacerdoce pour les protéger. L'archéologie sacrée n'avait de raison que dans les pays où le style *gothique*, sorti meurtri et mutilé de ses luttes, chancelait sur le sol. Le jour où des hommes de cœur voulurent relever, restaurer, glorifier, sauver la cathédrale française du moyen-âge, l'archéologie sacrée fut découverte. — Lorsque je revis, accompagné de l'excellent recteur de la basilique, Sainte-Agnès-hors-les-Murs et le baptistère de sainte Constance, tout s'y apprêtait pour recevoir la visite du pape Pie IX.

ADDITIONS RAISONNÉES, RECTIFICATIONS,

ANNOTATIONS, FAITS

SURVENUS PENDANT L'IMPRESSION,

Que l'on supplie instamment MM. les souscripteurs de lire attentivement.

A S. A. S. le prince Borghèse, et à MM. Eug. Millard, de Chalon-sur-Saône, et E. Faget, professeur au collège de Colmar.

·

LYON. (Le quai de Saône.)

Page 4, ligne 17, après le mot charité, ajoutez : « Ce qu'on nomme surtout et particulièrement à Lyon le quai de Saône, c'est la rive gauche de la douce rivière, entre le pont de Nemours et le pont Tilsitt, bien qu'elle n'en porte nulle part officiellement le nom. Sous cette dénomination, on comprend donc les quais Villeroy. Saint-Antoine, le Port-du-Temple, le quai des Célestins, le Port-du-Roi. Pour nous tous, Lyon est essentiellement là. Le voyageur qui, arrivé du nord pendant la nuit, dans la métropole du midi, et logé aux Terreaux, voulant le lendemain la visiter, débouche sur le quai de Saône, après avoir franchi les rues de Saint-Pierre, Saint-Cosme, et la place de l'Herberie, est vraiment frappé de stupeur au spectacle aussi magnifique qu'imprévu qui l'attend dans cette région de la cité. »

Même page, ligne 22, après Fourvières, ajoutez : « près de cet élégant *café de Lyon*, de plus en plus fréquenté par la bonne compagnie, ou bien devant l'ancien *café d'Idalie*, aujourd'hui *de France*. »

Page 6, ligne 4, après le mot expression, ajoutez : « En voyant ces colossales et robustes demeures, qui ont poussé avec la force du rocher sur les hauteurs que couronne la Croix-Rousse, cet immense amphithéâtre de maisons cyclopéennes, d'où jaillit, blanche et trapue, la tour Pitrat, on sent tout ce que peut l'énergie de l'homme unie à celle de la nature. »

Page 8, à la fin de la ligne 33, ajoutez : « — Et puis, je le dis dans tous les termes et sous toutes les formes, un monument n'a de signification pour nous, qu'autant qu'il conserve l'aspect que nous lui avons toujours vu. »

Page 9, ligne 19, au lieu de : basiliques, lisez : églises.

Même page, ligne 21, après le mot éternelle, ajoutez : « cet observatoire récemment bâti près de l'oratoire de Marie, et que feu Pollet, son architecte, prédestinait à devenir un jour le campanile du temple, dans l'hypothèse de sa future reconstruction. »

Page 11, ligne 26, après le mot revivre, ajoutez : « Le Lyon celtique ne fut rien : les Gaulois s'occupaient peu des beaux sites, des lieux propres au commerce. Ils préféraient la nature abrupte et sauvage, les granits, les rochers, les futaies, les mystérieuses profondeurs des bois ; mais aux romains, amis du soleil, du grand air, de la vie libre et salubre, ces hauteurs parurent merveilleusement propres à recevoir une ville telle qu'ils la comprenaient, la ville étrusque, la ville antique. Ils ne trouvèrent probablement au sommet du coteau de Fourvières, qu'un bois sacré, *lucus duni* (bois sacré de la dune, c'est-à-dire du mont) d'où *Luc* et *Lug dunum*. »

Même page, ligne 36, après puissance, ajoutez : « — Voici cette blanche et élégante construction aux motifs italiques, qui a remplacé la vieille demeure nommée le Palais-Royal. »

Même page, ligne 40, après le mot complet, ajoutez : « et dont le nouveau clocher octogone commence à monter à l'horizon. »

Page 12, ligne 16, après ville, ajoutez : « où l'histoire locale se continue dans les mœurs du pays. »

Page 13, ligne 39, après symbole, ajoutez : « — Laissez tomber la nuit, et lorsqu'elle régnera sur l'horizon, allez vous placer au milieu du pont Seguin. Quand sur toutes les hauteurs qui abritent la cité, sur chaque maison de ses quais, les lumières brilleront à chaque étage, à chaque croisée, et viendront avec les myriades de feux des réverbères publics se réfléchir dans la Saône, alors vous y croirez voir un second ciel étoilé, vous serez vraiment entre deux firmaments. Cet effet est peut-être unique au monde. — Vous parlerai-je encore du quai de Saône, vu par un de nos beaux clairs de lune? Mais il faudrait une lyre pour le chanter, car dans cette poétique condition, il n'est pas plus susceptible d'être décrit que le Colysée romain au même point de vue. »

CANTON DE NUITS.

Page 19, ligne 10, après le mot Nuits, posez le signe d'une note ainsi conçue : « Le clocher de Saint-Denis fait besoin à l'horizon de Nuits; espérons que bientôt il se relèvera. On devrait, dans l'édicule à construire, donner ici une épreuve du *campanile* romain qui, tout en rappelant un peu la forme élancée du clocher détruit, serait on ne peut mieux en harmonie avec les convenances du monument. Ainsi, rien ne serait plus facile que de s'inspirer des clochers de Saint-Alexis (sur le Mont-Aventin), des SS. Jean et Paul, de Saint-Jean-Porte-Latine, de Sainte-Françoise-Romaine, dont le nouveau clocher de l'église de Chaux produit jusqu'à un certain point l'effet.

Page 21, *ligne* 39, après découpés avec tant de grâce, lisez : aux *charmants* réseaux.....

Même page, ligne 30, après échos, ajoutez : « Magny (*à magnis*), Échevronnes et le château de la Chaume. »

POÉTIQUE DE LA NOBL.

Page 46, *ligne* 3, après les mots des ânes, etc., ajoutez : « Aujourd'hui encore, dans les églises de Provence, à Aix notamment, et à Avignon, on fait de splendides crèches, où la poésie figurée, si pleine de sens populaire, déploie toute sa verve. »

CATHÉDRALE DE METZ.

Page 58, *ligne* 40, après architecture, ajoutez : « idéale. »

Page 66, *ligne* 29, après surtout, ajoutez : « de la place de la Préfecture et »

Page 76, *ligne* 2, après oriental, ajoutez : « qui appartient à la ville ».

Même page, ligne 19, après comme, ajoutez : « en ».

CATHÉDRALE DE STRASBOURG.

Page 90, *ligne* 32, lisez *men-hir,* en caractères non gothiques.

Page 96, *ligne* 10, lisez : ne s'y montrent, au lieu de : montre.

Page 98, *ligne* 32, après le mot chœur, ajoutez : « c'est-à-dire qu'il figure la croix de Lorraine. »

TAILLEUR DE NAPOLÉON.

Page 102, *lignes* 5 et 6, « J'ai commis ici involontairement une erreur que je m'empresse de rectifier, conformément à la lettre que j'ai reçue de M. le baron du Teil, petit-fils du baron du Teil dont il est ici question. Il n'était point baron de l'empire ; la révolution le trouva en possession de ce titre, et de plus, lieutenant-général des armées du roi. En 1793, il fut arrêté en son château de Pommiers, en Dauphiné, où il s'était retiré. Conduit dans les prisons de Grenoble, ensuite dans celles de Lyon, il fut, dans cette dernière ville, jugé par un tribunal révolutionnaire qui le condamna à mort, et il périt fidèle à ses principes et à son roi. Des démarches furent faites par Napoléon, pour sauver son ancien général ; mais on demandait au baron du Teil de transiger avec son devoir, et il préféra la mort. Il était âgé de 74 ans, et avait pris part à vingt-deux sièges et quatorze batailles rangées. Voici la partie du testament de l'empereur Napoléon, qui le concerne : « Je lègue aux fils ou petits-fils du baron du Teil, ancien lieutenant-général d'artillerie, ancien seigneur de Saint-André, Pommiers et autres lieux, la somme de 100,000 francs, en récompense des bontés que ce brave général a eues pour moi, lorsque je servais comme lieutenant et capitaine sous ses ordres. » (Lettre de M. le baron du Teil , du 20 septembre 1846.)»

CORPS-SAINTS.

Page 112, *ligne* 16, au lieu de : martys, lisez : martyrs.

DIJON.

Page 136, *ligne* 39, après temple, modifiez ce qui existe par la phrase suivante : « Le clocher du XVᵉ siècle, à Saint-Philibert, mais armé à sa région supérieure, des crosses ou dents de pierres de la flèche autunoise.»

Page 137, *ligne* 5, ajoutez après si populaire : « Il existe des Jacquemard à Avignon, Lambesc, à Nolay (Côte-d'Or), et à l'hôtel-de-ville de Cambray, etc. »

Page 141, *ligne* 8, ajoutez après Luxembourg : «et celle de Nivelles (Belgique. »

Même page, ligne 24, après difficilement, ajoutez : « Il y avait autrefois à Dijon, un monument byzantin des plus primitifs et des plus beaux, plus précieux peut-être que Saint-Front, de Périgueux ; c'était la crypte et la rotonde de Saint-Bénigne, dont les bénédictins nous ont heureusement conservé l'image. On y retrouvait le campanile circulaire des premiers temps, comme ceux de Ravenne. Depuis l'acte de brutal et révoltant vandalisme qui détruisit cet édifice, dans le XVIIIᵉ siècle, l'église de Saint-Philibert est devenue la plus ancienne de Dijon. C'est un temple représentant, dans ses principales régions, l'école romano-byzantine transitionnelle ; mais, hélas ! il ne sert plus au culte, pas plus que la merveilleuse église de Saint-Jean, que le XVᵉ siècle avait édifiée avec tant de goût et d'amour. »

Même page, *ligne* 26, au lieu de : un vieux palais-de-justice, lisez : un palais-de-justice.

VIE SÉDENTAIRE.

Page 145, *à la fin de la dédicace*, lisez : M. Thierriat, au lieu de Terret.

ESQUISSE MONUMENTALE DE METZ.

Page 164, *ligne* 18, après préfecture, lisez : répéter, au lieu de : dire.

TRÈVES.

Page 176, après le dernier mot, ajoutez une virgule.

CHALON-SUR-SAÔNE.

Page 186, *ligne* 9, après alentours, lisez : « et Nuits » au lieu de : et Beaune.

Page 189, *ligne* 9, après où, ajoutez : ce prince, et supprimez : il.

Page 191, *ligne* 16, après Nuits, ajoutez (procès de 1687).

Même page, ligne 21, après commune, ajoutez : « toutefois il fut décidé qu'à l'assemblée, les députés de Chalon voteraient avant ceux de Nuits ; mais cette dernière ville n'en conserva pas moins le troisième rang dans l'envoi de l'élu du tiers. »

Page 193, *ligne* 33, après rêves, ajoutez « dorés. »

Page 194, *ligne* 1, après enfin, modifiez la phrase existante par celle-ci : « que ses armes furent long-temps à peu près pareilles, à la différence près que Mâcon portait et porte encore de gueules, aux trois annelets d'argent, et Chalon d'azur, aux trois annelets d'or. »

Même page, ligne 5, après historique, ajoutez : « , bien qu'elle ait déterminé une modification sensible au blason chalonnais. »

Même page, ligne 8, après pal, ajoutez : « — La ville de Chalon, quelque aient été et quelque puissent être les préventions de la cité mâconnaise envers elle, a toujours regardé Mâcon comme une sœur jumelle, bien que le droit d'aînesse appartienne évidemment à la première. Jamais parenté ne fut mieux constatée et mieux établie dans l'histoire, que celle qui unit ces deux villes, et en faveur de laquelle militent tant de conformités. Il est fâcheux que des brouillons aient quelquefois cherché à exploiter les idées de prétendue rivalité qui semblent refroidir leurs sentiments de mutuelle affection. Chalon aime et estime Mâcon : heureux de ce que la Providence a fait pour lui-même, il n'a jamais songé sérieusement à ravir à la cité mâconnaise la préfecture qui lui fait besoin; il a compris que ce beau département de Saône-et-Loire était assez riche pour féconder ses trois principaux foyers de vie et d'expression ; ce sont les arrondissements d'Autun et de Louhans qui inclinaient vers ce déplacement du centre administratif. Chalon a vu sans dépit un collège royal établi à Mâcon, contrairement à toute justice et toute raison, aux portes de Lyon, quand sa place naturelle, dans le département, eût été à Autun, quand on le devait à ce vieux centre d'instruction de la terre burgunde, depuis les écoles moéniennes jusqu'à nous ; à ce lieu dont le recueillement, la salubrité et la paix sont si favorables aux études, à l'éducation morale et physique de la jeunesse. — Mâcon n'a pas craint de faire, dans la question du chemin de fer continu, une guerre opiniâtre, aveugle, violente, à Chalon. Cette cité n'a conservé de la lutte dans laquelle elle a succombé, malgré la justice de sa cause, aucun souvenir amer. — La rancune n'est pas dans ses mœurs. »

Page 195, *ligne* 14, après Perron, ajoutez : « , le café Napoléon. »

Page 196, *ligne* 10, avant obélisques, ajoutez : « contre-forts s'élevant en ».

Même page, ligne 11, après siècle, effacez le millésime, et ajoutez : « En 1780, ils n'existaient pas encore, puisque la deuxième vue de Chalon-sur-Saône, publiée dans le *Voyage pittoresque en France,* et portant précisément cette date, ne les figure point. »

Même page, ligne 18, dernier mot, lisez : rappelle, au lieu de : souviens.

Même page, ligne 19, supprimez le d' au premier mot. A partir du dernier mot de cette ligne, modifiez la phrase ainsi : « au pont de Moulins-sur-Allier, mais noirs, enfumés, trop distants les uns des autres, ces obélisques sont loin.... »

Même page, ligne 29, après Romains, ajoutez : « , de la reine Brunehaut. »

Page 197, *ligne* 1, après carrées, ajoutez une virgule.

Même page, ligne 22, après coupole, ajoutez : « Chalon expia cruellement, en novembre 1840, les privilèges de sa position fluviale. L'inondation fut effrayante, sur les quais surtout. L'hôpital des malades, les demeures furent envahies par les eaux. Si nous n'eûmes pas à déplorer de ces chutes de maisons qui désolèrent les villes de Tournus, Mâcon, Lyon et tout le littoral de la grande Saône, c'est à notre robuste manière de bâtir que nous le devons, au choix de nos matériaux, à l'emploi de la pierre et à l'exclusion du pisé et des pans de bois. »

Page 198, *ligne* 15, après Verdun-sur-le-Doubs, ajoutez : « les statues sont maintenant posées. »

Même page, ligne 24, après romaine, ajoutez : « — L'assainissement d'un quartier peu ventilé, le besoin de dégager la vieille cathédrale, tout concourt à faire comprendre combien l'élargissement de la rue qui longe le temple au nord serait chose utile. »

Page 199, *ligne* 6, après croix, lisez : de feu, au lieu de : lumineuse.

Même page, ligne 34, Malheureusement on démolit, en ce moment, la façade de cet édifice d'un style Louis XV, qui ne manquait pas de grâce dans la composition. — On détruit tant de monuments de ce style, que bientôt ils seront rares.

Page 202, *ligne* 10, après Saint-Martin-des-Champs, ajoutez : « dont l'église acéphale est encore visible, » et reportez les mots : « aux fertiles jardins » après celui de Saint-Jean-des-Vignes, *ligne* 11.

Même page, ligne 31, après Germolles, lisez : l'épaisse, au lieu de : la touffue.

Page 204, *ligne* 3, effacez les mots : dans l'opinion.

Même page, ligne 19, après Coste, mettez une virgule.

Même page, ligne 25, après ports, ajoutez : « du pavage des rues en pavés plats, ».

Ligne 40, lisez : Millard, au lieu de : Milliard.

Page 205, *ligne* 13, après elles, modifiez la phrase existante par celle-ci : « étaient de gueules, à trois serpents d'argent ployés en cercle, se mordant la queue, et au chef d'azur, à deux têtes de lion affrontées d'or. — Ces trois serpents étaient contournés en forme d'anneaux. Les armes d'Autun moderne sont d'argent, à un lion rampant de gueules, au chef de Bourgogne ancien ; la devise se compose de l'antique surnom : SOROR · ET · AEMVLA · ROMAE (Roma Celtica). »

Page 208, *ligne* 2, après figure, ajoutez : «, si toutefois de lâches manœuvres ne frustrent point ce quartier des avantages qui lui ont été promis ; avantages en vue desquels la ville a livré, sans conditions, un immense espace, a subi les charges les plus onéreuses, et a consenti à ruiner pour toujours un de ses plus beaux aspects. »

Même page, ligne 7, ajoutez : « Une partie de ce monument historique (la porte de Beaune) vient de tomber sous le marteau des démolisseurs. »

Même page, ligne 18, lisez : entre les, au lieu de : entre ses.

Et ligne 19, après mouvement, ajoutez : « de la cité. »

Même page, ligne 26, au lieu de : cités, lisez : sociétés.

Même page, ligne 39, après bronze, ajoutez : « L'obélisque n'est aujourd'hui qu'un obstacle à la libre circulation des voitures, qui sont forcées de le tourner ; il faut en faire un monument, lui choisir une autre place dans le même horizon, c'est chose facile. (Voir ma Lettre, publiée dans le *Patriote-de-Saône-et-Loire* du 25 octobre 1846.) »

Page 209, *ligne* 20, après n° 39, ajoutez : « l'unique demeure qui marque, dans le jeune quartier de la citadelle, le passage du moyen-âge, et qui, jadis dépendance de l'abbaye de Saint-Pierre, servit plus tard d'hôtel aux gouverneurs du fort, ».

Et ligne 22, après riches, ajoutez : « la porte de Lyon, dite de Condé, séparant Saint-Cosme de l'ancien bourg de Saint-Jean-de-Maisel, monument inspiré par l'école florentine ; ».

Même page, ligne 4, lisez : « obtiennent un succès si pleinement mérité, et ont précédé et inspiré celles de Mâcon, formées à leur image ;».

Même page, ligne 6, mettez une virgule après sérieuses.

Même page, ligne 25, après Carmes, ajoutez : « Un seul établissement, vivement désiré, manque encore à la ville de Chalon, c'est une halle au blé ; mais il est dans l'esprit de l'administration municipale, et cette utile pensée ne tardera pas à porter ses fruits. Le *Patriote de Saône-et-Loire* s'est depuis long-temps associé à ce grave intérêt. Une lettre de M. Guillaumot, insérée dans son numéro du 29 octobre 1846, discute à fond la question. J'ai aussi formulé ma propre opinion sur la matière, à la demande de mes amis, dans la même feuille, numéro du 26 novembre 1846. »

Page 212, *ligne* 2, lisez : « quatre journaux », au lieu de : trois.

Même page, ligne 4, ajoutez, après *horticulture* : « et la *Revue musicale de Chalon-sur-Saône*. Bientôt un troisième journal politique, représentant l'école sociétaire, y sera, dit-on, publié. »

Et ligne 32, second mot, lisez : « vrai », au lieu de : juste.

VENISE.

Page 216, à la dédicace, supprimez le nom de M. Guimet, mis ailleurs.

HÔPITAL DE BOURG.

Page 224, *ligne* 34, lisez : « bien importante ; c'est... »

DÔME DE MILAN.

Page 235, *ligne* 40, au lieu de : sa majesté, lisez : « la ».

En tête de la page, lisez 235, au lieu de 335.

ÉTAMPES.

Page 244, *ligne* 12, après bois, ajoutez : « les lunettes sont ».

MONTÉE DE PIMONT.

Page 249, *ligne* 9, après Auxerre, ajoutez : « à l'ouest et ».

Page 253, *ligne* 15, au lieu de Basse-Bresse, lisez : « Dombes. »

Et *ligne* 27, après avant-postes, ajoutez et lisez : « du pays, entre les joyeuses prairies. »

Page 255, *ligne* 30, après long-temps, mettez une virgule.

Page 256, *ligne* 5, lisez : « arcature » au lieu de : ouverture.

Page 259, *ligne* 32, au lieu de : Tout près de là est Morestel, lisez : Vous avez sous les yeux presque tout l'arrondissement de la Tour-du-Pin.

Même page, ligne 36, après enfin, ajoutez : « est *Jons*, et. »

NOTRE-DAME D'AMIENS.

Page 272, *ligne* 24, après condensée, ajoutez : « elle semble légèrement estompée sur l'horizon ! »

ARCHÉOLOGIE LITURGIQUE.

Page 276, *ligne* 38, à propos des tubes de fer-blanc formant des cierges postiches, élevons-nous contre l'usage, devenu presque général, du *cierge pascal en fer-blanc*. Il n'y a de liturgique que la cire à l'état ostensible.

Page 277, *ligne* 9, après ostensoirs, ajoutez : « , les petits dais pliants et souples. »

Page 278, *ligne* 14, après ventilateurs, ajoutez : « en été, la BUVETTE. »

Page 281, *ligne* 7, Le *me* toutefois a sa raison, disons-le, c'est le texte de l'Écriture.

Même page, ligne 23, ajoutez : « Et ces vêpres de Pâques, si stériles, si ennuyeuses, si irrégulières au parisien, quelle nécessité de les avoir préférées aux vêpres moins hétéroclites du romain ? »

Même page, ligne 24, lisez : changées, au lieu de : changés.

Page 284, *ligne* 20, lisez : comme ceux de Strasbourg et de Troyes.

Page 285, *ligne* 5, après Léon X, ajoutez : « Je veux parler du plain-chant romain, non tel qu'on l'exécute à Rome et dans toute l'Italie, actuellement, mais tel qu'il existe en France, dans les diocèses d'Avignon, Valence, Aix, Langres, Strasbourg, de la liturgie romaine-française, en un mot. »

Même page, ligne 17, après chant, ajoutez : « De même qu'il y a une architecture chrétienne, il y a une musique chrétienne, dit M. de Saint-Germain, dans sa deuxième Lettre sur la musique d'église. J'ajouterai qu'il y a une lumière sacrée, c'est la cire ; qu'il y a des voix sacrées, ce sont les cloches ; qu'il y a des instruments sacrés, ce sont l'orgue et le serpent ; un parfum sacré, c'est l'encens. Pourquoi ne fait-on pas de chasubles en stoff et en damas-laine ? C'est qu'il existe des étoffes hiératiques. Pourquoi l'église ne vitre-t-elle pas ses fenêtres comme les particuliers vitrent celles de leurs maisons ? C'est qu'il y a un un mode particulier de vitrage pour le temple du Seigneur. Il faudrait que rien de vulgaire ne fût introduit dans l'église. En renonçant aux formes et aux choses liturgiques, on fait tomber l'église dans le domaine des trivialités et du monde. Condition bizarre !... Nous autres laïques, nous comprenons en général mieux tout cela que le clergé séculier. Les missionnaires et les jésuites ont le plus contribué à ce dévergondage d'idées, par suite duquel l'église s'est confondue dans ses formes avec toutes les vulgarités de la terre. »

Page 288, *ligne* 9, Je permettrais, au besoin seulement, et en certaines solennités pontificales, qu'on se conformât moins sérieusement au chant liturgique pour les parties non populaires de la messe, comme l'introït et le graduel, où l'élan des quatre ou cinq mille voix de l'assistance chrétienne n'est pas possible.

Page 289, *ligne* 38, après liturgiques, ajoutez : « Toutefois, malgré cet anathème, je permets le faux-bourdon dans certains cas, avec accompagnement d'orgue, et réduit à sa plus simple expression, dans les messes patronales, politiques, pontificales. »

Page 289, *après l'alinéa*, ajoutez : « La sainte et grave cité de Lyon a offert aussi un déplorable exemple. Les orgies, les saturnales du culte parisien s'y introduiraient-elles ? Une affiche placardée à tous les coins des rues y annonça naguère que, le 25 février, à dix heures, en l'église de Saint-Polycarpe, le 67ᵉ régiment de ligne exécuterait une messe en musique. Parmi les morceaux annoncés, on remarquait :

L'ouverture de *Lucie* (Donizetti);

Le duo de *Guillaume Tell* (Rossini);

Kyrie Eleison de Rossini;

L'*O salutaris Hostia* de Benetz, etc.

Quelle différence y a-t-il entre cette affiche et celle du Grand-Théâtre ?

Du reste, on ne saurait trop tenir en garde NN. SS. les évêques contre ce Danjou, ce marchand d'orgues qui, dans ses voyages, désorganise la liturgie dans toutes nos cathédrales.»

Page 293, *ligne* 20, après comment, ajoutez point d'exclamation.

Page 294, *ligne* 11 : Je ne blâme pas seulement les *Heures* en langue vulgaire, mais je ne saurais trop protester contre l'usage des Paroissiens latin-français. Autrefois, ils étaient inconnus.

Même page, 5ᵐᵉ *ligne de la note*, au lieu de lutrin, lisez : *chanton*, qui est l'expression formellement employée dans l'ouvrage ici cité.

GIROUETTE COMBINÉE A LA CROIX.

A la dédicace, lisez : à la Commission des Beaux-Arts de la ville de Vienne, au lieu de : Société des B.-A. de Lyon.

Page 302, *ligne* 25, après : de nos clochers, ajoutez : « A Arnay-le-Duc (Côte-d'Or), on a mis, en 1830, au faîte de la belle croix dorée qui couronne la coupole-clocher, un immense drapeau tricolore métallique. »

Même page, ligne 33, après du Christ, ajoutez : « L'Autunois, isolé par ses montagnes de ce qui l'avoisine, est, je crois, demeuré plus liturgique dans la forme que le plat pays de Bourgogne. Les coqs de ses églises sont en général imperceptibles, et dans beaucoup d'entr'elles, comme à Bard-le-Régulier, etc., on ne trouve que la croix. C'est que sur cette terre, l'esprit chrétien fut plus puissant que l'élément celtique, dont elle était pourtant la plus grave expression. »

BASILIQUE DE TOULON-SUR-ARROUX.

Page 351, *ligne* 1re, au lieu de : Saint-Laurent-hors-les-Murs, lisez : de Sainte-Agnès-hors-les-Murs ; et de'SS. Quattro Coronati.

VILLARS-EN-DOMBES.

Page 365, *ligne* 2, au lieu de : Je revois le Montellier, lisez : Voici encore le Montellier.

NOTRE-DAME DE BEAUNE.

Page 374, *ligne* 35 : Ce monticule était précisément l'emplacement du *Minerviae castrvm*.

Page 379, *ligne* 1re, lisez : aussi élancée que la thiare des souverains pontifes qui augmentèrent ses privilèges. La forme de cette coupole, d'une coupe unique dans le monde, est vraiment celle d'une cloche soutenue en porte-à-faux, sur une base carrée, et se terminant circulairement pour fermer la petite coupole ; elle est campaniforme : c'est une cloche qui en recouvre d'autres.

Page 380, *ligne* 18, après de l'édifice, ajoutez : « Cette basilique a cela de commun avec la plupart de nos grands monuments chrétiens, qu'elle a des dépendances, et que son croisillon oriental sert d'appui au bâtiment capitulaire. On accède dans le cloître, qui forme le rez-de-chaussée de ce bâtiment, par une porte byzantine, aussi remarquable comme profilation que la porte latérale, si vantée, de Saint-Philibert de Dijon. Ce cloître et la sacristie qui en dépend représentent le XIVe siècle commençant, formulé avec une mâle énergie. »

Page 385, *ligne* 11, après des chapelles, ajoutez : « ; elle est remarquable comme œuvre de la période romane. »

Même page, ligne 13 : Le croisillon occidental se nommait du sépulcre, à cause du tombeau dont il est parlé page 403.

Page 388 : L'église de paille, dont il est parlé dans la note numéro 2, n'est que recouverte de paille ; la carcasse est en bois.

Page 404, *ligne* 9, après s'opérer, ajoutez : « — Ne pourrait-on pas représenter sur ces verrières les trois cardinaux, issus de cette église, en adoration aux pieds des saints ? »

Même page, ligne 28, après impunément, ajoutez : « Cette verrière de M. Brun est, depuis trois ans, posée provisoirement dans la chapelle Bouton, qui sert au catéchisme, et où elle court les plus grands périls. »

Même page, ligne 32, après chantées, ajoutez : « , pour les messes solennelles. Ne pourrait-on pas consacrer à la Croix la chapelle à faire dans le croisillon oriental, pour servir de pendant à celle de la Sainte-Vierge ? Il faudrait qu'elle fût dédiée à la Croix, parce que la règle liturgique exclut la présence de toutes autres chapelles que les patronales, dans le parallèle de l'autel majeur. Cet autel de la Croix, le seul qu'on puisse ériger en pareil lieu, servirait pour les messes basses, les messes de mort, les mariages ; on y administrerait le sacrement de l'Eucharistie. Il serait l'autel proprement civil et paroissial. Dans le cas où ce projet s'exécuterait, il faudrait bien se garder de supprimer la belle porte romane dont j'ai parlé : on se bornerait à la murer intérieurement, sans toucher à ses profils, et on pratiquerait un passage pour aller à la sacristie et dans le cloître par l'entrée actuelle de la chapelle Rolin. »

Page 411, *annotation numéro* 5. Les beaux bas-reliefs du XVIe siècle, dont nous avons parlé page 411, sont placés actuellement, pour la majeure partie, dans la chapelle des SS. Martin et Claude (troisième à gauche); ils sont adossés aux murs de cet édicule, tant comme retable de l'autel, que sur un socle spécial en regard. L'autel qui vient d'être placé est à tombeau carré, d'une forme bien simple quoique assez gracieuse : il offre les principales lignes de la deuxième période de la renaissance. — A l'occasion de la pose de ces bas-reliefs, on a failli peut-être compromettre la solidité de la basilique, par de vastes arrachements à la base de l'un des plus utiles arcs-boutants du vaisseau, déjà si menacé de ruine de ce côté. Il a fallu une intervention puissante pour empêcher l'accomplissement de cette mesure, dont les suites pouvaient être fatales au temple tout entier. — Ces bas-reliefs eussent été bien mieux placés, à mon sens, dans la chapelle Bouton ; toutefois, ils ornent une chapelle qui avait grand besoin de décoration. Je ne crains qu'une chose, c'est que cet emploi ne soit prématuré, et que les travaux qui doivent s'exécuter sur le flanc occidental de la nef majeure n'intéressent ces beaux restes de la renaissance. En tout et pour tout, à Notre-Dame de Beaune, on arrive toujours ou trop tôt ou trop tard ; on ne fait jamais à propos et à temps. Ainsi, on a choisi, pour incruster les bas-reliefs dont j'ai parlé, précisément le temps des confessions et des exercices de la fin du carême, et on n'a pas craint de troubler la piété des fidèles par les allées et venues des maçons et leurs rudes coups de marteau.

Page 412, *ligne* 38, après cynisme, ajoutez : « Un usage touchant s'était maintenu dans cette église jusqu'en 1845 : pendant les dimanches de l'*Avent*, à la messe de minuit et aux offices de la Noël, l'orgue jouait des airs de *noëls*, de ces pieuses chansons populaires qui ont inspiré le chapitre VI de la première partie de cet ouvrage. — On a eu le tort de renoncer à cette coutume, probablement sous le prétexte qu'elle était *surannée et passée de mode*. »

Même page, ligne 45, M. Pelsel fils m'a induit involontairement en erreur, en assurant que l'aiguière de vermeil existait à Notre-Dame. J'ai acquis la certitude que cette église ne possédait que les burettes, données (m'a dit M. l'abbé Lhuilier) par Gaspard Monge, lorsqu'il fut parrain de la cloche majeure.

N. B. On a eu le tort de renoncer depuis quelque temps, à Notre-Dame et à la chapelle de l'Hôtel-Dieu de Beaune, à un vieil usage liturgique, celui d'attacher à la boucle de la lampe pendant devant le maître-autel, un nœud fort élégant de rubans dont la couleur variait selon la fête, et qui servait comme d'*ordo* sensible au peuple ; ainsi tout s'en va, et de funestes innovations conspirent chaque jour contre les traditions!

ARMES DU CHAPITRE DE LYON.

Le blason que j'ai donné au bas de la planche N° 1 étant trop petit pour qu'on puisse bien discerner son caractère, je vais l'expliquer. Comme à Beaune, la commune de Lyon prit les armes de son chapitre. Les armes du chapitre de Saint-Jean étaient, sous les comtes de Lyon, de gueules, au griffon d'or à senestre, et au lion d'argent à dextre, affrontés et unissant leurs pattes, le lion diadèmé d'une couronne de comte en cimier, supports répétés du champ; aujourd'hui les armes du nouveau chapitre, depuis le cardinal Joseph Fesch, sont d'azur, au saint Jean-Baptiste d'or.

VIE ET OUVRAGES DU DOCTEUR BARD.

Page 430, *ligne* 32, après les mots, c'est à, lisez : ses, au lieu de : ces.

Page 426, *ligne* 22, après le mot 1802, lisez : aimait, au lieu de : chérissait.

Même page, ligne 27, au lieu de : il aimait à, lisez : « son bonheur était de se murer au milieu des siens et d'abriter ses jours. »

Ajoutez à cette notice les réflexions suivantes, aux endroits où elles se rapportent :

Il désira vivement de voir son fils continuer un jour sa noble carrière. Celui-ci se livra avec amour à des études médicales suivies ; mais, entraîné par d'autres goûts, plus impérieux encore, de monuments et de voyages, et éloigné du culte, de l'exercice sédentaire et calme de la médecine, il négligea une profession qu'il regrette encore de n'avoir point cultivée sans partage. Le docteur Bard reporta donc sur son petit-fils et filleul, Jean-Baptiste-Joseph Bard, les idées de patriciat médical qui s'interrompaient presque dans son propre fils, et il formait des vœux pour qu'un jour il embrassât la médecine, lui montrant d'avance la bibliothèque qui l'instruirait et que nous gardons pour lui......

Il avait formé avec amour cette bibliothèque médicale que sa famille conserve avec un soin religieux, comme un dépôt sacré, parce qu'elle fait éminemment partie des souvenirs du docteur Bard, collection nombreuse, choisie, pleine de livres rares...... (Page 435, ligne 26, après le mot constater.)

Nul ne fit plus souvent, proportionnellement à sa fortune, remuer le sol et la pierre pour ses champs et ses maisons ; comme son généreux ami et parent, M. Adrien-Fortuné Janniard, il honorait le travail dans la personne du travailleur et ne les marchandait jamais.

L'anxiété publique fut immense dans la ville et les campagnes, durant le cours des cruelles souffrances de Jean-Baptiste-Joseph Bard. Sa porte était constamment assiégée par la foule, qui venait s'informer de l'état de l'intéressant malade...... (Page 448, ligne 25, après le mot juste.)

Page 448, *ligne* 22, lisez : au lieu de sa fin, « la fin du docteur Bard. »

CHAMPAGNE ET LORRAINE.

Page 491, *ligne* 4, au lieu de : large, lisez : ample.

Page 491, ajoutez : la sonnerie de Rheims est mineure. Le ton mineur pour les cloches est le seul religieux. Les deux plus belles sonneries de la ville de Lyon, celles de Saint-Pierre et de Notre-Dame-Saint-Louis, sont mineures.

N. B. Je prie le lecteur de ne pas m'imputer l'orthographe arbitraire et absurde de M. Napoléon Landais, suivie, je ne sais trop pourquoi, par mon imprimeur, orthographe qui n'est ni logique, ni naturelle, et s'éloigne sans raison des formes usitées.

ADDITIONS SUPPLÉMENTAIRES.

Page 192, deuxième inscription, M. A. de Boissieu regarde le mot Samorix comme Gaulois : il traduit REMUS par rhémois, et A A par AVLA.

Page 242, *à la dédicace*, lisez : sous-préfet à Neufchâteau, au lieu de : sous-préfet à Château-Chinon.

Page 272, lisez : Allonville, au lieu de : Allouville.

Page 283, *ligne* 1re, au lieu de : chants, lisez : les airs sacramentels....

Page 284, à la suite de la note, ajoutez : « La lettre tout récemment adressée par Pie IX à Mgr l'évêque de Troyes, à l'occasion du rétablissement de la liturgie romaine dans son diocèse, prouve assez combien l'extension des rites de Rome est agréable au saint-siège. »

Page 294, *ligne* 11, après vaudeville, ajoutez : « Les jésuitiques inventions de *Mois de Marie, chapelets*, et autres menues dévotions, ont concouru, parallèlement à la musique, à détruire le chant ecclésiastique, en généralisant les cantiques en langue vulgaire. On ne saurait trop s'élever contre la ridicule importance donnée depuis quelque temps à ces exercices. Que des congréganistes se réunissent chaque samedi, tous les jours même, pendant le mois plus particulièrement consacré à Marie, dans sa chapelle, et y récitent les litanies de la Sainte-Vierge, rien de mieux ; mais que le prêtre y paraisse, qu'il en fasse un office ecclésiastique, *qu'il y donne la bénédiction, à haute voix, du Saint-Ciboire :* c'est ce que tout catholique sérieux ne pourra jamais voir sans pitié. Une foule de femmes qui ne vont pas à la messe les jours d'œuvre, se rendent au Mois de Marie ; on y entend des cantiques en langue vulgaire, avec ou sans musique, etc. La ville de Beaune est au nombre de celles où le Mois de Marie réunit au plus haut point toutes les déplorables conditions que je viens de signaler. Mais, qu'attendre de liturgique d'une ville où les jésuites en robe courte sont maîtres de presque toutes les positions ecclésiastiques, et, comme leurs maîtres, ne comprennent que les intrigues et les petits moyens; où, en l'an de grâce 1817, quand la musique religieuse croule partout, que l'épiscopat et tous les hommes sérieux de culte et de foi s'élèvent contre elle et la proscrivent, on persévère à fatiguer les fidèles des barbares accents d'une

insupportable musique et des beuglements *des enfants des Frères* ? L'entê-
tement est l'énergie des petits esprits. »

Page 337, ligne 12, après visitons, mettez une virgule.

Page 379, à propos du clocher de Notre-Dame de Beaune. Les régions
rouges de la grande coupole se remarquent à l'est et au midi : au nord et
au couchant sont les restes de la marquetterie de tuiles vernissées couleur
d'or, sur fond brun et non pas *rouge*, comme je l'ai dit; des restaurations
inintelligentes ont fait de cette toiture, originairement si pittoresque et si
belle, un habit d'arlequin; on a mêlé des zônes de tuiles plates vernies ou
non vernies à la mosaïque et aux portions écaillées. Si jamais on restaure
radicalement cette toiture, conformément au vœu que j'exprime page 391,
il faudra bien choisir des tuiles vernissées. Celles qui se fabriquent aujourd'hui dans notre Bourgogne, entr'autres lieux à Premières (Côte-
d'Or), ont généralement une teinte fausse, qu'on peut remarquer au chevet
de Saint-Bénigne de Dijon. Tout bien calculé, je pense que la couverture
de tuiles rouges écaillées dut être la primitive. La basilique de Notre-
Dame de Beaune a cela de commun avec toutes celles de Rome, qu'elle
n'est pas orientée.

Page 406. Plusieurs autres noms indiquent à Villers une histoire importante soit dans l'antiquité, soit dans le moyen-âge. Un des chemins du
pays, montant aux chaumes et se dirigeant vers le bois de Faye, se nomme
chemin des *Domvs*. Il y a sur son territoire, le *Champ-des-Trépassés*, la
Maladière, la *Tournelle*, où l'on croit qu'exista jadis un fanal. L'existence
d'une double enceinte militaire gauloise et romaine, à la cime du mont
de Villers, est constatée par l'état des lieux : la tradition parle encore du *fort*
qui couronnait cette montagne, et qui dut être bâti avec l'énergie étrusque. Une foule de médailles ont été trouvées sur le mont et le territoire de
Villers ; j'en ai déjà réuni quelques-unes, tant antiques que du moyen-
âge. — Le bois de Faye a donné son nom au village.

Même page, ligne 14, après style, ajoutez : « Sur les vingt-huit communes
rurales du canton de Nuits, il n'y en a guère que deux ou trois qui aient
une église *gothique*. Toutes n'offrent point dans leur temple le style limpide d'Argilly et de Gerland, mais le plus grand nombre ont une église
romano-byzantine. Le clocher détruit de Magny appartenait à cette école;
son remplacement par un nouveau clocher n'a pas influé sur le caractère
de l'église, qui demeure roman. Les églises de Marey, Echevronne, Bon-
court-le-Bois, Concœur, Quincey, Villy-le-Moutier, Corgoloin, Prissey, etc., sont romanes en tout ou en partie; celle de Premeaux ne l'est
pas précisément en corps, mais l'est complètement en esprit. »

Page 436, ligne 9, lisez : *melœna*, au lieu de : *melona*.

Page 506, dernière ligne, lisez : chants, au lieu de : rites.

P. S. Le diocèse de Montauban vient encore de rentrer liturgiquement
dans l'unité romaine.

HISTOIRE DE L'ANTIQUE CITÉ D'AUTUN,

PAR EDME THOMAS.

·

A l'insigne Congrégation romaine du Panthéon ; à MM. Caumont, architecte
à Dijon, le Mis Melchiorri et l'architecte Canina,
romains.

Les provinces de France continuent à marcher à grands pas dans la
voie historique et archéologique qu'un récent mouvement d'idées a tracée
devant elles. Notre Bourgogne, si riche en souvenirs, si fière de son glorieux passé, ne pouvait résister à cette impulsion. Ses principaux centres d'activité et de vie constatent chaque jour les tendances, les progrès
littéraires qu'on ne saurait trop encourager de la voix et du geste. Chalon-sur-Saône, Dijon, Nuits, Mâcon, Beaune même, s'occupent avec
intelligence de leur histoire. Enfin, voici venir la vénérable aînée de
toutes les cités burgundes qui, elle aussi, acquitte noblement sa dette.
Les hommes sérieux faisaient généralement peu de cas de l'histoire d'Autun par Rosny : celle d'Edme Thomas, plus vieille de beaucoup, renfermait plus de faits, se distinguait par une critique plus ferme et plus juste,
par une méthode plus claire, par cette chaleur et cet amour du lieu qui
ne se trouvent que sous la plume des enfants d'un pays.—Mieux eût valu,
sans doute, faire de toute pièce, avec les idées, le style et le *criterium* de
notre temps, avec la philosophie du XIXe siècle, une nouvelle histoire d'Autun, que de reproduire celle de Thomas ; mais si personne n'a osé se mettre
à l'œuvre, ce n'en est pas moins une excellente pensée que d'avoir popu-
larisé un écrit connu des seuls bibliophiles, ignoré des masses. D'ailleurs,
deux portions concourent à former la nouvelle publication : l'une se compose du livre d'Edme Thomas, l'autre des fragments inédits et des manuscrits qu'il avait laissés. Cet ouvrage vient de paraître sous une forme
magnifique, qui fait le plus grand honneur au goût autunois et aux presses
de M. F. Dejussieu. C'est une édition vraiment digne d'Autun, vraiment

34

digne de la Bourgogne, et nous n'avons que des actions de grâces.à rendre à la Société éduenne des Sciences et des Lettres, qui a eu la première pensée de l'ouvrage, en a annoté et coordonné les matériaux, qui a surveillé son exécution matérielle et réuni avec un soin religieux, un louable discernement, les portions restées inédites du travail, à celles qui déjà avaient été imprimées. Malheureusement, elle a trop facilement accueilli, dans ce grave monument historique, des choses déplacées qui ne se rapportent à rien, n'éclairent rien dans le sujet, et se produisent là sans autre motif apparent qu'un besoin tout personnel de faire prévaloir d'étranges et amphigouriques aberrations. — Une foule de souscripteurs, ou regrettent leur argent, ou semblent peu disposés à retirer leur volume, parce que — disent-ils — ils avaient souscrit à une histoire d'Autun par Edme Thomas, et non point aux interminables prolégomènes, au Traité sur la Cabalistique, de M. D. — Que cet écrivain, à d'autres égards si judicieux, y prenne garde; mais avec sa persistance à semer des idées inacceptables, à parler sans cesse, lui seul et pour lui seul, une langue incompréhensible, il s'expose à se faire contester la science vraie qu'il cache sous ce fatras de science plus ou moins imaginaire. Ce mysticisme oiseux, ce ténébreux et stérile jargon, tout ce pathos ennuient fort les lecteurs . presque tous s'écrient que l'ouvrage d'Edme Thomas a été gâté par les éléments hétérogènes et les facéties que M. D. y a introduits. Personne ne regrette plus vivement que moi d'avoir vu cet archéologue distingué prendre une si fausse position, car, au fond, c'est un des hommes les plus sérieux et les plus instruits qui honorent la littérature provinciale. — Il y a tant de songe-creux qui visent à la profondeur par la forme, et cherchent à se faire à bon marché, par un pédantesque et flatulent verbiage, débité d'un ton philosophique et sentencieux, une renommée de penseurs originaux, qu'il faut bien éviter de leur ressembler par quelque point. M. D. aurait dû se rappeler que ses premières études sur les nombres symboliques, dans sa petite monographie de Saint-Lazare d'Autun, avaient été peu goûtées, et il eût été plus sage à lui de ne plus compromettre ainsi sa réputation fondée sur des titres graves. — On ne peut nier que les idées de l'Orient, éminemment symboliques et mystérieuses, n'aient influé sur l'architecture, comme elles ont influé sur les mœurs et les croyances de l'Occident, sur le culte chrétien. Ainsi, les mythes populaires des fées, du sabbat, qu'elles tenaient, les épreuves des anciennes confréries de maçons, la franc-maçonnerie qui les continua, l'astrologie judiciaire, les recherches sur la pierre philosophale, tout cela émane de l'Orient; mais subordonner tout l'art d'une grande époque de foi à la cabalistique, c'est abuser du droit de compter sur la patience d'un public, c'est ressembler à ce f.. d'Orgelet, qui se préoccupe des mêmes chimères et voit tant de curiosités symboliques dans les fenêtres apsidaires de Saint-Nizier, de Lyon. Si M. D. voulait absolument formuler ses opinions à cet égard, il fallait qu'il publiât un ouvrage ex professo sur la matière; il était parfaitement inopportun, inconvenant même, de les mêler à l'histoire d'Autun, comme il les avait mêlées à la description de l'antique église rurale d'Auxy. Ce n'est pas au XIXᵉ siècle qu'il est permis de jeter une telle phraséologie à la tête des lecteurs. Si la moralité et la modestie de M. D. n'étaient pas suffisamment établies, on crierait à la flibusterie littéraire, on prendrait l'auteur pour un homme qui se bat les flancs pour paraître docte. Déplorons ce puéril échafaudage de bizarreries, cet emploi d'un talent véritable qui sacrifie la vérité à la conjecture ; mais n'en reconnaissons pas moins au fond de tout cela, des études longues et fermes. M. D. a une idée fixe ; qu'il s'en défie, car les idées fixes mènent droit à la monomanie.

BIBLIOGRAPHIE

DES OUVRAGES DE M. LE CHEVALIER JOSEPH BARD.

(1847.)

Librairie burgundo-lyonnaise de M. CHAMBET fils, quai des Célestins,
à Lyon, et office de la *Revue du Lyonnais.*

ARCHÉOLOGIE.

Guide général d'Archéologie sacrée, approuvée par NN. SS. les évêques
de Langres et de Dijon (deuxième édition); un fort volume grand in-8°,
illustré. — A Lyon, chez Guyot père et fils, Grande-Rue-Mercière, et à
Paris, chez Paul Mellier, place Saint-André-des-Arcs.

*Statistique générale des Basiliques et du Culte dans la ville et la province
ecclésiastique de Lyon.* — Un immense volume grand in-8°, avec planche.

Derniers Mélanges de Littérature et d'Archéologie sacrée, faisant suite au
précédent ouvrage, illustrés. — Un immense volume grand in-8°, contenant la matière de plus de quatre tomes in-octavo de la librairie parisienne.

Statistique monumentale de Ravenne, grand in-8°.

Le même ouvrage en italien, sous le titre de : *Teoria dell' architettura,
bisantina orientale, nel ponente, dal V° all' VIII° secolo inclusivamente,
spiegata co' monumenti di Ravenna.*

Lettres sur Vienne en Dauphiné, — brochure grand in-8°.

Lettre à MM. de l'Académie des Inscriptions et Belles-Lettres, — brochure
in-folio.

Situation monumentale des hôpitaux de Beaune et de Chalon-sur-Saône
— grand in-18, illustré.

Monographie de la Basilique de Saint-Maurice de Vienne (France départementale, 1835, 2ᵉ volume, 8ᵉ livraison).

Archéographie de l'insigne Collégiale et du Beffroi de Beaune, — in-4°, avec planches.

Monographie de Notre-Dame de Dole (dans la Statistique de l'arrondissement de Dole, de M. Armand Marquiset).

Avant-Projet historique pour la reproduction à Autun du type de la basilique latine, — in-4°.

Sur la nouvelle Chaire de la basilique primatiale de Lyon, — brochure grand in-8°.

Monographie de la Basilique abbatiale de Tournus, — tirage à part, grand in-8°.

Bulletin monumental et liturgique de la ville de Lyon, paraissant par cahier, au mois de juin ou juillet de chaque année, à la direction de la *Revue du Lyonnais*.

Monographie de la Basilique de San Frediano, de Lucques, en voie de publication dans la *Revue du Lyonnais*.

LITURGIE ET MUSIQUE RELIGIEUSE.

Lettre liturgique à S. Em. Mᵍʳ le cardinal-archevêque de Lyon, — grand in-8°.

Nouveau Programme d'un liturgiste, — in-4°.

Nécessité d'une Réforme dans la décoration fixe et meuble des églises, — in-4°.

Essai sur la liturgie de la sainte Eglise de Lyon, appendice au Guide général d'Archéologie sacrée.

PIÉTÉ.

Plusieurs Prières et Actions de grâces à Notre-Dame de Fourvières, — in-18, papier de couleur.

POÉSIE.

Les Mélancoliques, 1 volume in-8°.

Le Pèlerin, poème en six chants, — grand in-8°.

Chute d'Alger, poème, — in-8°.

Notre-Dame-de-Fourvières, — grand in-8° et in-18.

Les Chants du Midi, — grand in-18.

Plusieurs Opuscules en vers.

BALLADES EN MUSIQUE.

La Fiancée de Pierre, musique de M. Mougin (dans l'*Album de l'Ain*).

Gentil Fuseau, musique de M. Reuchsel.

ÉDUCATION.

Paysages et Impressions, — 1 volume in-12, illustré.

Pensées et Souvenirs, — 1 volume in-12, illustré.

HISTOIRE. — NOUVELLES. — MÉLANGES.

Journal d'un Pèlerin (paysages, monuments, récits), — 2 vol. in-8°.

Considérations pour servir à l'Histoire du développement moral et littéraire des Nations, — 1 volume grand in-8°.

Cent Têtes sous un Bonnet, — 1 volume in-8°.

Histoire et Poésie, -- brochure in-8°, illustrée.

La Tour de la Belle-Allemande, — 1 volume grand in-18.

Gloire à Lyon, — brochure in-8°.

Souvenir de MDCCCXXX, -- brochure in-8°.

Chambéry, Aix-les-Bains, — brochure in-8°.

Una Rissa di Facchini in Marsiglia, racconto, — brochure in-8°.

Pour la Bourgogne, — brochure in-8°.

La Lettre R, — roman publié en feuilletons dans le *Patriote de Saône-et-Loire*, matière d'un beau volume in-8°.

Excursions autour du Lyonnais (esquisses à main levée), Chalon-sur-Saône, Autun, Mâcon, ont déjà paru : Bourg, Montluel, Vienne, Beaune, Nuits, Chagny, paraîtront incessamment ; publication avec tirages à part de la *Revue du Lyonnais*.

Type fourni aux *Français*, publication Curmer.

Plusieurs Opuscules en prose.

POLITIQUE.

Collaboration au *Patriote de Saône-et-Loire*.

Circulaires et Opuscules.

Plusieurs Brochures sur le chemin de fer de Paris à Lyon, et sur celui de Chalon-sur-Saône à Mülhausen par Dole.

TRADUCTIONS.

Il Ponte de' Fidanzati. — Un Mistero, du chevalier Félix Romani.

VOYAGES.

La Vénus d'Arles, 2 volumes in-8°, avec estampe.

Nouvel Itinéraire de Paris à Rome, orné d'un plan, 1 volume in-8°.

AGRICULTURE.

Résumé général de la question des étangs de la Dombes, — brochure grand in-8°.

BIOGRAPHIE.

Notice nécrologique sur Jean Pollet, architecte lyonnais, — grand in-8°.

Notice nécrologique sur Thomas Forey, maire de la ville de Nuits, et membre du Conseil général de la Côte-d'Or, in-8°.

Notice nécrologique sur A. F. Janniard, ancien juge de paix du canton de Nuits, — brochure in-8°.

BEAUX-ARTS.

Divers Comptes-Rendus des expositions de la Société des Amis des Arts et Salons lyonnais, des représentations de la compagnie italienne Crivelli, des verrières peintes de MM. Brun-Bastenaire, Maréchal, E. Thibault, Thevenot, etc.; divers Articles dans la *Rivista*, de Rome, et l'*Indicatore Pisano*.

CRITIQUE. — PHILOSOPHIE. — HISTOIRE. — VARIÉTÉS.

Collaboration actuelle et ancienne aux Revues et Journaux suivants :

Revue du Lyonnais. — *Gazette de Lyon.* — *Rhône.* — *Courrier de Lyon.* — *Journal de Lyon.* — *Journal du Commerce de Lyon.* — *Journal de l'Institut catholique de Lyon.* — *La France Catholique.* — *Annales de la Littérature et des Arts*, en 1827, 1828, 1829 (série d'articles sur la musique italienne). — *Echo du Monde savant.* — *Journal des Personnes pieuses.* — *Morale en action du Christianisme* (récit sous le titre de la *Fête du Cierge*). — *L'Eduen.* — *L'Espérance* (de Nancy). *L'Album Dolois.* — *Revue du Dauphiné.* — *L'Art en Province.* — *Gazette de Metz.* — *Revue du Midi.* — *Sénonais.* — *Presse Grayloise.* — *Mouche de Saône-et-Loire et de l'Ain.* — *Courrier de l'Ain.* — *Journal de l'Ain.* — *Moniteur de l'Oise.* — *Gazette de Vaucluse.* — *Journal des Villes et des Campagnes.* — *Journal d'Auxerre.* — *L'Yonne.* — *Le Mercure Aptésien.* — *Le Mémorial d'Aix.* — *Le Nouvelliste de Marseille.* — *Le Sud.* — *La Gazette du Midi.* — *Journal de Saône-et-Loire.* — *Patriote de Saône-et-Loire.* — *Courrier de Saône-et-Loire.* — *Courrier de la Côte-d'Or.* — *Le Drapeau tricolore de Chalon-sur-Saône.* — *L'Impartial du Rhin.* — *Le Spectateur de Dijon.* — *Le Courrier de Marseille.* — *L'Artiste.* — *La Revue de Vienne.* — *L'Union des Provinces.* — *Provinces-Unies.* — *La Sentinelle Beaunoise.* — *Revue de la Côte-d'Or et de l'ancienne Bourgogne.* — *Moniteur Viennois.* — *L'Album di Roma.* — *Il Solerte di Bologna.* — *La Rivista Europea.* — *Gazette de Picardie.* — *Magasin Universel.* — *Bulletin du Comité historique des Arts et Monuments.* — *Bulletin monumental de M. de Caumont.* — *Musée des Familles.* — *Album de l'Ain.* — *Album de Saône-et-Loire.* — *Patriote Jurassien.* — *Le Franc-Comtois.* — *L'Eclair.* — *La France départementale.* — *La Revue Française et Etrangère.* — *La Gazette de Bourgogne.* — *L'Echo du Charollais.* — *Le Fantasque de Genève.* — *Le Papillon de Lyon.* — *La Clochette.* — *Gazette du Bas-Languedoc.* — *Le Journal de Vienne.* — *Le Répertoire Lyonnais.* — *L'Homme-de-la-Roche.* — *L'Entr'acte Lyonnais.* — *L'Observateur* (de Lyon). — *Le Cri du Peuple* (de Lyon). — *La Chronique de Vienne.* — *L'Espero, il ricoglitore fiorentino*, etc.

Manuscrit livré à l'impression.

Espérances et Contemplations, — 4 volumes in-12. (Saunié, à Auxonne.)

Manuscrits de porte-feuilles.

Eloge de Bossuet.

Quelques Observations médicales.

---

1 C'est dans les journaux cités ici que l'on trouvera les travaux épars de M. Joseph Bard. La plupart de ces revues ou feuilles n'existent plus : de ce nombre, les *Annales de la Littérature et des Arts*, qui avaient M. le baron Trouvé pour directeur. Sa collaboration actuelle principale est dans la *Revue du Lyonnais*.

Pour paraître incessamment :

Des Fonds communaux, — brochure in-8°.

Revue monumentale de Rome, dans la *Revue du Lyonnais;* — avec tirage à part.

Sociétés savantes dont M. Joseph Bard a été ou est associé, et dont les Mémoires font mention de ses travaux :

Société royale des Antiquaires de France, à Paris. — Pontificale Académie romaine d'Archéologie, à Rome. — Pontificale Académie des Beaux-Arts, à Bologne. — Société royale de Médecine de Marseille. — Comité historique des Arts et Monuments. — Académie royale des Sciences de Rouen. — Académie royale des Sciences de Marseille. — Académie royale du Gard, séant à Nismes. — Académie des Sciences, Arts et Belles-Lettres de Dijon. — Académie d'Aix (Bouches-du-Rhône). — Académie de Vaucluse, séant à Avignon. — Société royale d'Orléans. — Société d'Émulation de Cambrai. — Commission départementale des Antiquités de la Côte-d'Or, séant à Dijon. — Société de la Paix de Genève. — Société des Antiquaires de Normandie, séant à Caen. — Société royale d'Émulation du département de l'Ain. — Société d'Émulation et d'Agriculture du Jura. — Société Académique de Mâcon. — Société Éduenne, à Autun. — Académie Ébroïcienne, à Évreux. — Académie royale des Sciences de Metz. — Société royale d'Emulation d'Abbeville. — Société Académique de Blois. — Société des Antiquaires de l'Ouest. — Société des Antiquaires de la Morinie. — Société des Antiquaires de Picardie. — Société Archéologique du midi de la France. — I. et R. Accademia della valle Tiberina, a San Sepolcro. — I. et R. Accademia Petrarca, a Arrezzo. — Insigne Congrégation artistique des Virtuoses du Panthéon, à Rome. — Institut d'Afrique. — Société d'Agriculture de Trévoux. — Académie de Buonarroti, a Bibbiena. — Accademia Florimontana, a Monte-Leone. — Accademia Valdarnese del Poggio, a Montevarchi. — Commission d'Antiquités d'Autun. — Société Archéologique de Sens. — Société d'Agriculture de Chalon-sur-Saône. — Société d'Histoire et d'Archéologie de la même ville. — Société Française pour la conservation des Monuments historiques. — Société d'études de Dijon. — Société royale académique des Sciences, de Paris. — Institut catholique de Lyon.

TABLEAV HISTORIQVE

DES SOVSCRIPTEVRS-PROPRIÉTAIRES (1).

————

La FAMILLE ROYALE DE FRANCE.
La ville de LYON. — 3 exemplaires.
La ville de LA GUILLOTIÈRE.
La ville de BESANÇON.
La ville de DIJON.
La ville d'AVIGNON.
La ville de MARSEILLE.
La ville de CHALON-SUR-SAÒNE. — 3 exemplaires. .
La ville de MACON.
La ville de METZ.
La ville de TRÈVES (Prusse).
La ville de NANCY.
La ville de MONTLUEL.
La ville de BOURG-EN-BRESSE.
La ville de LANGRES.
La ville de GRAY.
La ville de CHAUMONT.
La ville de VIENNE (Isère).
La ville d'AUXONNE.

1) Nous nous bornons à donner la liste des 250 premiers souscripteurs, indépendants des bibliothèques publiques.

La propriété comme fonds, des *Derniers Mélanges*, appartient à ces 200 souscripteurs-fondateurs. Aucune nouvelle édition du livre ne peut être faite sans leur assentiment et leur concours, et sans qu'ils aient exclusivement droit aux bénéfices nets qui en résulteraient, frais d'exécution matérielle prélevés.

La ville de CHATILLON-SUR-SEINE.

La ville de SENS.

La ville d'AUXERRE.

La ville de NISMES.

La ville de BELLEY.

ROME.

N°ˢ 1. M. le prince BORGHESE, président de la Pontificale Académie romaine d'Archéologie. — 2 exemplaires.

GÊNES.

2. M. le marquis Lorenzo PARETO.

MASSA.

3. M. le comte Pietro DIANA.

LYON.

4. M. le marquis de BELBEUF, pair de France, premier président.

5. M. le baron de LASCOURS, pair de France, lieutenant-général, commandant la 7ᵉ division.

6. M. Etienne GAUTIER, membre de la Légion-d'Honneur. — 2 exemplaires.

7. M. le comte d'HERCULAIS, chevalier de plusieurs ordres.

8. M. le baron de POLINIÈRE, docteur en médecine.

9. M. CAILLOUX, ingénieur en chef du Rhône.

10. M. le comte Alfred de CHAPONAY.

11. M. Henri de CHAPONAY.

12. M. le comte Antonin de CHAPONAY.

13. M. le marquis de BELLESCIZE.

14. M. DELACROIX-LAVAL, ancien maire de Lyon.

15. M. Christophe MARTIN, ancien maire de Lyon.

16. M. l'abbé de VERNA.

17. M. ACHARD-JAMES, président à la Cour royale.

18. M. COSTE, conseiller honoraire à la Cour royale.

19. M. le docteur MERMET, du Conseil général du Rhône.

20. M. DIGOIN, du Conseil général de l'Ain.

21. M. le docteur GILIBERT.

22. M. le docteur BAUMÈS.

23. M. de LANDINE, président honoraire du Tribunal civil.

24. M. TERME, maire de Lyon.

25. M. DALGABIO, architecte.

26. M. BAUJOLIN, vicaire général.

27. M. VALANTIN, avocat.

28. M. PAGET-PONTUS.

29. M. BENOIT, architecte.

30. M. d'AIGUEPERSE.

31. M. BELIN, docteur en droit.

Nᵒˢ 32. M. Desjardins.
33. M. Morand, notaire.
34. M. Alph. du Boys, architecte.
35. M. Didier Petit, fabricant d'ornements ecclésiastiques.
36. M. Léon de Fleurdelis.
37. M. Riboud, adjoint au maire de Lyon.
38. M. Rambaud.
39. M. Yéméniz.
40. M. Aug. Brolmann.
41. M. Léon Cailhava.
42. M. l'abbé Noirot.
43. M. Guimet, membre de la Légion-d'Honneur.
44. M. le docteur Laboré.
45. M. le docteur Richard, de Nancy.
46. M. Domenico Silo.
47. M. l'abbé Chapot.
48. M. Dupêtre, huissier.
49. M. Chevalier.
50. M. Hardouin, avoué.
51. M. Phélip, avoué.
52. M. le comte de Loras.
53. M. le comte de Causans.
54. M. de Rozière.
55. M. A. de Latour.
56. M. le comte d'Avenas.
57. M. Janson, conseiller à la Cour royale.
58. M. Verne de Bachelard, conseiller à la Cour royale.
59. M. de Vauxonne, conseiller à la Cour royale.
60. Mademoiselle Bergasse, directrice d'institution.
61. M. de La Plagne.
62. M. le docteur Levrat aîné, membre de toutes les Sociétés médicales de France et de l'étranger.
63. M. Farfouillon, architecte.
64. M. F. Bourdet, architecte.
65. M. Bonjour, greffier en chef de la Cour royale.
66. La Société de propagation des bons livres, par M. l'abbé Cognet. — 3 exemplaires.
67. M. l'abbé Crevatz, vicaire de Saint-Bruno.
68. La Bibliothèque catholique de Saint-Pierre, par M. Desroziers, curé.
69. La Société académique d'architecture.
70. Le Cercle du commerce.
71. Le Cercle de Bellecour.
72. La Bibliothèque paroissiale de Notre-Dame-de-Grâce de Saint-Nizier.

N°⁸ 73. M. C. Crépet, chevalier, architecte en chef de La Guillotière.
74. M. Degabrielle, architecte.
75. M. Duguey, notaire.
76. M. Ducruet, président de la Chambre des notaires.
77. M. Coignet, rentier.
78. M. Vincent, rentier.
79. M. Bergeret, dessinateur.
80. Un Anonyme, rue des Augustins.
81. M. le docteur Pétrequin, chirurgien en chef du grand Hôtel-Dieu.
82. M. le docteur Barrier, chirurgien en chef désigné.
83. M. le docteur Janson, ancien major du même.
84. M. le Recteur de l'Académie universitaire.
85. M. le Préfet du Rhône.
86. M. O'Brien, ingénieur en chef de la navigation du Rhône.
87. M. Tabareau, doyen de la Faculté des sciences.
88. M. le baron de Belleroche.
89. M. Thiaffait père, membre de la Légion-d'Honneur.
90. M. Paul Thiaffait, notaire.
91. M. Gregori, conseiller à la Cour royale.
92. M. l'abbé Barricand, professeur à la Faculté de théologie.
93. M. l'abbé Compte-Calix.
94. M. le docteur Comarmond, conservateur des Musées archéologiques.
95. M. Hennequin, notaire.
96. M. G. Rérole, fabricant.
97. M. le Curé de Saint-Polycarpe.
98. M. Menaide, curé de Saint-Nizier.
99. M. Dardel, architecte en chef de la ville de Lyon.
100. M. Louis Dupasquier, architecte.
101. M. Cattet, curé de Saint-Paul.
102. M. Nolhac aîné.
103. M. Darmès, notaire.
104. M. Valois, conseiller de préfecture.
105. M. Joseph Feuillet, juge de paix du VIᵉ canton.
106. Mademoiselle Numblot, directrice d'institution.
107. M. Frapet, ancien magistrat.
108. M. Cattet, ancien vicaire général.
109. M. Margerand, avocat.
110. M. Hébrard, architecte.
111. M. Laval, notaire.
112. M. Trimolet, peintre.
113. M. Denavit, professeur au Grand-Séminaire.
114. M. Servant, curé de Saint-Georges.

N°s 115. M. Pousset, curé de Saint-Bruno.

116. M. Jules Clermont, directeur d'institution.
117. M. Lacroix, maître de pension.
118. M. J. Bontoux, négociant.
119. M. Chambet fils, libraire.
120. M. Morel de Volaines.

PARIS.

121. M. Jayr, conseiller d'état, pair de France, ministre des travaux publics. — 2 exemplaires.
122. M. Bonassieux, statuaire.
123. M. Pernot, peintre.

VIENNE.

124. M. Gilloz, curé de Saint-André-le-Bas.
125. M. Dode, sous-préfet, auditeur au Conseil d'état.
126. M. Vital Berthin, membre du Conseil d'arrondissement à Beaurepaire.

NVITS.

127. M. Ernest Marey-Monge.
128. M. l'abbé Sauvageot, curé.
129. Madame Ve Janniard.
130. M. Félix Hutteau, ancien notaire.
131. M. Misserey, notaire.
132. M. Caumont-Bréon, à Meuilley.
133. M. Julien Ouvrard, au château de Gilly-lès-Cîteaux.
134. M. Battault, curé de Villy-le-Moutier.
135. M. Alphonse Marey-Monge, au château de La Chaume.
136. M. Aug. Lemire, au château de La Chaume.
137. M. le comte d'Archiac, en son château, à Argilly.

CHALON-SUR-SAONE.

138. M. Ferdinand Coste, ancien maire.
139. M. Pugeault, avoué.
140. M. Deleschamps, négociant.
141. M. le marquis de Scorraille.
142. M. Bourdon, curé de Saint-Vincent.
143. M. Bouillod, ancien négociant.
144. M. Audiffret, ancien notaire.
145. Le Pensionnat de Saint-Dominique.
146. M. Ferrand, libraire.
147. M. Daron, maire de la ville.
148. M. Defranc, notaire.
149. M. But-Fournier, juge de paix.
150. M. Grassot, ancien sous-préfet.

Nᵒˢ 151. M. le docteur CHAVÉRIAT.

152. M. le baron de LA ROCHE-LACARELLE, en son château, près de Buxy.

153. M. ROBERT, curé de Saint-Marcel.

154. M. PEQUEGNOT, curé de Rully.

155. M. Ch. VIÉNOT DE VAUBLANC, maire à Chaudenay-sur-Dheune.

DIJON.

156. Mᵍʳ RIVET, évêque de Dijon.

157. M. le marquis d'ARCELOT.

158. M. Henri BAUDOT, président de la Commission d'antiquités.

159. M. le comte d'AUDIFFRET, receveur général.

160. M. CHABEUF, notaire.

161. M. CAUMONT, architecte.

162. M. FÉNÉON, architecte.

163. M. BELIN, architecte.

164. Mademoiselle Eugénie BELL.

165. M. Ernest GRASSET, conseiller à la Cour royale.

166. M. le chevalier PELLETIER DE CLÉRY.

167. M. Félix BAUDOT, juge.

168. M. de CHALONGE, curé de Notre-Dame.

169. M. BAUZON, supérieur du Grand-Séminaire.

170. M. TAINTURIER, professeur au Grand-Séminaire.

171. M. Nicolas MAZEAU, notaire honoraire.

PIERRE.

172. M. le général comte de THIARD, député.

DRACY-LÈS-COUCHES.

173. M. le comte Casimir de VILLERS-LA-FAYE.

NOLAY.

174. M. CARNOT, maire, membre du Conseil général de la Côte-d'Or.

POMMARD.

175. M. le général MAREY-MONGE.

176. Madame Vᵉ MAREY-MONGE.

177. M. Edmond MAREY-MONGE.

178. M. Ferdinand MAREY-MONGE.

METZ.

179. Mᵍʳ DUPONT DES LOGES, évêque de Metz.

N°s 180. M. le lieutenant-colonel de FABERT.

181. M. SIDO, membre de la Légion-d'Honneur.
182. M. MARÉCHAL, peintre-verrier.
183. M. le baron d'HUART.
184. M. le comte Charles du COETLOSQUET.
185. M. le colonel de PARNAJON.
186. M. HOLANDRE.
187. M. GERMEAU, préfet de la Moselle.
188. M. le comte de BRIEY, chef de bataillon du génie.
189. M. LUCY, receveur général.
190. M. le chevalier Joseph DOSQUET.
191. M. Hippolyte MENNESSIER.
192. M. ROBERT, sous-intendant militaire.
193. M. Ch. ROGET, juge de paix à Sierck.

LE CREUSOT.

194. M. SCHNEIDER, député de Saône-et-Loire.

PONT-DE-VEYLE.

195. M. A. de PARSEVAL, membre du Conseil général de l'Ain.

ARLAY.

196. S. A. M. le prince d'ARENBERG.

LANGRES.

197. Mgr PARISIS, évêque de Langres.
198. Le GRAND-SÉMINAIRE.
199. M. BROCARD, avocat, bibliothécaire de la ville.

SAINT-OMER.

200. M. L. de GIVENCHY.

CAEN.

201. M. A. de CAUMONT, correspondant de l'Institut.

NANCY.

202. M. A. de SAINT-BEAUSSANT.
203. M. René de LANDRIAN.
204. M. le comte de BIZEMONT.
205. M. GUERRIER DE DUMAST.

PONT-A-MOUSSON.

206. M. BASTIEN, curé de Saint-Martin.

AMIENS.

207. M. PREUX, procureur général.

LILLE.

N°s 208. M. de COURCELLES, rue Royale.

ROUEN.

209. M. Léonce de GLANVILLE, rue Bourg-l'Abbé, n. 19.

TRÈVES (Prusse).

210. Mgr MULLER, suffragant de Mgr l'évêque de Trèves.
211. M. le baron de ROISIN.
212. M. de HAW, ancien bourgmestre.

STRASBOURG.

213. Mgr RAESS, évêque de Strasbourg.
214. M. GOGUEL, chevalier de l'ordre de Hohenzollern.
215. M. HEPPE, conseiller de préfecture.
216. M. KLOTZ, architecte de la cathédrale.
217. M. FRIEDRICH, statuaire.
218. M. REINER, correspondant historique.

COMMERCY.

219. M. DENIS, ancien maire, membre du Conseil d'arrondissement.

BESANÇON.

220. Mgr Césaire MATTHIEU, archevêque de Besançon.
221. M. Jules de BUYER, Grand'Rue, n. 102.
222. M. MARNOTTE, architecte.
223. M. le président BOURGON.
224. La SOCIÉTÉ CATHOLIQUE DES BONS LIVRES, par M. le chanoine CAVEROT.
225. M. SPICRENAEL, conseiller à la Cour royale.

MACON.

226. M. LACROIX, pharmacien.
227. M. le docteur BOUCHARD.

AVIGNON.

228. Mgr Paul NAUDO, archevêque d'Avignon.
229. M. E. REQUIEN.
230. M. RENAUX, architecte.
231. M. Jules COURTET, sous-préfet de Die.

MARSEILLE.

232. M. le marquis de FORBIN-JANSON.

233. M. le docteur Robert, médecin du lazaret.
234. M. Louis Falque, architecte.
235. M. le docteur Roux.
236. M. le docteur Lautard.
237. M. le comte de Montgrand.
238. M. Paul Autran.
239. M. le baron Gaston de Flottes.
240. M. Berthou fils, avocat.
241. Le Cercle des beaux-arts, par M. Roubion.

BOVRG-EN-BRESSE.

242. M. Besson, préfet de l'Ain.
243. M. Huet, curé de Notre-Dame.
244. M. l'abbé de Boissieu.
245. M. Jules Baux, archiviste du département de l'Ain.

AVXONNE.

246. M. l'abbé Gouvenot, curé.
247. M. Phal-Blando, architecte de la ville et de l'hospice.
248. M. Faucillon, propriétaire.

AVTVN.

249. MM. Gabriel Bulliot, et Dolivot, avoué ; — M. Edouard
 ee Loisy, au château d'Epiry.
250 et *bis*. MM. Joseph Pelsel, et Tisserand, avoué à Beaune.

FIN DU TABLEAU ET DE L'OUVRAGE.

35

TABLE DES MATIÈRES.

DEUXIÈME PARTIE.

TROISIEME PARTIE. — ARCHÉOLOGIE MONUMENTALE.

QUATRIÈME PARTIE. — BIOGRAPHIE.

APPENDICE.

FIN.

Beaune, imprimerie de Blondeau-Dejussieu.

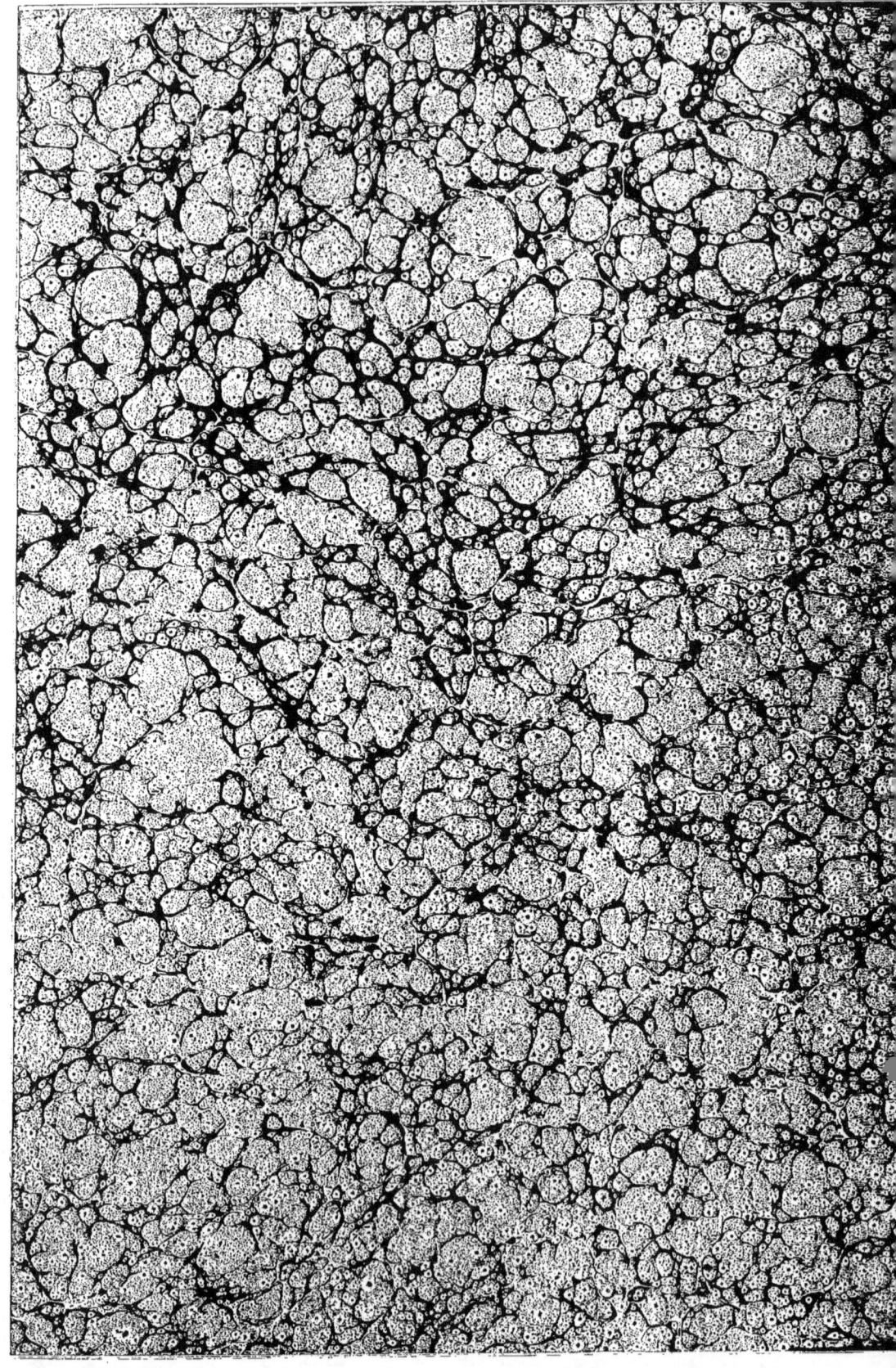

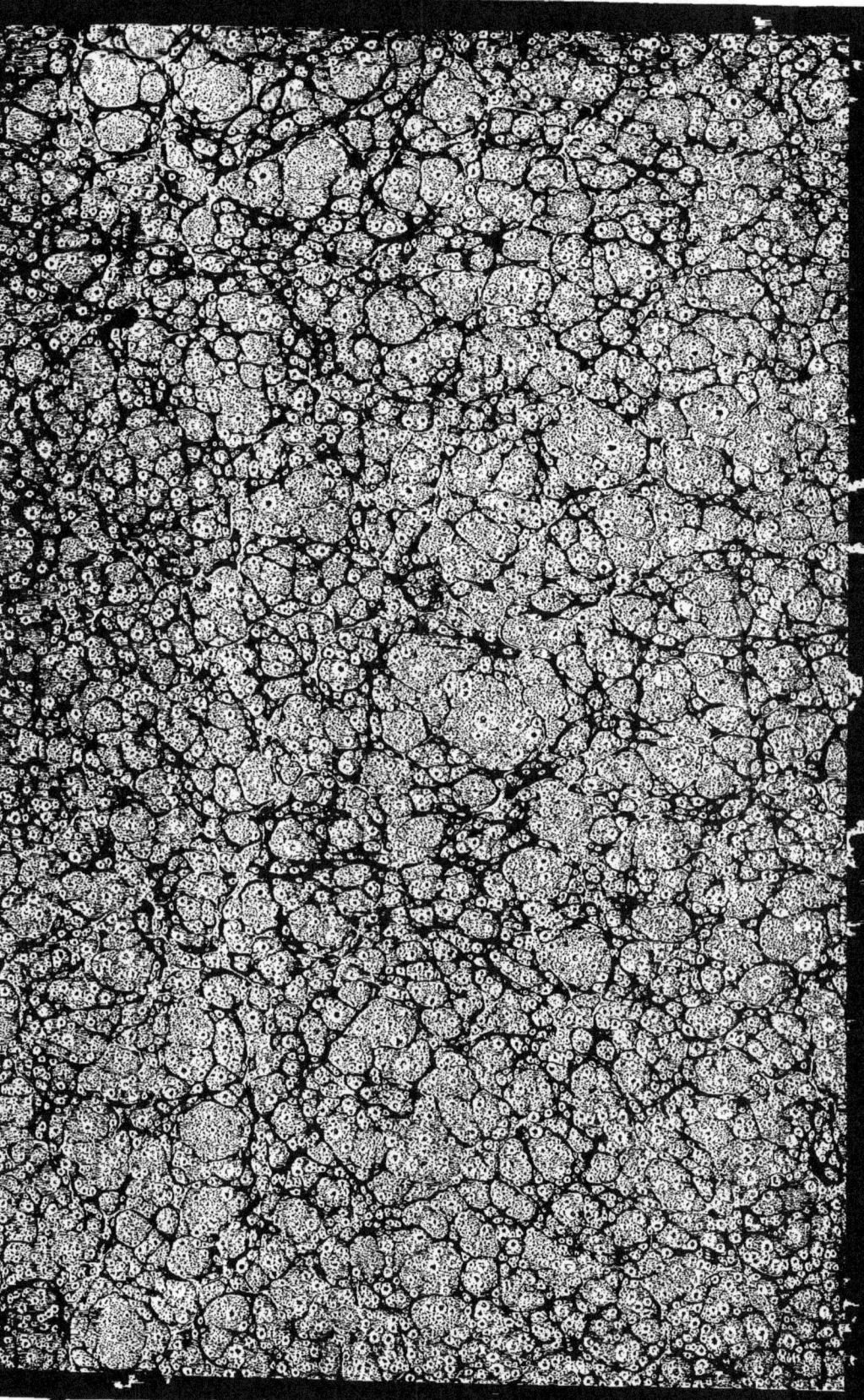